MIRRORLAND

캐럴 존스톤 지음 · 김산 옮김

미러랜드

문학동네

일러두기

1. 주석은 모두 옮긴이주다.
2. 원서에서 이탤릭체나 대문자, 볼드가 사용된 경우 고딕체 등으로 강조했다.

로나에게

차 례

실제 삶의 슬픔을 상상 속 삶의 기쁨과 비교한다면,
다시는 살고 싶지 않을 것이며 영원히 꿈만 꾸게 될 것이다.

『몽테크리스토 백작』
알렉상드르 뒤마

선택지는 결국 이 둘 중 하나로 귀결된다.
사느라 바쁘거나 죽느라 바쁘거나.

『리타 헤이워드와 쇼생크 탈출』
스티븐 킹

프롤로그

1998년 9월 5일

하늘은 분홍빛이었다. 빨강보다는 낫지, 우리가 다시 겁을 집어먹기 시작했을 때 엘이 말했다. 할아버지는 항상 우리에게 말했다. 밤에 붉은 하늘은 선원들의 기쁨이요, 아침에 붉은 하늘은 선원들에게 경고란다. 할아버지도 한때 선원이었다. 바람은 차가웠고, 점점 더 차가워지고 있었다. 엘의 얼굴은 여전히 눈물범벅이었으며, 손가락은 달싹거렸다. 나는 후들거리는 몸을 주체할 수 없었다.

우리는 손을 잡고 후각을 따라갔다. 높다란 공동주택과 테라스하우스가 빽빽하게 솟은 거리거리가, 아동 살해범들이 살고 숨어 기다리며 지켜보는 검은 집 한 채의 형체로 흐릿해질 때까지. 하지만 아무도 보이지 않았다. 인기척도 들리지 않았다. 마치 다시 미러랜드에 와 있는 것 같았다. 안전하지만 두려움에 떨게 되는 곳. 바뀐 것이라고는 만灣의 냄새뿐이었는데, 그 냄새는 점점 짙게 가까이 다가왔다.

항구는 기름이자 석유이고 금속이자 염분이었다. 갈매기들이 깨어나 어린 수탉처럼 울어댔다. 우리는 겉면이 벗겨지고 푹 젖어 검게 변한 목조 창고 옆에 멈춰 섰다. 그 앞에는 녹슨 체인 끄트머리에 갈고리가 달린 기중기 한 대와 곧장 물밑으로 꺼지는 돌 경사면이 있었다.

만조. 망망대해로 항해를 나설 수 있는 유일한 때.

엘이 내 손을 더욱 꽉 쥐었고, 우리는 까닥거리는 둥근 부표들과 길쭉한 간이 선착장을 바라보았다. 금속 돛대가 덜거덕거리는 하얗고 매끈한 범선들이 보였다. 항구 어귀 너머로, 대형 선박이 수평선에 걸려 있었다. 우리가 원하는 것이 아니었다. 이런 것 때문에 여기 온 게 아니었다.

나는 배낭을 뒤져 엄마의 콤팩트파우더를 찾아냈다. 퍼프를 엘의 볼에 꾹꾹 눌러 바르기 시작했다.

"언니 눈이 온통 빨갛게 충혈됐어." 내가 속삭였다. 엘은 아프지 않은 척했다.

"넌 아직도 피가 나잖아." 엘이 맞받아 속삭였다. 소리는 내가 더 많이 질렀지만 엘의 목소리가 더 쉬어 있었다.

"오밤중에 계집애 둘이 여기서 뭐하고 있는 게냐, 응?"

손전등 불빛에 나는 눈을 깜박였지만, 눈앞이 다시 보였을 때 남자는 엄마가 일러준 모습 그대로였다. 억센 살가죽에 벌어진 앞니, 허옇게 센 부숭부숭한 턱수염. 올드 솔티 도그.*

"저는 엘리스예요." 엘이 말했다. 엘의 손톱 끝이 내 손가락을

---

* Old Salty Dog. 배 위에서 오랜 시간을 보낸 노련한 선원을 일컫는 말.

파고드는 게 느껴졌지만 목소리는 항구의 바닷물처럼 미동이 없었다. "얘는 제 쌍둥이 여동생 캐트리오나고요."

"그래?"

남자는 더 가까이 다가왔다. 그가 휘청거리자 럼주 냄새가 끼쳐왔다. 심장박동이 더욱 빨라졌다. 나는 어깨를 폈다. "우리는 해적선에 타고 싶어요."

그의 손전등 불빛이 어지럽게 하얀 원을 그리며 흔들리는 바람에 눈이 찡그려지고 눈물이 고였다. 그러다 남자가 욕설을 내뱉었는데, 할아버지가 하던 욕 중의 하나였지만 즐겨 하던 욕은 아니었다. 그가 뒷걸음질치기 시작했다. 할아버지의 백과사전에 나오는 코트디부아르의 그레보 가면처럼 눈이 휘둥그레져 있었다.

"거기 그대로 있거라, 알겠니? 아무데도 가지 말고. 알겠어?"

"근데 곧 들어올 배가 있나요?" 엘이 힘겹게 소리쳤지만 그는 창고 그림자 속으로 다시 사라졌다. 문이 끼익 열렸다가 쾅 닫히는 소리가 들렸다. 엘이 내게 고개를 돌리더니 숨이 턱 막힌 듯한 소리를 내며 손을 놓았다. "오 안 돼! 네 스웨터. 네 스웨터 벗는 걸 깜빡했어!"

단순히 무서운 것 이상의 나쁜 감정이 돌연 밀려왔다. 마치 차갑고 검은 심해에서 수영하고 있던 나를 누군가 끄집어내주었지만 나는 다시 호흡하는 법을 잊은 것 같은. 나는 배낭을 툭 내려놓고 코트를 벗었다. 온몸이 아팠지만, 엘의 손가락이 나를 꼬집고 할퀴어놓았지만, 스웨터를 머리 위로 벗어 거기 거미라도 기어다니고 있는 것처럼 돌바닥에 내동댕이쳤다. 시큼하고 뜨뜻한 냄새가 훅 끼쳤다.

"이제 어떡해?" 엘이 말했다. 목소리는 더는 차분하지도 침착하지도 않았다. "그 사람이 다시 올 거야. 다시 올 거라고!"

엘은 창고 주변을 허겁지겁 돌더니, 조각조각 녹이 슬어 벗겨지고 부서진 계류용 고리를 집어들었다. 우리가 스웨터의 소매를 고리에 어부 매듭으로 묶는 동안, 손이 시리고 이가 딱딱 맞부딪쳤다. 우리는 다시 항구 너머 일렁이는 바다를 향해 뛰어가 그것을 힘이 닿는 한 멀리 던졌다. 풍덩 소리가 요란했다. 돌 경사면까지 다시 뛰어왔을 때는 둘 다 숨이 찼지만, 울지 않으려 기를 쓰고 버티느라 질식하는 것 같은 소리가 났다.

갑자기 바람의 방향이 바뀌어 우리 몸이 가장자리에서 뒤로 밀려나자, 피 냄새가 다시 나는 것 같았다. 시큼하고 진한 냄새. 하지만 짠 바다 냄새가 더 강했다, 엘이 꼭 쥐고 있는 손 힘처럼.

"현명한 선원은 절대 금요일에 항구를 떠나지 않아." 내가 속삭였다.

엘의 손가락 때문에 손이 아프기 시작했다. "오늘은 토요일이야, 이 멍청아."

하지만 엘도 나만큼 무서울 뿐이라는 것을 알았다. 돌아가기엔 너무 늦었을까 고민하고 있다는 것을 알았다. "우리 괜찮을까, 엘?"

우리의 시선은 만을 건너 작고 푸른 섬 인치키스를 지나 아득히 먼 대형선에 가닿았다. 여전히 손을 잡은 채로 떨면서 서로의 심장박동이 느껴질 만큼 꼭 붙어 있을 때, 예의 그 빨간 하늘이 북해에서 다가와 피멍처럼 퍼졌다. 엘은 다시 나를 쳐다보지 않았다. 마침내 빨간 하늘이 방파제까지 슬금슬금 기어올라올 때까지도.

그러다 엘의 얼굴에 미소가 떠올랐다. 끝없이 텅 빈 거리를 달려오는 내내 그렇게 웃고 싶었다는 것을 알 수 있는, 활짝 미소 짓는 끔찍한 웃음. 첫번째 엔진소리, 첫번째 사이렌소리가 들렸을 때에도 엘은 그러고 있었다. 창고 문이 다시 끼익 열리고 쾅 닫혔을 때에도.

엘은 웃고, 웃고, 또 웃었다. "우린 서로를 버리지 않아. 그렇다고 말해."

뚜벅뚜벅 우리를 향해 다가오는 발소리. 또 한번의 더욱 시끄러운 욕설. 눈이 부실 만큼 쏟아지는 불빛 때문에 만이 전혀 보이지 않았다. 서로만 보였다.

"우린 서로를 버리지 않아." 내가 속삭였다.

엘은 내 손을 더욱 꼭 쥐었다. 나는 마른침을 삼키고, 더욱 날카로워지고 어두워지는 그 미소를 지켜보았다. 그러다 미소가 사라지는 것도. "살아 있는 한 절대로."

"괜찮아." 올드 솔티 도그가 아닌 다른 남자가 말했다.

그리고 한 여자가 다정한 눈길로 좀더 부드러운 손전등 불빛을 비추며 우리 사이로 걸어와 다른 손을 내밀었다. "이제 다 괜찮아."

◆◆

그날이 우리의 두번째 삶이 시작된 날이다.

제 1 부

제 1 장

언니가 죽었을 때 나는 그곳에 없었다.

로스가 전화를 했고, 내가 확인할 때까지 열두 통에 가까운 음성 메시지를 남겨놓았다. 메시지들은 점점 급박함을 더해갔다. 부끄럽지만 내게 늘 먼저 들렸던 건 그가 무얼 말하는지가 아니라 그 목소리였다. 익숙하지만 잊고 있던, 거의 변하지 않은 목소리.

나는 JFK공항 제4터미널에서 뉴스 보도를 보고 있다. 갈아탈 비행기를 기다리는 일곱 시간 동안 점점 제정신을 붙잡고 있기 힘들어지는 바람에 결국 노트북을 켜고 들여다보기 시작했다. 시끄럽고 조명이 너무 밝은 쉐이크쉑 매장의 스툴에 앉아 치즈버거를 덩그러니 놔둔 채로, BBC 뉴스의 에든버러, 파이프 앤드 이스트 지역 뉴스 페이지에 떠 있는 주요 기사 세 개 중 첫번째를 스크롤한다. 제일 먼저 눈에 들어오는 것도 그의 모습이라는 사실에 역시 부끄러워해야 할지 모르겠다. 검은색 헤드라인은 읽기도 전인데. 리스 실종 여성에 우려 커져.

첫번째 사진에는 4월 3일 실종 당일이라는 설명이 달려 있지만, 때는 이미 밤이다. 로스가 만 근처 낮은 돌담 벽을 따라 걷고 있다. 양옆에서 은색 가로등 두 개가 둥글납작한 불빛을 드리운다. 카메라로부터 얼굴을 돌리고 있지만, 누구라도 그의 동요를 알아채지 못할 수는 없을 것이다. 어깨는 곧추서 있고 두 손은 주먹을 불끈 쥐고 있으니까. 사진사는 오렌지색과 파란색으로 칠한 구명정이 귀환하며 비추는 환한 조사등을 포착했고, 로스는 그 불빛과 부두 가장자리로 부서지는 파도가 쏟아내는 얼음장 같은 분노를 향해 고개를 돌리고 있다. 엘이 실종되고 곧장 폭풍우가 닥쳤다고, 내게 남긴 메시지에서 그가 여러 번 말했다. 마치 내가 그 끔찍한 추가 정보를 몰라서 답을 하지 않는다는 듯이.

쉐이크쉑의 소음이 완전히 들리지 않을 만큼 멀리 떨어진, 좀 더 어두침침하고 가라앉은 분위기의 바에서 메를로 와인 두 잔을 거의 다 마시고서야 첫번째 동영상을 재생한다. 실종 이튿째, 4월 4일. 하지만 그러고 나서도 엘의 사진이 화면에 뜨자, 나는 움찔하면서 멈춤 버튼을 누르고 눈을 감는다. 엘은 사진 속에서 고개를 뒤로 젖히며 웃음을 터뜨리고 있는데 스스로 '빌어먹을 숫처녀처럼'이라고 늘 부르던 자세다. 속이 비치는 실크 블라우스에, 백금발 머리는 단발이다. 나는 너무 길게 자란 내 헝클어진 머리카락을 손가락으로 부러 빗어 넘긴다. 와인을 마저 다 마시고 세번째 잔을 주문한다. 와인을 들고 온 웨이터가 한참 동안 뚫어져라 노트북 화면을 쳐다보기에 뇌졸중이라도 온 건지 의아해진다. 물론, 이내 상황을 파악한다. 우리가 무얼 잊는지는 참으로 놀랍다. 한때 숨쉬기처럼 자연스러웠던 삶의 사실들. 웨이터는 내 사진을 보고 있다고 생각하는 것이다. 사진 아래에는 이렇게 쓰여 있다. 엘리스 매콜리는 살았는가 죽었는가?

귀에서 이어폰을 뺀다. "쌍둥이 언니예요."

"죄송합니다, 손님ma'am." 그가 지나치게 환한 미소를 지으며 말한다. 살면서 하루라도 죄송해본 적은 없었다는 투다. 끊임없는 미소와 손님, 하고 부르는 소리가 나를 지치게 하고 비합리적인 분노를 일으킨다. 미국에 대해 그리워하지 않을 건 이것뿐이라는 사실에 더욱 피곤하고 열이 받는다. 퍼시픽 애비뉴의 아파트를 떠올린다. 해변 산책로와 머슬 비치에서 벌어지는 뜨거운 광란의 서커스. 벽이 땀으로 흥건한 지하 클럽에서 춤추며 뜨거운 광란에 휩싸이는 밤. 대양의 시원한 청록색 고요. 내가 사랑하는 대양.

와인을 크게 한 모금 들이켜고 이어폰을 다시 귀에 꽂은 다음 재생 버튼을 누른다. 엘의 사진에서 리포터에게로 화면이 넘어간다. 젊고 진지해 보이며, 아마 아직 이십대일 것이다. 머리카락이 그녀의 얼굴을 사납게 후려치고 있다.

"4월 3일 아침, 리스 주민인 서른한 살 엘리스 매콜리는 포스만에 있는 그랜턴 항구의 이 요트 클럽에서 항해를 떠나, 이후 행방이 묘연한 상태입니다."

카메라가 요트 클럽에서 줌아웃해 웨스트퀸스페리의 아득한 철교와 도로 교량을 비추다가, 다시 동쪽으로 렌즈를 돌려 얼스페리와 노스버윅의 암석지대로 향한다. 나는 흠칫한다. 그 사이에 자리한 회색빛 만, 그리고 반대편 해안가의 킹혼과 번트아일랜드의 낮고 완만한 언덕. 다시 항구로 돌아오면, 까닥거리고 있는 둥근 부표와 길쭉한 간이 선착장과 돛대가 덜거덕거리는 하얀 범선들. 바닷물로 꺼지는 돌로 된 낮은 경사면. 기중기는 다르다. 창고는 없다.

어떻게 같은 항구라는 것을 깨닫지 못했을까. 수십 년 동안 한 번도 떠올리지 않았던 장소, 하지만 여전히 그 자리에 있었고 거의 변한 것이 없었다. 오싹한 경련이 목덜미를 훑는다. 음성 메시지가 메시지 함에 쌓이기 시작한 이후로 뇌리를 스쳐간 다른 모든 생각들만큼이나 더이상 파고들고 싶지 않은 두려움. 와인잔으로 다시 손을 뻗는다. 항구를 비추던 카메라가 구명정과 헬리콥터 자료 화면으로 넘어가고 나서야 안도한다.

"매콜리 씨가 로열 포스 요트 클럽으로 돌아오지 않으면서 경보가 발령되었습니다. 추후 확인된 바에 의하면 매콜리 씨는 이날 오전 목적지였던 앤스트러더에 도착하지 않았습니다. 해양경비대와 왕립구명정협회가 계속 수색중이지만, 궂은 날씨가 지속되면서 심각한 난항을 겪고 있습니다."

턱에 군살이 많고 대머리에 가까운 한 남자가 팔짱을 끼고 카메라를 응시한다. 방금 전 리포터처럼 침통해 보이지만 눈가에 얼핏 꾸며내는 듯한 기색이 스친다. 심하게 비대한 복부 아래로 이렇게 쓰여 있다. 제임스 페이턴, 왕실 해양경비대 수색구조감독관, 애버딘. "매콜리 씨는 평소 항해에 능숙한 사람으로 알려져 있었습니다—"

정말? 나는 생각한다.

"—하지만 3일 오전 만을 통과하던 항상풍의 속도를 고려했을 때, 경보가 발령되었을 즈음에는 이미 약 여섯 시간 동안 실종

상태였을 것으로 추정됩니다." 그가 뜸을 들인다. 화면에는 상반
신만 잡혀 있지만 나는 그가 총을 든 악당처럼 양발을 벌려 자세
를 잡고 있다는 것을 알 수 있다. 간신히 어깨를 으쓱하지 않을
뿐이다. "지난 칠십이 시간 동안 만의 온도는 겨우 섭씨 칠 도밖
에 되지 않았습니다. 그런 조건이라면 물속에서 사람이 살아남을
수 있는 시간은 세 시간밖에 되지 않습니다."

개새끼, 나는 생각한다. 엘의 목소리로.

카메라가 다시 리포터에게로 돌아가는데, 그녀는 마구잡이가
된 머리카락이 여전히 전혀 거슬리지 않는다는 듯 군다. "이제
수색 이틀째 날이 끝나가는데, 기상 상태는 더욱 악화하고 있습
니다." 그녀가 말한다. "엘리스 매콜리가 안전하게 돌아오리라
는 희망은 빠르게 옅어지고 있습니다."

엘과 로스가 어딘가에서 휴가를 함께 보내고 있는 사진이 화면
을 가득 채운다. 그을린 몸에 하얀 치아. 그가 엘의 어깨에 팔을
두르고 있고 엘은 그에게 기대어 턱을 들고 웃음을 터트리고 있
다. 왜 이토록 열성적이고 긴 보도가 이어지는지 알겠다. 그들은
아름답다. 갈구하면서도 만족한다는 듯이 서로를 쳐다보고 있다.
그 친밀함이 나를 불편하게 한다. 뱃속의 와인을 산패시킨다.

나는 전화기를 집어들고 날씨 앱을 확인한다. 에든버러는 베니
스 비치에 이어 아직 목록의 두번째다. 이유를 깊이 생각해본 적
은 없었다. 기온 육 도에 폭우. 어두운 창밖과, 길게 늘어선 하얀
활주로 불빛들을 내다본다.

영국은 겨우 새벽 여섯시밖에 안 됐지만 이미 새로운 영상이
올라왔다. 실종 사흘째, 4월 5일. 나는 보지 않는다. 아무것도 바

꺼지 않았다는 것을 알고 있다. 엘이 아직 발견되지 않았다는 것을 알고 있다. 이제는 수사당국에서도 발견하리란 기대를 하지 않는다는 것을 어제보다 훨씬 더 확실히 알고 있다. 아래에는 새로운 이미지가 떠 있는데, 올라온 지 두 시간도 채 되지 않은 것이다. 실종된 리스 여성의 남편 희망을 잃다. 사진을 보자 숨이 멎을 듯하다. 그를 보니 가슴이 아프다. 누구라도 그를 보면 가슴이 아플 것이다. 로스는 낮은 벽 앞에 웅크리고 앉아, 무릎을 턱 가까이 세우고 양손을 목뒤에서 움켜쥔 채 앞으로 모은 팔꿈치를 방패처럼 꾹 누르고 있다. 긴 아노락을 입은 남자가 옆에 서서 내려다보며 분명 무어라 말하고 있지만, 로스는 주의를 기울이지 않는다. 오히려 만을 바라본다. 입을 벌리고 이를 드러낸 채, 내게 거의 들리는 것 같은 절망과 섬찟한 비탄으로 통곡을 내지르고 있다.

나는 너무 크게 쾅 소리를 내며 노트북을 닫는다. 사람들이 고개를 돌려 쳐다보는 가운데 남은 와인을 전부 들이켠다. 손이 떨리고 눈이 쑤신다. 뉴욕에서 에든버러까지 아직 긴 비행시간이 남아 있지만 그걸로는 충분하지 않다. 나는 돌아가고 싶지 않다. 다시 돌아가지 않을 수만 있다면 무엇이든—무엇이든—바칠 수 있을 것 같다.

자리에서 일어나 다른 바로 간다. 손님 운운하는 웨이터와 다시 얼굴을 맞댈 자신이 없다. 노트북과 가방을 집어들고 테이블 위에 이십 달러를 툭 던진다. 테이블 사이를 비집고 빠져나갈 때 걸음이 적잖이 흔들린다. 그 햄버거를 먹었어야 했나보다. 하지만 상관없다. 아무것도 상관없다. 사람들이 여전히 나를 쳐다보고 있어, 입 밖으로 소리 내어 중얼거렸나 싶지만 이내 내가 고개를 젓고 있다는 것을 깨닫는다. 믿어야 하기 때문이다. 아무것도 변한 것은 없다는 것을 믿어야 한다. 이 모든 두려움과 시시각각 조여오는 공포는 아무 의미도 없다는 것을. 에든버러를, 리스를, 웨스터릭 로드의 조지양식 창살이 달린, 회색 돌을 평평하게 깎아 만든 집을 생각한다. 할아버지의 잇새가 벌어진 웃음을 생각한다. 그러자 최악으로 치닫던 공황 상태가 누그러진다. 이 녀석아, 다진 고기 일 파운드보다도 못한 일이야.

언니가 죽었을 때 나는 에든버러에 없었다. LA공항이나 JFK공항에 있지도 않았다. 캘리포니아 아파트 연철 발코니에서 멀리 태평양을 내다보면서, 진판델 와인을 마시며 정확히 늘 원하던 곳에 와 있는 척하고 있지도 않았다.

언니가 죽었을 때 나는 아무데도 없었다.

언니는 죽지 않았기 때문이다.

제 2 장

내가 보도에 서 있는 사이 버스가 육중한 몸을 이끌고 천천히 시야에서 사라진다. 휴대전화의 날씨 앱이 고장났거나 결국 날씨가 고장났거나 둘 중 하나인 듯하다. 쌀쌀하지만 구름 한 점 없는 하늘은 화창하다. 도시—매연과 이층버스와 양조장과 벽난로 석탄—에서 오는 바람은 강하진 않지만 살을 에는 듯하다. 바다 냄새가 난다. 모든 것이 같고 아무것도 같지 않다. 집들은 같은 집이고, 도로는 같은 도로이며, 일층 작은 슈퍼마켓인 웨스터릭의 커훈 상점은 항상 있던 자리에 그대로 있다. 갑자기 더욱 차가운 미풍이 불어와 목에 소름이 돋는다. 시큼하면서 짭조름한 또다른 바다의 맛을 머금은 바람이다. 그쪽 바다도 추운 것이 틀림없다. 총을 들고 우쭐대던 그 악당에 대해서는 생각하지 않으려 애쓴다. 이 추위보다 훨씬 싸늘했던.

웨스터릭 로드 36번지를 차근차근 뜯어본다. 금속 대문은 그대로다. 각지게 다듬은 높다란 산울타리에는 노란 꽃이 드문드문

26

피어 있고, 좁은 길이 편평한 잔디밭을 가로지른다. 올려다볼 필요도 없이 회색 마름돌과 키가 크고 좁은 창유리의 엄숙한 대칭은 그대로다. 흰색 내화점토 난간동자로 장식된 양옆의 석조 벽과 저택을 끼고 나 있는 좁은 통로로 이어지는 붉은 나무문.

돌연 멈칫하며 휙 돌아본다. 아무도 없다. 그러나 누군가 있었다는 감각이 너무 강렬해 앞으로 발걸음을 옮긴다. 심장이 너무 빠르게 뛴다. 길 건너, 엘과 내가 진저브레드 쿱*이라고 부르곤 했던 붉은 사암 테라스하우스를 바라본다. 좁다랗게 이어진 집들과 단정하고 하얀 상인방과 팬지와 피튜니아로 가득한 창가 화단은 늘 마주보고 있는 기분 나쁜 회색 저택과 무척 안 어울린다. 관찰당하는—감시받는—느낌이 더욱 강해진다. 목덜미 잔털이 쭈뼛 선다. 그만해.

다시 36번지로 고개를 돌려 대문을 열고, 좁은 길을 따라가 돌계단을 네 개 오른다. 빨간 금속제 구두 흙털이, 빨간색 마지막 계단, 거대한 빨간색 현관문이 있다. 문은 약간 열려 있다. 한번은 엄마에게 이 집을 왜 빨간 집이라고 부르지 않냐고 물어본 적이 있었다. 엄마는 눈을 깜박거리더니 멍청한 소리 하지 말라는 표정을 지어 보였고, 때로는 그 표정이 내가 이제 엄마를 생각할 때면 떠오르는 전부가 되었다.

여긴 거울의 집이야. 너랑 엘리스처럼. 미러랜드처럼.

아마 엘과 나도 한때 이 집과 같은 완고한 대칭을 이루었을 것

---

* 크리스마스 무렵에 과자로 만드는 모형 집. 생강과 향신료 등을 넣고 적갈색으로 구운 진저브레드 과자를 쌓아 아이싱으로 장식한다.

이다. '아마'라는 말을 쓸 것도 없다. 우리는 실제로 그랬으니까. 하지만 영원히 똑같은 상태로 남아 있을 수 있는 것은 없다. 문을 밀어 열고 현관 전실로 들어간다. 흑백 격자무늬 타일. 짙은 색 오크로 징두리널을 댄 진홍색 벽. 내가 완전히 틀렸다는 것을 증명이라도 하는 듯하다. 눈을 감는다. 곧바로 데드 볼트가 무겁게 철컥 돌아가는 소리가 들린다. 순간 들이닥치는 칠흑 같은 어둠. 뛰어. 하지만 몸을 돌렸을 때, 문은 여전히 열려 있고 햇빛으로 여전히 포근하다. 그만해.

두번째 문의 황동 손잡이를 돌린다. 눈을 동그랗게 뜬 내 모습이 언뜻 비치는 듯하다가 문이 현관 복도로 활짝 열리고, 둥글게 휘어 있는 계단 그림자가 나타난다. 낡은 카펫은 사라졌고 반짝거리는 쪽모이 세공 바닥이 그 자리를 대신하고 있다. 문 위의 채광창을 꿰뚫고 햇빛이 들어온다. 동시에 빛줄기 속에서 책상다리를 하고 앉아 할아버지의 백과사전을 읽고 있는 내가 보인다. 카펫이 핀처럼 따끔따끔하게 피부를 긁고 있다.

복도 벽은 익숙한 크고 작은 접시들로 가득 장식되어 있다. 되새, 제비, 울새가 잎이 무성한 가지, 앙상한 가지, 눈 내린 가지에 앉아 있는, 가장자리가 물결 모양이거나 금박 테두리를 두른 접시들이다. 높은 전화 테이블과 대형 괘종시계도 응접실 문 양옆으로 예전 그 자리에 그대로 있다. 믿기 힘들지만—이십 년이 지난 지금에 와서는 너무 기괴하니까—어쨌든 그것들이 여전히 파수꾼 역할을 하고 있다. 냄새는 정확히 같다. 전혀 변하지 않았다. 오래된 나무와 노년과 오래된 기억의 냄새. 불신은 기대하지 않았던 안도감으로 누그러진다. 내 안에 자리하던 불안감도. 한참 깊은 심호흡을 하고 나니 내면의 무언가가 느슨해지면서 탈주한다. 그것은 아직 조금은 두려움에 가깝다, 깨지기 쉽고 날카로운 모서리를 지니고 있는. 하지만 따스하기도 하다. 대양처럼 깊다. 기대감을 품었다. 한편으로는 결국 돌아왔다는 반가운 마음이 너무 크다. 모든 것이 정확히, 믿을 수 없도록 불가하게 그대로라서 반갑다.

이 집이 여전히 진짜 내 집인 양 주방으로 방향을 튼다. 거기에 로스가 있다. 파란색과 흰색이 배색된 타일 바닥 위에 무릎과 손을 짚고 있다. 그가 고개를 든다. 눈을 깜박인다. 움찔한다.

나는 그에게 할 수 없는 말들을 너무 바삐 생각하느라 이보다 더 좋은 말을 찾아내지 못한다. "그렇게 환영해주니 반갑네. 보통은 그냥 안녕이라고들 하던데."

◆◆

"캣." 내 이름이 두 음절로 되어 있기라도 한 듯이 그의 목소리가 갈라진다. 그가 일어서자, 나는 우리 사이로 타일 위에 하얀 도자기가 산산조각나 흩어져 있다는 것을 알아차린다.

"도와줄까?"

"내가 알아서 할게." 그가 부서진 도자기 위를 건너와 내 앞일 피트쯤 되는 곳에 선다. 나만큼이나 경직된 미소를 띠고 있다. "LA는 어때?"

"더워."

그의 손가락 마디엔 하얗게 힘이 들어가 있다. "비행은 어땠어?"

"괜찮았어. 길었지." 왜 말이 나오지 않는지 모르겠다. 우리가 왜 이 우스꽝스러운 대화를 나누고 있는지 모르겠다. 로스는 이 집처럼, 예전과 같으면서도 달라졌다. 얼굴은 창백하고, 눈 밑은 뉴스 화면에서보다 더 축 늘어져 더는 보랏빛도 아니고 검은색으로 변했다. 거뭇거뭇하게 수염이 올라왔고, 손가락으로 숱하게 쓸어넘겼는지 머리가 엉클어졌다. 그런 모습 때문에 나이가 들어 보이지만 그게 그에게 해가 되는 것 같진 않다. 엘이 실종되었다는 사실만큼 해를 입히진 못한다. 은빛이 점점이 박힌 토탄 같은 갈색 눈 주변에는 주름이 많아졌다. 얼굴은 더 갸름해졌다. 그가 여전히 비뚤어진 미소를 짓는지, 여전히 왼쪽 송곳니가 앞니를 살짝 덮는지 궁금하다. 곧장 고개를 돌려버린다.

"돌아오는 게 힘들다고들 하던데." 그가 말한다.

"맞아."

그가 헛기침한다. "그러니까 서쪽에서 동쪽으로 이동하는 거 말이야."

"알아." 내가 말한다. "무슨 말인지 알아."

그의 티셔츠는 구김이 가 있고 팔에는 닭살이 돋았다. 그가 앞으로 다가선다. 다시 멈춘다. 양손으로 얼굴을 문지른다.

"세상에, 몇 년이나 됐지?"

"십이 년?" 잘 모르겠다는 듯이 내가 속삭인다. 목구멍이 막히고 눈두덩이 타오른다. 갑자기 이 모든 것—엘, 이 남자, 이 집—이 너무 버겁다. 피곤하다. 슬프다. 무섭다. 무엇보다도 빌어먹을 화가 난다. 여기로 돌아와야만 했다는 데 화가 나고, 가슴

한구석에서는 돌아오기를 바랐다는 것도 화가 난다. 아직 이십사 시간도 안 되었지만, 나의 아름다운 퍼시픽 애비뉴 아파트를 생각하면 이제는 미끈한 광택지의 질감만이 느껴진다. 그저 오래전에 방문했던 어떤 장소처럼.

아마도 그래서 그가 포옹했을 때 몸을 빼지 않았는지도 모른다. 그래서 그가 팔을 두르고 나를 세게 잡아당겨 내 목에 까끌까끌한 수염의 감촉이 느껴지도록, 피부에 그의 따스한 숨결과 목소리의 진동이 닿도록 놔두었는지도 모른다. 익숙하면서도 잊혔던 목소리. 하나도 변하지 않았다.

"네가 돌아와서 정말 다행이야, 캣."

◆◆

계단을 오르면서 주변을 보지 않으려 하지만 불가능한 일이다. 손바닥 아래에서 곡선을 그리는 매끄러운 오크 난간, 스테인드글라스 창으로부터 계단의 모자이크 타일에 쏟아지는 녹색과 금색 빛. 이층 층계참은 내가 정확히 예상했던 지점에서 끼익 소리를 낸다. 나도 모르게 1번 방으로 발걸음을 옮기기 시작한다. 로스가 반대편 문가에서 내 여행가방을 들고 당황한 듯 미소 아닌 미소를 지으며 서 있다.

"거긴 우리 방이야." 그가 말한다.

"미안해." 층계참을 가로질러 황급히 돌아가면서 내가 대답한다. "당연히 너희 방일 텐데." 그곳이 지금은 어떤 모습일지 궁금해하지 않을 수 없다. 엘과 내가 썼을 땐 침대보는 금빛을 띠는 노란색이었고 벽지는 녹색과 갈색과 금색의 향연인 열대우림이었다. 밤이 되면 우리는 커다란 목제 셔터를 창문에 내리고, 호주 북부 카카두정글의 빅토리아시대 탐험가를 흉내내며 놀았다.

로스를 따라 2번 방으로 간다. 손님용 방. 친숙하고 단정한 소나무 가구와 뒤뜰을 내려다보는 세로로 긴 창. 한쪽 구석에 물감이 후두두 튄 이젤과 팔레트가 놓여 있고, 벽에는 캔버스 두 개가 기대어 있다. 천둥 치는 캄캄한 하늘 아래에서 하얀 포말을 일으키는 성난 초록색 바다. 엘은 글자를 배우기 전부터 소묘와 채색을 할 줄 알았다.

"여기 괜찮아?" 로스가 묻는다.

나는 옷장 옆 벽장을 알아보고 움찔한다. 거기에 아직도 페이스 페인팅 물감과 오렌지색 가발, 형형색색의 나일론 점프슈트와 빨간 가짜 코가 있을지 궁금해진다. 하지만 경첩과 틈새가 페인트칠로 막혀 있다. 다시 방을 둘러본다. 흰색과 빨강과 핑크가 줄무늬를 이루는 벽지를 보면서 웃음이 새어나오기 시작한다. 그렇다. 나는 어릿광대 카페에 있기 때문이다.

"캣?"

"미안. 응, 여기 괜찮아. 좋아."

"다시 오니 기분이 이상한가보구나."

그와 눈을 마주칠 수가 없다. 그가 이 집을 샀다고 말하던 날을 아직도 잊을 수 없다. 나는 링컨 대로의 시끄럽고 지나치게 붐비는 술집에 앉아서, 숙취와 말도 안 되는 더위에 시달리고 있었다. 그때쯤엔 캘리포니아 남부에 산 지 몇 년이 되었는데도, 수그러들 줄 모르는 화창한 날씨에 적응이 되지 않은 상태였다. 처음 느낀 감정은 충격이었다. 다른 모든 감정들은 전화를 끊은 후 혼자 남겨졌을 때, 응접실의 벽난로와 암녹색 타일 앞에서 샴페인을 마시고 미래를 이야기하며 서로 껴안고 있을 그들을 상상하는 동 안 덮쳐왔다. 그것이 그가 내게 마지막으로 건 전화는 아니었지 만, 내가 마지막으로 받은 그의 전화였다.

"어떻게 여기 이렇게 다 그대로 있을 수가 있지, 세월이 이만 큼 흘렀는데. 그러니까, 다른 사람들도 여기 살았을 텐데―"

"한 노부부가 수년간 살았지. 맥도널드 부부라고." 로스가 말한다. "원래 있던 가구 대부분을 헐값에 넘겨받았을 거야. 그러 고는 많이 바꾸지 않았어. 우리가 이 집을 샀을 때는 없는 것만 새로 채워넣었고."

나는 그를 쳐다본다. "새로 채웠다고?"

"응. 그러니까 그 사람들이 큰 것들은 그냥 남겨두고 갔거든. 주방 찬장이나 식탁, 가스레인지, 체스터필드 소파. 식사실 가구 들도. 근데 그 외에는 대부분 새 물건이야. 정말 새것은 아니지 만―무슨 말인지 알지." 그의 미소는 부자연스럽고 즐거워 보이 지도 않는데다 분노마저 담겨 있다. "거의 주말마다 엘이 골동품 상이나 장터에 나를 끌고 다녔던 것 같아."

그녀의 이름에 나는 움찔한다. 어쩔 수가 없다. 로스는 나를 조 심스럽게 바라보고 내가 마주보아도 오랫동안 시선을 피하지 않 는다.

"넌 이유를 묻지 않았지." 그가 말한다. "그 당시에 말이야. 왜 우리가 이 집을 샀는지."

나는 고개를 돌린다. 창문과 페인트칠로 막힌 벽장문을 바라본다.

"경매에 나왔어. 엘이 신문에서 공고를 봤어." 그가 침대에 털썩 주저앉는다. "나는 과거를 자꾸 떠올리는 게 바람직하지 않다고 생각했는데. 내 말은…… 너도 무슨 말인지 알겠지만……"

물론 알고 있다. 나는 이곳에서 행복했다. 대체로. 이후로는 매우 불행했다. 하지만 그 말이 사실이라는 것을 안다. 과거로 돌아갈 수는 없다.

"나도 계약금에 돈을 보태서 매입을 도왔어." 그가 어깨를 으쓱한다. "엘이 뭔가를 원할 때 어땠는지 너도 알잖아."

얼굴이 달아오르고 피부가 따끔거린다. 그가 엘을 과거시제로 말하고 있다는 것을 깨닫는다. 죽었다고 생각해서일까 아니면 그녀와 나에게는 현재가 없다고 생각해서일까.

그가 헛기침한다. 주머니에 손을 집어넣는다. "네가 여기 있는 동안 이게 필요할 거라 생각했어. 마음대로 드나들 수 있게." 그가 예일 열쇠 두 개를 내민다. "이건 현관 복도 문 열쇠인데 보통은 잠그지 않고 열어두긴 해. 그리고 이건 현관문 나이트 래치* 열쇠야. 데드 볼트로 밖에서 잠글 수도 있는데 그 열쇠는 하나뿐이라, 이제부터는 잠그지 않을게."

나는 열쇠를 받아들며 검은 어둠의 기억을 납작하게 짓누른다. 뛰어. "고마워."

누가 줄로 잡아당긴 것처럼 그가 느닷없이 일어선다. 그러고는 서성거리기 시작하더니 양손으로 머리를 쓸어넘겨 크게 한 움큼

---

* 안쪽에서는 핸들로, 바깥에서는 열쇠로 열 수 있는 잠금장치로, 유럽에서 주로 사용한다.

감싸쥔다. "맙소사, 캣, 뭐라도 해야 할 것 같은데, 그게 뭔지 모르겠어. 뭔지 모르겠다고!"

그가 한쪽 발을 짚고 몸을 홱 돌리더니 내 쪽으로 달려든다. 눈이 휘둥그레져 홍채 주위의 붉은 실핏줄이 보일 정도다. "다들 엘이 죽었다고 생각해. 회피하기만 하면서 명확히 말은 안 하지만, 뻔하지. 내일이면 실종 나흘째야. 날씨니 시간이니 방책이니 하다가 죄송합니다, 닥터 매콜리, 더는 할 수 있는 게 없습니다 이러기까지 얼마나 더 조사할 거라고 생각해?" 그는 손을 홱 들어올렸다 내린다. 티셔츠의 겨드랑이 부분이 짙게 얼룩져 있다. "사라진 건 엘 하나만이 아니야, 이십 피트 보트가 이십이 피트 돛대를 달고 사라졌다고! 어떻게 그런 게 그냥 사라질 수가 있지? 게다가 엘은 항해에 능숙했다고." 그가 여전히 서성거리며 말한다. 이런 말을 누군가에게 쏟아놓는 게 처음은 아닐 거라는 확신이 든다. "그 빌어먹을 보트를 혼자 몰고 나가는 걸 내가 싫어한다는 걸 엘도 알고 있었어." 그가 다시 침대에 털썩 앉는다. 줄은 끊어졌다. "이런 일이 일어날 수도 있다고 내가 늘 말했는데."

"난 언니가 배를 몰 줄 안다는 것조차 몰랐어." 내가 말한다. "배를 가지고 있다는 건 당연히 생각지도 못했고." 그랜턴 항구에 정박한 배. 그 대신 나는 새티스팩션호 보스프릿*에 서 있던 우리 모습을 괴롭게 떠올린다. 웃고 소리치며 더운 열대 바람에 머리가 헝클어진다. 그리움과 분노 사이로 찌르는 듯한 통증이 느껴진다.

---

* 앞돛대의 밧줄을 묶도록 뱃머리에 돌출시킨 장대.

"몇 년 전에 엘이 온라인으로 샀어." 또다시 번뜩이는 분노. "확정 계약이었고 계약금은 환불 불가였지. 엘이 그림 의뢰를 많이 받아서 돈은 좀 있었어. 가끔 전시회도 열었고. 하지만 충분하진 않았어. 그래서 내가 차액을 지불해야 했지. 엘은 원하는 것을 얻었고. 빌어먹을 항해하는 법을 배우기도 전에 말이야. 아, 내가 그러지만 않았어도—" 그가 두 손을 얼굴 위로 쓸어내리자 당겨진 피부가 함께 끌려온다. "다 내 잘못이야. 전부 다."

나는 별로 내키진 않지만 그 옆에 앉는다. 엘은 죽지 않았다고 말하고 싶지만, 그게 잘 안 된다. 그는 그 말을 들을 준비가 아직 되어 있지 않다. "그게 어떻게 네 잘못이겠어?"

그는 집을 떠나 있었다. 행사 직전에야 일정이 나온 정신약리학학회 참석차 런던에 가 있었다. 개업한 모든 임상심리학자들은 필수적으로 참가해야 하는 연례 행사였다. "'정신 활성 치료의 효능 대 안전한 복용량.'" 그가 말한다. 마치 중요한 지점이라는 듯이. 마치 내가 그게 뭔지 감을 잡을 수 있다는 듯이. 그는 자기가 여기에 없었다는 사실에 대해, 그녀를 막지 못했다는 사실에 대해 자책하고 있다. 우리 둘 다 그래봤자 아무 차이가 없었으리라는 것을 알지만 말이다. 하지만 그게 전부는 아니다. 다른 무언가가 있다는 걸 나는 감지할 수 있다. 그가 말하지 않는 무언가.

"내가 돌아왔을 때쯤에는 이미 다섯 시간, 아니 더 오랫동안 실종 상태였어. 게다가 폭풍우가 갑자기 몰려왔고."

나는 실종 당일, 그가 두 개의 둥글납작한 불빛 사이 어둠 속에서 찍힌 사진을 생각한다.

"어제 수색 범위를 북해까지 넓혔어. 거기 있는 모든 낚싯배며 대형 선박도 엘을 찾고 있지만······" 그가 고개를 가로젓더니 다시 일어선다. "곧 수색을 그만두겠지. 난 알아. 내일 아침 경찰이 올 거야. 아무도 내가 항구에 나가 있길 원하지 않아. 빌어먹을 아무것도 안 하면서 방해나 한다는 거지." 그가 코웃음친다. "곡하는 홀아비지.*"

그는 너무나 화가 나 있고 씁쓸히 체념해버린 듯하다.

"많이 지친 것 같아. 눈 좀 붙이는 게 어때?"

그는 곧장 거부한다.

"난 오늘밤까지는 어쨌든 못 잘 것 같으니까." 내가 말한다. "무슨 일이 생기면 내가 깨울게, 알겠지? 약속해."

그의 어깨가 축 처진다. 미소가 너무 가련해 나는 고개를 돌리고 만다. 대신 창밖으로 바람에 흔들리는 초록의 과수원을 내다본다.

"알겠어." 그가 손을 뻗어 내 손을 한 번 꼭 쥔다. "고마워." 문간에서 그가 다시 한번 잠깐 뒤를 돌아본다. 그만의 미소가 조금은 돌아왔다. "아까 내 말은 진심이야. 네가 돌아와서 정말 기뻐."

나는 여행가방을 뒤져 기내에서 산 미니 보드카를 찾아낸다. 침대 위 로스가 앉았던 따뜻한 자리에 앉아 그걸 마신다. 침대 옆 협탁에는, 매우 젊은 엘과 로스가 프린세스 스트리트 가든의 꽃시계 옆에서 활짝 웃고 있는 사진이 액자에 들어 있다. 그의 손가락이 그녀의 청반바지 허리띠 안에 들어가 있고, 그녀의 손가락

---

* '곡하는 홀어미(wailing widow)'를 비튼 표현. '곡하는 홀어미'는 스코틀랜드 하일랜드 지방의 유명 폭포로, 폭포에서 추락한 사냥꾼의 홀로 남겨진 어머니에 관한 비극적인 전설이 전해진다.

은 그의 배 위에 펼쳐져 있다. 저때 나는 이미 떠난 뒤였나? 나는
이미 잊혔나? 엘의 밝고 행복한 웃음 속에서 대답을 짐작할 수
있다.

고개를 돌려 다시 방안을 둘러본다. 어릿광대 카페는 순전히 엘
의 발명품이었다. 풍부한 상상력으로 채운 도로변의 미국식 간이
식당으로, 벽은 빨강과 흰색으로 꾸미고 핑크색 네온사인을 달았
다. 낡은 전축이 오십년대 엘비스 노래를 연주하는 주크박스였다.
소나무 서랍장이 우리의 테이블이었고, 높은 스툴 두 개가 우리의
의자였다. 침대는 기다란 카운터였고, 벽장은 화장실이었다.

나는 어릿광대를 그다지 좋아하지 않았다. 당시 우리는 광대란
인간과 완전히 분리된 다른 종족이라고 굳게 믿었다. 나는 그들
에게 께름칙한 불신을 품는 한편 연민도 느꼈다. 광대는 자신에
게 할당된 것 외에 삶에서 다른 기회를 거의 누리지 못하는 것처
럼 보였고, 나는 비록 여덟 살이었지만 그 처지에 공감이 되었다.
물론 엘은 서커스단과 여행하는 것이 세상에서 제일 멋진 직업이
라 여겼다.

하지만 이빨 요정은 어릿광대를 두려워했다. 그리고 우리는 이
빨 요정을 두려워했다. 따라서 이곳 어릿광대 카페에 숨곤 했다.
페이스 페인팅 물감과 플라스틱 코, 나일론 가발과 점프슈트 때
문에 피부가 간지러웠지만, 디키 그록과 포고라는 두 고참 어릿
광대와 커피를 마시며 튀긴 도넛을 먹었다. 디키 그록은 어릿광
대 카페의 요리사였다. 슬픈 얼굴에 말을 하지 못했고, 서커스 천
막을 싫어해 이른 나이에 은퇴한 전직 곡예사였다. 포고는 뼈대
가 가늘고 이빨이 컸으며 짧은 개그의 제왕이었고, 확성기를 가

지고 등뒤로 몰래 다가가는 특이한 취미를 가지고 있었다. 이빨 요정만큼 나는 그가 무서웠다.

하지만 언제나 그런 것들을 감수할 만한 가치가 있었다. 불편, 두려움, 속이 울렁거리는 불안도. 어릿광대 카페는 우리 것이었으니까. 그곳은 중요했다. 세상에서 가장 숨기 좋은 장소였다.

나는 마른침을 삼킨다. 수년 동안 어릿광대 카페를 전혀 생각해본 적이 없었다. 수년 동안 우리에 대해 전혀 생각해보지 않았다. 불현듯 신선한 공기를 마셔야 살 것 같아서 창가로 다가가 아래 창을 힘주어 들어올린다. 창이 꿈쩍도 하지 않아 밑을 내려다본다. 대략 열두 개는 되는 길쭉한 못이 창틀을 관통해 창턱까지 박혀 구부러져 있다. 이런 것이 날 두렵게 할 이유는 없지만, 두려워진다. LA에서 엘이 정말 죽었을지도 모른다고 생각했던 짧은 순간만큼이나 두려워진다. 이곳에 왔다는 사실에 기뻐하고 있는 마음속 일부분만큼이나. 내 첫번째 인생이 이곳에서 끝났고 영원히 다시 시작될 수 없으리라 여겼는데.

"오, 엘." 차가운 유리창에 손가락을 누르며 나는 속삭인다. "젠장 대체 무슨 짓을 한 거야?"

제 3 장

집은 너무 조용하면서 너무 시끄럽다.

계단 꼭대기에 서서 숨을 돌린다. 여기 있던 카펫도 사라졌지만, 천장 로제트에 매달린 구체 유리등과 웨스터릭 로드로부터 쏟아져들어와 열린 욕실 문을 통과해 직선으로 내리쬐는 황금색 햇빛은 예전과 똑같다. 닫혀 있는 문을 둘러본다. 1, 2, 4, 5번 방. 그리고 우리가 붙였던 이름을 기억해낸다. 카카두정글, 어릿광대 카페, 공주의 탑과 맞은편의 동크숍. 어릿광대 카페와 공주의 탑 사이 어두컴컴한 복도 초입에 가까워지자 심장도 경고음을 울려야 한다는 것을 기억해내지만, 무시하고 몸을 돌려 그 음침한 막다른 곳에 있는 방을 향해 빠르게 걷는다. 3번 방. 이름이 있었을 테지만 기억이 나지 않는다. 문에 다가가자 그 검은색 무광 패널에는 먼지가 켜켜이 쌓여 있고, 나는 좁은 복도 벽에 닿지 않기 위해 내내 양팔로 상반신을 꼭 안고 있었다는 사실을 문득 깨닫는다. 팔을 풀고 다시 한번 숨을 들이쉰다. 제발, 이러지 마.

하지만 손잡이를 손가락으로 감싸쥐자 엘의 비명이 귓가에 들린다. 들어가지 마! 우린 거기에 절대 들어갈 수 없어! 그다음에는 더 카랑카랑하고 날카로운, 의견이나 반론은 절대 허용하지 않는 엄마의 목소리. 거기 들어가기만 해봐, 죽도록 혼쭐을 내줄 테니까, 알아들어?

나는 그 말에 따른다.

손을 놓고, 문을 등지는 건 내키지 않아 빠르게 뒷걸음질쳐 다시 계단 쪽 따스한 황금색 햇살 속으로 들어간다. 이유가 무엇인지도 모른 채 몸이 오래도록 세차게 떨린다. 이유는 피부밑에서 근질거리고 있다. 분명 느낄 수 있다. 하지만 긁고 싶어질 정도는 아니다.

그만해. 그냥 유령이겠지. 그뿐이야.

호흡을 가다듬는다. 5번 방으로 건너가 문을 연다. 할아버지는 그 방을 동크숍이라고 불렀다. 배의 엔진실이었기 때문이다.* 배의 동력이자 고동치는 심장이었다. 오크로 된 단단한 더블 침대와 옷장이 그곳에 있다. 할아버지가 일하던 크고 흉측한 책상도. 라디오 잡음이 요란하게 색색거리던 기억이 난다. 할아버지는 보청기를 끼고도 귀가 잘 안 들려서, 토요일 오후가 끝날 무렵이면 온 집안 곳곳에서 축구 경기 결과를 알 수 있을 정도였다. 하지만 라디오는 사라졌다. 수북이 쌓인 나사와 볼트와 용수철도 없고 절단된 기계나 모터도 없다. 기름이나 뜨뜻한 금속 냄새도 나지 않는다. 동크숍의 심장은 멈춘 지 오래였다.

---

* '동크(donk)' 또는 '동키 엔진(donkey engine)'은 선박의 보조 엔진을 말한다.

공주의 탑은 엄마의 침실이었다. 방문을 열고 들어가, 벽에 붙은 작은 싱글 침대와 분홍색 베개와 깃털이불, 분홍빛 프릴 장식이 달린 하얀 화장대와 볼록하게 방석을 댄 스툴을 보자마자, 목구멍에 무언가가 울컥 치민다. 오싹함이 온몸을 훑고 지나간다. 로스의 말과는 달리 모든 것이 너무 실제 같고 변한 것이 없어서, 마치 이십 년이라는 시간 내내 얼어붙어 있던 것 같기 때문이다. 엄마가 방금 방에서 나간 것처럼. 내 기억으로 엄마는 우리를 이곳에 아주 가끔만 들어오게 해주었는데, 대부분 책을 읽어줄 때였다. 어린 나이에도 이 모든 분홍색과 레이스 달린 프릴이 우리의 엄하고 프릴 따위와는 절대 상관없을 것 같은 어머니와 얼마나 안 어울리는지는 뇌리에 강렬하게 남았다. 그러나 공주에게는 얼마나 어울리는 방인가.

그 공주는 엄마가 자기 전에 즐겨 읽어주던 이야기의 주인공이었다. 아이오나라는 이 요정 공주의 이름은 '아름답다'는 뜻이었고, 그녀는 세상에서 가장 아름다운 공주였다. 나는 침대에 앉아 큼지막한 창 밖으로 웨스터릭 로드를 내다보며, 내 머리를 천천히 쓰다듬던 엄마 손바닥의 아늑한 따스함을 떠올린다. 어느 끔찍한 날, 요정 공주는 사악한 할망구에게 납치당해 어머니로부터 떨어지게 되었다. 할망구는 공주의 날개를 자르고 탑에 가뒀는데, 탑이 너무 높아서 아무도 그녀가 거기 있는 줄 몰랐다. 하지만 공주는 슬퍼하거나 두려워하지 않았다. 언젠가 탈출하리라는 것을 알았기 때문이었다. 언젠가 금발머리가 충분히 자라면 머리를 침대 기둥에 묶고 밧줄로 삼아 아래로 내려갈 수 있기 때문이었다.

근데 그럼 어떻게 머리를 기둥에서 풀어? 한번은 엘이 물었다.

그러자 엄마는 우리를 쓰다듬던 손짓을 멈추었다. 머리를 자르겠지.

집에는 텔레비전이 없었다. 할아버지의 유일한 트랜지스터 라디오는 신성불가침이었다. 이야기가 우리 인생의 전부였다. 엄마는 많은 원칙을 갖고 있었는데, 우리가 독서를 해야 한다는 것과 살면서 알아야 할 것은 모두 책에서 배울 수 있다는 신조만큼은 절대적이었으며 결코 흔들리지 않았다. 공주의 탑 같은 몇몇 이야기는 『아라비안 나이트』나 그림형제의 동화에서 따온 기묘한 합성물이었다. 어떤 이야기는 엄마가 책에서 읽은 것이었다. 나니아와 가운데땅의 환상의 나라, 보물섬과 네버랜드처럼. 하지만 대부분은 엄마가 완전히 지어낸 이야기로, 해적과 공주, 여자 영웅호걸과 괴물에 대한 것이었다. 모두가 어리석거나 순진하거나 겁이 많거나 철없는 이들을 위한, 무섭고 흥미진진하고 교훈을 주는 이야기들이었다.

스노화이트는 차분하고 친절했단다. 집에 머물면서 집안일을 돕거나 어머니에게 책을 읽어드렸지. 로즈레드는 말괄량이였단다. 뛰어다니고 웃음을 터트리고 나비 잡기를 좋아했지. 살갗을 간질이는 엄마의 숨결. 너희는 항상 손을 꼭 잡고 있어야 돼. 천천히 조여오는 엄마의 손가락. 아무한테도 기대지 마. 아무도 믿지 마. 눈물이 핑 돌 때까지 머리를 잡아당겨 땋기. 너희한테는 너희 둘뿐이야.

나는 자리에서 벌떡 일어나 팔에 돋은 닭살을 문지른다. 하지만 방에서 나가지는 않는다. 엄마가 우리 책을 전부 보관하던, 창문 옆의 흰색 벽장으로 다가가 문을 당겨 연다. 탑처럼 쌓아둔 페이퍼백 책 무더기 사이에서 엘이 회청색 눈으로 나를 응시한다. 나는 뒤로 주춤거리다가 벽에 부딪힌다. 그녀의 얼굴은 창백한 잿빛이다. 나와 똑같은 눈과 입 주변에는 못 보던 주름들이 자리 잡고 있다. 물감은 나이프로 바른 듯이 두껍고 칠이 거칠다. 배경은 거대한 거울이다. 像속의 상, 그녀의 어둡고 피곤한 얼굴이 작아지고 또 작아져 무한대로 작아지는. 엘이 너무 많아서 셀 수가 없다.

당연히도, 그녀를 본다는 것은 언제나 거울을 보는 것이나 마찬가지였다. 쌍둥이는 가족 내력이라고 엄마는 말했지만, 우리는 달랐다. 너희는 특별하단다. 올빼미쏙독새나 캘리포니아콘도르처럼 희귀하지. 십만 명 이상에 한 명꼴로 너희 같은 특별한 아이가 태어난단다. 엄마는 포궁 안에서 손을 잡고 웅크리고 있는 태아들의 복잡한 도표가 그려진 책을 가지고 있었다. 난자는 우리를 뒤늦게, 수정 후 일주일이 넘어서야 분리했고, 그건 우리가 단지 하나에서 갈라진 두 개의 반쪽이 아니라는 뜻이었다. 우리는 거울쌍둥이Mirror Twins*였다. 엄마는 우리에게 똑같은 옷을 입혔다. 손수 만든 유치한 점퍼스커트와 하얀 하이넥 블라우스. 무릎 아래로 한참 내려오는 깅엄체크 원피스 같은 옷들. 엄마는 우리를 분홍색 스툴에 앉히고, 화장대 거울 속 우리 모습을 반짝이는 눈으로 응시하면서 긴 금발머리를 땋아주었다.

며칠 늦었으면 너희는 하나로 섞여서 다른 사람으로 태어났을 거

---

* 일란성쌍둥이의 일종으로, 수정란이 샴쌍둥이가 되기 직전에 늦게 분리되는 경우 거울쌍둥이가 될 수 있다. 거울로 마주보는 이미지처럼 서로 오른쪽과 왼쪽이 닮아, 점의 위치나 눈의 모양 같은 신체적 특징이 대칭을 이룬다.

야. 모래와 석회가 유리가 되는 것처럼.

이 말은 나를 공포에 질리게 했다. 우리가 괴물이 될 뻔하다가 가까스로 모면한 것 같았다.

나는 엘의 초상화를 물끄러미 바라본다. 그녀는 화가 나 있다. 부글부글 끓고 있다. 그녀의 눈과, 속에서는 이를 바드득 갈고 있을 꾹 닫은 입술에서 증오를 읽을 수 있다. 하지만 그 모든 분노 아래에는 공포가 있다. 그게 보일 만큼은 여전히 그녀를 안다. 초상화를 누가 거기에 두었는지 궁금해진다. 엘이 왜 그것을 그려야겠다고 느꼈는지도. 나는 손목을 내려다보며, 손가락으로 내 손목을 꽉 쥐던 그녀를 마지못해 떠올린다. 얼마나 꽉 눌렀던지 붉은 자국이 남다못해 나중에는 보랏빛과 노란빛이 피어났었다.

널 증오해. 가버려. 난 네가 사라지기만 바란다고. 목소리에 서린 으르렁거림, 눈동자에 깃든 냉정한 승리감. 너를 다시는 생각할 필요가 없어지도록.

나는 벽장문을 닫은 뒤 문에 털썩 기댄다. 머리가 지끈거린다. 그녀가 죽지 않았다고 로스에게 어떻게 말하지? 어떻게 설명하지? 그 시절 그녀가 내게 극심하게 상처를 주었을 때에도, 그녀의 말은 사실이 아니라는 것을 나는 알고 있었다. 그 모든 분노 뒤에는 상처가 있다는 것을 알아차릴 만큼은 그녀를 알았다. 느낄 수 있었다. 너무 많은 방면에서 우리는 모래와 석회가 맞았다. 여섯 살 때 엘이 사과나무 올드 프레드에서 떨어졌다. 나는 독감으로 침대에 누워 있었다. 머리와 가슴은 고열로 질식할 듯했으며 마음은 이러다 죽는 건 아닐까 하는 걱정으로 가득차 있었지만, 엘의 비명을 마치 내 목구멍에서 나오는 것처럼 느낄 수 있었다. 나뭇가지 사이로 떨어질 때의 내장이 뒤틀리는 공포, 땅에 부딪치는 충격, 발목을 타고 무릎 속까지 퍼지는 타는 듯한 고통을 느낄 수 있었다. 할아버지는 그냥 삐었을 뿐이라고 말했다. 아니나 다를까 일주일 후 엘은 나보다 더 빨리 회복되었다. 엘은 내게 뜨거운 레몬수와 뜰에서 꺾은 데이지를 몇 움큼씩 가져다주었고, 내가 여전히 쌕쌕거리며 열이 펄펄 끓어 침대 신세인 동안에도 우리는 함께 데이지 왕관을 만들었다. 처음 엘이 내 방에 들어오는 걸 허락받았을 때, 그 추락의 순간에 내가 얼마나 아팠는지를 얘기해주자 엘의 눈이 휘둥그레 커졌다.

어지러웠어, 엘은 말했다. 가슴과 머리가 터질 것 같아서 숨을 쉴 수가 없었어. 그래서 떨어진 거야.

이후, 나는 이미 증명되었다고 생각한 것을 엘은 늘 증명하려 애썼다. 그녀에게 그것은 일종의 게임이 되어버렸다. 고통과 공포와 위험을 나와 공유할 수만 있다면, 나무나 계단에서 제 몸을 던지는 것을 아무렇지도 않게 생각했다. 팔과 다리는 노상 긁힌 자국과 꼬집어서 생긴 멍으로 뒤덮여 있었다. 내가 얼마나 간청하든, 다른 사람의 다리로 지뢰밭을 걸어다니는 느낌 때문에 내가 얼마나 괴로워하든 상관하지 않았다. 높은 곳만 보면 떨어지기를 기다리는 것 같은 아찔한 공포 때문에 몸이 굳어버려도 상관하지 않았다. 그 현기증은 이 집을 떠났을 때에야 없어졌다. 엘은 그저 웃기만 했다. 속에서 우러난 웃음을 오랫동안 거두지 않았다. 그러고는 역시 아플 때까지 나를 힘껏 안았다.

4월 3일, 나는 오전 열시까지 잤다. 라이프스타일 잡지에 보낼, 이미 마감 기한이 지난 칼럼을 밤새 마무리했기 때문이었다.

'내 남자의 외도를 암시하는 열 가지 몸짓 언어.' 아침으로 커피를 마시고, 가판대와 관광객들과 밤 말리 깃발들 사이를 배회하며 베니스 비치의 산책로를 거닐었다. 스케이트 타는 사람들, 공연하는 사람들, 점쟁이들, 예술가들. 날이 너무 더워지길래 야자나무 그늘 아래 벤치에 앉았다. 대신 나를 지나쳐가는 모든 생명을 지켜보며 내 일부인 양 들이마셨다. 이따 어느 나이트클럽에 갈지, 무슨 옷을 입을지, 누구의 손이 나를 만질지를 한가로이 상상했다.

다섯시쯤 아파트로 돌아가 한 시간 자고 샤워한 후, 블랙 미니 드레스를 입고 지나치게 높은 하이힐을 신었다. 발을 헛디뎌 발코니로 넘어지면서 뚜껑이 열려 있던 와인 병을 떨어뜨릴 뻔했다. 손가락 사이로 물기에 젖은 차가운 병이 미끄러졌고, 하루 중 그때가 내 심장이 가장 빠르게 뛰었던 순간이었다. 발코니에 앉아 발가락을 어루만지고 와인을 마시면서, 수평선 너머로 태평양을 붉게 물들이며 지는 태양을 지켜보았다. 아무 느낌도 없었다. 다른 날과 똑같은 날일 뿐이었다. 다른 밤과 똑같은 밤일 뿐이었다. 이후로도 아무 느낌이 없었다. 공포도, 충격도, 고통도 없었다. 뱃속이 퍼덕이는 동요도 없었고, 이질적이고 깊이를 알 수 없는 공포도 없었다. 아무것도 내게서 뜯겨나가지 않았으며, 아무것도 끝나지 않았다. 모든 것은 정확히 그대로다. 엘은 어딘가의 어둠 속에서 고통받으며 누워 있지 않다. 그녀는 죽지 않았다. 나는 느꼈을 것이다. 알 수 있었을 것이다. 사이가 얼마나 소원해졌든, 나는 알 것이다.

◆◆

　주방으로 간다. 둘러보는 김에 한 번에 다 보는 게 낫다. 엄마의 오래된 키치너 화덕—커다랗고 흉측한 검은색 무쇠 주물—은 요즘도 쓰고 있는 듯 보인다. 열판 위에는 주전자 하나가 놓여 있고 석탄 받침에는 재가 한 무더기 쌓여 있다. 엄마의 목덜미에서 곱슬거리던 머리칼과 음식을 저으면서 혀를 찰 때의 경사진 어깨선, 허리에 두른 앞치마의 꼭 묶은 매듭, 닳은 신발 뒤꿈치가 눈에 보이는 듯하다. 창문 꼭대기에 맺혀 있다 점점 굵어지며 흘러내려와 뒤뜰을 가리던 물방울. 표백제와 라벤더, 톡 쏘는 스카치 수프, 이따금 방과후 같이 구웠던 달콤한 레몬 케이크. 커다란 나무 식탁과 그 위의 오래된 긁힌 상처, 움푹 팬 자국, 얼룩들이 여전히 이 공간에서 가장 큰 몫을 차지한다. 할아버지가 성치 못한 다리를 옆에 있는 의자에 올려놓고 있는 모습, 매끈하게 번들거리는 머리와 무성하게 퍼진 구레나룻, 오렌지맛 틱택 캔디를 먹을 때와 똑같이 심장병 약을 털어넣는 모습, 기쁘든 화가 났든 슬프든 커다란 주먹을 나무 식탁 위에 쾅 내리치는 모습이 눈에 선하다.

　엄마가 레인지에서 고개를 돌리는 모습이 보인다. 눈 주변은 젖었다 마른 신문지처럼 자글자글하고, 국자에서는 수프 방울이 떨어져 바닥에 튄다. 엄마는 할아버지가 들을 수 있도록 목소리를 높여 말한다. 에든버러에서 누가 하루에 세 번 칼에 찔렸대요. 엘과 내가—여덟 살 내지 아홉 살 때쯤이었고 아마 그 이상은 아니었을 텐데, 엄마의 머리가 아직은 대부분 금발, 우리와 거의 같은 백금발이었기 때문이다—경악하여 눈을 휘둥그레 뜨고 할아버지를 쳐다보면 이윽고 할아버지는 활짝 웃으며 하얀 이를 드러냈다. 불쌍한 놈 같으니라고, 안 그러냐?

할아버지는 글래스고 이스트엔드 출신이다. 열여섯이 되고부터 북해 고기잡이배에서 기관사로 일했다. 할머니는 엄마가 아직 십대였을 때 암으로 세상을 떠났다. 매년 기일이 되면, 엄마는 침실에 혼자 틀어박혀 다음날까지 나오지 않았다. 하지만 할아버지는 아니었다. 할아버지는 지독히 금욕적이었다. 엄마의 이야기 중 하나에 나오는 캐릭터 같았다. 혹독한 삶이 혹독한 사람을 낳아, 그의 세상은 변하지도 성장하지도 않았다. 얼마나 많은 배를 탔든, 얼마나 많은 장소를 가보고 얼마나 많은 사람을 만났든 말이다. 하지만 할아버지는 여름 내내 뒤뜰에서 엘과 나를 유일한 친구 삼아, 소풍을 즐기고 같이 웃고 떠들며 끝없는 보물찾기를 했다. 비 오는 날에는 언제나 집안에서 정교하기 그지없는 담요 요새와 성을 만들었다. 할아버지가 리스에서 열리는 주말 장에 나가면, 우리는 주방 식탁에 몇 시간 동안 앉아 음정이 안 맞는 〈Bluebell Polka〉나 〈Lily of Laguna〉의 휘파람소리와 현관 복도의 유리문에 비치는 특유의 절뚝거리는 실루엣, 팔꿈치에 걸려 있는 캔버스 가방에 가득한 태블릿 과자와 토피 사탕을 기다렸다. 할아버지는 엄마를 사로잡는 무분별한 공포와 불길한 예감을 달래는 연고와 같았다. 손을 제외하고는 항상 움직임 없이 차분하게 앉아서, 엄마가 다급한 어조로 낮게 속삭일 때는 귀를 기울이는 척했고, 엄마가 안절부절못하거나 우왕좌왕하면 눈동자를 굴렸다.

얘야, 걱정하면 작은 것도 크게 보인다니까. 걱정일랑 빌어먹을-꺼져-바구니에 던져넣으렴.

여기가 우리가 살았던 곳이다. 엘, 엄마, 할아버지, 그리고 내가. 이 아늑하고 흉측한 공간에서. 나는 시시한 베이지 색깔의 나무 주방 가구들을 둘러보며 미소 짓고 있다. 숨은 굴뚝과 은색 연통이 연결된 탓에 새들이 영원히 갇혀버리는 오래된 보일러를 바라보면서. 나는 새들이 마구 할퀴고 퍼덕거리는 소리를 귀기울여 듣곤 했다. 마치 물속에서 나는 것처럼 갑갑하게 막힌 소리였다. 천장에 달린 낡은 건조대 밑에는 새 스메그 냉장고가 있고, 주변과 어울리지 않게도 사파이어색이다. 높직이 뻗은 조지양식 창을 보면, 경질목 창살 테두리 사이에 다닥다닥 모인 작은 판유리들 너머로 늙은 사과나무들이 자리잡고 앉아 흔들린다.

나는 현관 복도와 대형 괘종시계, 전화 테이블, 새가 그려진 도자기 접시 쪽으로 열려 있는 문을 향해 다시 고개를 돌린다. 나의 내면에는 텅 빈 공간이 있다. 실제가 아닌 걸 실제라고 믿게 되거나 속아넘어가기가 쉽다는 것을 나는 알고 있다. 특히 그것을 믿고 싶을 때면 더더욱. 하지만 이 집은 오래된 기억 이상의 존재다. 박물관, 영묘나 마찬가지다. 아니면 속돌과 화산재 아래 갇힌 주검처럼 보존된 대재앙의 순간. 그래서 엘은 이 집을 사서, 잃어버린 것들로 다시 꽉 채웠어야 했을까? 신문에서 경매 공고를 보고, 어린 시절로 되돌아가게 되리라고는 미처 예상하지 못한 채, 호기심 이상의 무언가에 이끌려 집을 보겠다는 약속을 잡았을까? 이곳에 왔다가 다시 돌아가기가, 인력에 저항하기가 힘들었으리라 생각한다. 비록 늘 내가 더 감상적인 쪽이긴 했지만. 엘은 사춘기가 되기 전부터도 이미 빌어먹을-꺼져-바구니에 던져넣기 기술에 통달해 있었다.

나는 로스가 바닥에 남겨둔 쓰레받기와 빗자루를 집어들어, 눈에 보이는 깨진 도자기 조각을 모두 쓸어 담는다. 주방을 가로질러 보조주방으로 가다가, 키치너 화덕 근처에서 갑자기 멈춰 선다. 두 타일 사이의 긴 이음매를 내려다본다. 갈라진 회반죽이 검은 얼룩으로 물들어 있다. 심장이 멎는 것 같다. 갑자기 구토가 밀려와 얼른 고개를 돌린다. 종이 울린다. 시끄럽고 갑작스럽게 그리고 가까이서. 심장이 다시 멎었다가 전속력으로 질주하기 시작한다. 고개를 돌린다. 내장이 뒤틀리고, 손가락과 발가락이 따끔거린다. 주방문 바로 안쪽에 종을 매달아둔 나무판자 쪽으로 곧장 시선이 향한다.

식사실 응접실 식료품실 욕실
침실
1 2 3 4 5

각 방의 이름 밑에 스프링이 달린 구리와 주석 합금 종이 달려 있고, 종 안에는 끝이 별 모양인 추가 달려 있다. 그리고 주방을 제외한 집안의 모든 방에는 당김 장치가 있다. 놋쇠와 세라믹으로 된 이 레버는 긴 구리 선에 연결되고, 구리 선은 벽 안쪽에 감추어져 천장 돌림띠와 회벽 뒤로 이어진다. 레버를 당길 때마다 중심축과 L자 손잡이에서 선들이 팽팽하게 당겨지고, 그 진동은 방과 바닥과 복도를 통과해 마침내 주방에 도달한다. 그러고는 종이 매달린 판의 돌돌 말린 스프링을 흔들어 길고 요란하게 종을 울리는 것이다. 종이 울림을 멈춘 후에도 추는 계속해서 몇 분 동안 흔들렸던 기억이 난다. 그래서 엘과 나는 상대방이 어느 방에서 레버를 당겼는지 맞히려고 현관 전실에 서 있곤 했다. 이 초보적인 텔레파시 테스트는 아무에게도 설득력이 없었는데, 종들이 각기 다른 소리를 냈기 때문이다. 우리는 금방 그 놀이가 지루해졌다. 오직 엄마만 계속 즐거워해서, 우리가 맞힐 때마다 손뼉을 치거나 보기 드문 환한 미소를 보여주었다.

다시 종이 더 크고 더 새된 소리로 울린다. 나는 화들짝 놀란다. 3번 방 밑에 달린 종을 응시하자 귓전에서 무언가가 속삭인다.

이 집에는 괴물이 있어.

소름이 끼쳐 혀를 꽉 깨문다. 어떤 종과 추도 움직이고 있지 않다. 너무 오랜 시간이 흐른 후에야, 울리고 있는 것은 초인종이라는 것을 깨닫는다. 맙소사. 나는 현관 복도로 돌아가 길고 느리게 심호흡한다. 시차 때문일 것이다. 그뿐이다. 유리문은 열려 있다. 큼직한 빨간 문은 닫혀 있다. 까치발로 걸어가 문에 달린 작은 구멍으로 내다보니, 보이는 것이라고는 좁은 길과 대문과 각지게 정돈된 높직한 산울타리뿐이다. 아무도 없다.

발가락에 무언가 부드럽고 차가운 것이 닿는다. 황마 도어매트에 놓여 있는 봉투 하나. 앞면을 가득 채운 검은색 고딕 대문자 글씨, **캐트리오나**. 우표나 소인은 없다. 별로 주워들고 싶지는 않지만, 물론 주워들 수밖에. 손가락을 더듬대며 봉투를 찢어 안에 든 카드를 꺼낸다. 조문 카드다. 병목이 좁은 꽃병에 크림색 백합이 꽂혀 있고 리본이 묶여 있는 그림. 음각한 금색 필기체—당신을 기억합니다.

복도로 들어와 문을 닫는다. 문을 걸어 잠근다. 카드를 연다.

그 집에서 떠나

제 4 장

 러픽 경위는 누구나 선망하면서도 막상 자기 자신이 그 사람이 아님에 감사하게 되는 그런 부류의 여성이다. 작고 마른 체형이지만, 목소리가 크고 별다른 노력 없이 좌중을 제압하는 극성스러운 글래스고 사람이다. 머리는 검은색, 옷도 검은색이고 손을 잡자 놀랍도록 따뜻하다.

 "앉으시죠, 모건 씨." 그녀가 내게 하는 첫마디다. 마치 여기가 자기 집인 것처럼.

 우리는 '왕좌의 방'에 있다. 이유는 나도 모르겠다. 이 방 역시 시간 속에 얼어붙어 있다. 금줄무늬 벽지, 금색과 검은색으로 회오리치는 카펫. 식탁에는 리넨 식탁보가 덮여 있지만 의자는 이 방에 그런 이름을 하사하게 한, 예전과 똑같은 거대하고 묵직한 마호가니 왕좌들이다. 수직으로 뻗은 등받이는 화려하게 장식되어, 카펫과 같은 소용돌이무늬가 깊게 조각되어 있다. 내가 자리에 앉고 러픽 경위가 맞은편에 앉자, 즉시 심문을 받는 듯한 기분이 든다. 그래서 우리가 여기에 있는지도 모른다.

"저는 캣이에요. 캐트리오나를 줄여서요." 내 청바지 주머니에는 조문 카드가 꽂혀 있다. 밤사이 생각해본 결과―더 정확히 말하면, 침대에서 뒤척거린 결과―엘이 보낸 것이라는 결론을 내렸다. 내가 돌아오리라는 것을 알았을 것이다. 게다가 로스와 경찰을 제외하면, 아무도 내가 여기 있다는 사실을 모른다.

"케이트라고 합니다." 가지런한 두 줄의 치아를 드러내는 미소.

로스는 주방에서 덜그럭덜그럭 컵을 챙기고 있다. 케이트 러픽의 동료, 로건이라는 미소를 머금은 젊은 남자가 내 오른쪽에 앉는다. 러픽 경위가 그를 경사로 소개했던 것 같은데, 허접한 경찰 드라마를 많이 봤기 때문에 그게 책임자는 그녀임을 의미한다는 것쯤은 알고 있다. 그의 어두운색 머리는 우스꽝스러운 모양으로, 살짝 늘어뜨린 위쪽 머리카락에는 젤을 발랐고, 옆과 뒤는 바짝 밀었다. 까칠하게 자란 수염은 무심해 보이기 위해 굉장히 주의를 기울였다. 연봉을 지나치게 많이 받는 축구선수 같다. 그리고 내게 너무 가까이 앉아 있다. 숨을 천천히 부드럽게 들이쉬었다 내쉬는 소리가 들린다. 옆에는 로건이, 앞에는 러픽이 있으니 완전히 갇힌 기분이다. 그리고 억울하다. 이유 없이 숙취에 시달리고 있어 나 역시 기분이 개떡같기 때문이다. 이것도 엘이 내게 준 또다른 시련일 뿐이다. 로스처럼 경찰도 그녀에게 무슨 일이 일어났다고 믿든 말든, 심지어 죽었다고 믿든 말든 상관없다. 빌어먹을, 그녀는 죽지 않았으니까.

"너무 닮으셔서 기묘하군요." 러픽이 고개를 흔들며 말한다.

매끄러운 포니테일 머리가 흔들린다.

"일란성쌍둥이거든요." 내가 말한다.

"네, 잘 알겠어요." 내 적의에 흥미를 보이면서, 그녀가 식탁보 위로 팔꿈치를 얹으며 몸을 앞으로 기울인다. 불현듯 좋은 청바지와 속이 비치는 실크 블라우스를 입은 것이 후회스럽다. 너무 억지로 꾸민 듯하다. 평소의 나와 너무 다르다. 너무 과하다. 불현듯 깨닫는다. 엘처럼 너무 과하다고.

"LA에서 오신 거 맞죠?"

"베니스 비치요. 샌타모니카 바로 남쪽에 있어요."

그녀의 눈썹이 호를 그린다. "거기 얼마나 사셨습니까?"

"십이 년이요." 창밖을 내다보자 빨간 이층버스가 부릉거리며 지나가고 창문이 덜컹거린다.

"무슨 일을 하시나요, 캐트리오나?"

"캣이라고 부르세요. 자유기고가예요. 주로 잡지에 글을 쓰고 몇몇 디지털 미디어에도 쓰죠. 라이프스타일 기사나 칼럼이요. 블로그, 홈페이지도 있고 인증 배지를 받은 트위터 계정엔 만 육천 명 넘는 팔로어가 있어요." 나는 말을 멈추고 식탁으로 시선을 떨군다. 내 귀에도 내 말이 우스꽝스럽다.

"LA는 리스에서 먼 거리인데요. 애초에 왜 스코틀랜드를 떠날 생각을 하셨는지 여쭤봐도 될까요?"

나는 의자에 앉은 채 몸을 앞으로 움직인다. "그게 엘의 실종과 무슨 상관이죠? 관련이 조금이라도 있나요?"

고른 치아가 다시 살짝 드러난다. "엘이 어떤 사람인지 머릿속에 그려보려는 것뿐입니다. 아무리 작은 정보라도 도움이 되죠.

그리고 저한테는 일란성쌍둥이가 이렇게 멀리 떨어져 산다는 게 좀 이상해 보여서요. 지난 십이 년간 몇 번 돌아오셨죠?"

"돌아온 적 없어요."

"로스 말로는 떠나기 직전에 엘과 다툼이 있었다고 하던데."

"사이가 멀어졌을 뿐이에요. 누구나 그럴 수 있잖아요. 그러다 제가 떠났고요. 그뿐이에요."

"그렇다면, 이주에는 특별한 이유가 전혀 없는 겁니까? 그러니까 멀리 떨어져 사는 것 말이에요." 잠시 뜸을 들인다. "십이 년 동안?"

나는 일어서고 싶은 충동을 억누른다. 자칫 여러모로 잘못된 인상을 남길 수 있다. "에든버러에 싫증이 나서 떠났어요. 지긋지긋해서 돌아오지 않았죠. 그게 다예요."

그녀가 침묵만 남겨두자 나는 거기에 곧장 걸려들고 만다.

"내가 이 소란과 관련이 있다는 뜻인가요?" 무의식적으로 나는 일어서버렸고, 왕좌는 내 뒤에서 흔들리며 위태위태하게 뒷다리로 균형을 잡고 있다. "엘과 내가 크게 싸웠고, 그래서 나는 홧김에 미국으로 건너가서 십이 년 동안 살인을 모의했다는 건가요?"

"그래서 언니는 죽었다고 생각한단 거죠?" 러픽이 묻는다. 그러면서 로건에게 휙 던지는 시선을 나는 놓치지 않는다.

"그 반대예요." 로스가 팔꿈치로 문을 밀고는 방으로 들어와 테이블에 쟁반을 놓으며 말한다. 프렌치 프레스를 누르는 그의 미소는 굳어 있다. "엘이 관심을 받으려고 모든 일을 꾸몄다고 생각하죠." 잠을 자고 나니 그의 얼굴은 좀 나아 보이지만, 눈은 여전히 충혈되고 부어 있다. 목소리가 쉬어 너무 가늘게 갈라진다. "맞지?"

나는 한숨을 쉬며 다시 앉는다. 마음먹었던 대로 감정을 숨기는 데 실패했다. 로건은 잠든 것처럼 내 옆에서 부드럽게 그리고 천천히 숨을 들이쉰다.

"그게 언니거든요." 내가 말한다. "이건 정확히 우리 언니가 벌일 만한 짓이에요. 며칠만 있어보세요. 문을 열어젖히고 왈츠를 추며 들어와서 주말에는 파리에서 쉬어야겠다며 정중한 사과를 요구할걸요." 나는 로스를 흘긋 본다. "네가 무슨 짓을 했든지 말이야." 옆에서 로건이 다시 무겁게 숨을 들이쉰다. 나는 얼굴이 벌게져서 그에게 벌컥 화를 낸다. "말은 할 줄 아세요?"

로건이 눈을 껌벅이더니, 건강한 치아와 더욱 건강해 보이는 보조개를 드러내며 활짝 웃는다. "아, 예."

"그래요." 러픽이 말한다. "당신 말에도 일리가 있습니다, 캐트리오나. 우리는 엘을 당신만큼 잘 모르죠. 하지만 상황이 반전되지 않는 한 그녀를 실종자로 다룰 수밖에 없습니다. 그게 우리가 하는 일이니까요. 처음부터 다시 접근해봅시다, 네?" 미소가 조금 따뜻해지긴 했지만 나는 입을 다물고 있어야 했다는 것을 안다. 아무 말도 하지 말았어야 했다.

"제가 엘의 실종 사건을 맡은 상급 수사관입니다. 그 말은, 모든 면에서 이 사건의 책임자라는 소리죠." 그녀가 고개를 돌린다. "로건, 말을 못하는 게 아니라는 걸 증명도 할 겸, 새로운 논의로 넘어가기 전에 사건 개요를 빠르게 훑어줄 수 있겠나?"

로스가 커피를 다 따르고 털썩 자리에 앉는 사이, 로건이 고개를 끄덕이더니 작은 수첩을 꺼내 페이지를 넘긴다.

"그러죠. 4월 3일 오후 약 여섯시 삼십분에, 로열 포스 요트 클럽 뱃사람의 신고로 엘리스 매콜리 씨의 실종이 처음 알려졌습니다. 그 사람이 항구 동쪽에 있는 스윙 계류장으로 그녀를 오전 여덟시에 데리고 갔는데, 만조 후 십오 분 정도 지난 시각이었죠."

망망대해로 항해를 나설 수 있는 유일한 때. 나는 어둠과 차갑고 붉은 하늘과 입을 떡 벌린 채 일렁이는 만과 피 냄새를 떠올린다. 시큼하고 진한 냄새.

"그녀가 로킨바 드라이브로 걸어오는 모습이 CCTV에 포착됐습니다. 노트북을 조사해봤더니, 포스만의 배 위치를 확인하기 위해 그날 아침 선박자동식별장치에 접속한 기록이 있었습니다." 로건이 고개를 든다. "레저 목적으로 항해를 떠나기 전에 통상 거치는 과정이죠. 요트 클럽 사람에게는 앤스트러더로 가서 점심을 먹고 돌아올 예정이라고 했답니다. 본인 소유의 소형선 리뎀션호를 타고, 혼자, 약 십 분 뒤에 출발했습니다."

로건은 고개를 들지 않고 오른손 검지에 침을 묻혀 페이지를 넘긴다. 이 모습 역시 터무니없는 가식처럼 보여 거슬린다. 요즘 이런 건 스마트폰이나 태블릿으로 하지 않나?

"연안 어선 시스프레이호의 선장인 로버트 매클러런드가 오전 여덟시 오십분에 인치키스섬 북동쪽으로 약 이 킬로미터 떨어진 곳에서 배를 봤다고 나중에 신고했죠. 해양경비대에 따르면, 기상 상황, 특히 풍속으로 볼 때 오전 열한시경 또는 늦어도 정오에는 앤스트러더에 도착했어야 한다더군요. 오후 여섯시가 되어도 그랜턴 항구로 돌아오지 않자, 요트 클럽 사람이 앤스트러더 쪽에 연락을 취했고 거기도 그녀가 도착했다는 기록은 없었죠. 요트 클럽이 경찰과 왕실 해양경비대에 실종 신고를 한 것은 그때였습니다.

최초 목격자 진술과 위험 평가를 토대로, 초동수사를 진행한 수사관은 엘리스 매콜리를 고위험 실종자로 재분류했습니다. 남편 로스 매콜리 박사에게 연락이 갔고, 그는 런던에서 열린 학회에서 돌아오는 길이라고 전했습니다. 죄송합니다." 로건이 슬쩍 고개를 들어 올려다보며 다시금 보조개를 잠깐 드러낸다. "이 부분이 좀 엉성하네요."

러픽이 눈동자를 굴린다.

"음, 계속하겠습니다. 애버딘 해상구조협조본부에서 제임스 페이턴을 수색구조감독관으로 임명했습니다."

뚱뚱하고 우쭐대는, 턱살이 늘어진 총을 든 악당. 그런 조건이라면 물속에서 사람이 살아남을 수 있는 시간은 세 시간밖에 되지 않습니다.

"지역 해양경비대 지부와 구조팀이 해안 수색에 배치되었습니다. 왕립구명정협회 구명정 두 대가 사우스퀸스페리와 킹혼에서 출발했고, 프레스트윅에서 동원한 수색구조 헬리콥터가 실종자가 마지막으로 목격된 인치키스섬 인근 북부 해역을 수색했고, 북동부의 앤스트러더 항구를 수색했습니다."

로건이 사소한 것까지 모두 주의깊게 설명하는 바람에 점점 정신이 산만해진다. 내가 품은 그 모든 분노와 확신에도 불구하고, 불안해지기 시작한다. 메스껍다. 문득 달갑지 않은 기억이 떠오르고, 그 기억 속에서 엘은 덜커덕거리는 돛대와 거칠게 펄럭이는 주 돛에 매달려 있다. 소리치고 깔깔거리면서 바람에 이를 드러내고 랜턴을 휘두르며. 나는 다시 일어서고 싶다. 그러는 대신 두 손을 꽉 맞잡고, 빈 프렌치 프레스 안에 맺힌 물방울을 뚫어져라 쳐다본다.

"저녁 여덟시까지, 배를 봤다거나 엘리스 매콜리를 목격했다는 신고는 들어온 게 없었고, 해상구조협조본부는 북해에서 악천후가 몰려오고 있다는 조언을 받았습니다. 잠시만요……" 작은 페이지들이 계속 넘어간다. "선박 기상예보 내용이 어디 있었는데……"

로스가 머리를 떨구면서 손을 목뒤로 가져가 맞잡는다. 내가 침을 삼킨다.

"그냥 넘어가." 러픽이 말한다.

"네, 알겠습니다. 그래서 사건은 영국 실종자조사국으로 보고돼 영국 경찰청 범죄수사과가 인계받았죠. 케이트 러픽 경위가 상급 수사관이 되었고요. 로스 매콜리 씨가 리스의 주소지로 밤 열한시경 도착하자, 제가 실종자 초기 조사보고서 내용을 확인하는 절차를 밟은 후, 매콜리 씨의 요청으로 그랜턴 항구로 함께 갔습니다."

끔찍했던 두번째 사진에서, 바다를 바라보며 방패처럼 팔을 앞으로 내리누른 채 비명을 지르던 로스 옆에 있던 사람이 다름 아닌 로건이었다는 것을 그때 깨닫는다.

"빠른 속도로 악화하는 기상 상황 때문에 밤 열한시 사십오분에 수색이 중단되었고, 4월 4일 오전 아홉시에 재개되었습니다. 지속적인 시야 확보가 어려운데다 언론의 간섭이 상당해서 수색이 지연되었습니다. 오후쯤 수색 구역이 북해로 확대되었습니다. 구역 내 모든 상업 선박에도 경보가 발령됐고 리뎀션호와 엘리스 매콜리에 대한 상세 정보가 전달되었습니다. 현재까지도 목격 신고는 들어오지 않고 있습니다."

로건이 목청을 가다듬으며 또 한번 작은 페이지를 넘긴다. 나는 숨을 참고 있었다는 걸 깨닫고 억지로 내쉬려 한다.

"해상구조협조본부에서는, 앤스트러더로 향하는 도중에 배에 문제가 생겼다면 다른 선박에 의해 또는 해안가에서 목격되었을 가능성이 크다고 보고 있습니다. 또한 주 돛대의 규모로 볼 때, 수면 위로 보이는 게 없을 정도로 가라앉았을 가능성은 현저히 낮습니다. 엘리스 매콜리가 곤경에 처했다면, 가령 물에 빠진다거나 하는 경우 말이죠. 최근의 해수 온도로 짐작해볼 때 한 시간 이내로 의식불명에 빠졌을 것이며, 세 시간 이상은 생존하지 못했을 것으로 보입니다. 배는 좌초되거나, 대해로 향하는 조류를 타고 가다 목격되거나, 둘 중 하나였을 겁니다.

리뎀션호는 ISO 9650 구명보트를 갖추고 있었습니다. 엘리스 매콜리는 공기주입식 구모텍스 카약도 갖고 있었고, 해변에서 나가거나 해변으로 들어갈 때 종종 사용하기도 했죠. 이 두 가지에 대한 상세 설명도 수색 구역에 배포했습니다. 조난신호도 없었고, 그녀의 GPS가 보내는 어떠한 신호도 없습니다. EPIRB라는, 선박의 비상 위치 발신 설비도 위치를 전송한 사실이 없습니다. 직접 작동하지 않았더라도, 물과 접촉했다면 자동으로 켜졌을 텐데 말이죠."

로스가 자리에서 일어선다. 손이 떨리고 있다. "포기한다고 말하려고 여기 온 거군요. 당신들 모두. 해양경비대도, 구명정 무리도, 당신도. 그렇죠?"

케이트 러픽도 일어서더니 로스의 손목을 잡는다. 놀랍게도 그는 그대로 손목을 맡긴다. 아직 분노와 슬픔으로 부들거리면서도 말이다. 어쩌면 두려움일지도 모르겠다. 확실한 것은 그런 감정이 부적절할 뿐이라는 것이다. 에너지 낭비다.

"로스." 그녀가 말한다. "수색은 멈추지 않겠다고 약속드립니다. 아시겠죠?"

"멈추지는 않는다?"

"해상구조협조본부는 확실히 수사 규모를 축소하긴 할 겁니다. 오늘이 아니라면 내일이라도요." 로스가 곧바로 반발하기 시작하자 그녀의 가느다란 손가락이 로스의 손목을 더욱 세게 쥐는 것이 보인다. "그렇다고 수사를 포기한 건 아닙니다. 아시겠어요? 오히려 우리가 우리 나름의 수사를 진행해야 한다는 뜻입니다. 엘 사건을 장기 실종 수사로 접근해야 할지도 모르겠습니다. 그녀가 아직 고위험 상태에 놓여 있는지 아닌지를 고려해야만 합니다."

"물론 고위험이죠!" 로스가 소리치며 팔을 뿌리쳐 빼내다가 식탁에서 뒤로 휘청거리자 도자기들이 달가닥거린다. 충혈된 눈이 내 눈과 마주친다. "내가 말했잖아. 경찰은 빌어먹을, 포기하려는 거야!" 나 역시 그들만큼이나 도움이 되지 않는 조력자라는 사실을 깨달았는지, 그가 얼굴을 찌푸리며 고개를 돌린다.

"저희는 포기하지 않아요." 로건이 말한다. 어느새 모두 일어서 있다. 나만 빼고 모두 다.

"로스, 첫날밤에 말씀드린 그대로입니다." 러픽이 말한다. "실종된 사람들은 항상 다음 네 가지 중 하나입니다. 길을 잃었을 수 있죠. 또는 사고나 부상을 당했거나 갑작스럽게 발병했을 수도 있고요. 자발적으로 사라졌을 수도 있습니다. 제삼자의 영향력 아래에 있을 수도 있는데, 유괴 같은 경우가 그렇죠." 마침내 그녀가 로스의 맹렬한 시선을 힘겹게 붙든다. "그리고 지금 우리에겐 부인이 어떤 경우인지 결정을 내릴 만한 증거가 없습니다, 아시겠어요? 따라서 결론을 내릴 때까지, 가능한 모든 지점을 짚어봐야 합니다. 그게 가장 중요합니다."

그녀가 다시 앉으면서 "그럼," 하고 말을 잇는다. 로스와 로건에게도 앉으라는 고갯짓을 한다. 그들이 곧바로 복종하자 나는 어처구니없게도 웃음이 터져나오려 한다. "로스, 질문드리고 싶은 게 좀더 있는데요. 개인적인 질문입니다. 캐트리오나가 자리를 피해주길 원하십니까?"

"아니요." 로스가 퉁명스럽게 대답한다. 이제 맥이 빠진 모양새다. 나는 곧장 또다시 웃음이 나오려 하지만 대신 몹시 뜨거운 커피를 벌컥 들이켠다. "하고 싶은 질문 하세요."

"엘이 실종되기 전에 우울해했고 거리감이 느껴졌다고 로건에게 진술하셨습니다, 맞습니까?"

나는 몸을 똑바로 세우고 앉는다. 로스에게 시선을 흘긋 던지지만 그는 눈을 감고 있어 보지 못한다.

"부부 사이에 문제가 좀 있었다고—"

"그런 말 한 적 없어요." 로스가 쏘아붙인다. "우린 단지…… 제가 출장이 많았어요." 그가 고개를 젓는다. "일이 많았죠. 서로 자주 못 봤어요. 아내는 그림을 그리거나, 그게 아니라면 그 망할 배를 타고 항해를 나갔죠."

"한 번도 같이 나간 적은 없고요?"

로스가 러픽을 노려본다. "전 항해를 해본 적이 없어요. 수영도 못하고, 물을 싫어해요. 이미 말했을 텐데."

"엘의 마음 상태 말입니다." 러픽이 집요하게 말을 잇는다. "우울증이 며칠 혹은 몇 주 동안 계속 악화하면서 실종으로 이어졌다고 보십니까?"

"아니요. 이봐요, 저는 심각한 우울증을 앓는 사람들을 치료합니다. 그게 내 직업이에요. 엘은 가벼운 우울증이었어요. 그게 다입니다. 기가 막혀서, 무슨 뜻으로 그런 말을 하는 건지 알겠고요, 당신 정말—"

"그래서 무슨 뜻으로 그런 말을 하는 건데요?" 내가 말한다. 물론 알고 있긴 하지만.

러픽이 나를 쳐다본다. "엘이 예전에 한 번 자살 시도를 한 적이 있다고 알고 있습니다만?"

"아, 돌아버리겠네." 내가 로스에게 고개를 돌리며 말한다. "말했어?"

순간 엘이 병원 침대에 누워 있는 모습이 고통스럽게 떠오르는 것을 막을 수 없다. 콤팩트파우더를 바른 듯 창백한 얼굴에 그늘이 짙게 내려앉은 눈가. 엘과 관련된 모든 것은 언제나 흑백이었다. 흔들리는 링거. 수액 거치대와 무거운 수액 주머니. 손등에 삽입한 캐뉼러를 당기는, 피로 얼룩진 칭칭 동여맨 붕대. 엘의 미소. 지쳐 있고 떨고 있지만 어마어마한 환희로 가득한. 어마어마한 증오로 가득한.

"엘은 그때 자살하려고 했던 게 아니에요. 지금도 그런 거 아니고요." 내가 이를 갈면서 말한다.

"엘이 약물 과다복용을 했을 때 나이가……" 러픽이 자신의 휴대전화를 내려다본다. "……열아홉이었고, 그게 그럼 뭐였다는 뜻이죠? 구조 요청?"

나는 새어나오는 코웃음을 억누르지 못한다. "비슷한 거죠."

러픽이 별로 감출 뜻이 없어 보이는 표정을 로건과 주고받는다. "엘은 사라진 후로 어떤 은행 계좌도 이용하지 않았습니다. 아무한테도 연락하지 않았고요. 전화기를 켜지 않았어요. 이 지역 병원에 입원한 사람 중에 인상착의가 일치하는 사람은 없습니다. 4월 3일 오전 여덟시 오십분 이후로 그녀 또는 그녀의 배를 목격했다는 신고도 들어온 게 없습니다. 로스는 그녀의 여권이 정확히 늘 있던 자리에 그대로 있는 것을 발견했습니다. 어째서 언니가 살아 있다고 그토록 확신하는 겁니까?"

"말했잖아요." 내가 대답한다. "이게 언니가 늘 하는 짓이니까요." 나는 절대 하지 않을 짓이니까. 우리는 같지 않으니까. 같은 적도 없었으니까. 그녀는 나와 정반대니까. 거울에 비친 나. 나의 거울쌍둥이.

"익사를 가장하는 건 꽤 극단적이지 않습니까, 안 그래요?"

그녀는 늘 소란에 제 몸을 풍덩 던진다라는 문장이 머릿속을 스치지만, 터져나오려는 부적절한 웃음만큼이나 빠르고 강하게 그 맘을 억누른다. "뭐, 음. 말씀하셨듯이, 경위님은 언니를 모르니까요."

나는 또다시 표정을 교환하는 러픽과 로건을 지켜본다. 저들이 무슨 생각을 하는지 알고 있다. 내 마음속 일부도 같은 생각을 하기 시작했기 때문이다. 나는 지금 내가 생각하고 있는 것, LA공항에서 비행기에 오른 이후로 계속 생각해왔던 것만이 유일한 진실이라고 납득하기 위해 열심히 노력하는 사람처럼 말하고 있다. 아까 그 메슥거림이 다시 찾아와 위장을 쥐어짠다. 커피 냄새 때문에 더욱 심해진다.

러픽이 앞으로 몸을 기울인다. "언니에게 무언가 불상사가 발생했습니다. 당신이 믿든 말든 수사와는 상관이 없지만, 고위험군 실종 상태인 사람의 쌍둥이 자매가 조금도 근심하지 않는다는 것 자체가 대단히 흥미롭다고 말할 수밖에 없네요." 그녀가 고개를 갸웃한다. 벽에 걸린 엄마의 그 모든 도자기 접시 속 작디작은 새들이 떠오른다. "저는 이 일을 오래해왔습니다. 뭔가 이상하면 바로 감지할 수 있답니다. 또는 누군가 진실을 온전히 털어놓고 있지 않다는 것도 바로 알 수 있죠."

우리는 험한 길로 접어들었고, 되돌릴 방법은 한 가지밖에 없는 것 같다. "어제 이게 왔어요." 내가 조문 카드를 테이블 위에 놓으며 말한다.

로스가 그것을 낚아챈다. 봉투에 쓰인 내 이름을 보더니 카드를 꺼내 말없이 연다. 그의 어깨가 축 처진다. 엄지와 검지로 카드를 너무 세게 붙잡는 바람에 카드가 구겨지기 시작한다.

"아니야, 괜찮아." 나는 마음이 바뀌기 전에 손을 뻗어 그를 잡는다. "이건 좋은 일이야. 엘 짓이니까. 틀림없어." 그가 여전히 아무 말도 하지 않자 나는 인상을 찌푸린다. "누가 직접 가져다봤어, 로스! 언니가 근처 어딘가에 있단 얘기지. 그 말은 언니가—"

"엘에게도 이게 왔었어." 그가 그 쉬고 갈라진 목소리로 말한다. "수십 통 받았지."

"아." 소름 비슷한 것이 등골을 타고 오른다.

"실종되기 직전까지."

러픽이 조심스럽게 로스에게서 카드를 받아 읽어보더니, 봉투에 다시 넣고는 로건에게 건넨다. 로건이 그것을 투명한 비닐봉투에 집어넣는 모습을 보면서, 엘이 이 카드를 보내지 않았을 경우의 시나리오를 상상해보자 기분이 온탕과 냉탕 사이를 오간다. 경찰청 범죄수사과에서 실종 사건에 개입하는 게 일상적인 일은 아니리라는 생각이 문득 스친다. 나는 러픽을 바라본다. "그래서 당신이 수사하는 건가요? 카드 때문에? 알고 계신 건가요? 누가—"

"맞아요. 당신 언니를 상대로 한 유사한 협박 사건을 이미 수사중이었습니다…… 카드는 본인이 발견한 겁니까?"

"네. 누가 초인종을 울렸어요." 이 집에는 괴물이 있어. 나는 팔을 문지른다. "도어매트에 놓여 있었어요."

"빌어먹을 이제야 좀 심각하게 생각하시겠군." 로스가 으르렁거린다.

러픽이 일어선다. "로스, 우리는 모든 문제를 심각하게 받아들이고 있다고 확실히 말씀드리고 싶네요. 이건 감식해보겠습니다. 다른 것들과 마찬가지로요."

"하지만 누가 나한테 언니와 똑같은 협박 카드를 보내겠어요?

말이 안 되는데요. 로스와 수사관님들을 제외하면 내가 여기 있다는 건 아무도 모르는데." 그리고 엘을 제외하면.

러픽이 얼굴을 찌푸린다. "엘의 실종과 관련이 있을지 모릅니다. 아닐 수도 있지만요. 지금으로서는 엘을 찾는 것이 저희의 최우선 과제입니다. 카드에서 협박의 수위가 높아진 적은 없습니다. 엘이 스토킹을 당하고 있다거나 다른 방식으로 협박을 받고 있다는 증거도 못 찾았습니다. 이제 당신이 목표물이 된 걸 보니, 남 일에 참견하기 좋아하는 이웃이 불만을 품었거나 시간이 너무 많아서 그러는 건 아닐까 의심하게 되네요. 뭔가 더 불길한 사건이라기보다는요." 로스가 반박하려고 하자 그녀가 손을 들어올려 제지한다. "이 실종 사건의 일부로서 카드를 수사하는 걸 중단하겠다는 뜻은 아닙니다. 또다른 카드를 받았을 때 저희에게 곧장 연락할 필요가 없다는 뜻도 아니고요."

그녀가 몇 걸음 물러나며 우리 둘을 쳐다본다. "저희는 두 분께 현재로서는 달라진 게 없다는 점을 알려드리러 왔습니다. 저희와 해양경비대는 엘을 찾기 위해 모든 가능한 수단을 동원하고 있습니다. 하지만 앞으로 이십사 시간 이후로도 아무런 진전이 없을 경우, 상황이 변할 수도 있다는 마음의 준비를 하시는 게 좋으리라 봅니다. 아셨죠? 쇼나가 오늘 연락했나요?"

로스가 고개를 끄덕인다.

"쇼나는 두 분의 가족연락담당관이에요, 캐트리오나. 새로운 소식이 있으면 그녀가 알려줄 겁니다. 소식을 기다리는 동안은 여기 로건에게 여전히 가장 먼저 연락해주셔야 하고요. 그리고 실종자협회 사람들과도 다시 연락해보세요, 로스. 엘의 정보가 아직 올라오지 않았더군요. 다른 긴급 상담 번호도 전부 잘 가지고 계시죠?"

"상담사는 필요 없어요." 로스가 말한다. "아내가 필요할 뿐이에요."

러픽이 그에게 가까이 다가가더니, 일 피트 정도 더 큰 그와 가까스로 눈을 맞춘다. "우리가 찾아낼 겁니다, 로스."

허접한 경찰 드라마를 많이 봤으니 그런 말은 절대 하면 안 된다는 것쯤은 알고 있다.

내가 그들을 현관 복도로 배웅한다. 로건이 걸음을 멈추고 미소를 짓더니 내게 명함을 건넨다. "뭐든 필요하거나 알고 싶은 게 있으면 연락하세요." 그가 말한다.

러픽이 문을 연다. 나는 그들이 계단을 내려가 햇살 속으로 걸어들어가는 모습을 지켜본다. 대문에서 러픽은 걸음을 멈춰 로건을 내보낸 후, 몸을 돌려 마치 코커스패니얼을 부르듯이 내게 손짓한다. 나는 마지못해 가슴 앞에 팔짱을 낀 채 쌀쌀하고 환한 앞뜰로 내려간다.

"언니라면 어디로 갈까요? 떠나기로 마음먹었다면, 어디로 갔을 것 같아요?"

나는 눈을 깜박인다. "모르겠는데요."

"남편분은 어때요?"

"어떠냐니요?"

"그 사람에 대해 해주고 싶은 말이 있나요? 언니 부부에 대해서. 그 사람이 방에 같이 있을 땐 하기 불편했던 말 같은 거요." 내가 대답하지 않자, 그녀가 조바심을 감추지 못한다. "서더크대

70

학교에 연락을 해봤는데, 로스가 거기 있었다던 시각에 실제로 거기 있었다는 확답을 받았습니다. 단지 여쭙고 싶은 것은, 실종 자와 가까운 가족으로서, 그 사람에게 주의를 기울여야 할 이유 같은 게 있다고 보나요?"

그녀의 눈빛이 내 어깨 너머를 향해 깜박인다. 고개를 돌리니 창문으로 우리를 내다보고 있는 로스의 실루엣이 보인다. 몸이 식는다. "아니요. 당연히 그런 건 없어요. 이건 그 사람 잘못이 아닌걸요. 말했잖아요, 전부 엘 짓이라고. 틀림없어요." 내가 누 구에게라도 가까운 가족이었던 때는 매우 오래되었다는 말을 덧 붙이고 싶은 충동을 억누른다.

러픽이 나를 한참이나 면밀하게 뜯어본다. "정말로 언니가 무 사하다고 생각하나보네요."

내가 대답하지 않자, 그녀는 좁은 길을 따라 걸어가 아무 말 없 이 대문을 연다.

나는 그들이 떠나는 모습을 지켜보며, BMW 엔진 소리가 도시 의 소음에 먹힐 때까지 귀기울인다. 다시 창문 쪽을 돌아보자 로 스는 사라지고 없다. 하지만 아직도 관찰당하고 있는 기분이다. 나는 대문으로 걸어가 텅 빈 거리를 위아래로 훑어본다. 다시 온 기가 느껴질 때까지 햇살 속에 서 있는다.

"어쩌면 그저 어떻게 되돌려야 할지를 모르는 건지도 몰라 요." 내가 속삭인다. 십이 년 동안의 분노와 상처와 억울함 아래 에는, 우리가 카카두정글에서 손을 꼭 잡고 잠을 쫓으며 먼저 손 을 놓지 않으려 애쓰던 그 모든 시간의 기억이 묻혀 있으니까. "돌아오는 방법을 모르는 건지도요."

제 5 장

 잠에서 일찍 깬 나는 침대에 누워 어릿광대 카페 천장을 바라
보며 집이 내는 소리를 듣지 않으려고 노력한다. 엘과 나는 우리
의 요새와 성 안에서 몇 시간이고 누워 집이 신음하고 몸서리치
는 소리에 귀기울이곤 했다. 그녀는 내 귀에 대고 뜨거운 숨을 뿜
으며 색색거렸다. 이 집은 유령으로 가득해. 우리는 정말로 그렇게
믿었다. 하지만 유령이 괴물만큼 무섭지는 않았다. 소리가 들리
지 않는 척하면 되니까.
 옷을 입고 살금살금 아래층으로 내려간다. 왜 살금살금 내려가
는지, 왜 무서운지는 나도 모르겠다. 어쨌든 무섭기 때문이다. 난
간을 너무 세게 붙잡는다. 조마조마해 심장이 너무 빠르고 불규
칙하게 뛰지만, 동시에 피곤하고 멍한 것이 마치 깊고 차가운 호
수의 수면을 뚫고 나오면서, 익사하지 않는 대신 점진적인 저체
온증에 빠져드는 기분이다. 이 집에서는 좋은 일뿐 아니라 나쁜
일들도 일어났다. 하지만 이 집 담장으로부터 대양만큼 떨어져

있을 때에는 훨씬 잊기 쉬웠다.

계단 벽지의 고대 그리스식 항아리와 가시 돋친 포도덩굴무늬를 손가락으로 쓸며, 회벽과 천장 돌림띠 뒤에서 거미줄 도시처럼 집을 휘감고 있는 길고 긴 선들, 도르래, L자 손잡이에 대해 생각한다. 팽팽히 당겨지고 흔들려서 아래에 잠자고 있는 종을 깨우기를 진득이 기다리고 있는 둘둘 꼬인 구리 선들.

주방은 비어 있지만 로스가 다녀간 흔적이 있다. 다 먹고 나서 물을 부어 싱크대에 둔 커피 컵과 시리얼 그릇. 테이블 위의 쪽지.

새 소식은 없어. 잠을 설쳐서, 머리 비우려고 산책 나가. 그러고 나서 경찰서에 가려고. 먹고 싶은 거 마음껏 먹길.

배가 고파 죽을 지경인 나는 조리대 앞에 서서 턱에 우유를 흘리며 콘플레이크 두 그릇을 깨끗이 비운다. 엄마가 흉측한 레인지에서 뒤돌아서더니 손을 정수리로 가져가 톡톡 두드린다. 주름이 더욱 깊게 팬다. 질질 흘리지 마, 캐트리오나. 〈데일리 레코드〉를 읽던 할아버지가 고개를 든다. 이 녀석아, 서서 그러지 말고. 앉아서 먹거라. 오늘은 두 사람 다 너무 그리워 가슴이 아프다.

진한 커피를 두 잔 마시고, 위층으로 올라가 노트북을 가져온다. 캘리포니아에서의 안전하고 번지르르한 생활로 다시 돌려보내줄 무언가라도 있기를 기대하며, 식탁에서 이메일을 열어본다. 하지만 혹시나 하고 보내봤던 원고들에 대한 거절 메일 세 통과 퍼시픽 애비뉴 아파트 주인으로부터 온 최종 퇴거 통고만 확인한다. 팜비치에서 겨울을 보내는 그 아이리나라는 비키니 모델은 6월까지는 돌아오지 않는다고 약속했었는데 말이다.

눈을 감는다. 손바닥 아랫 부분을 가슴뼈에 대고 문지른다. 가진 돈은 거의 없다. 경력도 없다. 원고료가 정해져 있는 일감이 들어오는 대로 그때그때 작업하며 근근이 살고 있다. 상을 받은 적도, 인정받은 적도, 퓰리처상을 탄 적도, 굉장한 출판 계약을 따낸 적도 없다. 생각대로 풀리고 있는 일은 아무것도 없다. 스코틀랜드에서 도망친 후에 내가 누려야 마땅하다고 여겼던 대로는 말이다. 이제 돌아갈 집도 없다. 모든 것이 내게서 가로새고 있다. 천천히, 하지만 확실하게. 나는 엘 때문이라고 생각한다. 전부 다. 그때도 지금도. 오직 그녀 때문이다.

노트북을 닫으려는 찰나, 읽지 않은 마지막 메일의 제목이 눈에 들어온다. 나는 그대로 굳어버리고 손가락은 키보드 위에서 맴돈다.

아무에게도 말하지 마시오

제일 먼저 든 멍청한 생각은 이것이다. 누구한테 말하겠는가? 보낸 사람의 주소를 보니 john.smith120594@gmail.com으로 내겐 아무 의미도 없는 주소다. 미국에서 온 광고 메일일 수도 있다. 요즘은 스팸 필터를 잘도 피해다니니까. 하지만 내 안의 무언가가 이미 그건 아니라는 것을 알고 있다. 뭔가 새로우면서도 동시에 익숙한 것. 심드렁하면서도 두려운 것. 와이파이가 느리다. 이메일이 열리는 동안, 숨을 목구멍 속에 꾹꾹 눌러 참는다. 내 안의 그 무언가가 메일을 삭제하라고 말한다. 바로 삭제해.

마침내 본문이 열렸을 때, 거기에는 단 한 문장뿐이다.

그는 알고 있다

나는 의자를 밀치며 일어난다. 그러고는 창가에 서서 미풍에 흔들리는 사과나무를 바라본다. 커다란 가지와 무거운 잎들이 초조하게 움직인다. 창턱을 내려다보니 어릿광대 카페와 마찬가지로 못 여섯 개가 박혀 있다. 손가락을 못에 부딪는다. 아플 때까지 이리저리 부딪쳐본다. 못이 왜 거기 있는지 알 수가 없다. 그럴 만한 이유를 전혀 모르겠다. 햇볕이 그 자리에서 유리창 아래를 따뜻하게 데우며 빛 조각을 드리우고 있지만, 그 속에 서 있는 나는 너무 추워 이가 딱딱 맞부딪친다. 셔츠 소매 아래로 올라오는 닭살이 느껴질 정도다.

새로운 메시지 알림음이 울리자 나는 소스라치고 만다. 다시 주방의 그림자 속으로 들어가 불신의 눈으로 노트북 화면을 쳐다본다.

또 john.smith120594다. 이번에는 제목이 없다. 단 한 줄의 문장이 쓰여 있을 뿐.

단서 1. 우리의 보물찾기가 늘 시작되던 곳

눈을 감는다. 엘. 두말할 것도 없다.

보조주방 뒷문에 우스꽝스러울 정도로 커다란 열쇠가 언제나

처럼 꽂혀 있다. 돌려보니 여전히 빽빽하다. 자갈이 깔린 옛 마당은 자취를 감추었고, 평평하게 포장된 길과 흉측한 콘크리트 받침대 위에 놓인 더 흉측한 콘크리트 화분 항아리가 그 자리를 대신하고 있다. 보조주방에서 뒤뜰로 내려가는 높은 계단 꼭대기에 나는 서 있다. 엘과 내가 마당을 휘젓고 돌아다니면서 은색과 회색 자갈을 발로 차고, 모퉁이에서 미끄러지지 않으려 애쓰던 모습이 눈에 선하다.

온실도 사라졌다. 하지만 돌로 지은 오래된 세탁장은 빨간 창틀에 작은 슬레이트 지붕을 얹은 작달막한 모습 그대로 집 모퉁이에 남아 있다. 자물쇠를 채운 녹슨 쇠사슬이 빨간 나무문을 가로질러 매달려 있다. 내 기억으로는 항상 그렇게 저주받은 것처럼 잠겨 있었다. 여전히 우뚝 솟아 있는 담이 뜰의 경계를 그늘로 덮지만, 이제는 라일락과 클레마티스와 능소화가 엉킨 격자 시렁이 거무튀튀하고 넓적한 돌과 그 사이사이에 낀 이끼 층을 가려준다. 시선이 세탁장 옆으로 널찍이 펼쳐진 높은 담벼락으로 미끄러진다. 그곳에는 라일락도 클레마티스도 없고, 심지어 담쟁이덩굴 하나도 얽혀 있지 않다. 빨간 섬광. 가려움. 빨강. 몸서리나는 은빛 공포의 속삭임.

나는 그것을 무시한다. 계단을 내려가 뜰로 들어간다. 울창하게 우거져 바스락거리는 과수원을 통과해 처음 보는 헛간을 지난다. 카키색으로 칠한 목구조에 지붕에는 검정 타르를 발랐다.

이제 올드 프레드 앞에 서 있다. 우리의 보물찾기가 늘 시작되던 곳.

엘이 단서를 숨기면 나는 찾으러 다녔다. 오직 나만이 이해할 수 있도록 휘갈겨쓴, 수수께끼 같은 메시지를 담은 작고 네모난 종이들. 엘은 곳곳에 그것들을 숨겼고, 각각의 네모진 종이쪽은 다음 종이로 이어졌으며, 마지막 쪽지에 이르러서야 다음 종이 대신 상품이 주어졌다. 상품은 거의 항상 우리를 그린 소묘나 채색화였는데, 나는 그것을 카카두정글 벽에 성물처럼 핀으로 꽂아 두었다.

올드 프레드는 예전과 똑같다. 땅딸막하게 옆으로 한껏 퍼져 사과도 달리지 않았고, 나지막한 가지들은 어서 오라며 팔을 벌리는 것 같다. 빙 둘러, 엘이 우리 이름을 새긴 곳까지 걸어간다. 차갑고 얼얼한 공기를 들이마신다. 아직 예전 그 자리에, 금방이라도 부서질 것 같은 나무껍질 깊숙이 우리 이름이 남아 있는 게 보인다. 별로 희미해지지도 않았다. 하트 모양이 아니라 동그라미 안에 새긴 이름. 손을 뻗어 만져보려다 그 아래 새겨진 말을 보고 황급히 손을 거둔다.

땅을 파시오

잠시 그대로 서서 아무도 없는 창문을 흘긋 올려다본다. 다음 순간 희망과 절망 사이의 무언가가 나를 복종하게 만든다.

뿌리 주변을 파내 무언가를 발견하기까지 얼마 걸리지 않는다. 나뭇잎과 흙으로 헐겁게 덮인 깊은 구멍. 손가락이 단단한 무언가에 닿아 그것을 끄집어낸다. 신발 상자다. 뚜껑을 천천히 들어 올린다.

빈병이 제일 먼저 눈에 들어온다. 해적이 한 발을 커다란 술통에 얹고 한 손은 단검에 댄 채로 나를 향해 씩 웃고 있다. 캡틴 모건 스파이스드 골드 럼. 옆에는 따지 않은 통조림이 가지런히 열을 맞춰 쌓여 있다. 토마토, 익힌 콩, 스위트 콘. 침대 밑에 생존 가방을 두고 육 개월마다 내용물을 새로 잘 채워넣는지 감시하던 엄마가 떠오른다. 썩지 않는 음식과 생수병으로 채운 검은색 캔버스 배낭. 소방 훈련, 침입자 대비 훈련, 핵전쟁 대비 훈련을 한다며 끝도 없이 온 집안을 뛰어다니게 했던 게 떠오른다. 그렇게 우리에게 공포심이 바닥나지 않게 주입했고, 파국은 우리 곁에서 늘 잡음처럼 맴돌았다.

상자에는 페인트 통도 하나 들어 있다. 견본용. 집어들어 돌려본다. 핏빛 빨강. 뜨거운 물건이라도 만진 것처럼 나는 통을 상자에 도로 툭 놓아버린다. 그것은 네모지게 접은 작은 종이 위로 떨어진다. 심장이 쿵쾅거리는 가운데 종이를 꺼내 펼친다.

<u>1993년 11월 12일 나이 = 7 + 조금 더!</u>
밤에 우리집에는 괴물이 나온다.

메일 밤은 아니지만 자주 나타난다. 푸른 수엄을 기르고 있고 매우 무섯고 못생겨서 모든 여자드른 숨어야 하고 감이 그 사람과 어울릴 생각을 못한다.

그렇다고 엄마가 말해줬다. 책에 나오는 이야기다.
엄마는 푸른 수엄과 검은 수엄이 형제라고 한다. 푸른 수엄은 육지에 살고 검은 수엄은 바다에 사는데 푸른 수엄이 더 나쁘지만 나는 검은 수엄이 더 무선데 왜냐면 그가 해적이기 때문이고 푸른 수엄은 그냥 남자기 때문이다.

 새가 우짖는 듯한 소리가 들린다. 그 소리의 주인이 나라는 것
을 깨닫고 손으로 입을 틀어막는다. 손가락이 떨리고 있다. 숨결
이 뜨겁다. 엘이 보인다. 책상 위에 반쯤 엎드린 자세로, 일기장
을 펼쳐두고 팔꿈치를 크게 벌린 채, 집중하느라 이마에 깊은 골
을 만들면서, 그처럼 정성스러운 필기체를 천천히 써나간다.
 나는 벌떡 일어나 신발 상자를 가지고 집으로 향한다. 펄떡거
리는 심장박동이 목구멍과 관자놀이까지 느껴진다. 포장된 길에
다다라 속도를 줄이고 세탁장과 쇠사슬이 매인 문을 흘긋 곁눈질
한다. 문득 눈가에 또다시 붉은색이 스쳤을 때 발걸음을 멈춘다.
고개를 돌려 클레마티스나 담쟁이덩굴 대신 이끼와 지의류가 이
음매를 메우고 있는 옆쪽의 높은 담을 정면으로 주시한다. 아무
것도 없다. 하지만 눈을 감고, 헐벗은 오래된 돌에 피로 흩뿌려져
있는 글자를 상상한다.

 그는 알고 있다

 달빛, 나는 생각한다. 달빛이 있어야 해.
 계단을 뛰어올라 다시 보조주방으로 들어가서, 내 뒤의 그 녹
슬고 거대한 열쇠를 돌려 잠근 뒤 신발 상자를 가장 가까운 찬장
에 처박는다. 주방으로 돌아간다. 3번 나무판자 아래의 종과 추
를 올려다본다. 머리 위의 음울하고 좁은 복도를, 그 끝에 있는
문의 먼지투성이 검은 패널을 떠올린다. 피부에 닿는 시큼한 엄

마의 숨, 엄마의 이가 딱딱 부딪치는 소리. 거기 들어가기만 해봐, 죽도록 혼쭐을 내줄 테니까. 왜냐하면 3번 방은 푸른 수염의 방이기 때문이다. 그의 아내들의 시체가 벽에 달린 갈고리에 걸려 있고 온통 피가 낭자하기 때문이다. 밤에 배가 고프면, 그가 더 많은 피를 찾아 복도와 방을 어슬렁대기 때문이다. 돌연 오싹해진다. 생각—기억—은 흐릿한 만큼이나 명료하다. 피부밑이 근질거리는 이유. 그 기억의 뒤를 좇아 다른 기억이 따라온다. 다시 종 달린 나무판자를 쳐다본다. 빛깔이 바랜 식료품실. 엘과 나는 이 집에 살고 있는 유령과 괴물을 피할 때 대부분 어릿광대 카페에 숨었다. 하지만 푸른 수염을 피할 때는 항상—항상—미러랜드에 숨었다.

식료품실은 현관 복도 맨 끝에, 맞은편 계단 측면의 그림자 속에 웅크리고 있고, 검은 벨베틴 커튼으로 가려놓았다. 나는 그 커튼을 당겨 연다. 커튼은 묵직하고 먼지가 날린다. 금속 고리가 커튼 레일을 달가닥 스치고 움직이는 소리에 몸을 움츠리고 싶어지고, 달갑지 않은 간절함에 사로잡힌다. 식료품실은 기억보다 작고, 길고 좁고 춥다. 벽지는 여전히 어지러운 수선화무늬인데, 오렌지색과 노란색이 회색조로 희미해졌다. 창가에는 뒤뜰을 바라보고 있는 나무 테이블이 있다. 그 사이를 비집고 지나가려고 몸을 숙이면서, 아침햇살에 데워진 흠집과 자국들을 손끝으로 쓸어본다. 벽장도 여전히 그 자리에서 공간의 남쪽 끝을 모두 차지하고 있다. 얼추 이십 년 전이 아니라 어제 마지막으로 열었던 것처럼 걸쇠가 부드럽게 들린다.

냄새부터 훅 끼쳐온다. 이상하게도 퀴퀴한 게 아니라 끈적하다. 눈이 적응을 하자, 그 이유를 알아차린다. 넓디넓은 벽장 내부 전체에 싸구려 베이지색 벽지가 발려 있다. 나는 스툴을 벽장으로 끌어와 위로 올라간다. 일말의 망설임도 없이 손바닥으로 벽지를 문지르기 시작한다. 반쯤은 아무것도 발견할 수 없으리라 생각했지만, 무언가 단단한 금속성의 윤곽을 느꼈을 때 심장이 쿵쾅거리기 시작한다. 손톱을 밀어넣어 벽지를 찢는다. 제발 여기 있어라. 제발 아직도 여기 있어라. 벽면에서 종이를 대부분 뜯어냈을 땐 땀이 줄줄 흐르고 숨이 찬다. 하지만 그 자리에 있다. 한 번도 숨겨진 적이 없었다는 듯이. 장식 패널로 사분된, 표준 치수에 모자람 없는 크기의 문이다. 경첩은 녹슬었고, 무거운 슬라이드 볼트가 두 개 달려 있다.

미러랜드로 가는 문이다.

◆◆

문을 오랫동안 바라본다. 예전에는 문 위에 핀으로 고정해둔 게 있었다. 엘이 그린 그림 한 장. 형태보다는 색에 집중한 어린 시절의 노력. 파랑과 노랑과 초록. 눈을 감는다. 섬. 당연히, 섬. 바위와 해변이 이루는 거친 해안지대, 숲속과 평야. 눈 덮인 동화 나라가 아닌 열대의 낙원. 미러랜드는 우리들의 나니아였으니까. 대충 말하자면 말이다. 그곳이 더 많은 색채와 더 많은 모호성을 품고 있었지만. 공포도 더 많고. 재미도 더 많고.

나는 숨을 죽인다. 볼트를 푼다. 문을 당겨 연다.

제일 먼저 느껴지는 것은 추위다. 잊고 있던 추위. 숨을 내쉬자, 내 앞의 어두운 공간으로 하얀 김이 뿜어져나온다. 손가락으로 문을 꽉 잡는다. 이쪽 면에 보물 지도가 있었다. 검은 길과 초록 지대. 길고 파란 물길. 화산. 기억이 또렷해지다가 초점을 잃는다. 예의 그 짙은 갈망. 어둠 속으로 내려가고 싶고 이 집에서 나가 다른 세상으로 들어가고 싶은 바로 그 다급한 욕구가 돌아왔는데도, 나는 머뭇거리며 지체하고 있다는 사실을 깨닫는다. 엄마가 이 숨겨진 문, 비밀의 공간을 우리에게 처음 보여주었을 때에도 똑같은 감정을 느꼈다. 깊고 부서질 듯하면서도 흥미진진한 두려움을.

벽장에서 한 발 내디뎌 집밖으로, 나무 계단의 첫번째 디딤판으로 내려선다. 낮은 목조 천장과 계단을 둘러싸고 있는 좁은 목조 벽을 보자 몸서리가 난다. 오래된 나무의 삐걱거리는 소리가 잦아들며 숨을 죽이자, 이 긴장된 흥분은 단지 내 어린 시절이 남긴 환영이 아닐지 궁금해진다. 한밤중에 어둠 속에서 살금살금 움직여 엘과 함께 너무나 자주 여기로 내려왔는데도, 우리의 끈적하고 뜨거운 손이 벽과 난간에 잔여물을 남기지 않았다니, 있을 수 없는 일처럼 느껴진다. 우리의 손전등 불빛이 춤추며 흔들릴 때 그림자를 남기지 않았던 것도. 공포에 질린 키득거림과 속닥이는 쉿! 소리에 메아리가 없었던 것도.

지금은 손에 쥔 휴대전화의 불빛뿐이다. 꼴사나운 허연 빛이 더 많은 그림자를 만들어낸다. 해묵은 현기증, 언제나 추락을 기다리는 아찔한 공포가 나를 돌연 휘감는다. 몸을 움직일 수 없다. 눈을 감고 증상이 지나갈 때까지 천천히 호흡한다. 난 더이상 어린애가 아니니까. 내 환상이 이제 더는 논리를, 현실을 유린할 수 없다. 여기서 두려워할 것은 없다. 이백 년 전, 웨스터릭이 아직 작은 마을이었고 이 집이 그중 가장 크고 웅장한 저택이었을 때, 즉 이 문이 벽장 뒤에 숨기 전에는, 그저 편의를 위한 설비 내지 영리하게 고안한 장치 정도였다. 주방으로 가는 건 오직 뒤뜰이나 현관문을 통해서만 가능했다. 이 식료품실, 이 문, 이 계단, 이 아래 통로는 그냥 배달원들이 들락거리는 입구다. 이 집의 뒷부분은 앞부분보다 훨씬 낮은 지면에 자리잡고 있고, 방은 뒤뜰에서 십 피트 이상 높은 곳에 존재한다. 이 가려진 가파른 계단은 보조주방 계단과 똑같은 평범한 역할을 한다. 즉, 지면으로 가는 길일 뿐이다.

손에 든 불빛은 계단을 내려가는 동안 여전히 흔들리고, 계단 벽과 천장은 찬바람이 드는 공간으로 이어진다. 마지막 계단에서 나는 다시 주저한다. 여기서는 어둠이 더 많은 지배력을, 기억이 더 많은 권력을 쥐고 있다. 베인 상처에 레몬즙을 문지르듯 날카롭고 쓰디쓴 예감에 사로잡힌다.

돌바닥으로 발을 디딘다. 미러랜드로 내려왔다.

휴대전화 불빛이 벽돌과 목재와 거미줄 위로 미친듯이 날뛰는 바람에, 나는 전화기를 양손으로 붙잡는다. 멈춰. 겨우 통로에 왔을 뿐이다. 이곳은 집의 남쪽 면 외벽과 담장 사이에 돌을 깔아 만든 십 피트 너비 복도다. 중세의 흥벽 위에 만들던 호딩*처럼 낮은 목재 지붕을 통해 날씨로부터 보호받는다. 서쪽 앞뜰로 이어지는 문은 지금은 벽돌로 막혔고, 이 공간은 그곳에서 동쪽으

---

* 공성전이 발발했을 때 성의 방벽 외부에 일시적으로 설치하는 목조 구조물.

로 석조 세탁장까지 뻗어 있다. 세탁장이 통로 끝에 보초병이나 수위실처럼 납작 주저앉아 있어서, 바깥과 면한 유일한 벽에 난 작은 문을 제외하면 뒤뜰로 나가는 길은 모두 막혀 있다.

나는 한번 더 휘 둘러본다. 얼어붙은 숨결이 나를 따라 뿌연 고리를 그리며 돈다. 아침해는 아직 많이 낮아서, 아주 가느다란 백광 줄기가 목재 지붕의 틈을 뚫고 들어온다. 고개를 드니 호딩의 마룻대에 걸려 있는 알전구가 눈에 들어오고, 곧바로 그 전구가 기억난다. 줄을 잡아당기자 놀랍게도 즉시 강한 빛의 세례가 내린다. 이곳의 시간은 계속 흘러왔다는 사실을, 지금 보고 느끼는 모든 것은 그저 나의, 우리의 옛 유령이자 메아리라는 사실을 내가 순순히 믿고 있었다는 듯이.

모든 건 이 마법의 장소의 옛 유령일 뿐이라는 것을. 어쨌든 그걸 부인할 수는 없는 노릇이다. 이곳은 한때 배달원들이 들락거리는 입구였을 테고, 그저 오만한 계급의식이 드러난 곳이었을 뿐이다. 지금은 잊힌 존재가 되어 찬바람만 들이치는 텅 빈 돌덩이 공간으로 남았다. 하지만 그사이에는 남다른 곳이었다. 옛날 옛적에는 풍성하고 충만하며 생기가 있었다. 눈부시게 섬뜩하고 확고부동하게 안전했다. 가늠할 수 없을 정도로 흥미진진했다. 숨겨져 있었다. 특별했다. 우리 것이었다.

다시 고개를 돌려 벽돌로 막은 문을 바라본다. 계단 아래에서부터 그 문까지 통로를 따라 뻗은, 미러랜드의 큰 부분을 차지하는 공간이 한때 붐타운이었다. 과일 상자와 폭이 육 피트 이상 되는 나무판자로 만든 먼지 날리는 판잣길에는 우체국과 보안관 사무실이 자리잡고 있었고, 종이 상자 카운터와 테이블, 쿠션과 담요와 베개를 갖춘 좌석이 마련되어 있었다. 남서쪽 모서리의 담장에는 세 손가락 조의 술집이 붙어 있었다. 북서쪽에는 라코타 수 부족의 원뿔 천막들과, 막대기 끝과 끝을 이어 정사각형 테두리를 그려둔 훈련 구역이 모여 있었다.

후에 붐타운은 감옥이 되었고, 세 손가락 조의 술집은 다소 덜 이국적인 오락용 휴게실이 되었다. 나무상자들은 5번 독방동의 문과 벽이 되었다. 그리고 우리는 그곳에 수감된 죄수였다. 생크 감옥. 한창 감옥 놀이에 심취했을 때 엘은 나를 몇 시간 동안 옆에 앉혀놓고, 날카롭게 깎은 칫솔과 할아버지의 낡은 면도날로 살벌한 도구를 만들었다.

동쪽으로 방향을 돌려 세탁장 쪽으로 걸으면서, 오른손 손바닥으로 담장의 거친 벽돌을 쓸어본다. 반대편에는 또다른 긴 통로와 채마밭, 또하나의 휑뎅그렁한 집이 있다는 것을 알고 있다. 페인트를 칠한 벽돌집에 퇴창을 내고 박공널을 갖춘 좀더 신식 빅토리아양식의 빌라다. 세탁장 쪽 통로는 잠겨 있는 커다란 장식장 주변에서 좁아지는데, 그 장식장은 내 기억으로 한때 게임 도구와 책으로 가득했다. 그 옆에는 녹슨 커다란 바퀴 세 개와 장바구니가 달린 아주 큰 푸른색 유아차가 있고, 곰팡이가 핀 후드 한쪽 구석에는 하얗게 색이 바랜 상표가 달려 있다. '실버 크로스.'

세탁장 문은 잠겨 있지 않다. 그곳은 잠가두는 일이 없었다. 그래서 뒤뜰로 나가는 다른 쪽 출구에 맹꽁이자물쇠와 녹슨 사슬을 걸어두었던 것이다. 세탁장은 미러랜드에서 가장 중요한 부분이었다. 더 따뜻하고 멀쩡했으며, 분위기가 더 좋았고, 한때 숨쉬는 것만큼이나 절실하게 필요한 곳이었다. 하지만 고작 반시간 전 보조주방 바깥 계단에 서 있을 때, 내 눈에 비친 그곳은 그저 빨간 창틀에 작은 슬레이트 지붕을 달고 있는 오래된 돌집일 뿐이었다.

문을 열고 들어가, 오래된 페인트 자국과 먼지로 얼룩덜룩한 마룻널에 선다. 발밑에서 마룻널이 신음하며 휘는 바람에, 발걸음을 뗄 때마다 바닥이 괜찮은지 일일이 확인하고 싶어진다. 흰 곰팡이와 습기가 내뿜는 냄새가 세탁장에 퍼져 있고, 퇴비 냄새 같은 고약한 쉰내도 올라온다. 창을 통해 햇볕이 환히 드는 가장 큰 공간으로 눈길을 미처 돌리기도 전에, 잊었던 다른 모든 것이 떠오른다. 모서리마다 종이 상자와 과일 상자들이 쌓여 있다. 나무 장대들이 더러운 시트 무더기 위에서 균형을 이루고 있다. 선풍기가 두 대 놓여 있고, 검은색 코드는 돌돌 말려 있다.

"세상에."

갈라지고 맥없는 내 목소리가 메아리처럼 울린다. 나는 팔짱을 단단히 끼고 세탁장 벽을 물끄러미 바라본다. 하늘색과 태양의 황록색, 하얗게 부풀어오른 구름과 파도의 하얀 물거품, 예전의 지저분하고 조급한 붓놀림이 보인다. 마룻널을 내려다보니, 잔뜩 내려앉은 먼지와 오염 아래 새티스팩션호의 오래된 윤곽이 진회색으로 남아 있다.

보스프릿. 지브. 선수루. 앞돛. 배 위를 지나가면서 이 단어들을 숨죽여 속삭여본다. 주갑판과 포열 갑판, 엘이 검은색으로 휘갈겨놓은 글자들. 럼과 물은 여기 저장!!! 무기고는 여기!!! 나는 세탁장 한쪽 끝에서 맞은편 끝까지 걷는다. 선원실, 화물창, 주돛, 돛대 꼭대기의 망대, 조타실, 선장실. 선미. 이끼로 뒤덮인 호스가 두 개의 수도꼭지 주변에 감겨 있고, 호스 노즐은 여전히 물을 뿜어낼 태세로 낡은 장방형 개수대 안에 놓여 있다. 그 위의 졸리 로저 해적기를 바라본다. 해골과 엑스자로 교차하는 뼈다귀가 그려진 깃발은 판판하게 펼쳐져 검은 절연테이프로 석재에 붙어 있다. 이어서 맞은편 작은 창을 바라본다. 우리는 그 둥근 창을 통해 달빛에 목욕하고 별을 따라 항해했다. 붐타운과 생크 감옥은 낮시간만을 위한 공간이었고, 새티스팩션호는 주로 밤을 위한 곳이었기 때문이다.

동쪽 돌벽에 나사로 박은 고리에는 선미 랜턴이 여전히 걸려 있다. 먼지투성이에 기억보다 더 작고, 뿌연 유리 안의 초는 심지가 다 타서 바닥이 드러났다. 손가락을 뻗어 만져보려다 멈칫한다. 목에서 투둑 소리가 날 만큼 갑자기 몸서리가 일어나 손가락을 거두고 만다. 시선을 올려 그 위 벽에 그려진 검은 수염*의 거대하고 우람한 배의 유령을 바라본다. 항상 우리를 뒤따라오던. 항상 조금씩 더 가까이 다가오던.

어떤 것들은 자취를 감추었다. 검은 가죽끈과 녹이 낀 금빛 자물쇠로 잠가둔 커다란 나무 보물상자가 그렇다. 우리는 그 안에 포르토프랭스나 아메리카대륙의 스페인령 식민지들을 습격하여 얻은 전리품을 모아두었다. 주방이나 왕좌의 방에서 잠시 가져온 은식기 세트, 촛대, 장신구 함. 물을 채워 돛대와 돛을 고정하는 데 썼던 파라솔 받침도 없어졌다. 하지만 다른 모든 것을 보면 우리가 어제쯤 떠난 것처럼 느껴진다. 어둠 속에서 우리의 불빛이

---

* 18세기 초 카리브해 등에서 활동했던 영국 출신 해적 에드워드 티치의 별명.

춤을 출 때, 킥킥 웃으며 육지를 향해 살금살금 계단을 올라 떠난 것처럼. 심지어 유아차에서 훔쳐온 배의 타륜도 나무 돛대에 기대어 남아 있다.

나는 주갑판을 그린 분필 선을 천천히 가로질러 다시 돌아간다. 멈추어 서서 눈을 감는다. 입술이 당긴다. 며칠 만에 처음으로 제대로 웃고 있기 때문일 것이다. 새티스팩션호는 우리가 미러랜드에서 가장 처음 만들었던 것이었다. 이백 톤 무게에 돛대 세 개를 갖추고 가로돛을 완비한 해적 기함으로, 화약 상자와 추격포, 우박 같은 포탄을 퍼붓는 대포 사십 대를 갖추었다. 새티스팩션호가 미러랜드였다. 우리는 그 마법 속에서 살며 호흡했다. 우리를 따뜻하게 지켜준 불이었으며 다른 모든 것에 불을 붙인 점화선이었다. 왼발에서 오른발로, 앞뒤로 무게를 옮길 때, 부드럽게 썩어가는 나무가 약간씩 꺼지는 것을 느낄 수 있다. 안개처럼 퍼져 얼굴에 닿는 훈훈한 빗방울과 주 돛대 주위를 뱀처럼 감고 있는 호스, 선풍기가 윙윙 돌아가면서 바람을 맞는 돛의 힘찬 펄럭임을 느낄 수 있다. 때로는 남동쪽에서 십 노트로 불어오는 열대 바람, 때로는 북대서양에서 사십 노트로 몰려오는 스콜 돌풍. 돛을 올리거나 조정하고 접을 때 오래된 밧줄이 손가락 사이에 남기는 화끈거림이 느껴진다. 내 뒤에서 키를 잡고 있는 엘이 속닥이듯 명령을 외친다. 침로를 바꿔라! 배를 멈춰라! 모두 갑판으로!

맙소사, 엘이 보고 싶다. 느닷없지만 너무 마음이 아파 더는 부인할 수가 없다. 사실이 아닌 척할 수가 없다. 그녀가 보고 싶다.

엘은 나보다 사 분 먼저 태어났다. 엄마가 늘 말해주어서 우리는 이 사실을 알고 있었다. 자주 들려주던 이야기를 할 때면 항상 그렇게 말문을 열었다. 고대 페르시아왕국에서 음식에 독이 들었는지 맛보고 살피던 사람에 대한 우울한 이야기였다. 독이 있는지 맛보는 이는 공주였고, 어김없이 왕의 큰누나였다. 이 영웅적인 독극물 감식가는 날마다 낮에는 왕의 음식이나 음료를 먼저 씹거나 마셔보았다. 밤이면 왕의 모든 백성들이 만진 진주를 삼켰다. 그러면 분노에 찬 백성들의 생각과 계획과 언어는 전부 어둠 속으로 가라앉아 끓어오르다 그녀의 살과 뼛속으로 스며들었고, 그곳에서 곪고 썩고 불탔다. 비록 그녀의 삶은 아픔과 고통으로 가득했으며 제대로 사례를 받지도 못했지만 왕의 삶은 달랐기에, 그것만으로도 그녀는 충분히 삶을 지탱하고 매일 자신의 임무를 다할 수 있었다. 엄마에게 이 이야기는 첫째가 막내를 항상 돌봐야 한다는 것을 뜻했다. 하지만 엘에게는 자신이 통솔자로서 언제나, 언제나 최우선이 된다는 신성한 권리를 뜻했다.

그래서 나는 우리도 선원이 있어야 한다고 주장했다. 엘은 어쩌다 한 번 내게 키를 넘기고 선장 노릇을 허락하고는 그뒤 여러 주 동안 다시 그런 기회를 주지 않았고, 일등항해사로서 나도 누군가의 상관이 되고 싶었다. 선원들은 수시로 교체되어, 올드 솔티 도그부터 당시 가장 좋아하던 역사 속의 아무 해적, 이상한 카우보이나 붐타운 출신 인디언, 안식 휴가를 보내고 있는 어릿광대 등에 이르렀다. 딱 세 사람만 고정 선원이었다. 애니는 이등항해사이자 항해장이었다. 키가 크고 한결같이 저돌적인 성격의 빨간 머리 아일랜드 여자로, 카리브해의 해적 앤 보니의 이름을 땄다. 어리고 시끄러운 포병 벨은 겁 없이 장난을 잘 쳤다. 무릎까지 오는 바지 대신 원피스를 입었고, 흑단 같은 머리채 속에 칼을 숨겼으며 핏빛 립스틱을 발랐다. 그리고 마우스. 그녀는 소심하고 순종적이어서 엘의 두목 행세가 최고조에 다다랐을 때 그걸 상쇄하는 효과를 냈고 내게도 최악의 상황을 모면하게 해주었다. 작고 말이 없고 창백한 모습으로 항상 검은 옷을 입었고, 선수에서 선미까지, 좌현에서 우현까지 종종걸음을 치며 다녔다. 우리의 심부름꾼이자 화약 운반수이자 하녀였다.

어떤 밤에 우리는 그저 항해만 했다. 그 섬을 찾아서, 그리고 유령처럼 쫓아오는 검은 수염의 배, 앤 여왕의 복수 호를 따돌리기 위해. 어떤 밤에는 닻을 내리고는 재물을 노려 습격을 감행하거나 숨겨진 보물을 찾아다녔다. 또 어떤 밤에는 반란을 일으킨 선원들과 전투를 벌였고, 폭동을 처리할 복잡한 형벌을 고안해냈다. 반란자를 밧줄로 묶어 배 밖으로 던진 다음 뱃머리에서 선미까지 끌고 다니거나, 돼지기름을 바른 널빤지 위를 걷게 하는 것이었다. 목숨을 부지할 기회를 걸고 훨씬 불가능한 일을 시키는 일이 잦았는데, 잔인한 두번째 기회를 믿었기 때문이다. 그리고 어떤 밤에는 폭풍우와 싸우고 다른 배와도 싸웠다. 해군 호위함과 상선단, 다른 해적들의 쌍돛대 범선까지. 나무가 박살나는 소리와 사람들이 죽어가며 터뜨리는 비명, 대포와 머스커툰 단총이 내뿜는 쩌렁쩌렁한 폭음, 스콜이 내지르는 포효로 귀가 먹먹했다.

어어이, 잡종 개새끼들을 잡아 족치자!

용서치 마라! 희생 없이 대가 없다!

항상 검은 수염이 우리에게 따라붙었다. 그러면 우리는 언제나, 언제나, 헨리 선장*이 곧 나타나리라 믿으며 기다렸다. 우리를 도와 궁지에서 벗어나게 해줄 거라고. 그가 오리라는 것을 우리는 알고 있었다. 언젠가 다시 오리라는 것을 언제나 절대적으로 확신했다. 우리를 위해 돌아오리라고.

나는 감았던 눈을 뜨고는 깜박여본다. 새티스팩션호의 갑판을 가로질러 세탁장 문밖으로 나가, 길고 좁은 통로로 꿈을 꾸듯 되돌아간다. 불현듯 걸음을 멈추고, 고개를 돌려 담장을 마주본다. 거친 돌벽에 무감각한 손가락을 누르자 한차례 전율이 온몸을 훑고 지나간다. 한때 엘이 그린 헨리 선장의 큰 초상화가 벽 어딘가에 걸려 있었다. 엄하고 웃음기 없는 얼굴이었으며, 뒤로는 그 섬의 파랑과 노랑과 초록이 펼쳐져 있었다. 신발 상자 안에 들어 있던 빈 럼주 병이 떠오른다. 헨리 선장은 우리의 영웅이었다. 해적들 중 가장 용감하고 가장 훌륭했다. 해적 세상의 왕이었다.

나는 벽에 털썩 기댄다. 잊고 살았던 너무 많은 것들이 아직도 그곳에—아직 이곳에—먼지 쌓인 컴컴한 구석에 있다. 갑자기 간절하게 이곳에서 나가고 싶다. 온기를 느끼고 싶고, 습기 찬 이끼 냄새 대신 신선한 공기를 들이마시고 싶다. 계단 발치에서 나는 다시 뜸을 들인다. 왜인지는 모르겠지만 고개를 드니, 목재 천장 밑면에 검은 절연테이프로 붙여놓은 하얀 카드가 보인다.

스노화이트는 말했다. "우린 서로를 버리지 않아."

---

* 17세기 후반 카리브해에서 활약하다 나중에 자메이카 부총독까지 오른 영국 출신 해적.

로즈레드는 대답했다. "살아 있는 한 절대로."

해적이라면 누구나 암호가 있어야 하지, 엄마는 말했고, 그것이 우리의 암호였다. 그 암호는 천장 아래에 있는 다른 것들과 마찬가지로 미러랜드의 일부이지만—일부였지만—무언가 다르다. 이 카드는 이전에 없던 것이다.

빨간빛이 보인다. 말 그대로다. 핏빛 빨강. 그는 알고 있다. 느껴진다. 귓가에 뜨겁고 다급한 속삭임이 들린다. 나는 그것을 모기 잡듯이 후려친다. 손가락들이 내 목을 쥐고 조르는 듯한 공포에 사로잡힌다. 소리가 들린다. 위층에서 들려오지만 가까이 있다. 생경하면서도 익숙하다. 시끄럽게 쿵 울리는 금속성 소리. 얼음장처럼 찬 외풍이 머리카락을 잡아당기고 피부를 할퀸다. 매달려 있던 알전구가 깜박이더니 휙 불이 나간다. 내가 휘청거리며 벽에서 떨어지자 한기가 덮치고, 소리를 지르고 있는 게 아니라면 익숙했을 목소리가 들린다.

"뛰어!"

나는 뛴다. 난간을 붙잡고 계단을 뛰어오른다. 손이 끈적끈적해지고 심장박동이 불규칙해지면서, 등뒤의 통로는 한기를 뿜는 커다란 어둠이 되어 괴물처럼 쫓아와 으르렁거리고 해초와 갑각질 조각들이 파도처럼 빽빽하게 밀려온다. 계단은 너무 가파르다. 손가락 관절이 석재에 스친다. 목덜미 잔털부터 등골을 타고 소름이 지나간다. 나무 천장 틈으로 비치는 햇빛 조각은, 번개가 갈라져 내 머리 위에 떨어지는 것처럼 보인다. 데드라이트*, 나는 생각한다. 데드라이트다.

거의 꼭대기까지 올랐을 때 발을 헛디뎌 밑으로 고꾸라질 뻔한다. 다시 벽장 안으로 들어가 미러랜드 문을 쾅 닫은 다음 볼트를 채우고, 환한 식료품실로 비틀비틀 되돌아온다.

◆◆

나는 미치지 않았다. 망상에 빠진 것도 아니고 케이트 러픽 경위가 짐작하는 대로 비정한 년도 아니다. 나의 본능과 확신은 정확하다. 엘은 살아 있다. 내게 이메일을 보내고 있다면 죽었을 리 없기 때문이다. 정원에 신발 상자를 묻어놓고 천장에 암호로 경고장을 써서 테이프로 붙여놓았으니까. 우리의 과거, 내가 다시는 생각하지 않기로 한 그 과거를 잘 들지 않는 쟁기처럼 아무렇게나 휘저어대고 있으니까. 자기 방식대로 주도권 싸움을 하고 있으니까. 그것이야말로 빌어먹을 미친 짓이다.

이 상황이 어떻게 흘러갈지 나는 안다. 항상 어떻게 흘러갔는지 안다.

이것은 보물찾기다. 지도는 엘이 갖고 있다. 엘이 다음 단서를 줄 때까지 나는 기다리는 수밖에 없다.

---

* '데드라이트(deadlight)'는 선박의 창을 의미하지만 단어를 분해하면 '죽은 빛'이라는 뜻도 된다.

제 6 장

카카두정글이 돌연 사방에서 악을 쓰고 꽥꽥거린다. 올빼미쏙
독새부터 캘리포니아콘도르, 큰따오기, 카카포까지. 멜러루카나
무와 아이언우드와 바니안나무가 후텁지근한 바람에 아우성치
고, 습지와 강과 폭포가 급류를 타고 울부짖는다. 새들이 괴성을
지르며 우듬지로 솟아오르고, 하늘은 점점 어두워져 스콜이 닥친
다. 갈퀴 같은 번개가 초록색과 갈색과 금색 사이로 내려꽂히며
숲과 쇠와 돌을 박살낸다. 악당들의 그림자가 어둠 속에 도사리
고 있고, 분노로 가득찬 그들은 날카로운 이빨을 잔뜩 세우고 있
다. 남자는 모두 해적이니까, 라고 엄마는 말한다. 심지어 백마
탄 왕자도 검은 수염과 같다고 말한다. 교활한 미남이라고, 절대
믿어서는 안 된다고. 우리는 스스로 구원해야 한다고.

그래서 엘과 나는 달린다. 이빨이 보이도록 입을 쩍 벌린 하품
에 우리 손에 든 불빛이 움찔한다. 세차게 밀어닥치는 물과 바람
과 살과 랜턴 불빛의 파도는 높고 드넓고 오싹하리만치 밝다. 폭

발처럼, 지진처럼 정글을 강타한다. 진흙과 암석과 데드라이트가 뒤섞인 산사태처럼, 우리를 그리고 우리의 황금색 침대보를 덮친다.

뛰어!

내 비명소리가 나를 깨우는 기분이다. 정말 그런지도 모른다. 눈을 떠보니 로스의 얼굴이 놀람과 염려 사이에서 굳어 있기 때문이다. 그의 손은 내 오른팔 팔꿈치 바로 위쪽을 쥐고 있다. 나는 응접실 체스터필드 소파에 누워 있다. 그 옆에는 할아버지가 언제나 맹세코 진품 치펜데일 가구라 주장하던, 공을 쥔 갈고리 발톱 다리가 달린 마호가니 서랍장이 놓여 있다. 맞은편에 있는 노란색 양단 흔들의자와 가죽 리클라이너도 원래 있던 것들과 정확히 똑같아서, 엄마와 할아버지가 암녹색 벽난로 앞에 마주앉아 있는 모습이 눈에 선할 지경이다. 나는 엄마가 푸아로라고 부르던, 터키석 타일로 장식한 아르데코풍 바 쪽으로 고개를 돌린다.

"소리지르던데." 로스가 얼굴을 찌푸리며 말한다.

"시차 때문이야." 내가 대꾸한다. 그리고 소파에서 주춤주춤 일어나 미소를 지으려 애쓴다. "바람 좀 쐐야겠어."

현관 복도 코트 걸이 앞에서 망설인다. 내 아노락 대신 엘의 것이 분명한 회색 캐시미어 랩 코트를 고른다. 상표를 슬쩍 본 다음 둘러 입고서 벨트를 단단히 조인다. 비비언 웨스트우드. 우리는 어차피 같은 옷을 입곤 했다고, 문을 열면서 합리화한다. 비록 전적으로 맞는 말은 아니지만. 우리가 이 집을 떠나던 순간 우리는 함께 공유하던 것을 모두 버렸다. 우리를 억지로 늘 똑같게 만들던 모든 것을.

바깥 공기는 충분히 신선하지만, 내겐 별로 도움이 안 되는 듯하다. 어린 시절 엘과 나는 항상 같은 꿈을 꾸고 같은 악몽에 시달렸다. 카카두정글 꿈을 가장 자주 꿨다. 매일 밤 손을 꼭 잡은 채, 황금색 침대보를 덮고 열대우림 벽지에 둘러싸여, 자기 전에 즐기던 빅토리아시대 탐험가 놀이의 잔상 속에서 잠들었으니까. 최근 수년 동안은 카카두정글을 생각해본 적이 없고 꿈에서도 본 적이 없었다. 그리워하지도 않았다.

대문을 열자 시끄럽게 끼익 소리가 울린다. 인도로 나가니 기이하게 노출된 기분이다. 대체 왜 난 이 코트를 입었을까? 불안감이 서서히 고조된다. 살갗이 곤두선다. 몸을 휙 돌리니, 맞은편 인도 모퉁이에 서서 나를 지켜보고 있는 사람이 보인다. 남자다. 어두운색 코트를 입었다. 얼굴은 끈 달린 후드 안에 감추어져 있다. 데드라이트는 어둠 속에서 해적의 눈이 된다는 것을 불현듯 떠올린다. 하향등, 또는 바람 때문에 셔터를 닫아서 흐리멍덩한 불빛이 나오는 랜턴. 하지만 이 창은 또한 다른 이들의 눈이기도 하다. 밤중에 나를 찾는, 나를 찾아오는 사람들. 호흡이 조금 가빠졌지만 어쨌든 남자 쪽으로 발걸음을 옮긴다. "이봐요" 하는 내 말은 숨가쁜 헉 소리처럼 들린다. 다시 제대로 발음했을 때, 남자는 이미 모퉁이를 돌아 로켄드 로드 쪽으로 사라졌다.

나는 따라가지 않는다. 대신 반대 방향으로 몸을 돌려 뛰다시피 웨스터릭의 커훈 상점 입구로 간다. 가게는 조용하고 거의 비어 있는 듯하다. 신속히 바구니에 푸실리, 레드 페스토, 포카차 빵을 담은 뒤 곧장 주류 코너로 향한다. 호흡이 아직 가쁘고 불안정하다. 그냥 기자였을지도 모른다. 참견쟁이 이웃이거나. 아니면 여태 그걸 보냈던 소름 끼치는 놈일 수도—

"오! 세상에! 어떻게 이런 일이Oh! Dieu merci! J'y crois pas—"

그 목소리와 갑자기 내 팔뚝을 잡는 위압적인 손에서 벗어나려고 뒤로 물러나다가, 맥주로 가득한 선반에 장바구니가 부딪힌다. 균형을 회복했을 때쯤에 여자의 손은 이제 자신의 입을 힘껏 틀어막고 있다. 무슨 일이 일어났는지 바로 알겠다. 이럴 가능성—이 불가피성—을 지금껏 한 번도 맞닥뜨리지 않았다는 사실이 놀라울 뿐이다. 아니 적어도 이 빌어먹을 코트를 입기 전까지는 말이다. JFK공항의 와인바보다 이 동네에서 얼마나 더 어색한 상황을 겪을지 미처 생각지 못했다. 저 여자는 내가 엘이라고 생각하고 있다.

"실례합니다Excusez-moi. 죄송해요. 제가 사람을 잘못⋯⋯"그녀는 키가 크고 늘씬하며 사십대로 보인다. 비싼 옷을 걸치고 있고 치장에도 돈을 많이 들였다. 검은 머리는 동그랗게 말아올렸다. 공들여 가꾸지 않은 느낌이지만 아마 공을 많이 들여야 했을 것이다. 내가 알아볼 수 있는 것보다 훨씬 많이.

"마리 베르나르예요. 그쪽은 미국에서 온 캐트리오나—캣—맞죠?"그녀의 긴 손가락이 내 손을 꽉 쥔다. 미소가 너무 밝다. "당연하지만 엘리스가 당신에 대해 전부 얘기해줬어요."

엘이 나에 대해 뭐든—어렵하겠는가—이야기했다고 생각하니 지나치게 당황스럽다. 그녀는 다시 웃고 있지만 눈이 지치고 충혈되어 있는 게 보인다. 나는 그녀의 "세상에!"라는 외침에 담긴 안도감에 대해 생각한다.

"너무 닮았어요." 그녀가 가까이 몸을 숙인다. 샤넬 넘버 파이브 향기가 난다. 그녀는 저 혼자 고개를 젓고는 뒤로 물러선다.

"엘과 친구인가요?"

"네Oui." 어두운 기색이 그녀의 눈에 스치더니 이내 사라진다. "우리 둘 다 그렇죠. 이쪽은 애나예요."

나는 그녀의 고갯짓을 따라 유일한 계산원에게로 시선을 돌린다. 그 계산원도 고개를 돌려 나를 위아래로 한 번 살피고, 두 번 살핀다. 그녀는 웃지 않는다. "정말 똑같이 생겼네요." 독특한 억양이다. 금발을 높이 묶은 포니테일과 광대뼈 때문에 동유럽계 같다고 이미 짐작은 하고 있었다.

나는 엘의 코트 옷깃을 의식적으로 매만진다.

"저는 파리 벨빌에서 왔어요. 오래됐죠." 마리가 말한다. "사실 엘하고는 여기서 처음 만났어요. 가게에 손님이 별로 없을 때, 우리 셋이 뒷방에서 맛이 간 캔 칵테일을 마셨죠."

"재고요." 애나가 마리를 보며 말한다. "맛이 많이 간."

마리가 웃음을 터트리지만 목이 멘 것 같다. "우린 아주 친한 친구예요. 함께 좋은 시간을 보내는 사이죠."

"엘은 착한 사람이에요." 애나가 말한다. 그녀의 눈에 갑작스레 눈물이 맺혀 나는 조금 어리둥절해진다.

마리가 고개를 끄덕이더니 내게 시선을 돌린다. "아직 아무 소식 없나요?"

"네, 유감스럽게도." 내가 대답한다. "아직은요."

또 한번 어색한 침묵이 이어지지만, 나는 그다지 그것을 채우고 싶은 의향이 없다. 엘은 어디 잘 끼는 사람이 아니었다. 십대 때는 친구가 거의 없었고, 그나마도 나를 통해서 알게 된 사람들

뿐이었다. 그녀가 가까이한 사람은 오직 로스와 나뿐이었다. 하지만 이 두 여성은 그녀와 단지 아는 사이가 아니라, 진심으로 그녀를 걱정하고 있는 듯 보인다. "로스는요?" 마리가 결국 입을 연다. "그 사람은 어떻게 지내나요?"

"아주 잘 지내고 있어요." 나는 와인 두 병을 집어 계산대로 슬슬 움직이기 시작한다. "전 이제 좀 가봐야……"

"어서 하세요. 죄송해요Bien sûr. Pardon." 마리의 지나치게 밝은 미소가 흔들린다. "저희 집에 언제 놀러오세요. 차 마시러, 아니면 술 한잔이든 뭐든. 전 바로 저기 살아요. 저 끝 집." 그녀가 진저브레드 쿱을 가리킨다. 손목에서 팔꿈치까지, 까무잡잡한 피부에 선명하게 대비되는 긴 켈로이드 흉터가 눈에 들어온다. 내가 바라보는 것을 눈치챈 그녀가 소매를 홱 내린다. "소식이 있으면 알려주실 수 있나요?"

"물론이죠." 내가 대꾸한다.

그녀가 고개를 끄덕이더니 목에 두른 에메랄드 색깔 스카프를 손으로 누른다. 나는 그녀의 손가락 관절에도 흉터가 있다는 것을 알아차린다. 화장은 말끔하게 했지만 자세히 보면 한쪽 뺨의 피부가 일어나 있고 손상된 회반죽처럼 거칠다. 우리 사이 침묵이 길어진다. 그러다 그녀가 손을 흔들고는, 쌀쌀하고 스산한 바람결에 샤넬 넘버 파이브 향기를 또 한차례 풍기며 가게를 나간다.

나는 죄책감과 안도감을 동시에 느끼며 곧장 계산대로 고개를 돌린다.

"봉지 필요하신가요?" 애나가 묻는다. 표정은 다시 돌처럼 굳어 있다. 내가 고개를 끄덕이자, 카운터 아래에서 봉지 하나를 잡아빼 툭 던져준다. 내가 산 물건들을 스캔하면서 무자비하게 효율적인 태도로 팽개치기 시작한다.

내가 헛기침한다. "저, 혹시 무슨 문제라도?"

뺨을 발갛게 붉히면서도, 그녀는 고개를 들지 않고 와인 한 병을 내 쪽으로 홱 밀친다. "당신이 여기 왜 왔는지 모르겠군요."

"뭐라고요?"

"엘이 둘 사이에 무슨 일이 있었는지 우리한테 말해줬어요." 그녀의 눈빛이 다시 덤비듯 이글거린다. "당신이 왜 떠났는지."

엘이 무슨 말을 했는지는 오직 상상만 가능할 뿐이다. 엘은 절대 풀 수 없는 매듭처럼 진실을 비틀어버릴 수 있는 사람이다. "우리 사이에 무슨 일이 있었든 상관하실 일은 아니죠."

애나가 눈에 띄게 침을 삼킨다. 그러고는 어깨를 똑바로 편다. "돌아가세요. 엘은 당신이 여기 있는 걸 원치 않을 거예요."

나는 단말기에 신용카드를 댄다. 쇼핑백을 낚아채고 문으로 후다닥 걸어가 거리로 나간다. 시차 적응에 너무 애를 먹은데다 이미 화가 차오른 터라, 내 입에서 무슨 말이 튀어나올지 안심할 수 없다.

"조심하셔야 해요." 애나가 내 등뒤에 대고 외친다.

협박처럼 들리지만, 목소리에서 갑자기 쌀쌀맞은 기미가 사라져 경고처럼 들리기도 한다.

◆◆

돌아오니 로스는 아래층에 없다. 오히려 다행인지도 모른다.

불안하다. 아까 꿨던 꿈과 애나와 나눈 대화 때문에 자꾸 예민해진다. 엘이 보낸 이메일과 엘의 일기장 한 페이지를 읽고 미러랜드를 다시 발견한 일만큼이나. 시간이 이토록 흐르고 나서 여길 다시 돌아오면 이상한 기분이 들 거라 짐작은 했지만, 불안감은 생각지 못했다. 불확실함도. 두려움도.

나는 키치너 화덕 앞에 서 있다. 파스타를 뭉개질 때까지 오래 익히는 바람에 다 버리고 다시 시작한다. 보글보글 끓는 물을 지켜보며 휘젓는다. 엄마가 내 볼을 어루만지면 그 손톱에 긁혔던 기억이 떠오른다. 나처럼 되지 마, 캐트리오나. 나쁜 것들만 보지 말고 좋은 것들을 보렴. 엘과 내가 식탁에 앉아 엄마가 안 볼 때 할아버지의 몹시 단 코코넛 토피 사탕을 몰래 빼 먹던 기억이 떠오른다. 늘어진 양말을 우리가 모라그*라고 이름 붙인 천장의 건조대에 던져올리던 기억. 나무 막대에 떨어지면 일 점, 끄트머리 주철 지지대에 떨어지면 십 점. 휴대전화가 진동한다. 화들짝 놀라 주머니에서 전화기를 허둥지둥 꺼낸다.

이메일은 john.smith120594에게서 온 것이다. 제목은 그는 알고 있다.

그리고 내용은,

단서 2. 할아버지의 일등항해사 어빈이 죽은 곳

내 분노는 거의 안도에 가깝다. 불현듯 밀려오는, 뭔지 알 것

---

* 호수에 산다고 전해지는 스코틀랜드의 전설 속 괴물.

같은 느낌은 달갑지 않지만. 레인지에서 몸을 돌려 식탁에 앉는다. 그곳에서 할아버지는 기구한 운명의 어빈에 대해 처음 우리에게 말해주었다. 1974년, 할아버지는 렐릭트호라는 선미식 트롤선을 타고 북해로 이틀간 항해 조업을 떠났는데 거기서 다리를—그리고 생명도—잃을 뻔했다. 그 이야기를 너무 자주 해서 우리는 때로 꿈까지 꾸었다. 눈보라, 갈매기와 부비새의 끼룩거림, 백삼십 패덤 아래 소금과 석유와 흙으로 이루어진 데블스 홀*에서 떠오른 부유물과 충적토가 풍기는 해저의 냄새. 어망이 바닥에 걸려 선미가 기울면서, 그물을 감는 드럼이 멈추고 유압기에서 괴성이 터져나왔다. 할아버지는 가장 오랜 친구 어빈과 함께 갑판에서 미끄러져, 꿈쩍도 하지 않는 트롤망 전개판과 바다 쪽으로 떨어졌다. 할아버지는 다리가 선미 경사로 장비에 끼어 부러졌는데도 어빈에게 그물 고리를 던져주고 죽을힘을 다해 친구를 붙들었지만, 결국 친구는 손을 놓고 말았다.

렐릭트호에 승선했다 살아남은 갑판원들은 모두 보상을 받았지만 할아버지는 그 액수가 더 많았다. 트롤망 전개판 불량에 대해 불만을 접수하고 또 접수했기 때문이었다. 할아버지는 친구를 잃고 다리까지 망가진 사람이었으니까. 결국 충분한 보상금을 받아 편안하게 은퇴하고 이 집을 살 수 있었다. 사람들은 항상 날 과소평가했단다, 얘야. 할아버지는 말하곤 했다. 난 선장의 최악의 좆 같은 악몽이었지. 엄마와 달리 할아버지는 단 하나의 신조만 갖고 있었기에, 그 절대적인 신조를 거듭 되풀이해 말했다. 배마다 개

---

* 스코틀랜드 던디에서 동쪽으로 이백 킬로미터 떨어져 있는 북해의 깊은 해구.

새끼는 있기 마련이고, 없다면 그게 너일 수 있지.

나는 자리에서 일어나 시시한 베이지색 주방 가구 쪽으로 걸어
간다. 쭈그리고 앉아 수납장을 열고 그릇과 타파웨어를 한쪽으로
치우자 마침내 그것이 보인다. 맨 마지막 찬장 뒤판 모퉁이. 목탄
과 검은색 볼펜으로 그린 작게 소용돌이치는 웅덩이. 데블스 홀
이다. 엘은 찬장과 서랍 안을 훼손하는 걸 좋아했다. 작고 교묘하
게. 무언가 있다는 것을 알지 못하는 한 전혀 들여다볼 일이 없는
곳들에 흔적을 남겼다. 할아버지가 그 이야기를 처음 해주고 며
칠이 지나 그녀는 여기에 데블스 홀을 그렸다. 그 밑에 접혀 있는
정사각형 종이쪽지를 꺼내려면 무릎을 꿇고 앉아야만 한다. 이번
에는 쪽지가 두 개라는 사실을 알아차리자마자 누군가—무언가
가가— 씩씩거린다.

이 역겨운 쌍년아!

나는 뒤로 물러난다. 비명을 지른 것 같기도 하다. 손을 찬장에
서 홱 빼내 주방 반대편까지 미친듯이 뒷걸음질쳤다는 것만은 분
명하다. 침을 꿀꺽 삼킨다. 이곳에는 아무도 없다. 하지만 그 목
소리가 여전히 느껴진다. 그 안에 든 독기, 악의. 분노. 머릿속 한
구석에 희미하게 한 여자가 보인다. 큰 키에 푸석한 검은 머리카
락. 마녀.

"뭐해?" 로스가 주방 문간에서 말한다.

"미끄러졌어." 내가 억지로 웃으면서 가까스로 대답한다. 팔
을 문지르며 쪽지 두 장을 주머니에 찔러넣고, 로스의 부축을 받
아 일어난다.

이 여자를 안다. 적어도 내 느낌은 그렇다. 그 씩씩거리는 말이

불러일으킨 모호한 기억은, 구불구불 피어오르는 담배 연기 같은 인상에 더 가깝다. 그녀의 목소리는 가늘고 높고 비정했다. 눈썹을 아래로 모아 눈을 가늘게 찌푸리며, 살면서 봤던 것 중에 최악이라는 듯이 나를 내립떠보았다. 식탁에서 울고 있는 나를 발견한 할아버지. 윙크, 차분하게 토닥이는 묵직한 손길. 죽으면 그만이야, 이 녀석아. 울 만한 일 따위는 없어.

다시 키치너 화덕으로 돌아와 발 근처 타일 두 장을 내려다본다. 타일 사이의 갈라진 회반죽 전체에 녹이 슨 듯 검붉은 얼룩이 퍼져 있다. 몸서리가 난다. 애써 떨쳐버린다. 파스타를 흘긋 보니 면이 휘어져 있고, 이번에도 못 먹을 것 같은 상태가 되어가는 중이다. "다 된 것 같아."

우리는 기계처럼 먹는다. 느리고, 꾸준히, 효율적으로. 그렇게 먹고 나서도 둘 다 기분이 그다지 나아진 것 같지는 않다. 나는 일어나 스메그 냉장고 문을 열고 와인 한 병을 꺼낸다.

"예전에 쓰던 냉장고 맨 아래 칸에는 마크스 앤드 스펜서 소시지 롤이 잔뜩 들어 있었어. '내 장례식용─건드리지 **마시오**'라고 크고 꼴사나운 딱지가 붙어 있었지." 긴장을 누그러뜨리고 싶은 마음에 내가 말을 꺼낸다. "할아버지는 그걸 고급 애피타이저라고 불렀어." 아무때나 씩 웃던 할아버지의 미소가 생각난다. 요즘은 먹을 만한 장례식 음식이 흔들목마 똥만큼 드무니까 말이다, 얘야.

고개를 돌리니 로스는 얼굴을 찌푸리는 기색이 역력하고, 눈은 화가 나 있다. 그러다 인상을 펴고 순식간에 무표정으로 돌아와, 나는 등골이 으스스하고 그저 내 상상이었던가 싶다.

"괜찮아, 로스?"

그 보기 싫은 비웃음이 되돌아오자 안도감이 느껴질 지경이다.

"괜찮지 않을 이유가 뭐가 있겠어, 캣?"

"미안해. 당연히 괜찮지 않겠지. 내 말은 그런 뜻이 아니라—"

"젠장. 내가 미안해. 나 신경쓰지 마." 그가 손으로 눈을 비비며 초췌한 미소를 던진다. "난 그냥 녹초가 됐을 뿐이야. 빌어먹을 너무 지쳤어."

나는 와인을 따 잔에 따른다. "오늘 애나 만났거든. 그 사람 항상 그렇게 못됐어?"

"애나?"

"커훈 상점에서. 금발에 미인이고, 러시아 사람."

"아, 애나. 러시아가 아니고 슬로바키아 사람이야. 사람이 좀……" 그가 손을 젓는다. "뭐랄까, 차갑지."

나는 와인을 홀짝인다. "엘은 애나가 널 좋아한다고 생각하는 거 아니야?" 엘은 언제나 질투가 심했으니까. 소유욕이 강했다. 적어도 로스에 대해서만큼은.

로스가 대답하지 않자, 나는 더 안전한 쪽을 시도해본다. "마리도 만났어. 새로 알게 된 소식 있는지 묻더라고. 그리고—"

로스가 자리에서 불쑥 일어선다. "누군지 모르겠는데."

"음, 그 사람은 널 아는 것 같던데. 자기랑 엘이 친구라고 했어. 진저브레드 쿱에 산대."

"어디?"

"도로 맞은편. 맞은편 테라스하우스."

그는 고개를 젓지만, 내게 등을 돌리고 있어서 표정을 볼 수 없다. "누군지 전혀 모르겠는데."

무슨 상관이겠는가? 엘에게는 항상 비밀이 있었다. 무엇이든, 누구든, 따로 분리해서 떼어놓으려 했다. 어렸을 때도 여러 가지 음식이 섞여 있는 것을 참지 못했다. 접시 끄트머리에 고생고생해서 다 따로 분리해두고 가운데는 텅 비워두었다.

"엘이 우울증이라는 건 몰랐어." 내가 마침내 침묵을 깨뜨린다.

로스가 고개를 돌린다. "난 빌어먹을 임상심리학자야." 그가 말한다. 이제 화는 가라앉았고, 지친 기색만 뚜렷하다. "만성 우울증, 조울증, PTSD를 앓는 사람들을 매일 여남은 명씩 본다고." 그가 털썩 주저앉아 양손에 얼굴을 떨군다. "그런데 내 아내조차 도울 수 없었다니."

"하지만 심하진 않았다며. 러픽한테 그렇게 말했잖아, 엘의 우울증은—"

"내가 무슨 말을 했는지는 나도 알아. 하지만 러픽은 나한테서 신경 끌 수 있는 명분을 찾고 있다고. 카드 얘기에 그 사람이 어떻게 나왔는지 너도 봤잖아. 그 사람은 내가 성가신 것 같아."

"그건 사실이 아니—"

"너에게 카드를 남긴 사람이 나라고 생각하는지도 모르지." 그가 말한다. "자기들의 관심을 잃지 않으려고, 수사를 계속하게 만들려고."

나는 그와 카드 이야기를 하고 싶지만 축 늘어진 어깨가 마음에 걸린다. 기분을 풀어주고 싶지만 어떻게 할 수 있을까? 내가 엘이 죽었다고 생각하지 않는다는 것을 그는 이미 알고 있다. 정말로 실종됐다고 생각하지도 않는다는 것을. 그 이메일 단서들에 대해 털어놓는다면, 엘이 보낸 것이라는 추측을 그가 받아들이지 않으리라는 걸 나는 본능적으로 안다. 그것이 가장 논리적인 설명인데도 말이다. 게다가 아무리 애써도, 아무에게도 말하지 마시오라는 말을 잊을 수 없다. 그래서 나는 고개를 끄덕인다. 내가 엘이 바라는 그대로 행동하고 있다는 것을 알면서도. 즉 로스와 나를 분리하는 것, 우리를 접시에서 서로 반대편으로 떨어뜨리는 것. "응, 그럴 수 있다고 생각해. 그 사람 스마트 텔레비전에 〈프라임 서스펙트〉 전편이 다 들어 있는 게 분명해."

로스가 대꾸하지 않자 나는 창밖을 내다본다. 해가 뜰 뒷담으로 넘어가면서 잔디가 금빛으로 물든다.

"왜 창문을 죄다 못으로 막아놨어?"

그가 눈을 깜박인다. 창턱을 바라본다. "우린 맥도널드 부부가 보안상 그랬을 거라고 생각했어. 연로한 사람들이니까." 그가 언뜻 미소를 머금는다. "이사왔을 때 복구 공사할 사람을 불렀는데, 아래 창틀을 전부 갈아야 한다더라고. 수천은 들 거라고." 이번 미소는 씁쓸하다. "솔직히 말하면 난 별로 신경 안 썼어. 내가 여기 없을 때 엘을 안전하게 지켜주는 데 도움이 된다고 생각했어."

우리는 한동안 앉아서, 둘 다 아무 말 없이 와인을 끝까지 비운다. 마침내 로스가 일어나 자기 잔을 싱크대 안에 놓는다. "이제 잠을 청해보려고."

"그래."

그가 주방 문간에서 걸음을 멈춘다. "캣, 말해봐. 왜 엘이 죽지 않았다고 그토록 확신하는지."

"알 수 있거든." 내가 대답한다. "엘이 죽었다면, 내가 느꼈을 테니까. 난 알았을 거야."

그가 문손잡이를 움켜잡아 손가락 관절이 하얘지는 것이 보인다. "나는 못 느낄 거라고 생각해? 너야말로 그 사람을 몰라. 빌어먹을 십이 년 동안이나 떨어져 있었잖아, 캣! 자기한테 협박카드를 보내는 게 말이 안 되는 것처럼, 엘이 스스로 실종이며 죽음을 꾸몄을 리가 없어. 우린 함께 살았어. 우린 서로 사랑했던 사이라고."

그가 누구를 설득하려는 것인지, 자기 자신인지 나인지 모르겠지만, 그의 말과 갑자기 불같이 화를 내는 모습은 여전히 내게 깊은 상처를 준다. 따귀를 맞은 것처럼 얼얼하다. 목구멍과 눈알이 타들어가는 것 같다. 그가 내게 상처를 주고 싶어하기 때문이다. 그게 단지 엘에게 상처를 줄 수 없기 때문이라 할지라도. 또는 나를 바라볼 때마다 그녀가 보이기 때문이라 할지라도.

"그 사람은 달라졌어." 그가 말한다. "네가 떠나고 나서 바뀌었어. 이런 짓을 할 사람이 아니야. 절대로."

"사람은 쉽게 바뀌지 않아." 내가 말한다. 나도 어쩔 수 없다. 그렇게 믿고 있으니까.

그가 입꼬리를 올리며 딱딱한 미소를 짓는다. "엘은 늘 너를 보고 부정하는 기술이 초능력급이라고 했지." 그러더니 문을 열고는 나를 한 번 돌아보지도 않고 그대로 나간다.

나는 식탁에 앉아 있다. 창밖을 바라본다. 몸이 축축하고 땀이 흥건하다. 지쳤지만 깨어 있다. 주머니에서 첫번째 종이쪽지를 꺼내 펼친다.

<u>1995년 1월 10일 = 8살 + 반</u>

엄마 말로는 밤에 푸른 수염이 아내 사냥을 나가서 화나면 잡아 가두고 갈고리에 매단다고 한다. 푸른 수염은 최강 겁쟁이다.

엄마는 우리가 새티스팩션호를 타고 헨리 선장과 그 섬을 찾으러 갈 때 얌전히 행동하고 싸우지 말아야 한다는데 안 그러면 검은 수염이 우리를 잡아갈 거라고 한다. 왜냐면 검은 수염은 역사상 최악의 해적이니까. 약아빠졌고 못됐고 거짓말만 한다. 우리를 잡아 속여서 상어 밥으로 던지려고만 한다. 하지만 정말 그렇게 한 적은 없다.

그건 그냥 엄마가 우리 겁주려는 거라고 로스가 그랬다.

제 7 장

1995년 8월 23일 = 9살 + 2달(거이!)

캣이랑 나랑 있을 때면 좋지만 로스가 있을 때도 좋은데 뭐 그애가 좋아하는 스파개티 웨스턴 같은 놀이를 해야 하지만.

오늘 우리는 붐타운의 부보앙관으로서, 오클라홈브레이 놈들을 물리쳤다(철자가 맏는지는 모르겠다!) 우리 힘으로 우리 마을을 방어해야 했는데 왜냐면 헨리 선장은 데드우드에 있고 언제 돌아오는지 몰랏기 때문이다. 나는 세 손가락 조의 술집 벽 뒤에 숨어 있었고 콜트 45 권총을 가지고 있었다. (로스가 어릿광대들은 놀지 못하게 금지했다—엄마나 캣처럼 광대들에게 겁먹는 건 아닌데 별로 좋아하진 안는다.) 벨이랑 마우스는 집중 공격을 당했는데 로스는 걔들이 총을 개떡같이 쏜다고 한다. 우리는 애니처럼 사격의 명수다. 근데 내가 캣보다 더 잘한다.

엄마는 신데렐라나 잠자는 숲속의 공주에 나오는 착한 백마 탄 왕자 같은 건 없다고 항상 말한다. 하지만 해적이랑 공주랑 요정이랑 어릿광대랑 인어랑 독이 들었는지 맛보는 사람이랑 미러랜드가 있다면 착한 백마 탄 왕자도 반드시 있을 거다.

오늘 로스가 내 손을 거의 십 분 동안 잡고 있었다. 그리고 우리가 미러랜드에서 올라와 차를 마시러 가야 했을 때 나에게 미소를 지었다. 캣한테는 말하지 않았다.

매켄지 씨가 살던 이웃집에 로스와 그의 어머니가 이사왔던 한여름 오후, 그때 엘의 미소가 기억난다. 그 집은 몇 달 동안 비어 있었다. 처음엔 나무판자로 막혀 있더니 나중에는 쇠사슬을 둘러쳤고, 매물 표지판은 뜰에서 서서히 잡초에 질식당하고 있었다. 창문을 내다보던 엘이 고개를 돌렸을 때, 그녀는 기뻐서 활짝 웃느라 숨도 제대로 못 쉬었다. 남자애야! 우리는 일곱 살이었다. 로스가 처음으로 자기 방 창문에서 고개를 내밀고 우리집 뜰 담벼락 너머로 이름을 물었을 때, 엘의 흥분은 몹시 다급하고 전염성이 강했던 나머지 황금색 침대보 위에서 책상다리를 하고 『피터 팬』을 읽고 있던 나까지도 감염시켰다. 번개가 지나간 듯 온몸이 화끈 달아올랐다. 가슴이 천둥처럼 울렸다.

세탁장 슬레이트 지붕에는 낡은 채광창이 하나 있었다. 고엽과 먼지로 새카맸다. 정원 담장은 기어오르기에는 너무 높았다. 남자애와 놀다가 걸리면 할아버지가 뭐라고 말할지, 더 나쁘게는, 엄마가 뭐라고 말할지 우리는 정확히 알고 있었다. 따라서 처음부터 로스는 우리의 비밀이었고, 우리는 그의 비밀이었다. 낮 동안에 우리가 미러랜드를 방문하는 유일한 시간은 토요일 오후였다. 엄마는 진공청소기를 돌리며 집안을 청소했고 할아버지는 동크숍에 틀어박혔으며 축구 경기 결과가 집 전체에 떠나갈 듯이 울려퍼졌다. 로스는 자기 방 창문에서 세탁장 지붕으로 내려와 쇠지렛대로 채광창을 열고 미러랜드로 뛰어내렸다.

그렇게 해서 처음 만난 날, 나는 그를 거의 쳐다볼 수 없었다. 그가 그 토탄 같은 갈색 눈으로 우리에게 눈을 깜박거릴 때, 그 비뚤어진 미소를 씩 지을 때, 내 손이 축축했던 기억이 난다. "너희들은 똑같이 생겼구나."

엘은 나 같은 만성 부끄럼증에 시달리지 않았다. 몇 분 만에 로스는 우리의 나이, 신발 사이즈, 좋아하는 것과 싫어하는 것에 대해 알게 되었다. 우리가 거울쌍둥이라는 것, 희귀하고 특별하며 십만 명 중에 단둘뿐이라는 것도. 그때 내가 엘을 질투했던 것은 사실이다. 그녀의 자신감에 질투가 났다. 그의 관심이 그녀에게 더 많이 쏠려 있어 질투가 났다.

우리는 첫날을 카우보이들과 보냈다. 토요일 오후는 전투와 사격 연습을 하는 날이었다. 엄마는 우리가 문 뒤나 어둠 속에 숨어 있는 악당과 무법자들로부터 자신을 보호할 줄 알아야 한다고 말했다. 엘은 늘 나보다 훨씬 뛰어난 사수였기에, 연습이 일찍 끝나 로스가 나뭇가지와 고무밴드로 새총 만드는 걸 함께 도울 수 있게 되었을 때 나는 안도했다.

이후 나는 가장 큰 원뿔 천막 속으로 슬금슬금 숨어들어갔다. 낡은 비계용 나무 막대들을 위태위태하게 세우고 시트를 씌운 천막이었다. 레드 클라우드 추장은 살 가리개와 독수리 깃 전투

모 차림으로 책상다리를 하고 앉아 있었고, 나에게 거의 눈길을 주지 않았다. 라코타 수 부족은 정원 손질 도구와 깃털로 어떻게 전투용 곤봉과 토마호크 도끼를 만드는지, 또는 막기와 치기, 잡기와 구르기로 어떻게 스스로 방어하는지 우리에게 가르쳐주었다. 하지만 우리가 카우보이들과 노는 게 보이는 날에는 그러지 않았다.

나는 안녕이라고 말하고 앉으며, 내가 숨어들지 않은 것처럼 굴었다. 추장 맞은편에는 벨이 아라비아 공주처럼 머리에 루비와 기다란 은색 깃을 반짝이며 쿠션에 기대 있었다. 그녀가 미소 지으며 내게 윙크했다. 벨은 미러랜드에 있는 사람들을 통틀어, 내가 가장 되고 싶은 사람이었다. 아름다우며 야생적이고 형용할 수 없을 정도로 근사했다. 그녀 옆에서 애니가 콧방귀를 뀌었다. 나의 곤경에 대해 그녀만큼 신경쓰지 않는 사람도 없었을 것이다. 돌이켜보면, 그녀는 모든 성인 여성은 엄마 같다는 우리의 절대적인 믿음의 연장선에 있었던 게 아니었나 싶다. 엄하고 화를 잘 내며 종종 무섭게 구는 사람. 애니는 아일랜드 권총 두 자루를 소지했고, 길고 삐죽삐죽한 흉터가 관자놀이에서 귀까지 나 있으며, 새티스팩션호의 그 어떤 해적보다 용감했다. 버클이 높이 달린 부츠, 악어가죽 벨트, 고래뼈 단추가 달린 소가죽 재킷 차림으로 우뚝 서 있는 그녀를 두려워하지 않기란 불가능했다. 그녀도 그것을 알고 있었다. 그녀가 나를 향해 씩 웃더니 가까이 달려들었다. "넌 엄청난 겁쟁이로구나, 정말."

마우스가 내 팔꿈치를 툭툭 치더니 떨리는 미소를 지었다. 그 애는 마대 자루 같은 검은 원피스 허리에 밧줄 한 가닥을 꽉 묶고, 엘과 내가 입고 있던 깅엄체크 원피스의 줄무늬와 맞추려고 분필로 흰 선들을 어설프게 그려놓았다. 마우스는 항상 우리처럼 보이려 애쓰고 우리처럼 행동하려 했지만, 너무 고분고분하고 빼빼 말랐으며, 다른 모든 갑판원들처럼 짙은 색 머리칼을 짧게 자르고 다녔다. 광대들이 쓰는 페이스 페인팅 물감으로 피부를 하얗게 칠했고, 뺨과 입술은 벨처럼 장밋빛으로 빨갛게 물들였다. 그애는 우리의 공포와 불안을 드러내는 징후였다. 우리는 비밀과 두려움을 그애에게 모두 다 털어놓았고 그애가 그것들을 스펀지처럼 빨아들이는 것을 지켜보았다. 그러고는 그것을 빌미로 그애를 응징했다. 무시하고 조롱하고, 뱃전 밖으로 걸쳐놓은 판자 위를 걷게 하고, 붐타운에서 총에 맞게 했다. 미러랜드는 우리의 상상력을 격렬하게, 대개는 무자비하게 만들었다. 그리고 마우스는 단연코 우리가 가장 좋아했던 피냐타*였다. 하지만 그날 그애는 레드 클라우드 추장의 천막 안에서 옆에 조용히 앉아 할아버지처럼 내 손을 쓰다듬었다. 크고 파란 눈에는 진심어린 연민이 가득했다. "괜찮을 거야, 캣. 내가 널 사랑하잖아."

로스가 입구로 머리와 어깨를 불쑥 들이밀었을 때, 나는 숨이 멎었다. "멋진 천막이네." 그가 말했다. "어떻게 만들었어?"

내가 그걸 만들어냈다는 그의 분명한 확신보다 더 좋았던 것은 그가 나에게 왔고, 나에게 말을 걸었고, 그 순간 나를 빼고 다른 사람들은 전부 안중에 없다는 깨달음이었다. 물론 모든 캐릭터를

---

* 멕시코 등 여러 라틴아메리카 국가에서 아이들이 파티 때 눈을 가리고 막대기로 쳐서 터뜨리는 통으로 안에는 장난감과 사탕이 가득 들어 있다.

다 알 만큼 미러랜드에 그리 오래 있지는 않았지만, 어깨 너머로 붐타운에 있는 엘을 볼 수 있었을 것이고, 그녀가 성마르게 발을 쿵쿵 구르는 소리도 들었을 것이다.

몇 시간 후 로스가 채광창으로 다시 획 올라갈 때까지도 엘은 화가 나 있었다.

"있잖아, 캣은 높은 곳을 무서워해." 그녀가 히죽거렸다. "어떨 때는 계단도 못 내려와."

"닥쳐!" 내가 외쳤다.

하지만 그는 우리 둘을 향해 웃기만 할 뿐이었다. "다음주 토요일에 다시 올게." 그가 말했다. "너네 엄마한테 내 얘기는 하지 마. 다 망칠 게 뻔해."

나는 두번째 일기장 쪽지를 접어 다른 쪽지와 함께 주머니에 넣는다. 등이 아프고 발에 감각이 없다. 몇시인지 모르겠지만, 로스가 잠을 청하려고 위층으로 올라가고 나서 몇 시간이 흘렀다는 것은 알고 있다. 그리고 어쩐 일인지 나는 아직 여기, 식탁 앞에 앉아 옛 기억을 들여다보고 있다. 그녀는 왜 내가 이렇게 하길 원하는 걸까? 내가 무엇을 기억하기를 원하는 걸까? 그게 중요한 지점이긴 한 걸까? 이 보물찾기가 어린 시절에 하던 것과 왜 이렇게 다른지 모르겠다. 왜 쓰레기로 가득한 신발 상자나 이십 년도 더 전에 쓰고 감춰둔 일기장 페이지를 보여주려고 이메일로 단서를 보내고 있는지. 자기는 아무도 모르는 곳으로 사라져버려 놓고.

주도권이 핵심인 것은 분명하다. 주도권을 쥐는 것은 엘에게 늘 산소처럼 필수적인—사활이 걸린—일이었다. 그러한 사실이 달라졌을 리 없다. 단서를 일기장 페이지와 함께 놔두지 않고 이메일로 보내고 있다. 내가 언제 그 단서를 볼지 자신이 통제하고 싶기 때문이다. 내가 무엇을 발견할지에 대해서도. 그 부분은 완벽하게 설명이 된다. 그 밖에 다른 건 전혀 아니지만. 하지만 내가 꼭 장단을 맞춰줘야 하는 것은 아니다.

노트북을 연다. 그만둘 마음을 먹기 전에 답장하기를 클릭한다.

누구시죠? 언니가 실종됐어요. 지금 당장 정체를 밝히지 않으면 경찰에 신고하겠습니다.

답장이 오는 전자음이 너무 순식간에 울려 소스라치게 놀란다.

하지 마시오.

이번에는 전혀 주저하지 않고 답장한다. 원하는 게 뭐죠?

나는 알고 있다. 당신이 스스로 잊은 것들과
그가 당신이 알기를 원하지 않는 것들을.
경찰에 신고하지 마시오. 아무에게도 말하지 마시오.
당신은 위험에 처해 있다.
내가 도울 수 있다.

개수작 부리지 마, 엘. 언니인 줄 알고 있어. 그만해. 돌아와. 그만하라고. 그냥 돌아와.

답장이 없다. 나는 식탁에 오랫동안 앉아 있는다. 저리거나 뻣뻣한 느낌은 가시고 이젠 열이 오르고 화가 난다. 그때 복도에서 소리가 들린다. 일어나서 문 쪽으로 천천히 걸어가, 무언가 반대편에서 웅크리고 있다가 덮치기를 기다리듯이 문을 연다.

복도는 비어 있다. 스테인드글라스 창은 시커멓게 어두워졌다. 한 군데 불이 켜져 있는데, 전화 테이블의 빅토리아식 등잔이다. 거기서 나오는 불그스름한 불빛이 쪽모이 세공 바닥에 어려 있다. 집이 철커덩거리고 쿵쿵거리고 끙끙댄다. 잠에 빠진 기계처럼, 마치 벽이 숨을 들이쉬었다 내쉬고 들이쉬었다 내쉬는 것처럼.

전화 테이블 위 거울에 내 모습이 비친다. 거울 유리는 세월의 흔적으로 얼룩덜룩하고 모서리가 칙칙한 색깔로 뒤틀려 있다. 내 얼굴은 어릿광대처럼 하얗고, 그림자가 져서 흉하게 비틀려 보인다. 다시 소리가 들리자 나는 그 자리에 얼어붙는다. 좁은 공간에 갇힌 바람의 울음처럼 낮고 비통하게 울부짖는다. 응접실에서 나는 소리다.

나는 쪽모이 세공 바닥을 까치발로 걸어간다. 손잡이를 돌려 문을 연다. 터무니없이 요란한 끼익 소리가 나지만 로스는 고개를 들지 않는다. 그는 벽난로 앞 러그에 앉아 앨범을 넘기고 있다. 결혼식 앨범. 나는 초대받지 못했던 결혼식.

방은 따스하고, 커다란 티파니 램프 두 개가 금빛으로 방안을 채운다. 할아버지가 매년 크레이기 농장에서 진짜 프레이저 전나무를 사왔던 기억이 난다. 그 나무는 12월 내내 벽난로와 창문

사이 모서리에 서서 바늘잎을 반짝이고 빛내고 떨어뜨려, 방 전체에 겨울 숲 냄새가 났다. 크리스마스이브 때마다 엘과 나는 괘종시계가 자정을 향해 육중하게 다가가는 소리를 들으며, 푸아로의 터키석 타일 위에서 기다리고 있는 셰리주로 가득한 크리스털 잔 네 개를 신나서 지켜보았다.

로스가 마침내 고개를 든다. 얼굴이 젖어 있고 눈은 벌겋다. 무릎 옆으로 빈 위스키 잔과 술이 반쯤 남은 병이 보인다. 그가 병을 내게 내민다. 나는 그것을 받아들고 몇 피트 뒤로 물러나 낡은 리클라이너 가죽 의자에 앉는다. 위스키는 구역질이 난다. 흙탕물 색깔에다 독하기는 너무 독하지만, 목구멍이 타는 이 느낌은 익숙하다. 귓전이 화끈거리게 쌩 울리는 것만으로도 충분한 보상이 된다.

로스는 엘과 함께 찍은 반질반질한 확대 사진을 들여다본다. 두 사람은 그리스식 기둥이 세워진 웅장한 사암 건물 앞에 서 있다…… 그는 매콜리 가문의 타탄체크 같아 보이는 옷을 입었다. 엘은 짧은 순백의 새틴 드레스에 빨간 하이힐을 신었고 머리는 높지만 느슨하게 말아올렸는데, 보기 고통스러울 정도로 세련되었다. 비가 오고 바람이 불고 있던 게 틀림없다. 로스가 두 사람의 머리 위로 커다란 골프 우산을 한 손으로 받치고 사투를 벌이고 있다. 그들은 서로 몸을 기대고 있는데, 엘의 손은 그의 조끼 위에 있고 그의 손은 그녀의 허리를 감쌌다. 너무 활짝 웃고 있어서 둘의 웃음소리가 내게도 들리는 것 같다. 아름다운 사진이다. 페이지를 넘기는 로스의 손가락이 떨린다. 나는 그에게 다가가지 않는다. 그럴 수 없다. 하지만 내 안의 무언가, 따뜻하고 익숙하고 달갑지 않은 무언가가 그의 아픔에 공감한다. 엘이 사라졌다고 그가 내게 말했을 때 빠르고 뜨겁게 순식간에 지나갔던 고통이 아니라, 아주 깊은 곳에서 느껴지는 통증이다. 멜랑콜리하고 케케묵은. 탐닉적인. 미러랜드로 가는 문을 다시 발견한 것 같은. 그리고 나는 그것이 사라지기만을 바란다.

로스가 또 한번 괴롭게 소리를 지르더니 울기 시작한다. 큰 소리로 꺽꺽 흐느끼는데, 내 목이 아프고 눈이 아린다. 이윽고 그가 나를 바라봤을 때, 나는 그의 눈에 담긴 절망에 움찔한다. "맙소사, 캣. 그 사람 없이 이제 어떻게 하지?"

갑자기 엘에게 분노가 치솟는다. 짜증도 화도 억울함도 아니다. 지독한 분노가 인다. 나는 알고 있다. 그가 당신이 알기를 원하지 않는 것들을. 로스를 말하는 게 아니라면 누구겠는가? 로스가 아니라면 달리 누구라고 생각하기를 그녀가 바라겠는가?

"난 이제 못……" 그는 손바닥 아래쪽으로 볼을 훔치며 여전히 목놓아 울고 있다. "난 그저 너무 무서워, 캣. 어떻게 해야 할지 모르겠어. 그녀 없이 어떻게 살아야 할지 모르겠어. 살아갈 수나 있을지 모르—"

"너. 그렇게 말하지 마. 절대, 절대 그렇게 말하지 마, 알겠어?"

불쑥 또다른 토요일의 기억이 떠오른다. 레드 클라우드 추장의 원뿔 천막에서 처음 만나고 몇 년 후에, 그곳에 다시 들어갔던 날이다. 우리 둘은 책상다리를 하고 서로 닿을 만큼 가까이 앉아 있었다. 숨바꼭질 놀이를 하는 중이었거나, 엘이 우리 둘 모두와 말을 하지 않는 드문 경우였다.

로스는 언짢은 얼굴이었다. "난 그 사람이 싫어."

"누구?"

"우리 엄마."

"왜?" 나는 흥분을 감추려 애썼다. 그가 내게 말하고 있는 것, 말하려 하는 것을 엘에게는 절대 말한 적이 없다는 확신이 커졌으니까.

그는 어깨를 으쓱하려다 고개를 숙였다. "엄마는 날 미워해. 엄마는 우리 아빠도 미워해."

"왜?"

로스는 한동안 말이 없었다. 그가 침을 삼키는 소리가 들렸다. "어느 날 아빠가 일하러 가고 나서, 엄마가 가방을 두 개 싸더니 나한테 떠나야 한다고 말했어. 그리고 여기로 이사왔어. 학교도 옮겼고. 엄마는 아빠랑 친구들을 다시 보게 될 거라고 했어. 하지만 아직 우린 여기에 있는걸."

그때 그가 나를 쳐다보았다. 그의 눈에서 딱히 분노도 아니고 고통도 아닌 어떤 강렬한 것이 불타올랐다. 온몸이 함께 떨리고 있었다. 나는 달콤한 두려움을 느꼈다. 손을 뻗어 그의 손을 만질 용기를 냈을 때, 그가 아플 만큼 세게 내 손을 쥐어 전율했다.

"오늘이 아빠 생일이야. 난 우리가 전에 어디 살았는지도 몰라. 엄마가 말을 안 해줘. 기억이 안 나." 눈물 한 방울이 그의 팔뚝에 툭 떨어져 손목으로 흘렀다. "난 엄마가 싫어."

그는 내 눈에도 눈물이 핑 돌 만큼 손가락을 꽉 비틀면서, 내 어깨에 고개를 기대고 목소리가 안 나올 정도로 서럽게 흐느꼈다.

엘은 로스가 자기를 얼마나 사랑하는지 알고 있다. 로스가 사랑하는 방식을 알고 있다. 완벽하게. 철저하게. 다른 모든 것을 제쳐버리는 것. 그녀는 그가 고통받기를 원하는 걸까? 그녀가 벌인 짓 때문에 그가 자살까지 —얼마나 진지하게든— 생각하도록 몰아붙이려는 것일까? 하지만 말이 안 된다. 그렇게 생각하고 싶지 않다. 엘은 이기적이고 생각이 모자라고 때로 잔인하다. 하지만 로스를 사랑한다. 그것만큼은 확실하다. 아무리 화가 나더라도, 아무리 벌주고 싶다 할지라도 누군가의 죽음을 바랄 사람은 아니다. 나는 여기서 생각을 뚝 멈춘다. 심장이 쿵 내려앉고 분노가 빠져나간다. 그것은 사실이 아니기 때문이다. 옛날 옛적 그녀는 누군가 죽기를 바랐던 적이 있다. 우리 둘 다 그랬다.

"미안해." 로스가 나를 쳐다보며 입술을 꽉 깨물고 억지 미소를 짓는다. "오늘밤은 미안해. 내가 말한 것 전부. 그럴 뜻은 없었어. 너한테 개차반처럼 굴었어. 미안해."

"괜찮아."

그의 미소가 얼어붙더니 희미해진다. 이제는 전혀 웃는 표정이 아니다. "그 사람을 너무 사랑해. 난 그녀 없이 —오, 빌어먹을." 그가 얼굴과 눈을 너무 격렬하게 문지르기 시작해서 나도 움찔하게 된다. 비탄에 빠진 그의 당혹감과 좌절이 나를 일으켜, 그에게 다가가게 한다. 그녀는 그의 눈물과 절망을 누려 마땅한 존재가 아니다. 하물며 다른 것들은 말할 것도 없다.

"로스, 그만해." 나는 그와 앨범 옆에 무릎을 꿇고, 양손으로 그의 얼굴을 감싸쥔다. 그의 눈은 단순히 충혈된 정도를 넘어 이제는 아예 흰 부분이 보이지 않는다. 뺨은 수염으로 까끌거리고, 축축하게 젖어 벌겋게 일어났다. 내 차가운 손바닥과 손가락으로 부드럽게 닦아주자, 그가 눈을 감고 축 늘어진다. 나는 그의 비뚤어진 미소를 떠올린다. 그가 채광창에서 뛰어내려 우리의 세계로 들어올 때마다 뱃속이 흥분으로 배배 꼬이던 것을 생각한다.

무심코 나온 행동이었다. 사실 처음부터 내내 이러고 싶었다는 것을 스스로 잘 알지만. 심지어 그 오래되고 탐닉적인 통증을 느끼기 전부터. 나는 몸을 깊이 숙여 그의 입술에 내 입술을 누른다.

잠시 그가 얼음처럼 굳는다. 나는 뒤로 물러날까 생각해본다. 가볍게 입맞추려다 잘못 부딪쳤다는 듯이. 하지만 그럴 수 없다. 더욱 원하기 때문이다. 필요하기 때문이다. 이 저택만큼이나 독특하고 아무나 흉내낼 수 없는 그의 체취로는 충분하지 않다. 그의 살갗, 수염, 눈물을 손가락 밑으로 느끼는 것만으로는 충분하지 않다. 더 많은 것이 필요하다.

그리고 그것을 가진다. 그의 손이 올라와 내 얼굴과 머리카락을 만진다. 내가 입술을 더욱 깊이 누르자 그는 허락한다. 우리의 키스는 담백한 것에서 다른 무언가로 순식간에 넘어간다. 그의 입안은 뜨겁고 축축하다. 우레처럼 울리는 내 심장박동이 발끝에서도 느껴질 지경이다. 그에게서 한숨 같기도 신음 같기도 한 소리가 흘러나온다. 나는 생각한다. 그래. 그거야.

똑같기 때문이다. 같은 흥분. 같은 광기. 다른 모든 것을 휩쓸어버릴 정도로. 이성마저도.

로스가 먼저 정신을 차린다. 그에게는 똑같지 않다는 것을 나는 즉시 깨닫는다. 더는 아니다. 그는 서둘러 일어서지만, 이미 내가 그의 얼굴에 서린 공포를 목격한 후다. 그는 허둥지둥 일어나다 위스키 잔을 엎을 뻔하고는 나에게서 멀어진다. 그가 가버리고 나서야, 내가 닫힌 문을 쳐다보며 텅 빈 공간에서 홀로 바닥에 무릎을 꿇고 있다는 것을 깨닫고 나서야, 나는 기억해낸다. 나역시 공포스러워해야 한다는 것을.

제 8 장

john.smith120594@gmail.com   2018년 4월 8일 08:45
Re: 그는 알고 있다   받은 편지함
To: 나에게

단서 3. 어릿광대를 끌어들여 이빨 요정에게 경고하라

나의 iPhone에서 보냄

◆◆

엘이 무슨 염병을 떨든지. 나는 안 할 것이다. 일어나지 않을
것이다, 욕실로 들어가지 않을 것이다, 보지 않을 것이다. 양쪽
눈 부근에서 머리가 쌍으로 지끈거린다. 뱃속이 꾸르륵거리고 들
썩인다. 뜨뜻한 숨결에는 시큼한 위스키 냄새가 배어 있다. 얼마

나 마셨는지 모르겠다. 엄청나게 마셨겠지.

허우적거리며 침대에서 일어나 비틀비틀 욕실로 간다. 때맞춰 도착한다. 구토는 야단스럽고 굴욕적이다. 한참 동안 무릎을 꿇은 채로 그대로 있다가, 슬그머니 일어나 싱크대로 비척거리며 움직인다. 수돗물은 미지근하고 쇠맛이 나지만, 어쨌든 숨 한 번 쉬지 않고 꿀떡꿀떡 들이켠다. 이제 더는 회피할 수 없을 때, 거울을 본다.

아무것도 없다. 아크릴 물감으로 엘이 정성 들여 그린 둥근 광대 얼굴이 없다. 그것은 이빨 요정이 서성댈 때마다 우리가 시도했던 유일한 경고였다. 우리는 거울 귀퉁이에 작은 어릿광대 얼굴을 그려놓고, 그것을 본 요정이 겁을 먹고 다시 숨기를 바랐다. 그게 안 되면 결국 우리가 어릿광대 카페에서 직접 얼굴을 칠하고 가발과 가짜 코와 점프슈트를 걸쳐야 했다. 누구든지—무엇이든지—두려워하는 것은 있기 마련이다. 이빨 요정에게 그것은 단지 어릿광대만이 아니라 광대라는 개념 그 자체였다.

거울을 열고 다른 일기장 페이지를 찾아 약장을 뒤지기 시작한다. 약병들 뒤로 손을 뻗는다. 병 하나가 뒤뚱거리더니 떨어지면서 도기에 부딪쳐 우당탕 구르는 것을 가까스로 붙잡는다. 거의 비어 있는 병이다. 다시 집어넣으려는 찰나 엘의 이름이 보인다.

프로작(플루옥세틴) 60mg 알약
하루 한 번
식사와 관계 없이

이보다 더 절망적일 수는 없을 것이다. 나는 옆에 있는 약병을 집어든다. 디아제팜. 프로작 그리고 발륨. 사각형으로 접힌 쪽지—다음 단서다—가 약병들이 있던 자리에 놓여 있다. 쪽지를 집어들고, 병들을 제자리에 놓는다. 거울 속 내 모습을 바라본다. 회색빛 얼굴, 축 처진 머리카락, 검게 그늘지고 부은 눈. 할아버지의 말이 생각난다. 배마다 개새끼는 있기 마련이고, 없다면 그게 너일 수 있지.

빌어먹을 내가 지금 뭐하고 있는 거지? 하지만 나는 알고 있다. 그에 대한 감정이 뭔지 알고 있다. 늘 알고 있었다. 엘이 여전히 여기 있다 해도 그 감정은 같으리라는 것도 안다. 수년 동안 무시하려고 노력했던 기억—진실—의 볼모. 얼마나 쉽게 그 감정이 돌아왔는지에 간담이 서늘하다. 마치 오래전에 익사했다고 생각했는데 단지 선헤엄을 치고 있었던 것처럼.

변기 위에 앉아 일기장 쪽지를 펼치고 마지막 줄을 흘긋 본다, 캣이 정말 싫다. 쪽지를 바닥에 떨어뜨리고는 지끈거리는 머리를 손으로 감싼다. 그녀는 나의 언니다. 옛날 옛적, 그녀가 나를 싫어하기로 마음먹기 전, 엘은 나를 사랑했다. 나도 그녀를 사랑했다. 우리 말고는 아무것도, 아무도 존재하지 않았다. 로스는 그녀의 남편이다. 나는 그에게 키스했지만 그는 내게 키스하지 않았다. 그는 공포에 질린 표정을 지을 수 있는 모든 권리를 갖췄다. 그의 공포심이 죄책감보다 커 보인다면 그건 내가 개새끼이기 때문이다. 이기적이고, 남의 남편한테 키스하는 암캐.

어떡하지?의 똬리가 뱃속에서 줄줄 풀려나오기 시작한다. 그 알약들이 엘이 정신적인 쇠약을 겪어왔다는 뜻이면 어떡하지? 그렇다면 이 기괴한 보물찾기가 더 잘 설명이 되지 않을까? 그녀가 괜찮다는 나의 믿음이 틀렸다면 어떡하지? 그녀가 정말 곤경에 처해 있다면 어떡하지? 그녀가 로스와 똑같이 절망적인 생각을 하고 있다면 어떡하지? 그녀가 이미—

나는 황급히 일어선다. 여전히 머리가 지끈거리는 와중에 티셔츠를 벗고 샤워기를 튼다. 델 것같이 뜨거운 물이 살갗과 두개골을 때리도록 내버려둔다. 그 물줄기가 눈에 보이는 전부이고 고통이 내가 느끼는 전부가 될 때까지.

일단 몸이 마르고 온기를 찾아 옷을 걸친 후에야 일기장 쪽지를 다시 집어 읽기 시작한다.

<u>1996년 11월 30일 = 10살 + 1/2 (한 달 후면!!!)</u>

캣은 나한테 말을 안 하고 있지만 상관 안 한다. 내 잘못이 아니다. 엄마 말로는 해적들도 규칙이 있어야 한다고 한다. 우리는 원한다면 블랙 스폿*을 줄 수 있도록 허용댄다. 그리고 어쨌든 그건 로스의 생각/잘못이었다. 걔는 그게 재밌을 거 같다고 말했는데 재미는 있었지만 결국 캣이 울기 시작했다. 나는 로스를 말리려고 했다. 나는 기분이 영 안 좋아져서 그러면 안 되는데도 동생을 도우려 했다. 나는 중대 위기 상황에서만 쓸 수 있는 우리의 비밀 해적 암호를 사용했다. 누가 볼지도 모르기 때문에 그 암호를 여기에 쓰지는 않을 거다. 알고 싶겠지만 쉽지 않을걸!!! 그건 나랑 캣만 알고 있고 앞으로도

---

* 로버트 루이스 스티븐슨의 『보물섬』에서 해적들이 반역자나 배신자에게 경고의 의미로 주는 검은색 종잇조각.

항상 그럴 거다!! 그런데 그애는 상관도 안 하고 고맙다는 말도 안 했다!!! 울기만 했다!!!

　개는 그냥 로스가 내가 그린 아빠 그림이 훌륭하다고 해서 화가 난 거 같다. 맨날 셈내면서 안 그런 척한다. 그애는 우리가 똑같이 생겼는데도 로스가 자기보다 나를 좋아해서 화가 났을 뿐이다.
　어떤 때는 캣이 정말 싫다.

　나는 미러랜드 남쪽 담장에 테이프로 붙여두었던 해적 헨리 선장의 초상화에 대해 생각한다. 엘이 그것을 그리는 데 들였던 수고스러운 시간들과, 그 과정에서 엄마에게 거듭해서 헨리 선장을 묘사해달라고 했던 일. 그는 한때 존경받는 사람이었고 수년 동안 정부에서 일했지만, 결국 우리를 놓아두고 오랜 바다 생활을 할 수밖에 없었다고 엄마는 말했다.
　우리 아버지가 해적 왕이라는 걸 내가 정말 믿었냐고? 믿었다는 걸 나는 안다. 미러랜드의 많은 부분은 엄마가 꾸며낸 이야기로 시작되었고 결국 엘과 나는 그것을 다른 무언가로, 살아 있는 존재 이상의 무언가로 탈바꿈시켰다. 우리는 선장이 무척 자랑스러웠다. 저 사람이 우리 아빠야, 엘은 로스가 채광창으로 뛰어내려왔던 첫날 그에게 말했다. 헨리 선장이라고 하는데, 언젠가 우리를 보러 돌아올 거야. 우리를 그 섬으로 데려가줄 거야. 우리의 믿음은 흔들리지 않았고 깨뜨릴 수 없었다. 무슨 일이 있어도 그 사실만큼은 절대 변하지 않았다. 우리는 무조건 믿었다. 비록 우리가 틀렸지만.

우리집은 결코 종교적인 집안이 아니었다. 특히 할아버지는 무늬만 독실한 신자 같은 기미만 슬쩍 보여도 그 사람을 헐뜯었다. 그럼에도 엘과 나는 매일 밤 침대 옆에서 무릎을 꿇고 기도했다. 때때로 미러랜드를 채우는 암흑에 대한 해독제랄까. 또는 보험증서랄까. 만약을 대비해서 말이다. 우리는 기도를 잘했다. 신에게 잘 지내는지, 오늘 하루는 어땠는지 물었다. 그리고 나서 우리와 할아버지와 엄마와 아빠에게, 그리고 나중에는 로스에게도 축복을 내려달라고 부탁했다. 감히 해적, 어릿광대, 인디언, 카우보이에 대해서는 언급하지 않았다. 서로 다른 세상의 일은 따로 두는 게 최선이라고 여겼다.

그러던 어느 날 아침, 엘이 일어나 선언했다. "신은 존재하지 않아. 이제는 신에게 기도하느라 시간 낭비하지 않을 거야." 그녀의 코끝이 발그레했다. 그녀는 엄마를 어설프게 따라 하면서 눈을 부라렸다. "어차피 넌 신을 믿지도 않잖아."

대체로 맞는 말이었지만, 중요한 건 그게 아니었다. 내가 좋아했던 부분은 기도라는 의식이었다. 나란히 무릎 꿇는 일과 매일 밤, 매주 기도를 하면서 선업을 쌓아가는 사람은 이 집에서 우리밖에 없다는 사실이 좋았다. 그 옛날 나는 고결함에서 큰 기쁨을 얻었다.

당시 우리는 로스와 엘이 한편이 되어 나와 심각한 영역 분쟁을 벌이고 있었다. 분노가 치밀었다. 서러웠다. 어떤 밤에는 침대에 누워 몇 시간씩 깨어 있으면서 무언가—무엇이든—엘이 반대하거나 무서워하거나 의식할 만한 것을 생각해내려 애썼지만 성공한 적은 없었다.

"아니." 내가 말했다. "난 언니가 하라는 대로 안 할 거야."

엘은 지체 없이 보복에 나섰다. 그 주가 가기도 전에 그녀는 모두가 내게서 등을 돌리게 만들었다. 할아버지에게는 내가 존재하지 않는 신에게 기도를 드렸다고 말했고, 할아버지를 성가시게 했다는 이유로 엄마 역시 등을 돌렸다. 그리고 나머지는 전부— 중립성이 구명보트인 것처럼 매달리던 마우스만 빼면—어쨌든 이미 엘의 편이었다. 심지어 어릿광대들까지도.

나는 꾹 참고 견뎠다. 나는 용감하진 않아도 집요한 면이 있었다. 이번 사태에서는 그런 태도가 우리의 교착상태를 악화하는 데 기여할 뿐이었지만. 결국 담판을 짓기 위해 나는 새티스팩션호에 공식 소환되기에 이르렀다. 그날 마녀가 주방에 있었다는 것이 갑자기 기억난다. 엄마가 레인지 위의 냄비를 젓는 동안 식탁에 앉아 있었다. 마녀는 내가 계단을 내려오자 복도로 달려들었다. 푸석한 검은 머리카락이 뱀처럼 똬리를 틀고 있었고, 뼈밖에 없는 긴 손가락으로 내 가슴팍을 가리키며 의심에 찬 실눈을 떴다.

"이 골치 아픈 것아, 뭐하고 있니?" 도끼눈이 얼음장처럼 차가웠다. 마녀는 황소처럼 콧숨을 내쉬었다.

나는 대답하지 않고 난간 발치를 돌아, 식료품실의 검은 커튼을 헤치고 안으로 들어갔다. 하지만 미러랜드로 살금살금 내려가는 마음은 무거웠다. 마녀에게 큰소리를 들은 게 몹시 나쁜 징조로 느껴졌기 때문이다.

엘과 로스는 선장실에서 책상다리를 하고 앉아 있었다. 선미에 애니, 마우스, 벨, 세 손가락 조의 술집 바텐더인 올드 조 존슨이

130

앉아 있었다. 당황스럽게도 어릿광대 대표는 디키 그록이 아니라 포고였다. 그는 선미 랜턴 옆에 쭈그리고 앉아 씩 웃었다. 흰 장갑을 착용한 긴 손가락은 헐겁게 깍지를 낀 채로 다리 사이에 걸쳐 있었다.

"이렇게 심판의 자리를 가지게 된 이유는, 일등항해사에게 신과 관련하여 자기가 한 말을 취소할 기회를 주고, 그러지 않으면 대가를 치르도록 하기 위해서야." 엘이 말했다. "할말 있어, 일등항해사?"

"난 아무 말도 취소하고 싶지 않아."

"그냥 취소한다고 말하기만 하면 돼."

"싫어."

엘이 길게 한숨을 내쉬었다. "투표하자. 애니?"

"형벌." 애니가 빨간 머리를 휙 젖히고 날카로운 이를 히죽 드러내며 말했다. 그녀가 내게 으르렁거리자, 내 얼굴에선 핏기가 싹 가셨다.

"형벌." 벨이 손가락으로 금색 리본을 비틀며 말했다. 표정은 침울했다. "미안해, 캣, 근데 우리와 신을 동시에 믿을 수는 없어. 둘 중 하나를 골라야 해."

올드 조도 같은 입장에 표를 던졌지만, 미안해하는 듯 보이기는 했다. 그는 붐타운의 지난번 대규모 총격전에서 내 나이 또래인 딸을 잃었다. 포고는 큰 소리로 오랫동안 키득거리더니 "형벌!"이라고 확성기에 대고 더 크게 더 오래 소리쳤다. 광대들은 어릿광대 카페에 있을 때는 수동적이고 조용했으며 종종 겁에 질려 있었지만, 미러랜드에서는 전혀 그렇지 않았다.

"갑판수, 넌 어디에 투표할 거지?"

로스는 낮 동안의 항해에만 새티스팩션호 탑승이 허용되었다. 심판을 내리는 자리에서 그에게 동등한 한 표를 허용하는 것은 심히 부당하게 느껴졌다. 그는 나를 바라보았다. 그리고 나는 그가 웃고 있는 것을 보았다. "형벌."

나는 그를 빤히 쳐다보았고, 마침내 그 얼굴에서 히죽거림이 사라지더니 그가 붉게 상기된 채 고개를 돌려버렸다. 하지만 내마음속 상처는 두려움조차 덮어버릴 정도였다.

"마우스?"

마우스가 왼쪽의 엘과 로스를 흘긋거렸다. "용서." 그애가 속삭였다.

"웬일이람." 엘이 말했다. "그럼. 결정은 형벌로 난 것 같군, 일등항해사." 그때 무언가가 그녀의 눈동자로 살살 기어들어가더니 반짝 빛을 냈다. 그것이 공포라는 것을 깨달았을 때 나는 온몸이 차갑게 굳었다.

"어떡할래?"

그녀가 한 손으로 뒷짐을 지고 내게 힘차게 걸어왔다. 거의 닿을 만큼 가까이 왔을 때, 팔을 핵 돌리더니 주먹을 펼쳤다.

그녀의 손바닥에 놓인 작고 검은 종잇조각을 보자 몸이 움츠러들었다.

"받아야 해."

"싫어."

우리는 이전에 한 번도 블랙 스폿을 사용한 적이 없었다. 그 형벌이 존재한다는 사실 자체가 늘 위협적이었지만, 그전까지의 역할은 그게 다였다. 그 종이는 미러랜드에서의 추방을 뜻했다. 영원한 유배. 이번 한 번 엘에게 반대했다고 해서, 그것도 내가 별로 마음을 쓰지도 않았던 일 때문에 이토록 끔찍한 일을 당해야만 한다는 것을 믿을 수 없었다. 나는 공포에 질렸고 충격으로 온몸이 마비되었다.

"받아." 엘이 말했다.

나는 종이를 받았다. 마치 그것이 불타고 있는 것처럼 엄지와 검지로 집어들었다.

"우리는 네게 살아남을 수 있는 마지막 기회를 주어야 한다고 결정했어." 엘이 말했다. 하지만 그 눈의 반짝임은 내가 달가워할 일이 아니라고 말해주고 있었다. "미러랜드 안에서 숨을 곳을 찾을 시간을 일 분 줄게. 하지만 잘 숨어야 할 거야. 한 시간 내로 우리가 널 찾으면, 넌 미러랜드를 떠나야 하고 다시는 돌아올 수 없어. 알겠니?"

나는 고개를 끄덕였다. 형 집행이 미뤄졌을 뿐인 것 같았지만.

"가!" 애니가 소리쳤다.

"가!" 포고가 소리쳤다. 분필처럼 하얀 얼굴에 검은 판다 눈. 확성기 둘레에 붙박인 새빨간 웃음.

로스가 웃음을 터트렸다. 마우스는 움츠러들었다. 엘의 눈이 은구슬처럼 빛났다.

나는 몸을 돌려 붐타운을 향해 달렸다. 손가락이 벽에 쓸리고 부딪쳤다. 우체국은 너무 작았다. 원뿔 천막은 너무 뻔했고 라코타 수 부족 사람들은 마음놓고 믿을 수 없었다. 나는 주춤거리기 시작했다. 공포에 질려 우유부단해졌고, 심장은 가슴속에서 쿵쾅거렸고, 어떤 은신처도 다 탈락이었다. 시간이 다 되어 사나운 심판자들이 환성을 지르며 나를 잡으러 통로를 따라 우르르 몰려오는 소리가 들렸다. 나는 판잣길을 따라 달려 보안관 사무실 문을 획 밀치고 들어가, 너절한 소파 쿠션으로 꾸민 피의자 입건용 책상 뒤로 뛰어들었다.

너무 무서웠다. 겁에 질린 채로, 피할 수 없는 불운에 사로잡혀 몸을 웅크리고 있는 것 말고는 달리 아무것도 할 수 없었다. 몇 초 후 누군가의 그림자가 내 그림자 위로 어렴풋이 나타났다. 허옇게 얼굴을 칠한 마우스의 눈은 크고 까맣고 동그랬다.

"네가 여기로 올 줄 알았어." 그애가 속닥거렸다. "여기에 있을 줄 알았어."

나는 그애의 목소리에서 웃음기가 느껴진다고 생각했다. 그리고 그게 마음에 들지 않았다. 엘이 내게 못되게 군 이후로 내가 마우스에게 못되게 굴었던 시간들을 떠올렸고, 지금 이 자리에서 그애가 복수를 결심한 것인지 궁금했다.

"겁먹지 마." 마우스가 속삭였다. 이제 그녀의 미소가 보였다. 그녀의 이빨이. "내가 도와줄게, 캣. 내가 널 구해줄게."

"어떻게?" 키득거리는 소리가 점점 커졌고 어릿광대의 발이 돌바닥을 긁는 소리가 들렸는데 말이다. 엘이 "흩어지자"라고 말하는 게 들렸고, 로스의 흥분한 웃음소리가 나지막이 들려왔다.

마우스가 얼굴을 찌푸렸다. "로스는 못됐어."

"아니야, 그렇지 않아. 그애는—"

마우스의 그림자가 양손을 허리에 얹었다. "내가 도와주기를 원하니?"

끄덕거리는 내 고갯짓은 광적이었다. 하지만 그애는 움직이지도 말을 잇지도 않았다.

나는 침을 꼴깍 삼켰다. 쓰라린 눈물이 계속 쏟아졌다. "로스는 못됐어." 내가 속삭였다.

마우스가 내 옆에 무릎을 꿇고 앉았다. "내가 도와줄게."

"어떻게?"

그애의 미소가 돌아왔다. 루비같이 새빨간 활짝 웃는 웃음. "넌 내가 되면 돼. 나는 네가 될게."

나는 고개를 저으면서 피의자 입건용 책상 뒤쪽으로 한참 물러났다.

"아주 쉬워!" 그애가 눈빛을 반짝이며 다시 일어나 제자리에서 뱅그르르 돌았다. "날 봐!" 엘과 내가 입은 똑같은 점퍼스커트의 장미무늬를 따라 하려고, 마대 자루 같은 헐렁한 원피스에 빨간 반점을 엉성하게 칠한 것이 보였다. 짧은 머리를 비죽하게 땋아 리본 대신 끈으로 묶어놓았다. 그애가 신났단 것도 알 수 있었다. 나의 곤경이 그애를 기쁘게 했다. 그리고 그 사실에 소름이 끼쳤다. 미러랜드의 누구에게든 무엇에게든 어둠은 있었다. 그러나 마우스는 항상 예외였다.

그애가 무릎과 손으로 바닥을 짚고 피의자 입건용 책상 뒤로 기어들어갔다. "다른 데로 얼른 숨어!"

내가 움직이지 않자 그애의 그림자가 성큼 가까워졌다.

"얼른 숨어야 해!" 그애의 이빨이 『이상한 나라의 앨리스』의 체서 고양이처럼 반짝였다. "어렵지 않아, 캣! 어두운 데서 조용히 몸을 웅크리고 두려움에 떨면 아무도 널 못 볼 거야. 얼른

가!"

나는 다른 곳을 찾기 시작했다. 다시 판잣길로 돌아가자, 벽돌로 막힌 문과 원뿔 천막 위로 웃음을 터뜨리고 있는 커다란 그림자들이 보였다. 땀과 설탕과 담배 냄새가 났다. 로스의 웃음소리와 그 소리에 담긴 환희가 다시 들려왔다. 잔뜩 겁에 질려 얼굴에 눈물을 줄줄 흘리며 나는 세 손가락 조의 술집으로 달렸다. 바는 낡은 텔레비전 상자를 벽돌과 부러진 나무로 보강해 타탄체크 담요를 덮어둔 것이었다. 엘이 내 이름을 외치는 소리를 들었을 때, 나는 덮개를 힘껏 당겨 열고 안으로 기어들어간 다음, 무릎을 꿇고 몸을 웅크렸다. 그리고 담요의 까슬까슬한 온기 속에 얼굴을 묻었다.

어둠에 질식할 것 같았다. 제발, 제발, 나는 눈을 질끈 감으며 생각했다. 제발 저를 발견하지 못하게 해주세요, 제발.

미러랜드 없이 내가 무엇을 할 수 있겠는가? 로스, 애니, 벨, 마우스 없이? 해적, 카우보이, 인디언, 어릿광대 없이? 헨리 선장 없이 내가 무엇을 할 수 있겠는가? 엘 없이 무엇을 할 수 있겠는가? 난 혼자가 되고 말 것이다. 차갑고 잿빛으로 텅 빈, 무서운 세상에 갇히게 될 것이다.

최악의 상황이 닥치기를 기다리면서 상자 안에 숨어 있는다면 누구에게나 한 시간이 영원 같을 것이다. 아드레날린이 잦아들자 운명 앞에서 자포자기에 가까운 마음이 되었고, 술집 바닥 위로 시끄러운 발소리가 들렸을 때, 그 심정은 신속히 공포로 바뀌었다.

제발. 제발.

무릎뼈가 바닥에 쿵 닿는 소리가 들렸다. 누군가 그 무릎을 끌면서 다가오는 소리. 덮개를 연다.

엘이었다.

"제발 말하지 마." 내가 속삭였다. "제발 나를 미러랜드에서 영원히 쫓아내지 마. 제발!"

그녀의 표정은 그림자에 가려져 있었다. "울고 있구나."

나는 내가 계속 울고 있었다는 것을 깨달았다. 그 사실을 깨닫자 눈물이 더욱 빠르게 흘러내렸고, 고통은 더욱 커지고 무시무시해졌다. 나는 그녀의 손목을 잡았다. "제발 그 말은 하지 마."

"그만해!" 엘이 나지막이 쏘아붙였다. "뇨."

"날 찾았다고 말할 거지."

"아니, 안 그래."

"아니, 그럴 거잖아."

"아니야, 안 그런다니까, 바보야. 넌 내 동생이야. 내가 널 왜 미러랜드에서 쫓아내겠어?"

그러면 언니가 다 가질 수 있으니까. 로스까지. 전부 다 혼자서. 이런 생각이 들었지만 감히 입 밖에 낼 용기는 나지 않았다.

"우린 서로를 버리지 않아." 그녀가 속삭였다. "자! 따라 해!"

나는 마른침을 삼켰다. 그녀의 손목을 놓아주었다. "우린 서로를 버리지 않아."

그녀가 고개를 끄덕였다. "살아 있는 한 절대로."

모든 행동 강령에는 암호가 걸려 있었다. 그리고 우리의 암호는 이런 의미였다. 날 믿어. 나를 믿고, 다른 사람은 아무도 믿지 마.

"십오 분밖에 안 남았어." 그녀가 말했다.

그러더니 덮개를 닫았다. 나는 어둠 속에 남겨졌다.

십오 분이 아니었다. 다리에 자꾸만 쥐가 나서 공황이 오고 폐쇄공포와 불안감이 커져만 갔다. 마침내 덮개가 다시 열렸을 때, 나는 대가라든지 추방이라든지 차갑고 잿빛으로 텅 빈 무서운 세상에 홀로 남겨지는 것 따위에 더는 관심이 없었다.

블랙 스폿을 여전히 손에 움켜쥔 채, 감각이 무뎌지고 저릿저릿한 다리로 일어섰다. 엘이 술집 안에 서 있었다. 다른 이들 모두 그 뒤에 서 있었다. 엘은 안도했다기보다는 승리에 찬 표정이었다. "정말 잘했어. 네가 용서받았다는 데 우리 모두의 의견이 일치했어."

나는 블랙 스폿이 로스의 아이디어였다고 생각하지 않았다. 그를 절대 탓하지 않았다. 엘의 일기장이 틀렸을 것이다. 그날에 대한 그녀의 기억이 내 기억보다 진실과 거리가 있을 것이다. 결국 기억도 믿음처럼 거짓말일 수 있으니까.

하지만 나의 질투에 대해서는 그녀가 옳았다. 당연히, 누가 질투하지 않을 수 있을까? 그녀와 로스는 아이들만의 방식으로 나를 배제하기로 공모했다. 표정과 웃음과 내가 가까워지기만 하면 딱 멈추던 속닥거리는 대화로. 두 사람은 잔인했고, 그 점은 아무도 부인할 수 없다. 여전히 그때의 느낌을 떠올릴 수 있다, 너무나도 간단히. 그 두 사람에게 버림받는 가슴이 찢어지던 고통을. 아무 잘못도 하지 않았다는 걸 모른 채, 끝없이 내가 뭘 잘못했는지, 뭘 잘못하고 있는지 걱정했던 것. 그것이 이 이메일 단서와 일기장에서 뜯어낸 페이지들과, 마치 방수가 잘 안 되는 벽에 스민 축축한 얼룩처럼 기억에서 배어나오는 달갑지 않은 단상들로부터 내가 이해해야만 하는 것인가? 로스는 항상, 심지어 처음부터 엘의 것이었다는 사실? 아니면 그녀가 항상 나는 모르는 비밀을 가지고 있었다는 것, 해적 암호고 뭐고 간에 절대 날 신뢰하지 않았다는 것? 아니면 그저 내가 틀렸다는 사실을 알기를 바라는 것인가? 내가 믿고 있는 다른 무언가는 존재하지 않는다고? 그녀는 다시는 돌아오지 않을 거라고?

◆◆

로스는 나가고 없다. 나는 안도하면서도 걱정이 된다. 그리고 당황스럽다. 로스는 이번에는 쪽지를 남기지 않았다. 나는 식탁에 앉아 '이메일 발신 위치 추적하는 방법'을 구글에 검색한다. 샅샅이 뒤지니 비로소 노트북을 주방 저편으로 프리스비처럼 던지고 싶게 만들지 않는 결과물이 뜬다. 첫번째 시도에서 얻어낸 것은 개인 IP 주소다—접근 불가. 두번째 시도에서 얻은 것은 구글 메일 서버의 주소지가 캔자스라는 것. 커피 두 잔을 더 마시고 나서야 메일 추적기 앱을 가까스로 설치하지만, 주소를 추적하려면 엘에게 새로운 메일을 보내야 한다.

'엘'이라고 제목 줄에 타이핑한 다음 십 분 동안 화면만 뚫어져라 쳐다보다가, 로건 경사의 명함을 지갑에서 꺼내고 휴대전화를 집어든다.

"로건입니다."

"안녕하세요, 캣이에요. 캐트리오나 모건. 음, 엘리스 매콜리의—"

"캣. 안녕하세요." 그의 목소리가 바뀐다. 그 순간 전화를 끊고 싶어진다. "별일 없으신가요?"

"네, 괜찮아요. 그냥―질문 하나 드리고 싶어서요."

"물론이죠. 어서 해보세요."

"궁금한 게…… 그 카드를 보내는 사람이 엘 본인이라는 의심을 해보신 적 있나요?"

잠시 동안 그는 대답이 없다. 내가 숨죽이고 있다는 것을 깨닫지만, 사실 그가 무어라 말해주기를 원하는지는 모르겠다. 나도 모르게 키치너 화덕 앞의 타일에 또 시선이 팔려 있다가, 눈을 질끈 감아버린다.

"아니요." 그가 답한다. "그런 적 없습니다."

전화를 끊고 타이핑을 시작하자 손이 떨리는 것이 느껴진다. 도저히 멈추어지지가 않는다.

문제가 있으면 나한테 그냥 말해. 제발.

내가 믿어줄게.

그리고 기다린다.

제 9 장

링크스공원을 절반 지나서야 내가 어디로 가고 있는지 깨닫는다. 쌀쌀하고 건조한 오후이지만, 지평선에 깔린 구름은 푸르스름한 잿빛이고 점점 컴컴해지고 있다. 공원 풀밭을 통과해 성큼성큼 걸으며, 바람에 나부끼는 늙은 플라타너스와 느릅나무를 바라본다. 그 고요했던 회분홍빛 여명에는 그것들의 유령이 얼마나 더 우람하고 빽빽했으며 위협적이었는지 떠올린다.

역병이 돌 때 옷을 태우던 가마가 황폐해진 채, 퇴치용 가마가 성에서 잘라낸 돌 망루 같은 모양으로 땅에 작달막하게 붙어 있다. 사백 년도 더 전에 이 풀밭 아래 겹겹이 쌓여 있었을 주검들에 대해 생각하게 된다. 또는 불타버린 소유물을 찾아 영원히 링크스공원을 헤매고 다니는, 시커멓게 퉁퉁 부어올라 고통에 몸부림치는 유령이라든지. 할아버지의 이야기는 엄마의 이야기와 늘 매우 달랐다. 구미가 당기게 섬뜩했고 어떤 가르침과 교훈도 담고 있지 않았다. 목덜미가 선뜩해진다. 몸을 휙 돌려, 내 뒤에 있다는 확신이 드는 그 무언가를, 누군가를 저지하듯이 손을 내밀어 휘두른다. 하지만 아무도 없다. 공원에 사는 몇 안 되는 야생 동물이 나타난 것도, 이쪽을 보고 있는 것도 아니다. 그만해.

공원을 나와 거리를 걷고 또 걷는다. 어떤 거리에는 자갈이 깔렸고 어떤 곳은 포장되어 있다. 오래된 조지양식 테라스하우스 맞은편에는 금속 골조에 통유리 벽을 두른 현대적인 대형 아파트 건물들이 보인다. 방범창이 달린 꾀죄죄한 신문 가게 옆에 아늑한 작은 식당들이 늘어서 있다. 공기 중에는 튀긴 음식, 담배 연기, 느릿느릿 다니는 스쿨버스 매연이 가득하다. 하지만 내 눈에 보이는 것은 아동 살해범들이 살고 숨어 기다리다 출몰하는 오래된 고딕 저택들이다. 내가 맡게 되는 냄새는 바다와 안전과 탈출의, 코를 찌르는 짠내다.

로킨바 드라이브의 십층짜리 고층 아파트는 새로 지어진 건물이다. 그래서 만이 시야에서 가려지는 시간이 조금 더 길어졌다. 천천히 그곳을 지나 길을 따라가다보면, 갖은 풍상을 겪은 표지판을 지나치게 된다. '그랜턴 항구에 오신 것을 환영합니다.' 길을 절반쯤 지나면 마침내 천국이 열린다. 나는 아노락 후드를 쓰고 후드에 달린 끈을 단단히 조인다. 엘의 캐시미어 코트는 집에 두고 왔다. 날씨 때문이기도 하지만 주된 이유는 여기가 그녀가 마지막으로 목격된 장소 중 하나이기 때문이다. 여기 있으니 기분이 묘하다. 뭔가 잘못하고 있는 사람처럼 자꾸 나를 의식하게 된다. 충분히 잘못하고 있는지도 모른다. 일란성쌍둥이가 제멋대로 싸돌아다니는 것만큼 실종 사건 수사를 조질 만한 일도 없겠지.

로열 포스 요트 클럽은 자그마한 창문들이 달린 낮은 갈색 건물이다. 요트가 보일 만큼 물에 가까이 다가가기도 전에 요트 소리부터 들려온다. 바람, 바다, 금속이 밀치락달치락하면서 덜거덕거리는 익숙한 소리. 항구의 간이 선착장은 까닥거리는 부표에 매달린 선박들로 가득차 붐벼 보인다.

바람과 비가 섞여 회백색의 변덕스러운 박무를 흩뿌리는 바람에 서쪽 시야가 거의 완벽하게 가려진다. 하지만 북쪽으로는 화산작용으로 만들어진 빈 언덕* 봉우리와 킹혼의 바위투성이 해안지대를 간신히 알아볼 수 있다. 기억 속에 생생한 나지막한 돌 경사면이 방파제 너머 아직도 그대로 있고 여전히 대부분 물에 잠겨 있다. 창고가 서 있던 곳에는 이제 주차장과 보트 수리장밖에 없으며, 받침대에 얹어둔 처량해 보이는 범선들이 가득하다.

LA에서 너무 오랜 세월을 보낸 탓에 가차없는 비바람에는 면역력이 떨어졌기에, 나는 걸음을 멈추고 숨을 고른다. 눈을 찌푸리고 방파제 저멀리 거칠고 어두운 만까지 내다본다. 엘이 아직 여기 있는 듯한 기분이 든다. 왜 여기일까? 내가 이해할 수 없는 게 그 부분이다. 그 옛날 우리가 달려왔던 이곳에서 현재의 엘이 실종됐다는 것이 우연의 일치일 리는 없기 때문이다. 절대 그럴 수는 없기 때문이다. 바로 여기, 우리의 두번째 삶이 시작된 곳을 모두가 엘의 삶이 끝난 곳이라고 믿고 있다. 일전에 느꼈던 몸서리나는 은빛 공포가 스친다. 줄줄 풀려나오던 어떡하지?의 똬리.

"이럴 수가!" 하는 깜짝 놀란 외침이 먼저 들려오고, 그다음에야 목소리의 주인공이 보인다. 부두 담벼락에 쭈그리고 앉아 있

---

* Binn. 스코틀랜드 파이프 지역의 언덕.

는 젊은 남자. 그는 나를 보고 있다. 한 손으로 방수가 안 될 게 뻔한 재킷의 옷깃을 움켜쥐었다. 두번째 "이럴 수가"는 첫번째 만큼의 충격을 싣고 있진 않고, 당연히 나는 이게 무슨 상황인지 알고 있다. 이번에도 역시.

"저는 엘이 아니라—"

"알아요." 한동안 그러고 앉아 있었는지 그가 인상을 쓰며 일어선다. "캣이죠. 엘의 쌍둥이 동생. 저는 사트비크 브리제시예요. 비크라고 부르세요."

그는 처음 생각했던 것보다 더 젊다. 잘생기진 않았는데, 어쨌든 로스 같은 전통적인 미남형은 아니다. 얼굴은 시선을 사로잡는다기보다는 착해 보인다. 그는 목청을 가다듬더니 고개를 한번 끄덕이고는 나를 응시한다. 불안해져야 마땅한 눈빛이지만 나는 불안해지지 않는다. 그는 엘을 보고 있을 뿐이라는 것을 알기 때문이다. 그의 어깨가 축 처진다. "저는 화가예요. 엘과는 우리 작품을 전시한 초상화 전시회에서 만났죠. '텅 빈 마스크, 가려진 얼굴.'"

그가 웃자, 나는 그도 결국 잘생겼다는 것을 깨닫는다. 그의 눈 주변에 잔주름이 팬다. "낮에는 훨씬 재미없는 인간이죠. LMI 보험 손해사정사예요. 구십구 명과 같이 오픈 플랜 구조 사무실을 쓰고 있어요. 상을 받은 사무실이죠." 그가 손가락으로 인용 부호를 만든다. "'인간과 공간의 가장 효율적인 활용.' 근사하죠, 안 그래요?"

그가 고개를 젓더니 시선을 만으로 돌린다. "계속 여기 왔었어요…… 저도 이유는 모르겠어요. 그녀와 가까이 있고 싶어서인지도." 그가 눈을 감는다. "험악한 날씨에 떡이 되게 두들겨맞는 것도 좋고요. 그러면 기분이 차분해져요."

나는 그가 마음에 든다. 엘도 그를 좋아했을 것이다. 나는 몸을 구부려 작은 돌을 줍는다. 바다로 던지자 바닷물이 서서히 원을 그리며 퍼지고, 그 위로 빗방울이 후두두 떨어진다. "'슬픔을 익사시키려 했더니, 그 못된 자식들이 헤엄치는 방법을 배웠더라.'"*

"엘이 당신을 재밌는 사람이라고 했어요."

"그랬어요?" 마리의 당연하지만 엘리스가 당신에 대해 전부 얘기해줬어요만큼 그럴싸하다.

"당신 얘기를 많이 했어요."

우리가 과거시제로 엘 이야기를 하고 있다는 사실을 뒤늦게 깨닫는다. 로스가 그러듯이.

"언니 배를 같이 타고 나간 적 있나요?"

비크가 이 질문에 놀란 듯이 나를 휙 날카롭게 쳐다본다. "아니요. 저는 〈블루 플래닛〉**만 봐도 뱃멀미가 나거든요." 그가 물 위에 떠 있는 형광 부표들을 바라본다. "하지만 근사한 돛단배였어요." 그가 말을 잇는다. "반짝거리는 마호가니에 크롬 외장들하며." 그러고는 다시 미소 짓는다. "그 배를 샀을 때의 이름은 '도크 홀리데이'였죠."

"어떤 계류장이 언니 거였는지 아시나요?"

---

* 멕시코 출신 화가 프리다 칼로의 말.
** 영국 BBC 방송의 자연 다큐멘터리 시리즈.

그가 미간을 모으며 동쪽 방파제에서 가까운 노란 부표를 가리킨다. "저기 같은데, 확실하진 않아요. 어쨌든 저 근처예요. 모터보트를 타고 가야 했거든요."

"언니는 노란색을 싫어해요."

"네?"

"노란색요. 언니가 싫어한다고요. 전 항상 빨강을 싫어했고 언니는 항상 노랑을 싫어했어요." 내가 부표를 물끄러미 바라본다. "그걸 잊고 있었네요."

"괜찮아요?"

"미안해요. 이곳으로 돌아온 후로, 내가 잊어버린 게 너무 많다는 걸 깨닫는 기분이에요." 나는 뜸들이며 비크를 쳐다본다. "그쪽도 언니가 죽었다고 생각하나요?"

그가 나를 쳐다본다. "네." 대답하는 그의 태도가 조심스럽다. 그렇지 않으면 내가 폭탄처럼 터져버릴 거라고 여기는 듯이.

"엘이 협박 편지를 받고 있다고 당신한테 말했나요?"

"카드요, 편지가 아니라." 그가 대답한다. 고개를 끄덕인다.

나는 숨을 한 번 들이쉬고 참았다가 다시 내뱉는다. "언니가 제게 이메일을 보내고 있어요."

"당신한테 이메일을 보냈다고요?"

"아니요. 이메일을 보내고 있다고요. 오늘도. 어제도. 사라진 이후로 계속."

"뭐라고 적혀 있는데요?" 아까와 같은 조심스러운 목소리로 그가 묻는다.

"중요한 내용은 없어요. 하지만 언니가 보내는 건 확실해요."

"엘이 보냈다고 적혀 있나요?"

나는 갑자기 화가 나 이를 간다. "안 적혀 있다고 해서 달라지는 건 없어요. 언니가 맞아요."

"그 이메일에, 살아 있다고 적혀 있나요?" 그의 표정에서는 내 말을 한순간이라도 믿는 기미가 전혀 보이지 않는다.

나는 고개를 저으며 더는 말을 잇지 않고 참는다. 답답함과 의심과 어떡하지를 꾹꾹 억누르며, 그것들이 다시 차분하고 조용해질 때까지 기다린다.

"저기요." 비크가 마침내 입을 연다. "전화번호 교환할래요? 전 그냥…… 뉴스만 보고 정보를 얻는 게 너무 힘들어서요. 당신이 뭐라도 소식을 알려주면……"

"그래요."

나는 그에게 번호를 준다. 그가 내게 자신의 번호를 문자로 보낸다. 그러고 나서 우리는 다시 침묵에 빠진다. 그동안 비는 더욱 거세지며 아스팔트 위로 튀어오른다.

"그 남자를 두려워했어요."

고개를 너무 빨리 돌리는 바람에 머리카락이 내 얼굴을 찰싹 때린다. 살갗이 얼얼하다. "뭐라고요?"

비크의 눈은 젖어 있다. 그의 시선은 나만 빼놓고 어디든, 아무 데나 향한다. "두려워했어요. 최근 몇 달 동안 엘은 변했어요." 그의 목소리는 더 낮고 단호해진다. "몸무게가 줄었고, 잠을 못 잤죠. 멍이 들어 있었어요."

"그 남자가 누군데요?"

"캣. 당신도 아마 아는—"

"누구요?"

하지만 물론, 나는 그의 입에서 나올 대답을 이미 알고 있다. 그가 침을 삼킬 때 위아래로 까닥거리는 울대뼈를 지켜본다. 그의 시선이 이윽고 내게 머물 때, 표정은 확고한 만큼이나 슬픔에 차 있다.

"그녀의 남편요."

◆◆

별달리 갈 곳이 없어 나는 웨스터릭 로드로 돌아간다. 반항심도 좀 있었던 것 같다. 엘이 곤경에 처해 있다고, 아니 더 심각한 상황이라고 내가 믿기 시작한 것 같긴 하지만, 단 한순간도 로스가 그녀를 버렸다고는 생각지 않는다. 그녀가 그를 무서워했다는 것도 마찬가지다.

집은 어둠에 잠겨 있다. 황마 도어매트에 또다른 봉투가 놓여 있다. 늦은 오후의 햇살이 내 성姓과 이름을 이등분하여 **캣**이라는 글자만 비춘다.

봉투를 주워서 열어본다. 테디 베어가 축 처진 입에 체온계를 물고 병상에 기대어 앉아 있고 옆에 다른 테디 베어가 근심하며 서 있다. 쾌유를 빌어요.

그리고 안에는, **당신도 죽을 것이다.**

나는 몸을 돌려 좁은 길을 따라 달려서 대문을 통과하고 거리로 나간다. 좌우로 살펴보지만 아무도 없다. 카드는 매트 위에 몇 시간 동안 놓여 있었을 수 있다. 다시 비가 내리기 시작한다. 굵고 차가운 빗방울이 얼굴과 머리카락을 때린다. 나는 주먹을 쥐어 카드를 구긴다.

"좆 까!"

목이 아프지만 상관하지 않는다. 이층버스가 지나가면서 무심히 전조등을 비춘다. 나는 다시 계단을 올라가 빨간 현관문을 쾅 닫는다. 집 전체에 나의 분노가 메아리친다. 하지만 상관하지 않는다.

◆◆

마녀는 검은 복도를 따라 어둠 속으로 나를 질질 끌고 간다. 그녀의 손가락이 내 살을 꼬집고, 그녀의 숨결이 내 귀에 요란하게 헐떡댄다. 너무 오랫동안 소리를 질렀더니 목소리는 이제 속삭임에 그칠 뿐이다. "싫어, 싫어! 나 안 갈래!"

벨과 마우스가 나를 향해 달려오더니, 다시 밝은 곳으로 데려가기 위해 내 팔을 잡아 당긴다.

"우리랑 항해 가자." 벨이 외친다. "우리랑 같이 가!" 마녀가 우리를 질질 끌자 벨의 부츠 뒤꿈치가 돌을 긁는 소리가 들린다.

마우스의 뺨에 눈물이 줄줄 흘러내린다. "미러랜드로 가야 돼! 그러면 마녀가 우리를 잡을 수 없을 거야. 미러랜드에서는 안전해!"

그때 엘이 어둠 속에서 모습을 드러낸다. 얼굴에 물감이 덕지덕지 묻었는데, 나이프로 펴 바른 듯이 두껍고 엉망이다. 엘이 마녀를 와락 휘어잡더니 팔을 마녀의 목에 두른다. 그러고는 회청색 눈에 분노를 번뜩이며 내게 고개를 돌린다. "뛰어!"

내가 지금 어디에 있는지 이해하기까지 잠깐 공포스러운 순간이 지나간다. 어릿광대 카페의 침대에 누워 있다. 악몽을 떨치기가 더 힘들어졌다. 언성을 높이는 소리가 들려오자, 그쪽으로 주의를 돌릴 수 있어 다행이라는 생각이 든다.

일어나 후들거리는 다리로 아래층으로 내려간다. 로건 경사와 러픽 경위, 그리고 더 젊은 여성이 식탁 옆에 서 있다. 로스가 머리를 쥐어뜯으며 서성거린다. 문간에 있는 나를 보았을 때, 그의 반응에는 안도와 분노가 뒤섞여 있다.

"저들이 포기한대, 캣! 내 말이 맞잖아, 아냐?" 그가 사나운 눈빛으로 나를 향해 쏜살같이 달려온다. "빌어먹을, 포기할 거라 했잖아!" 이 문제에 있어서 내가 절대 그의 동맹군이 아니라는 것을 그가 어느 순간 기억해내더니, 발걸음을 멈추고 뒤로 물러서며 두 손을 양옆으로 떨어뜨린다.

"저희는 포기하지 않습니다, 로스." 러픽이 말한다. 용케도 정말 진심인 듯 보인다. 그녀가 나를 흘긋 바라본다. "해상구조협조본부 수색구조감독관이 수색 중단을 지시했어요. 공식적으로는 내일 발표될 겁니다."

그 총을 든 악당. 로스가 느끼는 분노가 내 속에서도 꿈틀거리는 것 같다.

"육 일째입니다." 러픽이 말한다.

"그게 무슨 상관입니까!" 로스가 폭발한다. 눈이 뒤집히고 목양쪽에 밧줄처럼 굵게 핏대가 선다. 손등에서 불거진 관절은 너무 하얘서 거의 반투명하다. "당신들 그 사람 찾아야 합니다. 찾아야 한다고요! 참을 수가 없군!"

그 젊은 여성이 로스의 어깨에 한 손을 얹고 귀에 무어라 속삭이자, 그가 피가 나올 정도로 입술을 세게 깨물면서 눈물에 젖어 반짝거리는 눈을 들어 천장을 바라본다.

"저는 가족연락담당관 쇼나 머리입니다." 그녀가 계속 로스의 어깨를 움켜잡은 채 내게 말한다. 목소리는 높고 어린애처럼 앙앙거린다. "마침내 만나 뵙네요, 반갑습니다." 마치 우리가 가족의 결혼식장에 있다는 듯이.

내가 러픽에게 고개를 돌린다. "계속 찾아보셔야 해요."

로스는 연기를 잘하지 못하는 사람이다. 그가 생각하고 느끼는 것들은 언제나 얼굴과 행동에 그대로 쓰여 있다. 그는 정말로 그들이 엘을 찾는 일을 그만둘까봐 겁을 먹었다. 정말로 그녀를 찾지 못할까봐 겁을 먹었다. 나 역시 그들이 그녀를 절대 찾지 못하리라는 예측을 똑바로 마주할 자신이 없을 것 같다. 로스의 삶만 멈춘 것이 아니라, 내 삶도 멈추었기 때문이다. 엘을 찾아야 하고, 마땅히 그래야만 한다. 그것이 불행한 일이 일어났다는 말에 내가 마음에 없는 복종을 맹세해야 한다는 것을 뜻할지라도 말이다. 죽었다를 그렇게 돌려 말하는 것은, 그녀가 정말 죽었다고 모두가 그토록 확고히 믿고 있다는 사실만큼이나 열받는 것이다.

"말씀드렸듯이," 러픽이 말한다. "저희는 아직 포기하지 않았습니다. 하지만 이제는 인력이 제한될 수밖에 없습니다." 그녀 뒤에서 움찔하는 로건이 보인다. 그 모습에 약간 더 그가 좋아진다. "엘을 언제까지고 고위험 실종자로 판단할 수는 없습니다. 특히 해양경비대가……" 그녀가 말을 멈추더니 고개를 젓는다.

갈팡질팡하는 케이트 러픽 경위는 내 생각보다 훨씬 불안해 보인다.

내가 직접 그 말을 꺼내 그녀의 수고를 덜어준다. "죽었다고 본다는 거죠."

그녀가 헛기침한다. "해상구조협조본부와 지속적으로 연락을 유지할 겁니다. 그쪽에서도 새로운 사실이 나오면 바로 알릴 거고요." 이번에는 주저하지 않는다. 비록 우리 모두 그녀의 말이 무슨 뜻인지 알고 있지만. "그리고 엘의 실종을 미제 사건으로 두고, 주기적으로 검토하고 새 정보가 나올 때마다 조사를 적극적으로 재개할 겁니다."

로스가 맞았다. 그들은 포기하고 있다. 나는 검은 코트와 검은 우산을 집어드는 러픽을 지켜보며, 왕좌의 방에서 그녀가 했던 말을 떠올린다. 우리가 찾아낼 겁니다.

"좋아요, 그럼, 이제 여러분에게 맡기죠. 여러분이 허락하시는 만큼 쇼나가 이곳에 머무를 겁니다." 러픽이 쇼나를 향해 고갯짓한다. 쇼나는 여전히 로스 옆을 악취처럼 맴돌며, 사슴 같은 눈으로 조용히 연민을 뿜어내고 있었다.

"카드 감식 결과가 나왔나요?" 러픽이 나를 지나쳐 문간으로 가려 할 때 내가 묻는다.

"아니요." 그녀의 표정에는 아무런 감정도 보이지 않는다.

"오늘도 하나 왔더라고요."

모두가 나를 쳐다보자 내 성난 눈빛이 그대로 얼어붙는다.

러픽이 입술을 꾹 눌러 닫는다. 내가 그녀를 열받게 했다는 유일한 표시다. "카드를 또 받으면 즉시 연락을 달라고 분명히 말하지 않았습니까?"

"별로 신경 안 쓰실 줄 알고." 나도 내가 치사하게 군다는 것은 알고 있다. 나의 분노와 좌절이 정도를 벗어났다는 것을 알고 있지만, 어쩔 수가 없다. 미국에서 나는 빈틈없는 사람이었다. 이곳에 온 지금은 납땜으로 매끈하게 이어붙여둔 곳마다 전부 무언가 줄줄 새고 있다.

"어딨죠?"

나는 위층으로 올라가 어릿광대 카페에서 카드를 가지고 온다. 러픽에게 건네자, 그녀는 그것을 증거물 봉투에 넣더니 아무 말 없이 나간다.

"저기," 로건이 내 팔을 잡고 복도로 다시 잡아당기며 말한다. "괜찮으신가요?"

갑자기 모든 것이 지친다. 그의 넓은 가슴에 얼굴을 묻고 가만히 있는다면 그가 어떻게 반응할지 궁금하다.

"네."

"있잖아요, 경위님은 신경쓰지 마세요." 그가 미소 짓는다. "말만 그렇게 하는 분이에요. 정말이에요." 그의 손은 아직 내 팔을 잡고 있지만, 나를 바라보는 미소는 희미해진다. "뭔가 다른 일이 있었나요?"

"아니요." 이메일과 일기장 페이지에 대해서 말해야 한다. 하지만 내가 그러지 않으리라는 것도 알고 있다. 카드와 달리, 그것들은 대놓고 위협적이지는 않다. 어쨌든 위협적이긴 하다는 것까지는 이제 나도 인정한다. 하지만 왜 위협적인지는 로건이나 다른 누구에게도 절대 말하지 않을 작정이다. 반드시 밝혀야 할 상황이 오지 않는 한.

"정말이죠?"

내 이메일에 대한 엘의 답장이 떠오른다. 경찰에 신고하지 마시오. 아무에게도 말하지 마시오. 당신은 위험에 처해 있다. 내가 도울 수 있다.

"물론이죠." 나는 애써 웃어 보이려 한다. "좀 예민할 따름이에요. 이곳으로 돌아온 후로 뭔가가—누군가가 나를…… 그러니까, 제 말은, 누군가가 나를…… 지켜보고 있는 기분이 들어요. 미행하는 기분이요."

로건의 눈이 날카로워진다. "누가 미행을 하는 것 같다고요?"

내가 고개를 끄덕인다. "항상요."

그가 내 어깨 너머로 주방문을 건너다보고는 다시 내게 시선을 돌린다. "언니분이 실종되던 오후에, 이 집 주변에 의심스러운 사람이 돌아다닌다는 신고가 이웃들로부터 들어왔습니다."

"의심스럽다니 어떻게요?"

"배회하고 있었다는 거죠. 도로 맞은편 테라스하우스에 사는 사람은 누가 이 집 주변 골목을 빠져나와 링크스공원 쪽으로 달아나는 걸 봤다고 했어요."

"어떻게 생겼대요?"

"보통 체격에, 키는 오 피트 팔 인치에서 십일 인치 정도. 검은 청바지에 부츠. 검정 파카에 후드를 썼고요. 대충 이 정도죠."

"어제 남자 한 명을 봤어요." 내가 말한다. "로켄드 로드 모퉁이에 가만히 서 있더라고요. 날 지켜보면서."

로건이 인상을 찡그린다. "음, 아마 별일 아닐 겁니다, 아시겠죠? 하지만 또 보신다면, 또는 무언가가—누군가가—무슨 이유로든 걱정되거나 신경이 쓰인다면, 제게 곧바로 연락 주십시오. 하루 중 어느 때라도 상관없습니다."

"알겠어요."

"그런 사람을 보면 가까이 가지 마세요. 바로 제게 전화를 하세요."

"네, 로건 경사님. 안 갈게요. 바로 전화할게요."

그가 한결 안도한 듯한 미소를 지어 보이는 사이 우리는 현관문 앞에 다다른다. 그가 문을 열자 복도로 밝은 빛이 쏟아져들어오고, 그는 고개를 돌리며 손가락으로 텁수룩한 머리를 쓸어넘긴다. "그냥 로건이라고 부르세요. 크레이그라고 부르셔도 괜찮아요. 엄마가 빌어먹을 프로클레이머*에서 제 이름을 땄거든요."

그리고 나서 그는 밖으로 나가 문을 닫는다. 복도는 다시 어두컴컴해진다. 나는 주방으로 돌아가지만, 닫힌 문 앞에서 왠지 망설여진다. 안에서 도자기에 닿는 티스푼의 땡그랑 소리와 로스의 고맙다는 웅얼거림이 작게 들린다.

"도움이 필요하시면 절 찾아주세요." 쇼나가 말한다. "전화 상담 서비스 번호를 알고 계시겠지만, 실질적인 것들은 제가 잘 알고 있습니다. 개인적인 추모식을 하신다거나—"

"아니요." 로스의 목소리는 날카롭고 거칠게 갈라진다.

"그래요. 이해합니다. 너무 이른 감이 있지만, 정말 필요할 때

---

* The Proclaimers. 쌍둥이 크레이그 리드와 찰리 리드 형제로 구성된 스코틀랜드의 록 밴드.

필요한 정보와 실질적인 도움을 확실히 드리는 것도 제 역할이거든요." 그녀는 지금 약간 말을 더듬고 있다. 짓궂게도 나는 그게 반갑다. 빌어먹을 추모식이라고? 진심인가? 엘이 실종된 지 일주일도 채 되지 않았다. "최근 몇 년 새 법적으로 많이 개선이 되었지만, 실종자 가족이 일 처리를 직접 하기가 여전히 매우 어려운 상황이죠."

"무슨 말씀이시죠?" 로스가 훨씬 더 분개해야 마땅한데 그러지 않는 것 같다.

의자 다리가 타일 바닥을 긁는다. "지금 당장 하시라거나, 지금 준비가 되셨다는 말은 아닙니다. 하지만 사람이 실종되었는데 시신이 나오지 않고 법적으로 사망했다는 진단서도 없는 상황에서, 법원이 실종자를 죽은 것으로 간주하는 판단을 내릴 수 있도록 절차를 개시하는 건 당신에게 달렸거든요. 그래서 사망 판정이 내려진다면—로스, 이 말도 별로 듣고 싶지 않으시겠지만, 아마 그렇게 될 거예요—법원은 중앙호적등기소장에게 통지하고, 그러면 사망이 등록되죠. 옛날에는 최소 칠 년은 기다려서 실종자의 사망을 등록했지만 이젠 그렇지 않아요. 이런 실질적인 절차는 별로 듣고 싶지 않으리라는 거 잘 알아요. 하지만 마음을 단단히 먹으셔야 합니다. 처리해야 할 것들이 엄청나게 많을 거예요."

그녀가 '실질적인'이라는 말을 그 우스꽝스러운 목소리로 한 번만 더 말하면 내가 목을 졸라버릴 것 같다. 사실 로스가 왜 그녀의 목을 안 조르고 있는지 이해가 되지 않는다.

나는 필요 이상으로 조금 더 힘을 주어 주방문을 연다. 로스가 일어나며 쇼나의 손에서 두 손을 빼낸다.

"차 좀 드실래요, 캣?" 그녀가 얼굴을 붉히며 묻는다.

"차는 됐습니다." 내가 대답한다. 하지만 나는 그녀를 보고 있지 않다. 로스를 보고 있다.

나는 대신 커피를 내린답시고 한참 시간을 쓴다. 쇼나는 떠날 준비를 하면서, 내일이든 그다음날이든 필요하다면 언제든지 오겠다고 로스에게 진심어린 약속을 한다.

"제가 배웅해드릴게요." 내가 딱딱한 미소를 지으며 말한다.

현관 전실에서 나는 나이트 래치에 손을 얹으며, 현관문을 열기 전에 그녀에게로 고개를 돌리고 말한다. "언니는 안 죽었어요."

"네?" 그녀의 코 전체에 연갈색 주근깨가 흩뿌려져 있다. 백금발 머리는 거센 바람에 톡 끊어질 것 같다. 그녀는 빌어먹을 픽시* 같다.

"언니는 안 죽었다고요." 내가 다시 말한다. 몸을 가까이 기울이면서, 내 미소가 엘의 미소라는 걸 깨닫는다. 환하고, 차가운 비웃음. "그쪽한테는 안됐지만."

---

* 영국 민담이나 동화에 등장하는 귀가 뾰족한 작은 사람 모습의 도깨비나 요정.

제 10 장

john.smith120594@gmail.com   2018년 4월 9일 06:56

Re : 그는 알고 있다   받은 편지함

To : 나에게

단서 4. 최고의 시대이자, 최악의 시대였다*

나의 iPhone에서 보냄

◆◆

john.smith120594@gmail.com   2018년 4월 9일 07:02

Re : 엘   받은 편지함

---

* 찰스 디킨스의 소설 『두 도시 이야기』의 첫 문장.

To: 나에게

난 위험에 처해 있지 않다. 하지만 당신은 위험하다.

나의 iPhone에서 보냄

◆◆

나는 엘의 자화상 아래 선반에 놓인 낡디낡은 소설책『두 도시 이야기』안에서 일기장 페이지를 발견한다. 오랫동안 그녀가 가장 좋아한 책이었다. 그 책이 주는 공포, 그리고 마담 드파르주와 뜨개바늘 따위의 잔인함까지. 그녀는 내가 『빨강 머리 앤』을 좋아한다고 비웃곤 했다.

1997년 10월 12일: 11살, 3개월, 12일
엄마는 늘 우리에게 책을 읽게 하거나 직접 읽어준다. 절대 그만두는 일이 없다!
하지만 적어도 이제는 애들 이야기나 셰익스피어(우웩)는 아니다. 이제는 훨씬 재밌어졌다. 전쟁이랑 스파이랑 살인 이야기! 방금 『리타 헤이워드와 쇼생크 탈출』을 다 읽었는데 제목은 멍청하지만 책은 최고다!!! 앤디 두푸레인이라는 남자 이야긴데 살인죄로 감옥에 갔지만 실제로 그런 짓은 하지 않았기 때문에 27년! 동안 탈출을 계획한다. 훌룽하다!!! 작은 망치로 콘크리트 터널을 4피트 뚫고 똥으로!!! 가득찬 배관을 기어서 통과해야 한다. 500야드를!!! 엄청나다/미쳤다!!!!!!

　친구 레드가 풀려나서 앤디가 자신에게 돈을 남겼고 새로운 삶을 준비해두었다는 걸 깨닫는 마지막 부분은 훨씬 더 훌륭하다! 나는 울어버렸고 너어어어무 부끄럽지만 신경쓰지 않는데 왜냐면 그 결말을 사랑하니까.

　나는 엄마도 사랑한다
　캣도 사랑한다 (가끔!!! 못된 년이 아닐 때!!! 하)

　살면서 필요한 모든 것은 책에서 배울 수 있다는 엄마의 믿음은 흔들린 적이 없었다. 엘과 내가 열 살이 되었을 즈음, 우리에게 읽어주는 책은 동화책에서 셰익스피어, T. S. 엘리엇, 디킨스, 크리스티로 넘어갔다. 책은 공주의 탑에 있는 벽장에 쌓여갔고 우리는 척척 읽어나갔다. 『템페스트』『몽테크리스토 백작』『비뚤어진 집』『제인 에어』『철가면』.
　열한 살이 되자 엄마의 목록은 동시대 소설로 나아갔다. 『호빗』『파피용』『소피의 선택』『제5도살장』『추운 나라에서 돌아온 스파이』. 1997년의 길고 습한 가을 동안에는 『리타 헤이워드와 쇼생크 탈출』을 우리에게 읽어주었다. 엄마가 식료품실 창턱에 앉아 발목을 꼬고 발을 흔들던 모습이 지금도 생생하다. 책을 읽어줄 때의 목소리는 절대 카랑카랑하지도 으름장을 놓는 듯 무섭지도 않았고, 낮고 차분하며 흔들림이 없었다. 그 책을 다 읽고 일주일도 채 되지 않아 앤디 듀프레인이 마담 드파르주의 자리를 차지했고, 엘은 붐타운을 생크 감옥으로 바꾸었다. 그러고 나서 일 년도 채 되지 않아 엄마가 죽었다. 미러랜드는 더는 존재하지 않게 되었다.

나는 주먹을 쥐어 일기장 페이지를 구긴 다음 빛이 옅어지는 웨스터릭 로드의 하늘을 바라본다. 오늘은 어떡하지 같은 생각은 들지 않는다. 수치심이나 죄책감이나 염려도 없다. 오늘 나는 화가 난다. 나는 엘에게 올리브 가지를 던졌다. 그녀에게 도와주겠다고 제안했다. 그리고 내가 받은 것은 또하나의 단서, 또하나의 일기장 페이지였다. 너무 유치하다. 나를 재부팅해서, 자기가 보기에 지워진 것 같은 옛날 파일들을 복구하려는 것 같다. 정말로 내가 이 집에서 우리가 보낸 삶을 잊었다고 생각하는 것일까? 무언가를 생각하지 않기로 마음먹는 것은 잊는 것과는 다르다. 과거는 과거다. 이미 끝난 일이고 지나간 일이다. 엄마가 내게 나쁜 것들만 보지 말고 좋은 것들을 보라고 했을 때 나는 귀담아들었다. 나쁜 것들만 보다가 얼마나 비참해질 수 있는지를 엄마가 몸소 보여주었으니까. 이 집을 떠난 이후로—이 집에서 도망친 이후로—그 말을 신조로 삼고 살았다. 일기장 페이지의 날짜가 1998년 9월 4일에 가까워질수록, 즉 엄마와 할아버지가 죽었던, 엘과 내가 도망쳤던 그날—그날 밤—에 가까워질수록, 나는 내가 그래왔다는 사실이 더욱 기쁘다. 지금 이 자리에 오기까지, 이 집에서 보낸 첫번째 삶의 무게를 털어버리기까지 많은 노력이 필요했다. 이유가 뭐든 엘이 나를 조종해서 그것을 다시 끄집어내도록 놔두지는 않을 것이다. 어린 시절의 슬프고 불쾌한 이야기를, 경찰은 말할 것도 없고 다른 누군가에게 설명해야 하는 상황까지

치닫도록 놔두지 않을 것이다.

메일 추적기. 나는 주방으로 다시 내려간다. 노트북을 열고, 비밀번호를 두 번이나 틀린 뒤 마침내 받은 편지함에 들어간다. "제발."

이메일을 클릭하고 작은 메일 추적기 칸에 체크 표시를 한다. '1시간 14분 전에 한 번 읽음.' 심장이 느리고 무겁게 뛰는 동안 페이지가 로딩을 시작한다. "제발."

그리고 결과가 나온다.

John Smith 1시간 14분 전
엘
위치: 스코틀랜드 로디언
도시: 에든버러
아이폰 7초 전, 조회 1

왼쪽 손바닥으로 뺨을 누른다. 얼굴이 타는 것 같다. 여기다. 그녀가 여기에 있다. 내가 뭘 기대했었는지 모르겠다. 헤브리디스제도? 바하마? 하지만 그녀는 여기에 있다. 엘이 여전히 여기에 있다.

◆◆

묘지는 오래된 곳이고, 매섭게 추운 언덕 높이 자리하고 있다. 18세기와 19세기 묘들의 무질서한 대열을 헤치며 로스와 나는 조심조심 나아간다. 돌로 깎은 거대한 해골과 천사들이 술 취한 듯 기우뚱하고, 돌기둥 위의 넓적한 회색 평판들은 누리끼리한 이끼로 덮여 있다. 최근에 생긴 묘는 훨씬 수수하고 조밀하게 붙어 있다. 대부분의 가정에서 재만 매장하기 때문이다.

로스가 터를 기억해내는 데 시간이 좀 필요했지만, 결국 찾아냈을 때 나는 갑자기 불안해진다. 잠시 바람이 허락하는 한도 내에서 최대한 움직이지 않고 서서, 검은 묘비를 내려다본다. 장식적인 금색 글씨가 황마 도어매트 위에 놓인 카드와 비슷하다. 누가 묘비를 세웠는지, 누가 돈을 지불했는지 궁금하다. 어깻죽지 사이를 가르는 오싹한 느낌을 외면한다.

사랑을 담아

로버트 존 핀레이
향년 72세

딸 낸시 핀레이
향년 36세

1998년 9월 4일 두 사람이 눈감다
떠났지만 잊히지 않으리

"굴*이라고도 하는 거 알아?"

"응?"

"무덤 말이야." 로스가 풀밭을 향해 고갯짓한다. 입술이 침울한 모양을 그린다. 나를 여기 데리고 오기로 한 것을 후회하고 있을까. "꽤 적절한 말이네."

나는 그에게 고개를 돌린다. "왜 그렇게 할아버지를 싫어했어?"

그가 의심이라도 품은 듯 날카로운 눈길을 던진다. 그러고는 고개를 젓더니 이웃한 다른 묘비를 내려다본다. "상관없잖아."

상관이 있다는 말이 혀끝에서 맴돈다. 하지만 할아버지는 늘 못돼먹었다 싶을 정도로 고약하게 성질을 부렸기에, 할아버지가 그런 사람이 아니었던 척할 수는 없다. 엄마가 식탁 앞에서 스튜를 담아주면서, 담담한 목소리로 조심스레 신문에서 봤던 청소부 구인 광고에 대해 이야기하던 모습이 떠오른다. 할아버지는 접시에서 고개를 들고 말했다. 이것아, 사람은 지가 잘하는 걸 해야 잘살아. 우리를 향한 고갯짓과 윙크를 곁들였지만 여전히 짜증이 나보였다. 이 집, 이 멀쩡한 계집애들이나 잘 돌보라고, 알아듣겠냐? 엄마는 물론 그 말대로 했다. 할아버지는 엄마에게 싫은 소리 한 번 안 들었다. 가상의 화재나 침입자나 세상의 종말을 피해 집안을 뛰어다닐 필요가 없었다.

뜰에서 꺾어온 백장미를 화병에 꽂으려고 몸을 숙였을 때, 나

---

* lair. 들짐승의 굴. 은신처라는 뜻이지만 스코틀랜드에서는 공동묘지의 무덤을 의미하기도 한다.

는 화병이 이미 채워져 있다는 것을 깨닫는다. 분홍색 거베라. 엄마가 가장 좋아하던 꽃. 이상하지만 꽃이 며칠밖에 안 됐다는 사실보다도 이게 더 혼란스럽다.

"누가 놔뒀지?"

로스가 내려다본다. 어깨를 으쓱한다.

"이상하지 않아? 누군가 무덤에 싱싱한 꽃을 놔두고 갔다는 게. 대체 누가?" 누군지 정확히 알겠다만.

또 한번 무심히 어깨를 으쓱하는 대답만 돌아올 뿐이다. 오늘은 로스가 달라 보인다. 가벼워 보인다. 희망과 애도를 한 꾸러미에 넣고 다니기를 결국 포기하고, 후자 쪽으로 기울었기 때문인지도 모른다. 그를 전적으로 비난하지는 않는다. 비크가 그에 대해 한 말이 사실이라고 잠시도 생각해본 적 없지만, 그의 확고한 비탄은 내 신경을 건드리고 불안하게 한다. 그는 엘이 자발적으로 떠났을 수도 있다는 가능성을 품기보다는 차라리 고통을 택한 듯하다. 차라리 죽었다고 믿기로 한 것 같다. 고약한 짐작이며, 비방이나 다름없다. 그의 얼굴에 선명하게 떠올랐던 공포가 잊히지 않기에 이런 생각이 드는지도 모른다. 그리고 엘의 낱장 일기들이 황폐한 흙을 휘저으며 파헤치고 있는 그 버려진 해묵은 터 때문일지도.

"정문에 남는 꽃병이 있는 걸 봤어." 그가 말한다. "가서 가져올게."

그가 멀어지는 것을 지켜보며, 나는 분노와 후회를 모른 척하려 애쓴다. 우리는 그 키스에 대해 이야기하지 않았고 언급조차 한 적 없지만, 서로 눈도 마주치지 못하면서 어수선한 휴전 상태를 유지할 뿐이다. 불편하다. 서로를 믿지 못한다. 나는 무덤을 내려다본다. 캣도 사랑한다는 문장을 생각한다. 어쩔 수 없이 로즈마운트를 떠올리게 된다.

두번째 삶을 떠올리는 것은 첫번째 삶만큼 어렵지는 않다. 로즈마운트 보육원을 생각하면 가슴이 아프다. 한때는 가톨릭 고아원이었던 빅토리아양식의 대저택. 싸늘하고 층고가 높고 가고일이 장식된 흉물로, 정신병원이나 지하실 합장 묘지를 떠오르게 하는 곳. 보육원 교사들은 친절했다. 살갑다고까지는 할 수 없어도 될 수 있는 한 우리의 고통에 공감해주었다. 로즈마운트에서 우리에게 실질적인 쓸모가 있는 사람은 없었다. 우리가 허락하지 않았기 때문이다. 우리는 열두 살 먹은 가출한 아이들이었고 그뿐이었다. 거기까지가 우리가 다른 사람들에게 말하기로 맹세한 전부였다. 새벽에 항구에서 해적선이 도착하기를 끈기 있게 기다리던 우리를 발견했던 올드 솔티 도그를 포함해서. 우리가 맺은 약속 중에 아마 실제로 지켰던 유일한 약속이었을 것이다.

내가 더 많이 울긴 했지만 고통은 덜했다는 것을, 지금은 알 수 있다. 엘은 항상 화가 나 있었고 반항적이었다. 아무도 건드릴 수 없었다. 그녀는 무엇과도 어떤 사람과도 관계를 끊었고, 결국 내가 그런 그녀를 제지하려 애쓰는 유일한 사람이 되었다. 우리의 미래를 두고 그녀가 정교하게 다듬은 계획은 맹목적이고 흔들림이 없었다. 그 계획은 이렇다. 열여덟이 되자마자 우리는 에든버러를 떠나 해외로 간다. 그녀는 초상화가, 나는 소설가가 되며, 우리에게는 아무도 필요 없다. 그녀는 그 계획 속에서 환상이라는 거짓을 보았던 것이 틀림없다. 방에 우리 둘만 있을 때는, 오직 미러랜드와 그 안의 모든 것들과 사람들에 대해서만 끊임없이, 강박적으로 이야기하곤 했으니까. 마치 그들이야말로 실제고 중요하며 변하지 않는다는 듯이. 루비색 구두의 굽을 맞부딪치며 주문을 외듯, 소원을 빌듯, 그들이 보고 싶다고 거듭거듭 말했다. 당시에도 나는 그 이유를 알 것 같았다. 거짓말과 비밀은 우리를 힘들게 하지만, 그것을 신경쓰지 않는 척하기란 더욱 힘들기 때문이었다. 게다가 당시 나는 나만의 나쁜 비밀을 갖고 있었다. 내가 가장 보고 싶었던 사람은 엄마나 할아버지가 아니었다. 로스였다.

그가 돌아오는 기척이 들린다. 표정은 여전히 굳어 있다. 생각을 읽을 수가 없다. "너 괜찮아?"

나는 고개를 끄덕이고, 그는 쭈그리고 앉아 화병에 장미를 꽂는다. 그가 일어서자, 우리 사이의 공기는 더 희박해지고 더욱 긴장이 감돈다. 추적기에 대해 털어놓고 싶은 마음이 굴뚝같지만, 그러려면 이메일에 대해, 그리고 이메일이나 숨겨진 일기장 페이지에 대해 왜 말하지 않았는지 설명해야 한다. 게다가 우리 사이의 모든 것은 여전히 너무 날것이고 연약하며, 이 모양 이 꼴이다. 나는 용기가 없다.

세 손가락 조의 술집에서 그의 곁에 놓인 나무상자에 앉아 있던 기억이 난다. 엘은 일시적으로 변절하여 인디언들과 편을 먹고 붐타운 기습 공격을 계획하고 있었다. 우리는 공격에 대비하지 않는 척했다. 가을이나 겨울이었을 것이다. 우리 사이에 입김이 서릴 정도로 공기는 쌀쌀했다. 붐타운의 종말이 가까워지고 생크 감옥이 생길 무렵이었던 것 같다. 그게 그 술집에 대한 나의 마지막 기억 중 하나니까.

로스는 말이 없었고 깊은 생각에 잠긴 듯했다. 마침내 내게 고개를 돌렸을 때 그의 시선은 날카로웠고 깜박임조차 없었다. "그 섬에 대해 말해줘."

나는 미소 지었다. 그가 내게 말을 걸어주어 반가웠다. 나한테서 무언가를 원해서 반가웠다. 엘은 단지 그 자리에 없었기 때문에 물어볼 수 없었을 따름이라는 것을 알면서도.

"산타카탈리나라는 곳이야. 카리브해에 있지. 멋진 곳이야. 해변과 석호와 맹그로브나무와 야자수가 있어. 헨리 선장이 우릴 거기로 데려갈 거야. 세상에서 그가 가장 좋아하는 장소거든. 그는 거기에 요새와 커다란 집을 지었고, 섬사람들은 거리와 마을과 심지어 큰 바위에도 그의 이름을 붙였어. 그를 너무 사랑하니까."

로스는 내게 아까처럼 날카롭고 어두운 시선을 던졌다. "그럼 왜 돌아와서 그렇게 하지 않아? 네 아빠 말이야. 왜 거기로 너희들을 데려가지 않아?"

"몰라." 나는 미소를 거뒀다. 반가운 마음도 사라졌다. "엄마는 그가 돌아올 거라고 했어. 언젠가."

로스의 눈빛은 아까보다 더욱 매서워졌다. 눈동자에 맺힌 은빛 점들이 반짝였다. 갑자기 나는 그가, 그의 분노가, 그가 할 말이 두려웠다. 그의 입술이 가늘어졌다. 심술궂게. "너희 엄마 믿지 마. 누구나 거짓말을 하거든, 캣. 항상 거짓말을 한다고."

아마 그 기억이 내게 용기를 불어넣었나보다. 내가 이제 그에게로 돌아서서, 멀어지는 발걸음을 막으려고 손을 내밀었으니까.

"나한테 왜 짜증났는지 말해줄래?"

"너한테 짜증 안 났어." 하지만 그는 손바닥 아래를 눈꺼풀에 대고 누른다.

"두번째 카드에 대해서 너한테 말했어야 했어, 로스. 마땅한 시간이 없어서—"

"나한테 솔직해져야 해, 캣. 내게 전부 다 말해야 한다고. 우리는 경찰에 대해 공동전선을 형성해야 돼, 알겠어?" 그가 내 손을 잡는다. 손은 얼음장처럼 차갑다. "러픽은 이 수사를 대수롭지 않게 여긴다고 내가 말했잖아."

그건 사실이 아니라고 생각하는데, 그러고 보면 로스가 사실이라고 믿고 있는 많은 것들에 대해 난 그렇지 않다고 생각한다. 나는 우리의 손을 내려다본다. "알겠어. 그래. 미안해."

그가 천천히 나지막하게 숨을 내쉰다. 내 손가락을 놓아준다.

"있잖아," 내가 말한다. "지난번 밤에—"

"실수였어." 그가 재빨리 말하면서 고개를 돌린다.

나는 고개를 끄덕거린다. 오래된 멜랑콜리한 아픔을 모른 체한다.

"우리 둘 다 피곤하고 속상했잖아. 그래서 그랬던 거야." 미소. "그리고 라프로익 스카치위스키 때문에."

나도 미소를 지어보려 한다. 그의 미소만큼 설득력이 있을지도 모른다.

"난……" 그가 헛기침한다. "캣. 네가 키스했을 때 나도 키스했던 건…… 엘이 생각나서 그랬던 건 아니라는 걸 알아줬음 좋겠어. 그리고, 알잖아, 널 엘로 상상해서 그랬던 것도 아니고."

그가 나를 바라본다. "네가 그렇게 생각하지 않았으면 좋겠어."

"그렇게 생각 안 해." 내가 대답한다. 납득이 되기 때문이다. 로스는 항상 우리를 분리된 존재로 보았다. 개별적인 존재로. 그렇게 보았던 소수의 사람들 중 하나였다. 따라서 기분이 좋아져야 하겠지만, 그렇지는 못하다.

◆◆

우리는 집으로 돌아온다. 현관 전실에 도착하자마자 그 숨막힐 듯한 무게감이 어깨 위로 다시 내려앉더니 우리를 몰아세우고 겁주며 서로에게서 떨어뜨린다.

내가 봉투를 집어들고 **캐트리오나**라는 글씨가 적힌 면을 뒤집어 열 때, 로스는 진홍색 벽에 기대선다. 뺨의 근육이 씰룩댄다.

"뭐래?"

나는 **그가 당신도 해칠 것이다**라는 새빨간 글자들을 내려다본다. 고개를 들어 멍자국처럼 푸르게하고 까칠한 로스의 눈언저리를 바라본다.

카드를 닫고, 복도 문을 닫는다. "매번 그 말이 그 말이지 뭐."

"그래." 그가 몸을 돌려 복도 그림자 속으로 사라진다.

그리고 나는 나의 열아홉 살 생일을 생각한다. 엘의 확고부동한 미래―우리의 미래―계획이 이미 착착 진행되고 있어야 할 즈음이었다. 하지만 나는 지저분하고 따분한 병원 대기실에서 그날을 보냈다. 대기실 소파는 유독 지저분했고, 바위와 모래와 파도가 보이는 바다 풍경이 플라스틱 액자에 담겨 있었다. 눈부시게 새하얀 격리병실에서 나는 생일에 작별인사를 했다. 나를 보고 있는 엘을 보면서. 단단히 고정된 시트와, 손등에 삽입한 캐뉼러를 당기는 피로 얼룩진 붕대. 지금까지도 절대 잊을 수 없는 그 미소. 지쳐 떨고 있지만 어마어마한 환희로 가득한 미소. 어마어마한 증오로 가득한 미소. 꺽꺽 막히는 그녀의 목소리, 그 속의 웃음.

내가 이겼어.

john.smith120594@gmail.com   2018년 4월 10일 15:36

Re : 그는 알고 있다   받은 편지함

To : 나에게

단서 5. 어릿광대들이 숨는 곳

나의 iPhone에서 보냄

◆◆

   어릿광대 카페 바닥에 무릎을 꿇고 늘어진 침대보를 들어올린 뒤, 눈이 어둠에 적응할 때까지 기다린다. 딱 한 가지가 보인다. 검은 사각형 물체. 끔찍한 의구심에 사로잡힌 채 달려들어, 밝은 빛 아래로 끄집어낸다. 엄마가 배낭을 뒤집어 에너지 드링크 파

우더 팩, 통조림 음식, 플라스틱 물병을 침실 바닥에 쏟을 때의 카랑카랑하고 분노에 찬 목소리가 들린다. 이건 유통기한이 지났고! 이건 비어 있고! 도대체가, 캐트리오나, 넌 애가 왜 그렇게 한심하니? 중요한 일이라니까! 제발 말 좀 들으면 안 되겠니, 이 멍청한 녀석아? 하지만 끌려나온 것은 검은색 캔버스 배낭이 아니다. 랜턴이다. 흐릿한 유리와 날카로운 금속 모서리. 심지 끝까지 타버린 오래된 양초. 녹슨 고리. 새티스팩션호 선미에 달려 있던 랜턴과 거의 똑같은 것이다. 그리고 그 랜턴은 새티스팩션호 선미에 여전히 달려 있다. 사흘 전 몸이 떨리다못해 뼈가 우두둑거리게 만들었던 랜턴. 또하나의 일기장 페이지가 이 랜턴의 금속 테두리에 테이프로 붙어 있다.

2004년 2월 16일

캣은 이해를 못한다. 이해하려고도 하지 않는다. 아예 이해하고 싶지 않은 것 같다. 걔는 바보다. 그애는 무슨 일이 일어나지 않은 척하면 일어나지 않은 게 된다고 생각한다. 하지만 무언가를 잊는다면, 모든 것을 잊게 될 수도 있다. 그건 정말 멍청한 짓이다. 바보 천치나 하는 짓이다. 가끔은 그래서 걔가 밉다. 가끔은 나한테 동생이 아예 없었으면 좋겠다. 가끔은 그냥 그애가 사라졌으면 좋겠다.

로즈마운트에서의 엘에 대해 더는 생각하고 싶지 않다. 더는 엘을 생각하고 싶지 않다. 그녀의 목소리가 들리는 게 싫다. 힐뜬고 깔보는 비웃음이. 그녀가 아직 내게 연락할 수 있고 상처를 줄 수 있다는 게 싫다. 수치심이 너무 커, 사라진 사람이 마치 나인 듯한 기분마저 든다.

나는 일기장 페이지와 랜턴을 다시 침대 밑으로 밀어넣고, 귀신 들린 여자처럼 법석을 떨며 어릿광대 카페를 돌아다닌다. 서랍과 옷장을 열어보고 장식품과 책 밑을 들춰본다. 이 집의 방은 한정적인데, 엘의 보물찾기는 끝이 없었다. 방마다 숨겨진 단서가 세 개 또는 그 이상일 때도 종종 있었다. 그녀는 내가 이런 짓을 하면, 그러니까 순서에 맞지 않게 단서를 찾아내면 늘 싫어했지만, 순순히 엘의 장단을 맞춰주는 데도 진절머리가 난다. 옷장문을 힘껏 당긴다. 꿈쩍도 하지 않아 더 세게 당긴다. 끼익하며 겨우 문이 열린다. 페이스 페인팅 물감, 가발, 점프슈트는 없다. 딱 하나 있는 선반에 놓인 작은 정사각형 종이를 제외하면 아무것도 없다.

불현듯 두려움이 밀려온다. 뼈다귀 같은 기다란 손이 어깨에 무겁게 내려앉기 일보 직전인 것처럼, 목덜미의 잔털이 오스스 선다.

<u>1998년 8월 10일</u>
무슨 일이 일어나려는 것 같다. 이제 곧 일어날 것 같다.

어떤 때는 너무 무서워서 숨쉬는 방법을 잊어버릴 정도다. 숨쉴 수 있다는 사실조차 잊어버린다.

종소리가 늘 무섭다. 실은 종이 울린 이후가 가장 무섭다는 걸 알지만 그래도 가장 많이 생각하는 건 종소리다. 어떤 때는 종이 울리지 않는데도 소리가 들리는 것 같다. 때로는 종소리 꿈을 꾸고 깨어

나보니 도망가려고 문손잡이에 손을 올리고 있을 때도 있다. 또는 캣을 너무 세게 흔들어 깨워서 캣이 이를 갈기도 한다. 때로는 아래층에서 깨는데 그때가 가장 무섭다. 어느 날 밤 데드라이트가 내가 깨기 전에 나를 발견하면 어떡하지? 한 번은 새티스팩션호 주갑판에서 깬 적도 있다. 바람소리가 무척 시끄러웠고, 좌현으로 바람을 받고 있는 돛은 뜰에 말리려고 널어놓은 시트처럼 펄럭였다. 내가 아빠를 찾으려고 했기 때문에 일어난 일이라는 걸 알고 있다. 왜 돌아오지 않는 걸까? 그 사람은 항상 돌아오는데. 나쁜 사람들은 다들 항상 돌아오는데. 이제는 더욱 자주. 항상.

나는 종이를 떨어뜨리고 문을 쾅 닫은 다음, 침대로 뛰어가 노트북을 집어든다.

원하는 게 뭐야??? 제발, 엘, 대체 이게 다 무슨 일인지 말 좀 해줘.

답장이 바로 온다. 나는 엘이 아냐. 엘은 죽었어.

난 여전히 아무 반박도 할 수 없다. 반박만이 내가 유일하게 제정신으로 할 수 있는 반응이라는 걸 아는데도. 정말 아는데도.

그럼 빌어먹을 넌 누구야?

이번에는 일 분 정도 뜸을 들인다.

난 마우스야.

◆◆

"나가자." 로스가 말한다. "벽만 보고 있는 것도 지긋지긋해."

나는 싫다고 대답할 수 없다. 그렇게 대답하고 싶지 않으니까. 여기가 아니라면 어디라도 가고 싶을 뿐이다.

준비하느라 시간이 오래 걸린다. 너무 오래. 몇 안 되는 비싼 옷 중 하나를 입는다. 파란 실크로 테두리를 두른, 짧은 검은색 원피스다. 머리는 느슨하지만 높게 올려 핀으로 고정한다. 입술 색과 똑같은 빨간색으로 손톱을 칠한다. 거울을 보자 내가 보이기 전에 엘이 보인다. 그렇지 않다고 나 자신을 설득한다.

계단 꼭대기에서 갑자기 끔찍한 예감이 밀려와 온몸이 마비된다. 어릿광대 카페로 다시 달려가 그곳에 있고 싶다. 손가락들이 등뼈와 어깻죽지를 떠민다. 추락을 두려워하지 마. 안 그러면 너무 두려워서 날지 못하게 될 거야.

"준비됐어?" 로스가 주방에서 부른다. 나는 심장이 쿵쾅거려 난간을 꽉 붙든다. 마침내 그 현기증, 모든 것을 포기하고 추락해버리고 싶은 그 지독하고 해묵은 충동은 자취를 감춘다. 엄마의 분노에 찬 목소리가 사라진 어두운 곳으로.

◆◆

레스토랑은 리스 스트리트에 인접한 좁은 골목길에 있다. 오래된 빅토리아양식 가로등 불빛만이 자갈길을 비춘다. 로스가 문을 열어주면서 내 허리에 손을 얹는다. 식당 안은 분주하지만 시끄럽지는 않다. 낮은 기둥으로 천장을 받쳐 아늑하며, 빨갛고 하얀 체크무늬 식탁보가 깔려 있고 벽은 초콜릿 색깔이다.

뚱뚱하고 턱수염을 기른 남자가 손을 흔들더니 우리 쪽으로 다가온다.

"로스!" 그가 말한다. "정말로 반갑군, 이 친구야."

그는 로스와 악수하는 와중에, 대놓고 긴가민가 미심쩍다는 눈빛으로 나를 뜯어본다.

"아직 들어온 소식 없다면서." 여전히 나를 보며 말하긴 하지만 이제 상황 파악이 된 것 같다. 그는 나를 엘로 생각하고 있지만, 동시에 엘이 아니라는 것을 알고 있다.

"응. 아직." 로스가 대답한다. "미안, 이쪽은, 음…… 캣이야. 엘의 쌍둥이 동생, 캣. 이쪽은 미셸. 구시가지에서 파볼로소 카페도 운영하고 있어."

미셸이 고개를 젓는다. "그렇군. 끔찍한 일이야…… 너무 끔찍해." 그의 시선이 다시 내게로 미끄러진다. "정말 기묘하네요. 너무 닮으셔서."

"미안한데," 로스가 다시 말한다. "예약은 안 했지만, 혹시 자리가……"

"응, 물론이지, 걱정 마. 따라와."

우리는 테이블 사이를 비집고 레스토랑 뒤쪽으로 간다. 주방에서 덜거덕거리는 소리와 말소리가 어렴풋이 들려온다. 미셸은 우리를 모퉁이의 칸막이 자리로 안내한다. "좀 좁긴 하지만,

음……."

정말 음 좁긴 좁다. 의자는 높고, 길쭉한 초 두 자루가 테이블 양쪽에서 깜빡이고 있으며, 그 사이에 있는 화병에 빨간 장미꽃 한 송이가 꽂혀 있다. 주변에 다른 테이블은 없다. 이 자리는 명백히 특별 연애 이벤트 지정석이다.

"괜찮아." 로스가 말한다. "고마워."

나는 코트를 벗는다. 로스가 나를 보았을 때 순간적으로 타오르는 듯하던 눈빛을 만끽하지 않으려 노력한다.

그가 헛기침을 하더니 자리에 앉는다. "오늘 근사한데."

우리는 미셸이 추천하는 애피타이저 메뉴와 프라스카티 와인을 주문한다. 그가 떠나고 우리 테이블로 웨이터들이 끝없이 들락거린다. 다섯번째 웨이터인 십대 소년이 두번째 빵 바구니를 들고 왔을 때에야, 단지 나를 더 자세히 뜯어보고 싶어서라는 것을 깨닫는다. 괴짜 쇼의 구경거리가 된 기분이다.

"엘이랑 여기 온 적 있어?"

로스가 모른 척하기를 그만두고 손바닥으로 얼굴을 비빈다. "미안해, 캣. 이렇게 분위기가 이상할 거라고는 생각 못했어. 여기 들어오고 나서도. 정말 정말 미안해. 그냥 나갈까?"

"아니야. 괜찮아." 실은 괜찮지 않다. 하지만 내가 화가 나는 것은 이 상황 때문이지 로스 때문이 아니다. 엘 때문이다. 마우스 어쩌고 하는 말은 짜증이 날 뿐만 아니라 아예 근거 없는 소리다. 그애는 항상 내 친구였지, 엘의 친구가 아니었기 때문이다. 내 고양이에게 던져주는 나의 쥐Mouse. 나의 창조물이다. 그애의 존재는 내가 서열의 최하위가 아닐 수 있다는 것을 의미했

178

다. 내가 늘 친절한 동무, 동정심 많은 경청자로 인정받을 수 있다는 것을 의미하기도 했다. 엘은 지금 그것마저 가로챘다. 그래서 대체 로스와 내가 왜 식당의 부대 행사에 선 것 같은 기분을 느껴야 한단 말인가? 우리가 왜 죄책감을 느껴야 하는가? 잘못한 것도 없는데.

애피타이저를 가져다주는 웨이트리스는 우리를 안 보려고 애쓰다가 결국 로스의 무릎에 접시를 쏟을 뻔한다. 나는 웃음을 터트리고 싶지만, 그러면 로스는 더욱 긴장할 것이 뻔하다. 웨이트리스가 돌아가자 그는 최후의 만찬이라도 되는 듯이 먹기 시작한다. 그가 긴장을 풀기를 간절히 바란다. 그의 걱정과 스트레스와 고통의 작은 부분이라도 내가 덜어가거나, 나의 분노와 바꿀 수 있으면 좋겠다. 하지만 그가 그런 나의 노력을 달가워하지도, 귀기울여 들으려 하지도 않을 것이기에, 나는 그저 주의를 분산시키려 할 뿐이다.

"로즈마운트 기억나?"

그의 포크가 입으로 들어가다 만다. "마셜시 감옥*?"

"그 정도로 나쁘지는 않았어."

"엘 말로는 아닌 것 같던데."

"언니는 뭐든 과장하는 경향이 있으니까." 와인 때문에 왠지 차분해지고 긴장이 풀린다. "미러랜드에 있던 생크 감옥 생각나? 안 좋은 쪽은 거기였지."

---

* The Marshalsea Prison. 19세기까지 영국에서 운영된 감옥으로 가난한 채무자들이 주로 수감되었다. 찰스 디킨스가 이를 소재로 소설을 발표하여 그 악명을 알렸다.

"당연히 기억나지." 그가 조금은 날카롭게 나를 쳐다본다. "너도 기억나?"

"당연하지."

엘은 앤디 듀프레인인 척하면서 내게 여기 숨어라, 저기 정탐해라, 가서 살펴봐라 같은 명령을 내리곤 했다. 옛 자갈 마당에 대해 생각한다. 지금은 뒤뜰의 평평한 포장길로 바뀌었다. 미러랜드에서 유일하게 바깥에 나와 있는 부분이었다. 그곳은 교도소 운동장으로, 엘은 우리가 함께 그곳을 쉬지 않고 끝없이 돌고 또 돌아야 한다고 주장했다. 때로는 빗속에서, 때로는 어두워질 때까지. 은색과 회색 자갈을 발로 차면서. 자갈이 우리의 교도소 부츠 밑에서 으드득 뭉개지던 소리, 너무 길어서 질질 끌리는 죄수복에 분필가루처럼 묻던 돌가루. 우리가 죄수복으로 입었던, 할아버지의 낡은 방수 낚시복과 재킷.

생크 감옥에서 로스는 언제나 교도관이거나, 예전 붐타운의 판잣길이었던 너절한 나무 과일 상자 위에 지은 5번 독방동의 간수였다. 그가 권위를 실어 매섭게 노려보던 모습이 생각난다. 우리를 가두겠다던, 절대 내보내주지 않겠다던 그의 위협이 안기던 금단의 스릴. 우리가 빠르게 십대로 진입해가고 있을 무렵이었다. 생크 감옥은 미러랜드가 최후를 맞기 전 거칠게 토해낸 마지막 한숨이나 마찬가지였을 것이다.

"로즈마운트는 기억이 나긴 하는데, 가물가물해." 로스가 말한다. 그가 우리의 잔을 다시 채운다. "내가 너희를 다시 만났을 때는 둘 다 거의 육 년 동안 힘든 시간을 보낸 뒤였지."

얼마나 쉽게, 얼마나 생생하게 그날이 기억나는지 어안이 벙벙

할 정도다. 그날의 색깔이며 냄새까지. 꽃샘추위가 기승을 부렸고, 석탄 매연 냄새가 코를 찌르고, 연분홍 꽃이 만개하던 날이었다. 나는 스코틀랜드국립미술관 기둥에 기대서서 추위에 떨며 엘이 나오기를 따분하게 기다리고 있었다. 그녀는 개장부터 마감 때까지 종일 미술관에서 시간을 보내곤 했다. 당시 우리는 거의 말을 안 하는 사이였지만 나는 적어도 시도는 해보자고 마음을 먹었다.

나는 로스를 프린스 스트리트 맞은편에서 보았다. 쇼핑백을 들고 백화점에서 나오고 있었다. 심지어 지금도 그를 다시 보았을 때 기분이 어땠는지 잘 설명이 되지 않는다. 2004년 즈음, 로즈마운트를 떠나게 되리라는 전망은 더는 기회가 아니라 그저 두려운 미래가 되어가고 있었다. 보육원 교사들은 우리가 나이를 먹고 있는 것에 대해 계속 이야기했으며, 마치 우리가 곧 열여덟이 되는 열일곱이 아니라 백오십 살은 된다는 듯이 말했다. 또한 우리가 가진 선택지에 대해 계속 설명해주었는데, 선택지가 별로 없다는 것만큼은 충분히 알 수 있었다. 로스는 우리의 첫번째 삶의 커다란 일부였지만, 그 삶은 이미 버려져 숨을 거둔 지 오래였다. 따라서 내가 그를 보았을 때―키도 덩치도 커졌지만, 옛날 그대로였다―처음 느낀 저릿한 기쁨과 흥분에는 곧장 상실감이 보태졌다. 불안감도 함께.

나는 그 자리에서 움직일 수 없었다. 하지만 어쨌든 그도 나를 보았다. 로스가 길을 건너면서 뛰기 시작하자 심장이 두근거리고 뱃속이 조여들었다. 그는 내게서 육 피트 정도 떨어진 거리까지 와서야 발걸음을 멈췄다. 그의 숨결이 김을 내뿜었고, 미소는 따뜻하고 환했다.

"캣."

"안녕, 로스."

내 눈에 눈물이 고이기도 전에 그의 눈에는 이미 눈물이 고여
있었다. 하지만 누가 먼저 끌어당겼는지는 확실히 모르겠다. 어
느 순간 로스는 내 삶 속에 더는 없었는데, 다음 순간 그의 팔이
나를 안고 있고 내 얼굴은 그의 가슴에 묻혀 있었다. 그 순간 그
는 내가 냄새 맡고, 숨쉬고, 느끼는 전부였다.

"그동안 어디 있었어? 잘 지내?" 그의 코끝이 장미처럼 빨갰
다. 눈빛이 반짝거렸다. "널 찾으려고 했어. 너희 둘 다 찾으려고
했는데……"

"미안해." 당연히 우리는 그가 어디 있는지 늘 알고 있었기 때
문이다. 그것은 그랜턴 항구에서 우리가 서로 합의한 내용의 일
부였다. 우리의 첫번째 삶에서 살아남는 것은 없어야 한다는 것.
아무리 간절히 원하는 것일지라도.

그의 웃음이 돌아왔다. "괜찮아. 이제 널 찾았으니까."

그러고 나서 내가 그를 안았다는 것은 나도 알고 있다. 그럴 용
기를 그러모으느라 뺨이 타오를 것 같았기 때문이다. 나는 양손
을 그의 목에 둘렀고, 손바닥 아래로 그의 넓은 어깨를 느꼈고,
내 뺨에 닿는 그의 낯설고 어른스러운, 까슬거리는 뺨을 느꼈다.

이제는 엘이 미술관에서 나오지 말았으면 싶었다. 그녀가 다
망칠 것을 알고 있었기 때문이다. 하지만 내가 주술로 불러내기
라도 한 듯이 그녀는 나와 있었다.

로스가 나를 떼어놓았다. "엘?"

질문이었는지는 모르겠지만 그녀는 대답하지 않았다. 나는 그가 나를 지나쳐 그녀에게로 가는 순간을 두려워하고 있었다. 그가 그녀를 만지고, 키스하고, 가까이 끌어당기는 순간을. 우리의 오래전 역할극을 재개하는 순간을, 두 사람이 내가 존재한다는 사실조차 잊어버리는 순간을.

그런 일은 일어나지 않았다. 로스가 앞으로 다가갔을 때 엘은 뒤로 물러났다. 몇 발짝일 뿐이었지만, 로스가 멈칫하기에는 충분했다. "엘?"

"네가 왜 여기 있어?"

"바…… 방금…… 캣이 저기 서 있는 걸 봐서, 그래서……" 그가 침을 꿀꺽 삼키는 것이 보였다. 상처로 인한 당혹감을 고스란히 드러내는 얼굴이었다.

나는 고개를 돌려 엘을 보았다. 나를 향한 짜증과 답답함이 보였다. 나는 망설였다. 마땅히 그런 표정이 나올 만도 했지만, 한편으로 코웃음치고 싶기도 했다. 우리는 동등했다. 우리는 독립된 존재였다. 그녀는 내 상사가 아니었다.

우리는 어색하게 서 있었고, 아무 말도 없었다. 결국 엘이 태도를 누그러뜨리고는 로스의 뺨에 키스했다.

"우린 돌아가야 할 것 같아."

"어디로?" 로스가 나를 먼저 쳐다보고 그다음 엘을 보았다.

"로즈마운트 보육원." 내가 쏘아보는 엘을 무시하고 말했다. "그린사이드에 있어. 놀러올래?"

"야." 엘이 내 팔꿈치를 잡고 정원 계단으로 나를 끌어내리며 말했다. "이제 가야 돼."

"언니 말은 그냥 무시해." 내가 말했다. 나는 남몰래 환희에 차 있었고 환희에 찼다는 사실이 부끄러웠다. "언니는 사람들한 테 요즘 늘 이런 식이야." 그건 사실이었으니까.

엘은 내내 아무 말이 없다가 버스를 타고 보육원에 거의 다 왔을 때에야 내게 고개를 돌렸다. 얼굴은 벌겋게 달아오르고 분노에 차 있었다. "우린 합의를 했잖아. 이건 우리의 새로운 삶이야. 그 안에 다른 사람은 아무도 필요 없어."

그녀가 왜 그렇게 화가 났는지는 알 수 없었지만, 나는 가책을 느꼈다. 수년 만에 처음으로 그녀가 그토록 격렬한 감정을 드러 낸 것이었다. "하지만 로스잖아."

그녀의 표정이 굳었지만 눈은 젖어 있었다. "상관없어. 우린 합의를 했어. 근데 네가 그걸 깼어."

"이상해." 지금 내가 로스에게 말한다. "내가 기억하고 있는 것들 말이야. 그때 일어났던 일들 그리고…… 이후에 일어났던 일들." 이런 말이 위험하다는 건 알지만, 와인과 엘의 말, 그애는 무슨 일이 일어나지 않은 척하면 일어나지 않은 게 된다고 생각한다 는 말이 나를 무모하게 만든다. 방어적으로 만든다. "내가 떠났 던 이유."

촛불이 깜박인다. 우리의 눈이 마주친다.

그가 시선을 먼저 떨군다. "어떤 건 잊힌 채로 그냥 놔두는 게 나을지도 몰라."

"아마. 그럴지도." 갑자기 상처의 열감이 훅 올라오며 머릿속 에 한마디가 떠오른다. 그렇고말고. 결국 애초에 나를 미국으로 도망가게 했던 것도 바로 그런 생각이었다. 하지만 다른 사람이 시동을 걸었는데 열쇠마저 그 사람이 가지고 있다면 다시 시동을 끄기란 쉽지 않다.

"해양 수사관을 고용할까 생각중이야." 로스가 말한다. 그가 나를 흘낏 쳐다본다. "별로라고 생각하는구나."

갑자기 화제가 바뀐 것에 지나치게 짜증을 느끼면서, 나는 와인을 마신다. "엘은 왜 그 항구를 이용했어?"

"응? 그랜턴에 배를 정박한 이유를 묻는 거야?"

"응."

그가 어깨를 으쓱한다. "가장 가까운 곳이니까. 내가 알기로는 유일한 정박지야. 리스 부두에는 요트 클럽이 없어. 근데 왜?"

"그냥 궁금해서. 그뿐이야. 나도 모르겠어." 나는 손가락으로 관자놀이를 문지른다. "넌 정말 사고라고 생각하는 거지, 그치? 엘한테 벌어진 일 말이야. 무슨 짓을 당했다고는 생각하지 않고. 자기 자신한테 무슨 짓을 했다고도. 언니가 도망쳤다고도 생각지 않는 거지."

그가 나를 흔들림 없이 바라본다. "그거 질문이야?"

나는 아무 말도 하지 않는다. 말할 수 없도록 입술을 꾹 닫아버린다.

"누가 엘에게 그 카드를 보냈는지 알고 싶어. 누가 너에게 보내고 있는지. 하지만 그게 누구든, 그녀에게 무슨 짓을 했다고는 생각하지 않아. 단지 내가 걱정되는 건…… 그 빌어먹을 것들 때문에 스트레스를 받아서 그녀가 뭔가 멍청한 짓을 하지 않았을까 하는 거지." 그가 몸을 앞으로 숙인다. "자살을 말하는 건 아냐. 맞아, 우울증이 있었지. 망할 아픈 손가락 같은 사람이었어. 하지만 그렇다고 자살을 선택할 사람은 아니야. 말했잖아……" 그는 자기 목소리가 얼마나 크고 자기가 얼마나 열을 내고 있는지 문득 깨달은 것 같다. 주위를 둘러보더니 목소리를 낮춘다. "사람이 변했어. 달라졌어. 멀어졌달까. 심란해하고." 그가 한숨을 쉬며 눈을 감는다. "그러니까, 맞아. 난 엘이 그 빌어먹을 배를 타고 나갔고, 그러다 사고를 당했다고 생각해."

나는 그를 바라본다. 눈 밑에 검게 그늘이 졌고 찡그린 이맛살에는 선명한 주름이 패어 있다. "정말 엘이 죽었다고 생각해?"

그는 눈도 깜짝하지 않는다. "응. 정말 죽었다고 생각해."

"애피타이저는 어떠셨어요?" 미셸이 미소를 지으려다 그대로 굳어버린 채 말을 건다. 우리는 감전을 당한 듯이 서로에게서 멀리 떨어진다.

"좋아요. 아주 훌륭해요." 우리는 중얼거린다. 미셸이 가짜 미소를 거두고 더는 아무 말 없이 접시들을 가지고 간다.

로스가 나를 원망하는 얼굴로 쳐다본다.

"아니면 어디에 있겠어, 캣? M6 고속도로에 있는 트래블로지 호텔에서, 〈왕좌의 게임〉이랑 룸서비스로 연명하고 있을까? 근데 왜? 빌어먹을 네 쌍둥이 초능력인지 뭔지가 그렇게 말하디? 그 사람이 그렇게 할 이유가 뭐겠어?"

그 순간 머릿속을 스치는 첫번째 최악의 생각은 트래블로지는 룸서비스를 하지 않으리라는 것이다. 두번째 생각은 화를 내니 그의 안색이 나아 보이며 혈색이 돌고, 적어도 익사하고 있는 사람처럼은 보이지 않는다는 것이다. 세번째 생각은 내가 입 밖에 내고 싶지만 그러지 않을 이 말이다. 언니는 게임을 하고 있기 때문이야. 언니는 나를 싫어하기 때문이야. 아마 너도 싫어하는지도 몰라. 나도 모르겠어. 네가 너무 멍청해서 언니를 제대로 알지 못하는지도.

"젠장." 그가 고개를 젓는다. "너희 엄마가 너희들을 조종했다는 건 알지만—"

"뭐?"

"그 사람은 전형적인 망상장애 환자였어. 편집증, 과대망상, 피해망상. 어린애 둘은 말할 것도 없고, 누구나 혼란에 빠뜨릴 만한 개소리로 너희 머리를 그득 채웠지. 너희들은 특별하고 다른 사람들이라고, 서로의 존재 없이는 제대로 살아갈 수 없다고 반복적으로 말했고, 결국 실제로도 그렇게 되었지. 너희 사이가 엉망진창이었던 것도 놀라운 일은 아니야."

엉망진창인, 이라고 현재형으로 수정해야 한다고 나는 생각한다. 내 손가락이 테이블보를 꽉 틀어쥔다. 엘은 죽었어. 난 마우스야. 우리 관계는 엉망진창이다. 나는 거의 웃음이 터질 뻔한다. 그러다 머리카락 끝까지 힘주어 머리를 빗겨주던 엄마를 생각한다. 너희들은 너무 빨리 자라는 것 같구나. 마치 우리가 자라는 걸 스스로 멈출 수도 있다는 듯이. 그 비난이 자신의 종말론적인 두려움과 우리에게 읽어주는 성인용 책과 우리에게 기대하는 대담함, 준비성과 전적으로 상충하는 게 아니라는 듯이. 등뼈를 항상 톡톡 두드려주던, 어깻죽지를 밀던 그 손가락들. 두려워하지 마.

로스는 한숨을 쉬더니, 기가 한풀 꺾인다. "제기랄, 미안. 미안해." 그가 테이블 반대편으로 팔을 뻗어 내 손을 잡는다. 다른 웨이터가 지나갈 때에야 손을 놓아준다. "그냥 뭔가—뭐라도—평범한 이야기 하면 안 될까? 오 분만이라도?"

　우리는 식사를 반도 채 끝내지 못했지만 나는 마지막 남은 와인을 따른다. "그래보자."

제 12 장

스코틀랜드국립미술관에서 우연히 로스를 만나고 약 사 개월 후, 나는 로즈마운트의 작은 방에서 일어나 아침을 먹고 공동 샤워 구역으로 살그머니 빠져나가, 내가 가진 최고의 스키니 진과 닥터 마틴 신발에 더치 밀리터리 셔츠를 걸치고 허리 부분을 매듭으로 묶었다. 버스를 타고 왕립식물원으로 가니, 로스는 인버리스 로에 있는 커다란 정문 옆에서 나를 기다리고 있었다. 그가 내 손을 잡은 채로 우리는 잔디밭을 가로질렀고, 둘 다 말은 없었지만 앉았을 때는 활짝 웃고 있었다.

그가 잔디 위에 다리를 쭉 펴고 앉아 눈을 감았고, 나는 그를 탐욕스럽게 쳐다볼 기회를 얻었다. 그의 티셔츠는 너무 조이지 않을 만큼 적당히 타이트했다. 예전에는 깡마르기만 했던 몸에 근육이 붙었다. 홀리루드공원과 프린세스 스트리트 가든에서 거리 공연을 하는 사람들과 초여름 관광객들을 지켜보며 몇 주씩 앉아 있었더니, 팔과 얼굴이 나처럼 그을려 있었다. 엘도 항상 함께 왔지만 부루퉁해서 외마디만 툭툭 던졌다. 하지만 이날은 엘이 아팠다. 이날 나는 그녀가 침대에서 콜록거리고 캑캑거리도록 놔두었다. 구인 광고를 낸 바에 가볼 거라고 그녀에게 말하면서, 나는 가슴속 무거운 덩어리는 그저 상상 속 감염이자 동정에 의한 고통일 뿐이라고 간주해버렸다.

로스가 담뱃불을 붙였다. 나는 나사 모양으로 회전하는 연기를 지켜보았다. 그는 너무 많이 변했고, 성장한 것 같았다. 그가 대마를 피우고 때로 약도 한다는 것을 알고 있었다. 그는 클럽에 가는 일이나 약에 취하는 것에 대해 이야기했다. 그 모든 것이 굉장한 미지의 영역처럼 몹시 흥미진진하게 들렸다. 그가 나한테 권하기만 한다면 그런 것들을 무엇이든, 전부 다 할 수 있을 것 같았다.

그가 웃음을 터트렸을 때, 나는 그를 샅샅이 훑던 내 시선이 그의 사타구니로 옮겨가 있었다는 것을 깨달았다. 얼굴이 뜨겁게 달아올랐다.

"야, 괜찮아." 로스가 양 팔꿈치로 몸을 괴면서 말했다. "네가 보는 게 좋아."

나는 그가 바라보는 게 좋았다. 소년이었을 때에도 그는 내게 세상에서 가장 중요한 사람인 듯한 기분이 들게끔 만들었다. 그가 보지 않을 때면 가장 하찮은 사람이 되는.

"양심에 찔려." 내가 말했다. 그러고는 그렇게 말한 나 자신을 즉시 저주했다.

"뭐 때문에?"

하지만 그는 무엇 때문인지 알고 있었다. 처음으로 엘에게 거짓말한 것. 어떤 경우에도 그런 적은 없었는데. 로스와 내가 몇 달 동안 몰래 문자를 주고받았다는 것. 그를 생각하느라, 그를 원하기 때문에 때로 잠들 수 없었다는 것. 엘이 아파서 내가 혼자 그를 보러 몰래 빠져나왔고, 그녀는 아마 눈치채지 못하리라는 데 기쁨―희열―을 느꼈던 것.

"걔가 너한테 말을 안 하잖아." 로스가 말했다. "아무한테도 말을 안 하는걸." 그의 목소리에 냉기가 묻어났고 나는 그것을 한껏 즐겼다.

"언니는 그럴 수밖에 없어." 내가 슬금슬금 다가오는 그의 손을 보지 않으려 애쓰며 너그럽게 말했다. "언니는 과거에 갇혀 있으니까. 미러랜드나 엄마나 할아버지 얘기만 하고 싶어하거든. 난 아니야. 난 현재를 살고 싶어." 나는 그를, 강렬한 그의 눈동자를 바라보았다. 마치 내가 그에게 우주의 비밀을 털어놓고 있다는 듯이. 갑자기 정신없이 부끄럽고 어색했다. 그래서 햇빛에 바랜 잔디만 멀뚱히 바라보았다.

"캣."

"그게 날 못된 년으로 만드는 것 같아."

"캣."

그는 내가 그를 가장 잘 바라볼 수 있게 해주었다. 그의 디오더런트 냄새와 체취를 맡을 수 있을 만큼 가까이 기대와서, 손으로 내 얼굴을 감싸 자기 얼굴 쪽으로 돌렸다.

"넌 못된 년이 아냐."

그때 나는 무슨 일이 일어나리라는 것을 알 수 있었다. 그가 더 가까이 기대오기 전부터, 시선을 내 입술로 떨구고 뺨에서 머리카락을 넘겨주기 전부터. 그가 나지막하고 모호한 소리를 내서 내 얼굴이 다시 달아오르고, 심장박동이 북소리처럼 커지고, 뱃속이 부풀어오르기 전부터.

언니는 그를 더는 원하지 않아, 나는 계속 중얼거렸다. 언니는 더는 아무도 원하지 않아. 그 말의 의미는 언니는 나를 원하지 않는다는 것이었다.

그때 그의 입술이 내 입술에 닿았고, 그의 숨결도 이도 혀도 닿았으며, 나는 엘에 대한 생각을 완전히 멈췄다. 나의 첫 키스.

택시가 웨스터릭 로드로 진입한다. 나는 고개를 돌려 로스를 본다. 그는 이미 나를 보고 있다. 텔레파시가 쌍둥이에게만 있는 건 아닐지도 모른다. 그도 나와 정확히 같은 생각을 하고 있다는 확신이 들기 때문이다.

하지만 택시가 멀어지고 빨간 문으로 올라가 문을 닫고 안으로 들어가자마자, 우리 사이의 공기가 바뀐다. 우리는 응접실로 들어가 문 근처에서 어정거린다. 로스는 코트를 벗지도 않는다. 우리에게 진짜 평범한 일이란 이런 것이다. 우울과 유령과 무겁게 내려앉은 침묵과 함께 기다리는 시간.

"뭐 좀 마실래?" 로스의 물음은 이상하게 퉁명스럽게 들리지만, 나는 뭘 좀 마시고 싶어 고개를 끄덕인다. 우리의 저녁 시간을 구제하는 일보다 어쩌면 훨씬 더 원하는 일인지도 모른다.

그는 푸아로에서 보드카 토닉을 두 잔 만든다. 그를 지켜보다가 스스로에게 짜증이 나고 만 나는 창문으로 간다. 마리의 집은 어둠에 잠겨 있다. 도로는 비어 있고 조용하다. 지금 누가 우리를 보고 있을지도 모른다는 생각이 들고, 나는 뒤로 물러서서 커다

192

란 커튼을 친다.

로스가 내게 잔을 건네더니, 벽난로 앞에 앉아 불을 붙이고 장작을 쌓는다. 응접실은 다시 크리스마스처럼 따뜻한 황금색으로 변한다. 그가 일어서서 고개를 돌렸을 때 얼굴에는 훨씬 기분좋은 미소가 떠올라 있다.

"어떻게 지냈는지 말해줘."

"뭐라고?"

"그걸 안 물어본 것 같아서. 여기 온 이후로 한 번도. 진작 물어봤어야 했는데." 그가 리클라이너 소파에 앉으며 말한다. "그래서 어떻게 지냈어? LA 생활은 어때?" 그는 잠시 뜸을 들인다. "행복하니?"

깜박거리는 벽난로 불빛에 비친 그는 훨씬 더 잘생겨 보인다. 심지어 면도하지 않은 턱과 눈 밑에 진 검은 그늘까지 그를 더욱 매력적으로 보이게 한다. 그가 분노에 차서 자신을 곡하는 홀아비라고 칭했던 때를 떠올린다. 오로지 그를 위로하기 위한 목적으로 생성된 유튜브 채널이 있다는 것을 그가 아는지 궁금하다.

"LA는 나한테 잘 맞는 것 같아." 내가 대꾸한다. 무슨 말이라도 해야 할 것 같았기 때문이다. "자잘한 일은 신경 안 쓰게 돼. 심지어 큰일들도." 나는 보드카 토닉을 입안 한가득 털어넣고 꿀꺽 삼킨다. 그에게 진실을 말하고 싶다. 어떤 때는 너무 불행해서 숨을 쉴 수 없을 정도라고 말하고 싶다. 엘은 배, 집, 직업—재능—을 가졌다. 친구들도. 남편도. 나는 시금치 라테, 바람피우는 배우자, 염병할 영혼의 와이파이 같은 것들에 대한 어처구니없는 기사나 쓰는, 내가 혐오하는 직업을 가졌다. 전혀 관심이 가지 않는 남자들과 연애한다. 대개 내게 전혀 관심이 없는 남자들과. 파티를 너무 많이 한다. 술을 너무 많이 마신다. 내 소유가 아닌, 이제는 빌려 쓰는 것도 아닌 아파트 발코니에 앉아 광활한 푸른 바다와 광활한 푸른 하늘을 바라보며, 다른 곳 어디라도 가고 싶지만 그렇지 않은 척하면서 너무 많은 시간을 보낸다. 나는 사는 게 아니다. 나는 기다리고 있다. 무언가가, 무슨 일이든 일어나기를. 설상가상으로 이 상황—이 모든 상황—이 바로 그것인지 궁금해지기 시작한다.

나는 술을 내려놓는다. "미안해. 화장실 좀 가야겠어."

화장실에서 차가운 수돗물을 틀고 얼굴에 철벅 끼얹는다. 거울 속의 나를 바라본다. 끔찍한 모습이리라 예상했지만, 그렇지 않다. 활력이 넘쳐 보인다. 살아 있다. 엘처럼 보인다.

뭐하고 있는 거야? 빌어먹을 뭐하고 있는 거야?

취했다. 기분좋은 취기와는 아주 멀어진 상태다. 정신이 혼미하고 멍하다. 하지만 내가 무엇을 하고 있는지는 정확히 안다. 내가 무엇을 하려는지는.

우리는 엘 모르게 계속 만났다. 수개월 동안. 그녀가 신경쓰리란 걸 알면서도 모른 척했다. 우리를 대놓고 거부한 그녀를 응징하려 했는지도 모른다. 이제는 그녀에게 병이 있었다는 것, 우울증 또는 더 나쁜 병이 있었다는 것을 알지만, 그렇다고 해서 상처와 분노가 무뎌지는 것은 아니다. 나의 변명은 점점 더 설득력을 잃어갔고, 그녀는 점점 더 지독하게 침잠했다. 그리고 난 여전히 신경쓰지 않았다. 그녀가 가지지 못한 모든 것들에 나는 꽉 매달리고 싶었다.

"쓰러지기라도 한 거야?" 로스가 계단 발치로 짐작되는 곳에서 소리친다.

"곧 갈게." 내가 외친다.

원피스를 내려다본다. 쇼나에게 느낀 비이성적인 질투에 대해 생각한다. 나의 환한 비웃음—언니는 안 죽었어요. 그쪽한테는 안 됐지만. 나는 핀을 빼고 머리를 느슨하게 풀어헤친다. 내가 되기 싫어서 엘이 될 필요는 없다.

"괜찮은 거야?" 내가 다시 응접실로 돌아오자 로스가 말한다.

"괜찮아." 나는 차마 그를, 그의 찡그린 미간을, 그의 눈을, 우리 사이에서 깜박거리는 벽난로 불빛을 바라볼 수 없다. 이렇게 느끼는 것, 여전히 이렇게 느끼는 것이 너무 우스꽝스럽다.

그가 일어서며 묻는다. "정말로? 너—"

"미러랜드 그리워?"

그는 내 질문에 놀라지도 짜증나지도 않은 듯하다. 눈에는 미소가 퍼져 있다. "그때가 내 인생에서 최고였던 것 같아. 미러랜드가 사라져서 정말 유감이었어."

"거기 내려가본 적 있어? 이 집을 산 뒤에?"

그가 고개를 끄덕인다. "무척 안타까웠지. 맥도널드 부부가 식료품실 벽장에서 문을 발견한 것 같았어. 앞뜰로 가는 통로는 깨끗이 청소했지만, 세탁장은 썩게 그냥 놔뒀더라." 그가 잠시 말을 멈춘다. "문은 내가 벽지로 막았어. 거기 내려가는 건 엘을 너무 속상하게 했거든."

나는 방향을 바꾼다. 내가 그 벽지를 떼어냈다는 말을 피하면서도 그의 미간에 되돌아온 골을 없애고 싶었기 때문이다. "세상에, 새티스팩션호가 아메리카대륙 스페인령 식민지들을 습격했던 거 기억나?"

"제대로 약탈했지." 그의 미소는 너무도 달콤쌉싸름하게 익숙하다. "내 잘못이었어. 내가 도벽이 좀 있어서."

"보물 전리품."

"빌어먹을, 내 보물 전리품. 같잖은 짓이었지. 있잖아, 너희가 떠나고 몇 년 후에 엄마가 내 옷장에 있던 우리 보물상자랑 그 안에 든 온갖 잡동사니를 발견했어. 빅토리아시대의 순은 커틀러리 세트까지. 나한테 일언반구도 없이 그냥 자선 상점에 기부해버렸어."

나는 그에게 다가간다. 그가 미소를 잃는다. 내가 더 가까워지자 그의 눈이 휘둥그레진다. 나는 심호흡을 하고 나 자신에게 용기를 불어넣은 다음 더 다가간다.

"난 우리가 그리워." 내가 속삭인다.

"캣. 무슨—"

우리 사이 공간에 손을 뻗어 손바닥을 그의 가슴에 댄다. "미러랜드에 있던 우리가 가장 그리워."

"뭐하는 거야?"

"이제 얘기는 그만하고 싶어." 내가 말한다. 그의 목과 턱선을 어루만지는 내 손가락에는 주저함도 없고 떨림도 없다.

그의 몸이 그대로 굳더니 내 손을 잡아 밀쳐낸다. "안 돼. 이럴 순 없어."

우리 주위로 어둠이 깔려 가까이 다가오는 것이 느껴진다. 벽난로 불이 타닥타닥 타오른다. 괘종시계가 어두운 복도에서 째깍

째깍째깍 움직이는 소리가 들린다. 사방에서 집이 신음하고 숨쉬고 웃고 있다.

나는 몸을 그에게 한껏 밀착시킨다. 말로 하진 않지만 내 눈에 이렇게 쓰여 있다는 것을 알고 있다. 언니는 죽지 않았어. 그냥 널 떠난 거야. 날 떠났듯이. 나는 그의 뺨과 턱과 입술에 키스하며 짠맛이 나는 그의 목을 핥는다. 그가 굴복하면 좋겠다. 그가 애원하면 좋겠다. 항상 그가 애원하기를 바랐다.

하지만 그는 오히려 나를 다시 밀쳐낸다. 눈을 감는다. 뒤로 물러선다.

난 공포에 찬 그의 표정을, 사흘 전 밤 바로 이 공간에서 그가 얼마나 재빠르게 나에게서 도망쳤는지를 떠올린다. 데드 볼트가 무겁게 철컥 돌아가는 소리가 들린다. 쿵쿵거리는 부츠 소리. 무슨 일이 일어나려는 것 같다. 이제 곧 일어날 것 같다. 이제는 내 몸이 떨리기 시작한다. 나는 손을 그의 얼굴과 가슴에 대고, 손바닥으로 그의 어깻죽지를 쓸고, 손가락으로 그의 머리를 쓸어넘긴다.

"캣, 이러면 안 돼." 그가 말한다. 하지만 그는 아는지 모르는지 이미 나를 만지고 있다. 손가락으로 내 팔을 움켜쥐고 나를 내가 이미 원하던 자리에 붙잡아둔다. 이미 난 그 자리에 있다. "제발."

나는 손가락을 아래로, 아래로, 가져간다. 손바닥 끝을 그의 사타구니에 대고 누르자 그의 뜨겁고 가쁜 숨결, 목을 살짝 스치는 그의 치아 끝이 느껴진다. 그의 목소리가 내 살갗에 가로막힌다. "맙소사. 제발. 제발, 캣."

내가 그에게 다시 키스하자마자 그는 굴복한다. 키스는 너무 축축하고 뜨겁고 어설프지만, 그게 내게 필요한 전부다. 모든 것이 너무 날것이어서 거의 아플 지경이다. 우리는 서로를 손으로 꽉 움켜쥔다. 언제나 그랬듯이 똑같다. 같은 경이. 같은 흥분. 같은 광기. 그가 요란하게, 거의 고통스러워하듯 신음한다. 나는 생각한다. 그래. 그거야.

우리가 지금 벌이는 일은 엘을 다시금 징벌하는 것 같다. 우리가 알고 있는 유일한 방식으로. 하지만 맙소사, 전혀 그런 식으로 느껴지지 않는다. 우리는 비틀거리며 뒤로 물러난다. 그가 숨쉴 필요 따위 없다는 듯 내게 키스를 퍼붓는다. 나도 키스로 답한다. 그리고 그 모든 것이, 우리가 내는 소음, 거의 공포에 사로잡힌 듯 저지르는 광란, 즉 할퀴고, 꼬집고, 쥐어짜고, 깨무는 이 모든 행위가 그 어떤 것보다, 그 누가 하는 일보다 기분좋고 깨끗하며 적절하다고 느껴진다. 나는 거의 비슷한 방식으로 그에게 처녀성을 잃었다. 그의 방 서랍장에 기대어 눌린 채로. 너무 빨랐고, 너무 절박했다. 애정에 굶주린 원초적 고통과 더 하고, 더 느끼고, 더 가지고 싶다는 충동. 그것은 절대로 충족된 적이 없었다.

그가 나를 마호가니 서랍장 위로 들어올린다. 프렌치 폴리싱으로 가공한 표면이 피부에 닿아 선득하다. 우리는 서로의 옷을 더 들어 벗기려 하지만 답답하리만치 진전이 없다. 그가 나를 가까이 당겨 몸을 더욱 강하게 밀착하더니, 내 왼쪽 어깨와 목 사이 공간을 세게 깨문다. 나는 소리를 지르며 그를 더욱 세게 와락 움켜잡는다. 온몸으로 그를 원한다. 내 안에는 일 그램의 의심이나 죄책감도 없다. 가끔은 그냥 그애가 사라졌으면 좋겠다던 엘의 말을 떠올린다. 그리고 바로 지금, 바로 이 자리에서, 나는 그녀가 사라져서 기쁠 뿐 아니라 사라지게 되어 있었던 사람은 처음부터 그녀였다고 확신한다.

마침내 서로의 옷을 벗기고 그가 내 안으로 밀고 들어와 살과 살이 맞닿자, 우리 둘은 비명을 지르며 서로에게 매달리고 서로의 입속에 "빌어먹을" 하고 속삭인다. 나는 엘을 완전히 잊는다.

◆◆

미러랜드가 실제처럼 느껴지지 않았던 적은 없었다. 미러랜드의 바람과 비와 경이가, 바다와 연기와 땀과 피 냄새가 느껴지지 않았던 적은 없었다. 하지만 이따금, 미러랜드는 정말로 진짜처럼 느껴졌다. 우리가 영리하거나 잔인해질 때, 두려움에 빠질 때였다.

어느 길고 무더운 토요일 오후 새티스팩션호가 운항중 잠시 정박해 있을 때, 엘과 나는 시간을 때울 게임 하나를 고안해냈다. 로스를 망망대해에 빠뜨리고 날카로운 압정을 몇 움큼씩 뿌리는 것이다. 로스는 우리가 닻을 끌어올려 떠나기 전까지 십 분 내에 압정을 하나도 빠짐없이 찾아와야 한다. 그는 당연히 별로 내켜 하지 않았지만, 엘이나 내가 정한 미러랜드의 모든 규칙은 의무적으로 따라야 했다. 따라서 그는 아이티 해안에서 약 삼백 마일 떨어진 카리브해에 서서 어깨를 축 늘어뜨렸고, 우리가 압정을 흩뿌리자 움찔거리지 않는 척하려 했다.

그는 성공할 수 없다는 것을 알았을 것이다. 그 게임은 불가능하다는 것을. 그래도 그는 시도했다. 무릎과 손을 바닥에 짚고 몸을 굽혀, 흩어진 압정을 찾아 바다 구석구석을 샅샅이 뒤졌다. 한 손으로 압정을 모아 다른 손으로 주워올렸다. 일 분밖에 남지 않았을 때는 공포에 질리기 시작했다.

"안 돼! 다 못 찾았어!"

"오십 개야." 엘이 부드럽게 말했다. "몇 개나 찾았는데?"

"시계를 멈출게." 내가 말했다. "세는 동안은."

그는 서른두 개를 들고 있었다.

"서둘러야겠네." 엘이 말했다.

시간이 다 되어 우리가 그를 빼고 항해를 나갈 준비를 마치자, 그가 울기 시작했다. "안 돼! 제발!"

전에는 로스가 그렇게 우는 걸 본 적이 없었다. 그가 우는 모습을 보자 난 가책이 아닌, 내가 가진 권력을 느꼈다. 상자 안에 숨어서 타탄체크 담요에 대고 흐느껴 울던 내가 떠올랐다.

"우릴 따라오면 되잖아, 멍청아." 세상에서 가장 당연한 일인 듯이 엘이 말했다.

"안 돼! 날 두고 가지 마!"

그 장면은 내게 가장 끈질기게 남아 있는 미러랜드의 이미지 중 하나다. 손에 피가 흥건한 채로 압정을 가득 쥐고 카리브해에서 무릎 꿇고 흐느껴 울고 있는, 슬픔을 가누지 못하는 로스를 뒤로하고 엘과 내가 항해를 떠나던 모습. 우리를 향한 그의 외침을 못 들은 체하던 우리 모습. "너희들이 어디로 갔는지 내가 어떻게 알아?"

알람시계에 11:35가 찍혀 있다. 몸을 쭉 뻗으니 온몸이 따스하고 나른하게 쑤신다. 로스는 아직 나와 침대에 있다. 그가 느리게 숨쉬는 소리가 들리고, 등에선 그의 열기가 느껴진다. 그가 자고 있다는 확신이 들자 나는 돌아누워 그를 바라본다. 그는 반쯤 엎드려 이불 아래로 다리를 벌리고 있다. 함께 잠들어본 적은 없어서인지, 섹스보다 낯설고 친밀하고 더 일탈하는 기분이 든다. 그래도 우리는 그들의 침실, 즉 우리의 침실이 아닌 어릿광대 카페에 있기는 하다. 사방으로 뻗친 그의 숱 많은 머리를 바라본다. 넓은 어깨와 등, 좁은 엉덩이, 옆구리의 곡선과 평평한 부분. 난 여전히 그를 만지고 싶고, 더 하고 싶은 욕구에 좀이 쑤신다. 개새끼라는 단어를 생각하지만 그 말은 예전의 힘을 많이 잃었다. 정말이지 죄책감을 느끼고 있고 그 크기도 만만찮지만, 썩은 이 주변의 퉁퉁 부은 잇몸처럼 요리조리 찔러보면 더 커지지도 더는 아프지도 않다.

언니는 그를 떠났어. 언니는 그를 원하지 않아.

"일어났네." 아직 잠에서 덜 깬 그의 목소리가 나지막하고 탁하다.

나는 그의 살을 만지던 손을 휙 거두지만 몸은 그대로 얼어붙은 채 숨을 참는다.

그는 돌아눕지 않고 등뒤로 내 손을 찾아 더듬는다. 나는 그가 나를 엘로 생각하고 있는지 궁금해진다. 끔찍하고 고통스러운 순간이다.

"넌 줄 알아, 캣."

나는 일어나 앉는다. 나도 모르게 침대 옆 협탁에 놓인 사진 액자를 보고 있다. 젊은 엘과 로스가 내게 활짝 웃어준다.

"후회해?" 내 목소리가 너무 작아서 싫다. "우리가 한 거 후회해?"

그가 한숨을 쉬더니, 일어나 앉아 고개를 돌려 나를 바라본다. "아니."

하지만 나는 그도 액자를 보고 있다는 것을 깨닫는다. 그리고 그의 눈에서, 마음속 일부는 후회하고 있다는 것을 읽을 수 있다. 일부는 그래야만 한다. 아주 큰 일부는.

"내가 엘을 사랑하지 않는다고 생각하지 않으면 좋겠어." 그가 말한다.

"난 엘의 동생이야." 내가 생각해낼 수 있는 유일한 말은 이것뿐이다. 죄를 따지자면 결혼 서약보단 핏줄 쪽이 더 문제니까.

아래층에서 들려오는 갑작스러운 초인종 소리에 우리는 둘 다 깜짝 놀란다. 메아리가 우리를 향해 올라오고 있다. 로스가 일어나 조깅 바지를 입는다. 그가 층계참을 가로질러갈 때 맨발이 계단의 모자이크 타일을 때리는 소리가 들린다. 나는 옷장 옆 벽에 설치된, 종을 울리는 당김 장치를 물끄러미 바라본다. 서랍 속에 종류가 뒤섞여 들어 있는 칼들처럼 주방의 나무판자에 늘어선 종들을 생각한다.

다시 사진으로 시선을 돌린다. 어둠 속에서 여전히 그녀의 목소리가 들려온다. 꺼림칙한 침묵의 시간이 흐르고 또 흐른 후. 나에게 블랙 스폿을 주던 날 그녀의 눈동자처럼 형형한 공포로 가득찬, 갈라지고 사나운 목소리. 네가 어떻게 그럴 수 있어? 넌 빌어먹을 내 동생이잖아.

◆◆

　2005년 즈음 엘과 나는 고기*에 단칸방을 얻었다. 예상했던 대로 형편없는 쓰레기장 같은 곳이었지만 난파당한 선원이 육지에 닿은 것처럼 우리는 그저 감사했다. 그곳은 로즈마운트 소유였으며, 정확히 열두 달 동안 우리 것이었다. 거기에 사는 동안 우리는 다른 집과, 집세를 낼 방법을 마련하려 했다. 둘 다 대학에 장학금을 받으며 다니고 있었고 아무리 더러운 일이라도 마다않고 했다. 우리는 여전히 별로 대화를 하지 않고 지냈고, 그 점은 거의 열아홉이 되었을 때에도 거의 열여덟이었을 때와 별반 다르지 않았다. 그리고 난 여전히 그녀에게 거짓말을 하고 있었다.

　보육원은 노동절 공휴일이면 졸업생 파티를 열어 널따란 부지에서 바비큐를 했다. 엘은 초대장을 쓰레기통에 버렸지만 나는 그것을 구해내고는 로스와 보육원 뒤편 비상구에서 만나기로 했다. 우리는 신중하고 영리하게 행동하고 있다고 생각했던 것 같지만, 실제로 단 일 분이라도 그랬던 적이 있는지는 의문이다. 대개 그의 어머니 집에서 만났는데, 그즈음에는 웨스터릭에서 파운틴브리지로 이사한 상태였다. 우리는 아래층 사람들이 웅얼거리는 소리를 들으며, 그의 작은 싱글 침대에서 서둘러 숨죽여 섹스하곤 했다. 비어 있는 로즈마운트란 그냥 버리기에는 아까운 절호의 기회였다.

＊ Gorgie. 에든버러 서쪽의 인구 밀집 지구.

길고 층고가 높은 복도는 인적 없이 황량했다. 로스가 손을 꼭 잡고 복도를 따라 나를 이끌었고, 그동안 나는 큰 소리로 속닥거리며 그의 뒤를 따라갔다. 모든 열쇠는 입구 사무실의 번호가 붙은 고리에 매달려 있었다. 엘과 내가 썼던 침대 두 개짜리 방의 새 주인들은 앞뜰 수풀 뒤에서 약에 절어 있느라 바빴다. 하지만 그게 다는 아니었다. 나는 그 방에 있는 로스를 원했던 거라고 생각한다. 그를 그녀의 침대가 아닌 내 침대에서 가지고 싶었다고.

우리가 다급하고 절박한 단계를 지나 미끄럽고 땀이 흥건하고 요란한, 수줍음과 거리낌을 훨씬 넘어서는 단계로 진입했을 때 엘이 들어와 우리를 목격했다. 로스의 어깨 너머로 그녀가 보였던 그 순간, 그는 절정에 이르러 내 위에서 몸을 비틀고 부르르 떨며 내 이름을 신음하듯이 내뱉고 있었다.

나는 엘의 쌍둥이 조각상이 되어 그 자리에서 얼어버렸다. 로스를 향한 사랑보다 더욱 모질고 강력한 수치심이 나를 움켜쥐었고 숨을 막아버렸다.

로스가 오래지 않아 상황을 파악했다. 내게서 몸을 떼더니 우리를 담요로 단단히 감쌌다. 그의 눈이 너무 가까이 있어서 내가 그의 눈동자에 비쳐 보였다. 그가 눈을 감더니 천천히 고개를 돌렸다.

"엘." 그가 말했다. "엘."

우리를 뚫어져라 응시하는 엘의 얼굴에는 모든 생기와 색조가 빠져나가고 잿빛으로 끄물거리는 공포만이 남아 있었다. 내 입술 모양은 그녀의 이름을 그리고 있었지만 소리는 나오지 않았다.

"아래층에 아무도 없던데." 로스가 돌아오더니 말한다. 그는 침대 옆에 어색하게 마지못해 서 있는다. 그를 붙잡아둘 말이 생각나지 않는다. 마침내 그가 나를 바라본다. 미소는 생기가 없고 유쾌하지 않다. 그가 등을 돌려 침대 모서리에 앉더니 고개를 떨군다.

"여기 다시 오는 게 아니었어. 제기랄 난 여기가 정말 싫어."

나는 아무 말도 하지 않는다. 그들이 여기로 돌아오지 않았다면, 아마 나도 여기 없었을 것이다.

"엘은 바람을 피우고 있었어." 그가 줄무늬 벽지를 보며 말한다. "난 그 사람이 바람피우고 있었다고 생각해."

"왜?" 맥박이 뛸 때마다 양쪽 관자놀이에서 희미한 통증이 인다.

"우리가 괜찮다는 건 거짓말이었어. 우린 잘 못 지냈어. 말도 거의 안 했어. 오랫동안." 그가 어깨를 으쓱한다. "그 사람은 휴대전화가 두 개였고."

어쩔 수가 없다. 그 한 문장이 생각나지 않을 수 없다. 제목 줄에 대문자로 적혀 있던, 세탁장 옆 헐벗은 돌담에 피처럼 뿌려져 있던. 그는 알고 있다. 나는 관자놀이를 손가락으로 누른다.

"누군지 알고 있었어?"

로스가 어깨를 으쓱한다. "아마도. 확실하지는 않지만. 엘이 가끔 이야기하던 남자가 있었어. 같은 화가라더라고. 감이 왔지. 러픽한테 그 남자 이야기를 하긴 했지만, 엘은 이름은 말해주지 않았어." 그가 고개를 가로젓는다. "아주 큰 위험신호 아니야?"

그가 마침내 고개를 돌렸을 때 그 눈은 내 예상처럼 분노에 차 있지 않고 지쳐 보인다. "그 남자는 세심하고 인내심이 있었던 것 같아. 엘이 무슨 문제를 얘기해도 끝없이 들어줬겠지." 그는 다시 어깨를 으쓱하려 하지만 어깨가 너무 무거워 보인다. "하나부터 열까지 다 친절하게. 그런 좆같은 타입 알잖아."

알다마다.

하지만 비크에 대해 그에게 말해주는 대신, 나는 로스를 아버지로부터 빼앗은 어머니에 대해 생각한다. 피투성이의 그가 카리브해에서 무릎 꿇고 흐느끼며 우리가 탄 배가 멀어지는 것을 지켜보던 모습을 생각한다. 내가 그에게 키스하던 날 밤 그가 내던 소리. 좁은 공간에 갇힌 바람의 울음처럼 낮고 비통하게 울부짖는 소리. 어떻게 해야 할지 모르겠어. 그녀 없이 어떻게 살아야 할지 모르겠어.

나는 그에게 살금살금 다가가 상체에 팔을 두르고 등에 뺨을 댄다. 갈빗대에 울리는 그의 느리고 꾸준한 심장박동을 느낀다. 손가락을 조깅 바지 속에 넣고 이미 단단해져 있는 그것을 쥐자 그가 숨을 훅 들이마신다.

언니는 그를 떠났어. 더는 그를 원하지 않아. 그를 내게서 앗아갔어.

오랜 시간, 충분히 긴 시간이 지나고 나서야 그가 다시 애원하기 시작한다. 하지만 난 그를 계속 곁에 두고 싶은 마음이 너무도 간절하고, 그가 날 원해 계속 안달이 나게, 날 필요로 하게 만들고 싶기에 그의 간청을 되도록 오랫동안 모른 척한다.

그리고 끝이 났을 때, 그의 살에 얼굴을 묻고 눈을 감는다.

"후회하지 마, 로스." 내가 그의 심장박동에 대고 속삭인다. "네가 후회하도록 내버려두지 않을 거야."

제 13 장

뉴스를 보다보면 사람들이 이러지도 저러지도 못하는 상황에 갇혔을 때 어떻게 삶을 그대로 끌고 나갈 수 있는지 언제나 궁금했다. 하지만 답은 자명하다. 그게 더 쉽다는 것이다. 포기보다 쉽다. 중지보다 쉽다. 다 괜찮은 척하는 것이 더 쉽다. 진짜로 괜찮아질 때까지.

아침 날씨는 쌀쌀하다. 햇빛이 웨스터릭의 커훈 상점을 눈부시게 비춘다. 정말이지 들어가고 싶지 않지만 음식이 똑 떨어졌다. 로스는 편안히 잠든 얼굴로 아직 침대에 누워 있다. 이제 이틀째다. 그리고 사흘 밤째. 그런데 그가 없는 곳에서 지내는 일이 어떤 것인지 벌써 잊어버렸다.

가게문 앞에서 손바닥을 유리에 올려둔 채로 망설인다. 혼자 집밖으로 나갈 때마다 관찰당하고 있다는 기분—육체적인 감각이다—이 너무 지배적이고 예측 가능해서 오히려 일상처럼 느껴진다. 고개를 한 번 돌려보기로 한다. 링크스공원에서 로켄드 로드 모퉁이까지 텅 빈 거리를 위아래로 훑는다. 그런 다음 몸을 돌려 문을 밀고 들어간다.

유일한 계산원인 애나를 본 순간 심장이 쿵 내려앉는다. 나는 천천히 둘러보면서, 들고 갈 수 있는 만큼 최대한 많은 물건을 바구니에 담는다. 이윽고 계산대로 가야만 했을 때, 그때처럼 경계하는 듯한 애나의 표정을 알아차린다. 나는 바구니를 내려놓는다. 그녀가 목청을 가다듬더니, 나와 눈을 마주치려는 티를 잔뜩 낸다. "잘 지냈어요?"

"그럼요." 내가 대답한다.

그녀가 다시 목청을 가다듬는다. "지난주에 한 말에 대해 사과하고 싶어요. 엘 때문에 속상했는데, 그렇다고 당신한테 그렇게 쏟아놓으면 안 되는 거였어요. 옳지 않았어요."

"고마워요." 내가 말한다. 애나는 완전히 진심은 아닌 듯했지만.

그녀가 한숨을 쉰다. "엘이 혼자였기 때문에 당신한테 화가 났었어요. 당신을 필요로 했을 때 여기 없었으니까요. 그리고 이제…… 이제 그녀는……" 그녀가 세차게 고개를 젓는다. "사라졌잖아요. 당신은 여기에 있고요."

나는 혀를 깨문다. 아프다. 하지만 아무 말도 하지 않을 것이다. 나의 결백과 엘의 유죄를 주장하지 않을 것이다. 그래봤자 아무 소용 없다.

애나는 내가 돈을 건넬 때까지 아무 말 하지 않는다. 그러고는 손을 뻗어 차가운 손가락을 내 손목에 감는다.

"엘도 이런 게 있었는데."

"네?" 나는 그녀의 손에서 빠져나오려고 해보지만 놀랍도록 꽉 붙잡혀 있다.

내 팔과 활짝 펼친 손을 향해 까딱하는 고갯짓. 멍은 생긴 지 며칠 되었고 전혀 아프지 않지만, 아래팔 전체에 작은 사슬처럼 이어진 그 손가락 모양의 멍들에 대해 생각하게 된다. 어떻게 멍이 생겼는지 떠오르자 얼굴이 달아오른다. 그가 스메그 냉장고에 나를 밀어붙이고 팔을 뒤로 찍어 눌렀을 때, 그의 뜨거운 숨결이 허벅지 안으로 파고들어왔다. 움직이지 마, 움직이지 마.

"놔주세요." 내가 말한다. 목소리가 너무 냉랭해 나도 놀란다.

하지만 그녀는 놓지 않는다. 오히려 손가락에 힘을 주면서 날 가까이 끌어당긴다. 그러더니 표정이 누그러지며 거의 애원하는 얼굴이 된다. "엘이 당신이 여기 오기를 원하지 않을 거라고 했던 말은 진심이었어요, 캣. 돌아가야 해요."

나는 팔을 비틀어 빼낸다. "언니가 그쪽한테 뭐라고 말했는지 전 몰라요." 나는 손목을 문지르면서 몸을 돌리며 말한다. 얼굴이 화끈거린다. 두 연금생활자가 우리를 마치 윔블던 대회 결승전의 적수들인 양 쳐다보고 있다. "뭐라고 했는지 알고 싶지도 않아요. 언니는 거짓말을 잘해요, 애나. 사실 그것밖에 할 줄 아는 게 없죠. 전 괜찮아요. 그리고 언니도 괜찮고요."

나는 차갑고 상쾌한 공기를 들이마시고 싶은 절박한 심정으로, 쇼핑백을 낚아채 사실상 도망치듯이 문을 빠져나온다. 그러다 마리와 머리부터 부딪친다. 그녀는 스메그 냉장고와 똑같은 사파이어 색깔의 아름다운 스카프를 두르고 있다. 피부가 점점 달아올라 따끔따끔하다.

"새로운 소식이 있나요?" 그녀는 당황해서 숨이 차 보인다. 창문으로 나를 지켜본 것일지, 그래서 여기 있는 것일지 궁금하다.

나는 호흡을 가다듬고 흥분을 가라앉힌다. "아니요. 새로운 소식은 없네요." 완전히 맞는 말은 아니지만. 러릭과 로건의 최근 방문과 그 암울한 전망을 떠올려보면 말이다. 나는 실종된 언니의 남편과 나눈 격렬한 섹스에 대해 생각한다.

"며칠 전에 경찰차가 와 있던데요." 얼굴의 흉터가 오늘따라 더 도드라져 보인다. 화상 같다. 그녀는 언짢은 기색이 또렷해지더니 내 쪽으로 몇 발자국 다가온다. "그녀는 내 친구예요, 캐트리오나."

나는 뒤로 물러서지 않는다. "당신이 우리집 밖에서 의심스러운 사람을 봤다고 신고했나요?"

"네?"

"경찰이 그러는데, 그쪽 테라스하우스 거주민 중 한 사람이 엘이 실종되던 날 집밖에서 서성거리는 사람을 봤다고 신고했다던데요. 뭘 좀 보셨나 해서요."

"아뇨Non." 그녀가 대답한다. "아무도 못 봤어요." 하지만 그녀의 눈빛이 변한다.

"언니가 협박 카드를 받고 있었다는 걸 알고 있었나요?"

"네Oui. 나한테 말했어요."

"누가 보냈는지 알고 있다거나, 의심 가는 사람이 있다고 말하던가요?"

"그건 왜 물어요, 캐트리오나?" 그녀의 목소리가 갑자기 매우 낮아진다. "엘에게 벌어진 일이 뭐든 간에 사고는 아니라고 생각하는군요?"

나는 창을 통해 애나를 흘긋 본다. 연금생활자를 상대하면서 우리를 보지 않는 척하고 있다.

"네." 전혀 사고라고 생각하지 않으므로 솔직한 대답이다.

"엘은 무서워했어요." 마침내 마리가 말한다. 그녀는 애나에게로 향하는 내 시선을 따라갔다가 다시 내게 시선을 돌린다. "처음에는 숨기려 했어요. 하지만 그녀는 정말 무서워했어요."

나도 모르게 콧방귀를 뀐다. 마리의 표정이 굳는다.

"항상 이런 생각이 들었어요. 쌍둥이 자매sœurs jumelles끼리 말을 안 한다는 게 얼마나 슬프고 이상한 일인가 하는. 그녀 말로는 당신이 자기를 증오한다고 하더군요."

"내가 언니를 증오한다고요? 환장하겠네—" 하지만 너무 늦었다. 용수철 인형을 다시 상자에 집어넣는다 하더라도, 이제 누구나 그게 어떻게 생겼는지 안다. 그리고 내가 이를 악물고 참는 데도, 그녀가 한 짓에 대한 비난을 감수하는 데도 한계가 있다. "엘이 날 증오했죠. 내가 떠날 때까지 날 계속 미워했어요. 아시겠어요? 여긴 나의 집이기도 했다고요." 내가 말하는 곳이 이 나라인지, 이 도시인지, 이 저택인지, 아니면 셋 모두를 가리키는 것인지 나도 모르겠다. 아니면 심지어 미러랜드인지, 로스인지, 자매이자 거울쌍둥이라는 사실인지. "언니가 앗아갔어요. 언니가 날 떠나게 만들었어요. 다 언니 때문이에요."

"내 친구 중 몇몇은 여기와 전혀 다른 곳, 다른 나라에서 왔죠." 마리는 내가 아무 말도 한 적 없다는 듯이 입을 연다. "그리고 그 사람들은 가진 게 없어요. 사람들은 때로—자주—가진 게 없는 사람들을 두려워하죠. 당신 언니는 아니었어요."

나는 다시 콧방귀를 끼고 싶지만, 그러지 않는다. 가슴속에 뭔가 무겁고 뜨거운 것이 들어앉는다.

"화창한 날이면 그녀가 내 친구들을 링크스공원이나 바닷가로 데려갔어요. 그러고는 소묘하는 법, 채색하는 법을 가르쳐줬죠." 그녀가 다시 내게로 초점을 옮긴다. 그녀는 우리를 비교하고 있다. 사람들은 항상 그렇게 하니까. 마치 우리가 성격적 특성을 나눠서 가져갔다는 듯이. "자유로워지는 방법을 가르쳐주었어요."

그 말에 대꾸할 자신이 없다. 화가 난다. 부당한 대우와 박해를 받고 신뢰받지 못하는 기분이다. 많고 많은 세월 동안 느끼지 못했던 기분. 그게 얼마나 상처가 되는지 잊고 있었다. 내가 떨고 있다는 것을 깨닫자 간담이 서늘해진다.

"엘리스가 옳았을 거예요." 창문에 셔터를 내리듯 마리의 눈으로 어둠이 되돌아온다. "그녀는 당신이 절대 자기 말을 듣지 않는다고 했어요. 절대 배우는 법이 없다고요."

나는 발끈한다. 내 안의 노염이 나를 물리적으로 아프게 한다. "로스는 당신을 모른다고 하던데요." 내가 말한다. 아주 큰 소리로. 아주 방어적으로. "언니의 아주 친한 친구라면서요. 근데 그 사람은 당신이 누군지 전혀 모르겠다네요."

마리가 흉터가 있는 손가락을 말아서 주먹을 쥔다. "나한테 엘과 가까이 지내지 말라고 했어요." 노려보는 그녀의 시선이 나를 위축시킨다. "그 사람은 날 협박했어요."

내가 아무 말도 하지 않자, 그녀가 고개를 젓더니 발뒤꿈치로 몸을 돌려 다시 도로와 자기 집 쪽으로 발걸음을 옮긴다. 그러다

212

갑자기 멈춰 서서 어깨 너머로 뒤돌아본다. "그 사람한테 그 일을 한번 물어보시죠."

◆◆

john.smith120594@gmail.com   2018년 4월 13일 11:31
Re: 그는 알고 있다   받은 편지함
To: 나에게

단서 6. 엘은 여전히 널 볼 수 있어

나의 iPhone에서 보냄

◆◆

나는 온 집안을 미친듯이 뛰어다니며 엘의 사진들을 찾아내 뒤집어보다가, 문득 공주의 탑에 있는 자화상이 기억난다. 하얗게 칠한 벽장으로 황급히 걸어가 문을 당겨 연다. 엘이 나를 마주 노려보고 있지만 나는 흔들리지 않으려 애쓴다. 지금 그녀는 마치 사악한 할망구에게 납치되어 탑에 갇혀 있는 아이오나 공주 같다. 매년 조금씩 늙어가며 조금씩 희망을 잃어가는.
목재 뒤판에 테이프로 붙은 일기장 페이지를 발견한다.

<u>2005년 6월 24일</u>

내가 그애를 원하면 그애는 내 것이다. 동생의 것이 아니다. 늘 그랬고 지금도 마찬가지다. 그애가 왜 그랬는지 알고 있지만, 기분이 나아지진 않는다. 걔들 둘이 같이 있다는 생각을 할 때마다 가슴에 돌 주머니가 얹혀 있는 것 같다. 나는 화나고 두렵고 계속 눈물이 난다. 미러랜드와 새티스팩션호와 어릿광대들을 떠올리면 이제는 모두 다 사라졌다는 걸 상기하는 것과 비슷하다. 난 돌아갈 수 없다.

하지만 이 상황을 바꿀 순 있다. 모든 걸 예전처럼 돌려놓을 수 있다. 캣은 날 증오하겠지만 상관없다. 내가 기쁠 테니까.

그애는 동생을 가질 수 없고 동생은 그애를 가지지 못할 테니까.

초인종이 울리는 소리에 화들짝 놀라 종이를 떨어뜨릴 뻔한다. 그것을 주머니에 찔러넣고 아래층으로 내려간다.

현관문 앞에는 아무도 없다. 주방으로 들어가다가, 종 달린 나무판자에 시선이 붙박여 문간에서 얼음처럼 굳어버린다. 오각 별 모양 추 하나가 메트로놈처럼, 최면술사의 시계처럼 아직 흔들리고 있다. 3번 방. 눈을 깜박하자 추는 전혀 움직임이 없다. 모든 종이 조용히 정지해 있다.

눈가로 얼핏 무언가 움직이는 것 같아 휙 돌아본다. 두려움으로 현기증이 나고 신경이 너무 곤두선다. 창밖으로 누군가 스쳐 지나가는 모습이 흐릿하게 보이지만, 너무 빨라서 금방 사라져버린다. 보조주방으로 달려가 뒷문을 홱 비틀어 열자, 계단 위에 놓인 또하나의 캐트리오나 카드에 눈길이 닿는다. 곧장 나머지 계단을 전속력으로 뛰어내려간다. 포장길에 멈춰 서서 왼쪽, 오른쪽을 획획 둘러본다. 귀를 기울인다. 사과나무를 흔드는 바람소리, 집 반대편 먼 곳의 도로 소음 말고는 아무것도 들리지 않는다. 문은 여전히 쇠사슬이 걸려 있고 자물쇠로 잠겨 있다. 담쟁이덩굴에 질식당하고 있는 우뚝 솟은 담벼락 주변을 둘러본다. 내가 여기까지 나오는 데 걸린 시간 동안 그 담을 넘어서 도망가기란 불가능하다.

나는 미러랜드 반대편에 있는 다른 통로를 향해 조심스레 방향을 돌린다. 빨간 문이 열려 있다. 길을 끝까지 달려 앞뜰로 가보지만 그곳에는 아무도 없다. 대문마저 걸쇠로 잠겨 있다.

도로로 뛰어가볼까 생각하다 그만둔다. 대신 문을 닫고 볼트를 채운 다음 뜰과 담벼락 쪽으로 천천히 돌아간다. 저택을 올려다본다. 크고 웅대하며 소름 끼치게 환하다. 그 아래로 긴 그림자가 드리워진다. 다시 안으로 들어가고 싶지 않다. 보조주방 계단을 터덜터덜 도로 올라가 봉투만 집어들고 뒷문을 닫는다. 과수원으로 내려와 고개를 들고 아롱다롱한 햇살과 바스락거리는 바람을 맞는다. 문득 로스가 어릿광대 카페 창문으로 밖을 내다본다면 내가 보이리라는 것을 깨닫는다. 하지만 아래층으로 내려와 내가 왜 미친 여자처럼 뛰어다니는지 확인하지 않는 걸 보면, 아마 여전히 자고 있을 것이다. 우리 둘은 요즘 아주 많이 잔다. 약간은 숨으려 하는 듯한 기분이 든다.

올드 프레드가 삐걱대며 반겨준다. 나는 카드를 팔 아래 끼우고 손바닥을 펼쳐 거친 나무껍질 위에 올리고는 눈을 감는다. 땅을 파시오나 동그라미 안에 새겨둔 우리의 이름이 보이지 않도록. 그리고 가장 낮은 가지에 앉거나 벌렁 누워 눈을 찡그리고 하늘을 바라보던 때를 생각한다. 이 나무는 충직하고 소심한 마우스처럼 나에게 얼마나 많은 안전한 위로를 전해주었던가. 똑바로 하라고, 더 나아지라고 요구하지 않는, 강직하고 따스하며 온전한 침묵 속에 기댈 수 있는 그런 연민으로 가득한 위로를. 그러다 엘이 쓴 글, 난 마우스야가 떠오르자, 나는 올드 프레드에게서 물러나, 햇살이 눈꺼풀 안에서 따스하고 붉게 작렬할 때까지 팔과 손가락을 활짝 벌리고 고개를 젖힌 채 잠시 조용히 서 있는다. 날씨가 화창할 때면, 엘과 나는 그렇게 서서 아마도 몇 시간이 흐르는 동안 서로 손을 잡아 균형을 맞추고 깔깔거리며 엄마의 카랑카랑하고 새된 외침을 흉내냈다. 정면으로 보지 마! 쳐다보지 말라니까, 안 그럼 너희들 눈이 먼다고!

하지만 마주해야 한다. 나는 눈을 뜬다. 그리고 봉투를 연다. 구름 한 점 없이 맑은 하늘 아래 분주한 항구를 수채화로 그린 풍경화다. 추위에 몸이 덜덜 떨린다. 이번 봉투는 다른 어떤 봉투보다도 더 열고 싶지 않다.

그가 당신도 죽일 것이다

눈을 감는다. 카드를 닫는다. 오늘 일기장 페이지에서 본 그애는 동생을 가질 수 없고 동생은 그애를 가지지 못할 테니까가 떠오른다. 우리의 열아홉 살 생일 일주일 전에 쓴 일기다. 플라스틱 액자 속에 바위와 모래와 파도가 보이는 바다 풍경이 담겨 있던 그 지저분하고 따분한 병원 대기실로부터 일주일 전. 엘이 이 상황을 바꾸기 위한 일을 하기 일주일 전. 모든 걸 예전처럼 돌려놓기 위해서.

7월 1일 로스에게서 전화가 왔을 때 나는 일하고 있었다. 웨스트엔드에 있는 화이트 스타라는 형편없는 술집에서 고작 두번째 근무에 들어갔을 때였다. 그게 나의 마지막 근무가 되었다. 병원에 도착했을 즈음엔 처음의 공포스러운 상황은 많이 정리가 된 뒤였다. 엘의 위에서 아세트아미노펜은 깨끗이 세척되었다. 진정제가 투여되었고 그녀는 수액을 맞고 있었다. 로스가 병상 옆에 서서, 피투성이 캐뉼러와 붕대가 없는 쪽 손을 잡고 있었다. 그는 머리가 마구 헝클어져 있었고, 오한이 나는 듯 온몸을 떨었다. 그때쯤에는 엘의 생명에 문제가 없다는 것을 우리 둘 다 알고 있었는데도. 그는 그녀 곁을 떠나기를 거부했고, 지저분하고 따분한 대기실에서 지저분하고 따분한 소파에 앉아 있기를 거부했다. 나는 의무감에 그렇게 했다. 한참 후에, 밤이 찾아오고 병문안을 왔던 다른 모든 사람들이 떠난 후에 간호사 중 하나가 내게 속삭이며 알려주었다. 남자분이 완전 이성을 잃었더라고요. 그녀는 내 손을 꼭 쥐고는, 자기 손바닥으로 가슴을 누르며 말했다. 오, 젊을 때로 돌아가서 다시 사랑에 빠질 수만 있다면!

그가 매점에 음식을 사러 가느라 결국 자리를 비우고 나서야, 엘은 눈을 뜨고 나와 눈을 맞추며 예의 그 미소를 지었다. 환희와 증오로 가득한. 내가 이겼어.

◆◆

엘이 퇴원하기 하루 전날, 로스는 왕립식물원에서 나를 다시 만났다. 비가 내리고 있었다. 우리는 연철 대문 옆 커다란 버드나무 아래에 섰다. 그는 내 손을 잡았고 나는 울면서 간청했다. 가지 마. 제발. 그는 내 얼굴을 양손으로 감싸쥐더니, 엄지손가락으로 내 눈물을 닦았다. 그의 눈은 슬픔으로 거의 암흑에 잠겨 있었다. 나한테 유서를 남겼더라고, 캣. 우리가 마음에 상처를 입혔대. 우리와 살 수도, 나 없이 살 수도 없다고 했어.

왜 네가 언니와 함께여야 하는데? 나는 소리치고 싶었다. 왜 언니여야 하는데?

하지만 그는 슬픈 눈에 그 지긋지긋하고 거의 자동반사 같은 유감을 담은 채, 나를 계속 바라보기만 했다. 난 너희 둘 다 사랑해, 그가 말했다. 그때 나는 엘이 이미 이겼다는 것을 알았다. 그가 얼마나 불행해 보이든, 얼마나 울고 있든 상관없이, 죄책감이 마침내 우리를 용케 갈라놓았다. 나는 그를 영원히 잃었다.

엘이 우리를 지켜보고 있는 것이 틀림없다. 그녀가 카드를 보내고 있을 것이다. 나를 제거하기 위해서. 하지만 왜? 스스로 사라지기 전까지는 이미 나를 제거했었는데. 이 모든 것, 카드와 단서와 일기장 페이지는 나로 하여금 그녀를 더욱 증오하고 그를 덜 증오하게 만들었을 뿐이다. 그 집에서 떠나라는 경고를 읽었을 때 제일 먼저 떠오른 말은 싫어였다는 것을 이제는 자인할 수 있다. 그다음 떠오른 생각은 돌아와서 그렇게 만들어봐였다. 처음부터 반격했어야 했다. 포기하고 도망치고 잊으려 애쓰지 말았어야 했다. 그녀는 수년 동안 내 삶을 쥐락펴락했다. 강탈했다. 그동안 나는? 거울에 비친 반영이었다. 땅에 드리운 그림자, 침침하고 납작하며 일시적인 존재. 하찮은 존재.

바람이 거세지면서 다시 집으로 돌아가라고 종용한다. 몸을 돌렸을 때 헛간 문소리가 들린다. 문틀과 수평이 안 맞아서 돌풍이 불 때마다 둔탁한 쿵쿵 소리가 나는 문이다. 이유는 모르겠지만 나는 그쪽으로 다가가 문을 밀어 연다. 내부의 어둠에 눈이 적응하느라 몇 초의 시간이 흐른다. 적응이 되었을 때 눈에 보이는 것이라고는 먼지가 쌓인 빈 과일 상자, 오래된 신문과 퇴비 자루들뿐이다. 그리고 흘긋 스치는 새파란 섬광.

마지못해 모험을 해보기로 하고, 쓰레기를 헤치며 조심스럽게 발걸음을 뗀다. 파란색의 정체는 헛간 뒤편에 쑤셔박혀 있는, 아무렇게나 접힌 입방체다. 나는 몸을 구부려 그것을 건드려본다. 엘과 내가 단칸방에 살 때 바람을 넣어 썼던 매트리스 같은 종류의 촉감이 느껴진다. 마음속에서 무언가 휘돌기 시작하고, 의식보다 무의식이 먼저 나쁜 결론에 도달한다. 제자리에 그냥 놔둬야 한다. 그게 뭐든 간에.

그러나 나는 온갖 쓰레기들 밑에서 그것을 끄집어올리고 만다. 너무 세게 당기는 바람에 균형을 잃을 뻔한다. 그것을 펼쳐 원래 형태로 돌려보려고 애쓴다…… 거의 내 키만큼이나 큰 물건 같다. 중간 부분은 커다란 타원형으로 벌어진다. 안에 사등분으로 접힌 탄소섬유 노가 들어 있다. 가장 크게 접힌 면에 구모텍스라는 글자가 프린트되어 있다. 그제야 확실히 깨닫는다.

그것은 엘의 공기주입식 카약이다.

제 14 장

 악몽을 꾼다. 엘과 내가 달리고 있다. 있는 힘껏. 질주하는 힘에 다리가 쿵쿵 울리고 무릎과 엉덩이까지 충격이 전해진다. 공포는 살아 숨쉬는 실체다. 우리의 어깨를 짓누르고, 입에서 숨결을 와락 잡아채간다.

 우리 뒤에는 이빨 요정이 있는데, 육중하지만 재빠른 그녀의 발걸음이 마룻널 위에서 쿵쿵댈 때, 우리는 어릿광대 카페로 뛰어들어간다. 디키 그록이 슬픈 얼굴 대신 겁에 질린 표정으로 입술을 앙다물고 우리를 옷장으로 안내한다. 포고마저도 걱정스러운 표정이다. 빨간색 함박웃음은 얼어붙은 듯 그대로 있지만.

 우리는 어둠 속에서 쭈그리고 앉는다. 광대들이 옷장 문을 닫아준다. 그들이 침대 밑으로 숨으러 달려갈 때, 천으로 된 발의 솔기가 바닥을 긁는다. 안에서 우리는 퀴퀴하고 찬 공기를 마시며 서로를 아플 만큼 꽉 붙잡는다. 둔탁하고 불규칙한 부츠 소리가 들린다. 피 냄새가 난다.

옷장 문손잡이가 덜거덕 돌아가고 또 돌아가기 시작한다. 그러더니 옷장이 사라지고, 어릿광대 카페도 사라지고, 엘과 내가 해변의 물가에 서 있다. 바닷물이 우리의 발을 씻기고, 지평선에 해적선의 검은 윤곽이 떠 있다. 푸른 수염이 모래 위에서 할아버지를 밟고 서 있는데 한 손에는 길게 구부러진 갈고리를, 다른 손에는 더욱 긴 난로 연통을 쥐고 있다. 할아버지는 머리통이 반밖에 없다. 걱정 마, 이것아. 그가 웃음을 터뜨린다. 난 하나도 안 아프니까.

푸른 수염이 뾰족한 검은 이를 모두 드러내고 우리를 향해 씩 웃는다. 얼굴과 가슴과 손가락 관절은 피로 뒤덮여 있다. 그는 때리기를 좋아한다. 상처 내기를 좋아한다. 머리카락은 허리를 타고 내려와 다리 사이에서 묵직하게 흔들린다. 콧수염 속에는 뼈가 있다. 그가 윙크하더니, 난로 연통을 다시 치켜들고 휘둘러 할아버지의 남은 두개골을 박살낸다. 하늘에 새빨간 호가 그려진다.

엄마가 우리의 팔을 잡고 살을 꼬집는다. 엄마의 얼굴은 피투성이에 눈은 이글거리고 있다. 너희들은 푸른 수염을 보면 숨어야 해. 그는 괴물이니까. 너희를 잡아서 아내로 삼고, 갈고리에 죽을 때까지 매달아놓을 거야. 엄마가 우리를 쥐고 흔들더니, 손을 놓고 검은 배를 가리킨다. 배는 이제 더 가까이 왔다. 밀물을 타고 들어오고 있다. 하지만 검은 수염한테서는 도망쳐야 해. 교활한 사람이니까. 거짓말을 하니까. 어딜 가든지 항상 등뒤로 바짝 쫓아올 테니까. 너희들을 잡으면, 상어 밥으로 던져버릴 테니까.

그래서 우리는 달린다. 모래는 너무 깊고 밀물은 너무 높이 들어오지만 그래도 달린다. 검은 수염의 배가 그 어느 때보다 가까이 왔지만. 푸른 수염의 손아귀가 느껴지고 그 숨결에서 럼주 냄새가 나지만.

날 데려가! 엄마가 한참 뒤에서 소리를 지른다. 대신 날 데려가! 하지만 우리는 그가 그러지 않으리라는 것을 알고 있다.

태양이 요란한 쿵 소리와 함께 사라진다. 어둠이 우리를 꿀꺽 삼킨다. 어둠 속은 빽빽하고 차갑고 공포로 가득해 우리도 비명을 지르기 시작한다.

그리고 나는 어릿광대 카페에서 손으로 입을 틀어막은 채 일어난다. 로스는 여전히 내 옆에서 자고 있다.

◆◆

john.smith120594@gmail.com   2018년 4월 14일 12:01
Re : 그는 알고 있다   받은 편지함
To : 나에게

단서 7. 사악한 마녀라면 누구나 훌륭한 왕좌가 필요하지

나의 iPhone에서 보냄

◆◆

왕좌의 방 의자 밑을 구석구석 뒤지다가, 내가 마녀를 본 유일

한 장소는 주방이라는 사실이 문득 떠오른다. 마녀가 앉아 있을 때면, 그 자리는 항상 식탁의 상석에 있는 할아버지의 의자였다.

나는 받침 부분의 나무틀 안에 끼워진 종이 두 장을 찾아낸다.

1993년 8월 4일 = 7살 + 조금 더!

오늘 마녀가 여기 왔었다. 또. 캣이랑 나는 그 아줌마를 싫어한다. 그 아줌마는 고약하고 사람을 꼬집고 어떤 때는 우리한테 침을 뱉는다. 캣이랑 나는 그 아줌마를 죽일 방법을 항상 생각중이다. 욕조에 빠뜨려 죽이는 방법이 있는데 왜냐면 마녀는 물에서 잘 못 견디기 때문이고 사악한 동쪽 마녀처럼 깔아뭉게지게 하는 방법도 있다. 마우스는 너무 겁난다고 하는데 그애는 항상 겁난다고 한다. 그애는 쓸모가 없다!!! 나랑 캣은 고약하고 못생긴 늙은 마녀가 안 겁난다.

1997년 3월 29일 = 10살, 9개월, 29일

마녀가 여기 다시 왔다. 그 아줌마는 우리를 싫어하는데 나는 이유를 모르겠다. 우리가 싫으면 왜 오는지 모르겠다. 마녀가 아니라 쌍년이라고 불러야 한다. 할아버지는 마녀들은 스스로 조심해야 한다면서 안 그러면 자기 혀에 자기가 베일 거라고 한다.

아직도 그녀의 얼굴이 생생하다. 입과 코 뒤에서 무언가가 줄로 홱 당기는 것처럼 팽팽히 자리한 날카로운 잿빛 이목구비. 찢어진 눈은 사악한 마담 드파르주처럼, 이제껏 봐야 했던 것들 중에 최악이라는 듯이 나를 뚫어져라 응시한다. 그 이미지와, 움츠린 내 귀에 대고 이 역겨운 쌍년아!라고 쉿소리를 지르던 기억 뒤에는 무언가 도사리고 있지만, 그것에 닿을 수가 없고 움켜잡을 수가 없다.

엘과 나는 항상 우리의 두려움을 마우스에게 풀었다. 그러면 기분이 나아졌다. 더 용감해졌다. 우리는 그녀를 판잣길이나 새 티스팩션호의 갑판에 앉혀놓고, 마녀를 제거할 수 있는 모든 방법을 목록으로 만들었다. 물에 빠뜨리기, 찻물에 독 타기, 라코타 수 부족의 전투용 곤봉이나 포고의 확성기로 뒤에서 덮치기. 하지만 어쨌든 그 아줌마는 미러랜드에 못 들어와, 드물게 엘은 이렇게 너그럽게 말했다. 미러랜드는 우리 소유니까.

난데없이, 엄마와 마녀가 보조주방 문간 안쪽에 서 있던 모습이 또렷하게 떠오른다. 그들 사이에 분노와 적의가 너무나 선명해서, 나는 주방문에 납작 붙은 채 경첩의 틈새를 통해 그 모습을 뚫어져라 쳐다보았다.

"돌려줘. 내 거야."

마녀가 엄마에게 몸을 숙이자 목걸이가 보였다. 사진을 넣을 수 있는 타원형 펜던트가 흔들리며 황금색 태양빛을 반사했다. "이제 내 건데."

그 목소리에 나는 저절로 움츠러들었지만, 엄마는 안 그랬다. 세상의 모든 나쁜 것들에 움츠러들고 조바심치는 여자, 두려워하지 않는 게 없고 삶이 불운으로 넘실대던, 그래서 우리에게 비상식량을 싼 배낭을 침대 밑에 놓아두게 하고, 수년간 교육과 비상훈련을 시키고 음침한 동화를 들려주던 여자. 그 여자가 자기보다 키도 크고 덩치도 큰 마녀에게 바짝 다가가 코를 들이민 것이다. 엄마의 미소는 살얼음처럼 차가웠다. "넌 늘 내가 가진 걸 갖고 싶어하지."

마녀는 주먹 쥔 손에 목걸이를 감더니, 그대로 양손을 검은색 긴 원피스 주머니에 찔러넣었다. "그리고 가끔은 손에 넣고 말이지."

◆◆

주방 한중간에 너무 오래 서 있다보니 서서히 눈 뒤에서 두통이 꿈틀거린다. 문득 마녀가 정말 존재했는지조차 분명하지 않다는 생각이 든다. 그런 대화가 정말 있기는 했는지도 모르겠다. 점점 더 많은 기억들이 되돌아오면서—좋은 기억뿐 아니라 나쁜 기억도—실제와 실제가 아닌 것을 구분 짓기가 더욱 힘들어지고 있다. 사람들의 어린 시절 기억이란 다 그런지도 모른다. 일부는 사실, 일부는 환상. 하지만 이 집과 엄마와 엄마가 들려준 이야기는 우리의 상상력을 용광로로, 대장간으로 만들었다. 가마솥으로도. 그리고 점점 깨닫고 있다. 그것으로부터 나오는 기억은 아무것도 믿을 수 없다고.

느닷없이 부아가 치민다. 곳곳의 벽장과 서랍을 일일이 열어 뒤지기 시작한다. 더는 일기를 찾을 수 있을 것 같지 않지만, 어릿광대 카페에서처럼 그저 찾아보는 시도만으로도 통제력이 생기는 기분이고, 나를 휘감고 놓아주지 않는 이 무력함이라는 섬뜩한 안개를 뚫는 데 도움이 된다. 엘은 늘 그랬듯이 자신만의 불가해한 목적으로 나를 조종하고 있고, 나는 아무것도 할 수 있는 게 없다. 이것밖에는.

조리대 아래 서랍에는 여전히 서류를 보관한다. 은행 입출금 내역서와 공과금 고지서를 한쪽으로 치우니, 변호사가 로스에게 보낸, 이틀 전 리스 워크 소인이 찍힌 봉투가 하나 나온다. 집어 들어 내용물을 꺼낸다. '사망 추정에 관한 법률(스코틀랜드) 1977년. 정보 안내.' 밑에는, '소장 서식 G1'. 관할법원 다음에 로스는 '에든버러 체임버스 스트리트 27번지' 소재라고 썼다. 원고 '로스 매콜리' 피고 '엘리스 매콜리'. 그가 채우지 않은 건 서명뿐이다.

유심히 보고 있는데 문득 로스가 주방 문간에 서 있다는 것을 알아차린다. 그의 얼굴은 하얗게 질려 있지만, 턱은 앙다물었다.

"어쩔 수 없었어, 캣. 경찰에서 변호사한테 연락해보라고 권하더라. 처리하는 데만, 아니 심지어 법원 근처까지 가는 데만 해도 수개월이 걸린대. 그건 단지 만약의—"

"경찰이?" 뭐든 말할 수 있겠다는 확신이 들자 내가 말한다. "아니면 쇼나 머리가?"

"맙소사!" 그는 폭발하지만 왜인지 안도하는 듯 보인다. "그 사람은 가족연락담당관이야! 그게 그 사람 일이라고!"

그에게 주먹을 날리고 싶다. 심하게 상처를 입히고 싶다. 잠시 그렇게 할까도 생각해보지만, 대신 똑같이 시끄럽게 소리치기로 한다. "언니는 안 죽었다고!"

그가 내게 가까이 다가오자 사나운 분노가 코끝을 스친다. 악다문 입에서 뜨거운 김처럼 뿜어져나온다. "그럼 넌 왜 언니 남편이랑 떡치는데?"

◆◆

　엘은 그저 조롱을 하고 있을 뿐이라고 납득하는 게 점점 힘들어진다. 음모를 꾸미고 있을 뿐이고, 나의 파멸을 지켜보기 위해 판을 짜고 있을 뿐이라는 것을 말이다. 내가 선을 넘고 있다는 것, 그녀에 대한 나의 마지막 씁쓸한 기억을 극한까지 밀어붙이고 있다는 것을 알고 있다. 갇히고 포위당한 기분이다. 이곳, 이 벽과 이 방안에서의 첫번째 삶에 대한 모든 기억이 나의 방어력을 약화시키고 있다. 내 안에서 무언가 헐거워지고 있는데, 기분 좋고 개운한 느낌은 아니다. 나는 주방 창문에 기대어 서서, 구부러진 못에 손가락을 문지르고 세탁장 주변 담벼락을 물끄러미 바라보며, 처음으로 오갔던 이메일을 생각한다. 그는 알고 있다. 그가 당신이 알기를 원하지 않는 것들. 당신은 위험에 처해 있다. 내가 도울 수 있다.

　그녀는 정말 무서워했어요, 라는 마리의 말. 그 남자를 두려워했어요, 라는 비크의 말.

　카드를 보내는 사람은 엘이 아니다. 엘이 보물찾기의 배후에 있고 이메일을 보내고 있지만, 카드는 아니다. 나는 알 수 있다. 늘 알고 있었다. 어제 뜰에 있던 사람이 누구였는지는 모르겠지만, 그녀는 아니었다. 그리고 헛간의 카약. 로건에 의하면 엘이 모터보트 없이 배로 가거나 배에서 나올 때 사용했다던 구모텍스 카약. 그건 여분일까? 아니면 엘이 배에서 빠져나오는 데 사용하고 여기에 버렸나? 다른 사람이 그랬을까?

　얘야, 걱정하면 작은 것도 크게 보인다니까.

나는 휴대전화를 꺼내 비크의 번호를 찾는다.

로스는 당신과 엘이 바람피웠다고 하는데요. 사실인가요? 그가 알아냈나요? 협박했나요?

로스가 장미꽃, 캘리포니아 레드와인, 그리고 진심어린 사과와 함께 시내에서 돌아왔을 때에도, 비크는 여전히 답장이 없다. 우리는 식탁에 앉아 뜰을 물끄러미 내다보며 최대한 천천히 와인을 마신다. 오후의 비가 최면을 거는 듯한 리듬으로 창유리를 두드린다.

"캣. 말 좀 해."

로스를 바라보니 너그럽고 걱정스러워 보이는 얼굴이다.

"어제 마리를 또 만났는데. 상점에서." 내가 마른침을 삼킨다. "그 사람이…… 네가 자기를 협박했다더라. 엘에게서 떨어지라고 경고했대."

로스의 눈썹이 골을 만든다. "말했잖아. 대체 그 마리라는 사람이 누군지 모르겠다니까." 그가 전화기를 꺼낸다. "하지만 러픽에게 그 여자에 대해 말해야겠어. 빌어먹을 나사가 하나 빠진 사람 같아. 아마 좀—"

"아니야. 로스. 기다려봐." 나는 마리의 화상 흉터와 눈에 그렁그렁하던 눈물을 떠올린다. "그게—그럴 필요까지는 없을 것 같아. 아직은. 그냥…… 나한테 다시 무슨 말을 하면, 내가 러픽에게 전화할게. 약속해."

그가 전화기를 내려놓는다. 가까스로 그를 제대로 바라보니.

얼마나 지쳐 있고 불행하고 자포자기했는지가 보인다. 내 목구멍과 눈이 팽팽히 긴장한다. 나는 그를 믿지만, 그 믿음을 어떻게 신뢰할 수 있단 말인가? 나 자신을 어떻게 신뢰할 수 있단 말인가? 수년 동안 완벽하게 마비된 상태로 살았던 나는 이러한 소란, 이러한 감정의 격동이 견디기 힘들다.

"그럴 필요 없어." 그가 움찔하더니 손을 뻗어 내 얼굴을 만진다. "나도 내가 뭐하고 있는지 모르겠어. 하지만 캣, 지금 이건 슬퍼서 그러는 것도 아니고, 누군가를 대신하는 것도 아니야." 그가 침을 꿀꺽 삼킨다. "어쨌든 나한텐 아니야."

"나한테도." 하지만 뱃속이 조인다.

로스가 목청을 가다듬는다. "엘이…… 자살하려고 유서를 나한테 남겼을 때…… 내가……" 그가 고개를 돌린다.

네가 마음을 굳혔을 때, 나는 생각한다. 네가 그녀를 선택했을 때.

"그건 내 인생 최악의 실수였어, 캣. 어마어마한 죄책감을 느꼈고 너무 겁이 났지. 다 내 잘못이야. 그녀가 저지른 짓과 그게 너에게 미친 영향까지. 그래서 네가 미국으로 떠났을 때, 널 보내주는 게 최선이라고 생각했어. 난 널 사랑했어. 지금도 널 사랑해. 하지만 내가 어떻게 엘을 버리고 널 쫓아갈 수 있었겠어? 그러면 엘이 어떻게 했겠어?"

나는 눈을 감는다. 그의 목소리에 담긴 고통이 너무 날것이고 현실적이다. 내가 듣고 싶은 말을—아마도 내가 늘 듣고 싶었던 모든 말을—그가 하고 있다 해도, 한편으로는 거의 완성되어 있던 사망 추정 신청서가 떠올라 여전히 간담이 서늘하다. 그가 우리 중 한 사람에서 다른 사람으로 얼마나 신속히 애정을 전환했는가, 그때도 그랬듯이. 엘이 비크와 바람을 피우고 있었든 아니든. 그녀와 로스가 수개월 아니 수년 동안 껄끄러운 사이였든 아니든. 그런 생각을 하는 내가 최악의 위선자이든 아니든.

휴대전화가 울리고, 나는 화면을 재빨리 흘깃한다. 비크다.

아니요. 질문 전체에 대한 답이에요. 근데 괜찮나요? 만날래요?

나는 로스에게 화가 난 것이 아니다. 엘을 대신하여, 또는 정말 로스와의 사이에 뭔가 있다고 생각해서 쇼나에게 질투가 나는 게 아니다. 질투가 나고 의심이 드는 이유는 그래야 내 기분이 나아지기 때문이다. 죄책감이 희석되는 것이다.

전화기를 주머니에 집어넣는다. 로스가 내 손을 잡는다. "넌 어때, 금발머리? 너도 날 사랑해?"

그러는 그를 쳐다보지 않을 수 없다. 그의 피곤하고 아름다운 얼굴, 너무나 사랑스럽고, 너무 오랜 세월 그리워했던 얼굴을. 거짓말을 할 수도 없고, 어릴 적 애칭에 십대처럼 심장이 쿵쾅거리지 않는 척할 수도 없다.

"나도 널 사랑하는 거 알잖아. 항상 그래왔어."

그가 일어나 나를 당겨 따스하고 느리게 내 머리카락, 관자놀이, 입술에 키스한다. 우리는 몇 분 동안 그 자리에 그대로 있는다. 나는 빗소리와 그의 심장박동, 숨소리에 귀를 기울인다. 그밖에 다른 어떤 것도 생각하지 않으려 노력한다.

하지만 결국엔 해야 한다. "너한테 말할 게 있어."

로스가 몸을 뒤로 빼더니 나를 내려다본다. "어어."

내가 더 말하지 않자 그의 표정이 바뀐다. "제대로 마실 거 가져올까?"

그는 나를 놓아두고 복도로 사라진다. 나는 다시 앉아, 바의 타일에 유리잔이 부딪치는 짤그랑 소리를 듣는다.

"자." 그가 돌아와 말한다. "보드카 소다."

한 모금 넘기자 미간에 주름이 잡히지만 미소를 지으려 애쓴다.

그가 앉는다. 눈썹을 치키며 묻는다. "무슨 말인데⋯⋯?"

"그동안 나한테 이메일이 왔어."

"뭐?" 그가 놀라는 모습은 거의 코믹할 지경이다. 내가 무슨 말을 하리라 기대했든, 예상이 빗나간 것이 틀림없다.

"이메일 말이야. 아주 많이. 내가 여기 오고 이틀 뒤부터." 나는 테이블을 내려다본다. "단서가 적혀 있었어. 엘의 옛날 일기장 페이지에 대한. 알다시피 언니가 항상─"

"뭐라고?"

그의 의자가 뒤로 밀리며 타일을 긁자 나는 움찔한다.

"엘의 일기장? 염병할 대체 무슨 소리야?" 그가 손가락으로 머리를 앞뒤로 쓸면서 서성거리기 시작한다. "무슨 내용인데?"

"대부분 우리가 여기 살았을 때 얘기야. 엘과 내가 말이야. 미러랜드나─"

"누가 보낸 건데?" 그의 언성이 너무 높아졌고, 눈은 갑자기 분노로 타오른다. "맙소사, 엘은 실종됐고, 실종되기 전에 협박을 받고 있었고, 그리고 이젠 또 누군가가 엘의 일기장을 갖고 있고 그리고─" 그가 말을 멈추더니 나를 쳐다본다. "근데 넌 아무한테도 말할 생각조차 안 했단 말이야? 너 대체 왜 그러는 거야,

캣?"

"로스, 잠깐만. 그만해! 이제 경찰에 말하려고. 그래서 너한테 말하는 거야. 됐니? 그리고 일기장을 가진 사람은 아무도 없어. 그 말을 하고 싶어. 여기, 이 집 전체에 보물찾기처럼 숨겨져 있어. 이메일은 그 단서야. 엘이 분명해, 로스. 분명히 엘이야." 나는 일어선다. 소름 끼치는 불안이 엄습하는 걸 느낀다. 그가 이것을 수긍해야만 한다. 그가 결국은 나를 믿어주어야 한다. 그러지 않을까봐 불안하다. "내가 경찰에 말할 거라고 했더니, 자기가 마우스라고 했어. 마치 모든 게 그저 농담이라는 듯이. 내가 자기한테는 농담거리라는 듯이. 그러니까 그 사람들한테 말하면 돼, 러픽에게 엘의 이메일을 보여주고ー"

"마우스?" 그의 양팔이 옆으로 툭 떨어진다. 입꼬리가 축 처지고 안색이 잿빛으로 변한다. "마우스?"

나의 불안감이 공포의 날개를 펼친다. "응. 기억날 거야. 붐타운에 너랑 나랑 엘이랑 마우스랑 애니랑 벨이 있었잖아. 새티스팩션호에 탔던. 미러ー"

"응. 마우스 기억나. 빌어먹을 마우스." 이 말을 하는 그의 모습에 등골이 서늘해진다. 너무 화가 나 있고, 과장되게 잘 안다는 말투.

"로스ー"

"아마 육 개월 전쯤, 여기 나타났었어. 그애를 이 집에 다시 들인 게 인생 최대의 실수였지. 망상 증세를 보였어. 엘한테 완전히 집착하고 있었어. 우리를 미행하기 시작했는데ー"

"잠깐만, 무슨 소리……" 나는 반쯤 턱 막힌 듯 부자연스러운 숨을 내쉰다. "난 이해가―그러니까 네 말은 마우스가 정말 존재한다고? 진짜 사람이라고? 그애는 실제가 아닌데―네 말은 걔가 실제 사람이라는 거야?"

로스의 표정이 변한다. 질린다는 듯, 혐오하는 시선으로 나를 바라보는데, 그저 착각일지도 모른다. 마침내 그가 입을 열어 대답할 때, 그의 입에서 나올 말을 나는 이미 알 것 같다. "당연하지, 캣."

제15장

　무슨 말을 해야 할지 모르겠다. 무슨 생각을 해야 할지 모르겠다. 무슨 생각부터 시작해야 할지조차도. 그저 고개만 연거푸 젓는다. "하지만 그애는 미러랜드에 살았어. 그러니까…… 애니나 벨이나 레드 클라우드 추장이나 올드 조 존슨처럼…… 당연히 그런 식으로 거기 존재했을 뿐이야! 설마, 로스! 로스?" 하지만 이제 나는 확신을 잃어가고 있다. 내가 만들지도 않았고 보이지도 않는 구멍으로 확신이 썰물처럼 빠져나가고 있다. 그리고 그곳을 공포가 빠르게 채우고 있다. 이 잘못된 기억이 내게 무엇을 의미하는지가 가장 큰 공포다. 더 나쁘게는, 엘에게 무엇을 의미하는지, 무엇을 의미할 수도 있는지. "맙소사, 하물며 이름이 마우스였다고!"

　대답 대신 로스는 방을 나간다. 그의 부츠가 계단을 쿵쿵 오르는 소리가 들린다. 비는 이제 훨씬 거세졌다. 주방 전체가 어두침침하다. 휴대전화가 진동한다. 비크다. 나는 전화를 받지 않고,

맞은편 키치너 화덕 앞의 타일 두 장, 그것들을 나누는 회반죽의 균열을 바라본다. 보드카로 손을 뻗어 단숨에 벌컥 들이켠다.

로스가 돌아오지 않으리라 생각했지만 결국 돌아온다. 얼굴의 침울한 기색은 전혀 옅어지지 않았다. 그가 내 앞의 식탁에 무언가를 툭 떨어뜨리자 나는 화들짝 놀란다. "엘이 이걸 다락방에서 발견했어."

사진 앨범이다. 어렴풋이 친숙한 느낌이 드는데, 이미 펼쳐진 페이지에는 사진이 하나만 들어 있다. 엘과 내가 식탁에서 레몬 케이크를 만들고 있는 사진. 여덟아홉 살 정도로 보이는 우리가 똑같은 앞치마를 입고 밀가루를 뒤집어쓰고 있다. 하지만 나는 우리를 아주 잠시 바라볼 뿐 더는 보지 않는다. 사진 귀퉁이에 창백한 얼굴로 눈을 동그랗게 뜬 마우스가 의자에 앉아 있기 때문이다.

공포에 질린 숨을 들이쉴 때에야 내가 손가락으로 입을 꾹 누르고 있다는 것을 깨닫는다. "세상에." 몸은 너무 차갑고 뺨은 너무 뜨겁다. 정수리가 쭈뼛 서더니 오싹한 소름이 앞다투어 등골을 타고 내려간다. "세상에나."

로스가 앉는다. "정말 존재하지 않는다고 생각했어?"

나는 앨범 페이지를 계속 넘긴다. 불안이 치솟고 그녀를 다시 볼까봐 두려워진다. 마치 그게 중요한 문제인 듯이. 마치 그녀를 한 번 본 것으로는 충분한 증거가 되지 않는다는 듯이. 얼마 없는 사진들은 각 페이지마다 하나씩 들어 있고, 서로 전혀 관계 없는 사진 두 장이 들어 있기도 하다. 어떤 것들은 흑백이고, 어떤 것들은 너무 오래되어서 사진 속 사람들의 윤곽만 남았다. 유령. 민

기지 않을 만큼 젊은 할아버지에서 눈길이 멈춘다. 검은 정장에 나비넥타이를 맨 그는 똑같이 믿기지 않을 만큼 잘생겼다. 금발의 여자가 옆에 앉아 있는데, 격식을 차리고 있으며 웃지 않는다. 엄마의 눈. 나의 할머니.

다음 페이지에는 집밖에서 찍은 컬러 인물 사진이 있다. 앞뜰에서 찍은 것이다. 엄마가 앞치마를 두르고 불편한 듯이 찡그린 미소를 짓고 있다. 그리고 옆에는 키가 더 크고 머리끝부터 발끝까지 검은색인—

"마녀." 로스가 말한다. 입술이 음산한 선을 그린다.

"마녀." 나의 목소리는 불안정하다. "그 사람이 누군데?"

로스가 나를 흘긋 본다. 걱정하고 염려하는 표정이다. "네 이모? 나도 잘 몰라. 마우스의 엄마였어. 정말 하나도 기억 안 나?"

나는 고개를 젓는다. "우리는 다른 가족이 없었어. 지금도 없고. 있었으면 기억났을 거야. 내가 알았겠지."

로스는 한참 동안 말이 없다. 그러다 나온 대답은 무척 조심스럽다. "넌 마우스도 기억 못했잖아."

"기억났어." 내가 말한다. 이런 방어적인 태도가 우스꽝스럽다는 것을 알지만.

"그럼 가족의 친구였나?" 로스가 어깨를 으쓱한다. "집에 자주 놀러왔었잖아. 그 여자가 오면 우린 항상 더 조용히 해야만 했지. 넌 그 사람을 무서워했고."

그 모든 악의와 증오. 드러낸 이빨과 피가 스민 잇몸. 그녀의 손안에서 반짝거리던 타원형 펜던트.

어떻게 내가 미러랜드의 구석구석과 모든 암호를 기억할 수 있겠냐만, 두 사람에 대한 기억을 왜곡하여 그들을 가공할 이빨 요정이나 교활하게 씩 웃고 있는 어릿광대 같은 상상의 존재로 여긴 건가? 그렇다면 왜? 내가 미치지 않았다면 고의로 그렇게 기억하기로 마음먹었다는 뜻인데. 잘못된 기억으로 말이다. 심지어 지금도 그들이 존재했다는 사실을 알기는 하는 것인지 분명하지 않다. 그들은 여전히 성난 바람에 날려간 연기처럼 희미하고 흐릿하게 남아 있다.

나는 알고 있다. 당신이 스스로 잊은 것들.

나는 앨범을 닫고 다시 로스에게로 시선을 돌린다.

"그러니까 마우스가 돌아왔다고?"

"작년 10월 중순에." 로스가 팔짱을 낀다. "딩-동, 마녀가 죽었다네.* 보아하니 그렇더라." 그가 뜸을 들인다. 분노를 감추고 밟아 뭉개려 애쓰는 것이 보인다. "우리가 여기 있는 걸 어떻게 알았는지 모르겠어. 왜 마녀가 죽을 때까지 기다렸다 왔는지도. 그애는 완전히 엉망진창이었지. 어렸을 때보다 더 안 좋았어. 다시 엘과 친해지고 싶다고 말하더군. 엘도 처음에는 정말 좋아했다니까?" 그가 나를 바라본다. "마우스를 네 대신으로 생각했나 보지. 잘은 몰라도. 지난 육 개월간 엘이 했던 일 중에 말이 되는 게 없으니."

"그래서 무슨 일이 있었는데?"

그가 어깨를 으쓱한다. "말했듯이, 마우스는 망상장애가 있었

---

* 영화 〈오즈의 마법사〉(1939)의 삽입곡 〈Ding-Dong! The Witch Is Dead〉를 변형한 것이다.

어. 도움이 필요했지. 밤이고 낮이고 항상 우리에게 나타났어. 슬픔을 가눌 수 없다는 듯이 울다가 바로 크리스마스를 맞은 어린애처럼 밝아졌지. 그애는 날 싫어했어. 엘을 독차지하고 싶어했거든. 어느 날—그걸 가지고 와서……" 분노에 정복당한 그는 일어나 주먹을 꽉 쥐고 서성인다. "내가 출근할 때까지 기다렸다가, 하고많은 곳 중에 망할 이비사섬으로 가는 편도 비행기표 두 장을 가지고 나타났어."

"로스—"

그가 진정하려고 애를 쓰는 게 보인다. 다시 자리에 앉더니 천천히 두 번 길게 심호흡한다.

"엘이 걔를 밀어내려고 하자, 엘을 미행하고 염탐하기 시작했어." 그가 어깨를 으쓱한다. "우리를."

"넌 걔가 카드를 보내고 있다고 생각했구나."

"카드가 오기 시작했을 때 우리가 생각했던 첫번째 용의자였지. 경찰이 추적했지만 입증할 만한 증거는 찾아내지 못했어. 그래도 효과는 있었던 게, 그애는 우리를 그냥 내버려두고 다시는 찾아오지 않았어. 그래서 그 광기를 다른 사람에게 모두 돌렸구나 짐작했지." 그의 눈빛이 차갑게 식어 매서워진다. 갑자기 낯선 사람 같다. "우리가 어렸을 때, 그애가 원하던 건 우리 셋을 떨어뜨리는 것뿐이었지. 서로 반목하게 만들고. 지금도 그러는 거야. 걔가 엘의 일기장을 가지고 있다는 것도 말이 돼. 아마 여기 왔을 때 훔쳤을 거야." 그가 잠시 뜸을 들인다. "너 정말 그애가 기억 안 나?"

내가 기억하는 건 마우스는 남한테 싫은 소리 한마디 못했다는 것이다. 소심하고 착하며 대개 순종적이었다. 우리의 모든 두려움과 나약함과 비밀을 빨아들이는 스펀지였다. 심부름꾼, 화약 운반수, 하녀였다. 우리가 총애하는 피냐타. 내가 아는 마우스는 해적과 싸우거나 한쪽 편을 들거나 형벌을 선택하기를 거부했다.

로스는 고개를 가로저으며, 이전에는 본 적 없던 차갑고 매정한 표정을 여전히 짓고 있다. 느닷없이 그의 어깨가 축 처진다. 눈빛에선 친절과 사랑 이전에 동정이 보인다. 그가 팔을 뻗어 내 손을 아플 만큼 꽉 잡는다. "엘이 그 이메일을 보낸 게 아니야. 미안해, 캣. 젠장, 너무 안됐지만. 그 사람은 죽었어. 죽은 거야."

◆◆

쿠바에서 스콜이 몰려오고 있다. 자욱한 잿빛 구름이 수평선에 걸려 있다. 바야모만 근처의 열대 뇌우다.

내가 돛대 꼭대기 망대에서 서둘러 내려와 주갑판으로 뛰어갈 때 날은 어두워지고 있다. 새티스팩션호는 이미 항구 쪽으로 세게 기울었다. 바람이 거세지고 있다. 뜨거운 빗방울이 얼굴에 후드득 튄다. 엘을 살펴보았더니, 그녀는 이미 타륜이 흔들리지 않게 꽉 잡으려 사투를 벌이고 있다.

"포트로열로 갈 시간이 없어." 내가 소리친다. "이대로는 못가!"

비명, 그리고 철썩하는 파도. 해적 한 명이 좌현으로 미끄러지더니, 소용돌이치며 솟아오르는 바다로 빨려들어간다. 높은 파도가 선미를 휩쓴다.

"배를 멈출까?" 엘이 소리친다. 그녀가 이를 모두 드러내며 활짝 웃는다.

바야모 돌풍이 우리에게 다가오는 그때 나도 활짝 웃고 있다. 바람이 더 세차게 몰아치면서 내 얼굴과 눈에 빗방울을 후려친다. 나는 애니와 벨과 함께 돛을 줄여 맨다. 근육이 비명을 지르고 심장이 쿵쾅댄다.

갑작스러운 굉음이 터지더니 새티스팩션호가 한쪽으로 기우뚱한다.

"바람을 탈 수가 없어!" 엘이 고함친다. 그녀와 마우스가 타륜에 매달려 있고, 두 얼굴은 안간힘을 쓰느라 굳어 있다.

그때 로스가 반갑판을 따라 선미를 향해 전속력으로 달린다. 한쪽 손을 엘에게 두르고 다른 손은 타륜을 향한다. 마우스를 너무 세게 밀치는 바람에 그애는 비명을 지르며 뱃머리까지 쓸려내려간다.

새티스팩션호가 안정을 되찾고 바람을 타며 표류하기 시작할 때쯤, 스콜은 대부분 잦아들었다. 해적들이 환호하며 서로의 등을 두드려주는 사이에 나는 비틀거리며 뱃머리로 간다. 밧줄로 단단히 묶어둔 드럼통 뒤에 마우스가 몸을 공처럼 말고 있다. 짧은 머리는 두개골에 회반죽처럼 들러붙어 있고 추한 마대 자루 원피스는 흠뻑 젖었다.

마우스는 고개를 들어 나를 본다. 하얀 얼굴은 비와 눈물 자국으로 범벅이 되어 있다. "로스가 미워."

나는 고개를 돌려 로스와 엘을 보지 않고, 대신 마우스를 일으켜세운다. 마음 한구석에서는 나도 그가 밉기 때문이다. 마음 한

240

구석에서는 둘 다 밉다.

마우스는 내 손을 놓으려 하지 않는다. 나를 바라보며 소매로 코를 훔친다. "나도 너 같으면 좋겠어."

나는 그애의 눈빛에 서린 격정과 질투가 나를 위한 것이라고 생각한다. 그애는 오로지 내 기분을 좋게 만들기 위해서만 존재하니까. 나도 누군가에게는 가치가 있는 사람이라는 것을 상기시키기 위해서. 그애는 나의 친구니까. 나의 창조물이니까.

나는 그애의 손을 잡고 떠오르는 해를 바라본다. "언제나 미러랜드에 있을 수 있다면 좋겠어." 내가 말한다.

마우스가 내게 천천히, 물기를 가득 머금은 미소를 짓는다. "나도."

◆◆

나는 고개를 들어 어둠 속을 뚫어져라 응시한다. 정신은 완전히 깨어 있다. 기억했어야 했다. 알았어야 했다. 나의 마음속 일부는 그 어리석음을 비웃고 싶어한다. 마우스가 엘이나 나처럼 실제였다는 것을 기억하지 못한 것, 알지 못한 것. 하지만 비웃지 않는다. 두렵기 때문이다. 알지 못했다는 사실이 두렵기 때문이다. 이메일을 설명할 수 있는 유일한 단서가 지금껏 엘뿐이었다는 사실 역시 두렵다. 이제는 그렇지 않으니까.

로스를 깨우지 않고 일어난다. 노트북을 가지고 까치발로 아래층에 내려가서 왕좌의 방에 있는 테이블에 앉는다.

로스의 말에 대해 생각한다—네 이모? 가족의 친구? 마우스의 엄마였어. 그러자 고작 며칠 전의 악몽이 다시 밀려온다. 또렷해졌다. 바뀌었다.

마녀가 마우스를 끌고 복도를 따라 현관 전실까지 간다. 마우스는 울고 있다. 싫어, 싫어! 가기 싫어!

엄마가 조금 더 있다 가지 그래?라고 말했을 때 마녀는 갑자기 멈추어 선다. 고개를 가로젓는다.

마우스는 더욱 큰 소리로 흐느끼면서 우리를 향해 양팔을 벌린다. 미러랜드로 돌아갈래! 제발, 가기 싫어! 미러랜드로 다시 갈래! 우리는 마녀에 대한 두려움을 물리치고 앞으로 달려가, 마우스의 손을 잡아 다시 복도로 데려온다.

마녀가 다시 멈추어 선다. 돌아서서 얼음장처럼 차가운 미소를 짓는다. 그러고는 마우스의 따귀를 찰싹 후려친다. 한 번. 두 번. 우리가 놓아줄 때까지. 벌벌 떨고 있는 마우스의 푹 숙인 머리를, 손톱이 길게 자란 손가락으로 쿡쿡 찌른다. 이제 침묵으로 얼어붙은 엘과 나를 노려본다.

순종. 그게 가족의 본분이야. 엄마를 바라보는 마녀의 표정은 증오로 일그러졌다. 그게 착한 딸의 본분이야.

쏟아져들어오는 햇살. 쾅 닫히는 문. 그리고 어둠.

나는 고르지 못한 숨을 몰아쉰다. 내 속에서 자라나는 죄책감과 공포와 싸운다. 그 일을 나는 알고 있다. 그 일을 잊었다는 것을 나는 알고 있다.

노트북을 열고 구글에 '스코틀랜드 국가 기록'을 친 다음, 엄마의 이름과 생일을 사이트 하단의 검색창에 입력한다. 리스 지역의 출생 기록으로 범위를 좁히자, 엄마의 항목만 유일하게 남는다. 엄마의 이름을 지우고 성만 남겨서, 생년월일 범위를 앞뒤 오 년으로 변경한다. 새로운 이름이 네 개 뜬다. 제니퍼, 메리, 두 명의 마거릿. 하지만 유료 서비스에 가입하지 않고는 정확한 생년월일을 포함한 그들의 세부 정보에 접근하는 것이 불가능하다. 가입 신청을 하고 엄마의 것을 포함한 모든 증명서에 접근하기 위해 필요한 돈을 지불한다. 약 이 주가 걸릴 수 있다는 확인 메일이 도착한 후, 내 이메일 계정을 열어 john.smith120594에게 새로운 메시지를 쓰기 시작한다.

네가 정말 마우스라면, 만나자. 네가 에든버러에 있는 거 알아.

답장은 바로 온다.

아니. 난 널 믿을 수 없어. 아직은. 그리고 그는 절대 믿을 수 없지.

네가 원하는 걸 말해봐. 설명을 해봐. 무슨 일인지 말을 해줘.

네가 기억하기를 원해. 기억하기를 원하길 바라. 난 널 도우려는 거야. 네 생명을 구하려는 거야. 엘은 죽었어. 그가 그녀를 죽였어.

나의 공포에 근거가 없다는 것을 확인시켜준 것은 바로 이 마지막 답장이다. 틀림없다. 마우스는 실제고 그것은 받아들일 수 있지만, 이 마지막의 심하게 극적인 서스펜스의 클리셰는 너무 엘이다. 읽으면서 머릿속에 그녀의 목소리가 재생되는 것 같다.

이것은 그저 게임일 뿐이다. 그녀의 또다른 인정사정없는 게임 중 하나일 뿐이다. 틀림없이 그래야만 한다는 절박감이 나를 다시 분노케 한다. 따라서 나는 그녀에게 다시 서스펜스를 만들어 낼 미끼를 던지고자 한다.

누가 그녀를 죽였는데?

오랜 침묵 끝에, 드럼소리가 울려야 마땅한 폭로.

그녀의 거짓말쟁이 남편.

제16장

john.smith120594@gmail.com　　2018년 4월 15일 00 : 15

Re : 그는 알고 있다　　　　　　　　　　　　　받은 편지함

To : 나에게

단서 8. 보기 좋게 치장하지 마, 모두가 어릿광대를 무서워하니까

나의 iPhone에서 보냄

◆◆

어릿광대 카페에 있는 옷장. 이것은 내가 닷새 전에 침대 밑에서 5번 단서를 찾은 직후 발견한 일기의 단서다. 순서를 벗어나서 찾아낸 일기장 페이지인데, 엘의 장단에 맹목적으로 맞춰주는 것도 신물이 났기 때문이었다. 나를 가장 공포에 질리게 했던 일

기장 페이지다.

옷장을 다시 열지 않는다. 그 페이지를 다시 읽고 싶지 않다. 하지만 어쨌든 나는 떨고 있다. 목덜미 잔털이 여전히 쭈뼛 일어나 맨살을 잡아당기고 있다. 거기에 적혀 있던 말을 잊지 못했기 때문이다.

1998년 8월 10일
무슨 일이 일어나려는 것 같다. 이제 곧 일어날 것 같다.

어떤 때는 너무 무서워서 숨쉬는 방법을 잊어버릴 정도다. 숨쉴 수 있다는 사실조차 잊어버린다.

◆◆

엘과 나는 다시 뛰고 있다. 너무 빠르게 힘껏 달리고 있어 우리 발에 우리가 걸려 넘어진다. 시끄러운 금속성 소리가 벽을 뚫고 꽝꽝 울린다. 해가 넘어간다. 어둠 속에서 종이 울린다. 너무 많이 울리고 있어 몇 번인지 셀 수 없다. 너무 많이 울리고 있어 어떤 종인지, 어떤 추의 별인지, 어떤 방인지 알 수 없다.

데드라이트가 우리를 쫓아와 벽 전체에 섬광을 번쩍이며 요동할 때, 우리는 부츠 소리와 고함소리와 으르렁거림으로부터 달아나려 애쓴다. 무법자들과 교도소 간수, 이빨 요정과 마담 드파르주, 푸른 수염과 검은 수염으로부터. 하지만 미러랜드로부터 너무 멀리 와버린 지금, 그곳은 기억이 아닌 기억이자 이야기에서 너무 오랫동안 읽어서 한때 정말 살았던 것처럼 느껴지는 장소일 뿐이다. 가운데땅의 샤이어나 파리의 피의 광장처럼. 메인주의 감옥이나 카리브해의 섬처럼.

우리는 옷장 안에서 웅크리고 있다. 공포에 짓눌려, 서로의 피부 속으로 손톱이 깊이깊이 파고들도록 손을 꽉 쥐어 맞잡는다. 어릿광대 카페는 미러랜드처럼 우리를 보호할 수 없기 때문이다. 그곳에서는 단지 숨을 수만 있을 뿐이다.

우리는 해적이고 아빠는 해적 왕이야, 엘이 내 귀에 속삭인다. 차갑고 짙은 어둠 속에서. 우린 무사할 거야.

하지만 그렇지 않을 것이다. 그렇지 않으리라는 것을 나는 안다. 그것은 거짓말이다.

옷장 문손잡이가 덜거덕 돌아가고 또 돌아가기 시작할 때, 나는 비명을 지르고 싶다. 비명을 질러야만 한다. 그것만이 악착같이 들어오려 하는 피와 땀과 울부짖음과 분노와 과오를 만나는 유일한 방법처럼 느껴지기 때문이다. 우리가 무슨 짓을 했길래 이러는지 모르겠다. 왜 우리를 겁주고, 찾아내서 해치고 싶어하는지 모르겠다. 왜 우리가 죽기를 바라는지 모르겠다. 왜 갈고리에 매달려 썩기를 바라는지.

문이 쪼개져 열리자 우리는 비명을 지른다. 뜯겨나간 문으로 데드라이트와 첫번째 끔찍한 얼굴이 어렴풋이 나타난다. 푸른 수염 안에 꼬여 있는 검은 뼈. 씩 웃고 있는 뾰족한 이빨. 럼주와 담배 냄새. 윙크와 으르렁거림. 그리고 귀를 찢을 듯이 악을 쓰고 또 쓰는 종소리.

◆◆

　종 하나가 여전히 악을 쓰고 있다. 너무 시끄럽다. 간밤에 꾼 악몽의 여파가 아닌, 지금 여기서 들리는 소리다.

　믿을 수 없이 몸이 무겁고, 믿을 수 없이 피곤하다. 해안가로 밀려온 고래처럼 옆으로 털썩 돌아누워 알람시계를 확인한다. 오후 한시 십오분. 열세 시간 동안 잤다. 그게 가능한 일인지조차 모르겠다. 천천히 일어나 앉아서, 모래가 든 것처럼 뻑뻑하고 쑤시는 눈을 껌벅거린다.

　일어나, 나는 생각한다. 일단 일어나기부터 하자.

　그때 다시 초인종 소리가 들린다. 더 길고 더 고집스럽게. 불현듯 최악의 예감에 사로잡힌다. 최악의 암울한 전조. 그 생각이 계속해서 머릿속을 맴도는 와중에, 침대에서 빠져나와 휘청휘청 어제 입었던 옷을 찾아다닌다. 힘겹게 옷을 입으면서 넘어지지 않으려 애쓴다. 간밤의 꿈, 무슨 일이 일어나려는 것 같다, 이제 곧 일어날 것 같다는 말을 생각하지 않으려 애쓴다. 가령 악을 쓰며 딩동딩동 울리는 초인종 같은.

　계단 입구로 나간다. 로스가 샤워하는 소리가 들리므로, 내가 계단을 한 계단 한 계단 찬찬히 밟으면서 내려간다. 다 내려가니 다시 초인종이 울리기 시작하지만, 결국 내 정신을 깨우는 것은 요란하고 고집스러운 노크 소리다. 현관문 앞에서 여전히 망설인다. 내 숨은 얕고 너무 가쁘다. 하지만 다시 초인종이 울려서, 나이트 래치를 당겨 열고 바깥의 환한 빛과 차가운 공기를 안으로 들인다.

로건 경사다. 뒤로 계단 발치에는 백금발에 픽시 커트를 한 쇼나 머리가 서 있다.

"안녕하세요. 캐트리오나." 그가 말한다. 보조개나 윙크의 기미는 보이지 않는다. 그런 것들을 보여줄 줄 안다는 기색조차 없다. "불쑥 찾아와서 죄송합니다. 들어가도 될까요?"

"물론이죠."

그들이 나를 지나쳐 현관 전실로 들어서자 나는 좁은 길, 대문, 노랗게 변해가는 산울타리 쪽으로 시선을 겨눈다. 지금이 카약에 대해 이야기할 절호의 기회라는 생각에 머릿속이 분주하다. 이메일과 일기장 페이지들에 대해서도. 그들이 로스에게 손가락질할지라도. 1998년 9월과 우리의 첫번째 삶의 마지막날에 손가락질할지라도. 엄마와 할아버지 삶의 마지막날이자 마지막 밤. 비록 이메일에는 경찰에게 아무 말도 하지 말라고 쓰여 있긴 했지만. 어쨌든 말할 것이다. 문득, 너무나 두려워지기 때문이다.

그들이 복도에서 기다리는 동안 나는 어디로 데려가야 할지 잠시 헤맨다. 왕좌의 방은 너무 터무니없고, 주방은 너무 사사로우며, 식료품실은 철저한 출입 금지 구역이다. 그나마 응접실이 낫다고 판단하여 안내한다. 그들이 푸아로와 치펜데일 서랍장을 감탄에 가까운 시선으로 바라보는 것이 눈에 들어온다. 프렌치 폴리싱으로 가공한 차가운 표면이 뜨겁게 달아오른 피부에 닿던 기억이 떠오른다.

"앉으시겠어요? 마실 걸 드릴까요? 제가 말씀드릴 게—"

"캣." 로건이 말한다. 그가 손을 내 팔뚝에 얹는다. "로스 좀 데려와주실 수 있나요? 그는 지금—"

"저 여기 있습니다." 로스가 말한다. 하지만 그는 문간에 멈춰서서 손으로 문을 잡고 있다. 우리 면전에 대고 문을 쾅 닫기 일보 직전이라는 듯이. 맨발에 낡은 청바지와 블랙 사바스 공연 기념 티셔츠를 입었다. 젖은 머리 한쪽은 납작 죽어 있고, 나머지 한쪽은 아기 머리처럼 삐죽삐죽 뻗쳐 있다.

로건이 내 팔을 놓더니 목청을 가다듬는다. "두 분 좀 앉으시죠."

나는 벽난로 옆 노란 양단 흔들의자를 택한다. 엄마의 의자다. 의자가 곧장 흔들리는 바람에 나는 앞으로 휘청하고, 발을 바닥에 짚자 마침내 흔들림이 멈춘다.

"무슨 일이죠?" 로스가 전혀 그답지 않은 목소리로 말한다.

"로스." 로건이 말한다. "좀 앉으시는 게―"

"전 이대로 좋습니다."

"알겠습니다." 로건이 다시 목청을 가다듬는다. 소름 끼치게 조마조마한 적막이 뒤따른다. 나는 쇼나 머리가 체스터필드 소파에 풀썩 앉는 모습을 곁눈질로 본다.

로건의 눈길이 로스에게서 내게로 재빨리 움직인다. "어제, MAIB가⋯⋯" 그가 고개를 젓고는 말을 잇는다. "그러니까 해양사고조사국이 만에서 일어난 상업 선박 사고를 조사했는데, 뭔가를 발견했어요⋯⋯ 전혀⋯⋯ 생각지도 못하게⋯⋯"

"대체 뭔데요?" 로스가 다시 말한다.

하지만 나는 로건만 바라본다. 크레이그라고 부르셔도 괜찮아요. 엄마가 빌어먹을 프로클레이머에서 제 이름을 땄거든요. 괘종시계의 느리고 메트로놈 같은 똑딱 소리가 두개골 속 건조하고 피곤한 눈 뒤에서 진동한다.

"배를 발견했어요." 그가 마침내 입을 연다. "리뎀션호를 발견했어요."

"그렇군요." 내가 말한다. "리뎀션호인지 어떻게—"

"양면에 '리뎀션'이라고 빌어먹을 황금색으로 찍혀 있어." 로스가 으르렁거린다. 하지만 그의 목소리는 이제 너무 탁하게 갈라져 듣고 있기 힘들다.

로건이 나를 쳐다본다. "수중음파탐지기와 잠수부들을 동원했습니다. 배는 인치키스섬에서 동쪽으로 몇 마일 떨어진 심해 수로에서 발견되었고요. 신원을 확인하기 위해 우리 쪽 잠수부들과 수중 장비들을 내려보냈습니다."

"그렇군요." 나는 반대편 암녹색 벽난로를, 부지깽이와 삽과 부젓가락을 걸어둔 회전 스탠드를 바라본다. "그렇군요."

"누군가 배에 구멍을 뚫었다는 증거를 발견했습니다."

"침몰당했군요." 내가 말한다.

로건이 고개를 끄덕인다. 그는 터무니없이 화려한 의자들을 둘러보더니 그냥 털썩 수그려 앉기를 택한다. 긴 팔은 다리 사이에 매달려 있다. "누군가 고의로 침몰시켰어요."

"어떻게요?" 로스가 묻는다.

로건이 주머니로 손을 가져가 작은 수첩을 꺼내 페이지를 휙휙 넘긴다. "선미판 배수 플러그가 빠져 있었습니다. 수동으로 조작하는 작은 플러그인데 배밑에 괸 물을 퍼올리는 펌프 대신에 쓰죠. 항해중에는 선미의 구멍에 돌려 끼워두고, 육지에 있을 때는 뽑아서 물을 빼내요. 잠수부들이 선체에서 적어도 여섯 개는 되는 구멍을 발견했어요. 지름이 사 인치 반이었고요. 아마 원통 드릴로 뚫은 것 같아요. 턴 버클과 고정핀이 돛대에서 제거되어 있었어요. 그 말은 돛대가 무너져 붕괴했다는 뜻이죠. 배가 가라앉을 경우 돛대가 위치를 알려주는 역할을 하는데 말입니다." 그의 시선이 나를 다시 좇는다. "3일에는 시정도 좋지 못했어요. 인치키스섬 동쪽이면 에든버러나 번트아일랜드에서 배는 이미 보이지 않았을 거예요. 따라서 배가 가라앉았을 때—고의로 침몰당했을 때—잔해가 떠다니지 않는 한, 절대 발견될 수 없었으리라 추측됩니다."

"그렇군요." 이제 더는 로건을 쳐다보지 못하겠다. 그는 그저 웅크리고 있는 실루엣일 뿐이다.

"비상 위치 발신 설비와 GPS 둘 다 망가진 것으로 보입니다. 그래서 아무 신호도 없었던 거죠. 구명보트는 갑판에 있는 보관함에 그대로 있었습니다." 침묵. "자기 파괴 행위로 보입니다."

자기 파괴? 나는 헛간에 있던 파란 카약을 떠올린다. "그렇군요." 내가 말한다.

"발견한 것이 또 있어요." 쇼나가 말한다. 그녀는 일어서더니, 로건에게 가까이 다가간다. 휙 지나가는 작은 백금발 형체만 보일 정도로 재빠르다. 곧바로 로건이 다시 일어서더니 그녀를 막아서고 내가 앉은 곳으로 다가온다.

"잠수부들이 발견했습니다." 그가 천천히 그리고 끔찍이도 조심스럽게 말한다. 디오더런트 냄새가 풍기고, 그 우스꽝스러운 머리에 대체 무슨 제품을 쓰는지는 몰라도 더욱 달콤한 화학물질 냄새까지 올라온다. "선실에서요."

"그렇군요." 로스가 내 뒤에 서 있다는 것을 나는 알아차린다. 그가 팔을 내 어깨에 두른다. 나는 경직된 팔뚝의 근육과 바짝 일어선 잔털과 피부에 돋은 소름을 내려다본다.

운명의 시간이군, 나는 생각한다. 운명의 시간이야.

"시신 한 구를 발견했어요." 로건이 말한다. "여자입니다."

내 어깨를 감싼 로스의 팔이 바짝 긴장한다. 손가락이 나의 쇄골을 파고든다.

로건은 무척 고통스러워 보이고 몰골이 가련하여, 나는 그를 위로하기 위해 일어설 뻔한다. "그리녹 잠수해양부대에서 오늘 아침 발견했습니다." 그가 말한다. "매우 유감입니다."

◆◆

손가락 끝에 닿는 창유리가 차갑다. 버스가 덜컹거리며 지나갈 때마다 진동이 전해진다. 이곳에 한 시간도 채 서 있지 않았지만 며칠이 지난 듯한 느낌에 빠져 있을 때, 번쩍이는 은색 BMW가 우리집 앞에 주차되고 케이트 러픽 경위가 밖으로 나온다. 몇 분 후 그녀가 응접실로 들어오는 소리가 나지만, 나는 돌아서지 않는다.

"캐트리오나, 어떻게 지내고 계신가요?"

내가 고개를 돌린다. "언니 아니에요."

러픽이 응접실 한가운데로 성큼성큼 걸어와 체스터필드 소파를 손바닥으로 가리킨다. 내가 거기 앉자 고개를 한 번 끄덕한다. "아직 확실한 것은 아무것도 없습니다."

"그 사람 배인 거 아시잖아요." 로스가 이렇게 말하고는 발을 받치는 스툴에 앉으려다 가장자리에서 미끄러져 바닥에 떨어질 뻔한다. 그의 표정은 나와 비슷하다. 포탄이라도 맞은 듯 공황에 빠져 멍해 보이고 혼란스럽다. 그는 자기 생각만큼 엘의 운명에 대해 체념하지 못하는지도 모른다.

"그렇습니다만 지금 단계에서는, 그게 다입니다. 아직…… 사망한 여성이 엘리스인지는 모릅니다. 그럴 가능성에 미리 대비를 하셔야 합니다만, 저희가 결론을 내기 전에 성급하게 단정짓지 않으시는 것도 중요합니다."

그 두 가지를 다 해내는 것이 가능하기나 한지 나는 모르겠다. "시신을 보셨나요?"

그녀는 우리 둘에게 시선을 두지 않은 채로 고개를 끄덕인다. "시립 안치소에서 오는 길입니다. 그래서 좀 늦었습니다. 죄송합니다." 그녀가 헛기침을 하며, 뒤에 서 있는 키가 크고 비쩍 마른 남자를 가리킨다. "여기 계시는 이언 패터슨 씨는 법의학자입니다." 그녀가 말한다. "저희는 되도록 빨리 두 분께 신원 확인 결과를 알려드릴 수 있기를 바랍니다. 아시겠죠?"

근엄하게 찡그린 미간, 검은 정장, 큰 가방으로 볼 때 이언 패터슨은 장의사와 모르몬교도의 혼종처럼 보인다. 그가 로스를 향해, 그다음에는 나를 향해 고개를 까닥한다. 그러더니 가방을 내려놓고 지퍼를 열기 시작한다.

"로스." 러픽이 말한다. "엘의 물건을 찾아주실 수 있나요? 머리빗이나 사용한 면도날 같은?"

그는 스툴에 반쯤 웅크려앉아 있다. "이미 다 드렸는데요." 그가 그녀를 올려다보며 말한다. 어린 남자애가 말하는 것 같다. "아닌가요?"

"맞습니다, 그러셨죠. 그래요. 저희가 그분 칫솔을 가지고 있죠. 하지만 샘플은 늘 하나보다는 두 개가 있는 게 나으니까요. 쇼나, 로스를 도와주겠어요?"

쇼나가 정말 어린아이를 다루듯 그를 도와 일으켜세우고는, 그의 곁에서 신속히 움직인다. 응접실을 나갈 때 그녀의 손이 그의 등에서 맴돈다.

러픽은 그들의 발소리가 사라질 때까지 기다리다가 다시 내게로 주의를 돌린다. 그녀의 표정은 아주 엄숙하거나 아주 화가 나 있거나 둘 중 하나인데, 어느 쪽인지 구분하기 힘들다. 하지만 그 표정은 문득 내게 폐쇄공포를 불러일으킨다. 그녀가 나를 너무 뚫어져라 바라보고 있어서, 꼭 내가 발을 헛디디기를 바라는 것 같기도 하다. 무슨 영문인지 모르겠다.

"캐트리오나, 이언이 DNA 샘플을 채취하는 데 동의해주실래요?"

내가 곧장 대답하지 않자, 그녀가 가까이 다가와 내 팔에 손을 얹는다. 그녀의 손톱은 짧고 단정하며 하얗다. "참조 샘플은 실종된 사람의 물건에서 우선 채취하죠. 가족들한테서 친족 샘플을 얻기보다는요. 하지만 이번 경우는—"

"우린 쌍둥이니까."

그녀가 끄덕인다. "일란성쌍둥이이기 때문이죠, 네. 정확히 같은 DNA를 가지고 있으니까요. 그러면 동의를 해주시겠습니까?"

"네. 물론이죠." 나는 그녀를 살핀다. 얼굴에 떠오른 표정을. "혹시…… 다른 뭔가가 또 있나요?"

러픽은 재빨리 고개를 저으며 억지로 미소를 띠우지만, 나는 무언가 있다는 것을 알고 있다. 그게 무엇이든―그녀가 안다고 생각하는 것이든 내가 안다고 그녀가 생각하는 것이든―그녀는 준비가 됐다고 여길 때까지는 드러내지 않으리라는 것도. 뱃속이 조여온다. 머릿속 안개가 점점 짙어지기만 한다.

러픽이 이언 패터슨에게 고갯짓하자, 그가 가방에서 플라스틱 시험관을 꺼낸 후 숙이고 있던 허리를 펴고 일어난다.

"안녕하세요." 그가 활기차게 말한다. 목소리가 너무 저음이라 소리라기보다는 진동 같다. 그는 시험관에서 길쭉한 면봉을 꺼낸다. "자, 고개를 뒤로 조금 젖히시고 입을 크게 벌리세요. 볼 안쪽에 면봉을 살짝 댔다가 떼겠습니다, 아시겠죠? 순식간에 끝나요."

입고 있는 정장과 이 상황을 고려할 때 그의 말투는 지나치게 발랄하지만, 나는 고개를 끄덕이며 그의 지시를 따른다. 면봉을 내 입에 집어넣자마자, 그것을 세게 깨물고 입을 꾹 닫고 싶은 충동이 인다.

"나중에 혈액 검체 채취도 필요할지 모릅니다." 일단 면봉을 빼내고 다시 시험관에 넣은 후 그가 말한다.

문득 나는 내가 떨고 있다는 것을 알아차린다. 언제 떨림이 시작되었는지 모르겠지만, 멈출 수가 없다.

"캐트리오나, 여기 다시 앉으시죠." 러픽이 말한다. 그녀의 목소리는 더는 단호하지 않지만 너무 부드러워서 울고 싶은 마음이

든다. 하지만 울지 않을 것이다.

로스와 쇼나가 다시 계단을 내려오는 소리가 들리자, 러픽은 안도한 듯이 재킷 단추를 채운다.

"DNA 분석은 이십사 시간에서 칠십이 시간 정도 걸립니다." 그녀가 말한다. "하지만 당연히 이 사건은 더 서두를 겁니다. 아시겠죠?"

내가 고개를 끄덕인다. 로스도 고개를 끄덕인다. 며칠 전에 나와 놀아나며 올라탔던 서랍장에 완전히 몸을 기댄 채로. 나는 눈을 감는다. 마침내 가까스로 다시 눈을 떴을 때, 러픽이 예의 그 뚫어져라 관찰하는 시선으로 나를 바라보고 있다.

"걱정하지 않도록 노력해보세요." 그녀가 말한다. "걱정을 하시든 안 하시든, 이 일도 곧 마무리가 될 겁니다."

◆◆

그들을 보내고 문을 닫은 후, 나는 부채꼴 채광창으로 내리꽂히는 태양의 은색 빛줄기 속에 서서 오랫동안 복도에 머물러 있는다.

우린 함께 헤쳐나가야 해, 알지? 로스가 내 귀에 속삭인다. 하지만 내가 복도 쪽으로 빙그르 돌자, 그는 그곳에 없다. 또다른 유령일 뿐이다.

제 17 장

   시간은 진득하고도 느리게 흘러가 마치 만질 수 있을 것 같다. 손을 쑥 집어넣으면 손가락 사이로 흘러내리는 것을 지켜볼 수 있을 것 같다. 로스와 나는 맥없이 이 방 저 방을 들락거린다. 서로의 곁에 붙어 지낸다. 어딘가에 멈추거나 앉을 때마다 무릎이나 팔, 손가락을 서로 맞붙인다. 그러면 안 되는 이유를 신경쓸 여력이 없다. 그의 몸이 떨린다. 미동이 그의 몸을 타고 흘러 나에게로 전해진다. 우리가 식탁에 앉았을 때 그가 마침내 고개를 든다. 그가 두려운 만큼이나 화가 났다는 것을 알 수 있다.

   "엘이 죽기를 바라는 게 아니야, 캣."

   "알아." 내가 속삭인다.

   "그 사람이 죽기를 바랐던 적 없어."

   그런 말을 하는 의도가 우리 때문인지, 우리가 삽시간에 서로에게 돌아왔기 때문인지, 그가 처음부터 내내 강렬하고도 확고한 슬픔을 드러냈기 때문인지 나는 알 수 없다. 나는 손을 뻗어 그의 손에 깍지를 낀다. "알아, 로스."

결국 나 혼자 남아야 하는 때에 이른다. 욕실에 들어가 문을 잠그고, 거울 속의 내 얼굴을 바라보며 눈을 껌벅인다. 피로감만큼 두려움이 가득한 눈. 이 얼굴을 마지막으로 보았던 때를 떠올린다. 그때는 거울에 비친 모습이 아니었다. 2006년 새해 첫날. 엘의 내가 이겼어로부터 육 개월 후. 우리가 더는 십대가 아니게 되기까지 육 개월 전. 우리는 옐로크레이그에서 만났다. 니드리에 있던 나의 셰어하우스에서 버스를 두 번 타고 일 마일 더 걸어야 하는 곳이었다. 엘이 어디에서 왔는지는 알 길이 없었다. 여전히 같은 도시에 살고 있는지도 알 수 없었다.

해변은 텅 비어 있었고, 파도는 거칠고 바람은 사나우며 날은 화창하고 추웠다. 그녀를 오래 바라보고 있기 힘들었다. 그녀와 로스를 너무도 간절히 그리워했기에, 격렬하고 비참한 통증이 일었다. 베어낸 자리에 계속 남아 가렵고 따끔거리는, 온전했던 시절을 상기시키는 통증. 엘은 로스가 내게 연락하지 못하게 했지만, 그는 연락했고 기회가 있을 때마다 자주 전화했다. 비록 무의미한 일이라는 것을, 그 상태가 침묵보다 더 고통스럽다는 것을 알고 있었지만. 그녀에 대한, 그들에 대한, 내 자리는 없는 계획에 대한 이야기를 참고 듣기 힘들었다. 그의 슬픔과 죄책감과 이해해달라는 간청을 참고 듣기 힘들었다. 왜 그렇게 될 수밖에 없었는지 이해해달라는 말들.

"살이 너무 많이 빠졌네."

나는 잠을 이룰 수 없었다. 너무 많은 병원에 다녔고 너무 많은 약을 복용했다. 속으로는 자살 생각까지 건드려보았지만, 실패하면 얼마나 우스꽝스럽고 얼마나 한심해 보일까 하는 생각만이 나를 멈춰주었다. 그렇게 되면 엘을 거치지 않은 온전한 내 것이란 없게 될 테니까. 내 것 가운데 먼저 엘의 소유가 되어버리지 않는 것이 없을 테니까.

나는 그녀를 부분부분 뜯어보았다. 피부는 환했고 금발은 더 빛이 살았다. 손톱은 빨갛고 길었다. 언제부터 손톱을 깨물지 않게 되었는지 궁금했다.

"좀 먹어."

그녀가 내 너덜너덜한 손톱을 흘낏거리는 것이 보였다. 언제 어쩌다 그랬는지 나도 모르는 사이에 손을 긁혀 생긴 딱지와 베인 상처까지도. 그녀가 오른손을 뻗어 내 왼손을 잡았을 때 나는 움찔했다. 나는 일렁이는 파도 쪽으로, 북해의 어스름한 검은 수평선 쪽으로 고개를 돌렸다. 돌연 불안해져 마른침을 삼켰다.

"우리 결혼해." 그녀가 말했다. 나는 물보라와 눈이 멀어버릴 듯 반짝이는 햇살만 바라보았다. 그녀의 손에 포개진 내 손에 힘이 들어가는 것이 느껴졌지만, 그녀는 주춤하지 않았고 손을 놓지도 않았다.

"언니는 걔를 원하지도 않잖아. 원하지 않는 거 알아. 내가 원하기 때문에 빼앗아가려는 거잖아. 내가 사랑하니까."

문득 그 말을 한 것은 그때가 처음이라는 사실을 깨달았다. 나 자신이 아닌 다른 사람에게 털어놓은 것은.

그러자 엘이 내게 고개를 돌렸다. "넌 꼭 빌어먹을 강아지 같아. 알고 있니, 캣? 누가 널 형편없이 대접할수록, 넌 더 안간힘을 쓰지. 널 더 좋아하게 만들고 싶어서. 한심하기 짝이 없어."

나는 눈을 깜박거려 울컥한 쓰라림을 몰아냈다. "나 떠나. 미국으로 가." 대학에서 모든 비용을 대는 〈로스앤젤레스 타임스〉 인턴십 프로그램이 있었다. 지원자는 이미 일 마일 넘게 늘어서 있었다. 그날 이전까지 내가 그곳에 간다는 생각은 단 일 분도 한 적이 없었다.

그녀는 잠깐이지만 놀란 듯 보였고, 심지어 충격을 받은 듯하더니 이내 고개를 돌렸다. "잘됐네."

나는 두려움과 상처를 분노로 억눌렀다. "다시는 돌아오지 않을 거야." 그녀가 고개를 돌려 나를 마주보았고, 얼굴에는 미소가 환했다. 그 미소에 담긴 승리감에서 벗어나고 싶었다. 내 손목을 갑자기 꽉 조이는 그녀의 손아귀에서 벗어나고 싶었던 것만큼이나. 어찌나 세게 비틀었던지 멍이 남아서 몇 주 동안이나 그녀의 말을 떠올리게 되었다.

"넌 그게 무슨 대단한 협박인 줄 아나본데 전혀 아니거든, 캣. 난 널 증오하니까. 알겠니? 널 증오해. 그러니까, 가버려. 난 네가 사라지기만을 바란다고." 으르렁거리는 어조는 그 눈에 담긴 상처와 분노를 전혀 가려주지 않았다. "다시는 너를 생각할 필요가 없도록."

그러고 나서 그녀는 나를 놓아주었다. 단 한 번도 돌아보지 않고 멀어져갔다.

일란성쌍둥이로 태어나면 많은 단점이 따른다. 미소 지을 때, 찡그릴 때, 눈가에 주름이 생기기 시작할 때 자신이 어떤 모습인지를 선명하고 묵직한 거울을 팔 아래 항상 끼고 다니듯이 알 수 있기―볼 수 있기―때문이다. 항상 다른 사람으로 오해를 받고,

끼어들 때를 기다렸다 정정해주면 눈빛에 실린 따스한 친밀감이 사라지는 것을 지켜보게 된다. 언제나 상자의 절반 안에 갇혀 성격을 배분받기에, 한 명이 외향적이면 다른 한 명은 수줍음이 많다. 한 명은 모험심이 강하고, 다른 한 명은 소심하다. 스스로 그렇게 믿게 된다. 선택되지 못할 때, 내팽개쳐질 때, 그것은 절대 생김새 때문이 아니다. 내가 나이기 때문이다. 그녀가 아니라.

하지만 여기 더 가혹한 것이 있다. 납덩이처럼 무겁고 잔인한 일. 서로가 없으면 온전하지 않다는 사실을 아는 것이다. 혼자서는 이 세상에서 절대 살아남을 수 없다는 사실도. 애초부터 그렇게 태어났다는 사실도. 그날의 그녀를 생각하면 무엇에도 비할 바 없이 가슴이 아파온다. 발개진 뺨과 눈을 깜박일 때마다 흘러내리는 눈물이 나를 위한 것이기를 바랐지만 사나운 바람 때문이라는 것을 나는 알고 있었다. 카카두정글의 아이언우드와 바니안 나무 밑에서 잠과 사투를 벌이며 서로 먼저 손을 놓지 않으려고 버텼던 때처럼, 내 손을 꼭 쥐었던 그녀의 손가락. 그날이 그녀가―비록 내게 잔인하긴 했지만―날 여전히 사랑할지도 모른다고 느꼈던 마지막날, 마지막 순간이었던 것. 그녀가 먼저 손을 놓은 사람이었던 것.

"난 알았을 거야." 울음이 터져나오자, 거울 속에서 무너져내리는 얼굴을 지켜보는 것 같은 무서운 기분이 든다. 손으로 입을 막는 그녀를 지켜본다. 핏줄이 푸르스름하게 비치는 하얀 피부를 타고 쌍둥이 폭포처럼 흘러내리는 그 눈물을 지켜본다. 그녀가 그것으로 됐다는 듯이, 할 만큼 했다는 듯이 고개를 젓는 것을 지켜본다. 그러다 모두 멈출 것이다.

난 알았을 것이다.

◆◆

john.smith120594@gmail.com　　2018년 4월 15일 21:15

Re : 그는 알고 있다　　　　　　　　　　　　받은 편지함

To : 나에게

단서 9. 너의 매트리스 아래를 봐

나의 iPhone에서 보냄

◆◆

1998년 7월 3일

그는 실제가 아니다. 아빠는 실제가 아니다.

왠지 그럴 것 같기도 했지만 엄마는 어떻게 거짓말을 할 수가 있지???

엄마는 나와 캣에게 옛날 의상과 게임과 책을 상자에 싸서 아래층 미러랜드로 가지고 내려가라고 했고 나는 엄마의 벽장에서 할아버지의 커다란 백가사전 중 하나를 발견했다. 꺼내서 펼쳐봤더니 귀퉁이가 접힌 페이지에 헨리 모건 선장이 있었다!!!!!!!

처음에는 신났다. 왜냐면 선장의 사진이 엄마가 말했던 것과 정확

히 똑같았기 때문이다. 미러랜드에 있는 내 그림과 정확히 똑같았고 그가 민간 무장선의 선장이라고 설명하는 멋진 내용들이 많이 적혀 있었다(민간 무장선 선장이라는 건 정부를 위해 일하는 해적을 화려하게 위장하는 용도일 뿐이라고 생각하지만. 엄마도 그렇게 말했다) 그는 심지어 자메이카 부총독이었다!!!

그런데 캣이 선장이 태어난 연도를 봤다. <u>1635년!!!!!!</u>

우린 정말 믿을 수 없었다. 엄마가 어떻게 우리한테 거짓말을 할 수가 있지? 엄마는 항상 선장이 우리를 사랑하고 미러랜드에서 기다리면 그가 돌아올 거라고 했다. 선장이 우리를 그 섬으로 데려갈 거라고. 산타카탈리나로. 지금 상황에서는 멍청하게 들리겠지만 미러랜드는 마술 같은 곳이 <u>맞다</u>. 나니아나 오즈나 네버랜드나 가운데땅보다 좋다. 다른 데서는 절대 일어나지 않는 일을 거기서는 일어나게 할 수 있다. 그곳은 실제다. 하지만 그건 중요하지 않다. 엄마는 거짓말을 했으니까. 그 사람은 우리 아빠가 아니다. 우리도 이제 안다고 말했더니 엄마가 울었다. 절대 안 우는 사람인데!! 엄마는 우리를 행복하게 해주려 그랬다고 말했다. 그러더니 우리를 얼마나 사랑하는지 계속 말했다 주절주절주절

할아버지는 너무 못됐다! 우리가 멍청해서 그런 걸 믿었다는 식이다. 그게 우리 잘못이라도 된다는 듯이. 할아버지 말로는, 아빠는 엄마가 임신하자마자 떠나버린 엿이나 처먹을 배라먹을 놈이라고 엄마가 우리한테 이야기했어야 한단다. 그래서 캣이 엄마한테 우리 아빠

는 엿이나 처먹을 배라먹을 놈이냐고 물었더니 엄마는 그냥 더 많이 울었고 우리를 성질난 할아버지와 내버려두고 가버렸다.

다 밉다. 둘 다 밉다.

애들 상태를 봐라! 애들이 항상 지쳐 있다고. 빌어먹을 잠을 안 자. 너부터도 쟤들 학업이 엉망이라고 했지. 애들 머리를 빌어먹을 말도 안 되는 것들로 꽉꽉 채워놔서 맨날 꿈속에서 살고 있는데. 이제는 염병할 아비 놈을 17세기 해적이라고 믿게 하고 자빠졌네, 염병! 빌어먹을 감옥에 살아도 쟤들보단 빨리 자랄 거다, 이것아!
할아버지의 목소리와 침으로 얼룩덜룩한 그 입술에 흠칫 움츠러들었던 기억이 난다. 내가 알던 할아버지와 너무 다르다. 눈물을 주룩주룩 흘리며 말하던 엄마의 모습만큼 생경하다. 미안해, 사랑해, 너희들이 둘 다 행복해지기를 바라서 거짓말했단다. 혹은 엿이나 처먹을 배라먹을 놈이었던 얼굴 없는 아빠만큼이나.
바람에 어릿광대 카페의 창문이 덜걱거린다. 이제 너무 어두워져서 보이는 것이라고는 창에 비친 내 모습뿐이다. 휴대전화가 진동한다. 다시 비크다. 내가 받지 않자 문자 메시지가 곧장 화면에 뜬다. 할말이 있어요. 나는 전화기를 아무렇게나 서랍 안에 던지고, 노트북을 열어 john.smith120594로부터 온 마지막 메일에 답장 버튼을 누른다. 손가락이 떨리지만 키보드를 치지 못할 정도는 아니다.

시신이 나왔어. 누군지 말해줘. 제발.

쓰라리고 뻑뻑한 눈을 감는다. 너무, 너무 피곤하다. 심장박동이 느리고 둔탁하게 쿵쿵 울려 가슴과 뱃속까지 전해진다.

아무도 답장하지 않는다.

제 18 장

떠난 지 이십칠 시간 반 후에 그들은 돌아온다. 모두 다. 나는 공주의 탑 창가에 서서 러픽의 반짝이는 은색 BMW가 쇼나의 담청색 비틀—컨버터블이다—뒤에 서는 것을 지켜본다. 쇼나는 딱 붙는 청바지에 얇은 실크 셔츠를 입고 있다. 에든버러에 사는 사람이라면 누가 컨버터블 승용차와 얇은 실크 셔츠를 원하지 않겠는가? 내가 좀더 사소한 것을 관찰하는 데 집중하는 사이, 그들이 대문을 열고 한 줄로 서서 천천히 좁은 길을 따라 들어온다. 심술이 바닥나자 나는 대신 로건의 다리와 넓은 어깨, 우스꽝스러운 머리마저 감탄하며 바라본다.

제발. 현관문 소리, 복도 문 소리, 웅성대는 소리가 들리자 생각한다. 제발. 로스가 계단 발치에서 자신 없는 목소리로 희미하게 내 이름을 부를 때. 대답 대신 하얀 벽장을 열고 엘의 자화상을 보며, 성난 붓질로 채운 그녀의 피부에 손끝을 대고 누른다. 제발. 계단 입구로 나가 난간을 붙잡자 세상이 기우뚱하고 휘청한다. 계단 아래 바닥에 내려서기 직전에 멈춰서, 복도에 있는 엄숙하고 암울한 얼굴들과 주방 문간의 종 달린 나무판자를 내려다본다. 돌돌 말린 검은 스프링, 반짝이는 종, 별 모양 추.

제발.

러픽이 목청을 가다듬더니 우리를 번갈아 바라본다. "유감입니다, 로스, 캐트리오나." 그녀가 고개를, 시선을 떨군다. "확실히 그녀가 맞습니다. 확실히 엘입니다."

그리고 옐로크레이그에서 맞은 그 지독했던 날은 결국 가장 가슴 아픈 날은 아니게 되었다.

◆◆

다시 미러랜드에 와 있다. 눈앞이 보이게 되고 나니, 나는 새티스팩션호의 선미 갑판에 무릎을 꿇고 있다. 랜턴을 가슴에 그러쥐고 성질 급한 뭉게구름과 파도의 하얀 물거품, 점점 가까워지고 있는 음산하고 삭막한 검은 수염을 바라본다.

나는 울지 않는다. 울 수 없다. 하지만 시시각각 몸 전체로 구역질나는 마비 같은 감각이 덮쳐온다. 숨을 쉴 수 없다. 앞이 보이지 않는다. 생각할 수 없다. 잠시 진정되는가 하면 기침이 나고 몸이 떨리고 질식할 듯이 호흡이 들쑥날쑥하다가, 회복할라치면 금세 또 시작된다. 새티스팩션호에서 비틀비틀 내려 텅 비어 있는 긴 통로로 간다. 담장을 따라 반쯤 걸어가다 멈추고, 영원히 손을 보느라 절대 완성되지 않는 엘의 헨리 모건 선장에 대해 생각한다. 우리의 17세기 해적 왕 아버지.

이것은 실제가 아니다. 실제가 아니다.

또 한번 마비가 덮쳐오자 털썩 무릎을 꿇으며 주저앉는다. 무슨 위안을 찾을 수 있으리라 생각했는지 모르겠지만 속삭이기 시작한다. "우린 서로를 버리지 않아. 살아 있는 한 절대로." 되뇌고 또 되뇐다.

소음이 들리고, 그림자가 보이고, 숨통이 꽉 조여들어 오직 가느다란 숨만 한 모금씩 허락한다. 찬 공기가 와락 밀려오고 오싹한 두려움이 지나간다. 어둠 속에서 하얀 선이 벽에 거대한 그림자를 드리운다. 데드라이트다. 뛰어! 하는 소리의 메아리치는 울림. 그 높고도 긴 외침에 깃든 공포. 그제서야 나는 뒤늦게 허둥지둥 일어나, 휘청이며 닥쳐오는 더는 그림자가 아닌 그림자로부터 달아난다.

"캣! 맙소사. 멈춰!"

로스가 내 옆에 무릎으로 털썩 주저앉으며, 허우적대는 내 팔과 다리를 진정시키려 안간힘을 쓴다. 나는 내가 필요로 하고 원하는 정도를 넘어서 힘껏 저항한다. 그는 엘의 남편이기 때문이다. 그가 처음 채광창에서 미러랜드로 폴짝 뛰어내린 그날 이후로, 그는 그녀의 소유이며 그녀는 그의 소유였다. 왠지 그 사실은 지금에서야 내게 중요해진 것 같다. 왠지 나는 심지어 그게 사실이 아니라고 믿어왔다.

"아, 이런, 제발. 제발. 날 내버려둬. 제발!" 나는 우리 둘 다 다칠 정도로 그를 꽉 움켜잡고, 사람을 잡아먹으려 드는 검은 바다에서 그만이 유일한 바위인 것처럼 매달린다.

제 2 부

제 19 장

john.smith120594@gmail.com   2018년 4월 17일 05:50

Re : 그는 알고 있다   받은 편지함

To : 나에게

단서 10. 베를린장벽 뒤

나의 iPhone에서 보냄

◆◆

　나는 어릿광대 카페에 있다. 푸른 수염과 검은 수염이 여기 있
다. 그들은 우리를 벽장에서 끌어내 3번 방으로 데려가 죽을 때까
지 갈고리에 매달아둘 것이다. 죽어가는 우리는 바다 같은 어둠
속에서 비명을 지를 것이다. 피로 흥건한 갑판에서 죽어가는 해

적처럼. 그러면 그들은 우리의 시체를 상어에게 던져줄 것이다.

나는 미러랜드에 있다. 새티스팩션호의 포열 갑판에 책상다리를 하고 앉아, 엘을 마주보고 있다. 우리는 빳빳하게 풀을 먹인 하얀 셔츠 위에 똑같은 타탄체크 원피스를 입고 있다. 우리 사이에 쭈그려앉은 로스만 아니었다면, 마치 거울을 들여다보는 듯했을 것이다. 우리 중 한 명은 거기 있지 않은 것처럼. 그의 손에는 빨간색과 검은색 펜글씨가 적힌 종이 한 장이 들려 있다. 계획.

우린 함께 헤쳐나가야 해, 알지? 로스가 말한다. 우리 셋이. 함께.

애니가 배의 타륜 뒤에서 내게 진지한 얼굴로 윙크한다. 때로는 용감해져야 해. 네가 엄청난 겁쟁이일지라도.

나는 주방 식탁에 앉아 있다. 토스트 위의 스크램블드에그와 먹기 너무 뜨거운 오트밀 죽. 오래된 굴뚝 연통에는 새 한 마리가 갇혀 있다. 벽을 긁으며 날개를 퍼덕이는 소리가 들린다. 내 손은 떨리고 있다. 음식을 제대로 입에 넣지 못하자 엄마의 입술이 가늘어진다. 질질 흘리지 마, 캐트리오나. 할아버지는 성치 않은 다리를 낡은 의자에 걸치고 앉아 고개를 젖히며 웃음을 터뜨리지만, 나보다 더 심하게 손을 떨고 있다. 할아버지는 문 옆에서 문손잡이에 손가락을 올리고 있는 엘을 쳐다본다. 이 녀석아 서서 그러지 말고. 앉아서 먹거라. 엘은 나를 쳐다본다. 그 미소는 끔찍하다. 나는 못 본 척한다. 차 좀 마셔도 될까요?

식료품실의 검은 벨베틴 커튼이 베를린장벽이었다. 언제나 엘이 추운 나라에서 온 영웅적인 스파이 앨릭 리머스였고 나는 항상 반대편에서 어릿광대들과 함께—냉혹한 조지 스마일리와 서커스가 되어—앨릭을 비참한 운명으로 인도했다.* 나는 커튼 밑단 속에 숨겨진 일기장 페이지를 찾아낸다.

<u>1998년 9월 4일</u>

오늘 아침 먹을 때 모두가 모든 게 정상인 척했다.

심지어 나도 그랬던 것 같다. 전혀 정상이 아니었고, 살면서 가장 무서웠는데도.

엄마와 할아버지와 캣은 전부 다 소금 좀 건네달라는 말이나 하고 차 좀 따라달라든가 곧 수업시간이니 서두르라는 말만 했다. 하지만 나는 어떻게 이렇게 정상인 척할 수 있지?라는 생각만 들었다. 못 들었나? 못 봤어? 무섭지 않아? 그는 돌아올 거야.

하지만 나는 입 밖으로 말하진 않았는데, 아마 다들 머릿속에서 생각은 하면서도 소리 내서 말할 수는 없었나보다. 정말로 그렇게 될 수 있으니까. 그러니까 그가 돌아오는 것 말이다.

그래서 아침을 다 먹고 나는 캣을 베를린장벽 뒤로 데리고 가서 손으로 그애 입을 막고 귀에다 속삭였다. "오늘밤이어야 해"!!

사실이니까. 캣이 뭐라 말하든. 우리가 얼마나 겁을 먹었든. 그게 계획이다. 우리가 합의한 것이다.

식료품실의 커튼 뒤에서, 나는 엘의 축축한 손과 먼지투성이 어둠을 뚫고 숨을 쉬려 발버둥친다. 유령들이 속삭이고 쿵쿵거리

---

* 앨릭 리머스는 존 르 카레의 소설 『추운 나라에서 돌아온 스파이』의 주인공이며, 조지 스마일리와 서커스는 각각 존 르 카레 작품에 나오는 등장인물과 비밀정보부를 가리킨다.

며 우리 주위를 돌아다닌다. 오늘밤이 틀림없어.

아니야, 나는 생각한다. 아니야.

맞아, 엘이 말한다. 마치 자리를 바꿔치기한 것처럼 그녀의 미소가 내 손가락 밑에서 느껴진다. 나는 그녀가 되고 그녀는 내가 된다. 그녀의 손을 놓고 커튼을 걷었을 때, 복도와 주방 벽은 전부 흉악한 선홍색으로 칠해져 축축하다. 부엉이 우는 소리가 들린다. 높고 길게. 부츠 발소리에 이어지는 소리, 뛰어! 종소리가 들린다. 고막을 찢을 듯하다. 나무판자가 진동하면서 종 하나하나가 왼쪽 오른쪽으로 흔들리고 별 모양 추가 어스름과 암흑 속에서 번쩍인다. 달이 보인다.

일어나! 엘이 내 목소리로 외친다. 우리의 목소리로. 빌어먹을 일어나라고.

◆◆

나는 스툴에서 떨어져 식료품실 바닥에 넘어진다. 팔이며 다리가 천근 같다. 위는 텅 비어서 메스껍다. 머리가 쑤시고 쑤시고 또 쑤신다. 애도란 이런 기분인가? 아니, 죄책감인가? 내 절반이 없어진다는 게 이런 기분인가? 내 절반이 죽는다는 게?

나는 휴대전화를 집어들어 답장 버튼을 누른다. 아무리 눈을 깜박여봐도 화면은 흐릿하다.

답장해줘. 만나자. 설명하라고. 그럴 거 아니면 빌어먹을 날 좀 내 버려둬.

로스는 주방 창가에 서서, 비 때문에 왜곡되어 보이는 뒤뜰을 내다본다. 빗방울이 지붕과 연통 뚜껑, 홈통을 때린다. 내 기척을 느끼자 그가 돌아본다. 어젯밤 나는 우리가 따로 자야 한다고 주장했고, 밤새 내 목에 닿는 그의 숨결과 배를 감싸는 그의 팔과 내 다리에 엉키는 그의 다리를 그리워했다. 오늘은 그를 쳐다보지도 못하겠다.

"차가 너무 진해졌네." 그가 찻주전자를 들어올리며 말한다. 주전자는 그의 손에서 흔들리더니 뚜껑까지 달가닥거린다. "새로 우릴게."

나는 찻주전자를 받아들며 말한다. "괜찮아." 머그잔을 채우고 앉는다. 아주 크게 한 모금 꿀꺽 들이켠다. 질질 흘리지 마, 캐트리오나.

"캣." 로스가 내 옆에 앉는다. 내 손가락에 닿는 그의 손가락이 따스하다. 그러한 접촉이 아무런 도움이 되지 않는다고, 가슴속 깊이 텅 빈 자리를 단번에 어루만져주지는 못한다고 나 자신을 설득하려 애쓴다. "제발 날 거부하지 마."

하지만 나는 손을 빼서 무릎 사이에 끼우며 말한다. "언니를 봐야겠어."

로스는 거의 움찔하며 놀란다. "뭐? 왜? DNA가—"

"엘이 자살을 선택할 리 없다고 말한 사람은 바로 너였어." 내가 말한다. 그나마 유일하게 나를 지탱하고 있는 것은 완강하고 끈덕지게 자리한 그 생각이다. 난 알았을 것이다. 그녀가 죽는 순간, 익사하는 순간, 떠나는 순간을 나라면 느꼈을 것이다. 어제의 절망적이고 통제할 수 없던, 소름 끼치는 발작은 충격과 수치심 탓이었을 뿐이다.

"의도한 건 아니었을지도 몰라." 그가 다시 내 손을 잡아 자신의 가슴뼈로 세게 끌어당긴다. 너무 빠르게 쿵쿵 뛰는 그의 심장 박동이 느껴진다. "사고였을지도 몰라. 어쩌면 자기가 고통을 겪고 있다는 걸 내가 알아봐주기를 원했을지도 모르지." 그의 눈에 눈물이 그렁그렁 고인다. 내가 다시 손을 빼내자 그가 일어서더니 고개를 돌린다.

키치너 화덕 앞의 타일 두 장을 내려다본다. 그 짙게 물든 회반죽의 갈라진 균열을. 내 미소가 굳어 있는 게 느껴진다. 입술이 갈라져 피가 스며나올 것 같다. "오래전에 어떤 부족에 대해 읽었어. 할아버지 백과사전에서. 그 사람들은…… 수세기 동안 다른 사람들 눈에 띄지 않고 용케 살아남은 행운의 부족 중 하나야. 남아메리카 어디였는데, 확실히 모르겠네."

"캣―"

"이 부족 사람이 뭔가 잘못하거나 잘못하다 걸리면, 또는 그냥 무슨 짓을 했다는 생각이 들면―무슨 짓이든 말이야, 가령 거짓말부터 살인까지―이 부족, 그러니까 부족 전체가 그 사람을 마을 한중간으로 데려가서 주위로 원을 만드는데, 아주 바짝 붙어서서 도저히 빠져나갈 수도 숨을 수도 없게 한대. 그런 다음 그 사람의 좋은 점을 모두 쏟아놓는 거야. 그 사람이 했던 좋은 일들을 전부. 좋은 사람이었던 때를 전부. 거듭거듭. 멈추지 않고. 그 사람이 들을 때까지. 믿을 때까지."

내 목소리가 갈라진다. 울지 않으려고 참느라 눈이 불타는 것

278

같다. 내 손이 그의 손을 잡으려고 꿈틀한다. 내 몸은 드러눕고 싶어 안달한다. 내게 기대는 그의 따스하고 단단하며 묵직한 무게를 느끼고 싶어서, 내 속에서 느끼고 싶어서. 그리고 내 전부는 거울을 보며 엘만을 바라보고 싶어한다. 살을 에는 추운 해변에 서서, 내가 있을 곳은 여기라고 말하고 싶어한다. 그녀가 절대 내 손을 놓지 못하게 하면서. 얼마나 아프든. 얼마나 나를 밀어내든.

제 20 장

마리가 문간에서 화창한 아침햇살 한 자락 속에 서 있다. 칼라 꽃 한 다발을 들고 있다. 눈물이 뺨을 타고 흘러내린다.

"슬픈 마음을 가눌 길이 없네요. 이런 비보가. 너무 비통해요Je suis désolée. C'est affreux. Je suis tellement désolée."

나는 꽃을 받아든다. 꽃에서 나는 소독약 같은 냄새 때문에 눈이 시큰하고 코가 따끔거린다. "고마워요, 마리."

그녀가 아름답게 수놓인 손수건을 꺼내더니 얼굴을 꾹꾹 누른다. "그럴 줄 알았어…… 그럴 것 같았지만…… 그래도 mais……"

"미안해요. 안에서 대접해야 하는데 막 나가려던 참이어서요."

그녀가 내 청재킷을 보고 눈을 깜빡인다. 오늘은 내 뒤쪽 옷걸이에 걸려 있는 회색 캐시미어 코트를 쳐다보지도 못하겠다.

"로스 안에 있나요?"

"아니요." 그가 여기 없다는 걸 그녀도 분명 알고 있을 것이다. 기다리고 있다가 그가 커훈 상점에 간 후 오기로 결정했겠지.

그녀가 내게로 몸을 기울인다. 갑자기 눈빛이 날카롭고 딱딱해진다. "물어봤어요? 그가 내게 말한 것 말이에요. 어떻게 날 협박했는지?"

"마리—"

"당신은 위험에 처해 있어요." 그녀의 손가락이 내 손목을 감싼다. "아시잖아요Tu comprends?"

"마리! 그만해요." 내가 손을 휙 뿌리친다.

그녀가 고개를 저으며 휴대전화를 주머니에서 꺼내더니 내게 쑥 내민다. "보세요Regardez. 엘리스가 사라지기 한 주 전에 그 남자가 나한테 뭐라고 했는지 보세요. 보시라고요!"

그 사람한테서 떨어져. 떨어지지 않으면 후회하게 될 거야.

로스의 번호다. 맞는 것 같다. 하지만 나는 전화기를 그녀 쪽으로 다시 밀치고 문을 닫으려 한다. "지금은 이런 이야기 못하겠어요. 저는 지금—"

"아니요, 해야 해요! 당신은 위험해요!" 그녀가 다시 나를 밀친다. 나를 다시 붙잡으려 한다. "제발S'il te plaît!"

느닷없이 치솟은 분노가 나를 남김없이 활활 태워버리는 게 반갑다. 나는 꽃을 내던지고 문을 홱 젖혀서 마리를 옆으로 밀친 다음 바깥으로 나가 내 뒤로 문을 쾅 닫는다.

"캐트리오나—"

내가 문을 잠그려 기를 쓰는 동안 그녀의 손이 계속해서 나를 건드리고 잡아당긴다. 비명을 지르고 싶다. 이 모든 것에서 도망쳐 다시는 뒤돌아보지 않을 수 있으면 좋겠다.

"캐트리오나. 제 말 좀 들어요! 당신은—"

"전 시신 안치소에 가려는 중이라고요!" 나의 외침은 내 귀에도 거의 비명 같다. 마리가 입을 다물고 뒤로 물러나서는 양손을 옆으로 툭 떨어뜨린다.

다른 눈들이 지켜보는 것을 느끼며, 나는 계단을 내려가 대문을 나선다. 정류장으로 들어오고 있는 49번 버스를 향해 도로를 따라 걸어간다. 속도를 늦추지도, 방향을 바꾸지도 않는다. 뒤돌아보지 않는다.

◆◆

시립 시신 안치소는 아름다운 빅토리아양식 테라스하우스 사이에 낀 콘크리트 덩어리 흉물이다. 금속 셔터를 내린 커다란 창고 옆에서 로건이 쌍여닫이문에 기대어 서 있다. 나를 보자 몸을 바로 세운다. 진중한 미소가 잠깐 스쳐지나간다. 다시 질식할 것 같은 발작의 위협이 일지만, 아랫입술을 꽉 깨물고 손톱을 손바닥의 가장 통통한 부분에 깊게 찔러넣으며 억누른다.

"안녕하세요, 캣."

로건의 옆으로 벽에 에든버러 시립 시신 안치소라고 쓰여 있다. 매우 거창한 그 금색 현판은 얼마나 잘 닦아두었는지 얼굴이 비칠 정도다. 나는 눈을 크게 끔벅이고는 현판 대신 하늘을 올려다본다. 하늘은 봄눈을 예고하며 하얗고 무겁게 내려앉아 있다.

"입술에서 피가 나요."

로건의 손바닥 아랫부분이 내 뺨에 닿는다. 피부에 닿은 그의 엄지손가락에서 거친 온기가 느껴진다. 나는 고개를 돌려 입술을 이 사이로 지그시 문다.

"괜찮아요."

그가 끄덕이고는 양손을 허리께로 가져간다. "그래요."

"로건." 러픽이 문 안쪽에 서 있다. 그녀의 매끈한 포니테일과 강렬한 눈빛을 바라보는 것만으로도 다시 집으로 돌아온 기분이 된다. 유감입니다, 캐트리오나. 확실히 그녀가 맞습니다. 확실히 엘입니다. "서에서 자네를 찾아."

그는 별다른 대꾸를 하지 않지만, 내게 가까이 다가와 잠시 손을 꼭 쥐는 태도에는 반항의 기미가 묻어 있다. "몸조심하세요, 아시겠죠? 제 번호 가지고 계시죠?"

러픽이 문을 열어 잡아주며 내게 고갯짓하자, 나는 그녀를 지나쳐 안으로 들어간다. 대기실은 부드러운 미색이다. 매우 따스하고 매우 텅 비어 있다.

"잠시 앉으시죠." 그녀가 말한다. "꼭 봐야겠다고 마음 굳히신 겁니까?"

나는 고개를 끄덕인다. 꼭 그런 마음인지는 모르겠지만.

그녀가 한숨을 내쉰다. "DNA 보고서를 보여드리는 게 도움이 될까요?"

도움이 된다는 것이 무슨 뜻인지는 모르겠다. 하지만 다시 고개를 끄덕일 만큼 보고 싶다는 것은 확실히 안다.

그녀가 휴대전화를 꺼내더니 내게 건넨다.

DNA 추출 검사 결과

참조 표본:

ID 1551204: 엘리스 매콜리(생년월일 86/07/01) 소유 부드러운 모 칫솔 [수거 18/04/04]

ID 1551205: 엘리스 매콜리(생년월일 86/07/01) 소유 굵은 롤 머리빗 [수거 18/04/15]

친족 표본:

ID 1551206: 일란성쌍둥이 자매 캐트리오나 모건[식별번호 1551_201](생년월일 86/07/01) 구강 면봉 채취 [수거 18/04/15]

신원 미상 여성[식별번호 1551_200] 표본:

얼굴 일부와 상체 일부 비누화. 대퇴부 골수에서 DNA 추출.

DNA 추출은 모든 표본에서 개별적으로 수행되었다. 유전자 특성은 다음의 PCR 단좌위 기술 분석을 통해 판별되었다. 결과는 원 표본을 재검사하여 확정되었다. 모든 실험 분석과 해석은 국제법유전학회(ISFG) 소속 DNA위원회의 권고를 따랐다.

결론:

우리의 분석과 생물통계학적 평가 결과에 기초한바, 신원 미상 여성[식별번호 1551_200]은 리스 웨스터릭 로드 36번지의 엘리스 매콜리(생년월일 86/07/01)와 99.9999% 이상 일치한다는 사실이 실질적으로 증명되었다.

또한 캐트리오나 모건(식별번호 1551_201)(생년월일 86/07/01)
이 사망자의 생존한 일란성쌍둥이일 확률은 99.9999% 이상이다.

감정인:

닥터 이언 패터슨(MB ChB, BMSc(Hons)), 왕립병리학협회
회원(FRCPath), 법의학협회 회원(MFFLM)

북부 로디언 범죄수사과

수석 법의학 병리학자

나는 눈앞이 부예질 때까지 두 번, 세 번 읽는다. 휴대전화를
돌려주는 내 손이 떨린다.

"출력본을 받고 싶어요." 권위를 실어 말하려 애쓰지만 목소
리가 떨리고 있다. 마치 물속에 들어온 것처럼 백색소음이 귀를
뚫고 덤벼든다.

"물론이죠." 러픽이 말한다.

"그래도 언니는 보고 싶어요."

"그건 정말 안 좋은 생각인 것 같습니다만. 별 도움이 되지 않
을 겁니다. 되도록—"

"봐야만 해요." 가까스로 러픽을 쳐다본다. 그녀의 이마에는
주름이 잡혔고, 입술은 가늘게 꾹 다물었으며, 눈은 염려로 가득
하다. "제발."

그녀가 마침내 고개를 끄덕인다. "하지만 이후에 몇 가지 질문
을 드릴 게 있습니다. 캐트리오나. 아시겠죠? 중요한 겁니다."

내 심장박동 때문이든 귀에서 울리는 아우성 때문이든 그녀의 목소리는 거의 들리지 않는다.

◆◆

러픽이 나를 다른 문으로 데리고 간다. 방문객 시설. 마치 관람용 대저택에 입장하듯이. 그 너머에는 복도가 있고 더 많은 문이 있다. 면회실, 상담실. 나는 러픽 뒤를 따라간다. 아무 말도 하지 않는다. 아무 생각도 하지 않는다.

관대棺臺 보관실이라고 적힌 문을 지나지만, 관대가 뭔지 묻기도 전에 러픽이 옆에 나란히 있는 문을 연다. 대면실. 입이 꽉 다물어진다.

안에 있는 모든 것은 초점을 흐리게 맞춘 듯 야단스럽지 않으며 온화하다. 공공기관 느낌이 아니다. 조명은 낮게 설치되어 있고, 소리의 울림도 어쩐지 최소화한 것 같다. 그리녹 잠수해양부대에서 오늘 아침 발견했습니다라던 로건의 말 이후로 내가 상상해온 장면은 〈CSI〉나 〈무언의 목격자〉에서처럼 보관용 금속 서랍과 큼직한 배수구가 뚫린 강철 테이블이 놓여 있는, 살균 소독한 흰 타일 공간이었다.

러픽이 내게 앉으라고 요청할 때 그녀의 목소리에서 날카로운 구석은 모두 사라졌다. 팔걸이의자는 베이지색에 푹신하다. 벽에는 수채화 풍경화가 걸려 있는데, 거의 십삼 년 전의 병원 대기실과 거기에 있던 플라스틱 액자 속 바위와 모래와 파도가 보이는 바다 풍경을 떠올리게 한다. 나는 이곳저곳을 눈으로 살핀다. 맞

286

은편에 파란색 커튼으로 가려진 커다란 창만 제외하고……

노크 소리에 깜짝 놀란다. 문이 열리고, 나는 용수철처럼 튀어 오른다. 더는 앉아 있지 않아도 되어서, 쳐다보지 않으려 애쓰는 일을 그만두게 되어서 감사할 지경이다.

"캐트리오나." 러픽이 말한다. "이쪽은 닥터 클레어 맥더프입니다."

닥터 클레어 맥더프는 오십대 중반에, 잘하면 오 피트가 될 것 같은 키다. 엷은 갈색 머리는 짧고 풍성하며, 푸른색 뿔테 안경을 썼고, 미소에서는 배려가 느껴진다. 무엇보다도 청바지에 스웨터 차림이라는 데서 가장 어리둥절해진다. 수술복, 샤워 캡, 장갑, 고무장화 같은 장비들을 기대했던 터였다.

그녀가 먼저 손을 내밀어 악수한다. 힘차게 손을 흔들면서 말한다. "안녕하세요. 언니분의 부검을 맡은 법의관 책임자입니다."

"아." 터무니없게도 굉장하네요라는 말이 튀어나오려는 것을 도로 삼킨다.

그녀가 마침내 내 손을 놓아준다. "여기 왜 오셨는지는 알고 있습니다만, 유감스럽게도 이번 사건의 경우 친족분들이 사체를 보지 않는 것이 좋겠다는 권고를 했습니다. 상급 수사관으로서 러픽 경위 또한 부검에 참여했고, 따라서 왜 제가 반대를 했는지 잘 알고 계시죠." 내가 입을 떼려 하자 그녀가 손바닥을 들어 저지한다. "그렇긴 하지만. 사정 설명도 들었죠. 저도 마냥 무정한 인간은 아니니까요. 그래도 일단 제 말씀을 먼저 들으셔야 동의를 해드리겠습니다. 아시겠죠?"

"알겠습니다."

"보통은 포스만에서 시신이 발견될 경우, 부패 과정에서 나오는 가스 때문에 시신이 며칠 만에 수면으로 떠오르게 됩니다. 하지만 언니분께서는 포스만에 십삼 일 동안 잠겨 있었습니다. 그 말은, 일반적인 부패뿐 아니라, 시신이 다른 많은 변화와 외상을 겪었다는 뜻입니다. 그 사실을 아시는 게 중요합니다. 제가 기꺼이 언니분을 보여드리기 전에, 그걸 미리 아시는 게 중요합니다, 아시겠죠?"

로건과 통화하고 처음으로, 생애 최악의 것을 보게 될지도 모른다는 생각이 불현듯 스친다. 잠에서 깼을 때부터—어쩌면 깨기 전부터—몸이 계속 떨렸는데 갑자기 떨림이 멈춘다.

"시신이 물속에 일정 시간 동안 있게 되면, 비누화라는 자연적인 보존 과정을 거치게 됩니다. 이 과정은 시랍이라는 것을 형성하는데, 즉 엘리스의 신체 조직의 많은 부분이 밀랍처럼 변해서 깨지기 쉬운 상태가 되고 일그러진다는 뜻입니다." 그녀가 나를 쳐다본다. "닳아버린 초나 줄에 매달아둔 샤워 비누를 생각해보시면 됩니다."

"네, 그만 됐습니다." 러픽이 발끈하면서 내 양 어깻죽지 사이에 손바닥을 얹는다. "꼭 그렇게까지 자세히 설명하실 필요가—"

"이분은 자신이 지금 무엇을 요구하고 있는지 아셔야 합니다." 닥터 맥더프가 말한다. 그녀가 그 흔들림 없는 시선을 내게 돌린다. "머리, 더 구체적으로는 얼굴이, 물속에 잠겼던 사체에서 항상 가장 흉하게 망가지는 부분입니다. 그래서 신원 확인을 위해서는 항상 DNA에 의존하죠. 엘리스의 입술, 귀, 코, 후두가 살을 파먹는 해양 포식자들에 점령되어 일부 먹혔습니다. 사체가 상당히 훼손되었어요."

살을 파먹는 해양 포식자가 뭔지는 모르겠지만 물어볼 생각은 없다. "그렇군요."

"캣." 러픽이 입을 연다. 그녀는 이제 내 등을 살살 쓸며 원을 그리고 있다. 그녀의 눈이 너무 검어 동공이 보이지 않는다. 눈썹 사이에 깊은 주름이 두 줄로 파여 있다. "들으셨죠? 보는 게 도움이 안 된다니까요. 언니의 모습을 알아볼 수 없을 겁니다. 보지 않는 쪽을 저는 강력하게—저희 모두 강력하게—권유드리고 싶네요."

나는 그녀로부터, 그녀의 손이 닿는 범위로부터, 걱정스러워하는 눈길로부터 뒤로 물러난다. 나를 캐트리오나라고 부르던 차갑고 효율적인 로봇일 때의 그녀가 낫다. 이런 이상한 친절은 참을 수가 없다.

"전 보고 싶습니다."

"좋습니다." 닥터 맥더프가 말한다. "여기서 기다리시면, 관대 보관실에서 직원이 시신을 옮겨오도록 하겠습니다."

나는 그녀가 나갈 때까지 기다렸다가 고르지 못한 숨을 들이마신다.

"캣—"

"꼭 봐야 해요." 내가 답한다. 목소리가 흔들리지 않았기를 바라면서.

러픽이 내 어깨를 꽉 쥐고 커튼 쪽으로 걸어간다. 문 가까이에 있는 스위치 패널에 녹색 불이 들어온다.

나는 숨을 참고 있다. 참고 있다는 것을 알아차렸을 때에도 멈출 수가 없다. 숨을 내쉴 수 없고 다시 들이마실 수 없다. 두피에서부터 천천히 소름이 내려와 양 어깻죽지를 누르며 목에 경련을 일으킨다. 다시 입술을 깨물자 아랫입술이 욱신욱신 울린다. 아까 스며나온 피 위로 새로운 피 맛이 돈다. "꼭 봐야 해요."

러픽이 짧게 고개를 끄덕인다. 그녀가 커튼을 젖히자 불이 환하게 밝혀진 공간이 차츰 드러난다. 나는 눈을 감는다. 눈을 뜬다.

알아야만 한다. 이유는 그뿐이다.

그리고 그때. 그것이 나타난다.

머리카락이 없다. 두피는 완전히 민머리다. 반지르르하고 크림색에, 두텁게 주름이 졌다. 제일 처음 떠오른 것은 한참 타고 난 제단 양초의 밀랍이 녹고 또 녹아서 비대칭적인 파도를 그리는 모습이다. 코는 그냥 구멍일 뿐이며 부비강 통로의 검은 미궁일 뿐이다. 눈꺼풀이 없다. 눈도 없다. 치아는 입술이 없는 미소 속에 붙박여 있다. 밀랍 같은 회색 목과 파란 멸균 천 아래로, 닥터 맥더프가 양쪽 쇄골 끝부터 Y자로 절개해 두꺼운 검은 실로 봉합한 자국이 얼추 보인다. 나는 멸균 천 아래로 금속 들것에 실린 채 미동도 없이 납작하게 누워 있는 그 몸을 상상해보려 애쓴다. 그러다 멈춘다.

내가 창에서 물러나자, 러픽이 그곳에 있다가 나를 돌려세워 문으로 갈 수 있도록 도와준다. 이번에는 등에 닿는 손을 원망하지 않는다. 복도에 다다르자마자 다리가 풀린다. 그녀가 나를 가까이 당길 때, 나와 함께 타일 바닥으로 주저앉을 때, 그 이상한 친절도 더는 원망하지 않는다. 오히려 그녀에게 힘껏 손을 뻗으며 그만큼 그 친절을 갈구한다. 그녀의 단정한 검은 제복 재킷에 대고 흐느끼고 울고 구역질하며, 그 모든 은색 공포와 수치심이 내게서 쏟아져나오도록 놓아둔다.

◆◆

"받아요."

러픽의 손에서 머그잔을 받아든다. 차는 너무 뜨겁고 설탕이 너무 많이 들어갔지만 어쨌든 마신다. 그녀의 사무실은 싸늘하다. 안치소에서 경찰서까지 차를 타고 온 길은 거의 기억나지 않는다. 구역질이 나고 머리가 지끈거린다. 눈이 너무 부어서 앞이 잘 안 보일 정도다.

"그대로 정말 괜찮겠어요? 의사나 아니면—"

"어떻게 죽었죠? 어떻게 죽었는지를 안 물어봤네요."

러픽이 나를 바라보며 납작한 손바닥을 내보인다. "아직 확실하진 않습니다. 어쨌든 검찰관이 납득할 만큼은 아니라서. 가장 명백한 사인은 익사나 저체온증일 겁니다. 하지만…… 단정을 지을 만큼 폐나 순환계 조직이 온전하지 않았습니다."

살을 파먹는 해양 포식자가 떠오른다. 부비강 통로의 검은 미궁, 눈 대신 뚫린 깊은 구멍이 눈에 선하다.

"우리가 알고 있는 것은 엘의 골수에서 디아제팜, 플루옥세틴, 옥시코돈이 다량 검출되었다는 겁니다."

욕실 거울 뒤에 있던 약통들이 떠오른다. "사람을 죽일 만큼요?"

"그것도 아직은 확신할 수 없습니다. 독성 물질이 뼈에 침전되어 있는 시간은 정확히 계산할 수 없습니다. 골수에서 측정된 수치는 혈액 검체 측정치보다 일반적으로 높게 나와요." 그녀가 몸을 숙이며 묻는다. "옥시코돈은 아편계 약물이라, 심각한 통증이 있을 때 주로 사용하죠. 모르핀보다 강합니다. 엘의 주치의는 처방한 적이 없어요. 언니가 약물을 남용한 전력이 있는지 혹시 알고 있나요? 기분 전환용으로 약물을 쓴 적은요?"

"뭐라고요? 아니요. 당연히 없어요." 발륨은 물론 아편계 약에 손대는 엘을 나는 상상할 수 없다. 술도 안 좋아했던 사람이다. 한순간이라도 통제력을 잃을 위험을 무릅쓰지 않을 사람이다. 나는 러픽의 책상과 그 위에 놓인 수술복을 입고 활짝 웃는 남자의 사진을 내려다본다. "언니는 그것 때문에 죽었나요, 그럼?"

"이렇게든 저렇게든 원인을 제공했을 가능성이 있죠."

나는 차갑게 젖은 돌 위에 서 있던 때를 떠올린다. 멀리 동쪽 방파제와 다닥다닥 붙어 있는 석조 주택들 뒤로 빈 언덕을 바라보던 것. 만조 때 파도의 하얀 물거품과 북해의 아득한 수평선을 바라보던 것. 그리고 그곳, 우리가 오래전에 달려갔던 그곳이 엘이 사라진 장소라는 사실을 떠올린다. 하지만 그녀는 사라진 게 아니었다. 내내 그곳에, 울부짖는 바람과 비와 그 모든 잿빛 파도 아래, 심해 수로의 짙은 암흑 속에 있었다.

"배는 언제 인양할 건가요?" 내가 가까스로 묻는다. "과학수사라든지, 뭐 그런 거요. 누군가 배수 플러그를 제거했고 선체에 드릴로 구멍을 뚫어놨잖아요. 돛을 무너뜨렸고요. 또—"

"선상 변기도 망가뜨렸죠." 러픽이 말한다. 내 편을 드는 사람의 어조는 아니다. "그럼 물이 빠지는 게 아니라 오히려 들어오게 돼요."

나는 창문 밖으로 음산하게 가라앉은 창백한 풍경을 내다본다. 이 도시의 고딕 탑과 철탑, 아득한 푸른 언덕들. 피부가 가렵고 떨린다. 물속에 들어가려고 숨을 참을 준비를 하는 사람처럼 숨을 들이쉰다.

"엘은 스스로 목숨을 끊지 않았어요. 절대 그럴 사람이 아니에요."

"뭐, 그건 당신 의견이고요. 그렇게 믿어야만 한다는 것도 이해합니다. 하지만 2005년에―"

"돌겠네, 제가 말씀드렸잖아요. 언니는 그때 스스로 목숨을 끊으려던 게 아니라고요! 나를 속상하게 하려고 그랬어요. 로스의 관심을 끌고, 날 떠나게 만들려고. 그건 단지―언니는 병원에 실려가서 위세척을 해야 되는 딱 그만큼만 아세트아미노펜을 먹었어요. 그게 바로―" 나는 말을 중단한다. 진정해보려고 노력한다. "로스도 언니가 자살했다고 생각하지 않아요." 이제 더는 사실이 아닐 것 같지만. "우린 가만히 앉아 있기만 하지 않을 거예요. 그게 당신이 원하는 거라면, 우린 둘 다 그럴 생각이 없어요. 이 사건은 언니가 저지른 게 아니에요. 누군가가 언니에게 한 짓이에요. 난 알 수 있어요."

러픽은 내가 엘이 죽지 않았다고 확신했던 것을 굳이 거론하진 않지만, 표정은 이미 그 생각을 하고 있다는 것을 말해준다.

"보세요." 그녀가 말한다. "해양사고조사국이나 스코틀랜드

환경보호청은 리뎀션호를 인양하는 데 자금을 지원하지 않을 겁니다. 상업 선박도 아니고, 우린 이미 알고 있으니까요, 어떻게―"

"그래서 그냥 거기서 썩게 놔둘 건가요?"

"때로는, 어떤 살인 사건의 경우 범죄수사과가 추가 수사를 위해 정부로부터 자금 지원을 받기도 합니다. 하지만 이건 그에 해당하지 않습니다."

그 단정적인 어조에 뭐라도 주먹으로 치고 싶어진다. "하지만 카드는요? 언니는 협박을 받고 있었잖아요. 그리고 전 더 많이 받았고요! 다 보관하고 있어요. 헛간에 카약이 있어요! 그리고 카드 말고도―"

러픽이 고개를 저으며 손을 치켜든다. "카드가 엘에게 일어난 사건과 관계가 있다고는 생각되지 않습니다. 수사를 했고, 로스와 엘이 제시했던 가능성을 모두 검토해봤지만, 카드가 명백하게 엘이나 당신의 생명을 위협했던 적은 없어요. 로스가 목표물이었다면 몰라도요. 로스에 대해서도 이미 조사를 해봤습니다. 부부 사이가 안 좋았어요. 엘에게 만나는 사람이 있었을 수도 있죠. 아니면 그가 만나는 사람이 있었거나. 사람들은 자기와 상관없는 드라마에 간섭하거나 훼방을 놓고 싶어하니까요."

나는 망연자실하고 답답하고 궁지에 몰린 기분이다. 며칠 동안 엘에게 이메일을 보냈고 엘에게 화를 내왔다. 그러는 내내 사실 그 상대는 마우스였다. 만약 로스가 옳다면 카드 역시 마우스가 보낸 것이고, 그렇다면 러픽에게 말해야 한다. 이메일을 보여주어야 한다. 이미 마우스를 조사했다 해도, 마우스는 연루되어 있다. 그녀는 처음부터 무슨 일이 벌어지고 있는지 알고 있다고 내게 말해왔다. 나는 알고 있다. 그가 당신이 알기를 원하지 않는 것들을. 엘은 죽었어. 내가 도울 수 있다. 마리의 전화기에 있던 로스의 문자 메시지가 떠오른다. 그 사람한테서 떨어져. 떨어지지 않으면 후회하게 될 거야.

"캐트리오나." 러픽이 테이블 건너 양손을 뻗는다. "제 말 들어보세요. 네? 엘의 자살 시도 전력이나, 우울증과 실종 당시 복용하고 있던 약물, 지갑이며 전화기, 여권을 놔두고 간 것, 요트클럽 사람에게 목적지라고 말했던 곳 근처에도 가지 않은 곳에서 리뎀션호가 발견된 것까지, 모두 사고 또는 자살을 가리키고 있습니다. 둘 다 받아들이고 싶지 않겠지만, 우린 아마 둘 중 어느쪽인지 영영 알 수 없을 겁니다." 그녀가 작은 손을 내 손 위에 얹는다. "유감입니다. 진심으로요."

어지럽다. 머리가 지끈거린다. 무슨 말을 해야 할지 모르겠다. 무엇을 해야 할지. 러픽에게 이메일에 대해 이야기하면 미러랜드와 엘의 일기장에 대해서도 이야기해야 한다. 1998년 9월 4일에 무슨 일이 일어났는지를 이야기해야 한다. 그럴 수는 없다.

일어나 달리고 싶다. 러픽이 얼마나 냉혹하리만치 효율적으로 불을 꺼뜨리건 간에 그 불을 계속해서 다시 피워올리고 싶다. 그렇게 하지 않으면 내게 남는 것이라고는 이 납덩이 같은 잔인한 앎, 그 무엇보다 크고 깊고 지독한 공허뿐이다. 다른 십만 명의 아이들보다 특별하며 올빼미쏙독새나 캘리포니아콘도르만큼 희귀하다는 사실보다 크고 깊고 지독한 공허. 침대에 아파 누워 있으면서도 여전히 날 수 있고, 피부를 휙 스치는 차가운 공기와,

간지럼처럼 쓸고 가는 나뭇잎과 나뭇가지와, 추락의 공포와, 착지의 고통과, 알아차림의 경이를 느낄 수 있다는 사실보다. 하나의 반쪽이며 절대 혼자가 아니라는, 모래와 석회가 유리가 되듯이 며칠, 몇 시간, 몇 분 후면 새로운 무언가로 융화할 수 있었다는 사실보다. 나는 잔인한 공허와 함께 덩그러니 남겨지고 싶지 않다. 어떤 것도 진실이 아니었다는 사실을 깨닫고 싶지 않다. 우리는 절대 특별하지 않았다고. 엘이 죽었지만 난 느끼지 못했다고. 결국 나 혼자서도 세상을 살아갈 수 있다고.

나도 모르게 다시 울고 있다. 울다 숨이 막혀 바닥에 웅크리고, 걸음마를 시작한 아기처럼 의자 다리에 매달려 있다.

애나가 옳았다. 내가 이 모든 일을 그르쳤다. 엘을 실망시켰다. 그것도 모자라 모든 면에서 엘을 배반했다. 그녀의 것을 빼앗고, 그녀를 증오하고, 불신하고, 버렸다. 거듭거듭. 오랫동안 그녀의 최악의 모습만 생각하는 겁쟁이였다. 도망친 사람은 나였다. 그리고 지금 나는 그녀 앞에서 정당한 처분을 받을 수도 없다. 미안하다고 말할 수조차 없다.

◆◆

러픽은 나를 진정시키려 애쓰지 않는다. 슬픔을 토해낼 연료가 떨어질 때까지 곁에 머물러주다가, 나를 다시 일으켜세워 의자에 앉히고는 책상 서랍에서 위스키 병을 꺼낸다.

나는 한 잔을 벌컥 마셔버린다. 그녀가 한 잔을 더 따른다. 기력을 다한 떨림이 몇 초마다 여진처럼 몸을 훑고 지나간다.

"항상 화장을 원한다고 했어요." 내가 조용히 말한다.

"준비를 시작하시려면 시간이 좀 걸릴 겁니다." 러픽이 말한다. "검찰관이 우리 수사보고서와 검시보고서를 검토하고 판단을 내린 다음에야, 가장 가까운 친족에게 시신을 인도할 수 있습니다. 정말 엘이 화장을 원했다면, 그 문제도 역시 검찰관이 승인해야 합니다. 유감스럽게도요."

"하지만 왜요? 사고라면, 또는 말씀처럼 스스로 목숨을 끊었다면, 왜—"

"우리가 무슨 생각을 하고 무얼 알고 있든지 간에, 모든 증거는 다른 모든 사건과 마찬가지로 편견 없이 수거되고 보고되고 판결을 받아야 합니다." 그녀가 내 눈을 똑바로 바라본다. "게다가 이 사건의 경우 복잡한 문제가 있었습니다. 이례적인 일들과 불명료한 정황들이요."

내가 똑바로 고쳐 앉는다. "어떤 이례적인 일요? 왜 진작 얘기해주지 않으셨어요?"

무언가를 파헤치는 눈길이 돌아왔다는 것을 나는 너무 늦게야 알아차린다. 날카롭게 주시하는 그 짙디짙은 눈동자.

"요즘은 사체의 신원을 확인하는 다양한 방법이 있죠. 하지만 확인하는 목록은 항상 같습니다. 소지품, 신체 특이사항, 외양, 치과 기록, DNA." 그녀가 나와 눈을 마주친다. "엘의 경우, 닥터 맥더프의 말처럼 상당한 외상과 부패를 겪었기 때문에, 신체 특이사항이나 외양으로 식별하는 게 불가능했습니다."

대면실에서 그랬던 것처럼 나는 갑자기 숨을 내쉴 수도 들이마실 수도 없다.

"그리고 이것은 당신에게도 정신적 외상을 남길 수 있겠죠, 이해합니다. 하지만 당신이 원하는 게 제가 원하는 겁니다. 엘의 시신이 인도되는 것, 사건이 정당하고 올바르게 종료되는 것이죠. 그래서 이러한…… 이례적인 일들을 다루어야 하는 겁니다." 그녀가 눈을 깜박인다. "설명이 되어야 하죠."

나는 아무 말도 하지 않는다. 숨을 내쉬지 않는다. 들이쉬지 않는다.

러픽이 거의 내게 닿을 만큼 몸을 앞으로 기울인다. "제가 물어볼 게 있다고 했던 거 기억하시나요, 캐트리오나?"

기억하고 있지만 고개를 끄덕이지 않는다. 그리고 그 질문이 무엇일지 이제는 알 것 같지만. 그 모든 곁눈질과 의미심장한 침묵 뒤에 자리하던 것. 그녀가 모르는 무언가를 내가 알고 있다고 항상 생각해왔다는 듯이, 내가 어쩌다 발을 헛디뎌 기회를 내주기를 기다리고 있었다는 듯이. 그녀가 옳았다. 방금 내가 그렇게 된 것 같으니까.

"잠수부들이 소지품을 찾으러 내려간 후에 말이죠," 러픽이 말한다. "우리는 엘의 치과 기록을 살펴봤습니다. 뭘 발견했을 것 같나요, 캐트리오나?"

내가 마른침을 삼킨다.

"엘의 치과 기록은 전혀 찾을 수 없었어요." 러픽의 미소는 희미하고 농담의 기미도 없다. "그래서 DNA 검사를 하는 동안 로건에게 그녀의 신상을 더 자세히 조사해보게 했죠. 그냥 기본적인 사항들요. 출생지, 부모, 학교. 그리고 우리가 무엇을 발견했을까요, 캐트리오나?" 목소리는 여전히 친절하지만 그녀의 말은 강철같이 다가온다.

　나는 가까스로 고개를 젓는다.

　"아무것도 없었어요. 아무것도 발견하지 못했어요."

　나는 눈을 감는다.

　"1998년 9월 5일 이전에는, 엘과 당신이 마치 전혀 존재하지 않았던 것처럼요."

제 21 장

엘과 나는 어릿광대 카페의 침대 위에 책상다리를 하고 앉아 있다. 엘은 반짝거리는 배기팬츠를 물방울무늬 멜빵으로 고정했다. 나는 타탄체크 멜빵바지에 오렌지색 가발을 쓰고 있다. 얼굴은 디키 그록의 슬픈 눈과 슬픈 입에 맞추어 칠했다. 엘은 얼굴은 하얗게, 입술은 빨갛게 칠하고서 섬뜩한 포고처럼 씩 웃고 있다.

우리는 오십년대 미국식 간이식당에서 플라스틱 테이블에 앉아 있다. 블랙커피를 마시며 튀긴 도넛을 곁들인다. 포고는 우리 옆에 앉아 있고, 디키 그록은 튀김기 담당이다. 주크박스에서 〈Teddy Bear〉〈Love Me Tender〉〈Blue Moon of Kentucky〉가 흘러나온다. 나는 엘에게 속삭인다, 우린 언제 떠날 수 있어? 언제 가? 우리는 어릿광대가 아니고, 그들도 그 사실을 알고 있거나, 알아낼지 모르기 때문이다. 어릿광대들은 똑똑하고, 어릿광대들은 무서우며, 어릿광대들은 사람과는 완전히 다른 종족이기 때문이다. 어릿광대들은 사람을 증오한다. 모두가 그것을 알

고 있다. 하지만 엘의 빨갛게 활짝 벌어진 웃음은 말한다, 아직은
아니야, 아직은 아니야. 그녀는 이빨 요정을 더 두려워하기 때문
이고, 모두가 이빨 요정은 어릿광대를 무서워한다는 것을 알고
있기 때문이다.

하지만 푸른 수염은 그렇지 않다.

♦♦

카페는 붐비고 덥고 너무 시끄럽다. 사람들이 재잘대고 끊임없
이 의자를 끄는 소리, 원두를 가는 소리와 야단스럽게 스팀이 쉭
퍼지는 소리. 나는 물방울이 주르륵 흐르는 큼직한 창문 밖으로,
까닥거리는 우산과 잰걸음으로 지나가는 꽁꽁 싸맨 사람들을 지
켜본다.

"4월에 빌어먹을 눈이라니." 러픽이 자리에 앉으면서 큰 카푸
치노 컵과 세 개들이 버번 비스킷을 내민다.

나는 컵을 쥐어 손을 녹인다. 우리 뒤쪽 테이블에서 아이 한 명
이 고함을 지르고 젖먹이가 빽빽거리기 시작한다.

"비스킷 좀 먹어보세요." 러픽이 말한다.

메스꺼움이 내 위 속에 돌처럼 들어앉아 있다. 또다른 아기가
울부짖기 시작한다.

"아이를 가지고 싶다는 생각은 한 번도 안 해본 것 같아요."
러픽이 눈동자를 굴리며 말한다. "2006년에 아주 이상했던 날
하루만 빼면. 시간이 아주 잠시 똑딱하더니, 그후로 제 시계는 영
원히 멈췄죠. 다행히도."

내가 여전히 입을 열지 않고 그녀를 쳐다보지도 않자, 그녀가 컵을 내려놓고 양손을 단단히 맞잡는다.

"보세요. 더는 슬픔을 안겨드리기 싫지만, 이 문제는 해결을 해야 해요." 그녀가 뜸을 들인다. "출생증명서도, 병원 진료 기록도, 심지어 신생아 손발 도장을 찍은 기록 하나도 없고, 두 분에 대해 우리가 입수한 실질적인 첫번째 자료는 앤드루 데이비드슨이라는 순경이 1998년 9월 5일에 남긴 경찰 보고서가 전부인데요. 그 보고서에는 두 분이 가출했고 뮤어다이크 플레이스 10번지에 사는 육십육 세의 피터 스튜어트라는 사람이 두 분을 발견했다고 되어 있습니다. 로건과 제가 자세히 그 보고서를 살펴봤는데, 더 이상한 건 뭔 줄 아세요?"

커피 컵에서 나오는 열기가 내 피부를 달군다.

"피터 스튜어트 씨가 당신들을 그랜턴 항구에서 발견했다는 거죠."

손가락이 따끔거린다. 아직도 엘의 온기와 꽉 붙잡았던 손이 느껴지는 것 같다. 뼛속까지 파고드는 차가운 북해 바람에 몸이 부르르 떨린다. 바람은 만의 우묵한 굽이에 갇혀, 파도를 채찍질하고 돛대와 부표를 덜컹거리게 한다. 잔뜩 눈을 머금은 하얀 하늘 대신, 내겐 방파제 위로 피멍처럼 기어오르는 붉은 새벽이 보인다. 피처럼 시큼하고 검고 음흉하다.

"두 분이 열두 살이었을 때, 갑자기 그랜턴 항구에—획!—나타난 거죠. 어쩌다 거기 있게 됐는지, 어디서 왔는지 말하지 않았고 다만 이름만 밝혔죠. 아무도 두 분을 찾는 실종 신고를 하지 않았고, 찾으러 온 사람도 없었어요. 신체적 폭력의 흔적이라고 볼 수 있는 상처가 있었는데도요. 두 분의 이름은 어떤 종류의 어느 기록부에도 존재하지 않았습니다. 두 분은 존재하지 않았어요."

그녀가 다시 뜸을 들이더니 몸을 의자 뒤로 기댄다. 기다린다. 나는 아무 말도 하지 않고 아무것도 하지 않는다. 창밖으로 점점 더 거세지는 눈발을 바라본다.

"그래서, 그다음은 어떻게 됐습니까? 사회복지사들이 두 분을 보육원으로 데려가서, 아무것도 묻지 않고 그냥 새 삶을 던져줬나요?"

그들은 아주 많은 질문을 했다. 우리가 아무 대답도 하지 않았을 뿐. 우리가 입양되지 않으리라는 사실이 점점 분명해지자, 그들은 우리의 이름을, 즉 우리의 새 삶을 등록하도록 도와주었다. 오래 걸리는 만큼 지난한 과정이었다. 엄마는 항상 우리의 성이 모건이라고 했었다. 우리를 버린 해적 왕의 성을 따라. 우리가 알지 못했던 아버지. 나는 젖은 보도 위로 사라지는 살진 눈송이를 지켜본다.

"알겠습니다, 캣. 그럼 이걸로 시작해보죠. 엘은 왜 치과 기록이 없죠?"

나는 눈을 감는다. 떨지 않는 척한다. 몸서리나지 않는 척. "치과의사에 대한 공포증이 있었어요."

"그렇군요."

"언니는 항상 청소, 위생 그런 것에 까다로웠어요. 엄마가 우리를 그렇게 만들었죠. 로즈마운트에 있을 때, 엘은 늘 치과 가기를 거부했어요." 내가 침을 꿀꺽 삼킨다. "그건 변하지 않았던 것 같아요."

"왜요?"

울부짖는 아기 중 한 명이 우리 테이블 옆을 지나가는데, 아기 띠에서 벗어나려 팔다리를 마구 휘두르지만 어머니의 표정은 단호하다.

"엄마가 우리 이를 뽑았어요. 원래 부모가 그렇게 해주잖아요." 나는 러픽을 흘긋 쳐다보지만 그녀의 얼굴에는 아무것도 쓰여 있지 않다. "이가 흔들거리면 엄마가 실 한쪽 끝을 이에 묶고 다른 한쪽은 문손잡이에 묶은 다음 문을 홱 닫았어요. 대개 그게 먹히더라고요. 충분히 흔들리지 않으면 그냥 펜치로 뺐어요."

러픽이 인상을 찌푸린다. "유치를 말이죠."

그것이 질문인지 나는 알 수 없다. "대부분요. 그리고 한두 번은, 우리가 더 컸을 때도요. 충치나 염증이 생겼을 때."

"세상에." 러픽이 말한다.

"부모들은 원래 그렇게 하는데. 때로는요."

"아니요. 그렇지 않아요, 캣."

비명을 지르고 또 지르던 엘이 기억난다. 두려움, 고통, 무력함을 느끼며 잠겨 있는 욕실 문을 쾅쾅 치던 나. 입속에 피가 가득 고일 때의 느낌이 어땠는지 기억난다. 며칠 동안 그 피를 뱉어야 했던 것도. 날이 구부러진 펜치를 놓아둔 주방 찬장이 끼익 소리를 낼 때면 느껴지던 소름 끼치는 은빛 공포가 기억난다.

"엄마는 어릿광대를 무서워했어요." 나는 웃어보려 하지만, 웃음은 질식할 것 같은 기침이 되어 튀어나온다. "무서워하는 게 많았는데, 특히 광대를 보면 완전히 혼비백산했죠. 그런 증상을 부르는 무슨 용어가 있는 것 같던데. 찾아보지는 않았지만, 하여튼 엄마는 그랬어요. 그래서 엘이 아이디어를 냈는데 우리 중 한 명이 치통이 있으면 광대 복장을 해서 엄마가…… 아무것도 못하게 만드는 거였죠. 할아버지가 옷을 사줬어요. 재미있겠다면서요. 할아버지는 엄마가 모든 걸 너무 무서워한다고 항상 말했거든요. 그게 우리한테 옮을 거라고." 손가락에서 딱 소리가 나자, 내가 손가락을 이리저리 비틀고 있었다는 것을 문득 깨닫는다. "우리는 경고삼아 욕실 거울에 어릿광대를 그렸어요. 그리고 옷을 차려입고 남는 방에 숨었죠—우리는 그 방을 어릿광대 카페라고 불렀어요—그리고 거기서 시간을 보냈어요. 어떤 때는 며칠씩. 너무 배고파지거나 목말라지거나 지루해질 때까지. 엄마는 절대 들어와보지 않았죠."

"세상에." 러픽이 다시 말한다.

"엄마 잘못이 아니에요." 엄마의 초췌하고 웃음기 없는 얼굴이 생각난다. 끝없는 이야기와 교훈과 경고 들. "엄만 그냥…… 걱정이 되었던 거죠. 안전하길 바랐던 거고요. 두 분 다 그랬어요. 엄마와 할아버지. 왜 이런 걸 전부 알고 싶어하죠?"

"왜 그냥 치과에 데려가지 않았나요? 아프면 어떻게 했어요?"

침대에 누워 독감으로 죽을 수도 있는지 궁금해했던 기억이 난다. 올드 프레드에서 떨어져 검푸르게 변한 엘의 발목도. 다 나았을 때 어떤 울퉁불퉁한 혹이 남았는지도. 우리를 조금 더 구분 짓는 표시. "그냥 나았어요."

"그럼 병원에는 한 번도 가지 않은 거죠, 그렇죠? 그럴 수 없었겠죠. 치과에 데려가지 못했던 것과 마찬가지로. 출생 기록이 없었으니까. 학교는요?"

"홈스쿨링했어요. 엄마는 훌륭한 선생님이었어요." 나는 식료품실과 오렌지색과 노란색 수선화무늬가 어지러운 벽지, 교도소 운동장과 그 너머의 과수원이 건너다보이던 나무 책상을 떠올린다. 『템페스트』『몽테크리스토 백작』『제인 에어』『비뚤어진 집』. 공주의 탑에 누워 있으면 스노화이트와 로즈레드 이야기를 들려주던 엄마를 생각한다. 푸른 수염과 검은 수염, 그리고 해적 왕 이야기도.

"당신을 죄수처럼 가뒀어요?"

"아니요. 아니에요!" 하지만 창턱에 박힌 길고 구부러진 못, 빨간 문의 데드 볼트가 돌아가던 모습이 떠오른다. 나는 자리에서 일어선다. 의자 뒷다리가 바닥을 시끄럽게 긁는다.

러픽이 손목을 잡아 나를 다시 앉힌다.

"밖에는 나갈 수 있었나요?"

"네. 뒤뜰에서 놀았어요, 종일—"

"뜰 밖에서는요?"

"아니요. 하지만—"

"엄마나 할아버지가 아닌 다른 사람들과 만나거나 이야기해본 적 있나요?"

"네!" 내가 대답한다. 처음 생각나는 사람은 로스도, 심지어 마우스도 아니고, 마녀다. 큰 키에 여윈 몸으로 불길한 분노를 뿜어내던.

"누구랑요?" 러픽의 눈이 섬광처럼 빠르게 번뜩이는데, 그녀는 자신이 침착해 보이기를 바라겠지만 그 눈빛은 실제로는 그만큼 침착한 상태가 아니라는 사실만 내비친다. 그래서 나는 불현듯 겁에 질리고 만다. 두려움이 되살아난다. 그녀가 내 입에서 무슨 이름이 나오길 기대하는지 나는 알고 있다.

나는 고개를 젓기 시작한다. 다시 일어나려 한다. 하지만 이제 내 다리마저 말을 듣지 않는다.

"집은 어디였죠, 캣?"

여전히 움직이지도, 일어나지도 못할 것 같다. 이가 딱딱 맞부딪친다.

"캣. 괜찮아요. 마음 편히 가지세요." 러픽이 손바닥을 우리 사이 테이블 위에 얹는다. 숨을 깊이 들이쉰다. "좋습니다. 그럼 제가 생각하는 걸 말해보죠. 대부분은 제가 아는 사실들입니다. 하지만 일부는 저의 추측입니다."

나는 아무 말도 하지 않는다. 아무것도 쳐다보지 않는다.

"1998년 9월 당시 저는 하찮은 똥명청이 순경이었고, 글래스고 이스트엔드에서 근무하고 있었습니다. 당시 그곳에는 별다른 사건 사고가 벌어지지 않았어요. 리스와 마찬가지로요. 약물 문제나 취객 정도였죠. 하지만 로건과 제가 9월 5일에 대한 그 순경의 보고서를 읽었을 때, 당시 리스에서 근무했던 우리 팀 동료 한 명이 사건 하나를 기억해냈어요. 9월 5일 아침, 젊은 남자에게서 익명으로 999 응급 전화가 걸려왔는데, 웨스터릭 로드에 있는 주소로 경찰을 보내달라는 거였어요. 그랜턴 항구에서 삼 마일도 안 되는 거리죠. 그래서 경찰이 웨스터릭 로드 36번지로 가서 강제로 진입했을 때, 뭘 발견했는지 아세요?"

나는 아무 말도 하지 않는다. 아무것도 쳐다보지 않는다.

"시체 두 구를 발견했습니다. 하나는 남자, 하나는 여자. 살해 후 자살로 추정되었죠." 그녀가 나를 바라보며 반응을 기다린다. 그에 응하지 않으려고 나는 최선을 다한다. "그래서 그 익명의 발신자인 젊은 남자가 궁금해졌죠. 로건에게 사건과 관련해 탐문 수사를 했거나 심문했던 사람들을 죄다 확인해보라고 했습니다. 로스 매콜리라는 이름이 나왔을 때 우리가 얼마나 놀랐을지 상상해보세요. 바로 옆집 38번지에 살던 이웃." 그녀가 잠시 말을 중단하더니, 심문실에서나 낼 법하던 날카로운 목소리를 부드럽게 누그러뜨린다. "여기까지가 제가 아는 부분입니다, 캐트리오나. 그럼 제가 추측하고 있는 부분에 대해 직접 말씀해보실래요?"

나는 고개를 젓는다.

"저는 상황을 정리하고 싶을 따름입니다. 그뿐이에요. 거의 이십 년 전이었죠. 두 분은 어린아이였어요. 제 생각으로는 꽤 살벌한 양육을 받았던 아이들이었죠." 내가 반박하기를 바란다는 듯이 그녀가 나를 쳐다본다. "그날 밤 경찰은 두 어린이가 웨스터릭 로드 36번지에서 온 것일 가능성을 수사하기는 한 모양이더라고요. 왜냐하면 그랜턴 항구에 대한 첫번째 보고서에서, 피터 스튜어트 씨는 소녀 둘 중 한 명이 피로 뒤덮인 스웨터를 입고 있었다고 주장했으니까요. 데이비드슨 순경은 피터 스튜어트 씨가 곤드레만드레 취해 있었다고도 보고했습니다. 이후 피 묻은 옷은 발견되지 않았고요. 36번지 수사에서도, 두 아이들은 고사하고 사망자들 외의 어떤 사람도 그 주소지에 살았다는 증거를 발견하지 못했습니다. 그래서 사건은 그 상태로 남게 되었죠. 난데없이 나타나 가족이 누군지도 모르는, 학대당한 흔적이 있는 일란성쌍둥이의 가슴 아픈 미스터리로.

하지만 지금, 바로 그 살해 후 자살이 벌어진 주소지에 살던 젊은 여성이자 일란성쌍둥이 중 한 명이, 바로 그 항구에서 떠난 후 죽은 채 발견되었다는 거예요. 제가 조금 앞서가는 건지도 모르죠. 형사가 되기 위한 첫번째 원칙은 말입니다, 똥멍청이로 남아서는 안 된다는 것 말고요, 우연의 일치도 있다는 걸 인정하는 거니까요. 하지만 그래도 모든 게 이렇게 하나로 맞물리진 않아요."

나는 숨을 쉬려고 해보지만 실패한다. 입을 떼려고 해보지만 더더욱 불가능하다. 무슨 말을 해야 할지 모르겠다.

러픽은 나를 애처롭게 보며, 다시 의자 등받이에 기대고 사람 좋은 미소를 짓는다. "당신이 범죄를 저질렀다거나 그런 건 아니라고 생각해요, 캣. 이건 그런 사건이 아니에요. 하지만 저는 사건을 있는 그대로 설명할 수 있어야 합니다. 왜냐하면 누군가는 이 사건을 기어이 전부 캐낼 테니까요. 그런 일이 발생했을 때 제가 저지할 수 있어야 합니다. 설명하고 선을 그을 수 있어야 합니다. 그러니 제발. 말해주세요. 웨스터릭 로드 36번지에서 죽은 채 발견된 두 사람의 이름을 알고 있습니까?"

나는 침착하게 있을 수가 없다. 생각을 정리할 수가 없다. 달려나가고 싶다. 숨고 싶다. 모든 것이 멈추었으면 좋겠다. 그녀에게 털어놓고 싶다. "이름은 이미 알고 계시잖아요. 그걸 왜—"

"왜인지 아시잖아요. 당신이 거기에 있었다고 생각하기 때문이죠. 당신과 엘 둘 다요. 바로 두 분이 살았던 곳일 테니까요. 그들이 죽었던 밤 무슨 일이 있었는지 두 사람은 목격했다고 생각하니까요. 그래서 달아났을 거고요. 이게 사실인지 전 알아야 합니다. 제게 말씀해주셔야 합니다. 그들이 누군지 압니까?"

"네." 내가 나지막이 말한다. 아이들이 울고, 젖먹이들이 빽빽거리고, 뜨거운 스팀이 쉭쉭거리고, 의자 다리가 바닥을 긁고, 내 심장박동이 쿵쿵대는 소리가 들린다. 축축한 코트와 우산 냄새가 난다. 커피와 도넛 냄새도. 창밖으로 눈과 희뿌연 하늘, 기름띠가 번진 축축한 인도, 꽁꽁 싸매고 걸음을 서두르는 사람들이 보인다. 러픽의 작고 빛나는 눈동자가 보인다. 불길하게 관찰하던 그 눈길 뒤에 항상 존재했던 온기. 그녀가 손을 뻗더니, 주먹을 꽉 움켜쥔 내 손을 단단히 감싸쥔다.

"이름을 말해주세요, 캣."

나는 침을 꿀깍 삼킨다. 그녀를 바라보고 또 바라본다. 마침내 다른 무엇도 보이지 않게 된다.

"낸시 핀레이와 로버트 핀레이." 나는 속삭이고 있지만 그 이름들은 너무나 크게 들린다.

"엄마와 할아버지인가요?"

아니요, 나는 생각한다. 이빨 요정과 푸른 수염요.

제 22 장

　집은 여느 때처럼 휑뎅그렁하다. 적막이 메아리치고, 위협과 기억이 덕지덕지하다. 나는 복도로 들어서서 닫힌 문들, 괘종시계, 전화 테이블, 계단이 그리는 어두운 소용돌이, 모자이크 타일로 쏟아지는 녹색과 황금색 빛, 식료품실과 미러랜드로 가는 입구를 가리고 있는 먼지투성이 검은 커튼을 둘러본다. 벽에 장식된 온갖 접시들을 둘러본다. 잎이 무성한 가지, 앙상한 가지, 눈 내린 가지에 앉아 있는 되새, 제비, 울새. 엄마 목소리가 들린다. 눈부시게 아름다운 황금색 쿠레라는 새가 있는데, 모든 새들을 통틀어 가장 똑똑하단다. 왜냐하면 그 새는 커다란 황금색 날개를 펼쳐서 날아오를 때마다 그다음 착지하는 곳에서 다음 삶을 시작하거든. 마치 이전 삶은 존재하지도 않았던 것처럼. 그 새가 알고 있는 모든 것과 기억하는 모든 것은 현재의 자신뿐이란다. 애벌레가 나비로 변하듯이. 엄마처럼 되지 마. 그 새처럼 되렴. 너무 두려운 나머지 날지 못해서는 안 돼.

나는 복도 벽에 기댄다. 지금껏 나는 십이 년 전에 멀리 날아올랐던 척했다. 그 십이 년 전에 내 삶은 다시 시작되었다고. 하지만 거짓말이었다. 나는 아무데도 가지 않았다. 내가 누구인지, 누구였는지 한 번도 잊은 적이 없기 때문이다. 그리고 내가 가져갔던 기억은 완전한 기억의 절반뿐이었다. 그 기억들의 선량함과 동화 같은 거짓말은 내 안에서 뒤틀리고 슬픔이 되어, 이 집과 이 집에 사는 유령들보다 훨씬 자주 내게 나타났다. 커다란 빨간 문을 통과해 다시 걸어들어왔던 날 내 안에서 풀려나 뛰쳐나온 그것은, 날카로우면서 모서리는 깨져나갈 듯했고 그 깊고 캄캄한 수렁에서는 온기가 느껴졌다. 하지만 그것은 공포나 두려움, 기대가 아니었다. 안도였다.

그리고 나는 진실이라는 빚을 해결해야 한다.

한 가지 진실이라면, 지금 내게는 마실 것이 필요하다. 원하는 게 아니라, 필요하다.

식탁에 반쯤 남은 싸구려 보드카 병이 빈 잔과 쪽지와 함께 놓여 있다.

캣, 곧 돌아올게. 그냥 혼자 있는 시간이 필요해서. 아마 우리 둘 다 그럴 거야. 그 사람 보러 같이 못 가서 미안해. 사랑해.

나는 자리에 앉아 보드카를 따른다.

또하나의 진실은 심지어 사체가 발견된 후에도 나는 여전히 엘이 살아 있다고 생각했고, 절대적으로 그렇게 믿었다는 것이다. 그 시신은 다른 사람이라고. 엘은 요트와 포스만에서 벗어났다고. 헛간에 있는 파란 구모텍스 카약은 그녀가 놓고 간 것이라고. 나의 증오와 상처가 그렇게 믿으라고 종용하는 것이 아니라 그게 단순한 진실이라고. 어떤 사람들은 용기나 투지, 희망에서 힘을 얻는다. 로스가 맞았다. 나는 늘 부정을 통해 힘을 얻는다.

또다른 진실. 할아버지는 내가 아는 사람 중 최악이자 최고였다. 나는 고개를 젓는다. 절반의 진실. 술을 조금 더 들이켠 후, 맞은편 나무판자와 종들, 희미해진 글자를 바라본다. 네가 기억하기를 원해. 기억하기를 원하길 바라. 난 기억하고 싶지 않다. 하지만 기억할 것이다. 내가 엘을 배반했던 방식, 즉 거짓말하기, 뒤통수치기, 증오하기, 떠나기는 증상일 뿐 질병 자체가 아니었기 때문이다. 나는 부정하고, 가장하고, 망각함으로써 처음부터 끝까지 그녀를 배신했다.

배마다 개새끼는 있기 마련이고, 없다면 그게 너일 수 있지.

할아버지는 넓은 구레나룻과 파이프 담배 냄새이자, 여전히 하얀 이를 드러내며 씩 웃거나 야단스럽게 웃는 웃음이자, 빽 소리를 지르는 고장난 보청기였다. 올드 솔티 도그였다. 엄마의 무분별한 공포심을 달래는 연고. 태양과 오렌지맛 틱택 캔디를 좋아하던 할아버지. 뒤뜰에서 데이지꽃 화환을 만들거나 계단 아래에서 요새를 지으며 여름 한 철을 보내던 사람. 위로받고 싶을 때 늘 기댈 수 있는 사람. 윙크, 함박웃음, 토닥임. 죽으면 그만이야, 이 녀석아. 울 만한 일 따위는 없어.

하지만 푸른 수염. 푸른 수염은 독재자였다. 푸른 수염은 밤시간과 다크 럼을 좋아했다. 그는 오랜 친구 어빈을 고리에 매달았고, 그래서 친구의 손을 놓아 익사시키는 사람이 될 수 있었다고 말했다. 자유를 위하여, 돈을 위하여, 우울과 유령으로 가득한 집을 위하여. 그리고 그는 그 집의 창—조지양식 경질목 창살에 작고 두꺼운 판유리를 끼운 창—에 길쭉한 못을 박았다. 안에 있는 모든 것이 오직 그의 소유가 되도록. 푸른 수염은 고함을 치고 고래고래 악을 쓰며, 복도와 난로 연통이 있는 방을 들락거리며 엄마를 쫓아다녔다. 우리를 못돼먹은 망할 년들이라고 불렀고 무언가를 하고 싶어서, 무언가를 하겠다고 공언하면서 집 전체를 뒤흔들었다. 왜냐하면 푸른 수염은 증오를 사랑하고, 두려움의 대상이 되기를 사랑하고, 항상 사람들에게 최악의 좆같은 악몽이 되어야 했기 때문이다.

나는 상념을 멈춘다. 키치너 화덕 앞의 타일을 바라본다. 러픽이 말했던 살해 후 자살에 대해서 떠올리는 것은 못하겠다. 아직은. 하지만 그전에 어땠는지는 가까스로 기억해낼 수 있다. 그날 밤은 아니다. 모든 밤들도 아니다. 하지만 충분히 많은 밤이 기억난다. 그리고 점점 더 많은 밤이. 더는 고요를—잠깐의 유예를—기대할 수 없게 되는 날까지.

생크 감옥의 독방처럼 무겁게 철컥 돌아가던 빨간 문의 데드볼트가 생각난다. 그 소리가 습관처럼 거듭거듭 메아리친다. 현명한 선원은 절대 금요일에 항구를 떠나지 않으니까. 그는 대신 뭍에 있는 미션 술집으로 가 럼을 마셨다. 그럴 때마다, 그가 빛과 바깥 세계를 향해 커다란 빨간 문을 닫아걸 때마다, 엄마는 우리를 현관 전실로 보내 종소리에 귀기울이게 했다. 엄마는 집안 전체를 방방이 돌아다니면서 모든 당김 장치를 잡아당기고 모든 종을 울렸다. 그러면 우리는 종소리가 어느 방에서 나는지 연필로 적었고, 엄마가 확인한 다음 지우고 다음주 금요일에 다시 테스트를 시작했다. 왜냐하면 그것은 결코 놀이나 텔레파시 테스트가 아니었기 때문이다. 엄마가 언제든 우리에게 경고를 보내기 위함이었다. 푸른 수염이 있는 정확한 장소를 알려주려고. 그가 돌아왔을 때에 맞춰서.

그러고는 한참 동안 뛰어서 계단을 올라가고, 내려가고, 복도를 따라 뛰고, 통로를 가로질러 뛰고, 테이블과 침대 밑으로, 벽장 안으로, 미러랜드로 숨으러 다녔다. 엘과 나는 속닥거리며 웃음을 터뜨렸다. 심장은 잘도 빠르게 뛰었지만, 이것은 엄마의 훈련일 뿐 진짜가 아니었기 때문이다. 소방 훈련, 침입자 대비 훈련, 핵전쟁 대비 훈련도 아니었다. 더 빨리 달려! 그가 오고 있어! 그것은 푸른 수염 훈련이었다.

어둠이 깔리면 엘과 나는 침대에 누워 손을 잡고 잠과 싸우곤 했다. 어떤 날 밤에는 아무 일도 일어나지 않았고, 햇살이 비추며 새들이 노래할 때까지 우리는 깨어 있었다. 하지만 어둠 속에서 종이 큰 소리로 길게 울리면, 이미 옷을 입은 채로 재빨리 일어나 다음 소리를 듣기 위해 귀를 긴장시켰다. 주방이 가장 알아차리기 쉬웠다. 주방 종이 따로 없었기 때문인데, 엄마는 대신 응접실의 당김 장치를 사용하여 종을 빠르게 두 번 울렸다. 그 소리가 나면 우리에게 시간이 더 있다는 뜻이었다. 주방은 그의 럼 저장고가 있는 곳이었기 때문이다. 우리는 계단을 살금살금 내려가면서 바닥에 가까워질수록 속도를 줄였다. 엄마는 그들이 있는 방이 어디든 항상 문을 닫으려 했다. 엄마의 목소리가 왕좌의 방에 있는 종처럼, 웃음보가 터진 낯선 사람처럼 높고 거칠게 들리면 우리는 오크 난간과 베를린장벽을 둘러, 오렌지색과 노란색 수선화를 지나, 벽장으로 돌진했다. 손전등을 찾아 파랑과 노랑과 초록 섬에 불빛을 비추며, 볼트를 당기고 어둠 속으로 기어내려갔다. 미러랜드 속으로. 그런 밤이면 늘 새티스팩션호의 너른 동쪽 갑판과 키 큰 돛으로 향했다. 헨리 선장이 우리를 구해주러 나타나기를 기다리며, 해군 호위함과 쌍돛대 범선들과 맞서 싸웠다. 나무가 박살나는 소리와 사람들이 죽어가며 터뜨리는 비명, 대포와 머스커툰 단총이 내뿜는 쩌렁쩌렁한 폭음, 스콜이 내지르는 포효로 귀가 먹먹했다.

하지만 어떤 밤에는—점점 더 많은 밤에—푸른 수염의 목표물은 우리였다. 엄마를 대신하여. 어떤 밤에는 종이 너무 많이, 그리고 너무 빨리 울렸다. 어떤 밤에는 그가 불을 전부 꺼버렸다. 두꺼비집 차단기가 철컥 내려가는 요란한 금속성 소리가 났다. 따라서 그의 데드라이트만이 우리가 볼 수 있는 전부였다. 그것은 비틀비틀 수색을 하고 으르렁대며 우리를 찾아냈다. 어떤 밤에는 난로 연통이었다. 어떤 밤에는 그의 커다란 버클이 달린 벨트였다. 더 많은 밤에는 그의 주먹이었다. 그런 날 밤은 엄마가 우리에게 경고만 보내는 게 아니라 우리를 구해주는 날이었다. 그런 날 밤은 우리가 아무 일도 일어나지 않은 척해야 했던 밤이었다. 푸른 수염이 그렇게 요구했다. 엄마가 그렇게 요구했다. 미러랜드가 그렇게 요구했다.

몸이 떨린다. 꽁꽁 얼어붙을 듯이 춥다. 어릿광대 카페에서 옷장 속에 웅크리고 있던 기억이 난다. 공포에 질려 있었다. 어릿광대 카페에는 숨어 있는 것만 가능했으니까. 그곳은 미러랜드처럼 우리를 보호해줄 수 없었다. 계단과 층계참에서 들리던 쿵쿵대는 부츠 소리가 기억난다. 문이 억지로 열리고, 데드라이트와 씩 웃는 할아버지의 이빨을 보았을 때의 비명. 파이프 담배와 럼 냄새. 내 머리채를 거머쥐던 손. 엘의 뼈가 신음할 정도로—그렇게 느껴질 정도로—엘의 팔을 움켜쥐던 손. 이번에는 둘 다 죽여버려야지. 못돼먹은 망할 년들. 교활하고 냉혹하고 무정한 얼굴. 아니면 니들도 밥값을 하든가.

그리고 그때 엄마의 목소리가 쩌렁쩌렁 높게 울리던 기억이 난다. 안 돼요! 그러지 마요. 그냥 애들이라고요. 대신 날 데려가요. 제발. 엘과 나는 서로 부둥켜안고 울면서 그가 그래주기를 바랐고, 기도했다. 몸을 뒤로 밀쳐대느라 옷장 뒤판이 옷과 피부에 거칠게 긁혔지만, 우리는 뭐든 계속 숨을 수 있는 방법을, 사라질 수 있는 방법을 찾아 발을 이리저리 디디며 허우적댔다.

무시무시하고 두껍게 내려앉은 적막 속에서, 현관문 열리는 소리가 들린다. 나는 재빨리 자리를 박차고 일어난다. 이 모든 진실로부터 마치 눈사태처럼, 무시무시한 산사태처럼, 높고 넓고 얼어붙을 듯이 차갑게 빛나는 집채만한 파도처럼 단번에 달아나기 위해서라면 무엇이든 필사적으로 할 것이다. 복도를 달려나가 문을 획 비틀어 여니, 황마 도어매트 위에 내 이름이 대문자로 적힌 카드가 보인다. 현관문을 박차고 나가 계단 아래로 거의 몸을 날린다.

마리가 손을 금속 대문에 올려둔 채 그 자리에서 얼어붙는다. 너무 기겁한 얼굴이라 못생기고 유치해 보이기까지 한다. 그녀는 나보다 빠르게 정신을 차리더니, 대문을 쾅 닫고 진저브레드 쿱

쪽으로 도로를 가로질러 달려간다.

나는 생각하고 멈출 시간을 나 자신에게 허락하지 않는다. 그런 건 항상 내가 하던 일이었으니까. 또다른 진실. 마리는 이미 자기집 문을 닫고 있지만, 나는 문을 들이받고는 이를 갈면서 밀어젖힌다. 그녀가 비명을 지르고, 문이 열리자 내가 휘청휘청 안으로 들어간다.

그녀는 짧은 복도로 물러나 주방으로 들어간다. 조리대에 기대어 숨을 거칠게 몰아쉰다. 하지만 고개를 들어 나를 보는 눈빛은 적대적이다. 옆에 있는 칼꽂이에 꽂힌 큼직한 강철 손잡이 칼을 흘긋 곁눈질한다. 그러더니 다시 나를 바라본다.

그녀가 두려워야 마땅하겠지만, 그렇지는 않다. "그동안 왜 카드를 남겼죠?"

마리는 입을 다문다. 나는 용기를 내 그녀에게 걸어간다.

"왜 그동안 카드를 남겼죠?"

마리가 팔짱을 낀다. "로스가 당신을 해치지 않기를 바랐기 때문이에요. 언니와 당신 둘 다요."

그녀가 한숨을 쉬며 의자에 털썩 주저앉는다. 눈빛에 떠오르는 슬픔을 보니 부아가 치민다. "앉아요, 캐트리오나." 그녀가 말한다. "앉으세요. 얘기해드릴게요."

하지만 나는 앉지 않는다. 사람들이 내게 이래라저래라 하는 데 진저리가 난다.

"좋을 대로 해요D'accord." 그녀가 다시 한숨을 쉬고는 어깨를 똑바로 편다. "제 이름은 마리 베르나르가 아니에요. 파리에서 온 것도 아니고요. 구십년대에 콩고민주공화국에서 여기까지 오

318

는 데 많은 돈이 들었죠." 그녀가 나를 쳐다본다. "전 조국이 좋았어요. 아주 많이. '정의, 평화, 노동'이라는 국가 상징도요. 저는 여기서 제 삶을 꾸려가기 위해 열심히 일했어요. 그리고 그것을 성취하고 나서야 비로소 평화를 찾았죠. 따라서 남은 건 정의뿐이었어요."

"정의?"

"전 사람들을 돕고 있어요. 여성들을." 그녀는 자신의 흉이 진 손을 물끄러미 내려다본다. "애나가 엘의 멍을 보았죠. 엘이 성격도 바뀌고 습관도 바뀌는 게 눈에 보였어요. 눈빛에 어린 공포도요. 남편이 얼마나 그녀를 통제하려 드는지 보였죠."

"그것 때문에, 고작 그것 때문에 로스가 언니를 학대하고 있었다고 생각했다고요? 그게 얼마나 말도—"

"아니요Non." 그녀가 셔츠 소매를 걷어올리자 양쪽 팔꿈치까지 이어진 여러 겹의 십자형 흉터가 드러난다. 셔츠 목 부분을 넓게 벌리자 드러난 쇄골 아래 피부는 얼룩덜룩하고 얼굴의 화상 자국처럼 거칠게 일어나 있다. "제가 콩고에서 뒤로하고 떠나온 것이 내게 말해주더군요." 그녀의 시선이 날카로워진다. "지금도 말하고 있어요."

"그는 절 학대하지 않아요." 하지만 그 소름 끼치는 흉터는 내 노여움을 가라앉혔다.

그녀가 미소 짓는다. "엘도 처음에는 그렇게 말했죠."

내가 고개를 가로젓는다. "이제껏 몇 번이나 이런 짓을 했죠?"

그녀가 턱을 치켜든다. "여러 번."

"당신은 공포에 질린 사람들을 공포에 질리게 하고 있어요. 그게 당신이 도와주는 방식인가요?"

마리의 미소가 연민으로 바뀐다. 그녀의 얼굴을 한 대 쳐버리고 싶다. "다들 시간이 지나야 이해하더군요. 제가 아무리 그렇지 않기를 바란다 한들."

"엘은 절대 몰랐던 거죠? 그게 당신이었다는 걸?"

앉은 자세를 바꾸는 마리에게서 처음으로 불안한 기색이 비친다. "엘은 그를 두려워했어요."

"전 당신 말 안 믿어요."

"그녀는 달아날 생각이었고, 전 도와줄 생각이었죠. 한데 그녀가 마음을 바꿨어요. 달아날 수가 없다고 하더군요. 이유는 말을 안 하려 했어요."

"마리. 빌어먹을 당신 말 안 믿는다고요."

마리가 입술을 가늘게 다물더니 팔짱을 낀다. "그 남자가 보낸 문자 보셨잖아요. 엘이 안전하길 바랐을 뿐이에요."

"하지만 제대로 되지 않았죠, 그죠? 당신의 천재적인 계획 말이에요. 대체 왜 똑같은 협박이 내게는 먹힐 거라 생각했죠?"

그녀가 다시 미소 짓는다. 불쾌한 미소다. 심지어 광기의 미소인지도 모른다. 흉이 진 피부가 팽팽하게 당겨진다. 눈빛이 음험하게 바뀐다. "카드는 당신을 겨냥한 게 아니었어요."

"뭐라고요?"

"그가 보라고 보낸 거예요. 저는 로스가 누군가는 알고 있다는 사실을 깨닫길 바랐어요. 그가 그녀를 죽였다는 걸. 당신도 아마죽일 거라는 걸."

러픽의 말이 떠오른다. 카드가 명백하게 엘이나 당신의 생명을 위협했던 적은 없어요. 로스가 목표물이었다면 몰라도요.

"그게 얼마나 미친 짓인지 알고—"

"학대가 두려워하는 것은 폭로뿐이죠." 그녀가 어깨를 으쓱한다. 그리고 일어나 내게로 가까이 다가오자 나는 열린 문 쪽을 향해 복도에서 주춤 물러난다.

"다른 짓도 했나요?"

"무슨 말Que veux-tu—"

"절 미행했나요? 감시하고요? 다른 짓을 했나요? 또 알고 있는 게—그게 뭐든—있나요?"

그녀의 시선은 혼란에 차 있다. "아니요Non. 무슨—"

"당신 말 안 믿어요."

그녀의 표정에서 혼란이 가신다. "전 제 이름과 출신지에 대해서만 거짓말했어요. 다른 것은 절대 당신에게 거짓말한 적 없어요."

그녀가 내게로 팔을 뻗자 나는 움찔한다. 그 손을 쳐내고 싶은 마음을 가까스로 억누른다. "그는 절 학대하고 있지 않아요."

그녀가 양손을 옆으로 떨어뜨린다. "아직은요."

"당신에게 일어난 일은 유감입니다." 내 목소리가 떨린다. 나는 몸을 돌려 거리로 다시 나온다. 그녀에게서 벗어나지 않으면 무언가 후회할 말을 할 것이 분명하다. "하지만 마리, 도움이 필요한 사람은 당신이에요. 날 그냥 놔두세요. 우릴 그냥 놔두세요. 안 그러면 당신이 한 짓을 경찰에 신고할 겁니다. 이건 협박이 아니에요. 선언이에요."

나는 도로를 성큼성큼 가로질러 집안으로 들어와, 카드를 줍기 위해 한 번 멈춘 다음 현관문을 쾅 닫는다. 얇은 봉투에 비치는 진한 검정 글씨가 보인다.

행운이 함께하길

제 23 장

주방으로 들어가 카드를 쓰레기통 바닥에 쑤셔넣는다. 진정하려고 애쓰며 억지로 자리에 앉는다. 보드카 병과 로스의 쪽지를 쳐다본다. 좋아. 지금까지 상황을 받아들여왔듯이, 이번에도 받아들일 것이다. 보드카 두 샷을 따라 한 샷만큼 마신다.

논리적으로 말이 안 된다. 로스는 엘을 사랑했다. 왜 그녀를 해치겠는가? 엘이 정말 바람을 피우고 있었다면, 그는 그냥 떠날 수도 있었다. 로스는 좋은 직업을 가지고 있고 그녀보다 가진 돈도 많다. 그는 어쨌든 이 저택에 살고 싶어하지도 않았다. 이 거대한 영묘 같은 곳에는.

하지만 만약 그가 학대하고 군림하려 했다면—

잔에 남은 보드카를 비우는 동안, 나를 만지고 키스하던 로스, 따스하게 미끄러지던 그의 피부, 따뜻하게 맞아주던 눈빛의 몽타주가 고통스럽게 지나간다. 멍자국들은 곧장 무시해버린다. 그것은 섹스였다. 좋은 섹스였다. 환상적인 섹스였다. 그가 엘과도 같은 종류의 섹스를 하는 모습을 상상하고 싶지는 않지만, 사람은 누구나 자기가 좋아하는 것을 계속 즐긴다. 정열은 그의 본성이다. 있는 그대로의 모습이다. 늘 그래왔던 그대로의 모습이다. 그의 비애와, 해양경비대가 수색을 포기했을 때 터뜨린 분노에 대해서도 떠올린다. 그의 흐느낌과 좌절감. 그 사람 없이 이제 어떻게 하지?

만약 그가 학대하고 군림하려 했다면, 엘은 왜 그저 그를 떠나버리지 않았을까? 이번에는 할아버지의 함박웃음과 으르렁거리는 얼굴이 떠오르지만, 나는 그것도 무시해버린다. 엘은 항상 나보다 강했다. 용서하지 않았고, 잊지 않았다. 로스가 해를 끼치고 있었다면, 그를 떠났을 것이다. 마리가 옳다면, 비크가 옳다면, 마우스가 옳다면, 그리고 로스가 그들이 말하는 정확히 그런 사람이라면, 그는 다른 폭력적인 남편들처럼 정념에 불타, 분노에 불타 그녀를 죽였을 것이다. 엘과 그녀의 배를 포스만에 가라앉히려고 정교한 계획을 꾸미지 않았을 것이다. 그리고 그가 어떻게 그런 짓을 했겠는가—할 수 있었겠는가? 러픽은 엘이 실종되었을 당시 로스는 런던에 있었다고 확인해주었다. 그리고 그랜턴 항구에서 출발했을 때 그녀는 혼자였다. 로스가 어떻게 아무에게도 목격되지 않고 그녀에게 접근하여, 그녀를 제압하고 배를 가라앉힌 다음 해변으로 돌아올 수 있었을까? 그러는 내내 그는 다른 곳에 있어야 했는데 말이다. 무엇보다도 그는 수영할 줄 모르며 물을 무서워한다.

하지만.

헛간에 구모텍스 카약이 있다. 그리고 아내와 아내의 배를 포스만에 침몰시킬 정교한 계획을 꾸밀 사람이라면, 수영할 줄 모르고 물을 무서워한다고 말할 것이다. 사망 추정 신청서가 떠오른다. 마리가 누군지 모른다고 주장하던 로스.

내가 마우스를 잊었던 것이 떠오른다. 이 집에서 벌어졌던 모든 나쁜 일들을 망각했던 것. 내가 기억해내도록 마우스가 노력했던 것. 그녀에게 다시 이메일을 보내야 한다. 이번에는 무슨 일이 있어도 그녀가 나를 만나게 해야 한다. 내가 믿고 있는 것이나 안다고 생각하는 것을 더는 믿을 수 없기 때문이다.

보드카를 더 따른다. 가장 유력하고 강력한 위험신호는 다름 아닌 로스 자신이다. 바다를 향해 울부짖는 비탄에 빠진 섹시한 남편에 대해 생각할 때마다 비수처럼 찾아드는 익숙하고 해묵은 질투의 통증을 무시하자니, 그 남자를 지난주에 내 침대에 있었고, 내 귀와 피부와 심장에 날 얼마나 원하고 얼마나 필요로 하고 얼마나 사랑하는지 속삭이던 남자와 같은 사람이라고 여기기는 꽤 힘들다는 것을 자인해야 할 것 같다. 죄책감, 더 나아가 후회는 비탄과 매우 닮아 있는지도 모른다.

보드카를 내려놓는다. 마셔봤자 조금도 도움이 되지 않았다. 슬픔을 익사시키려 했더니, 그 못된 자식들이 헤엄치는 방법을 배웠더라. 머리가 더욱 무겁고 멍하다. 몸이 더 쑤신다. 나는 일어서면서 식탁을 짚어 균형을 잡는다.

도대체가, 캐트리오나, 넌 애가 왜 그렇게 한심하니? 하지만 난 한심하지 않다. 무력하지도 않다. 몇 주 동안 나는 엘처럼 보이고 엘처럼 생각하고 엘이 되려고 노력했다. 내가 되고 싶지 않기 때문이다. 나도 그걸 알고 있다. 하지만 내가 무서워하는 것은 이 집으로 돌아온 내가 아니다. 이 집에서 살았던 나다. 항상 두려워했던 나. 떨어지고, 달아나고, 날아오르는 것을. 진실을 마주하는 것을.

따라서 나는 계단을 오른다. 난간을 꽉 붙잡고서. 카카두정글 밖에서 잠깐 머뭇거린다. 언제 로스가 돌아올지 모르겠다. 우리의 옛 침실 문을 밀어 연다. 가장 큰 충격은 그곳이 예전 같아 보이지 않는다는 것이다. 목제 셔터도 없고, 열대우림 벽지도 없고, 황금색 침대보도 없다. 낡은 오크 장식장과 화장대 대신, 뚜껑을 여닫는 고풍스러운 글쓰기 책상과 의자, 하얀 친츠 패턴 옷장이 있다. 방은 미색이며 카펫은 근사하다. 과거의 흔적을 완전히 지우고 새로 꾸민 유일한 방이다.

나는 책상에 다가가 거기 달린 많은 서랍들을 뒤지기 시작한다. 무엇을 찾고 있는지는 나도 모르지만, 보이는 것이라곤 아무것도 안 적힌 공책과 엽서, 클립, 서류 봉투, 펜 십여 자루뿐이다.

몸을 너무 빨리 휙 돌리다가 보드카 마신 것을 또다시 후회한다. 바닥이 기우뚱하기 시작한다. 침대 기둥을 잡아야 똑바로 설 수 있을 정도다. 골이 아프고 머리가 안 돌아간다. 더블 침대를 쳐다보자마자 로스와 엘이 함께 있는 너무 생생한 이미지에 기습 공격을 당한다. 협탁 다리에 기대어 있는 가죽 사첼 가방이 눈에 얼핏 들어왔을 때, 다른 데 정신을 팔 수 있어 기뻐하며 재빨리 손을 뻗어 딱딱한 버클을 열려고 애쓴다. 안에는 종이 낱장들과 두꺼운 플라스틱 바인더가 들어 있다. 바인더 등에는 파랗고 빨간 학교 문장 아래로 '서더크대학교'가 금박으로 찍혀 있다. 빙고.

정신약리학의 심리학

주제: 정신활성 약물: 좋은 약 vs 나쁜 약

치료 요법의 효능 vs 안전한 복용량

2018년 4월 2일 오전 9시~4월 3일 오후 4시

서더크대학교, 세인트 제임스 로드, 런던

페이지를 획획 넘기며, 학회 시간표와 발표될 논문들의 발췌본, 참석자 명단에 있는 로스의 이름을 훑어본다. 내가 돌아왔을 때쯤에는 이미 다섯 시간, 아니 더 오랫동안 실종 상태였어. 그의 말이 생각난다. 연락처 페이지로 바로 넘어간다. 가장 위에 실린 연락처는 약학약리학과 과장인 캐서린 워드 교수의 전화번호와 이메일 주소다.

나는 침대에 앉아 휴대전화를 꺼내고, 인터넷에 접속해 새로운 이메일 계정을 만든다. 케이트 러픽 경위DI Kate Rafiq가 사용자 이름으로 사용 불가능하다고 떠서, 가운데 이름 이니셜 M을 넣는다. 이메일 주소를 어떻게 도용하는지는 전혀 모른다. 제대로 방법을 알아내기에는 너무 긴장했고 술에 취해 있다. 그저 캐서린 워드 교수가 스코틀랜드 경찰 수사관이 왜 지메일을 쓰는지 궁금해하지 않기만을 바랄 뿐이다. 만약 발각되면—발각될 때는, 상관하지 않으련다. 불법이라 해도 상관없다. 난 알아야겠다. 무언가를. 무엇이든. 내가 쓴 이메일은 짧다. 로스의 참석과 이동을 확인하는 원래의 요청을 재차 확인해달라는 내용이다. 보내자마자, 보내지 말걸 싶어진다.

그러고 나서 john.smith120594에게 새로운 이메일을 쓰기 시작한다.

마우스, 나도 엘이 죽었다는 건 알아. 널 믿지 못해서 미안해. 제발 만나줘. 제발.

일어나서 바인더를 제자리에 넣어둔다. 이번에는 살짝만 휘청인다. 다시 계단 입구로 돌아간다. 집은 평소보다 더 조용하다. 팔뚝과 목덜미 잔털이 쭈뼛 일어나 찌릿해지는 것을 느끼며, 어릿광대 카페와 공주의 탑 사이에서 검은 아가리를 벌리고 있는 복도를 쳐다본다. 그 끝에 있는 무광의 검은 문을. 3번 침실. 푸른 수염의 방. 그 방이 나를 끌어당기는 힘은 마치 어린 시절의 현기증 같다. 추락을 기다리며 아찔해지는 마비. 추락을 원하는 일. 그때 갑자기 휴대전화 진동이 다리에서 느껴지고, 나는 새된 비명을 한참이나 지르며 주머니를 더듬어 전화기를 끄집어내고는 화면을 쳐다보지도 않고 전화를 받는다. 혼자라는 사실이 그만큼 갑작스럽고 절대적인 공포로 다가온다.

"캣! 세상에나 이제야 전화를 받네요."

"원하는 게 뭐예요, 비크?" 내 목소리가 흔들리는데, 이미 바보 같은 기분이 들기 시작했다.

"그게……" 침묵이 뒤따른다. 긴 침묵. "엘 소식 들었어요. 그리고—"

"괜찮아요." 내가 말한다. "고마워요. 전—"

"아니요. 그게 아니고……" 신호가 끊어지면서 지지직거리고 윙윙거리는 잡음이 들린다. "……할말이 있어요…… 몰랐어요 저는……" 그의 말이 근처에서 울리는 사이렌소리와 빵빵거리는 경적소리에 묻혀 들리지 않는다.

"비크, 잘 안 들려요. 어디예요?"

"당신은 어디예요?"

나는 웨스터릭 로드에서 들어오는 황금색 빛 자락 속에 서서, 무기력하게 현기증을 느끼며 빙빙 돌고 있다. "위층이에요."

"캣, 잘 들어요……" 그의 목소리가 끊겼다가 더 크게 다시 들린다. "……거길 떠나야 합니다."

"왜요?" 나는 멈춰 섰지만 벽은 여전히 빙글빙글 돌고 있다.

"……그건 말씀드릴 수 없어요. 미안해요. 정말…… 하지만 내 말을 믿어야 해요."

"왜죠?" 뱃속이 꼬인다. 곧 구토가 나올지 무심한 궁금증이 인다.

"캣……" 또다시 외침. 지나가는 또다른 자동차의 굉음. 더 큰 자동차인가. 밴 같은. "……듣고 있어요? 그 집에서 반드시 나가야 해요."

그러더니 그의 목소리가 사라졌다. 나는 침묵과 홀로 남았다. 천장 로제트에 매달린 구체 유리등, 닫힌 문, 황금색 햇빛, 좁고 어두컴컴한 복도와 함께 홀로. 집과 함께 홀로.

나는 고개를 젓는다. 목소리는 흔들리지 않고 침착하다. "내가 달리 어딜 가겠어?"

돌연 미러랜드로 돌아온 듯 고통이 닥친다. 물리적인 통증이 느껴질 정도다. 당긴다기보다 홱 잡아채는 기분이다. 강하고 날카롭고 생생하다. 아프다. 비명을 질러대서 목이 쉰 탓이다. 나는 어둠 속에서 무릎을 꿇고 있고, 폭풍우는 우리를 주갑판에서 포열 갑판으로 던져버리며 분노의 포효를 토하고, 엘의 숨통을 틀어막는다.

안 돼.

할아버지가 무릎을 꿇고 있다. 그에게 너무 세게 떠밀린 바람에 나는 갑판을 머리로 들이받고 별이 보일 정도였지만, 엘의 통통 부어오른 시뻘건 얼굴은 여전히 보였다. 그의 손은 그녀의 목을 단단히 조르고 있었고, 코에서는 땀이 뚝뚝 떨어졌다. 여전히 엄마가 비명을 지르는 소리가 들렸다. 애들은 놔둬요! 역시 다 쉬어버린 목소리. 그날은 어릿광대 카페와 푸른 수염의 방 다음날 밤이었고, 미러랜드에서의 마지막 밤이었으니까. 우리의 첫번째 삶의 마지막 밤.

내가 몸을 홱 돌려 빠져나가려고 할 때, 되돌아가려고 할 때, 엄마가 비명을 지르며 나를 유령처럼 통과해 지나간다. 엄마는 할아버지 뒤에 서서, 성한 팔을 머리 위로 치켜든 채 손에는 새 티스팩션호의 선미 랜턴을 들고 있다. 할아버지가 뒤돌아보더니 엄마에게 윙크하며 씩 웃는다. 내려놔, 이것아. 엄마는 내려놓지 않는다. 대신 랜턴을 그의 정수리에 내리친다. 거듭거듭. 마침내 소리가 짧고 거센 백색을 벗어나, 무르고 길게 짙은 구릿빛을 드리운다.

"세상에."

나는 계단 꼭대기에서 손과 무릎을 짚고 있다. 달리기를 한 것처럼 숨이 뜨겁고 가쁘다. 식은땀이 등골을 타고 흘러내린다.

복도 문이 끼익 열렸다가 딸깍 닫히는 소리가 들려 재빨리 일어선다. 세상이 빙빙 돌고 잠시 휘청이다가 제자리를 찾는다.

"캣?" 로스가 소리친다. "너 거기 위에 있니?"

나는 침을 삼키고 난간으로 손을 뻗는다. 더는 취한 기분이 아니다. 토할 것 같고 열이 오르는 동시에 무섭도록 제정신이다. 무섭도록 깨어 있다. 현기증이 다시 찾아오지만 무시한다. 그런 것 따위가 나한테 들러붙게 할 수는 없다. 그 소리와 마찬가지로. 축축하고 무르며 긴 소리.

로스는 계단 발치에서 날 기다리고 있다. 나는 계단을 내려가 복도로 간다. 그가 성큼 다가오더니 날 가까이 당긴다. "안녕, 금발머리." 어쩔 수 없이 내가 그를 받아들이자, 그를 들이마시자, 나를 짓누르던 그 느릿느릿한 느낌과 불안정한 두려움, 불확실성이 서서히 사라지는 것을 느낀다. 그런 내가 싫고 섬뜩하지만, 어쨌든 그렇게 되고 만다.

그가 잠시 내 얼굴을 꽉 감쌌다가 물러난다. 뺨에 닿은 그의 손바닥이 따뜻하다. 그도 울고 있었는지 눈이 충혈되어 있다. 피부는 축축하다. 머리는 바람에 헝클어졌다.

"계속 걸었어." 그가 말한다. "그냥 걸었어. 계속 돌고 또 돌았어. 몇 시간 동안."

나는 목구멍에 울컥 올라오는 덩어리를 삼킨다. 그가 내 앞에 서서 그 누구도 내게 보낸 적 없는 눈길로 나를 바라보자, 마리와 비크가 말했던 모든 것, 내가 생각하고 의심하고 보드카 속에 익사시키려 최선을 다했던 모든 것이 먼지로 변한다. 비록 그는 알고 있지만. 그는 항상 이 집안에서 벌어진 일을 모두 알고 있었다. 하지만 여전히 그는 나를 정확히 같은 눈길로 바라본다. 똑같이 선량한 눈길로.

그가 엘에게 해코지했다는 것을 믿을 수 없다. 심지어 경찰도 그건 믿지 않는다.

그리고 나는 너무 많은 죄책감과 너무 많은 슬픔을 느낀다. 그를 원하고, 가지고, 의심했다는 죄책감. 그 세 가지를 좇느라 저지른 모든 일에 대한 죄책감. 학대와 폭력에 시달린 나머지 그것을 깨닫지도 못했던 두 어린아이를 향한 슬픔. 에든버러 시립 안치소에서 파란 외과용 멸균 천 아래에 누워 있는, 반지르르하게 녹아내리고 뜯어먹힌 존재를 향한 슬픔. 함께 잠들 때 내 손을 잡아주던 언니, 같은 고통과 같은 악몽과 같은 가련한 희망을 나누던 언니를 향한 슬픔. 고문당하고 심신이 엉망진창이던 불쌍한 엄마를 향한 슬픔. 할아버지의 주검 옆에 무릎을 꿇고 있던 엄마. 매정하게 일그러지던 엄마의 입꼬리, 냉정하고 괴괴하며 분노로 가득하던 엄마의 검은 눈동자.

"괜찮아?" 로스가 그렇게 묻더니 고개를 젓는다. "젠장, 너무 바보 같은 질문—"

"아주 운수가 사나운 날이었어." 내가 말한다. 정말 그랬기 때문이다. 식탁에 앉아서 그에게 남아메리카의 숨은 부족에 대해 이야기하던 때가 몇 주 전 같다.

"미안해. 같이 못 가서—" 그가 눈을 깜박인다. "혹시나—그럴 일은 없다는 걸 알지만, 그래도⋯⋯" 그의 눈빛에 희망이 어린다. 절대 꾸며낼 수 없는 희망.

"엘이었어. 그건—" 내가 손을 뻗어 그의 팔을 잡는다. 아프리란 걸 알지만 그는 미동도 하지 않는다. "언니는ㅡ"

"됐어, 미안해. 미안해." 그의 뺨과 턱을 타고 흐르는 눈물은 내 눈물만큼 진실되고 비통하다. 누가 누구를 먼저 잡았는지 모르겠다. 우리 중 누가 키스하기 시작했고 누가 누구의 옷을 당기기 시작했고, 누가 요구했으며 누가 승낙했는지 모르겠다. 내가 계단에 드러눕자 그가 내 안으로 밀고 들어온다. 그를 허락하고, 꽉 붙잡고, 느끼면서, 나는 높다란 천장 아치와 녹색과 금색이 섞인 빛을 올려다본다. 차갑고 딱딱한 계단에 내 살갗과 뼈가 눌린다.

나는 너무 격렬하게 절정에 다다라 비명을 지른다. 잊는다.

내가 달리 어딜 갈 수 있겠는가?

그가 내게 남겨진 전부다.

제 24 장

빠른 걸음으로 커훈 상점을 지나치는데, 몇 야드 가기도 전에 문이 쾅 열리며 애나가 외치는 소리가 들린다. "잠깐만요!"

나는 발걸음을 멈추고 뒤돌아본다. 그러고 싶지 않지만.

애나는 이미 울고 있다. 일그러진 얼굴로 꺼이꺼이 흐느끼고 있어서 하려는 말이 자꾸 막힌다. "너무 끔찍한 일이에요. 믿을 수가 없어요. 그녀가 죽었다는 걸 믿을 수가 없어요. 너무 안됐어요. 너무 안된 일이에요."

그녀가 나를 잡아당겨 거칠게 끌어안자, 나도 끌어안으며 이만 하면 충분하기를 바란다. 지금은 타인들을 상대할 자신이 없다. 그들의 동정, 애도, 욕구를. 마침내 그녀가 나를 놓아준다. 나는 뒤로 물러난다. 그녀는 코를 세게 홀짝이고는 두 번 크게 심호흡을 하면서 볼을 훔친다. 왼쪽 눈에서 관자놀이까지 마스카라의 검은 줄이 길게 번진다.

"어제 소식을 들었을 때는 아무 생각도 할 수 없었어요." 그녀

가 목소리를 낮추고, 한결 낮익은 그 강렬한 시선을 내게 꽂으면
서 말한다. "하지만 지금…… 지금은 경찰에 가야 한다고 생각
해요."

"애나—"

"아니요. 들어보세요. 전 정말 그래야 된다고 생각해요. 그녀
가 겁먹고 있었다는 걸 경찰에 알려야 해요. 멍에 대해서 이야기
해야 해요. 마리 말로는 엘이 로스를 떠나고 싶어했대요." 내가
끼어들려고 하자 그녀가 손바닥을 들어올려 제지한다. "그때가
바로 남편이 아내를 살해하는 때 아닌가요? 아내가 막 떠나려고
할—"

"애나! 더는 이런 이야기를—"

그녀가 내 팔꿈치를 힘껏 잡는다. "하지만 들으셔야 해요! 제
가 그녀를 더 밀어붙이고, 도와줬어야 했어요." 애나가 손아귀에
더욱 힘을 준다. "그녀라면 내가 당신을 도와주길 원했을 거예
요, 캣. 떠나셔야 합니다. 당장 그 집에서—"

내가 뒤로 물러나면서 그녀의 손가락에 손톱을 찔러넣자, 결국
그녀가 나를 놓아준다.

"당신이 해야 할 일을 하세요, 애나." 내가 말한다. 나의 목소
리가 흔들린다. 그저 뛰어 달아나고 싶어 전전긍긍하느라 다리가
들썩거린다. 대신 나는 몸을 돌려 가까스로 걸음을 옮긴다. "지
금은 이런 이야기를 할 수 없어요."

그녀가 내지르는 소리도, 뛰고 싶은 충동도 무시한다. 결국 둘
다 잦아들 때까지.

◆◆

링크스공원은 완전히 황량하다. 하지만 이곳에서 누군가가 나를 지켜보고 있는 기분이다. 누군가 미행하고 감시하고 있다는 익숙한 확신으로 피부에 소름이 돋는다. 한번 쓱 뒤돌아 평평하고 비어 있는 공원 풀밭을 둘러본다. 애나는 없다. 아무도 없다.

후드를 눌러쓰고 계속 걷는다. 오래전 그 얼어붙을 것 같던 새벽에도 이만큼 매서운 바람과 싸우고 있었던 그 나무들을 지난다. 역병으로 거무튀튀하게 부풀어올라 고통받는 유령들이 도사리는 플라타너스와 느릅나무들. 같은 브라운스톤 공동주택과 테라스하우스를 지난다. 아동 살해범들이 살고 숨어 기다리는 곳. 지켜보는 곳.

우리가 웨스터릭 로드 36번지를 떠나고 싶지 않게 만들려고 할아버지가 놓아두었던 그 모든 장애물, 부비트랩들. 그는 학대범들이 대개 그러듯 과장을 늘어놓았을 것이다. 링크스공원을 넘어갈 때쯤에, 우리는 뛰는 것만큼이나 두려움에 떠는 일에도 진력이 나 있었다. 그때쯤 우리는 그가 거짓말쟁이라는 것을 이미 알고 있었다. 웨스터릭 로드 36번지는 단지 여느 장소만큼이나 무섭고 위험한 곳일 뿐이었다. 하지만 그 모든 공포와 거짓말, 우리의 살갗에서 뜨거운 구리 동전처럼 코를 찌르던 피비린내에도 불구하고 우리는 그를 여전히 사랑했다. 그때도 지금과 마찬가지로 할아버지와 푸른 수염을 분리하기가 무척 쉬웠기 때문이다. 그래야만 했다. 둘 모두를 밀쳐내기란, 어린 시절 최악의 악몽이 한때 엘 다음으로 내가 가장 좋아했던 사람이었다는 사실을 받아들이기란 훨씬 어렵고 고통스러웠기 때문이다. 그리고 깊은 슬픔도 따라온다. 그때만큼이나 지금도. 마치 그를 두 번 잃어버리는 것처럼. 마치 그가 존재한 적 없었던 것처럼.

도로를 흘긋 돌아본 후 로킨바 드라이브로 방향을 돌려 요트 클럽으로 향한다. 받침대 위에 세워진 몇몇 배들의 사이사이를 지나 물가로 간다. 포스만에서 불어오는 바람은 여전히 차갑지만 잔잔하다. 정박한 요트들이 서로 밀치고 달그락거리는 소리도 나직하고 아득하게 들린다. 나는 마침내 가만히 선다. 숨을 들이쉬고, 내쉰다.

돌로 된 경사면을 내려다보았다가 그랜턴 항구의 방파제 너머로, 북동쪽의 작고 땅딸막한 인치키스섬과 노란 얼룩처럼 보일 듯 말 듯 하는 그 섬의 등대를 바라본다. 그 너머의 어둑한 바다를. 심해 수로를. 나는 바라보고 또 바라본다. 그러다 구름이 번트 아일랜드 위로 낮게 깔리자 거의 반가울 지경이다. 비가 쏟아져 내리기 시작하는데, 어찌나 세차고 순식간인지 지끈거리는 머리를 때리고 시야를 가로막을 정도다.

휴대전화가 울린다. 로스가 보낸 문자다.

업무 처리할 게 있는데, 끝나면 저녁 사갈게.
필요한 거 있어?

나는 답장하지 않는다. 그의 말에는 아무 문제가 없는데도. 그는 직업이 있다. 우린 먹고살아야 한다. 우린 죽지 않았다. 그런 생각을 해본들 전화기가 다시 울릴 때 몸이 주춤하는 것을 막지는 못한다.

john.smith120594@gmail.com   2018년 4월 18일 14:55
Re : 그는 알고 있다   받은 편지함
To : 나에게

시간이 없어.
<u>9월 4일에 무슨 일이 있었는지 기억해.</u>
그럼 이해할 거야.
네가 무엇을 해야 하는지 알게 될 거야.

나의 iPhone에서 보냄

나는 알 수 없을 것이다. 알 수가 없다. 모든 것을, 염병할 끔찍한 것들을 빠짐없이 기억해냈는데도 내가 이해해야 하는 게 뭔지 아직도 모르겠다. 무엇을 해야 하는지도.

수수께끼는 그만해, 마우스. 이건 게임이 아니야. 여긴 미러랜드가 아니야. 네가 아는 걸 말해줘. 나랑 만나. 말을 해달라고. 그럴 거 아니면 날 가만 내버려둬.

답장을 보내고 다시 도로로 향한다. 비는 더 세차게 퍼붓는다. 하늘이 너무 어두컴컴해서 땅거미가 이미 진 것 같다. 나는 부지에 올라와 있는 배들 사이사이를 힘겹게 지나간다. 선체가 녹과

따개비로 우둘투둘하다. 바다 냄새가 난다. 바다에서 생멸했던 존재들의 냄새. 오한이 난다. 내 뒤로 너무 가까이에서 무슨 소리가 들리길래 휙 돌아보는데, 손등 위의 볼록한 관절이 가장 가까이 있는 배를 요란하게 때린다. 난 빠르고 세게 넘어진다. 머리가 핑 돌면서 번들거리는 콘크리트 위로 미끄러지고 결국 대자로 바닥에 뻗게 된다. 고개를 돌려 빗소리 사이로 다른 소리가 들리지 않나 안간힘을 쓰며 귀기울인다. 그때, 들려 있는 선체 아래의 좁은 공간 사이로, 부츠가 보인다. 앞코에 쇠를 씌운 가죽 부츠. 그 위로는 청바지.

바닥이 미끄럽고 잡을 데가 없어 허우적거리며 황급히 몸을 뒤로 뺀다. 겨우 다시 일어섰을 때 나는 너무 거칠고 너무 요란하게 숨을 몰아쉬고 있다…… 하지만 뛰지 않는다. 뛰고 싶다. 항상 뛰고 싶다. 하지만 그 대신 배로 조금씩 다가가 어둑한 그림자 속에 몸을 숨긴다. 그러다 그 움직임, 형체에 맞닥뜨렸을 때, 주먹을 날리고 발로 차고 소리를 지른다. 비명을 지른다.

손이 내게로 다가온다. 나는 그 손을 할퀴고 주먹으로 친다. 더 거대한 무게가 날 압박해오지만 화가 나 있거나 필사적이거나 비겁하게 싸울 태세는 보이지 않는다. 나는 손톱으로 찌르고 무릎으로 연신 차고 또 찬다.

"그만! 그만."

비크가 휘청거리며 그나마 빛이 남아 있는 자리로 들어오더니 손바닥을 들어 보인다.

"당신이군요!" 내가 소리친다. 내 목소리에 실린 요란하고 격렬한 분노—권위—가 안도감을 감춘다.

"캣, 제발. 그만해요!" 내가 그에게 다가가자 그가 마지막으로 소리친다. 그는 흠뻑 젖어서 재킷은 상체에 척 들러붙어 있고, 빗물이 눈동자로 흘러들어가 턱 아래로 뚝뚝 떨어지고 있다. 가련한 모습이다.

나는 멈춘다. 남아 있는 모든 힘을 끌어모아서, 어쨌든 멈춘다. 우리는 그림자와 빗속에서 서로를 뚫어져라 응시하며 헉헉 숨을 몰아쉰다.

"얼마나 날 미행했죠?"

"캣, 전—"

"얼마나 됐죠, 비크?" 내가 소리친다. 내 안의 모든 분노가 결국 모조리 터져나와버렸기에, 이 알 수 없는 상태에 마침표를 찍을 설명을 듣게 되리라는 기대조차 그 분노를 거둬들이기에는 충분치 않다.

그가 고개를 바닥으로 떨군다. "당신이 미국에서 돌아왔을 때부터요."

"내가 돌아왔다는 건 빌어먹을 어떻게 알았죠?" 내가 묻는다. 이내 내가 물어야 할 질문은 왜?여야 한다는 생각이 들지만. 그때 새로운 의심이 나를 다른 방향으로 몰고 간다. "마우스를 알아요? 그애가—혹시 당신이—"

비록 비크는 아니라며 이미 고개를 젓고 있지만, 그 동작에 담긴 피로감과 마우스가 누군지 혼란스러워하지 않는 모습은 나의 의심을 더욱 키울 뿐이다. "그애를 알잖아요. 그애를 알죠! 둘이서—"

"캣. 전—"

"잠깐만요. 이게 다 뭐든 간에 마리도 한패인가요? 빌어먹을, 그래서 어제 전화했던 거예요? 그 집에서 반드시 나가야 해요. 당신들 전부—"

비크가 앞으로 다가온다. "당신한테 할말이 있어요."

"그럼 해보세요."

빗발의 맹공격에도 불구하고 그가 침 삼키는 소리가 들린다. 그는 눈도 깜빡이지 않고 나를 바라본다. "제가 마우스예요."

"네?"

그의 시선이 슬며시 미끄러진다. "미안해요. 내가 마우스예요. 내가 그 사람인 척했어요. 내가 그동안 당신한테 이메일을 보냈던 사람이에요."

나는 뒷걸음질치며 고개를 젓는다. "이해가—이해가 안 돼요. 왜요?"

"엘이 그렇게 해달라고 했으니까요." 그가 대답한다.

"전화기 보여주세요." 나는 아직도 고개를 젓고 있다. 멈출 수 있을 것 같지가 않다. "보여주세요, 비크. 당장."

그가 청바지 주머니에 손을 찔러넣더니 아이폰을 꺼낸다. 비밀번호를 누르고 마지못해 건넨다.

나는 떨리는 손가락으로 편지함을 연다. 빗방울로 화면이 얼룩진다. 그리고 맨 위에는—

캣 모건
수수께끼는 그만해, 마우스. 이건 게임이 아니야. 여긴 미러랜드가 아니야.

"오, 세상에."

그가 길게 한숨을 내쉰다. "당신을 안전하게 지켜주기 위해서 라고 했어요. 자신에게 무슨 일이 일어나면, 당신이 돌아올 거라 고 했고…… 제가 하겠다고 하면서도 전 엘이 과대망상을 한다 고 생각했죠. 무슨 일이 일어날 거라고는 생각지 않았어요. 그녀 가 로스를 두려워한다는 건 알았지만, 그런 일은 절대 상상도 못 했던……" 그가 말을 멈추더니 눈을 감는다. "그리고 그녀가 실 종됐을 때 든 생각은―엘이 부탁한 대로 해야 할 것 같았어요. 그리고 이제―이제―그녀는 죽었고, 전―"

"지금 당신 말은 엘이 자신이 죽으면, 그러니까 차마 떠날 용 기조차 못 낼 정도로 흉악한 짐승 같은 남편에게 살해당하면, 나 를 스토킹하고 협박하라는 부탁을 했다는 건가요? 나를 안전하 게 지키려고. 그 사람으로부터. 지금 그 말이에요?" 분노가 치미 는 쪽이 차라리 나은 것 같다. 분노 말고는 아무것도 생각하지도 느끼지도 않는 쪽이 차라리 나은 것 같다.

"전 절대 당신을 협박한 적 없어요."

"언니와 만나는 사이였나요?" 그가 대체 왜 이런 짓을 했는지 다른 이유를 생각해낼 수는 없으니까.

"그녀를 사랑했어요." 그의 눈에 듬뿍 어린 애정과 흠모에 나 는 다시 그를 한 대 치고 싶어진다.

"그럼 인정하는 거예요?"

"이미 말했잖아요. 아니요. 우리 사이에는 아무 일도 없었어 요."

"정확히 뭘 어떻게 하라고 부탁했죠?"

"당신을 미행하라고. 괜찮은지 확인하라고요. 그녀가 미리 내게 보냈던 메시지를 당신에게 이메일로 보내라고요. 그녀가…… 사라지기 전에 보냈던. 특정한 시간에 특정한 순서로 보내라고 했어요." 그가 목을 가다듬고 말한다. "당신의 질문에 모두 같은 답변을 하라고 했어요. 엘은 죽었다고요. 내가 마우스라고. 당신을 만날 수 없다고. 9월 4일에 일어난 일을 당신이 반드시 기억해야 한다고. 저는 그게 무슨 뜻인지 알지 못했고 지금도 몰라요. 맹세해요."

"그렇군요. 그래서 당신은 내가 무얼 기억해내기를 언니가 원했는지 모른다는 거군요. 언니는 빌어먹을 내가 뭘 하길 바랐죠?"

그가 다시 비참한 표정으로 고개를 젓는다. "그날은 당신의 첫 번째 삶의 끝이라고만 계속 말했어요. 계속 이 말을 했죠, 그는 알고 있다."

소름이 등골을 타고 내려가지만 애써 그 느낌을 모른 체한다. 어릿광대 카페 문과 옷장이 덜컹거리는 소리가 들린다. 새티스팩션호 랜턴의 녹슨 비명. 마침내 짧고 거센 백색을 벗어나, 무르고 길게 짙은 구릿빛을 드리우던 소리.

"왜죠?"

비크가 나를 향해 눈을 껌벅인다. "뭘 묻는 거예요?"

"왜 그 사람이 언니를 죽였는데요?"

"그녀가 떠나고 싶어했으니까요. 그녀는 떠날 계획을 세웠어요."

"그럼 왜 그냥 떠나지 않았나요? 왜 언니는 경찰에 신고하지 않았죠?"

"모르겠어요. 그랬으면 좋았을 텐데."

"그럼 당신은 대체 왜 신고하지 않았죠?"

"했어요! 그녀가 실종되고 나서, 경찰에 전화했어요. 엘이 그 사람을 두려워했다고, 그가 무슨 짓을 할까봐 두려워했다고 말했어요. 그리고—"

"아니요. 경찰은 당신을 언급한 적이 없어요, 비크. 전 당신이 이 주 동안 절 미행했기 때문에 당신의 존재를 알게 된 것뿐이에요."

"경찰에 제 이름을 밝히지는 않았어요. 제가 원하지 않았던 건—"

"뭐요?" 나는 우리 앞으로 양손을 활짝 펼치며 묻는다. "연루되는 것?"

"당신은 몰라요. 엘은 저한테서 경찰에 연락하지 않겠다는 약속을 받아냈어요. 로스가 저를 쫓을 수도 있어서 그게 두렵다고 했죠. 신경쓰지 않을 수도 있었지만, 제가 두려웠던 건…… 전 약혼한 몸이에요. 그리고—"

"약혼했다고요?"

그가 나를 바라본다. 반항적으로 펼친 어깨와 꽉 앙다문 턱도 눈빛에 담긴 수치를 감추지는 못한다. "엘은 제게 반드시 약속하라고 했어요, 캣."

"그렇군요." 이제는 그를 더는 쳐다보지 못하겠다. 대신 녹슬고 젖은 선체와 벗겨지고 있는 페인트 피막을 바라본다. "마우스는요? 그애도 이 모든 걸 알고 있나요? 그애도 연루되어 있나요?"

"전 그 사람이 누군지 알지도 못합니다." 이제는 가라앉은 목소리로 비크가 대꾸한다. "엘은 그녀인 척하는 게 당신이 기억을 떠올리는 데 도움이 될 거라고 했어요."

"마리는요? 그녀를 아나요?"

"아니요. 정말 몰라요."

"우리집에 들어와본 적 있나요?" 나는 일기장 페이지와 랜턴, 미러랜드 천장에 테이프로 붙어 있던 해적 암호만 생각하고 있는 게 아니다. 헛간의 카약, 내 귀에 들리던 속삭임, 웨스터릭 로드 36번지에서 느낀 절대 혼자가 아니라는 기분에 대해 생각한다.

"물론 아니요. 대체―"

"엄마 무덤에 분홍색 거베라를 갖다놓았어요?"

"네. 엘이―"

"그렇게 하라고 했다고요." 그의 표정이 더욱 비참해지기만 하자, 맥이 풀리던 나의 분노가 다시 살아난다. "고작 일주일쯤 전에, 당신은 여기 서서 날 위로했어요. 내 기분을 풀어줬어요. 난 당신이 괜찮은 사람이라고 생각했어요. 당신은 울었죠."

"캣, 전―"

"그리고 내가 엘이 이메일을 보내고 있다고, 그러니까 엘은 죽지 않은 것 같다고 말했을 때, 당신은 거기 서서 고개를 저으면서 한마디도 하지 않았어요. 빌어먹을 한마디도! 그랬는데 이제 와서 당신 말을 하나라도 믿겠어요?"

"정말 모르겠어요?" 이제 그는 절망적으로 보인다. 자신이 실패했다고 생각하는 듯하다. "엘은 이런 일이 일어나리란 걸 알고 있었다니까요—전부 다요! 로스가 자신을 죽일 거라는 걸 알고 있었고, 그는 실제로 그렇게 했죠. 당신이 돌아올 것을 알고 있었고, 당신은 실제로 돌아왔고요. 당신이 무슨 질문을 할지도 알고 있었어요. 경찰에서 사고로 여기리란 것도 알고 있었어요." 그가 나를 바라본다. "전 지금 진실을 말하고 있어요, 캣. 날 반드시 믿어야 해요."

하지만 난 믿지 않는다. 비크는 엘을 사랑했다. 나는 알 수 있다. 또한 그의 좌절도 그만큼 진심이며, 아마 그의 확신도 마찬가지라는 것을 알 수 있지만, 다른 무언가도 보인다. 그의 눈빛에서, 그의 몸짓에서. 나는 가식에 능하다. 비크보다 더. 그러니 다른 거짓말쟁이를 눈감고도 알아볼 수 있다. 그가 이런 짓을 벌인 것은 단순히 죄책감이나 일종의 왜곡된 의무감 때문이 아니다. 그는 나를 미행하고 염탐하기를 원했다. 그래야 엘이 죽지 않은 것이 되니까. 그녀는 그가 보내는 메시지 속에 살아 있다. 그녀는 내 안에도 있다—그녀의 눈, 얼굴, 목소리가. 내가 팔 밑에 항상 끼고 다니는 거울. 나는 비크에게 엘과 연결되는 마지막 남은 고리인 것이다.

어떻게? 어떻게 그녀가 이처럼 우리 모두를 여전히 조종할 수 있었을까? 나, 비크, 로스. 경찰까지. 우리는 그 이유에 대한 첫 번째 실마리조차 못 잡고 있다.

"오늘 경찰서에 갈 겁니다." 비크가 자신의 부츠를 내려다보며 말한다. "이번에는 제대로 된 진술서를 쓸 거고요. 엘이 내게 말한 걸 전부 털어놓을 작정이에요. 진작에—"

"더 있나요?"

"네?"

"당신이 나한테 아직 보내지 않은 메시지가 더 있냐고요."

"아니요."

"비크."

그의 어깨가 축 처진다. "하나 더 있긴 한데, 그게 다예요."

"보여주세요."

비크가 휴대전화로 손을 뻗는다. 그와 대적하며 가슴에 주먹을 날린 이후 처음으로, 빗물이 얼굴을 타고 흘러내려 코와 턱과 손가락 끝에서 주르륵 떨어지는 게 느껴진다. 두개골을 북 치듯 강타하는 게 느껴진다. 빗소리가 들린다. 금속 돛대와 배의 골조를 난타하는 재빠른 금속성 소리. 콘크리트와 아스팔트와 나무에 닿는 훨씬 둔탁하고 느린 소리. 만에 부딪치는 소리가 가장 요란하다. 깊고 날카롭게 울린다. 오래된 기억과 잊힌 두려움처럼, 강하고 날카롭고 생생하게 잡아채는 것처럼.

"여기요." 그가 전화기를 건네며 말한다. 그것을 받아들면서, 나는 그를 오랫동안 물끄러미 바라보며 그가 나와 하릴없이 눈을 마주치게 만든다.

"아직은 경찰에 가지 마세요, 비크. 아직은요. 필요해지면, 둘이 같이 가기로 해요. 하지만 우선은 제가 알아서 할게요. 당신도 나한테 빚진 게 있으니까."

그가 고개를 천천히 그리고 불안하게 끄덕이자, 나는 길게 심호흡한다. 좋아, 엘. 하나만 더, 그게 마지막이야. 그러면 우린 끝이야.

john.smith120594@gmail.com 　　　　　임시 보관함

Re: 그는 알고 있다

To: 캣 모건

　단서 11. 미러랜드 바깥의 유일한 장소, 네가 스노화이트가 아니라 로즈레드였던 곳

　나의 iPhone에서 보냄

제 25 장

    나는 뒤뜰 포장길 위에 서 있다. 몸은 흠뻑 젖었다. 하지만 머리는 이제 지끈거리지도 쑤시지도 않는다. 오랜만에 그 어느 때보다 정신이 맑게 깨어 있다. 몇 바퀴쯤 돌며 서성이다가 내가 무엇을 하고 있는지 깨닫는다. 은색과 회색 자갈을 차고 낡은 방수 낚시복을 추켜올리고 있다. 앤디 듀프레인이 된 엘 뒤에서 교도소 운동장을 따라 돌고 있다. 내가 스노화이트가 아니라 유일하게 로즈레드였던 때.

    맨 먼저 보이는 콘크리트 받침대로 다가가 못생긴 항아리 화분을 들여다본다. 비어 있다. 움직여보려 하지만 꿈쩍도 하지 않는다. 두번째 화분도 비어 있지만, 밀어보니 움직인다. 너무 세게 밀다 땅으로 넘어지기 직전에 얼른 붙잡는다. 그 밑에, 지퍼백으로 감싸 봉해둔 봉투 하나가 보인다. 그것을 집어들고 다시 화분을 제자리로 민 다음 보조주방으로 향하는 계단을 올라간다. 주방에 와서, 아마 마시면 안 될 듯한 보드카를 한 잔 따라 식탁에 앉는다. 로스가 올 수도 있으니 어릿광대 카페로 가야겠지만, 계단을 오르는 시간조차 기다릴 수 없다. 봉투 겉면 가득 엘이 거칠게 휘갈겨쓴 글씨가 보이기 때문이다.

스노화이트

봉투를 지퍼백에서 꺼내 찢어 연다. 촘촘하게 선이 그어진 얇은 종이 한 장이 들어있다.

캣에게
말할게. 그럼 말한 게 되겠지. 먼저 미안하다는 말부터 해야 할 것 같아. 아니면 잘 지내냐고 물어야 할까? 아니면 지난 십이 년 동안 어떻게 살았냐고? 하지만 처음 생각난 말이 가장 마지막 말이기도 하다는 걸 알 만큼은 넌 날 알 거야. 그러니 그냥 그 말을 해야 할 것 같아. 그럼 말한 게 되겠지.
그가 날 죽일 거야. 네가 이걸 읽고 있다면, 이미 죽인 거야. 난 이미 죽은 거야.
속이 시원하다고 생각한다 해도 널 비난할 수는 없을 것 같아. 네가 그럴 만했다고 생각한다면, 나도 내가 그럴 만했다고 생각해. 한때 널 미워했지. 그래서 너도 날 미워한 걸 비난하진 않아. 네가 날 거짓말쟁이라 여긴다 해도, 내가 지금 진실을 말하고 있다는 걸 네게 납득시킬 만한 게 이 편지밖에 없구나.
사랑으로 시작했어. 적어도 사랑이라고 생각했어. 그 사람이 어떤지 너도 알잖아. 그걸 잊었을 리가 없지. 그 강렬함, 그 사람의 강렬함 말이야. 그가 자신의 빛으로 상대를 비추어줄 때 얼마나 황홀한지. 그러다 그 모든 정열과 불안은 질식, 질투, 통제로 변했지. 남자는 모두 해적이라는 거, 기억나니? 착한 백마 탄 왕자는 존재하지 않는다는 것. 그 사람은 날 아주 위축되게 만들어버렸어. 난 그 사람이 날 돌봐줘서 고마워했어. 그의 경멸과 격노에 감사했어. 처음 나를 때렸을 때, 일주일을 울더라. 두번째에는, 채 하루도 안 울었어. 세번째쯤에, 미안하다고 말하고 있는 사람은 나였지. 그가 내 어떤 점을 좋아했는지 궁금했는데, 지금은 알 것 같아. 푸른 수염이 내게 한 짓을 그는 알고 있었어. 내가 너보다 유약하다는 것을 알고 있었어. 먹잇감인 쪽은 나라는 걸 처음부터 알고 있었던 거야.

결혼하고 몇 년 후에, 이 집이 경매에 나왔다는 걸 그가 알게 됐지. 우리의 집 말이야. 사지 말라고 사정사정했지만 결국 사더라. 이 감옥에 다시 날 가둘 수 있다면 뭘 마다했겠어. 나더러 원래 모습을 빠짐없이 설명하라고 했어. 그렇게 모든 걸 사들이고, 모든 걸 제자리에 돌려놓아서, 내 감옥을 더욱 작게, 더욱 굳건하게 만들었어.

네가 할아버지를 가장 좋아했지. 네가 엄마의 이야기를 가장 좋아했고. 네 상상력은 나보다 항상 뛰어났지. 무언가 사실이 아니길 바라면 넌 그냥 그런 일이 일어나지 않은 척해버렸어. 그래서 난 네가 우리의 첫번째 삶이 어떻게 끝났는지 잊었다고 생각해. 그래서 다시 기억하려 하지 않는다고. 난 차라리 잘된 일이라고 생각했어.

지금 여기에 할아버지와 엄마가 죽던 날 밤 무슨 일이 일어났는지 적을 수도 있을 거야. 네게 다 털어놓고 정말 사실이라고 장담하면, 넌 그걸 믿을지도 모르고, 심지어 기억해낼지도 모르지. 하지만 넌 그러지 않으리라 생각해. 네가 만들어낸, 네가 각인한 그 모든 무의식적 환상들이, 그 환상에 억눌려 있던 것들보다 훨씬 강력하다는 걸 아는 데 대단한 심리학이 필요하진 않거든. 그리고 그걸 전부 파괴할 유일한 방법은 네게 현실을 돌려주는 것뿐이라고 봤어. 한 조각 한 조각씩, 단서 하나하나씩. 네가 모든 진실을 스스로 애써 떠올릴 때까지. 그게 널 믿게 할 유일한 방법이니까.

보물찾기 때문에 화가 나리란 거 알아. 내가 일기장 페이지를 숨겨 두고 단서를 적었어. 그리고 친구가, 알고 지낸 좋은 친구가, 내가 사라진 후에 내 뜻에 따라 움직여줄 거야. 그래서 네가 이메일을 받고 있는 거고. 속임수를 쓴 건 미안해. 그에게 마우스인 척하라고 해서 미안해. 작년에 마우스가 우리집에 난데없이 나타났었어. 난 그애와 친구가 되지도 그애가 돌아와서 기뻐하지도 않았고, 로스가 얼마나 화를 낼지, 얼마나 심하게 내게 그 화를 쏟아낼지만 생각했어. 난 겁쟁이니까. 이메일에서 마우스인 척한 것도 비겁한 일이겠지만, 그게 도움이 될 거라 생각했어. 네가 내 말은 안 들어도, 그애 말에는 귀기울일 것 같았거든. 이메일과 내 일기가 널 겁에 질리게 했다면 미안해. 하지만 난 네가 겁에 질리기를 바라는지도 몰라. 엄마와 할아버지가 죽던 날 밤 있었던 일을 네가 기억하길 원해. 로스가 한 짓을 네가 기억하길 원해.

실버 크로스에 너를 위해 뭔가를 남겨놨어. 그것과 이 편지가 네게 줄 수 있는, 내게 남겨진 전부구나. 이것들을 믿어야 해. 날 믿어야 해. 그가 무슨 짓을 할지 모르겠지만, 살인처럼 보이진 않겠지. 그는 타고난 해적이었으니까.

늘 네 생각을 해. 안 그럴 거라고 여기지 말아줘. 네가 떠났을 때, 난 매일 낮, 매일 밤 울었어. 몇 주 내내. 그 사람이 날 안아주고 괜찮다고 말했어. 적어도 우리에겐 서로가 있으니 괜찮다고 말했어. 그한 테는 너와 내가 따로 떨어져 있는 게 나았어. 항상 그랬지. 너한테 여러 번 연락하고 싶었단다. 하지만 하지 않았지. 우리가 없어야 네가 더 잘 지낼 수 있다는 걸 알고 있었으니까. 너에게 연락하면, 그가 내게 허락한 자유를 빼앗아가리란 걸 알았으니까. 그림, 자원봉사, 몇몇 친구들이 내가 허락받은 것들이야. 내 배가 있고. 그 배를 살 때 그도 동의를 했는데, 나중에서야 그게 자기한테서 벗어날 최적의 탈출구라는 걸 깨달은 거지. 그래서 내가 그 배를 '리뎀션'*이라고 불렀던 거야. 네가 이 편지를 찾았다면, 너도 기억하겠지. 내가 그 이야기를 얼마나 좋아했는지. 아무것도 안 하느니 어떤 탈출이라도 하는 게 낫잖아.

날 믿으라고 종용할 수는 없겠지. 네가 믿지 않는다는 걸 아니까. 내 말을 믿으라고 요구할 수 없겠지. 네가 믿지 않으리라는 걸 아니까. 내가 우리 둘에게 한 짓을 매일매일 후회하고 있어. 그에게 절대 주도권을 주지 말았어야 했어. 우리의 첫번째 삶에서도, 그리고 두번째 삶에서도 절대로. '그는 알고 있어'를 기억해. '계획'을 기억해. 실버 크로스. 'X 표시가 된 곳'. 이것들을 기억해. 그럼 나머지도 기억날 거야. 진실을 알게 될 거야. 그를 진정으로 알게 될 거야. 날 믿게 될 거야. 안전해질 거야. 미안해.

사랑을 담아,

로즈레드

---

* Redemption. '탈출, 구원'이라는 뜻. 스티븐 킹의 소설 『리타 헤이워드와 쇼생크 탈출』의 영문 원제에서 따온 이름.

나는 편지를 한번 더 읽는다. 그리고 또 한번 더. 손가락으로 엘의 글씨를 따라 훑는다. 정말 그녀가 쓴 글씨고, 그녀의 목소리다. 알 수 있다. 난 그녀를 안다. 하지만 동시에 모두 거짓처럼 느껴진다. 너무 철저하고, 너무나 각본 같다. 네가 이걸 읽고 있다면, 난 이미 죽은 거야. 예전의 엘이라면 이런 말에 깔보듯 경멸조로 눈을 희번덕였을 것이다. 그녀가 하고 있는 말은 분명 정신 나간 소리니까. 로스가 그녀를 때리는 상상을 해보려 하지만, 불가능하다. 그가 날 때리는 상상을 하려는 것과 비슷하다. 사실일 리 없다.

하지만 엘이 이곳으로 돌아오길 원했고 이 집이 예전과 정확히 똑같아 보이기를 원했다고 말한 사람은 로스였다. 이제 그 말이 얼마나 우스꽝스럽게 들리는지 알 것 같다. 얼마나 거짓인지. 십이 년 동안 우리의 감옥이었던 이곳에 왜 돌아오고 싶어하겠는가? 이 죽음과 공포와 암흑의 장소에?

하지만. 엘이 정말 로스를 두려워했고, 날 보호하려 애쓰고 있을 뿐이라고 믿는다 해도, 그녀는 내가 잊었다고 생각하는 걸 왜 내게 말하지 않으려 했을까? 로스가 했다는 짓이 무엇이든. 내가 억눌렀던 것들을 나는 이제 모두 기억하는데 말이다. 그 기억들은 거짓이 아니다. 그럴 리 없다. 우리의 첫번째 삶에서 일어났던 일을 나는 모두 기억한다. 엄마가 새티스팩션호 선미 랜턴으로 할아버지의 두개골을 박살내서 그 삶을 끝장내버린 밤까지도. 그밖에 또 무엇이 있단 말인가?

머리가 지끈거린다. 실버 크로스. 그게 무엇인지 알고 있어야

한다는 걸 알지만―그게 무엇인지 알고 있다는 걸 알지만―생각
이 안 난다. 기억이 안 난다.

보드카를 마저 마신다. 일어선다. 적어도 엘이 하나는 옳았기
에. 그것 때문에 나는 한기가 들고 두려움과 불안감에 휩싸인다.
그녀는 자신이 죽을 거라 생각했다. 그리고 지금 그녀는 죽었다.

◆◆

나는 3번 방으로 향하는 좁은 복도 입구에 서 있다. 더듬더듬
조명 스위치를 찾아보지만 잡히지 않는다. 팔을 내뻗고 억지로
어둠 속에 발을 내디딘다. 손가락이 복도 끝에 있는 문의 패널을
건드리자 몸이 움찔한다. 떠오르는 기억에 망설인다. 들어가지
마! 우린 거기에 절대 들어갈 수 없어! 이 방은 내가 들어가보지 못
한 유일한 방이다. 심지어 어릴 때조차 그랬다. 엄마가 그렇게 만
들었다. 엘과 내가 그 방이라면 벌벌 떨게 만들어 눈길 한 번 주
지 않고 복도를 지나치게 했다. 엄마의 비명이 생각난다. 쾅 닫히
며 울리던 문소리. 할아버지도 이곳을 무서워했다. 이따금 동크
숍 문간에 서서 계단 건너편의 이 복도를 응시하는 할아버지가
보였다. 온몸을 떨고 있었고, 입은 헤벌어진 채 눈빛은 멍했다.
엘이 푸른 수염의 방에 무언가를 감추어놓았을까? 그녀라면 여
기에 왔을까? 모르겠다. 하지만 눈으로 봐야만 한다는 것은 안다.

손잡이에 손을 댔을 때, 나는 무의식중에 맹렬하고 빠르게 숨
죽여 중얼거린다. "그는 밤에만 나온다, 그는 밤에만 나온다." 그
러다 간신히 멈춘다. 푸른 수염의 부인들은 모두 피로 붉게 녹슨

갈고리에 매달리는 결말을 맞았고, 마지막 부인만이 예외였다. 그녀가 목숨을 구한 것은 두려움을 떨치고 결국 들여다보았기 때문에, 그가 절대 열지 말라고 했던 유일한 문을 열었기 때문이었다. 따라서 나는 손잡이를 돌린다. 먼지 쌓인 검은 문을 밀어젖힌다. 그리고 안으로 들어간다.

푸른 수염의 방에는 창문이 없다. 그 방의 외벽이 미러랜드의 통로이기 때문에 어느 정도는 짐작하고 있었지만, 그래도 여전히 뜻밖이다. 어둠. 전등 스위치를 찾는다. 스위치를 켜고 안으로 조심스럽게 들어간다.

찬 공기가 무겁게 내려앉아 있고, 오래된 페인트 냄새가 난다. 한쪽 구석에는 낡디낡은 가죽 안락의자와 플로어 스탠드가 놓여 있다. 다른 것은 모두 시트로 덮여 감춰져 있다. 나는 구석구석 모든 벽과 모든 그림자를 살펴본다. 아직도 푸른 수염 아내들의 시체가 나오리라 생각하는 것처럼. 또는 마룻널을 통과해 식료품실과 벽장과 그 아래 대양까지 울리고 요동치는 엄마의 비명이 들린다는 듯이.

집중하자.

방 안쪽으로 더 걸어들어가 시트를 걷어내자, 먼지 때문에 기침이 나온다. 두번째 시트 아래에 커다란 나무상자가 있다. 나는 동작을 멈춘다. 심장이 버벅댄다. 여느 상자가 아니다. 새티스팩션호에 실려 있던 우리의 보물상자다. 검은 가죽끈과 녹이 긴 금빛 자물쇠를 두른.

무릎을 꿇는다. 자물쇠는 열린 채 걸려 있다. 뚜껑을 잡고 위로 올리자 경첩이 요란하게 끼익하는 소리에 몸이 움찔한다.

안은 오래된 시트로 가득하다. 그것들을 꺼내 바닥에 쌓기 시작한다. 그러다 손가락이 무언가 단단한 것을 건드리자마자, 후다닥 손을 빼낸다.

이러지 마.

다시 안으로 손을 넣어 마지막 시트를 꺼낸다.

물건 두 개가 나온다. 하나는 크고, 하나는 작다. 큰 것은 파란 손잡이가 달린 드릴이고 속이 빈 원통이 장착되어 있다. 작은 것은 한쪽엔 둥근 철제 핸들이, 다른 쪽엔 나사식 검은 고무 플러그가 달려 있다.

나는 뒤로 쓰러질 뻔한다. 축축한 손가락으로 얼굴을 덮는다. 엘은 이것들을 여기 넣어놓지 않았다. 내가 발견하도록 이 끔찍한 방에 넣어두지 않았다. 본능적으로 나는 그것들이 무엇인지 알 수 있다.

로건의 얼굴, 신중한 어조가 떠오른다. 누군가 배에 구멍을 뚫었다는 증거를 발견했습니다. 누군가 고의로 침몰시켰어요.

나는 다시 타공 드릴을 내려다본다. 선미판 배수 플러그를.

보물 전리품들이다.

◆◆

계단은 어둠에 휩싸여 있다. 복도에 있는 빅토리아식 램프에서 나오는 불그스름한 불빛이 유일한 빛이다. 계단을 더듬더듬 짚으며 내려간다. 손바닥에 닿는 난간이 차갑다. 계속 잠들어 있는 집은 시끄럽고 노쇠하다. 철커덕거리고 삐걱거리는 정맥은 검은 길과 구리 선으로 이은 숨겨진 지도 같다. 문 뒤와 벽장과 대양에, 불과 분노와 즐거움이 섞인 한밤중의 세계 안에 잠겨 있는 비밀 같다.

주방을 지나가면서 전화 테이블에 있는 거울 속 내 얼굴을 흘긋 본다. 응접실 문을 연다. 그제야 숨을 내쉰다.

응접실은 따뜻하고 황금색이다. 천장에서 바닥까지 늘어진 큼지막한 커튼은 비, 그리고 어둠을 가로막았다. 벽난로 불은 손질된 장작 더미를 시끄럽게 태우며 암녹색 타일을 배경으로 춤추고 있다. 협탁과 푸아로를 따라 무리를 진 작은 양초들이 거울과 목재의 광택 면에 금빛과 은빛을 반사한다. 여느 크리스마스이브 같다. 빠진 것이라면 하얗게 반짝이며 뾰족한 이파리들을 떨어뜨리는, 공간 전체를 겨울 숲 냄새로 채우는 팔 피트짜리 프레이저 전나무뿐이다.

무의식적 환상들. 머릿속에서 그 말이 떠오르다 차츰 흐려진다. 그러다 데드라이트와 함께 우리를 쫓아오는 푸른 수염이 보인다. 망가진 두개골이 토해내는 피가 새티스팩션호의 포열 갑판을 검게 물들인다.

로스가 체스터필드 소파에서 일어나 조심스레 미소 짓는다.

"괜찮아?"

"응."

그의 눈길이 빠르게 방안을 훑는다. "너무 과한 것 같으면 말해."

"아니야. 아니야, 괜찮아." 하지만 나는 응접실 안으로 더 들어갈 수 없을 것 같다. 아무것도 할 힘을 낼 수가 없을 것 같다.

"괜찮은 거 맞아?" 로스의 미간에 깊이 팬 골이 되돌아왔다. 엄지손가락을 그 자리에 대고 문질러서 곧게 펴주고 싶다.

"응." 가까스로 소파 쪽으로 걸음을 뗴 그에게 간다.

"앉아." 그가 잠깐 손을 뻗어 나의 차가운 손을 쥐더니, 곧장 나를 지나쳐 바 쪽으로 간다.

나는 앉는다. 그를 지켜본다. 반짝이며 명멸하는 불빛 속 좁은 허리와 넓은 어깨의 실루엣. 목에 닿는 굵은 고수머리. 내 손은 청바지의 주머니 속, 엘의 편지가 든 지퍼백을 향해 움직인다. 그 것의 존재가 내게 위로를 주면서도 날 두렵게 한다. 푸아로의 청록색 타일 위로 셰리주가 눈에 들어온다. 조각된 크리스털 잔 안에 든 황금색. 네 잔이 아닌 두 잔. 엘이 정말 그에게 전부 다 이야기한 것이다.

"아페리티프야." 촛불을 밝힌 커피 테이블에 술잔을 내려놓으며 로스가 말한다. 이탈리아 레스토랑의 특별 연애 이벤트 지정석이 떠오른다. 그가 내 옆에 앉자 허벅지에 닿는 체온이 느껴진다. 익숙한 소나무 향과 머스크 향이 난다. 심장이 크게 쿵쿵 울린다.

"건배." 그가 너무 격식을 차리고 말해 얼어붙어 있던 나의 미소도 결국 풀어진다. 잔이 부딪치며 울린 소리는 낮고 길게, 내가 한 잔을 다 마실 때까지도 이어진다. 위까지 술이 쭉 타들어 가는 느낌이 근사하다. 그의 하루는 어땠는지 물어보아야 한다. 나도 알고 있다. 직장에서는 어땠는지. 기분은 어떤지, 견딜 만한지. 괜찮은 척하는 연기를 완전히 망치고 있다. 로스도 그렇게 생각하는 것 같다. 그가 내 차가운 손가락으로 손을 뻗더니 꼭 감싸쥔다.

"괜찮아질 거야, 캣." 그가 속삭인다. "적어도 우리에겐 서로 가 있으니까."

관자놀이에 닿는 따사로운 그의 입술을 느끼면서 나는 눈을 감 는다.

제 26 장

나는 식탁에 앉아 있고, 로스는 엄마의 키치너 화덕 앞에 서 있다. 빗줄기가 창문을 때린다. 뜰의 높은 돌담에 갇힌 바람이 울부짖는다. 주방은 따뜻하고 눅눅하지만 왠지 여전히 한기가 느껴진다. 으스스 몸이 떨린다.

로스가 내게 따라준 시라즈 와인을 집어든다. 마시지 않고 이내 다시 내려놓는다. 다진 쇠고기 냄새에 속이 뒤집힌다. 머리가 아프고 멍해, 늪에 빠진 기분이다. 나는 안절부절못하고 있으며 초조하다. 몇 분마다 한 번씩 심장이 박동을 건너뛰더니, 곧 한꺼번에 벌충이라도 하듯 날뛴다. 아마 슬픔과 충격 탓이겠지. 내 생각을 흔들어 뒤바꿔놓는 일들이 너무 짧은 시간에 너무 많이 몰아쳤다. 엘의 죽음. 마리의 고백. 비크의 '마우스' 행세. 엘의 편지. 이 집안에서 벌어진 모든 일. 로스에게 푸른 수염의 방에서 내가 발견한 것에 대해 물어보아야 한다. 마리와 그 문자에 대해 물어보아야 한다. 비크가 말한 것에 대해. 엘이 폭로했던 것에 대해 정말 그에게 물어보아야 한다. 하지만 할 수가 없다.

로스가 칠리 냄비의 뚜껑을 닫더니 식탁으로 돌아와 내게 가까이 앉는다. 너무 가까워서 그의 홍채에 자리한 은색 입자들까지 보인다.

"너한테 말할 게 있어. 맙소사, 얼음장 같네."

나는 그의 손안에 있는 내 손을 내려다본다. 그가 잡는 줄도 모르고 있었다.

"괜찮아." 내가 말한다. 하지만 그는 내 손가락을 문지르며, 손바닥에 대고 따뜻한 숨을 불어준다.

"이런 말을 하기에 적당한 때가 아닌 건 알지만…… 집을 팔려고."

"뭐?"

"될 수 있는 한 빨리." 그의 목소리는 부드럽다. 마치 예민한 말 한 마리를 다루는 듯이. "꽤 걸릴 거야. 엘은 유서가 없었고, 사망 확정 등록 뭐 그런 문제도 있고." 내가 손을 빼려 하자, 그는 그저 더욱 세게 움켜쥔다. 엘이 유서를 남기지 않았다는 걸 그가 어떻게 아는지 궁금하다. "이런 말이 어떻게 들릴지 알아, 캣. 얼마나 힘든지도. 나도 알아……" 그가 주저하며 아랫입술을 깨문다.

"괜찮아." 여전히 그를 위로하고 싶고, 그를 위로해야 한다고 느낀다는 게 정말 터무니없다. 그의 미간 주름을 펴주고, 엄지손가락으로 피부와 눈가의 어두침침하고 피로한 그늘을 문질러주고 싶다.

"내 곁에 머물러줘."

"뭐?"

그가 나를 주의깊게 찬찬히 응시한다. 나는 눈 한 번 깜빡일 수조차 없다. "내 곁에 머물러줘. 나랑 있어줘. 이런 말 하기에 적절한 시기는 아니지만, 널 사랑해, 캣. 엘을 사랑하던 방식대로는 아냐. 달라, 이건 달라." 그가 고통스러운 듯 눈을 감는다. "더 많이 사랑해."

나는 무슨 말을 해야 할지 모르겠다. 어떤 감정을 느껴야 할지 모르겠다.

"비난받으리란 것도 알아. 하지만, 캣, 너만 원한다면 난 감내할 거야. 집이 팔릴 때까지는 여기 있을 수 있어. 아니면 떠나서 다른 곳으로, 아무데나 가도 돼. 너한테 달렸어. 모든 건 너한테 달렸어. 널 사랑해. 네가 필요해." 그가 손을 놓더니, 내 얼굴을 감싸쥐고는 볼을 쓰다듬는다. 그의 손가락이 떨리고 있다. 눈빛은 빛난다. "그리고 엘은 우리 둘 다 사랑했어. 우리가 행복하길 바랄 거야."

그 배수 플러그가 그 배수 플러그인지 나는 알 수 없다. 타공 드릴은 그냥 타공 드릴일 수도 있다. 로건과 러픽에게 가봐야 한다. 그들에게 전부 다 보여주어야 한다. 그들이 추적하고 법의학 감식을 하도록 해야 한다. 로스이기 때문이다. 나의 수치와 슬픔도 엘에 대한 기억을 전부 지우진 못한다, 그녀의 영리함과 때때로 드러난 그 무심한 잔인함에 대한 기억까진. 엘이 옳았다. 나는 그녀를 믿지 않는다. 아주 오랫동안 믿지 않았다. 엘은 아직 우리를 조종하고 있다. 편지는 또다른 거짓말일 뿐인지도 모른다. '마우스'가 보낸 이메일처럼.

누군가는 내게 거짓말을 했기 때문이다. 양쪽 다 진실을 말하고 있을 수는 없다. 내 인생의 어떤 큰 부분, 그것에 깃든 확신이 잘못되었다. 내가 사랑하는 사람이 괴물인 평행 우주. 거울에 비친 내 모습이 거짓말을 하는 곳. 엘의 말이 떠오른다. 그애는 무슨 일이 일어나지 않은 척하면 일어나지 않은 게 된다고 생각한다. 그게 더는 사실이 아니었으면 한다. 혼란스럽고 불안하다. 무엇보다도 겁이 난다. 열두 살 때는 엄마와 할아버지와 이 집으로부터 도망쳤으니까. 열아홉에는 엘과 로스와 나의 상처로부터 도망쳤으니까. 하지만 이번에는 도망치지 않을 것이다. 진실을 알아낼 때까지 아무데도 가지 않을 것이다.

눈을 감는다. 그러자 곧장 이곳이 더 싸늘하고 환해진다. 너무 익힌 달걀과 토스트 탄내가 난다. 겁에 질려 미친듯이 퍼덕거리는 날갯짓 소리가 들린다. 질질 흘리지 마, 캐트리오나. 엄마의 굽은 등, 티 타월로 만든 삼각건으로 상체에 묶여 있는 팔, 정수리 근처에 주먹만하게 드러난 맨머리, 그 자리의 분홍빛 생살. 할아버지의 요란하고 익숙한 웃음소리가 자아내는 공포. 이 녀석아, 서서 그러지 말고, 앉아서 먹거라. 몸서리나는 은빛 공포. 무슨 일이 일어날 것 같은 예감. 이제 곧 일어날 것 같은 예감.

눈을 뜬다. 로스가 염려와 조바심이 뒤섞인 눈길로 나를 바라보고 있다.

"무슨 생각 했어?"

나는 고개를 저으며 와인잔을 집어든다. 한 모금을 삼키자 몸이 바르르 떨린다. "예전 일을 생각하고 있었어. 이 집이랑. 할아버지에 대해서."

로스가 자세를 곧게 편다.

"그가 했던 일들도. 음주, 폭력."

"과거를 곱씹어봤자 소용없어. 더는 중요한 일이 아니야." 그의 손가락이 내 광대를 훑는다. 그의 미소가 머뭇거린다. "그래서 팔고 떠나자는 거야. 그래서 우리는—"

"하지만 난 그런 것들을 내내 상자 속에 처박아뒀어, 로스! 너무 많은 것들을. 이곳에서 일어난 일들. 우리한테 일어난 일들 말이야. 그것들이 중요하다고 생각하지 않아?"

"네 빌어먹을 할아버지는 수십 년 전 사람이야, 캣! 지금이 중요하지." 그가 다시 내 손을 잡는다. "우리가 중요해. 난 네가 왜—"

나는 물러나 일어선다. 의자가 타일 바닥을 끼익 긁더니 뒷다리가 흔들리며 미끄러져서, 로스가 내 쪽으로 달려들어 의자를 잡는다. 내가 움츠러들자 너무나 당연히도, 로스의 얼굴에 불신 섞인 상처의 기색이 스치고, 나는 고개를 돌린다.

"내가 틀린 게 있으면 어떡해? 다른 게 또 있으면 어떡해. 더 나쁜 게. 근데 내가 기억을 못한다면? 내가 그런 일은 일어나지도 않은 척하고 있다면?" 나는 부들부들 떨면서 그대로 서 있지만, 머릿속 안개가 조금은 걷혔다. 로스는 혼란스럽고 화가 치미는 듯하다. 하지만 그가 이해할 수 없는 것도 당연하다. 난 환상이냐 진실이냐를 말하고 있으니까. 아직 그에게 물어볼 용기를 낼 수 없는 끔찍한 질문들에 대한 대답을 말이다.

하지만 오늘밤이어야 한다.

엘의 충혈된 눈. 베를린장벽 뒤 그녀의 끔찍한 미소. 오늘밤이어야 해.

로스가 나를 흔들고 있다. 그의 손가락이 내 위팔을 꽉 쥐었다.

"캣! 내 말 들려? 괜찮아?"

"그만해! 난 괜찮아. 괜찮다고."

그는 나를 놓지 않는다. "세상에, 확실해? 발작이라도 일으키는 줄 알았어."

여기서 멈추어야만 하는지도 모른다. 오랫동안 묻어두었던 것들을 모두 다시 그 상자에 쑤셔넣어야 하는지도. 다만 너무 많을 뿐이다. 무서운 마음이 들면 뭐든 회피하는 태도가 정상이 아니라는 걸 이제는 알겠다. 그게 최악의 과거라 해도. 그런 생각이 지금까지 들지 않았다는 것이 더 이상하다.

검은 배낭을 내 침대 밑에서 꺼내 유통기한이 지난 통조림을 바닥에 내동댕이치던 엄마. 도대체가, 캐트리오나, 넌 애가 왜 그렇게 한심하니? 중요한 일이라니까! 손등의 볼록 튀어나온 관절로 책상 위를 톡톡 두드리던 엄마. 늘 잠음처럼 곁을 맴도는 공포심, 파국이 닥치리라는 그 공포를 불러일으키면서. 애야, 잘 들어, 외우라고. 식료품실 벽의 오렌지색과 노란색 수선화무늬와, 책을 읽어주던 엄마의 높고 일정한 목소리. 『두 도시 이야기』『파피용』『철가면』『추운 나라에서 돌아온 스파이』『몽테크리스토 백작』『리타 헤이워드와 쇼생크 탈출』.

엄마처럼 되지 마. 너무 두려운 나머지 날지 못해서는 안 돼.

"맙소사." 나는 쿵 주저앉는다. 손으로 입을 틀어막는다. 와인잔을 집어들지만 손가락이 너무 떨려 마실 수가 없다. 뱃속이 조여든다.

"캣, 대체 무슨 일이야? 사람 부를까?"

생존 가방이 아니다. 언어 학습도 아니다. 동화도, 진짜인 척하는 이야기도 아니다. 편집증, 잔인함, 망상도. 단지 괴물 같은 집에서 살아남으려고 애쓰느라 그런 것도 아니다.

로스가 나를 뚫어져라 바라본다. "무슨 일인데?"

모두 같은 것이다. 같은 계획. 오늘밤이어야 해. 우리의 첫번째 삶의 마지막 밤. 복도 카펫을 가로지르던 황금색 마지막 빛줄기, 금요일에 마지막으로 철컹 돌아가던 데드 볼트. 침묵, 암흑, 그리고 계단을 뛰어내려갈 때 우리 어깨에서 달가닥거리며 늘어지던 배낭. 스웨터 위로 코트 단추를 잠가주던 엄마. 여위고 벌겋게 일어난 살갗에 기력이 돌던 엄마의 얼굴. 멍들고 부어오른 왼쪽 볼. 가느다랗게 찢어진 검푸른 틈이나 다름없던 눈. 엄마는 성한 한쪽 팔로 우리를 너무 꽉 끌어안았다. 준비됐니?

"세상에." 내 목소리는 담담하다. 희망과 공포 사이의 무언가가 목구멍을 할퀴며 올라오려 하고 있다. 우리는 이 집에서 달아난 것이 아니다. 우리는 이 집에서 일어난 일로부터 도망친 것이 아니다. 우리는 항상 떠나기로 되어 있었다. 그것이 계획이었다. "탈출이었어. 항상 목적은 탈출이었어."

"캣一"

나는 로스를 바라본다. 그의 양팔에 난 잔털이 그의 척추만큼이나 바짝 서 있다. 마치 몸 전체가 차려 자세로 서 있는 것 같다. "바로 그거였어, 맞지? 그 사람들이 죽던 날 밤에? 9월 4일? 우린 탈출했어. 엘과 나는. 그리고 너와 우리 엄마는 알고 있었어. 너와 엄마가 도와주었지. 그게 계획이었어. 아니야? 우리가 그 사

람한테서 탈출하는 것. 여기를 탈출해서. 다시는 돌아오지 않는
것."

로스가 축 늘어진다. 손바닥을 위로 향하더니 내 손목에 손가
락을 감는다. "물론 그랬지."

소리가 들린다. 빗줄기가 들때리는 소리와 덜컹거리는 바람소
리 위로, 부엉이 울음처럼 낮고 길게 퍼지는 음산한 소리.

우리는 이 주방에서, 이 식탁으로부터 몇 피트 떨어진 곳에 서
있었다. 달빛이 온 바닥에 흘렀다. 뭐가 뭔지 모른 채 조급증이
났고, 신경이 곤두섰으며, 흥분에 압도당했고, 절박감으로 몰아
치는 엄마 때문에 겁에 질렸다. 그 순간에조차 우리는 무슨 일이
벌어지고 있는지 몰랐다. 아무것도. 탈출이 무엇을 의미하는지
아무런 개념이 없었다.

부엉이 울음. 내가 엘을 쳐다보고 엘이 나를 쳐다봤을 때 울리
던 심장박동. 엄마의 찌푸린 얼굴. 엄마가 우리를 미심쩍어할 때
면 미간에 서서히 나타나던 골.

"우릴 돕는 사람이 있어." 엘이 말했다.

우리가 믿을 수 있는 사람. 나는 이렇게 말하고 싶었지만 하지
않았다. 엄마는 잘생긴 백마 탄 왕자는 교활하다고 생각했으니
까. 절대로 믿어서는 안 된다고. 로스는 처음부터 늘 우리의 비밀
이었으니까.

"부엉이 울음은 위험하다는 뜻이야, 엄마! 뛰라는 뜻이야!"

그래서 우리는 달렸다.

"넌 망보는 사람이었어." 내가 말한다.

로스의 얼굴이 창백해진다. 그는 바깥의 빗속에 내려앉은 칠흑

같은 밤―환한 달빛 아래 음산하게 고요하던 1998년 9월 4일과는 너무도 다르다―에 눈길을 주더니 일어선다. 어깨에 뻣뻣하게 힘이 들어갔다. 목에 핏줄이 보이고 턱이 경련한다. 그는 나를 쳐다보지 않으려 한다.

"널 사랑한다고 말하잖아. 너랑 같이 살고 싶다고, 너와 함께하고 싶다고. 네가 엘에 대해 이야기하고 싶어할 줄 알았어. 근데 넌 이 집과 염병할 네 괴짜 할아버지 얘기밖에 안 하는구나." 그가 문을 향해 성큼성큼 걸어간다. "난 위층으로 올라갈게. 내가 돌아오면 그때 다시 빌어먹을 정상적인 대화를 해보자, 알겠어?"

그러더니 그는 가버린다. 위층으로 쿵쿵 올라가는 발소리.

우르릉 천둥이 내리쳐 나는 소스라친다. 창문이 덜컹덜컹 들렸다가 다시 쾅 내려온다. 허벅지가 진동하기 시작하고, 휴대전화 때문이라는 것을 깨닫자 떨리는 손가락이 전화기를 꺼내려 버둥거린다. 겨우 성공하고 보니 발신자는 전화를 끊었다. 모르는 번호지만 문자가 와 있다. 이거 보시면 전화 주세요. 러픽. 음성 메시지에도 정확히 같은 말을 남겼는데, 딱딱하고 간략한 명령조의 말투에 불안해진다. 이제껏 한 번도 만난 적 없는 케이트 러픽 경위 같은 목소리다. 그녀는 걱정하고 있다. 심지어 두려워하는지도 모른다.

그녀에게 전화를 걸어야 한다. 벼랑 끝에 너무 가까워진 느낌이다. 그리고 이미 아래를 내려다보았다. 추락을 하고 싶다. 오늘 밤이어야 한다.

받은 편지함에 읽지 않은 이메일이 있다. 발신자는 Professor

CatherineWard@southwarkuni.com. 이메일이 로딩되는 동안 주방 조명이 깜박거린다. 버퍼링 표시를 물끄러미 바라보며, 쿵 쾅대는 심장과 느릿느릿 뒤죽박죽 떠오르는 상념들을 무시하려 애쓴다.

케이트 러픽 경위님께

메일 주셔서 감사합니다. 삼 주간 북극해 크루즈 여행을 하고 방금 돌아왔어요. 하지만 수사 소식을 들었을 때, 이메일을 주시기 전부터도 연락을 드리려고 마음먹고 있었습니다. 제 동료들이 (이 사람들 잘못은 아니라는 점을 덧붙이고 싶네요) 경위님께 닥터 로스 매콜리가 4월 3일 오후 4시에 학회가 끝나고서야 떠났다고 말씀드렸는데 그 말에는 오류가 있습니다. 사실, 매콜리 씨는 학회장을 2일 저녁에 떠났습니다. 정확히는 오후 5시 45분에요.

시간을 정확히 기억하는 건, 저의 베르겐행 비행편이 악천후 예보로 예정보다 시간이 앞당겨졌기 때문입니다. 불과 몇 시간 전에 통지를 받아서, 학교를 나서 짐을 싸고 개트윅공항으로 갈 시간이 촉박했죠. 그때 매콜리 씨가 여행가방을 차에 싣고 주차장을 빠져나가는 모습을 봤습니다. 매콜리 박사의 얼굴은 알고 있습니다. 작년에 글래스고에서 열린 BPS 심포지엄에서 논문을 발표하셨거든요.

수사가 진행되고 있는데 진작 말씀드리지 못해 죄송합니다. 실종됐던 여성분이 비극적인 결말을 맞은 채 발견되었지만, 죽음에 의심스러운 점은 없다는 뉴스를 봤습니다. 너무 늦게 알려드린 게 별문제 아니기를 바랍니다만, 필요하시다면 언제든 연락 주세요. 제 개인 번호와 사무실 번호는 아래에 있습니다.

안부를 전하며,

캐서린 워드

그녀 말대로다, 당연히. 별문제는 아니다. 별 의미도 없다. 또 한번 우르릉 천둥이 치자 창문이 덜거덕한다. 나는 마른침을 삼킨다. 그가 거짓말을 했다는 뜻이다. 나에게. 경찰에게. 바로 그것이 애초에 이 교수에게 메일을 쓴 이유였다. 바로 그 말이 나올까봐 걱정했다. 바로 그 말이 내가 예상했던 말이다.

번개가 주방을 불길처럼 하얗고 환하게 비춘다. 나는 눈을 깜박인다. 뜰에서 무언가 보았다는, 무언가 잘못된 것, 이상한 것을 보았다는 생각이 드는데 이내 창밖이 다시 어두워진다. 집은 잠들지 못하고 깨어 신음한다. 로스가 위층에서 돌아다니는 소리가 들린다. 오래된 마룻장이 경고하듯이 삐걱거린다.

나는 일어선다. 테이블에 부딪혀 휘청이는 바람에, 갑자기 눈앞에서 까만 점들이 춤출 정도로 어질어질해진다. 머리가 앞으로 무겁게 툭 떨어진다. 지독한 현기증이 뒤따라와 의자를 붙잡아야 한다. 의자가 넘어지면서 내는 요란한 소리가 마치 물속에서처럼 아득하게 들린다. 엉덩이를 식탁에 쾅 부딪히고 나서야, 귀가 동시에 툭 뚫려 원래대로 돌아온다. 날씨와 집이 으르렁대는 소음이 되돌아온다. 손바닥을 식탁 위에 짚고 숨을 고르며 나무의 단단함이 내게 충분히 옮아올 때까지 기대어 있는다……

마주 놓인 시라즈 와인이 눈에 들어온다. 깜박이는 흐릿한 불빛에 비쳐 오래된 핏자국처럼 붉은빛을 띤다. 문득 이런 이상하

고 땅한 납덩이같은 기분을 너무 많고 많은 날 느껴왔다는 생각
이 든다. 열두 시간씩 잠들었던 그 모든 날들을 떠올려본다. 로스
가 푸아로 앞에 서서 내게 만들어주었던 그 모든 음료들. 식탁에
올려둔 보드카 병. 차가 너무 오래 우러났다며 항상 새로 내려준
홍차. 엘이 죽고 나서 나왔던 독성 물질 검사 결과. 그 모든 알약
들. 이렇게든 저렇게든 원인을 제공했을 가능성이 있죠. 정신활성
약물: 치료 요법의 효능 vs 안전한 복용량.

비틀비틀 싱크대로 걸어가 와인을 모두 쏟아버리고, 수도꼭지
에 바로 입을 대 미지근한 물을 들이켠다. 위가 단단하게 꽉 찬
느낌이 들 때까지, 머리가 맑아질 때까지 꿀꺽꿀꺽. 또 한번 번쩍
이는 번개, 거의 동시에 우르릉 울리는 천둥. 나는 뒤돌아 창문을
바라본다. 조지양식의 두꺼운 경질목 창살과 창유리는 어린아이
가 통과하기에도 너무 작다. 창턱에 박힌 길고 구부러진 못들. 로
스가 했던 말, 솔직히 말하면 난 별로 신경 안 썼어. 내가 여기 없을
때 엘을 안전하게 지켜주는 데 도움이 된다고 생각했어. 엘이 쓴 편
지. 모든 걸 사들이고, 모든 걸 제자리에 돌려놓아서, 내 감옥을 더욱
작게, 더욱 굳건하게 만들었어. 어쩌면 저 못들은 할아버지가 저
오래되고 상처난 나무에 박은 그 못이 아닌지도 모른다.

엄마의 키치너 화덕 앞에 있는 타일을 바라본다. 처음으로, 핏
물이 타일 사이를 짙게 물들이며 주르르 흘러 회반죽의 갈라진
틈에 고이는 모습이 보인다.

머리 위에서 마룻널이 삐걱거린다. 위험해. 뛰어.

뛴다. 나머지는 다음에 생각할 것이다. 뛰는 것이 실수인지 아
닌지도 포함해서. 새 그림 접시들이 덜그럭덜그럭 경고하는 것을

무시하고, 복도를 전력 질주한다. 현관 전실에서 계단을 잽싸게 힐끗 본다. 또 한번 번개가 텅 빈 복도와 스테인드글라스 창을 번쩍 밝힌다. 나는 현관문으로 뛴다.

잠겨 있다.

나이트 래치를 당기려고 거듭거듭 시도하느라 멍청하게 시간을 흘려보내지만, 소용없다는 것을 알고 있다. 데드 볼트 잠금을 푸는 열쇠는 단 하나라는 것을 안다.

다시 복도를 달려, 계단이 암흑 속으로 휘어지는 지점에 또 한번 시선을 던진 후, 주방으로 도로 뛰어가 살그머니 문을 닫는다.

뛰어.

나는 전속력으로 타일 바닥을 가로질러 얼음장 같은 보조주방으로 뛰어든다. 조명 스위치를 찾을 수가 없는데, 또 한번 번개가 번쩍하면서 남아 있는 최악의 공포를 드러낸다. 열쇠가 없다. 손잡이를 돌려보니 뒤뜰로 가는 문도 잠겨 있다.

이제 갈 수 있는 곳은 없다. 진정해야 한다. 로스가 곧 올 것이다. 생각해야 한다. 그런 다음 행동해야 한다.

주방으로 들어간다. 넘어진 의자를 일으켜세운다. 휴대전화를 꺼내 러픽에게 응답 전화를 건다.

"저는 지금 집에 있어요." 음성 사서함으로 넘어가기에 내가 말한다. 말을 더 잇기도 전에 집 전체를 부술 듯이 천둥이 울리고, 전화 신호가 나간다. 얼음 같은 하얀 빛에 덮여 뜰이 다시 모습을 드러낸다.

과수원, 못생긴 화분 받침대와 포장된 길, 세탁장과 슬레이트 지붕, 쇠사슬이 감긴 문. 그리고 그곳에, 나란히 펼쳐진 헐벗은 담장 위로, 카메라 플래시에 과노출된 것처럼 똑똑히 드러나는 무언가. 높고 넓은 핏빛 붉은색. 외침에 가까운 큰 소리. 비명.

그때 엘은 정말로 비명을 질렀다. 창밖을 똑바로 바라보며 손가락으로 무언가를 가리키면서. 나는 어두운 창유리에 비친, 공포에 질려 입을 딱 벌리고 있는 그녀를 보았다. 달빛이 사과나무와 교도소 운동장, 높다란 교도소 벽에 은색 그림자를 드리웠다. 그리고 흉측한 붉은색 경고문.

그는 알고 있다

나는 공포로 그 자리에 얼어붙었다.

마침내 데드 볼트 소리가 들렸다. 육중하고 요란하게 철컹 돌아가는 소리. 생크 감옥의 독방처럼.

또 한번 천둥이 포효하자 전등이 나간다. 나는 비명을 지르며 휴대전화를 떨어뜨린다. 바닥에 손과 무릎을 짚고 정신이 나간 듯 허우적거리며 전화를 찾고 있을 때, 전등불이 윙윙거리는 낮은 잡음과 함께 깜박깜박 돌아온다.

"캣?"

나는 얼어붙는다. 전화기는 테이블 아래에 있다. 몸을 날려 전화기를 낚아채고 재빨리 일어선다.

"괜찮아?"

삐거덕, 삐거덕, 정지. 그는 계단 꼭대기에 있다.

"응." 대답하는 나의 목소리가 갈라진다.

또 한번 삐거덕, 더 오랫동안 정지. "정전될 수도 있으니까 손

374

전등 가지고 와서 다시 내려갈게." 삐거덕. "어디 가지 말고." 목소리가 너무 쾌활하다. 그 목소리에 담긴 웃음이 이를 활짝 드러내고 있다. 우리가 다투었는데도. 내가 말한 것, 그가 말하지 않은 것이 있는데도. 내가 비명을 질렀는데도.

공포에 질려 꼬리를 물던 생각이 종소리에 끊어진다. 고개를 들어 종 달린 나무판자와 격렬하게 흔들리고 있는 종을 바라본다. 가늘게 양철 깡통을 두들기는 듯한 올림 바 또는 내림 사 음. 미쳐 날뛰는 별 모양 추 뒤에 욕실이라는 글자가 보일락 말락 한다. 천장을 올려다본다. 빌어먹을 대체 왜 로스가 욕실에서 종을 잡아당기고 있을까? 주방 창에 비친 내 모습, 빗발에 일그러진 내 얼굴의 컴컴한 그림자를 바라본다. 그가 아니다.

빛이 흐려지다가 깜박하고는 결국 주방을 암흑으로 몰아넣을 때, 이번에는 비명을 지르지 않는다. 천둥이 집을 천장부터 바닥까지 뒤흔들고 뜰이 다시 하얗게 환해질 때도. 그 말이 사라지기를 기대한다. 그 말이 사라졌으면 좋겠다. 그러면 난 그냥 미친 거니까. 영원히 도망치기로 아주 단단히 작정한 나머지, 미처 다 보지도, 부정하지도 못할 만큼의 무수한 환상을 지어낸 사람이 되는 거니까. 하지만 뜰이 다시 암흑으로, 주방이 빛으로 변하기 바로 직전의 순간에, 그것은 그대로 있다. 그 말과 그 사실. 벽에 쓰인 글자들.

그는 알고 있다

데드 볼트 소리를 들었을 때 엄마는 정말로 비명을 질렀다. 성

한 팔로는 엘을, 다친 팔로는 나를 붙잡고, 우리를 창문에서 끌어
내 다시 복도로 밀어넣었다. 우리는 가고 싶지 않았다. 엄마가 우
리를 식료품실로, 베를린장벽으로 밀었다. 당장 미러랜드로 가.
한쪽이 부풀어올라 검게 멍든 엄마의 얼굴은 무척 단호했다. 엄
마는 우리를 손톱으로 할퀴고 발로 차고 있었다. 우리를 다치게
하는 걸 전혀 두려워하지 않았다. 부리로 쪼기 직전인 것처럼, 날
아오르기 직전인 것처럼, 엄마가 어깨 너머를 흘긋 바라봤다. 할
아버지는 내가 막을게. 하지만 너희들은 서둘러야 해. 때가 됐어. 오
늘밤이어야 해. 당장 가야 돼. 뛰어!

　이제는 종 두 개가 불협화음 속에 날뛰며 함께 울린다. 별 모양
추는 술에 취한 것처럼 흔들리고, 종 달린 판자는 진저리를 치며
먼지를 흩뜨린다. 4번과 5번 방. 공주의 탑과 동크숍. 종은 함께
울리고 있는데, 두 방이 계단 끝에서 서로 마주보고 있기 때문이
다. 그다음은 3번 방. 메아리가 점차 희미해지면서 낮고 길어진
다. 그가 돌아오고 있다. 내가 비틀거리며 주방을 나설 때 불빛이
다시 깜박이고, 종이 다시 바뀐다. 1번과 2번 방. 카카두정글과
어릿광대 카페. 그는 계단 꼭대기에 있다. 나는 식료품실로 뛰어가
커튼을 확 젖힌다. 그 핏빛 붉은색 단어들이 억눌린 기억일 뿐이
라 해도 상관없다. 울리는 종이 실제든 단지 내 머릿속에 있는 것
이든 상관없다. 거의 이십 년 동안 엄마도, 푸른 수염도, 모의 훈
련도 없었지만 상관없다. 그것은 경고다. 내가 따라야만 하는 경
고. 그 종들은 언제나 환상이나 삐거덕거리는 오래된 마룻널을
능가하는, 이 집 최고의 경고 시스템이었으니까. 그리고 미러랜
드는 언제나 피난처였다.

또 한번 천둥이 우르릉 내리친 후, 로스가 고함치는 소리가 들린다. 나는 창밖을 내다보지 않고 벽장으로 뛰어가 걸쇠를 들어올리고, 스툴을 끌고 와 안으로 올라간다. 불이 깜박거린다. 휴대전화 불빛을 켜고, 벽장문을 닫는다. 불빛이 진한 그림자를 드리운다. 두 개의 육중한 볼트를 열려고 손을 뻗자 그림자가 전진했다 후퇴한다. 무엇을 하고 있는 건지 나도 모르겠지만 멈출 수 없다. 멈추고 싶지도 않다. 단 한 번이라도 나 자신을 믿어야 한다. 미러랜드로 가는 문을 열고, 나무 계단으로 내려간다. 종소리가 두 번 짧게 또 들리자 나는 그대로 얼어붙는다. 로스가 주방에 있다. 그가 다시 소리를 지르고, 이번에는 더 가깝다. 초조하게 땡그랑 울리는 종소리. 일순간 고요해지더니 또 한번. 두 번 다 희미하게 들리지만, 여전히 내 오랜 몸의 기억이 앞선다. 응접실. 식사실. 이제 그는 찾아볼 곳은 다 찾아본 것이다.

문을 닫는다. 하지만 그게 내가 할 수 있는 전부다. 로스는 결국 여기라는 것을 알고 있다. 벽장문이 그렇듯 이 안쪽 역시 자물쇠도 가로막을 만한 물건도 없다는 것을 그는 알고 있다. 현기증 때문에 나는 이곳에 없는 손을 잡으려 더듬거리다 멈추고 심호흡한다. 암흑 속으로 발걸음을 옮겨, 계단을 하나씩 하나씩 내려간다. 생각나는 것이라고는 로스가 세탁장 지붕의 채광창을 통해 침팬지처럼 몸을 날리던 모습뿐이다. 햇빛으로의 탈출. 나는 바로 이곳에서 열하루 전에 생각했던 말을 되뇐다. 난 더는 어린애가 아니니까. 이번에는 기어오르는 것도 추락도 두려워하지 않을 테다.

배낭은 너무 부피가 컸다. 계단 벽에 끌리고 벽을 긁어댔다. 엘의 손이 내 손을 아주 힘껏, 아주 뜨겁게 쥐고 있었고, 손전등 불빛은 삐죽삐죽 격렬하게 흔들렸다. 할아버지가 위에서 으르렁거렸다. 엄마의 저항은 곧 비명으로 바뀌었다. 엄청난 충격이 벽을 뒤흔들자, 엘은 나를 더욱 서둘러 끌어당겼다. 자, 자. 빨리.

구식 옷가게 문의 종처럼 높고 얌전하게 울리는 짤랑 소리. 식료품실. 그때까지 한 번도 들어본 적 없었던 유일한 종소리였다. 단 한 번도. 할아버지는 결코 식료품실에 들어오지 않았으니까. 그는 그곳이 비좁고 추운 교실이라고 생각했다. 그 마지막 밤 전까지 그는 미러랜드의 존재를 몰랐다. 맹꽁이자물쇠로 잠가두거나 사슬을 채우지 않았던 세탁장으로 이어지는 길이 있는지도 모르고 있었다. 나는 고개를 들고 어깨 너머를 건너다보지만 아주 잠시뿐이다. 어둠은 너무 짙고 계단은 너무 가파르다. 결국 로스는 머지않아 내 등뒤까지 바짝 쫓아올 것이다.

제 27 장

계단 발치에 다다른다. 전구에 매달린 줄을 찾아 팔을 휘두르다가, 줄을 발견하고 힘껏 당긴다. 이번에는 불이 곧바로 들어오지 않고 환하지도 않다. 불은 깜박이다가 흐려지더니 침침한 버터색에 머문다.

엘이 같은 줄을 당겨 미러랜드에 차가운 은빛이 쏟아져내렸을 때, 나는 배낭을 떨어뜨렸고, 목재 지붕판이 흔들릴 만큼 머리 위에서 거세게 울린 쿵 소리에 몸을 움츠렸다. 이제 우리 어떡해? 어린아이처럼 울부짖었다는 것, 엘도 그렇게 생각할지 모른다는 것을 신경쓸 겨를이 없었다. 엘은 나를 생크 감옥과 새티스팩션호 사이 경계로 밀었다. 엄마가 말한 대로 해. 어서!

이제 나는 세탁장으로 가는 통로를 따라 달린다. 문을 홱 열고 지붕 갈빗대에 불빛을 비추며 채광창을 찾는다. 보이는 것이라고는 골조 사이에 깊이 박힌 그림자와 오래된 거미줄뿐이다.

제발, 제발.

보인다. 채광창이 아니다. 사각형의 옅은색 새 나무판자다. 사라졌다. 채광창이 사라졌다.

나는 얼음장처럼 추운 공간에 불빛을 휘휘 돌린다. 빛은 동쪽 벽의 선미 랜턴과, 랜턴을 걸어둔 고리가 나사못으로 붙박인 자리에서 빌빌거린다. 당연히 같은 랜턴은 아니다. 이제는 안다. 할아버지의 두개골을 우그러뜨린 랜턴은 어딘가의 증거 보관실에 놓여 있을 것이다. 하지만 어릿광대 카페 침대 밑에 있던 랜턴처럼 그것은 나를 겁에 질리게 한다. 내가 괜찮지 않다는 것을 상기시킨다. 내가 안전하지 않다는 것을.

다시 통로를 달린다. 이번에는 끄트머리에 벽돌로 막힌 벽에서 나의 불빛이 멈춘다. 갇혔다. 멀미가 나고 두렵다. 머리가 욱신거리고 위가 독성 때문에 뒤틀린다. 일단 여기로 오면 무엇을 해야 할지 알 수 있을 거라 생각했던 것 같다. 미러랜드가 내게 말해주기를 기대했는지도 모른다. 하지만 그 어느 때보다도 감옥에 갇힌 기분이다.

또다시 밀려오는 현기증과 사투를 벌이다가 커다란 세 바퀴 유아차에 부딪힌다. 덮개 귀퉁이에 있는 허옇게 빛바랜 상표에 불빛이 닿는 순간 기억난다. 실버 크로스.

유아차 후드를 벗기는 내 손이 떨린다. 곰팡이 핀 쿠션 위에 놓여 있는 것은 모서리에 압정 구멍이 난 텅 빈 엽서 한 장이다. 그것을 집어들고, 뒤집어본다. 로스의 필적이 보인다. 철컥 익숙한 금속성 소리와 함께, 버터색 전구가 나가버린다. 그가 입구를 박차고 미러랜드로 들어온다.

그는 재빠르게 내려온다. 너무 빨라서 숨는 것밖에는 달리 할 수 있는 것이 없다. 나는 계단 아래쪽 벽에 웅크리고 앉아, 그가 내 이름을 외치는 동안 요란한 부츠 소리에 몸을 움찔한다. 나는 그가 안 보이는데도, 그는 나를 곧장 발견한다. 그의 얼굴은 허리케인 랜턴에 가려져 있다. 양초 토막 대신 등유 불꽃이 춤을 추며 타다닥 타오른다.

"대체 여기서 뭐하고 있는 거야?" 그의 목소리는 평상시와 같으면서도 얼떨떨하다. "내가 부르는 소리 못 들었어?"

불빛이 너무 밝아 나는 눈을 깜박거린다. "왜 전기를 내렸어?"

"내가 안 그랬는데. 집 전체가 정전이야." 그가 랜턴을 더욱 높이 치켜든다. "뭐해, 너무 추워. 어서─"

"채광창을 판자로 막은 거야?"

등유가 색색거린다. 세탁장 홈통에서 물방울이 일정하게 똑똑 떨어지는 소리가 들린다.

"내가 떼어냈어." 로스가 말한다. 그의 목소리는 아까보다 낮아졌고 얼떨떨한 기색도 덜해졌다. "누구라도 그리로 집에 들어올 수 있으니까. 밖에서도 열 수 있잖아, 기억나?"

나는 침을 꼴깍 삼킨다. 한참 동안 깊게 숨을 들이쉰다. "네가 3일이 아니라 2일에 학회에서 돌아왔다는 거 알아." 이 말이 치명적으로 멍청하다는 것도 안다. 로스가 유죄라면, 이렇게 어둡고 버려진 공간에서 그와 대적하는 것은 미친 짓이다. 내가 용기를 낼 수 있는 장소가 여기뿐인 것 같다 해도.

침묵. 지나치게 침착한 저음이 뒤따른다. "내 뒷조사를 했어?"

그는 여전히 실루엣이나 다름없다. 눈을 감을 때마다 램프의 금색 불빛이 남긴 잔상만 보일 뿐이다. 하지만 그의 냄새가 난다.

그가 느껴진다.

"엘이 집에 와달라고 애원해서 일찍 나왔어. 무섭다고, 내가 필요하다고 했어. 그때 그 사람이 너무 불안정해서 어리석은 짓을 할까봐 걱정됐어." 그가 어깨를 으쓱하는 그림자가 벽 전체에 번진다. "비행편이 없어서, 운전을 했지. 하지만 결국 집으로 돌아오진 않았어. 마주볼 자신이 없었어. 그 사람을 마주할 자신이 없었어." 그가 웃음도 코웃음도 아닌 소리를 낸다. "난 엘에게 아무 짓도 하지 않았어, 캣."

"그럼 왜 경찰에 거짓말했어?"

"겁에 질렸었거든. 이럴 땐 항상 남편을 의심하잖아. 그리고 그때도 난 그녀가 세상을 떠났으리란 걸 알고 있었어. 그래서 내가 학회에서 일찍 나왔다는 사실이 불리할 거라 생각했어. 내 말은, 돌아버리겠네"—다시 코웃음도 웃음도 아닌 소리—"너마저 날 믿지 않는구나."

그가 랜턴을 내려놓는다. 그가 나에게 가까이 다가오고, 나는 동요하지 않으려 노력한다. 이제 그가 보인다. 움푹 팬 볼과 헝클어진 머리. 로스.

"왜 문이 다 잠겨 있어?"

"뭐?"

"현관문과 뒷문을 왜 잠갔어?"

"오늘 시내에 갔다 오니까, 기자 두 명이 앞뜰에 서서 응접실을 들여다보고 있더라고." 그가 양손을 공중에 치켜든다. "네가 원하면 다 열어놓을게." 긴 침묵. "탈출하려고 여기 내려왔니?" 평생 이보다 정신 나간 짓은 듣도 보도 못했다는 듯이 그가 말한다. "채광창으로?" 그가 두 발짝 물러나더니 손가락으로 머리카락을 쓸어넘긴다. "맙소사, 캣. 너 내가 무서워?"

"9월 4일. 넌 거기 있었어. 넌 우릴 돕겠다고 말했지. 넌 우릴 도왔어." 이번에 내가 소스라친 까닭은 너무 가까이서 내리치는 천둥의 포효 때문이 아니라, 집 바로 위에 내리꽂히는 번개 때문이다. 번개의 얼음 같은 하얀 손가락들이 우리 발밑에서 거미줄과 금속 선과 숨겨진 공간을 타고 분주히 이동하는 모습을 상상한다.

로스는 새티스팩션호 갑판에서 우리 사이에 앉아 있었고, 엘이 먼저 그에게 모든 것을 털어놓았다. 앞으로 끔찍한 밤이 찾아올 때마다 할아버지가 우리를 어릿광대 카페 벽장에서 발견했던 밤과 같은 일이 벌어질 거라고 엄마가 말했던 것. 할아버지가 우리를 사정없이 때려서, 엄마가 그만하라고 소리치다가 목이 잠긴 것. 푸른 수염은 이제 엄마에게 해코지하는 것만으로 충분하지 않았으니까. 엄마가 안 된다고 고집했는데도 우리가 너무 빨리 자랐으니까. 우린 더는 숨을 수 없었다. 엄마는 더는 우릴 구할 수 없었다. 따라서 우리는 탈출해야만 했다. 계획을 마련해야만 했다.

"캣!"

나는 고개를 젓는다. 등뒤에 있는 차가운 돌벽에 손바닥을 힘껏 누른다. 신발 상자에 들어 있던 견본용 빨간 페인트 통을 떠올린다.

"네가 그날 밤 '그는 알고 있다'라고 벽에 적었지. 그렇지?"

로스가 짜증난다는 듯이 한숨을 쉰다. "좋아. 결국 이러자는 거구나. 맞아. 내가 그랬다는 거 알고 있잖아. 그게 계획의 일부였잖아. 내가 빌어먹을 망보는 사람이었고. 그 사람이 미션 술집에서 돌아오는 게 보였지. 그래서 제일 처음 생각해낸 게 세탁장에 있는 빨간 페인트 통이었어. 너희에게 경고를 해줘야 했어, 캣. 그게 그 빌어먹을 계획이었잖아. 대체—"

"넌 항상 뜰에 들어갈 수 있었어, 아니야?"

"뭐?"

"이제 기억나. 난 나중에 이렇게 생각했어. 넌 그날 밤 슈퍼히어로 같았다고. 우리에 대한, 나에 대한 너의 사랑이 어떻게든 너를 날게 해서 담을 넘고 세탁장 지붕에서 내려온 다음, 뜰로 들어가 우리를 구해내게 했다고." 내 목구멍 끝에서 괴상한 소리가 함께 튀어나온다.

로스가 얼굴을 찌푸리며 턱을 꿈틀댄다. "지붕에서 뜰로 내려갈 수 있었는데. 그게 왜 문젠데?"

"문제지. 왜냐면 그건 또다른 거짓말이니까. 넌 채광창을 통해서만 우리에게 올 수 있다고 말했어. 넌 우리 삶, 우리 세상에 네가 원할 때마다 곧장 뛰어들기를 원했으니까." 그의 얼굴의 날카로운 이목구비와 웃을 때마다 부드럽게 퍼지는 그림자를 바라본다. 너네 엄마한테 내 얘기는 하지 마. 다 망칠 게 뻔해. "넌 우리의 비밀이 되고 싶었던 거지."

"캣." 그가 돌연 내 팔을 붙잡는다. 내가 비틀어 빼내려고 하자 그는 더욱 세게 붙잡을 뿐이다. 눈빛이 맹렬히 타오른다. "왜 이 춥고 어두운 데 내려와서 이십 년 전 밤 얘기를 지껄이는 거야? 지난 며칠 동안 힘들었다는 건 알지만—"

"할아버지는 미션 술집에서 일찍 돌아온 적이 없어." 내가 말한다. "단 한 번도."

로스가 내 팔을 놓아준다. "그날 밤은 그랬잖아."

"왜? 그는 절대로 단 한 번도 일찍 돌아온 적이 없었는데. 그가 어떻게 알았을까? 네가 말했어?"

"너—너 진심이니? 처음에는 내가 아내를 죽였다고 비난하더니, 널 이 빌어먹을 집에 가뒀다고 비난하고, 이제는…… 뭐? 내가 네 미치광이 할아버지와 한패였다고 생각하는 거야?"

"아니. 아니." 당연히 그건 말이 안 되니까. 전혀. 머리가 지끈거리고, 생각이 심장박동만큼 빠르게 질주한다. 더 빨라진다.

나는 그를 밀치고 지나가려 한다. 통로 맞은편 담장 위로 내 불빛이 휘청휘청 널을 뛴다. 땅에서 반 피트 위 벽돌에 검은 마커로 그려둔 X 표시가 보인다. 무릎을 꿇고 앉아 그곳에 손가락을 대고 누른다. 엘의 편지를 떠올린다. X 표시가 된 곳. 여기였다. 엘이 실물 크기로 그린 헨리 모건 선장의 그림, 선장의 뒤로 펼쳐진 그 섬의 파랑과 노랑과 초록. 여기였다.

이웃집, 즉 로스의 집 통로에 빗장 달린 문이 있다는 것을 엄마는 알고 있었다. 자물쇠가 안 달린 그 문은 대문 없는 앞뜰로 이어졌다. 내가 사다리를 타고 채광창으로 올라가거나, 세탁장 지붕과 담장을 타고 내려올 수 없다는 것을 엄마는 알고 있었다. 엄마는 나의 고소공포와 추락 공포를 고치지 못했다. 다정하게 대해도 모질게 굴어도 소용없었다. 엘과 나는 함께 탈출해야 했다. 우리는 서로를 버리지 않을 테니까. 살아 있는 한 절대로. 하지만 엄마가 가장 잘 알고 있었던 것이자 미러랜드가 엄마에게, 우리에게 보여준 것은, 항상 다른 길은 존재한다는 것이었다. 통과하는 길. 나가는 길. 결국 그 나가는 길은 두 통로 사이에 잔돌로 쌓은 담장이었다.

앤디 듀프레인이 쇼생크 감옥에서 터널을 뚫고 빠져나가는 데 이십칠 년이 걸렸다. 엄마는 우리에게는 단 몇 주밖에 없지만, 조심성과 꼼꼼함을 잃어서는 안 된다고 말했다. 우리는 엄마의 말에 절대 토를 달지 않았다. 불평하지 않았다. 엘은 오직 자신의 영웅의 발자취를 따르기 위해 계획을 수월하게 받아들였다. 그리고 난 항상 해오던 일을 했다. 그녀를 따랐다.

우리는 돌을 깨는 망치가 아니라 어깨가 욱신욱신 울리는 육중한 장도리를 사용했다. 이따금 장도리질을 멈추고 미러랜드의 차가운 돌벽에 털썩 기대면, 머리 위 식료품실에서 엄마의 차분하고 일정한 목소리가 새어나왔다. 엄마는 우리에게 책을 읽어주거나 우리가 이미 배운 것을 가르치는 척하고 있었다.

우리는 뜰 담벼락의 점점 커지는 구멍을 헨리 선장 그림 뒤에 감추었다. 채굴의 잔해들은 종이 상자와 새티스팩션호 우산꽂이 속에 감추었다. 그게 꽉 찬 뒤에는 엄마가 우리의 감옥 작업복 바짓가랑이 안에 천 자루를 바느질로 꿰매주었다. 앤디 듀프레인은 그 자루들을 사기꾼이라고 불렀다. 길고 좁은 자루로, 주머니 안에 있는 몇 가닥 줄을 잡아당기면 열리기 때문에 쇼생크의 운동장 곳곳에 채굴의 증거를 뿌릴 수 있었다. 우리는 우리만의 사기꾼들을 돌과 벽돌가루로 채우고는 주방과 보조주방을 통과해 천천히 터벅터벅 걸어갔다. 운이 안 좋으면 할아버지의 흡뜬 눈을 지나쳐갔는데, 또 사슬 끄는 죄수라도 되려는 거냐, 정신 나간 것들 같은 말을 들으며, 보조주방 계단을 내려가 우리의 교도소 운동장까지 갔다. 행군하듯 돌고 또 돌면서 은색과 회색의 작은 조약돌을 발로 차댔고, 동시에 작업복 바지 주머니의 줄을 잡아당겨 우리의 비밀을 앤디 듀프레인처럼 흩뿌렸다. 거듭거듭, 매일매일. 엄마는 일을 어설프게 하게 될까봐 두려워했으니까. 할아버지가 미러랜드에 대해서 알지 못하고 귀가 잘 안 들릴지는 모르지만, 멍청하지는 않았기 때문이다. 집안 전체가 그의 영역이었다.

"캣, 나한테 말 좀 할래? 대체 왜 그래?"

나는 헨리 선장을 벽에서 뜯어내고, 반대편 통로로 이어지는 검은 구멍을 보며 잠시 머뭇거렸다. 엘이 내 팔을 꼬집고 나를 밀쳐 넘어뜨렸다. 얼른 가야 해! 몸을 돌려 배낭에 손을 뻗다가, 차가운 땅바닥에 무릎을 긁혔다. 그때 두꺼비집 차단기가 그 끔찍한 철컥 소리를 냈다. 전구가 깜박이더니 나가면서, 어둠을 그 무엇보다도 어둡게 만들었다. 끙음과 함께 미러랜드 문이 열렸을 때, 엘이 훌쩍였다. 계단이 흔들리고 울부짖기 시작했을 때, 엄마가 비명을 질렀다. 구멍으로 들어설 때 나는 시간이 충분하지 않다는 것을 깨달았다. 우리 둘 모두에게.

열풍 같은, 천둥 같은, 땅에서 뜯겨나온 아이언우드와 바니안나무, 진흙과 암석의 산사태 같은 포효. 씨부럴 네깟 것들이 어딜 가려고? 숨 한 번에 한 번씩 날아오는 주먹질과 발길질. 이번만은 느껴지지 않았다. 하나도. 엘은 비명을 지르며 내 코트를 와락 붙잡았지만 허공으로 내동댕이쳐졌다. 일순간—정말로 한순간—나는 엘 없이 계속 우리의 탈출구 안으로 밀고 들어갔다.

거칠고 비죽비죽한 모서리에 머리카락이며 손과 코트가 계속 걸렸다.

하지만 바로 그 한순간 후 거기엔 공기도, 밤도, 나무를 태운 냄새나 썩은 나뭇잎 냄새도 없었다. 자유는 없었다. 구멍이 없었다. 손가락이 흙과 부스러기들 사이를 허우적거리며 더듬었지만, 벽의 반대편에서 무언가가 가로막고 있었다. 차갑고 단단하며 말도 안 되게 육중한 무언가가. 머릿속에는 쇠사슬 철갑을 입은 아프리카코끼리나, 포탑이 있고 검은 숫자가 스텐실로 찍혀 있는 탱크가 떠올랐다. 넌 지나갈 수 없어.

그때 나는 미러랜드로 다시 끌려들어왔다. 머리가 돌에 세게 부딪혔다. 욕설, 요란하게 꽝꽝 울리는 웃음. 엄마는 바닥에 엎어진 채 움직이지 않았다. 빛 한줄기가 엄마의 머리카락과 피투성이 관자놀이를 차가운 은빛으로 씻어내리고 있었다.

데드라이트다. 푸른 수염이 마침내 우리를 잡았으니까.

"뭐였어?" 내 목소리는 탁하고 높낮이 없이 단조롭다. "제설함? 마당 쓰레기통?"

"무슨 말이야?"

나는 눈을 감는다. 눈물을 머금지 않았는데도 눈이 쓰라리다. 나는 벽을 밀면서 일어난다. 가까스로 로스에게 시선을 고정하고 계속 바라본다. "너희 집 통로로 들어가는 우리 탈출구를 네가 막았잖아. 네가 구멍에다 뭔가를 밀어넣었잖아. 그래서 우리가 나갈 수 없었지."

"뭐라고?" 그의 공포가 손에 만져질 것 같다. "아니야! 그런 짓은 절대 안 했어." 로스는 앞으로 움직인다. 시선은 내게 붙박여 있다. "난 네 편이었고, 지금도 마찬가지야. 항상 그랬어. 나는 그 늙어빠진 인간 말종을 증오했어. 나는 널 도왔어. 너를 해치려고 한 적 없어."

"엘을 해치려고 했어?"

"아니."

"죽였어?"

그의 손가락이 내 팔을 파고든다. "아니! 망할, 난 너희 둘을 사랑했어, 사랑했다고!"

나는 숨을 들이쉰다. "넌 그날 밤에 대해 거짓말하고 있어. 거짓말인 거 다 알아. 구멍은 네 쪽에서 막혔어, 로스. 너희 집 쪽에서. 그리고 네가 거짓말하고 있다면, 그렇다면 넌—"

"엘이랑 똑같이 말하네. 아니면 이 집이 말하고 있나. 이 빌어먹을 집 말이야." 그가 말을 뚝 멈추더니 내 팔을 놓아준다. "있잖아. 지난 며칠, 지난 몇 주는 정말 개떡같았어. 그러니까 위로 올라가자. 그러고 나서 이야기하자. 약속할게. 그냥—"

"난 아무데도 안 가." 여기가 내가 기억을 떠올릴 수 있는 곳이며 다시 온전해지는 곳이기 때문이다. 그것을 망칠 만큼 로스가 두렵지는 않다. 아직은.

그가 손바닥을 들어올린다. "알겠어. 그럼 여기 있든지. 나는 올라갈 거야. 문은 열어둘게. 그러고 나서 우리가 마실 걸 좀 가져올게. 그리고 바로 여기서 이야기할 수 있을 거야, 알겠지? 그게 네가 원하는 바라면."

대답하지 않는다. 바깥에서는 폭풍우가 차츰 약해지는 듯하다. 우르릉 소리와 쩍 갈라지는 소리가 점점 멀어지고 있다. 빗발이 내리치는 소리도 더는 세차지 않고 반향도 없다.

로스가 가까이 다가온다. 이를 드러내고 웃으며 눈으로도 웃는다. 내 뺨에 키스한다. 피부가 부드럽다. 나는 욕실 종을 떠올린다. 올림 바 음 또는 내림 사 음. 그는 내게 잘 보이려고 면도했다. 소름이 끼친다.

로스는 허리케인 랜턴을 남겨두고 간다. 그의 그림자가 랜턴 불빛 위로 지나가더니 계단의 삐걱 소리가 다시 들린다.

나는 주머니에서 전화기를 꺼낸다. 신호가 잡히지 않는다. 러픽에게서는 답장이 없다. 마실 걸 들고 내려오겠다는 로스의 약속만큼이나, 아직 이 아래에—저 위여도 마찬가지겠지만—이렇게 갇혀 있다는 사실만큼이나 내가 질겁해야 마땅한 일이지만, 그리되지 않는다. 공황이 다시 돌아오려 하지만 근질거림, 흐릿한 기미일 뿐이다. 나는 불가사의하게도 차분해지고 현재에서 벗어난 기분이다. 적어도 나의 절반은 이십 년 전 이 장소에 남겨졌기 때문인지도 모르겠다. 차가운 손가락을 뺨에 대자 로스의 손길이 여전히 느껴지는 듯하다.

세탁장 문 안에서 애니가 내게 엄숙하게 윙크한다. 버클이 높이 달린 부츠, 악어가죽 벨트, 고래뼈 단추가 달린 소가죽 재킷 차림으로 우뚝 서 있다. 때로는 용감해져야 해. 네가 엄청난 겁쟁이일지라도.

나는 허리춤에서 엽서를 꺼낸다. 뒤집어본다.

엘,
세상에, 고마워, 자기야. 미칠 만큼 보고 싶었어. 다시 연락이 되기

390

를 얼마나 기다렸는지 모를 거야. 죽을 것 같았어, 알아? 너도 그랬는지 모르겠네. 내가 널 사랑하는 것의 반만큼이라도 네가 날 사랑하는지 모르겠어. 네 편지는 무척 차가웠지만, 난 이해해. 난 그저 편지를 받아서 기뻤어!! 그날 미술관 밖에서 왜 네가 나랑 말 섞기 싫어했는지 이해해. 그 새끼가 얼마나 너희들을 못살게 굴었는지 알고 있어. 넌 잘못 생각하고 있지만, 네 잘못은 아니야.

만나자. 너랑 나랑만. 이번에는 캣 없이. 로즈마운트에서 다음주에 노동절 파티를 한다더라. 네가 초대받았다는 것도 알고 있어(맞아, 난 네 스토커야, 달리 뭐라고 하겠어? 빌어먹을, 난 널 사랑해).

네가 쓰던 방 번호를 문자로 보내줘. 거기서 오후 두시에 만나자. 날 위해서 그렇게 해줘. 이번 한 번만 만나줘. 그러고 나서도 날 다시는 보고 싶지 않다면, 널 놓아줄게. 약속해. 내 가슴이 아프겠지만.

꼭 와야 돼, 자기야. 만나면 내가 널 얼마나 필요로 하는지 보여줄게. 널 얼마나 원하는지를.

사랑해, 금발머리. 너도 내 마음 알지.

영원히 한결같은 사랑을 담아, 로스

(추신. 캣한테는 말하지 마. 다 망칠 거야.)

내게서 터져나오는 웃음은 히스테리에 가깝다. 로스의 벌거벗은 어깨 너머로 보이던 엘의 얼굴이 떠오른다. 핏기가 싹 가신 무력한 공포, 맹렬한 비난. 계단 문이 다시 쾅 열리고 로스가 내려오는 끼익 소리가 들리자, 나의 웃음은 더욱 심상치 않은 낄낄거림으로 변한다.

운명의 시간이군, 나는 생각한다. 빌어먹을 운명의 시간이야.

제 28 장

　LA로 이주하고 육 개월 후 여전히 포탄 쇼크라도 맞은 듯 혼
란스럽고 혼자였지만, 마땅한 일—용감한 일—을 했다고 자신
하고 있었다. 비뚤어진 미소가 지독할 만큼 로스를 떠오르게 하
는 한 남자를 만났는데, 만난 지 한 시간도 채 안 되어 그와 섹스
하는 지경에 이르렀다. 지저분한 심야 술집 직원 주차장에서. 너
무 광적이고 필사적이어서, 스스로도 충격을 받았다. 이후 아무
생각 없이 희망만 가지고, 몇 주 동안 베니스 비치를 돌아다니며
그를 스토킹했다. 그가 부드럽게—분에 넘치게 부드럽게—거절
했을 때, 나는 그의 팔에 안겨 흐느끼며 딱 하룻밤만 더 안 되겠
냐고 사정했다. 느낄 수 있는 밤을 한 번만 더. 그런 척할 수 있는
밤을. 엘은 자신이 약한 쪽이라고 생각했다. 처음부터 그에게 좋
은 먹잇감이었다고.
　로스가 랜턴 불빛이 고여 있는 곳으로 다시 내려온다. 특유의
미소를 지으면서 레드와인 한 잔을 건넨다. 내 곁에 머물러줘. 나

랑 있어줘. 널 사랑해. 엘을 사랑하던 방식대로는 아냐. 달라, 이건 달라. 더 많이 사랑해. 나는 와인을 받아들고 한 모금 홀짝이는 척 한다.

그가 그녀를 죽였어

그가 당신도 죽일 것이다

엽서 한 장이 그 말을 사실로 만들지는 않는다. 나의 나약함이나 로스가 교활한 개자식이라는 사실이 그를 살인자로 만들지는 않듯이. 애니가 어둠 속에서 코웃음친다. 갑작스러운 우렁찬 천둥소리에 나는 소스라친다. 이후 침묵을 깨뜨리는 것은 억수같이 쏟아지는 비와 세탁장 창문에 별안간 번쩍이는 은백색 섬광뿐이다. 손으로 가슴뼈와 불규칙하게 쿵쿵대는 심장을 누른다. 아무것도 지나가지 않았다. 아무것도 끝나지 않았다. 나는 태풍의 눈에 잠시 숨어 있었을 뿐이다.

넌 어때, 금발머리? 너도 날 사랑해?

나는 엽서를 꺼낸다.

로스가 눈을 깜박인다. "그게 뭐야?"

마치 야생동물에게 다가가듯이 나는 슬금슬금 그에게 다가간다. 엽서를 내밀자 그는 내게서 그것을 받아들고, 나는 다시 물러난다. 엽서를 읽는 그의 턱 근육이 불끈거리고 눈 사이로 주름이 깊어지는 것을 지켜본다.

"이걸 네가 왜 갖고 있어?"

"여기 있었어."

"여기?" 그가 나를 쳐다본다. "이건 사실이 아니야. 믿으면 안 돼."

내가 와인잔을 바닥에 내려놓는다. "네 글씬데."

"그래." 로스는 엽서를 구겨 손에 쥔다. "그래. 난 엘이 우리에 대해 알게 되길 바랐어. 그래서 쓴 거야. 그래서 일부러 그런 거야. 거짓말하는 데도 지쳤거든. 우리가 서로를 얼마나 원하는지 그녀가 알길 바랐어. 이게 얼마나 나쁘게 들리는지 알아. 얼마나 나빴는지 알아. 믿어줘." 그가 엽서를 떨어뜨리고는 우리 사이 공간으로 침범해오더니, 다음 천둥이 울리는 사이 내 손을 잡고 입술로 내 입술을 재빨리 따스하게 누른다. 너무도 진심어리고 슬픈 얼굴로 나를 바라보아서, 나는 우리가 여기 왜 있는지 잊어버릴 뻔한다.

"하지만 그때 엘은 스스로 목숨을 끊으려 했어. 내가 한 짓 때문에. 내게 간청했어. 자기가 사랑할 수 있는 유일한 남자가 나라고 하더군. 네가 날 갖도록 두느니 우리 모두를 부숴버리겠다고 했어." 그가 손가락으로 내 살갗을 위아래로 쓰다듬는다. "엘은 제정신이 아니었어, 캣. 도움이 필요했지. 그리고 난 이미 너무 많은 죄책감을 느끼고 있었고. 너도 내가 그랬단 걸 알잖아."

"알지."

"그녀는 날 협박했어. 그뿐이야. 내가 항상 원했던 사람은 너야."

그에게 엘의 편지나 '마우스'의 비난에 대해 물어보는 것은 쓸데없는 짓이다. 마리의 전화기에 저장된 그의 문자도. 모든 답변은 같을 것이다. 그녀는 미쳤어. 망상증이야. 도움이 필요해.

내가 그로부터, 지칠 줄 모르고 쓰다듬는 손가락으로부터 물러나자, 그가 나와 계단 사이로 다가온다.

"뭐하는 거야?"

"떠날 거야."

"안 돼." 그가 팔짱을 낀다. 나는 가까스로 그를 향해 걸어간다.

"좀 지나갈게."

그가 나를 붙잡아 자기 쪽으로 당기더니, 차가운 손을 내 티셔츠 안으로 밀어올리며 목을 핥고 키스한다.

"로스. 지나가게 해줘."

그의 손이 내 브래지어 근처를 맴돈다. 양쪽 엄지손가락으로 내 젖꼭지를 세게 누르고, 아래턱을 이빨로 아플 만큼 깨문다.

"가게 해줘!"

하지만 당연하게도 그는 그럴 생각이 없다. 그러는 것은 그답지 않다.

엘과 내가 생크 감옥에 앉아 있던 기억이 갑자기 선명하게 떠오른다. 로스는 간수였고, 육각형 철조망 사이로 우리를 감시하고 있었다. 갈색 눈, 따스한 미소. 너희를 꺼내줄게. 너희 둘 다 꺼내줄게. 하지만 달아나지 않는다고 약속할 때만. 나와 영원히 함께한다고 약속할 때만.

내가 뒤로 물러나자마자 그가 다시 달려든다. 내가 그의 사타구니를 무릎으로 힘껏 치자, 그는 눈이 충격으로 휘둥그레지면서 신음한다. 그가 나를 놓친 사이 그를 피해 첫번째 계단으로 올라선다. 로스의 외침은 거의 헐떡이는 기침에 가깝다. 그가 계단에 쿵 넘어지는 것이 느껴진다. 나는 몸과 마음이 느닷없이—마침내—깨어나 전속력으로 뛰쳐올라간다.

마지막 한 계단을 남겨두고 그가 나를 붙잡는다. 손가락이 발목을 꽉 붙들고 있다. 나는 그가 클리셰투성이 괴물 같다고 생각하는 중이다. 발길질을 해봐도, 그의 손가락은 더욱 거세게, 더 위로 감겨와 종아리 근육에 파고들 뿐이다. 손바닥이 미러랜드에서 나가는 문을 둔탁하게 쳤을 때, 이내 로스가 내 몸을 돌려 제 옆으로 끌어내린다. 단단한 계단 모서리가 뼈를 긁고, 뒤통수를 부딪혀 잠시 까만 별들이 눈앞에 떠다닌다.

할아버지가 우리를 벽에서, 탈출로에서 끌어낸 후 잠시 힘을 뺀 사이에 우리는 힘껏 달렸다. 그는 계단에서 엘을 잡았다. 엘이 비명을 멈출 때쯤, 내 눈앞은 피와 공포로 흐릿했다. 엘의 손을 잡으려고 아래로 팔을 뻗었지만 손은 사라지고 없었다. 푸른 수염의 데드라이트가 계단 천장에 가는 은색 빛줄기를 비추었다. 축축하고 무시무시한 질식 위로 신음과 중얼거림이 겹쳐 들렸다.

로스의 땀은 시큼하다. 그에게 깔린 나는 빠져나가려 안간힘을 쓴다. 눈물이 솟구쳐 눈 안에서 따끔거린다. 숨을 쉴 수 없다.

내가 여기 있어. 그녀의 목소리는 메아리가 아니다. 내 얼굴에 대고 내뱉는 로스의 욕설만큼이나 귓전에서 뜨겁고 다급하게 울린다.

계단 발치까지 내려갔을 때, 엘의 목을 감고 있는 할아버지의 손과, 엘의 반쯤 벌어진 입, 흰자만 휘둥그레한 눈을 보고 나는 비명을 질렀다. 우리의 새총과 전투용 곤봉이 닫힌 장식장 안에 있었지만, 나는 카우보이처럼 주먹을 날렸고 라코타 수 부족처럼 그를 발로 찼다. 내 눈에 시선을 고정한 엘의 충혈된 눈과 엄마가 옳았다는 깨달음 때문에 나는 무기력한 공포에 사로잡혀 비명을 질러댔다. 나는 연습을 열심히 하지 않았던 것이다. 충분히 강하지 않았다. 그를 제지할 수 없었다.

고개를 든다. 천장에 검은 절연테이프로 붙여둔 하얀 카드를 보았을 때, 로스와의 몸싸움을 그만두고 축 늘어진다.

스노화이트는 말했다. "우린 서로를 버리지 않아."

로즈레드는 대답했다. "살아 있는 한 절대로."

두꺼운 침묵이 다급하게 내려앉는다. 심지어 폭풍우도 물러간다.

"여기에 있어."

"누가 여기 있다는 거야?" 로스의 목소리는 확신이 없고 어쩌면 두려워하는 것처럼 들리기도 한다.

"무슨 짓을 하고 있니, 로스?" 나는 최대한 평소와 같은 목소리를 쥐어짜낸다. 이 상황에서 간단한 일은 아니다.

그가 나를 내려다보더니 아랫입술을 이 사이로 당겨 문다. 미간의 친숙한 골도 돌아온다. 그가 내 머리 위 어딘가 계단에 손을 얹더니 천천히 마지못해 몸을 뺀다. 몸을 돌려 식료품실 쪽으로 몇 계단 다시 올라간다. 나를 물끄러미 내려다보더니 다시 천장을 바라본다. 미간 골이 더욱 깊어진다. 그것이 우리의 해적 암호라는 사실을 그는 모른다. 우리에게 해적 암호가 있었다는 사실을 그는 모른다. 그게 무슨 뜻인지 절대 모른다. 날 믿어. 나를 믿고, 다른 사람은 아무도 믿지 마. 그러고 싶지 않다 하더라도.

빗방울이 목재 지붕에 후두두 떨어진다. 나는 로스 뒤의 문과 좁고 어둡고 축축한 바깥을 갈망하는 것보다 더 지독하게 갈구하며 떠올린다. "네가 우리 탈출을 망쳤어. 나가는 길을 막고 그 사람에게 경고를 해줬어. 넌 그를 도왔어. 그러고 나서 그러지 않은 척했지. 대신 우리에게 경고를 해준 척, 우릴 도운 척했어."

"아냐. 아냐." 그가 재빨리 다시 내 쪽으로 내려온다. 그의 손등 관절이 벽을 거세게 때리는 바람에 나는 움찔하지만, 로스는 멈칫하는 기색이 없다. "자기야, 그건 틀린 말이야. 이건 틀렸다고." 그가 나를 바라보며 양손으로 내 얼굴을 감싸쥔다. 이건 더 잘못됐다. 나를 쫓아와 영화 속 괴물처럼 숨통과 저항할 힘을 틀어막는 것보다 훨씬 더 잘못됐다. 그의 엄지손가락이 나의 광대뼈와 눈물을 쓰다듬는다. "제발, 금발머리. 널 사랑해. 너도 알잖아."

난 항상 착한 할아버지와 나쁜 엄마를 기억했다. 하지만 나는 비열하고 성질 고약한 불한당과, 우리의 머리를 쓰다듬으며 우리처럼 특별한 아이를 가지려면 십만 명 이상의 아이들이 태어나야 한다고 말하던 엄마 또한 항상 기억했다. 하지만 이것이, 이것만이 내가 이 집에서 진짜 일어났던 일을 기억하고 싶지 않았던 유일한 이유다. 나쁜 할아버지와 착한 엄마라는 진실을 견디기 힘들어서가 아니라, 나의 백마 탄 왕자에 대한 진실을 견딜 수 없었기 때문이다. 오점과 암흑과 공포를, 황금색으로 반짝이는 눈부신 빛, 겨울 숲과 장작 타는 냄새, 늘 한결같이 나를 어루만지는 그의 손길로 덮어버리는 것이 더 쉬웠다. 한결같이 근사한. 한결같은 걱정. 한결같은 광기. 엘이 맞았다. 내게 로스에 대한 진실을 이야기했다면, 그녀를 믿지 않았을 것이다. 이 집에서 도망친 이후로 나는 스스로에게 가식을 떨고, 거짓말하고 있었으니까.

엘이 이미 축 늘어지고 있을 때 주머니 속 무기가 생각났다. 그것을 꺼냈다. 칫솔 자루를 반으로 잘라 포장용 테이프로 면도날 두 개를 붙여둔 것. 그걸로 될까 싶었지만 내가 그것을 할아버지의 목에 쿡 밀어넣자, 그는 새된 비명을 질렀다. 몸을 뒤로 젖히더니 그것을 뽑아냈다. 나는 엘이 다시 숨쉬기를 기다리며 두려움에 떠느라 귀중한 시간을 흘려보내고 말았다. 할아버지는 나를 덮쳤다. 깨물겠다는 듯이 이가 딱딱 열렸다 닫혔고, 목에서 짙은 피가 진득하게 쿨럭쿨럭 뿜어나왔다. 나는 그를 밀쳐냈다. 할아버지의 팔꿈치가 제 피에 미끄러지면서, 내가 마지막 몇 계단을 재빨리 내려갈 만한 공간이 생겼다. 엘은 아직 자기 목을 움켜잡고 있었다. 우리가 다시 미러랜드로 뛰어들어갔을 때, 그 좁은 공간에 귀청을 찢을 듯 울리는 공포에 찬 비명이 엘의 비명이 아니라는 것을 깨달았다. 나의 비명이었다.

"너였어. 항상 너였어." 로스가 말한다. 애원한다. "난 항상 널 원했어. 걔가 다 망쳤어. 걔 때문이야."

"언니는 여기 있어." 내가 다시 말한다. 사실이기 때문이다. 집이 나를 도왔고, 미러랜드가 나를 도왔다. 엘이 나를 돕는 것도 세상에서 가장 자연스러운 일처럼 느껴진다. 내 마음과 꿈속에서 곪아터진 채 자라난 엘이 아니라. 나의 언니. 나의 친구. 그녀의 냄새, 그녀의 미소, 그녀의 생각이 나와 나란히 달리고 있다. 나의 모든 세계가 모노에서 스테레오로, 2D에서 3D로 바뀐 것 같다. 그리고 너무 오랜만에, 그녀가 사라졌듯 그런 느낌도 사라졌다는 것을 깨달았다. 난 울고 싶고, 미안하다고 말하고 싶고, 그녀에게 용서를 구하고 싶다.

"그 말 좀 그만해!" 어둑한 불빛 속에서 로스의 표정은 분노에 휩싸여 있지만, 눈은 마치 그녀를 찾으려는 듯이 이리저리 흔들린다.

나는 다시 미러랜드의 돌바닥으로 내려가 난간을 잡은 손을 놓는다. 난 이미 더 강해지고 용감해졌다. "그냥 빌어먹을 진실을 말해." 진실만이 우리 둘 다 이곳을 빠져나갈 수 있는 유일한 수단이니까.

그는 아주 한참 동안 침묵을 지킨다. 그러다 계단 그림자 밖으로 나온다. 더는 턱을 악다물고 있지 않고, 눈빛은 따스하며 내가 늘 갈구하던 사랑으로 가득하다. 머리칼은 너무 길고, 면도한 피부는 분홍빛으로 연약해 보인다. 손가락 뒷면으로 문지르고 싶다. 이 사람이 로스다.

"넌 떠날 생각이었구나. 떠나서 다신 돌아오지 않을 생각이었어." 그가 내게로 다가온다. 애원조로 손을 뻗는다. "난 다시는 널 못 봤겠지. 널 잃었겠지. 아빠를 잃었던 것처럼."

비가 그치는 순간 나의 호흡도 멈춘다. 느닷없는 적막만이 절대적 존재로 군림한다.

"아빠는 자살했어. 엄마가 나를 빼앗아가고 오 년 후에. 내 옛 침실에서 천장 조명에 목을 맸어." 로스의 미소는 끔찍하다. 그의 손이 떨린다. 우리 사이에는 채 삼 피트도 안 되는 공간뿐이다. "난 널 너무 사랑했어. 대체 너한테 무슨 일이 있었던 거니? 아무도 나만큼 널 보살피진 못할 거야. 아무도."

나는 마른침을 삼킨다. 그의 마음속에 있는 너가 누군지 모르겠다. 그곳에는 아마도 엘과 내가 모래와 석회처럼 한데 융화되어 있는지도 모른다. 마지막으로 그가 한 발짝 더 가까이 다가오자, 엘의 머스크 향이 나의 눈시울을 적시고, 그녀의 속삭임이 귓전을 때린다.

뛰어.

나는 뛴다.

우리는 동쪽으로 달려 세탁장으로 들어갔다. 할아버지가 고함을 지르며 뒤쫓아왔다. 우리가 새티스팩션호 갑판을 가로질러 달리기 시작하자 돌바닥은 나무 바닥으로 이어졌고, 판자가 끼익 내지르는 소리에 두려움이 치솟았다. 그는 너무 가까이 있었다. 너무 가까이. 네 년들은 아무데도 못 가, 이 망할 년들아.

나는 선미 쪽으로, 아직 선명한 검은 수염 배의 유령을 향해 달린다. 빨간 틀이 달린 작은 창문으로. 정신이 나간 채 무어라도, 창을 깨는 데 쓸 무어라도 찾으려 돌아다닌다. 하지만 결국 그 유리창은 집안에 있는 창보다 훨씬 작다는 것을 깨닫는다.

"넌 못 가."

"로스, 제발."

"그 누구한테도 아빠에 대해서 얘기한 적은 없었어, 캣. 심지어 엘한테도."

"로스. 넌 지금 날 겁주고 있어. 난 안 떠나. 약속할게. 그냥 우리—" 그가 계속 다가오자 숨쉬는 것보다 자연스럽게 발이 뒤로 물러선다. "제발 이러지—"

"널 해치지 않아." 표정은 분하고 상처받은 듯 보이지만 그는 여전히 다가오고 있으며, 눈빛에 담긴 정열은 거칠고 어둡다. 하지만 나는 그게 더는 사랑이 아니라고 생각한다. 결국 닿은 이곳은 우리가 처음 그에게서 벗어나 항해를 떠났던 곳이다. 카리브해에 무릎 꿇고 있는 그를 남겨두고. 그의 목소리가 안 들리는 척하면서, 피투성이로 흐느끼며 우리를 외쳐 부르고 있는 그를 떠나간 곳이다.

할아버지가 엘을 선미 위쪽 벽에 내동댕이쳤다. 나는 울부짖으며 그에게 몸을 던졌지만, 그가 뒤로 홱 내지른 팔꿈치가 뱃가죽의 연약한 살에 꽂히는 바람에 숨이 턱 막히고 일어설 수도 없었다. 내 눈에는 씩 웃는 그의 이빨만 보였다. 그리고 스카프처럼 그의 목을 휘감아 셔츠를 물들이고 있는 피. 걱정 마, 이것아. 그가 웃음을 터뜨렸다. 난 하나도 안 아프니까. 그러더니 내 옆머리에 힘껏 주먹을 날렸고 나는 다리가 스르르 풀렸다.

"로스. 안 돼. 그만해." 나는 움츠러들며 그의 손을 쳐낸다. 엘에게도 이런 비슷한 상황이 벌어졌을지를 고민한다. 그녀가 그를 떠나려고 했을 때에도 역시 이런 상황이 벌어졌을지. 그러다 결국 그녀에게 무슨 일이 벌어졌는지를 상기한다.

"해치지 않아." 그가 다시 손을 뻗어 내 손을 감싸쥐고는 꽉 조인다. 얼마나 세게 조이는지 뼈가 우두둑거린다. "절대 해칠 일 없어." 자신이 고개를 끄덕이고 있다는 것을 그가 아는지 궁금하다.

나는 몸부림을 멈추지 않지만, 그는 힘이 너무 세고 나는 너무 약하다. 그는 한 손으로 내 두 손목을 모두 쥐고 있다. 다른 한 손은 내 어깨, 쇄골을 따라 올라가는데 그 손길이 너무 부드러워 나를 몸서리치게 한다. 이제 그의 눈빛에는 다른 종류의 광기가 번뜩인다. 진정으로 원하는 것을 가지느냐, 아니면 늘 가져왔던 것에 안주하느냐 사이의 전쟁. 그의 손이 나의 목 옆을 타고 미끄러지듯 올라가더니, 손가락으로 귀밑 피부를 짚어가며 단단히, 더 단단히 누른다. 엄지손가락으로 갑자기 숨통을 너무 세게 짓눌러 나는 격한 숨을 토해낸다. 그러자 그 광기는 더욱 빛을 발한다.

내가 정신을 차렸을 때 할아버지는 다시 엘의 목을 조르고 있었다. 엘의 눈동자는 뒤로 넘어갔고, 얼굴은 보라색이었고, 손가락들은 무턱대고 허공을 움켜잡으려 했다. 내가 비틀비틀 다가갔지만 너무 강력한 상대였다. 나는 그녀를 구할 수 없었다. 나로는 충분하지 않았다. 그랬다. 결국 그랬다.

"널 해치지 않는다니까. 해치지 않을게." 로스가 소름이 끼치는 다정한 목소리로 중얼거린다. 내 목을 더욱 세게 조르느라 들이는 힘 때문에 그의 목에 핏대가 더 불끈 일어선다. 나는 벽에 기댄 채로 미끄러져 주저앉는다. 등에 닿는 벽이 거칠고 차갑다.

"난 엘을 죽이지 않았어." 그가 말한다. 똑같은 차분한 목소리로, 콧잔등으로 땀을 똑똑 흘리면서. "안 죽였다니까."

하지만 그가 죽였다. 이제 나를 죽이려는 것과 마찬가지로.

머리가 무겁고 몽롱하다. 숨이 넘어가는 엘의 헐떡임이 이제는 내 것이 되었다. 시야가 좁아져 귀퉁이가 안으로 말려들어온다.

그때 엘이 내 손을 잡는다. 아플 만큼, 형벌처럼 억세게. 데드라이트, 그녀가 말한다. 외친다. 데드라이트.

나는 휘청거리며 갑판을 가로질러, 우리 배가 정말 카리브해의 폭풍우를 만나 뒤노는 것처럼 뭐라도 잡으려고 허우적댔다. 온 힘을 쏟느라 필사적인 신음을 흘리는 할아버지를 무시하고, 오직 선미만 바라보려 노력했다. 랜턴. 선체 위 녹슨 고리에 걸려 있는. 할아버지가 고개를 돌려 그것을 머리 위로 높이 들어올리는 나를 쳐다봤다. 그의 찡그린 얼굴이 기겁하더니, 이내 상냥할 정도로 풀어졌다. 윙크. 함박웃음. 내려놔, 이것아.

나는 거의 그럴 뻔했다. 미처 깨닫지 못할 정도로 자연히 손을 내리고 있었는데, 우리를 향해 갑판을 기어오는 엄마가 보였다. 피가 엄마의 눈 속으로 흘러내리고 있었다. 할아버지가 아랑곳없이 손으로 주의를 돌렸을 때, 엄마가 갈라지고 쉰 목소리로 고함쳤다. 애들은 놔둬요! 그냥 어린애들이잖아요!

나는 눈을 뜬다. 아니. 빌어먹을 진실을 말해요.

애들은 놔둬요! 당신 애들이잖아요!

로스가 목구멍 끝에서 흐느낌 비슷한 소리를 낸다. 내 목을 감은 그의 손가락이 느슨해지고, 공기가 다시 폐로 밀려들어온다. 하지만 상관없다. 멈추지 않으리란 것을 알고 있다. 무슨 일이 있어도. 그는 절대 절대 멈추지 않을 것이다.

나는 재빨리 물러나, 랜턴 고리를 잡고 몸을 다시 일으켜세운다. 모든 종소리가 동시에 들린다. 새된 불협화음과 낮고 긴 소리, 고막을 진동하고 돌을 흔드는 거대한 소리.

당신 애들. 우리 존재의 그 무서운 진실. 카우보이도 인디언도 어릿광대도 해적도 아닌. 죄수도 아닌. 할아버지의 자식들.

랜턴에 닿은 손가락이 떨렸다. 경첩이 삐걱댔다. 나는 맥없이 늘어진 엘의 몸을 내려다보았다. 할아버지의 뒤통수, 구부러져 들썩이는 어깨.

나는 랜턴을—나의 데드라이트를—로스의 두개골 정수리에 내리친다. 할아버지의 머리에 내리쳤던 것만큼 거세게. 똑같이 칠흑 같은 분노와 얼음장 같은 공포를 실어서. 몇 번이고 거듭거듭, 남은 힘이 전부 손가락 사이로 빠져나갈 때까지. 마침내 소리가 짧고 거센 백색을 벗어나, 무르고 길게 짙은 구릿빛을 드리울 때까지.

◆◆

미러랜드 밖으로 나가는 계단을 오르는 데 한참이 걸리지만, 일단 다다르고 보니 떠날 수 없을 것 같다. 오히려 계단 꼭대기에 주저앉아 문에 기댄다. 러픽에게 전화할까 생각해보지만, 그러지 않는다. 생크 감옥의 그림자를, 모서리를 돌아 동쪽으로 새티스팩션호를 내려다본다.

엄마는 이후 한참 동안 말이 없었다. 화가 나 있었다. 당시 나는 우리에게 화가 난 것이라고 생각했다. 지금은 자기 자신에게 화가 나지 않았을까 하는 생각이 든다. 자신의 계획이 얼마나 심하게 빗나갔는지에 대해서. 엄마는 오랫동안 할아버지를 바라보다가 무릎을 꿇으며 털썩 주저앉았다. 처음에는 할아버지를 만지며 통곡하고 애도하리라 생각했는데, 그 대신에 엄마는 그를 감자 포대처럼 옆으로 밀었다. 엄마가 손을 놓자 그에게서 한꺼번에 숨이 토해져나왔고, 엘과 나 둘 중 한 명이 꽥 소리를 질렀다.

"죽었어." 엄마가 말했다. 그러고는 일어나는데 무릎에서 우두둑 소리가 났다. 엄마는 그림이 그려진 벽과 길쭉하게 늘어선 생크 감옥 감방을 고통스러운 분노의 눈길로 둘러보았다. "여기 이렇게 놔둘 순 없어. 계단 위로 끌고 올라가게 도와줘."

최소 삼십 분은 걸렸다. 용케도 그를 주방까지 옮겼을 때쯤에
는 피로가 충격을 다 태워 없애버렸다.

"위층으로 가." 엄마가 말했다. "너희 옷, 책 남은 걸 한데 모
아. 그런 다음 다시 미러랜드로 내려와서, 장식장에 다른 것들과
함께 넣고 잠가."

엄마는 계획에 대해 처음으로 말해주기 몇 주 전에 이미 우리
의 보잘것없는 소지품을 싸서 장식장에 보관하게 했었다. 이번
역시 그저 또 한번의 게임, 우리가 아무 의문을 제기하지 않은 또
한번의 실전훈련이었다.

우리가 멍하니, 말없이 팔에 물건을 가득 안은 채 미러랜드로
다시 내려왔을 때, 엄마는 생크 감옥을 해체하고 있었다. 옛 판
잣길 널빤지를 담장에 쌓았다. 우리의 장도리가 엄마 발치에 있
었다.

"벽장 안에 있는 문을 숨겨야겠어." 엄마가 말하고는 인상을
찌푸리며 우리를 번갈아 보았다. "너희들이 여기 있었다는 걸 아
무도 알아선 안 돼. 알겠니?"

그게 무슨 뜻인지 우리는 몰랐지만 고개를 끄덕였다. 우리는
담장에 뚫린 구멍, 자물쇠 없는 문, 대문 없는 앞뜰을 통과해 탈
출한 이후에는 무슨 일이 일어날지 거의 생각해본 적이 없었다.

엄마가 남은 판자를 식료품실로 끌어다 옮기고는, 허리에 손을
짚은 채 벽장을 향해 고갯짓했다.

"미러랜드로 가는 문을 닫아." 멍들고 피투성이인 얼굴로 우
리를 바라보는 표정은 매서웠다. "그리고 볼트로 잠가."

우리는 그렇게 했다. 그런 다음 엄마를 따라 다시 주방으로 갔

다. 엄마가 식탁에 앉았다. 한중간에 열쇠가 놓여 있었다. 할아버지의 열쇠.

"현관문 열쇠야. 너희들이 계획대로 움직여주면 좋겠구나. 최대한 빨리 가."

"하지만 이제 엄마도 갈 수 있잖아요." 엘이 속삭였다.

"말했잖아. 엄마는 이걸 해결해야 한다고. 그게 내가 해야 할 일이야. 항상 내가 해야 할 일이었어."

엄마가 한숨을 쉬더니 일어나 이제는 목둘레에만 남아 있는 티타월 삼각건을 손에 쥐었다. 그러고는 특유의 인정사정없는 효율성을 발휘해 우리의 얼굴에 난 상처와 손톱 밑의 피를 거칠게 문질러 닦아내기 시작했다. 고통이 곧 두려움을 집어삼키긴 했지만, 불평하지 않는 게 좋다는 것쯤은 알고 있었고, 우는 것은 생각조차 하지 않았다. 할아버지 주먹에 강타당하고 바닥에 내동댕이쳐진 자리가 욱신거렸다. 뇌가 두개골에 비해 너무 커진 것처럼 머릿속이 아팠다. 엘은 이제 침을 삼키느라 힘들어하고 있었다. 눈에는 눈물이 그렁그렁했다. 우리 둘은 키치너 화덕 옆에 쓰러져 있는 할아버지의 시체를 물끄러미 바라보는 것을 멈출 수 없었다. 핏물이 두 장의 타일 위로 짙게 주르르 퍼져 타일 사이 회반죽에 고였다.

"엘. 코트 걸이에 타탄체크 목도리가 있단다. 그걸 목에 두르고 벗지 마. 전화 테이블 서랍 안에 콤팩트파우더가 있어. 그걸로 서로 멍과 상처를 덮어줘."

우리는 그 자리에 못박혀 말없이 서 있었다. 고통과 공포의 잔여물과 밀려오는 후회로 몸이 욱신거렸다.

"안 하고 뭐해?"

"할아버지가……" 나는 그의 얼굴을 쳐다보았다. 망가진 두 개골이 검붉은 피를 여전히 기침하듯 뱉어내고 있었다. "할아버지가 우리 아빠예요?"

엄마의 입술이 얇아지고 눈이 가늘어졌다. "보물 지도에 있는 길만 따라가야 해. 다른 데로 가지 마. 오직 항구로, 오직 창고로 가야 해. 거긴 항상 사람이 있으니까, 괜찮을 거야."

"엄마." 엘이 속삭인다. "할아버지가—"

엄마가 나의 오른손과 엘의 왼손을 붙들자 나는 움찔했다.

"항상 서로의 손을 잡고 있어야 돼. 왜지?"

"왜냐면 우린 서로를 버리지 않으니까." 내가 대답했다.

"살아 있는 한 절대로." 엘이 차가운 손을 내 손안으로 밀어넣으면서 속삭였다.

"다른 사람에게 의존하면 안 돼. 아무도 믿지 마. 앞으로 너희들에게는 서로밖에 없는 거야."

우리는 고개를 끄덕였고, 침을 삼키거나 눈을 깜박이거나 울지 않으려 애썼다.

"기억해, 엘리스, 네가 언니야. 네가 독이 들었는지 맛보는 사람이야. 용기를 가지고 대범해져. 동생을 돌봐야 해." 엄마의 손은 떨리고 있었고 관자놀이에서는 이미 피가 다시 흐르기 시작했다. "명심해, 나처럼 되지 마, 캐트리오나. 용감해져야 해. 나쁜 것들만 보지 말고 좋은 것들을 보렴."

나는 고개를 끄덕이며, 악을 쓰고 꺅꺅거리는 카카두정글을 떠올렸다. 엘과 내가 어둠과 번개, 맹렬한 바람과 우뚝 솟구치는 물결, 분노와 날카로운 이빨을 가득 품고 웅크린 그림자를 통과해 달렸던 그 모든 밤을 떠올렸다. 이번에도 다르지 않을 거라 생각했고, 다르지 않으리라는 것을 이미 알고 있었다.

엄마는 계속 무릎을 꿇고 앉아 있었다. 전혀 마음이 약해지진 않은 것 같았는데도, 눈물이 한쪽으로 기운 얼굴을 타고 흘러내려 피투성이 블라우스 칼라에 번졌다. "너희들이 얼마나 특별한지 절대 잊지 마. 얼마나 특별했는지."

그리고 나서 엄마는 우리의 손을 놓고 눈을 감았다. "어서 가."

내가 반발하려고 입을 열자, 엘이 내 손을 더욱 꽉 쥐었다.

"가."

우리가 움직이지 않자 엄마의 검은 눈이 돌연 열렸고, 손은 펼쳐져 손톱을 내보였으며, 입술은 납작하게 가늘어지며 매서운 선을 그렸다. "뛰어!"

그것은 엄마가 원했던, 계획했던 바가 아니었다. 긴 작별인사도, 사랑한다는 말도 없었다. 지독하고 실질적인 현재 말고는 아무것도. 엄마는 우리가 복종하리란 것을 알았을 것이다. 여러모로 우리가 그 누구보다 무서워하던 사람은 엄마였으니까. 엘과 나는 평생에 걸친 엄마의 분노와 반대와 낙담에 마비되어 있었고 아마 엄마 본인도 마찬가지였을 것이다. 그것이 우리보다 더 오랜 시간 그녀가 겪었던 고통의 아주 작은 일부로부터라도 우리를 보호하고 지키기 위한 그녀만의 방법이었다. 그녀의 사랑은 가혹했다. 우리를 조금씩 조금씩, 그러나 가차없이 성장하게 했다.

엘과 나는 일주일 후 로즈마운트 휴게실 텔레비전에서 나오는 뉴스 헤드라인으로 그녀가 스스로 목숨을 끊었다는 것을 알게 되었다. 살해 후 자살, 유력한 동기는 지속적인 가정 폭력, 화면에 지나가는 전화 상담 서비스 번호. 그녀는 할아버지의 심장약을 전부 삼킨 후 주방 바닥의 할아버지 옆에 누웠다.

머릿속에 마지막으로 남은 엄마의 모습은, 그 타일에 무릎을 꿇고 앉아 할아버지의 시체를 우리가 보지 못하게 가로막고 있는 것이다. 매섭게 앙다문 턱, 정수리 근처에 주먹만하게 드러난 거친 분홍빛 생살. 내가 기억하는 엄마의 마지막 말, 그 외침은 우리가 핏빛으로 붉은 현관 전실로 뛰어갈 때 두꺼운 벽과 높은 천장에 부딪혀 메아리쳤다. 너무도 끔찍하고 다정한 말.

다시는 돌아오지 마.

하지만 우리는 돌아왔다. 둘 다. 우리가 한 약속을 지키지 않았다. 우리는 다른 누군가에게 의지했다. 다른 누군가를 믿었다. 서로를 버렸다. 잊었다.

나는 눈을 뜬다. 눈이 따끔거리고 머리가 아프고 목이 욱신거린다. 부드러운 나무문을 손가락으로 쓸어본다. 움직인 자리를 따라 로스의 핏자국이 남지만, 나의 손가락은 지난 몇 주와 달리 흔들림이 없다. 검은 길과 초록 지대가 얽힌 엄마의 보물 지도가 이제는 기억난다. 길고 파란 물길과 화산. 커다란 목조 창고와 거대한 녹슨 기중기와 나란한 곳에, 방파제 사이 공간에 그려진 X 표시. 우리를 섬으로 데려갈 해적선을 발견하리라 믿었던 장소. 우리가 첫번째 삶을 족히 잊을 만한 두번째 삶을 발견하리라고 엄마가 믿었던 장소.

나는 벽에 기대어 천장을 올려다본다. 빗방울소리가 우박처럼 세차고 둔탁하다. 엘은 죽었다. 모두가 죽었다. 그제야 마침내 나는 울기 시작한다. 흐느끼면서 몸을 작게 웅크려 팔로 감싼다. 슬픔, 후회, 공포, 수치가 내 안에서 쏟아져나와 미러랜드의 묵직하고 어두운 모서리로 빠져나가고, 나에게는 공허만 남는다.

제 29 장

로건이 먼저 나를 발견한다. 그가 나를 흔드는 손길은 조심스럽지만, 나는 비명을 지르며 깨어난다. 목소리가 나오지 않아서 오히려 다행이다. 그는 벽장 안으로 들어와, 미러랜드로 가는 문지방 위에 웅그리고 앉아 있다. 머리카락은 흠뻑 젖은 채 머리에 들러붙었다. 다시 나를 건드리지 않아 고마운데, 표정이 형사답지가 않다. 그래서 더욱 고맙다.

"캣. 괜찮아요? 일어설 수 있겠어요?"

긍정의 대답을 해야겠지만, 그다지 일어서고 싶지는 않다. 완전히 지쳐버렸다. 아드레날린이 소진되어, 시라즈 와인에 들어있었던 게 뭐였든 그 약효가 다시 올라오고 있다.

러픽이 문을 당기자 빛이 벽장으로 쏟아져들어온다. 그녀가 로건을 팔꿈치로 툭툭 쳐 옆으로 비키게 한다. 그들이 큼지막한 빨간 현관문을 부수고 들어왔는지 궁금하다. 그랬길 바란다.

"캐트리오나?" 러픽은 한참 동안 머리끝에서 발끝까지 나를 조사하듯이 응시한다. 그녀는 한 번도 형사처럼 보이지 않은 적이 없다. 이 또한 무엇보다 고맙다. "로스는 어딨죠?"

나는 침을 꿀꺽 삼킨다. 생각보다 훨씬 통증이 크다. "그 사람 체포하러 오셨나요?"

그녀가 내 목을 가리킨다. "그 사람이 이랬나요?"

내가 고개를 끄덕인다.

"지금 어딨죠?"

나는 계단 아래 암흑을 내려다본다.

"좋아요. 일단 당신을 여기서 데리고 나가야겠어요. 그러고 나서 로스 문제를 처리하죠. 로건, 캣을 응접실로 데려가서, 함께 앉아 있도록 경찰관 한 명을 붙여드려."

하지만 나는 절뚝거리며 조용히 사라질 의향이 없다. 가까스로 일어섰을 때, 나는 로건의 팔을 잡지 않는다. 대신 미러랜드로 다시 내려간다.

"젠장, 막아, 로건!"

로건이 그 말에 따르려고는 하지만 좁고 사방이 막힌 공간이라 움직임이 너무 어색한데다 날 다치게 하지 않으려고 과도하게 조심한다. 나는 그를 쉽게 피하고, 결국 그는 날 거칠게 다루지 않는 대신 손을 잡는다.

"좋아요. 우리랑 함께 내려가요. 하지만 우리가 먼저 들어갑니다. 알겠죠?"

러픽이 혀를 끌끌 차는 소리가 들리지만, 딱히 반대하지는 않는다.

나는 그들이 나를 지나쳐 천천히 내려갈 수 있도록 벽에 몸을 딱 붙인다. 다소 안심이 된다. 우리가 아래에서 무엇을 발견하게 될지 나도 모르겠다.

"여긴 대체 뭐죠?" 러픽이 중얼거린다. 우리는 어둑어둑한 지점을 지나 로스의 허리케인 랜턴이 내뿜는 금빛 동그라미를 향해 내려가고 있다. 그녀가 잠시 걸음을 멈추더니 내게 고개를 돌린다. "여기가 그—"

나는 빠르게 한 번 고개를 끄덕인다. 그녀의 표정에 날이 선다.

바닥에서 로건이 랜턴을 집어든다.

"왼쪽요." 내 목소리는 속삭임처럼 가늘다.

우리는 장식장과 실버 크로스 유아차를 지난다. 발을 디딜 때마다 세탁장 마룻널이 움푹움푹 꺼진다. 심장이 아주 조금 더 빨리 뛰고 있다. 내가 발견하고 싶은 것이 뭔지 모르겠다. 로스가 살아 있기를 바라는지, 죽었기를 바라는지 모르겠다.

랜턴 불빛이 왼쪽으로 휙 돌아가면서, 그의 모습이 드러난다. 그는 선미에서부터 기어갔다. 포열 갑판과 엘이 분필로 휘갈겨놓은 럼과 물은 여기 저장!!!까지. 하지만 이제 움직이지 않는다. 그러다 그가 불빛에 움찔하며 크게 신음하자, 내 심장이 다시 질주하기 시작한다. 로스는 고개를 들더니 일어나려 애쓴다. 왼쪽 눈은 완전히 닫혀 있고 그 위에 난 상처에는 피딱지가 앉았다.

러픽이 다시 내게 고개를 돌린다. "당신이 저렇게 만들었나요?"

나는 고개를 끄덕인다.

"대체 무슨 일이죠?"

나는 그의 목소리에 움츠러든다. 어쩔 수 없다. 여전히 내가 아는 로스의 목소리처럼 들리는데, 그게 어떻게 가능한지 모르겠다.

러픽이 로스 옆으로 가서 쭈그리고 앉는다. "일어설 수 있겠습니까?"

로스가 성한 한쪽 눈으로 그녀를 올려다본다. "아마도요."

"머리 상처를 살펴보러 왕립병원으로 가야겠군요." 러픽이 말한다. "로건, 도와줘."

그들이 로스를 일으켜세우는 동안 나는 갑판에 서 있다. 그가 잠시 휘청하더니, 바다와 하늘이 그려진 세탁장 벽에 쿵 기댄다. 그러고는 나를 바라본다.

"무…… 무슨 일이야? 캣?"

러픽이 그로부터 작게 한 발짝 물러난다. "로스 매콜리, 당신을 보통법상 폭행 상해 혐의로 체포합니다. 당신은 묵비권을 행사할 수 있으며, 당신이 한 발언은 법정에서 불리하게 사용될 수 있습니다. 아시겠습니까?"

로스의 입이 두 번 열렸다가 닫힌다. 그가 고개를 젓는다. "전 아무 짓도 안 했는데요." 그는 벽에서 몸을 떼지만, 팔을 잡고 있는 로건이 내게 달려들지 못하게 막는다. "캣, 말씀드려! 아무 일도 없었다고. 의견이 좀 안 맞았는데, 상황이 좀 심각해졌을 뿐이에요. 난 아무 짓도 안 했어요!"

내가 거의 반사적으로 여전히 타는 듯한 목구멍께를 만지자, 그가 이제야 거기 난 자국을 발견한 사람처럼 날카롭게 숨을 들이쉰다. 그는 겁에 질려 있다. 기억하고 싶지 않은 것을 잊는 능력을 그도 나만큼 연습했을지 궁금하다.

"아무 짓도 안 하긴요, 로스. 오히려 무척 바빴던 걸로 보이는데요." 러픽이 여기 내려와 있다는 사실에는 무언가 굉장히 위험한 부분이 있다. 그녀는 감정을 잘 감추지 못한다. 그녀는 화가나 있으면서도 무엇보다 신나 있다. "저희는 경찰 수사를 지연시키고 방해한 혐의로 당신을 구금하러 여기 왔습니다. 부인이 실종되던 날 당신의 행방과 관련한 진술에 거짓이 있었다고 보고있습니다."

로스는 아무 말이 없다.

"캐서린 워드 교수와 무척 흥미로운 대화를 나눴죠." 러픽이 곁눈질로 나를 본다. "내가 보냈다는 이메일에 쓴 답장에 대해 대화를 나누고 싶어했거든요."

"그게 누군지 모릅니다." 로스가 말한다. 목소리에 담긴 혼란은 경계로 바뀌었다.

"음, 그분은 당신이 누군지 알던데요. 당신이 자동차에 짐을 싣고 서더크대학을 나서는 것을, 당신이 말한 것보다 이십이 시간 앞서 목격했다는 취지의 진술을 했습니다."

"아니요, 전—"

"자동차 번호판 자동 인식 카메라와 CCTV 영상을 현재 확인하고 있습니다. 따라서 여기까지 돌아오는 당신의 여정을 순서대로 따라갈 수 있을 겁니다, 로스." 그녀가 팔짱을 낀다. "또한 당신 휴대전화의 3일자 기록을 확인할 수 있는 영장을 발부받았습니다. 우리에게 운이 따라주는 것 같네요. 부인의 실종에 대해 알려주기 위해 십팔시 삼십분에 톰프슨 순경이 당신에게 전화했을때, 전화기가 켜져 있었거든요. 통신회사의 기지국 위치 정보가 어디를 가리켰을 것 같나요?"

"전 그냥 운전하고 있었을 뿐이에요." 로스의 표정에 걱정이 실린다. 그는 이제 더는 로건에게도 벽에도 기대고 있지 않다. "난 빌어먹을 운전을 하고 있었다고요!" 그가 나를 손가락으로 가리킨다. "캣한테 말했어요. 물어보세요!"

"누구한테도 물어볼 필요가 없지요. 당신이 에든버러에 있었다는 것을 이미 알고 있으니까."

"그녀가 제게 전화했어요. 엘이 나한테 전화했어요! 나한테 돌아와달라고 했어요."

"그렇다면 왜 톰프슨 순경에게 말하지 않았습니까―"

로건이 그들 사이로 한 발짝 끼어든다. "경위님, 저 사람 머리에 부상을 입었는데."

"아까 말했잖아." 러픽이 로스에게서 시선을 떼지 않고 말한다. "왕립병원으로 이송한다니까."

"나도 모르겠어요." 로스가 외친다. "우리 사이에 문제가 좀 있었어요. 이미 말씀드렸잖아요. 생각할 시간이 필요했어요. 빌어먹을 생각할 시간이 없었다고요! 밤새 운전한 후에 어딘가에 주차하고 차에서 잤어요. 그뿐이에요! 수상해 보인다는 건 알지만, 어쩌면…… 겁을 먹었는지도요. 모르겠어요. 저도 잘―"

"2일 십칠시 삼십분에 당신에게 온 전화 기록이 있습니다. 엘의 전화가 아니었어요. 뉴헤이븐에 본사를 둔 보험회사였죠. 그래서 로건이 그쪽에 전화를 해봤더니, 확인차 의례적으로 한 전화였다고 했습니다. 당신이 전날 온라인으로 견적 확인서를 작성했기 때문이라고요. 그 회사가 전문으로 취급하는 보험이 무엇인지 알게 됐을 때 우리가 얼마나 놀랐는지 상상이 됩니까?"

로스의 얼굴은 잿빛이다. 몸 전체가 떨리고 있다. 목이 부어 욱신거리고 뱃속은 증오 비슷한 감정으로 뒤틀리는 지금조차도, 그에게 달려가지 않는 데 너무 많은 노력이 필요하다.

"사고 또는 과실에 대한 해양 보험." 러픽이 말한다. 그녀의 눈이 반짝인다. "좀 공교롭군요, 그렇지 않습니까? 당신이 왜 결국 그 보험에 들지 않았는지가 말이죠. 아내가 배를 타고 사라지기 전날 보험에 들면 우리 경찰이 너무 의심스럽게 여길 거라고 생각한 건가요?"

"틀렸어요." 로스가 말한다. "빌어먹을 당신 말은 틀렸어요."

러픽이 고개를 젓는다. "엘이 실종되고 이틀 후 걸려온 익명의 전화에 대해 제가 물어본 것 기억하나요? 음, 어제 두 사람이 용기를 내어 공식적으로 진술했습니다. 당신이 엘에게 폭력을 휘둘렀다고 주장했고요ㅡ"

"뭐라고요? 누가요?"

"그건 말씀드릴 수 없습니다." 러픽이 대꾸한다. 하지만 나는 애나의 결연한 슬픔과, 왼쪽 눈에서 관자놀이로 길게 선을 그리며 흘러내리던 검은 마스카라가 떠오른다. 그리고 내가 우리를 가만 놔두지 않으면 경찰에 신고하겠다고 협박했을 때 마리가 보여준 경멸적인 미소가.

러픽이 뜸을 들이더니 주머니에 손을 집어넣는다. "이 집을 수색할 수 있는 또다른 영장도 가지고 있습니다." 그녀의 목소리가 나지막하게 부드러워진다. "그러니 한 번만 더 물어보죠, 로스. 아내에게 무슨 일이 일어났는지 알고 있습니까?"

"경위님." 로건이 말한다. "이러시면 안 됩니다. 일단 저분을 병원에 데려가야 합니다. 잘 아시잖아요." 그러더니 가까이 다가가 숨죽여 말한다. "이제 와서 다 망칠 순 없어요."

"그 사람은 알고 있어요." 내가 말한다. 최대한 큰 소리로. 비록 통증이 일지만. 로스를 바라보는 것은 더욱 아프지만, 어쨌든 그를 바라본다. 왜냐하면 이제, 확실히, 그도 벽에 쓰인 글씨를 볼 수 있기 때문이다. 빨갛고 선명한 핏빛. "저 사람은 알고 있어요. 왜냐하면 자기가 언니를 죽였기 때문이죠."

"아니야!"

러픽이 내 쪽을 돌아보며 눈썹을 곤추세운다. "증거 있습니까?"

"헛간에 있는 카약이요. 그리고 제가 푸른 수염의 방에서 궤짝을 발견했어요. 위층 복도 끝 방요." 침을 꿀꺽 삼키고서야 그러면 안 된다는 것이 떠오른다. 순간적으로 고통이 격렬히 치솟아 다른 모든 것, 심지어 공포에 휩싸여 불타는 로스의 시선까지 지워버린다. 나는 고개를 들어 주저 없이 그에게 시선을 보낸다. "네 보물 전리품들 찾았어."

"캣." 러픽이 다시 내 시선을 가져간다.

"배수 플러그인 것 같아요." 내가 말한다. 슬픔이 몸 전체를 관통해 흘러나가고, 나는 더욱 공허하게 남겨진다. "그리고 타공 드릴도 있었어요."

로스에게서 외침도 아니고 신음도 아닌 소리가 흘러나온다. 러픽이 다시 계단을 뛰어올라가자 나는 눈을 감는다.

"무슨 짓을 하고 있는 거야, 캣?" 그의 목소리가 갈라진다. 나만큼이나 목이 잠겼다. "네가 어떻게—"

"로스, 말씀을 그만하는 게 좋을 것 같습니다." 로건의 표정은 괴로움에 차 있다. "당신을 위해서라도."

빗방울이 목재를 두들긴다. 고통은 이제 단지 내 목구멍에만 있는 것이 아니라 어디에나 있다. 나 자신을 무감각하게 만들어야 한다. 점점 자라나고 있는 두려움, 공포, 후회에 대항해야 한다. 그것들이 너무 빨리 자라나서 다른 것들을 생각할 겨를이 없다. 엘을 생각해. 그가 아니라. 엘을 생각해.

러픽이 돌아왔을 때, 떨림이 멈춘다. 그녀가 로스와 로건은 무시하고 내게 단호히 걸어온다.

"다른 게 또 있습니까?"

모자이크 타일에 닿는 경찰 부츠의 단조롭고 또박또박한 리듬이 들린다. 층계의 신음, 먼지 낀 검은 문의 비명. 나는 새티스팩션호 위에 서서 미러랜드 통로의 어둠을 바라본다. 폭풍우와 쌍돛대 범선과 전투를 벌이던 우리를 생각하자 나의 가녀린 호흡은 더욱 가늘어진다. 고개를 든다. 언제나 고개를 든다. 나무가 박살나는 소리와 사람들이 죽어가며 터뜨리는 비명, 대포와 머스커툰 단총이 내뿜는 쩌렁쩌렁한 폭음, 스콜이 내지르는 포효를 향하여.

나는 청바지 주머니에서 엘이 내게 쓴 편지를 꺼내 러픽에게 건넨다.

그녀가 코트에서 라텍스 장갑 같은 것을 꺼낸다. 편지를 펼쳐 읽고는 격렬히 숨을 들이쉰다. 누군가 미러랜드 꼭대기에서 아래로 "찾았습니다, 경위님"이라고 외칠 때, 안도보다는 훨씬 흉포

한 무언가가 그녀의 얼굴을 밝힌다.

로스가 반은 숨이 턱 막힌 듯 반은 신음하는 듯 소리를 낸다.

"저 사람을 보지 말고, 나를 보세요." 러픽이 다그친다. 하지만 그녀의 눈은 빛나고 또 빛난다. "다른 것도 있습니까?"

"저한테 약물을 먹여왔어요." 내 목소리는 이제 속삭임보다도 미약하다. 나는 복도 바닥에 있는 와인잔을 가리킨다. "엘에게도 먹였던 것 같아요."

"아니야!" 로스가 고함친다. 주위를 둘러보니, 로건은 이제 적극적으로 그를 제지하고 있다. "거짓말이야!"

하지만 나는 이제 더는 로스 때문에 움츠러들지 않는다. 그의 고함, 욕설에도. 수갑이 딸깍 채워지는 소리가 들린다. 로건이 로스를 다시 생크 감옥으로 끌고 가느라 용을 쓰는 소리도.

"내가 아니야! 난 죽이지 않았어! 난 그 여자를 사랑했어. 저들한테 말해, 캣. 저들한테 말해, 이 허풍쟁이 쌍년아! 내가 아니었어. 난 아무 짓도 하지 않았어! 난 그녀를 사랑했어! 난 널 사랑했어!" 그의 눈길이 마지막으로 나의 눈과 마주친다. "그때 난 막지 않았어!"

손가락으로 목을 꾹 누른다. 고통만이 내가 느끼고 보고 듣는 전부가 된다. 눈을 다시 떴을 때, 로스는 사라졌다.

"괜찮을 겁니다." 러픽이 말한다. 친절한 목소리다. 그녀가 내 손가락을 목에서 떼어낸다. 나를 감싸는 그녀의 팔은 안정되어 있고 확신에 차 있으며 위로가 된다.

"알아요." 내가 속삭인다. 미러랜드에서는 무엇이든, 모든 것이 가능하니까. 미러랜드에서는 안전하다. 두려움을 두려워할 필요 없고, 공포는 오직 환상일 뿐이며, 탈출은 모든 골격과 혈관과 숨결과 벽돌에 배어 있다. 그 대가로 요구되는 것은 하나다. 오직 하나. 용기를 내야 한다는 것.

그래서 아주 오랜만에, 나는 용감해진다.

제 30 장

나는 일찍 도착한다. 비크의 낡아빠진 폭스바겐 골프 운전석에 앉아서 비로 흐릿해진 앞유리를 통해 주차장이 차는 것을 지켜본다. 수면 부족과 가슴 위에 무겁고 기이하게 내려앉은, 새로운 종류의 무정한 슬픔으로 눈이 뻑뻑하고 쓰라리다. 없앨 수가 없다. 그 슬픔이 없는 척할 수는 없다. 그것은 두 달 동안, 그리고 재판 내내 나를 지탱하고 살아 있게 해주었던 모든 것을 앗아갔다— 나의 분노, 고통, 복수와 정의와 종결을 향한 욕구까지. 모든 것을 침식시켜 무로 돌아가게 만들었다. 한때 우뚝 솟아 있던 절벽은 가루가 되어 바다로 씻겨나갔다.

교도소는 현대적이고 날렵하여, 상상했던 것과는 전혀 다르다. 쇼생크의 가느다란 창과 어두침침한 감시탑을 상상했건만. 오히려 매끈하고 곡선형에, 겨우 이층 높이밖에 안 되는 무광 베이지색 사암 건물이고, 큰 창들이 나 있다. 회전문 입구에는 반짝이는 회색으로 왕립쇼츠교도소라고 돋을새김되어 있다.

긴장되고 무섭고 토할 것 같지만, 오랜만에 매우 머리가 맑다. 마지막으로 술을 마신 지 이 주가 되었다. 9월 내내 매일 아침마다 보드카로 무장하며, 스코틀랜드 고등법원 9번 법정에서 왕립 검사 대 매콜리 재판을 견디기 위한 용기를 얻으려 했다. 보통은 커튼 뒤에서 술을 마시는 것으로 마무리되었지만, 어떤 날에는 나의 결심이 이겼다. 기자, 카메라, 응시, 속닥거림, 사적이고 시시콜콜한 사실들, 로스로 점철된 그런 하루가 가면, 길고 무감각한 무의 감정이 찾아왔다. 익숙한 환상이 어둠 속에서 나의 친구가 되어주었다. 재판도 단지 꿈일 뿐이라고, 미러랜드의 차가운 돌벽 속의 또다른 장소일 뿐이라고 나는 점차 확신하게 되었다.

일곱 명의 여성과 여덟 명의 남성으로 구성된 배심원단이 마침내 평결을 내리던 날 나는 술에 취해 있었다. 후텁지근한 9번 법정은 웅성거리고 수런거렸다. 속이 뒤틀리고 손이 떨렸다. 나는 법정 뒤편에 숨었지만, 의회광장에서 기다리는 기자와 구경꾼들과 꼭 마찬가지로, 로스도 나를 곧장 알아보았다. 그는 지치고 무척 여위어 보였다. 내 안에 이는 통증과 메아리치는 그리움이 혐오스러웠다.

엘에 대한 보통법상 살인 혐의에 배심원단이 과반수 평결로 유죄를 선고하는 소리가 내게는 거의 들리지 않았다. 하지만 그가 울부짖는 소리는 확실히 들렸다. 한 번의 길고 커다란 소리. 목구멍 깊숙한 곳에서 터져나오는 소리였다. 이윽고 법정은 혼돈의 도가니가 되었으며, 러픽은 얼빠진 듯이 바라보는 얼굴들과 질문 세례로부터 나를 구하려는 듯했다.

눈을 감는다. 내가 정면으로 마주할 수 있을지 모르겠다. 그를 마주볼 수 있을지. 그의 끔찍한 비명이 다시 떠오른다. 오히려 그 기억을 통해 용감해지고 강해지고 훈련해질 수 있도록 애쓴다. 하지만 나 자신에게 하는 거짓말에 이제 더는 자신이 없다. 능력을 잃어버렸다.

주머니에서 편지를 다시 꺼낸다. 닳고 구겨졌다. 얌전히 둘 수가 없었기 때문이다. 봉투 전면에 '캣'이라고 엘의 글씨로 쓰여 있다. 그 편지는 로스가 유죄 선고를 받고 두 달 후에 도착했다. 비크가 내 새 주소를 물어보는 문자를 보내고 이틀 후였다. 나는 점차 줄어들고 있는 예금으로 보증금과 첫 달 월세를 지불하고 리스 외곽에 싸구려 단칸방을 구했다. 사각형 잔디밭과 사과나무, 회색 마름돌 벽돌과 조지양식 창, 구리종, 빨간 문, 황금색 빛 속에서 하루하루를 보낸다는 것은 고문이었기 때문이다. 내가 갈망하고, 필요로 하고, 고대하는 고문. 마치 해로운 연애처럼. 괴물과 유령이 가득한 환상의 세계처럼. 처음 단칸방의 문을 닫고 푹 꺼지는 침대에 앉았을 때, 나는 안도감에 눈물을 흘렸다.

봉투에서 편지를 꺼낸다. 안에 든 더 작은 종이가 무릎으로 떨어지려 할 때 얼른 집어든다. 캣에게와 사랑을 담아, 엘, 그리고 그 사이에 무시무시한 말들이 적힌 편지를 내려다본다. 처음 봉투를 열었을 땐 휘갈겨쓴 쪽지도 한 장 들어 있었다. 나한테 읽지 말라고 하더군요. 그래서 이 편지로 상황이 나아질지, 백 배는 악화할지 저도 모르겠어요. 비크.

4월 3일
캣에게

이게 너에게 쓰는 마지막 편지야. 더 일찍 썼어야 했는데 방법을 모르겠더라. 이제는 더 미룰 수 없을 것 같아.

네게 거짓말했어. 손에 꼽을 수 없을 만큼 여러 번. 필요했던 것보다 훨씬 더 많이. 하지만 널 위해서였다는 걸 알아줘. 내가 너에게 숨긴 것들, 네게 했던 거짓말들, 나를 믿으라고, 이게 진실이라고 말했던 때 모두. 하지만 결코 진실이었던 적은 없었네.

날 믿어. 이제 이게 진실이야.

자동차, 사람, 흐릿해진 베이지색과 회색이 뒤섞인 풍경을 내다보다가, 글로브박스를 열고 편지를 안에 넣는다. 이 새로운 슬픔은 무겁고 잔인하지만, 이 새로운 책임감은 더욱 지독하고 무겁다. 공포는 더는 은빛이 아니고 식어가는 콜타르처럼 검고 두껍다. 삶이 연옥에 갇힌 사람들이 그대로 살아가는 이유는 그게 더 쉽기 때문이라고 생각했었다. 포기하는 것보다 쉬우니까. 멈추기보다 쉬우니까. 하지만 이제는 대안이 없고 탈출로가 없기 때문이라는 것을 안다. 조수는 밀려들 것이며, 우리가 할 수 있는 일은 표류하는 것뿐이다. 변화하기를 기다리는 것뿐이다.

나는 더 작은 종이를 접어 청바지 주머니에 찔러넣는다. 차문을 열고 밖으로 나간다. 매끈한 돌벽과 커다란 창을 마주한다.

더는 미룰 수 없기 때문이다.

◆◆

내 신원을 확인하는 접수원을 보지 않으려고 노력한다. 휴대전화와 가방을 사물함에 넣을 때 떨리는 나의 손도, 금속 탐지기를 통과한 후 몸수색에 동의할 때 마주한 경비원도. 사람들 눈을 피할 수 있는 대기 장소는 위층에 있다. 나는 자리에 앉아서 밋밋한 색깔의 카펫에 시선을 고정한다. 내가 누군지, 여기에 누굴 보러 왔는지 어쩌면 아무도 모를 것이다.

로스에게 내려진 선고는 큰 뉴스거리였다. 텔레비전에서 생중계를 했다. 기자들이 문을 쾅쾅 두드리는 동안 나는 어둠 속에서 혼자 그 장면을 시청했다. 판사의 목소리는 엄마의 목소리를 떠올리게 했다. 카랑카랑하게 으름장을 놓는, 의견이나 이의는 받지 않는 목소리.

피고 로스 이언 매콜리, 아내 엘리스 매콜리에 대한 잔혹한 살인에 대해 본 배심원단의 과반수 평결로 유죄를 선고한다. 피고는 아내를 수개월 내지 수년 동안 육체적, 정신적으로 학대한 후 살해하기로 결심하고 계획을 세웠다. 아내가 떠나려 한다는 것을 알게 된 게 부분적 동기가 된 것으로 보이며, 그녀를 살해한 후 해양 사고로 위장하였다. 이 과정에서 상당한 고의성과 냉혹성을 드러냈다. 또한 아내의 죽음에서 금전적 이득을 취하려 한 것으로 보인다. 피고는 자신의 유죄를 인정하지 않으며, 반성의 기미를 보이지 않았다. 이러한 가중처벌 요소를 감안하여, 형량의 경감을 허할 여지는 없다고 판단된다. 이에 따라 종신형을 선고하며, 그 가운데 엘리스 매콜리 살해에 대해 징역 십오 년을, 사법 정의를 음해하려는 시도에 대해 징역 삼 년을 선고한다.

　기자들은 이제 나를 따라다니며 괴롭히기를 멈추었다. 재판, 유죄 선고, 모두 거의 잊혔다. 러픽이 틀렸다. 1998년 그랜턴 항구에서 발견된 열두 살 소녀 두 명과 우리 사이의 연관성을 발견해낸 사람은 아무도 없었다. 웨스터릭 로드 36번지의 살해 후 자살 사건에 대해서는 모골이 송연한 우연의 일치라는 말이 있었을 뿐 아무도 언급하지 않았다.

　노란 수염을 기른 노인과 눈이 마주쳤는데, 그가 씩 웃어서 나는 시선을 피한다. 자판기에서 간헐적인 쿵 소리가 들리자 두통은 무지근한 지끈거림으로 변한다.

　간수 한 명이 문을 열더니, 우리를 향해 무성의하게 손짓한다. "12번." 문간으로 들어가면서 곁을 지날 때 그가 말한다. 나는 테이블을 찾아 그 앞에 앉고 손가락을 깍지 낀다. 그를 보고 싶지 않다. 다시는 그를 보고 싶지 않았다. 하지만.

　죄수들이 줄지어 들어온다. 로스를 보기도 전에 그를 느낀다. 등골을 타고 흐르는 소름, 가슴속의 콩닥거림. 그가 테이블 옆에서 발걸음을 멈추고 한참 동안 가만히 있어서, 나는 고개를 든다. 그는 괜찮아 보인다. 머리가 짧다. 눈은 이제 충혈되어 있지 않고, 피부는 깨끗하다. 증인석에 앉았던 날, 그는 광대 아래 살이 푹 꺼지고, 수염으로 거무스름했다. 매력적이고, 정열적이고, 신뢰가 갔다. 그는 눈물을 흘렸다. 재판 내내 그의 시선이 느껴졌지만, 그는 내 쪽으로는 한 번도 눈길을 주지 않았다.

　"안녕, 캣." 그가 말한다. 미소는 따스하고 위태롭다. "만나서 반갑네. 널 보게 될 줄 몰랐는데." 마지막 말은 질문이지만, 나는 대답하기를 거부한다. 아직은. 이 대화 전체를 내가 주도해야 한다. 내가 선택을 할 때까지, 사소한 부분일지라도 그를 받아들일 수는 없다.

그는 자리에 앉아서도 미소를 유지한다. 그가 다리를 쭉 뻗을 때, 나는 의자 좌석 아래에서 발목을 꼰다. 그가 헛기침을 하자 나는 가까스로 그를 쳐다본다. 쳐다볼 수 없다면 시작도 하기 전에 망하는 것이다.

"왜 왔어?" 그의 시선이 너무 강렬하다. 토탄 같은 갈색 눈에 점점이 박힌 은빛.

나는 눈을 감는다. 눈이 욱신거린다. 그동안 그를 위해서도 슬퍼했기 때문이다. 그러지 않았던 척할 수가 없다. "아직 나도 모르겠어."

그가 몸을 가까이 기울인다. 너무 가까워 그의 냄새가 끼친다. "그날 밤 벌어진 일로 내가 얼마나 미안해하는지 네가 알아줬으면 좋겠어. 알아줘야만 해……" 그가 마른침을 삼킨다. 목구멍에서 꼴깍하는 소리가 들린다. "널 다치게 해서 미안해, 캣. 매일 그 생각을 했어. 재판에서 네가 한 말 때문에 널 비난하지 않아. 그 무엇 때문에도 널 탓하지 않아. 절대 안 그런다고 장담해."

그가 여기에 있게 된 주된 원인은 나니까. 형량의 경감을 허할 여지는 없다고 판단된 이유가 나이기 때문이다. 나는 검사측의 가장 유력한 목격자였다. 나의 증언에서 그의 유죄를 가장 강력하게 시사했던 부분은 내가 발견했거나 들은 것도, 나의 와인잔과 혈액에서 검출되었던 옥시코돈과 디아제팜도 아니고, 로스와 내가 섹스를 해왔다는 사실이었다. 나는 그 사실을 있는 그대로 말했고, 로스의 칙선 변호사가 진행하는 악의에 찬 반대신문과 이어은 더욱 거칠고 악의에 찬 여론을 감내했다. 내 증언이 유죄를 강력히 뒷받침했기 때문이다. 검사측이 가진 것은 대부분 정황증거였다. 엘의 편지, 로스의 거짓 진술, 신체 감식 결과, 휴대전화 데이터, 카메라 영상, 엘이 전 재산을 내게 남긴 유언장이 발견되었고 로스는 그 존재를 전혀 알지 못했던 것. 이 사실들 중 무엇도 충분치 않았을 것이다. 하지만 그녀의 남편, 매력적이고 잘생겼으며 비탄에 빠진 남편이자 유튜브의 곡하는 홀아비가 부인이 실종된 지 며칠 만에 부인의 쌍둥이 동생과 섹스했다는 사실은 식을 줄 모르는 스캔들이 되어 사람들의 구미를 당겼다. 심지어 내가 증언하고 있을 때에도 발끈하는 배심원들을 목격할 수 있었다.

"미러랜드에서 마지막날 밤에 말이야. 이건 알아줘. 난 절대 널…… 절대로―그저 모든 게 걷잡을 수 없었고, 넌 내 말을 들으려 하지 않았어." 그가 고개를 세차게 젓는다. "하지만 난 너희들을 보내줬어, 캣. 보내줬다고. 알잖아 너도―"

"그 이야기는 하고 싶지 않아."

그가 입술을 꾹 다물고 미간을 찌푸린다. "하지만 믿어줬으면 좋겠어. 나는―"

"넌 나를 죽이지 않았을 거라고." 목소리를 흔들림 없이 중립적으로 유지하는 데 엄청난 노력이 필요하다. 정말 그랬을지 확신할 수 없기 때문이다. 하지만 그는 그렇게 믿고 있다고 생각한다. 로스는 자신의 눈빛에 번뜩이는 광기가 담겨 있지 않았다고, 내 목을 더욱 단단히 조르면서 그의 목에 핏대가 불끈 일어나 고

430

동쳤던 적은 없다고 믿고 있다. 누구나 믿고 싶은 것만, 믿어야 하는 것만 믿기 마련이다.

그가 미소 짓는다. 턱 아래 마른 핏자국이 보인다. 그가 다시 나를 위해 면도했는지 궁금해진다. 하지만 이번에는 소름이 끼치지 않는다. 나는 그를 더는 증오하지 않는다. 그를 증오하지 않으려 무척 많이 애를 썼다. 아마도 너무 많이.

테이블 밑에서 스스로 살을 꼬집는다. "아이러니하지." 내 목소리는 너무 높고 너무 크다. "내가 감옥에 있는 널 면회하러 오다니. 반대가 아니라."

로스가 얼굴을 붉힌다. 미소는 사라지지 않지만 불안정하고 머뭇거린다. 치아를 숨기고 있다. 웃어야 할까? 방금 그 말은 농담인가? 비웃어야 마땅할 농담인가? 그의 반응을 분석하고 싶은 마음이 든 적은 없었지만, 지금은 마치 그의 모든 사고 과정이 그의 머리 위에 네온사인처럼 켜진 것 같다. 지금껏 그는 인간적으로 보이기 위해 늘 이렇게 노력해왔을까, 그게 이토록 힘든 일이었다면 말이다.

문득 교도소에서 우리의 대화를 듣고 있을지도 모른다는 생각이 스친다. 그게 허용되나? 그럴 가능성 때문에 심장이 다시 너무 빨리 뛰기 시작한다. 어깻죽지 사이로 식은땀이 미끄러진다. 로스가 나를 바라본다. 나는 침착함과 분노를 되찾으려 한다. 아무래도 상관없으니까. 내가 여기서 내릴 선택만이 중요하다.

목소리를 낮추고 어조를 누그러뜨리며, 마치 내가 원해서 그런다는 듯 그의 눈동자를 뚫어져라 바라본다. "물어볼 게 있어. 내가 알아야만 하는 것들이야. 진실을 말해줬으면 좋겠어."

로스가 주변을 빠르게 둘러본다. "난 진실을 말했어, 캣."

"그럼 쉽겠네."

그가 눈을 깜박인다. "그럼 시작할까?"

"막상 나도 뭘 어떻게 할지 모르겠어."

"그래." 또 한번의 미소. 그는 주저하는 나를 보더니 더 가까이 몸을 숙인다. "난 죽이지 않았어. 맹세해, 캣. 난 엘을 죽이지 않았어."

"내가 알고 싶은 건 그게 아니야."

그는 놀라움과 안도감을 감추지 못한다.

"왜 우리에게 약을 먹였어?"

그가 즉각 고개를 젓자, 나는 벌떡 일어나 테이블에서 물러나기 시작한다.

"잠깐만. 잠깐만!" 그의 외침은 너무 커서, 가장 가까이 있는 간수의 주의를 사로잡는다. 키가 크고 따분한 기색으로 껌을 씹고 있는 사람이다. 로스가 손바닥을 들어 간수에게 내보이고는 고개를 떨구더니, 우리 사이에 놓인 테이블을 물끄러미 응시한다. "제발, 캣. 앉아. 사실대로 말할게."

나는 자리에 앉는다.

로스가 마침내 고개를 다시 들었을 때, 눈은 눈물로 그렁그렁하다. "네가 남길 바랐기 때문이야. 난 항상 네가 머물러주길 원해."

"약을 먹이지 않으면 우리가 머무르지 않을 거라 생각했어?"

"그게 잘못됐고 나약한 행동이었다는 것도 알아. 하지만 엄마가 떠났을 때, 어느 날 잠에서 깨어 나를 데리고 아빠를 떠나기로 결심했을 때, 난 충격을 받았어. 누군가 그런 짓을 할 수 있고 그러고 나서 절대 뒤돌아보지 않을 수 있다는 사실에." 그는 어린아이처럼 눈을 질끈 감는다. "그러고 나서 아빠가 스스로 목숨을 끊었고, 난 공포에 질렸지."

그가 테이블 맞은편으로 손을 뻗는다. 손톱이 너덜너덜하다. "엘이 우울증에 걸렸을 때…… 난 무서웠어. 어떻게 해야 할지 몰랐지. 다시 자해할지도 모른다고 생각했어. 그 사람을 돌보고, 도와주고 싶었을 뿐이야." 그가 더욱 가까이 몸을 숙인다. "그리고 너랑은…… 난 너를 또 잃을까봐 너무 겁났어. 정말 그렇게 되고 있다는 느낌을 지울 수 없었거든. 넌 미국에 가고 나서, 캣," 그가 마른침을 삼킨다. "한 번도 뒤돌아보지 않았잖아. 단한 번도. 하지만 난ㅡ"

"왜 날 원했는데?"

"뭐라고?" 혼란이 다시 찾아온다. 그가 내게로 손을 뻗지만 자기도 모르게 그러는 것 같다. "널 사랑하니까. 항상 사랑했어. 너도 알잖아." 그가 나와 눈을 마주치고, 결국 나는 내 안의 무언가가 항복하는 것을 느낀다. 그것은 이렇게 말하고 있다. 이 사람이 로스다. 하지만 나는 곧장 다시 단호해진다. 반사 반응과 그리움에 맞선다.

"그럼 왜 내가 아니라 엘을 선택했어? 왜 항상 언니였어?"

잠시 그는 말이 없지만, 머리 위의 네온사인은 여전히 패닉과 불확실성을 번쩍이고 있다. 이 사람은 내가 무슨 말을 하길 바라는 걸까?

"언니를 더 원했기 때문이야? 아니면 언니를 더 사랑해서? 아니면 나보다 언니가 널 더 필요로 해서? 아니면 네가 언니가 필요해서?" 나는 억지로 긴장을 풀려고 노력한다. "그냥 진실을 말해줘, 로스, 그렇게만 해줘. 내가 듣길 바란다고 생각하는 말이나 옳다고 생각되는 말 말고. 그냥 진실. 그게 내가 원하는 전부야."

그때 그의 눈에 서린 광휘에는, 세 가지 대답을 다 가지고 있다고 확신하는 자신감이 깃들어 있다. 내가 원하는 것, 옳은 것, 그리고 진실. 그는 그 광휘를 온전히 내게 비춘다. "너보다 그 사람을 더 사랑한 게 아니야. 그건 너도 잘 알잖아. 그 사람을 진정 사랑하긴 했지만, 너랑은 항상 달랐어. 더 쉽고. 더 좋았어." 그의 미소는 서글프고 열렬하다. "내가 엘을 선택한 이유는, 네 말이 맞아, 너보다 그녀가 날 더 원했어. 그녀를 떠날 수 없었어. 그럴 수 없었어."

나는 천천히 긴 숨을 내쉰다. "네가 그렇게 말할 줄 알았어."

그는 내 목소리에서 무언가를, 이제 더는 감추려고 열심히 노력하지 않는 분노의 잔재를 감지한다. 그는 손을 거두고, 미소는 자취를 감춘다. 그의 완벽한 대답은 효과가 없었다. 그는 그것을 알고 있다.

"캣, 점점 심문처럼 느껴지기 시작하네. 그건 이미 충분히 했는데. 나는 엘을 죽이지 않았다고 말했잖아. 엘을 절대 죽일 수 없었을 거야. 하지만 그게 이 빌어먹을 질문들이 의도하는 바라면, 다시 말할게. 난 안 죽였어."

나는 아무 말 없이 그를 간신히 쳐다본다. 하지만 내 마음속에 살고 있는, 사랑은 믿을 수 없는 것이라는 사실을 결코 학습하지 못한 착하고 어린 소녀는 여전히—여전히—그를 위로하고 싶고, 엄지손가락 끝으로 그의 미간에 자리한 깊은 골을 부드럽게 펴주고 싶다.

대범해진 그는 상체를 곧추 세운다. "내 말은, 생각해봐, 캣. 너도 생각해봤을 거 아냐. 그 말만 번지르르하게 하는 빌어먹을 검사 놈 말대로, 내가 엘을 죽이고 싶어서 가장 사소한 부분까지 전부 계획했다면, 알리바이를 그렇게 허무하게 망쳐버렸겠어? 왜 목격자가 내가 자리를 뜨는 걸 보게 놔두겠어? 왜 내 휴대전화를 켜놨겠어? 그리고 그 빌어먹을 소위 증거라는 것들을 집 여기저기에 그렇게 그냥 놔뒀겠어? 보물 전리품 어쩌고는 유치하기 짝이 없는 허튼소리야. 너도 알잖아. 그 검사 놈이 왜곡한 거야. 우리 사이를 왜곡한 것처럼." 화가 난 로스는 이제 자연스레 그 분노의 일부를 나에게도 전가하고 있다. "네가 그 사람이 그러도록 놔뒀어. 그를 도왔어."

"내가 그를 믿은 거겠지."

"그렇지 않아!" 그가 테이블을 주먹으로 쾅 내리쳐서 나는 화들짝 놀란다. 간수가 우리를 쳐다본다. 로스가 다시 한번 손바닥을 들어올리더니 고개를 떨구지만, 다시 고개를 들어 나를 보았을 때 그의 시선은 굴종적이기 그지없다. "내가 왜 그러겠어, 캣? 내가 왜 그런 빌어먹을 짓을 하나라도 했겠어?"

버드나무 아래에 서 있던 그 끔찍했던 날, 내가 그에게 가지 마, 제발 하고 간청할 때 내 얼굴을 양손으로 감싸쥐고 눈에는 슬픔을 가득 머금은 채 엄지손가락으로 내 눈물을 훔치던 그를 떠올린다. 맨발에 낡은 청바지와 블랙 사바스 티셔츠 차림의 그를 떠올린다. 헝클어진 머리, 사랑스럽고 익숙한 얼굴. 늘 나의 살갗에 대고 속삭이던 불경하고 경이롭던 말들. 약속. 다정함. 희망. 나를 안고 만지고 키스하던 때의 격정. 세상에 다른 것은 아무것도 중요하지 않다는 듯이. 그와 나만이 이 세상에 남겨졌다는 듯이. 나는 그게 진짜면 좋겠다고 얼마나 바랐던가.

슈퍼히어로와 동화 속 악당들을 믿기로 선택했던 한 아이에 대해 생각한다. 현실의 무언가를 선택하는 대신에. 상처를 주고 흉터를 남길 만큼 날카로워서 절대 잊을 수 없는 것들, 안 본 셈 칠 수 없는 것들 대신에.

"네가 그렇게 한 이유는, 언젠가 우리가 너를 두고 다시 항해를 떠날 수도 있어서야." 내가 말한다. "우리가 계속 머무를 거라고 믿을 수 없었으니까. 확실히 해두는 게 나았던 거지. 머무르도록 만들어버리는 게 나았던 거야. 그래서 넌 거짓말했고, 사람을 조종했고, 우리에게 약을 먹였고, 음모를 꾸몄어. 그러면서 우릴 갈라서 지배했어. 넌 겁쟁이니까." 생크 감옥이 떠오른다. 너희 둘 다 꺼내줄게. 하지만 달아나지 않는다고 약속할 때만. 나와 영원히 함께한다고 약속할 때만. "다른 사람이 숨쉬는 공기를 뺏어서 숨쉬는 게 너의 방식이니까." 내 곁에 머물러줘. 나랑 있어줘. 널 사랑해. 네가 필요해. 엘은 우리가 행복하길 바랄 거야.

나는 플라스틱 테이블 상판과 그 위의 얼룩, 긁힌 자국들을 내려다본다. "네가 엘을 택한 이유는 언니가 나보다 나약하다고 생각했기 때문이야." 그녀가 병상에 누워 있던 모습, 콤팩트파우더를 바른 듯 창백한 얼굴과 눈가에 내려앉은 짙은 그늘, 지쳐 떨리던 그 미소를 떠올린다. 하지만 떠올리면 안 된다. 그러면 안 된다. 그 생각을 하면 완전히 흐트러질 것이다. "그리고 넌 그걸 너무 잘해, 로스. 네가 원하는 걸 상대방이 스스로 원하는 것처럼, 본인이 그렇게 생각했고 본인이 배신한 것처럼 믿게 만들지. 나중에 그 상대를 추방하고 나서는 그것도 본인 잘못이라고 믿게 만들고 말이야."

"무슨 말을 하는지 좆도 모르겠네."

이런 목소리는 들어본 적이 없다. 헐뜯는 듯 낮고 날카로운 목소리. 이게 원래 그의 목소리인지 궁금해진다.

"그런 널 제대로 본 사람은 엄마가 유일했지. 너의 본모습을 꿰뚫었던 사람. 심지어 엄마는 널 만난 적도 없어. 우리에게 경고하려 했지만, 엄마는 우리를 해적과 마녀와 독약 묻은 빨간 사과로 채워진 어둡고 흥미진진한 세상에서 키웠지. 우리가 애초부터 절대 믿을 수 없는 교활하고 잘생긴 백마 탄 왕자를 원했던 이유도 그거였어."

나는 그의 얼굴이 변하는 것을 지켜본다. 잘생기고 섬세한 얼굴 아래에서 분노가 엉키고 들끓는다. 그 모습은 나의 다짐을 북돋운다. 나는 그가 화난 쪽이 더 좋다. "다만 네가 백마 탄 왕자가 아니었을 뿐. 그렇지 않니? 그게 너의 본모습은 아니었어. 지금도 아니고."

"빌어먹을 대체 무슨 말을 하는—"

"네가 검은 수염이야."

우리 살을 꼬집으며, 수평선에 항상 떠 있던 검은 배를 가리키던 엄마. 너희들은 푸른 수염을 보면 숨어야 해. 그는 괴물이니까. 너희를 잡아서 아내로 삼고, 고리에 죽을 때까지 매달아놓을 거야. 하지만 검은 수염한테서는 도망쳐야 해. 교활한 사람이니까. 거짓말을 하니까. 어딜 가든지 항상 등뒤로 바짝 쫓아올 테니까. 너희들을 잡으면, 상어 밥으로 던져버릴 테니까. 그의 눈빛이 어두워지고, 입꼬리가 다정한 척 비웃음을 그리며 올라간다. 그 모든 끓어오르던 분노는 이제 평온해졌다. 난 그럴 수고를 들일 만한 사람이 아니라는 표정. "캣, 너 상담이 필요할 것 같아. 지난 몇 달간—"

"난 선택했어, 로스." 나는 그를 바라본다. 그의 모든 선과 색과 그림자를 기억 속에 저장한다. 표면의 모든 것과 그 아래의 모든 것을. 이 사람이 로스다. 앞으로 다시 그를 떠올릴 일이 있다면 그때 내가 기억해낼 모습이다.

"빌어먹을 대체 무슨 말을 하는 거야?"

"무엇을 선택하게 될지 확신을 못했었는데, 지금은 확신이 들어." 나는 주머니로 손을 뻗어 작은 종이를 꺼낸다. 한번 더 잠시 망설이다가, 블랙 스폿을 테이블 위에 얹고 로스 쪽으로 민다. "난 형벌을 택할게."

그가 손을 내밀더니 종이를 낚아챈다. 그의 얼굴은 당혹스러운 고뇌의 표본이라 할 만하다.

"캣, 이게 다 무슨 일인지 모르겠어. 네 말이 무슨 뜻인지 모르겠어." 그가 블랙 스폿을 내려다본다. 손목 아랫부분에 눈물 한 방울이 떨어진다. 속이 매듭처럼 꼬이지만 나는 단호히 무시한다. "이게 무슨 뜻인지 모르겠어."

나는 일어서서 테이블을 손바닥으로 짚고 가능한 한 상체를 아래로 숙인다. "포기하라는 뜻이야, 로스. 난 널 꿰뚫어볼 수 있어."

그가 나를 바라보자, 나는 그의 표정에 움츠러들면서 바닥에 볼트로 붙박인 의자에 걸려 휘청인다.

"너희들은 마녀야." 그가 말한다. 미소는 순수한 로스다. 비뚤어져 있고 섹시하며 느긋하고 친밀하다. 왼쪽 송곳니가 앞니를 덮는다. "너희 둘 다. 미쳐서 완전히 돌아버린 마녀들이야. 너희가 내 삶을 망쳤어."

마지막 의심의 한숨이 빠져나간다. 나는 미소 짓는다. 쭉 생각했던 것보다 쉽다. "넌 희생자를 잘못 골랐어." 내가 말한다. "여기까지야."

그러고 나서 나는 그로부터 멀어져 대기실로 향한다.

"안돼!" 로스가 소리치며 일어나 내게 달려들더니, 손가락으로 팔을 단단히 움켜쥔다. 손놀림이 너무 거칠어 며칠은 검은 멍자국이 남을 것 같다. "넌 못 떠나. 떠나면 안 돼!"

모두가 우리를 보고 있다. 키 큰 간수가 우리를 향해 성큼성큼 다가오고, 적어도 둘은 되는 다른 간수들이 뒤따른다. 나는 두려워하지 않고, 싸우려 하거나 도망치지도 않는다. 로스를 바라본다. 그의 내면에서 무언가가 꺾인다. 얼굴이 누그러지고, 눈빛은 촉촉해지며 애원하는 듯하다. "떠날 수 없어. 넌 날 못 떠나. 난 안 그랬어, 캣. 제발! 난 그녀를 죽이지 않았어!"

그가 내 팔을 꽉 잡아 가까이로 끌어당긴다. 키 큰 간수와 두 동료가 다가오기 전까지 난 그를 그냥 놔둔다. 모두가 우리를 보고 있다. 나는 오직 그만을 계속 바라본다. 널 많이 사랑했어. 찰나의 순간 떠오른 이 생각에 감히 더 머무르지는 않는다. 그는 이미 내게서 충분히 빼앗아갔으니까.

"그녀를 죽이지 않았어, 캣!"

나는 눈을 감는다. 한순간 입술을 그의 귀에 대고 누르며 말한다. "알아."

그러고 나서 정말로 그를 떠난다. 그는 분노에 들끓고 비명을 지르며 흐느낀다. 나는 돌아보지 않는다. 등뒤로 문을 닫는다. 그가 갈고리에 걸린 채 썩도록 내버려둔다.

바깥으로 나오니 비가 그쳤다. 은은하고 희부연 햇살에 유리창이 반짝이고 교도소 건물은 황금색으로 물든다. 나는 양팔과 손가락을 활짝 펼치고 머리를 하늘로 향한 채, 주차장 한가운데에 서 있다. 눈을 감고, 세상이 따스하고 붉게 타오르도록 놓아둔다.

정면으로 봤어, 엘, 나는 생각한다. 그런데도 눈이 멀지 않았어.

제 31 장

4월 3일

캣에게

이게 너에게 쓰는 마지막 편지야. 더 일찍 썼어야 했는데, 방법을 모르겠더라. 이제는 더 미룰 수 없을 것 같아.

네게 거짓말했어. 손에 꼽을 수 없을 만큼 여러 번. 필요했던 것보다 훨씬 더 많이. 하지만 널 위해서였다는 걸 알아줘. 내가 너에게 숨긴 것들, 네게 했던 거짓말들, 나를 믿으라고, 이게 진실이라고 말했던 때 모두. 하지만 결코 진실이었던 적은 없었네.

날 믿어. 이제 이게 진실이야.

<u>여기 그 이유가 있어.</u>

백과사전에서 헨리 모건 선장 항목을 발견했던 날 내가 가장 속상했던 게 뭐였는지 기억나니? 엄마가 우리에게 거짓말을 했다는 사실이었어. 그토록 오랫동안 말이야. 그 이후로 엄마를 완전히 믿었던 적은 없는 것 같아. 엄마를 신뢰하기를 그만뒀어. 우리를 신뢰하기를

그만뒀고. 한 번의 거짓말 때문에.

너를 가장 속상하게 했던 건 뭐였는지 기억나니? 엄마가 우리에게 거짓말을 했다는 사실도, 모건 선장이 우리 아빠가 아니라는 사실도 아니었어. 그가 사람들 머리에 줄을 묶고 눈이 튀어나올 때까지 팽팽히 당겨서 고문하기를 좋아했다는 사실이었지. 해적 왕이―아버지가, 영웅이, 남자가―할 만한 행동이 아니었으니까. 그래서 넌 즉시 그 사실을 잊어버렸지. 너는 참을 수 없는 진실 앞에서는 뒷걸음질치고 거짓을 믿어버렸어. 그리고 네가 나랑 말을 안 하기 시작했을 때, 미러랜드에서의 그 끔찍했던 마지막 밤에 대해 이야기하기를 거부했을 때, 나도 너로부터 뒷걸음질쳤어. 내 눈에는 진실만 보였으니까. 마치 천천히 퍼지는 질병 같았지. 너에게 옮게 놔둘 수는 없는 질병. 난 네가 기억하기를 <u>원하지</u> 않았어.

그런데 로스가 돌아왔어. 국립미술관 앞에서 마주친 그날보다 한참 전에. 수개월 동안 나를 따라다니면서 괴롭히고, 용서해달라고 애원했어. 나는 그를 증오했어. 그날 밤 때문에 그를 너무도 증오했지. 그는 미러랜드로부터 남겨진 유일한 존재였고 그도 그걸 알고 있었지. 미술관 밖에서 만난 그날? 그건 그가 내게 접근할 수 없다면, 네게 접근할 수 있다는 걸 보여주려는 거였어. 그리고 로즈마운트 노동절 파티는 그가 그걸 증명했던 날이었지.

따라서 난 그가 스스로 날 더욱 원한다고 믿게 만들어야 했어. 내가 그를 더욱 필요로 한다고 생각하도록 만들어야 했어. 나는 자살 시도를 꾸며냈어. 넌 늘 알았지만 그는 아니었지. 그에게는 그게 충실함의 궁극적인 증명이었어. 어쩌면 맞는 말 같아. 나는 나 자신에게 널 위해서 그랬다고 말하려고 노력했으니 말이야. 네가 날 지켜주

442

었던 것처럼 너를 괴물로부터 지켜주려고. 하지만 그게 온전한 진실은 아니라고 생각해. 그 당시에는 말이야. 왜냐하면 난 아직 그를 사랑하고 있었으니까.

그래서 우리의 결혼은 아마 나의 형벌이었는지도 몰라. 나에게 내려진 선고. 그 점에 대해서는 네게 거짓말하지 않았어. 그는 하루는 불같이 화내고 잔인하게 굴다가, 다음날은 그게 고통스러웠다는 듯이 너무도 다정하게 굴었지. 나는 나를 협박하고 떠나라고 말하는 카드들을 받았어. 그가 내 마음을 헝클어뜨리려고 보냈던 것 같아. 내 음식과 음료에 약을 넣었던 것처럼. 그는 그 약들을 침대 협탁에 숨겨놔. 그리고 나는 매일같이 그 약들을 애타게 찾으며 깨어나고, 생각을 똑바로 할 수 없게 되지. 그것들은 나를 묶어두는 사슬이야. 그가 내게 허락했던 '자유'처럼. 마우스가 돌아오자 그는 결국 그애를 쫓아내는 데 성공했어. 그리고 내가 친구인 비크와 바람을 피우고 있다고 생각했을 때는, 그를 찾아내 죽이겠다고 협박했지. 더는 자원봉사도 허락해주지 않았어. 둘 중 한 명에게라도 연락한다면 그림도 못 그리게 하겠다고 으름장을 놓았지. 내 배도 없애버리겠다고. 미러랜드로 가는 문은 벽지까지 발라서 막았어. 그리고 난 그가 그러도록 놔뒀어. 결국 정말로 죽고 싶어지더라.

물론 그는 날 찾아냈지. 약을 전부 토해내게 하고, 내가 다시 볼 수 있고 들을 수 있고 울 수 있을 때까지 빌어먹을 집 주변을 걸어다니게 했어. 그때 그가 너와 계속 연락하고 있었다고 말한 거야. 내가 그를 다시 떠나려고 한다면, 내게 한 짓을 모조리 너한테 하겠다고 했어. 난 백과사전의 헨리 모건 선장 항목이 떠올랐어. 너는 일어나고 있는 일을 일어나지 않은 척하면서 살아남을 거라는 걸 알았지. 너의 감옥은 감옥이 아니고 너의 간수는 괴물이 아닌 척하면서. 죽는 날까지. 따라서, 모든 이유들 가운데 그게 진짜 이유야. 나는 고결하지도, 용감하지도 않아. 그가 마침내 실수를 저지른 거야. 내게 가석방의 여지를 전혀 주지 않았거든.

방법은 이거였어.

나는 계획하는 걸 좋아해, 기억하니? 앤디 듀프레인처럼. 따라서 이게 2번 계획이야.

1단계: 리뎀선호를 이용하는 아이디어를 무심결에 낸 사람은 비크였어. 그는 로디언 해양 보험사에서 일하는데, 여가용 선박의 사고 또는 과실에 의한 손해사정 전문이야. 나한테 온갖 종류의 고의적인 훼손에 대한 이야기를 해줬어. 그리고 그것들이 어떻게 발각되었는지도. 어제저녁 지정석 없이 운영되는 그 회사의 드넓은 오픈 플랜식 사무실에 가서, 그가 커피를 내리는 동안 맞은편의 다른 비어 있는 책상에서 로스에게 전화를 했고 런던에서 돌아오라고 간청했어. 이미 우리집 컴퓨터에서 로스의 명의로 보험 견적 문의를 작성하고 확인 전화를 요청해놨던 터였지. 그 전화를 통해서 비크를 타고 나까지 추적할 수는 없을 거야. 비크는 아주 큰 바퀴의 아주 작은 톱니일 뿐이니까. 로디언 해양 보험은 수천 명의 사람들을 고용하고 있고. 어쨌든 로스를 제외하면 아무도 우리가 친구인지 몰라. 그리고 그는 비크의 이름을 모르지. 나는 전화기를 하나 더 가지고 있는데, 로스 모르게 친구들과 대화하기 위한 선불 휴대전화야. 나는 내게 무슨 일이 일어나든 비크에게 절대 경찰서에 가지 않겠다고 맹세하게 했어. 로디언 해양 보험이 로스에게 전화를 하면, 첫마디를 마치기도 전에 그는 끊어버릴 거야. 광고 전화를 싫어하거든. 이제 그는 알리바이가 없는 거지. 게다가 아내가 바다에서 실종되기 전날 해양 보험사와 통화하는 남편이란, 그저 우연의 일치로서 운이 없었다고 보일 수도 있겠지만, 유죄처럼 보일 가능성이 더 크겠지.

몇 주 전에 현금으로 배수 플러그를 샀어. 원래 가지고 있던 것과 정확히 같은 걸로. 타공 드릴도 두 개 샀지. 눈에 띄지 않기를 바라며 선실 겸 요리실 밑면에 첫번째 드릴로 구멍을 몇 개 뚫어봤어. 그 드릴은 나중에 법의학적으로 배에 있었던 것으로 판명되어야만 하니까. 그래서 그 드릴과 새 배수 플러그를 집에, 푸른 수염의 방에 놔뒀어. 그리고 내 카약도 헛간에 뒀어. 경찰이 결국 발견하기를 바라면서.

때가 되면, 나는 원래의 배수 플러그를 빼서 만에 던질 거야. 발견되지는 않을 거야. 플러그만 없는 배가 가라앉는 데는 시간이 꽤 걸리거든. 심해 수로까지 항해를 해서 돛대를 망가뜨리고, 비상 위치 발신 설비와 GPS를 무력화시킬 거야. 타공 드릴은 더 많은 위험을 감수해야 해. 내가 실제로 드릴을 사용하게 되면 배는 빠르게 가라앉겠지만, 배 밖으로 가능한 한 멀리 던져야 하지. 리뎀션호가 충분히 멀리 표류해서 타공 드릴이 발견되지 않기를 바라면서.

2단계: 로스의 좋은 점 하나. 예측 가능한 사람이라는 것. 몇 주 전 아직 1단계 계획 근처에도 가기 전에, 그가 오래전에 내게 남긴 편지를 하나 발견했어. 로즈마운트에서 내가 너희 둘을 목격하도록 유도하는 그 편지. 하필 그건 그의 지갑 속에 들어 있었어. 그는 자신의 전리품을 좋아하는 것 같아. 그걸 발견한 건 선물이었어. 왜냐하면 내 죽음이 그의 탓이 될지 확신할 수 없었고, 그가 의심이라도 받을지 알 수 없었거든. 내가 확신할 수 <u>있었던</u> 건 네가 돌아오리라는 거였어. 그가 너에게 접근하고, 널 곁에 두려 하리라는 것도. 따라서 내가 너에게 먼저 접근해야만 했지. 우리 둘은 탈출해야만 해. 그게 내가 나 자신과 맺은 계약이야. 그게 2번 계획의 요점이야.

지난 몇 주 동안 나는 학대당하는 아내라는 것을 드러내왔어. 학대 사실을 숨기지 않았어. 놀랍도록 해방감을 주더라. 그들이 진정한 친구고 그저 날 도와주고 싶어한다는 것을 아는 게 어찌나 위로가 되는지. (그건 그렇고, 이미 만났다면 애나에 대해서는 미안해. 그녀는 지나칠 정도로 의리가 있어. 하지만 네가 필요하다면 네 편이 되어줄 거야.)

나는 로스라는 사람이 어떤지 알아. 무엇을, 왜, 언제, 어떻게 그가 네게 말하고 행동할지 알 수 있거든. 마우스인 척 너에게 이메일 단서들을 보내달라고 비크에게 부탁하며 시간표까지 비크에게 전해줬어. 제발 내 말을 믿어줘. 이 모든 것에 네가 연루되지 않게 할 수만 있다면 그러고 싶어. 하지만 달리 방도가 없어. 그리고 난 네가 이 모든 걸 제대로 해내리라는 생각이 들거든. 네가 기억해낼 거라 생각해. 거짓말을 그만 믿게 될 거라고 생각해. 날 믿을 거라 생각해. 다른 이들이 네 말을 믿을 거라 생각해. 그가 유죄라는 걸 밝혀내는 사람이 너고, 세상도 따르리라 생각해. 너 자신을 구할 생각을 하기 전에 나 대신 복수하러 나설 거라 생각해. 그게 나의 희망 사항이야. 그게 내 계획이야. 그 덕에 정신을 놓지 않을 수 있어.

왜냐하면 오늘 난 죽을 거거든. 이제 그렇다고 말할 수 있고, 생각할 수 있고, 두려움은 대부분 사라졌어. 지금은 내가 앤디보다는 레드에 더 가까워서일지도 몰라. 너무 길들여져서 구원받기는 글렀어. 하지만 익사할 만큼 용기가 있지는 않거든. 내가 익사한다면 로스에 겐 더 안 좋은 상황이 되겠지만, 그 생각을 할 때마다 그 독을 맛보는 사람이 부글부글 끓는 검은 진주에 숨통이 막히는 장면이 떠올라. 나는 그렇게는 못할 것 같거든. 그동안 항우울제를 비축해뒀어. 로스의 침대 협탁에도 약이 있어. 그걸로 충분하길 바라야만 할 것 같아. 이번에는 잘 풀리길 바라야지. 이번에는 둘 다 탈출해서 집에 돌아가지 않도록. 자살은 그러기엔 꽤 미친 방법이라고 생각할지도 모르겠구나. 난 그렇게 생각지 않아. 지난번에는 가짜였지만 효과가 있었어. 네가 탈출했잖아. 내가 원하는 건, 스티븐 킹을 변형해서 인용해보자면, 내가 죽느라 바쁜 동안 넌 사느라 바쁜 것뿐이야. 그게 네게 너무 경솔하게 들린다면, 이쪽이 더 나을지도 모르겠다. 눈 오던 날 식료품실을 생각해봐. 엄마는 창턱에 앉아 피의 광장에서 처형당하기 전 시드니 카턴*의 마지막 말을 읽고 있었지. "지금 내가 하려는 일은 이제까지 했던 그 어떤 일보다 훨씬, 훨씬 훌륭하다." 사실이니까. 나를 행복하게 만들었고, 몇 년 만에 처음으로 평화를 되찾아주었어.

단 하나 그렇지 못한 게 있지. 이 모든 것을 실행하면서, 계획하면서, 네게 선택권을 주지 않았어. 우리에겐 선택지가 많지 않았지. 아무도 우리에게 줄 생각을 하지 않았으니까. 이 편지가 너의 선택권이야. 이 편지가 내가 계획하고 행한 것을 증명해줄 테니. 경찰에 보여줄 수도 있고, 아니면 로스의 변호사에게 보여줄 수도 있겠지. 모든 게 내 계획대로 된다 하더라도, 그가 항소하리란 걸 난 알거든. 그는 절대 포기하지 않을 거야.

어쩌면 내 말을 단 한 마디도 신뢰하지 않거나 믿지 않을 수도 있겠지. 하지만 네가 어떻게든 진실을 기억해냈기를 바랄게. 집, 단서,

---

* 찰스 디킨스의 소설 『두 도시 이야기』의 등장인물.

보물찾기, 일기장이 효과가 있었기를, 우리의 첫번째 삶의 마지막 밤에 진짜로 일어났던 일을 마주했기를 바랄게. 네게 거짓말하고 있는 사람은 너 자신이라고 내가 말해주는 것만으로는 널 그렇게 만들 수 없었을 거야. 다음에 일어날 일은 네가 직접 선택하기를 원해. 블랙스폿은 네 거야. 그걸로 무얼 할지는 너에게 달렸어. 내 생각은 하지 마. 네가 무슨 선택을 하든 그게 틀렸다고 절대 생각하지 마.

결국 나는 엄마와 많이 다르지 않은지도 몰라. 엄마는 내게 선의의 거짓말도 아직 더러워지지 않았다 뿐, 여전히 거짓말이라고 했거든. 그 말이 맞는 것 같아. 지금 나는 무척 더러운 것 같아. 하지만 상관없어. 중요한 건 이것뿐이야. 옛날 옛적, 넌 내 생명을 구했다는 것. 이제 내가 너의 생명을 구할게. 그거야. 그뿐이야.

제발. 날 계속 믿어줘.

사랑을 담아

엘

제 32 장

나는 엘을 데리고 로켄드 공동묘지로 엄마를 찾아간다. 그녀를 묘비 옆에 내려놓는다. 유골함은 크고 볼썽사납다. 삭막한 소용돌이무늬 세라믹에 갈색 꽃무늬가 그려져 있다. 이것이 내게 마음의 안정을 주는 물건이 되었다.

내가 갖다놓은 하얀 장미를 신선한 빨간 장미 꽃다발로 교체하고, 잔디와 묘비와 장식적인 금색 글귀를 내려다본다. 떠났지만 잊히지 않으리. 요즘 아무것도 잊지 않으려고 매우 힘들게 노력하고 있지만, 여기서만큼은 예외를 만들고 싶다. 나는 그의 이름을 쳐다보지 않는다. 그의 얼굴을 떠올리지 않는다. 그가 어둠 속에서 엄마 옆에 누워 결국 함께 먼지와 흙과 옛이야기가 되리라는 것을 떠올리지 않는다.

무섭고 잔인하다며 엘이 『두 도시 이야기』를 좋아했던 기억이 난다. 마담 드파르주와 뜨개바늘 같은 것을. 뒤뜰의 햇살 아래 서서 생각했었다. 언니가 내 삶의 여러 해를 가져갔다. 훔쳐갔다. 고마운 게 아니라 불같이 화가 난다. 무섭다. 나는 그런 생각을 할 자격이 없다. 엄마의 희생, 엘의 희생. 그들이 그 모든 고통의 세월을 보낼 때, 나는 자기 연민과 의도적인 무지 속에 뒹굴었다. 거울에 비친 상이었고, 땅 위에 잠시 나타나는 어둡고 납작한 그림자였다.

◆◆

추도식을 연다. 신문에 공고를 낸다. 그랜턴 항구와 널찍한 포스만 가까이에 있는 공공 정원에 엘을 위한 나무를 심는다. 모르는 사람들 앞에서 형편없는 추도문을 더듬더듬 읽는다. 추도문이 끝나자 심드렁한 박수가 터진다. 이십 야드 정도 뒤에 마리가 서 있는 것이 보이지만, 그녀는 더 가까이 다가오지 않는다. 몇 분 후 다시 보았을 때는 자취를 감추었다.

몇몇 사람들은 펍으로 돌아오지만, 음료와 샌드위치 증정이 끝난 후에도 남아 있는 사람은 거의 없다. 두어 시간 후 비크와 애나만 남는다. 우리는 엘에 대해 이야기한다. 생각보다 어색하진 않다. 무언의 동의로, 비크와 나는 그녀가 그에게 시켰던 일에 대해 이야기하지 않는다. 우리는 로스나 재판에 대해 이야기하지 않는다. 우리가 알았던 엘, 그리워하는 엘에 대해 이야기한다. 나는 다이어트 콜라를 연거푸 마시는데 보드카가 너무 간절하기 때문이다. 러픽과 로건이 펍 문을 열고 들어왔을 때, 나는 거의 기쁠 만큼 안도한다.

"좋은 추도문이었어요, 캣." 러픽이 말한다.

"거기 계셨어요?"

러픽이 미소 짓는다. "경찰은 항상 뒤에서 구린 냄새처럼 어슬렁거리기 마련이죠."

"더블 스카치죠, 경위님?" 로건이 중얼거린다. 나는 그가 어리숙해 보였던 머리를 밀었다는 것을 터무니없는 충격과 함께 깨닫는다.

"아니." 그녀가 기분 상했다는 듯한 눈길로 그에게 말한다. "더블 탈리스커." 그녀가 우리를 바라본다. "다른 분은 뭘로 하실래요? 저쪽이 쏜대요."

로건이 쿵쿵거리며 바로 가자, 러픽은 테이블로 다가와 비어 있는 의자에 등을 기댄다.

"한 잔만 하고 갈게요." 그녀가 말한다. "괜찮으시다면요. 어때요?"

"언제든 환영 그 이상이죠." 이 말이 진심이라는 데 나도 놀란다. 그녀가 보고 싶었다는 사실에도 놀란다. 이제는 러픽을 생각할 때마다 수사관으로서가 아니라 여성으로서, 함께 바닥에 주저앉아 죽은 언니 때문에 울고 있는 나를 안아주고, 따스하게 원을 그리며 등을 쓰다듬어주었던 사람으로 생각하게 된다. 로스를 절대 믿지 않았으며 나를 절대 믿지 않았고, 해답을 구할 때까지, 끝장을 볼 때까지 절대 포기하지 않았던 여성. 당연히 그녀는 무언가 더 남아 있다는 것을 알고 있다. 현재 얻게 된 결론은 진정한 해답이 아니라는 것도 알고 있을지 모른다. 하지만 옳은 답이라고 믿고 있다는 것만큼은 나도 꽤 확신할 수 있다.

나는 로건을 도와주러 바로 간다. 그의 미소는 전염성이 있어서, 보드카보다도 내 위를 더 따뜻하게 데워준다.

"안녕하세요."

"안녕하세요."

"머리 깎으셨네요."

그의 미소가 당황스러움으로 변한다. "보스가 첼시팀 중앙 공격수 같다고 해서요. 그래서……" 그가 멋쩍은 듯이 목덜미를 손바닥으로 문지른다.

"멋있어요. 잘 어울려요."

"네?"

내가 다시 미소 짓는다. 활짝 드러낸 이와 보조개가 보답으로 돌아온다.

"그럼," 그가 말한다. "이제 어쩌실 건가요? 미국으로 돌아가시나요?"

나는 고개를 돌려 비 내리는 회색 풍경, 번들거리는 자갈길, 고딕 첨탑, 사암 공동주택을 내다본다. "아직 모르겠어요."

로건이 나의 목과 어깨 사이 어딘가를 뚫어져라 응시한다. 볼에 열이 오르는 것이 느껴지지만, 애나가 요란하게 혀를 차며 음료를 쟁반에 탁탁 내려놓으면서 우리를 구제해준다.

"여기요." 그녀가 쟁반을 로건에게 밀면서 말한다. "저쪽으로 가지고 가시면 되겠네요."

결국 우리 다섯은 어두워질 때까지 그대로 머무르고, 슬슬 펍에 사람이 차기 시작하면서 주변이 시끄러워진다. 러픽과 로건이 먼저 자리를 뜬다. 러픽이 손을 내밀어 내 손을 재빨리 힘껏 쥔다.

"잘 지내요, 캣."

"그럴게요. 고마워요. 애써주셔서."

그녀는 마지막으로 내게 한참 시선을 건넨다. 그러더니 고개를 끄덕하고는 문으로 걸어가기 시작한다. "로건, 차에서 기다릴게. 삼십 분 이상은 안 돼."

그가 나를 보고 씩 웃는다. "깐깐하신 분이라."

누군가 쿡 밀쳐서 우리는 더 가까이 붙어서고, 나는 양팔을 뻗어 그의 목에 두르고 포옹한다. "잘 가요, 로건."

그가 나를 꼭 안으며, 얼굴을 잠깐 목에 누른다. "크레이그라니까요."

"전 왠지 로건이 더 좋아요." 내가 말한다. "제가 슈퍼히어로 쪽에 좀 빠져 있어서."*

그가 몸을 뒤로 빼더니 엄숙하게 고개를 끄덕인다. "그런 말 많이 들어요."

"고마워요, 여러모로—"

"그런 말 하실 필요 없어요. 저희 둘한테는. 저희는 그냥 할일을 한 것뿐인데요."

나는 웃으며 그의 볼에 키스한다. "그래도 어쨌든 고맙다는 말씀을 드리고 싶어요."

무슨 말이라도 더 했어야 하나 싶을 만큼 그는 오랫동안 시선을 놓지 않는다. "제 번호 갖고 계시죠, 캣. 제가 어디 있는지 아

---

* 마블 코믹스의 슈퍼히어로 팀인 '엑스맨'을 구성하는 히어로의 이름이 로건 울버린이다.

시죠."

그러고 나서 그도 역시 떠나고, 내게 상실감이라기보다는 아쉬
운 감정을 남긴다. 어쨌든 그가 어디 있는지는 정말 알고 있다.
어디에 있을지도.

어떤 면에서는 애나와 비크에게 작별인사를 하기가 더 쉽다.
애나는 나를 재빨리 꼭 껴안으며 양쪽 뺨에 키스하더니 "몸조심
하세요"라고 명령조로 말한다.

나는 비크를 바라본다. 그의 미소는 여전히 눈 주변에 잔주름
을 만들지만 애처로워 보인다. "미안해요―"

"이젠 상관없는걸요." 나는 그를 끌어안으며 손을 꽉 쥔다.

"그녀를 무척 사랑했어요." 그가 말한다.

"알아요. 언니도 알아요, 비크."

그가 눈을 깜박이더니 고개를 돌린다. 나를 보지 않는 쪽이 그
에게 좋을 것이라고 나는 생각한다. 그가 보는 것은 내가 절대 아
니라는 것을 알고 있다.

펍을 나오자, 나는 혼자다. 누군가 어둠 속에서 튀어나와 길을
막아서지만, 난 두렵지 않다. 이제는 두려워할 것도 거의 남지 않
아서 그런지도 모르겠다. 아니면 누굴지 이미 예측했거나.

"안녕하세요, 마리."

다가오는 자동차가 그녀의 피부와 눈동자에 금빛을 비춘다.
"잘 지내요, 캐트리오나?"

"펍에 오시지 그랬어요."

"환영받을지 알 수가 있어야죠." 생기 없는 미소가 스쳐지나
간다.

마리는 환영받을 수 없었을 테지만 지금 그렇게 말한다고 해서 무슨 소용이 있겠는가? "엘은 당신이 거기 있길 바랐을 거예요."

장갑 낀 그녀의 손가락들이 불안한 듯 서로 휘감는다. "그녀를 돕진 못했지만, 당신을 도왔어요, 그렇지 않나요?" 지나가는 또 다른 차의 불빛에 그녀가 눈을 찡그린다. "당신을 구했어요. 그렇지 않나요?"

나는 그녀의 아름다운 스카프, 가죽장갑, 흠 없는 화장을 바라본다. 그녀가 감추어져 있다고 믿는 그 모든 끔찍한 흉터들을. 나는 앞으로 다가가 그녀의 손을 잡고 고개를 끄덕인다. 이상한 방식으로, 정말 그녀는 날 구했기 때문이다. 날 깨웠다. 두려움이 무엇인지 내게 일깨웠다. 공포에 질린다는 것이 무엇인지.

그녀의 미소는 눈부시다. 내 손을 맞잡는 손가락들이 굳세다. "행복하게 사세요, 사랑스러운 사람. 자기만의 삶을 살아가요. 엘을 위해."

마리가 뒤꿈치를 짚고 몸을 돌리자 샤넬 향기가 풍긴다. 그리고 그녀는 사라진다.

◆◆

나는 혼자 집으로 돌아온다. 엘을 나의 형편없는 단칸방에 정말이지 두고 싶지 않지만, 그녀가 이 집으로 돌아와야 할 이유는 더더욱 없다.

웨스터릭 로드 36번지의 납작한 잔디에는 담배꽁초, 빈 주스병, 그레그스 베이커리 봉지가 어지러이 흩어져 있다. 커다란 빨간 현관문을 향해 계단을 오른다. 집은 수개월 동안 잠겨 있었다. 사무변호사가 처음 거대한 열쇠 다발을 건넸을 때, 그 무거운 열쇠들을 무릎 위에 얹고 한참을 앉아 그저 바라보며 뛰어!와 암흑과 천둥, 나이트 래치를 당기고 또 당기는 나의 손가락을 떠올렸다. 지금 나는 침착한 손가락으로 데드 볼트 열쇠를 집어들고 그것이 돌아갈 때 나는 묵직한 철컥 소리에 귀를 기울인다. 목뒤에 닿는 햇빛이 따스하다. 문을 밀어 열고 현관 전실로 들어간다. 오래된 목재와 세월의 냄새가 유기, 방치의 공기와 섞여 있다. 침착함을 유지한 게 무색해질 정도로 나는 안도감을 느낀다. 스코틀랜드 국가 기록 보관소에서 내게 보낸 봉투 하나가 매트 위에 놓여 있다. 그것을 집어들어 주머니에 넣는다.

녹색과 황금색 빛이 호를 그리며 교차해 쪽모이 세공 바닥과 난간, 괘종시계를 가로지른다. 하지만 스테인드글라스 창은 올려다보지 않는다. 위층으로 올라가지 않는다. 사무변호사가 재물조사를 해두는 게 좋다고 조언했지만, 신경쓰지 않는다. 그에게 최대한 빨리 집과 집기 전부를 팔아달라고 했다. 로스도 동의할거라고 확신한다. 죄수 없는 감옥이 결국 무슨 쓸모란 말인가?

난 나를 위해 여기 왔다. 내게 남겨진 게 무엇이든 그것을 위해. 아직도 떨치고 나아갈 수가 없기 때문이다. 여전히 나는 엘이해낸 일과 엄마가 해낸 일 앞에서 아무 자격이 없다. 나 자신의 삶을 이끌어나갈 방도를 찾을 수가 없다. 다 떨쳐버려야 한다는 것을 알고 있다. 희생양인 척하는 좌절감이며 이 빌어먹을 배은망덕까지. 오래 떨치지 못할수록 엘을 실망시킨다는 것을 알고 있다. 하지만 아직도 옳은 일이었다고 생각되지 않는다. 끔찍이도, 끔찍이도 잘못됐다고 생각한다. 그리고 그 이유를 나도 모르겠다.

계단 그림자를 통과해 두꺼운 검정 커튼을 제친다. 먼지 때문에 재채기가 나서, 덕분에 주위를 살피거나 머뭇거리지 않고 식료품실 반대편 끝에 도달한다. 벽장 속으로 들어가 볼트를 밀고, 내 불빛을 켜고, 마지막으로 미러랜드로 내려간다.

지붕에 간 금 사이로 햇빛이 하얗게 갈라져 들어온다. 눅눅한 나무와 퀴퀴한 공기에서 훅 끼치는 냄새로 살갗과 두피에 잔털이 오스스 일어선다. 우리의 속삭임, 키득거림, 비명이 메아리로 들려온다. 계단 맨 아래에서 오른쪽을 보지 않고 바로 왼쪽으로 방향을 돌려, 세탁장에 닿을 때까지 그대로 걷는다. 누군가 로스의 피를 깨끗이 청소했다. 새티스팩션호의 포열 갑판이나 럼 저장고가 더는 보이지 않는다. 주갑판에 책상다리를 하고 앉아 고개를 들고 푸른 대양과 파도의 하얀 거품, 파란 하늘과 하얀 뭉게구름을 바라본다. 해골과 교차하는 뼈가 그려진 졸리 로저 깃발. 비어 있는 랜턴 걸이 너머로 보이는 검은 수염 해적선의 거대한 유령.

거기서 얼마나 있었는지 모르겠다. 천장에서 갈라져 들어오던 하얀 빛이 희미해질 때까지 충분히 오래 머물렀고, 세탁장 창을 통과해 들어오는 저물어가는 해를 빼면 완연한 어둠 속에 남겨진다. 내가 누구를, 또는 무엇을 생각하는지 모르겠지만, 정신을 차릴 때쯤에는 몸이 뻐근하고 쑤시고 또 가볍다.

일어나서 팔과 다리를 주무르며 감각을 되찾는다. 졸리 로저를 내려 사각형으로 접는다. 떠나면서 세탁장 벽의 분필과 돌을 손가락으로 쓸어본다. 계단 발치에서, 미러랜드를 한번 더 둘러본

다. 나라와 국경, 벽돌과 나무, 거미줄과 그림자를. 그러고 나서
계단을 올라간다.

미러랜드로 들어가는 문을 닫는다. 볼트로 잠근다.

엄마의 키치너 화덕에 석탄을 땐다. 불꽃이 활활 일자 손을 그
위로 뻗는다. 마침내 몸 전체에 따뜻한 기운이 퍼진다. 국가 기
록 보관소 봉투를 열어 엄마의 출생증명서를 꺼낸다. 그리고 수
개월 전 함께 요청했던 다른 네 사람의 기록도. 제니퍼, 메리, 두
명의 마거릿. 메리 핀레이의 아버지 성명은, 로버트 존 핀레이로
되어 있고 직업은 어민이다. 그녀의 생년월일 정보는, 1962년 3월
3일 14:32. 엄마의 증명서를 본다. 낸시 핀레이가 태어난 때는
1962년 3월 3일 14:54.

식탁에 자리를 잡고 앉는다. 쌍둥이다. 엄마와 마녀는 쌍둥이
였던 것이다. 엘과 나처럼 거울쌍둥이는 아니다. 일란성쌍둥이도
아니다. 마녀가 어두운색이었다면 엄마는 밝은색이었으니까. 마
녀가 키가 컸다면 엄마는 작았다. 그렇지만 어쨌든 쌍둥이였다.
마녀의 눈빛에 서린 증오, 동생에 대한 그 증오가 떠오른다. 동시
에 밀려오는 수치심이, 미러랜드에 작별을 고함으로써 얻은 약간
의 평화를 무너뜨리려 한다.

맞은편 종 달린 나무판자를 바라본다. 그러고 나서 창밖을 본
다. 핏빛 붉은색 대신 해가 뜰의 우뚝한 담벼락을 물들인다. 로스
와 보낸 마지막 밤에 정말 종이 울렸는지, 그는 알고 있다가 정말
담벼락에 쓰여 있었는지는 결코 알 수 없을 것이다. 엘이 정말 내
살에 대고 뜨겁게 뛰어!라고 속삭였는지 결코 알 수 없을 것이다.
하지만 상관없다. 미러랜드는 우리가 믿었기 때문에 존재했다.

우리에게 실존했다. 그렇게 우리를 구했다.

자리에서 일어선다. 키치너 화덕으로 간다. 출생증명서를 하나씩 연료 받침대 안으로 던진다. 마녀의 것도 포함해서. 마우스의 아버지 이름이 없으니 어쨌든 마우스를 추적하는 일도 불가능하다. 마우스가 얼마나 무너졌든, 엘을 찾아왔던 것처럼 나를 찾아오기를 바라는 수밖에 없다.

엄마의 출생증명서를 내려다보며 그녀의 이름 위로 엄지손가락을 문지른다. 이 집으로 처음 돌아왔을 때, 베니스 비치에서의 삶과 그 삶이 주었던 안정감이나 확고함은 이미 상실한 기분이 들었던 기억이 난다. 그 삶은 오래전 방문했던 장소를 찍은 반들거리는 사진처럼 느껴졌다. 하지만 그것 역시 결코 진짜가 아니었다. 그 산책로의 어릿광대들, 신비와 마술. 그걸 진정으로 믿은 적은 없었다. 그래서 날 구하지 못했다.

엄마의 증명서를 던진 뒤 가장자리가 금색과 검정으로 말려들어가는 것을 지켜본다. 사라지는 것을 지켜본다. 그리고 생각한다, 엄마 이제 가도 돼. 아직 그녀가 여기 있다는 것을 알기 때문이다. 이 모든 세월이 흐르는 동안, 우리 중 아무도 이 집을 진정으로 탈출한 사람은 없었다. 속돌과 화산재 아래에 갇힌 주검처럼 보존된 대재앙의 순간을.

청바지 주머니에서 엘의 마지막 편지를 꺼낸다. 한번 더 끝까지 읽은 다음, 편지와 졸리 로저를 불속으로 던진다. 불이 옮겨붙어 불길이 오르기 시작하자 내게서 어떤 소리가 흘러나온다. 흥분해 겁에 질린 아이같이 깽깽대는 소리. 마지막으로 맞은편 뜰의 헐벗은 돌담을 건너다본다. 그가 알고 있기를 바란다. 엘도 나도 이제 더는 이곳에 없다는 것을 그가 알기를 바란다. 우리는 다시는 돌아오지 않는다는 것을. 그의 동크숍은 이 집의 심장, 엔진실이었던 적이 없었다. 그것은 언제나 미러랜드였다. 그리고 이제 미러랜드는 사라졌다.

불을 끄고, 연료 받침을 닫는다. 이미 죽은 환자의 산소호흡기를 떼어내는 기분이다. 집은 무덤 같은 침묵 속으로 회귀한다. 그대로 안식 속에 쉬도록 남겨둔다.

바깥으로 나왔을 때 딱 한 번 발걸음을 멈춘다. 마지막으로 어둠 속을, 그 속의 빨강과 황금색과 검정과 흰색을 흘긋 본 후, 커다란 현관문을 영원히 닫는다.

문이 닫힐 때, 종에 달린 추들이 구리와 양철 안에서 벌이는 무언의 저항을 들었는지도 모르겠다. 속이 비어 있는 벽을 따라 자리한 금속 선과 혈관의 초조한 떨림을. 문 뒤와, 벽장 속과, 여전히 파란 하늘과 푸른 태양 아래 세상에서 속삭이는 소리를.

그랬다 해도 신경쓰지 않는다.

내가 왜 돌아왔는지 그제야 깨닫는다. 왜 작별인사를 해야만 했는지.

날아오르기를 더는 두려워하지 않기 위하여.

제 33 장

엘의 비행기 좌석을 산다. 사치일지도 모르고 사람들이 이상하게 쳐다볼지도 모르겠지만, 히스로공항에서 크리스마스이브 늦게 출발하는 비행편을 예매하면서, 그 정도는 여유가 있다. 게다가 엘이 그림을 팔아 번 돈을 쥐도 새도 모르게 감추어놓아서, 그래야만 공정할 것 같았다. 그녀가 수하물 싣는 곳이나 머리 위 짐 보관함에 있기를 원치 않았다. 우리가 마침내 대양을 건너 그 섬으로 갈 때 내 바로 옆에 있기만 하면 되었다.

나는 재를 볼썽사납고 커다란 유골함에서 분홍색 꽃이 그려져 있고 창으로 안을 들여다볼 수 있는 종이 상자로 옮겼다. 그녀를 말 그대로 놓아줘야 하는 순간을 이미 두려워하고 있지만, 그러고 나서 어떻게 될지가 더욱 두렵다. 그녀를 데리고 다니는 것이 그녀가 없어도 그녀의 고통을 느끼는 것만큼이나 자연스럽게 느껴지기 시작한다.

북대서양을 반쯤 건넜을 때 마침내 잠이 든다. 엘의 투박한 붓질로 완성된 섬, 즉 헨리 선장의 산타카탈리나섬과 그곳의 해변과 석호와 야자나무 꿈을 꾼다. 헨리 선장이 마침내 새티스팩션호의 타륜을 잡고 서 있고, 엘과 나는 보스프릿에 있는 꿈을 꾼다. 청록색 카리브해 파도가 우리를 섬 해변 가까이 데려간다. 어수선한 기분으로, 어쩌면 두려움까지 느끼며 잠에서 깬다. 창밖은 타르처럼 새까맣다. 창에 비친 내 얼굴의 희부연 이목구비와 검은 그림자가 보인다. 검은 구멍 같은 두 눈이 나를 물끄러미 마주 바라보고 있다.

"현명한 선원은 금요일에 절대 항구를 떠나지 않아." 나는 속삭인다.

엘의 목소리가 종처럼 선명하게 들린다. 오늘은 토요일이야, 이 멍청아.

손목시계를 보니, 그녀 말이 맞다. 오늘은 크리스마스다.

그래서 나는 다시 창밖을 내다보며 동트는 분홍빛 하늘을 떠올린다. 함께 바다를 지켜보고 기다리며 나의 손을 꽉 쥐던 엘.

나는 미소 지으며 손가락을 상자 뚜껑에 올려놓는다. "우리가 드디어 해냈어, 엘. 드디어 가고 있어."

◆◆

보고타에서 열 시간 가까운 경유를 하고 뒤이어 산안드레스까지 두 시간의 비행을 한 뒤, 거기서 프로비덴시아의 또다른 지역까지 다시 두 시간을 날아가다보니 열광은 점점 사그라든다. 엘엠브루호공항을 가까스로 빠져나왔을 때는 거의 밤이다. 택시 운전사는 별로 달갑지 않은 친절한 말을 계속하면서, 작은 시골집과 오두막, 이따금씩 나오는 호텔의 불빛에만 의지하여 텅 빈 거리를 덜컹거리며 운전한다. 바다는 보이지 않지만, 냄새는 맡을 수 있다. 리스에서보다 훨씬 진하고 깨끗하다.

마침내 그가 느닷없이 끼익 브레이크를 밟으며 멈춰 섰을 때, 나는 도착해서 너무 기쁜 나머지 키스라도 할 수 있을 것 같다. 그가 내 여행가방을 트렁크에서 꺼내고, 가방과 함께 도로의 한 중간에 덩그러니 남겨지기 전까지는.

"호텔은 어디에 있죠?"

그가 벌어진 이를 번쩍이며 싱긋 웃는다. "산타카탈리나에 있지요."

"그건 저도 알아요."

"산타카탈리나는 프로비덴시아와는 다른 섬이라오."

"그렇죠, 그것도 알고 있어요." 내가 거의 공황에 가까운 심정으로 말한다. "하지만 두 섬은 연결되어 있어야 하는데요."

"연결되어 있지요." 그가 내 어깨 너머를 손가락으로 가리키며 말한다.

그쪽을 돌아보았을 때, 벤치와 밝은 랜턴이 줄지어 있는 판잣길이라고 생각했던 것이 사실은 인도교라는 것을 알아차린다. 아주 긴 인도교.

택시 운전사는 나를 애처롭게 여기며 어깨를 가볍게 토닥인다. "괜찮아요, 괜찮아. 백 야드만 가면 산타카탈리나에 도착할 거요. 요새만 지나면 호텔이니까, 안 멀어요. 알겠죠?"

다리는 아름답다. 파랑, 초록, 노랑, 오렌지색으로 칠해진 다리는 물에 떠 있는 구조물에 부딪혀 흔들리고 까닥거린다. 심지어 미러랜드에서도, 흔들리는 랜턴들의 안내를 받으며 섬으로 걸어 들어가야 하리라고는 우리 둘 중 누구도 상상하지 못했다. 미소 가 흘러나온다.

드디어 반대편에 도착하니 나무 표지판들이 높게 걸린 나무가 있다. 처음 두 개의 표지판을 읽으면서 가슴이 쿵쾅거린다. '모건 의 요새.' '모건의 머리.' 나는 물가를 따라 유일한 불빛을 향해 걸어간다. 바다 소리가 들리고 배 그림자가 보인다. 불빛들이 합 쳐지면서 점차 호텔의 모습이 드러나지만, 금빛 조명이 켜진 작 고 오목한 입구가 보일 때에야 도착했다는 확신이 든다. 보도로 부터 방향을 틀기 직전, 세월에 마모되고 휜 또다른 나무 표지판 이 눈에 들어온다. '산타카탈리나에 오신 것을 환영합니다' 라고 적혀 있다. '해적은 교수형에 처해질 것이며 개신교도는 화형될 것이다.' 나는 다시 미소 짓는다. 이번에는 너무 활짝 웃어서 입 술이 아프다.

◆◆

호텔은 간소하고 깨끗하며 근사하다. 하지만 방으로 들어가자 마자 나는 피곤이 이미 싹 가신 상태라는 것을 깨닫는다. 잠에 들 어 다른 장소나 다른 시간에 대한 꿈을 꾸는 위험을 무릅쓰고 싶 지 않다. 나는 지금, 여기에 있고 싶다.

엘을 침대 협탁에 놓아두고, 다시 보도로 나가 배회하다보니 마침내 더 많은 불빛이 보인다. 발걸음을 멈춘다. 불빛의 주인공인 술집의 이름은 헨리 모건이다. 벽에는 백과사전에 실려 있던, 엘이 그렸던 것과 같은 그림이 걸려 있다. 턱수염을 기르고 긴 머리에 웃음기 없는, 우리의 해적 왕. 나는 입구를 돌아 계단식 덱에 올라선다. 야자나무에는 꼬마전구가 주렁주렁 매달려 있다. 사람이 아무도 없길래 아래쪽 덱으로 내려가, 가능한 한 물가에 가까운 자리에 앉는다. 훈훈한 바람에 해초와 담배 연기와 생선 요리 냄새가 실려온다. 줄에 낮게 걸린 랜턴들이 내 테이블과 다른 쪽 덱 사이에서 황금 방패처럼 흔들린다.

같은 헨리 모건 초상화가 그려진 티셔츠를 입은 웨이트리스가 미소 지으며 바에서 나와 칵테일 목록을 건넨다. 어려 보이는 그녀는 아마 아직 십대일 것 같고, 검은 머리는 짧게 땋았으며, 반짝거리는 화장을 했다. 나는 어디 덤불에서 구르다 온 몰골일 것이다.

"더 붐비는 시기일 줄 알았어요."

그녀가 고개를 젓는다. "크리스마스는 가족을 위한 때니까요." 그녀의 미소가 연민이든 못마땅함이든 상관하지 않는다.

"아까 다리에서 '모건의 머리' 표지판을 봤는데. 얼마나 머나요?"

"그리 멀지 않아요." 그녀가 대답한다. "걸어가실 수 있어요. 매우 아름답죠."

내가 웃으며 다시 메뉴판을 훑는다. "특제 럼 펀치로 주시겠어요?"

그녀가 자리를 뜨고, 관광객 한 무리가 도착하는데 시끄러운 축제 분위기다. 다른 웨이트리스가 그들을 재빨리 다른 쪽, 덱의 더 어두운 쪽으로 안내하자 나는 안도한다. 편안하다는 느낌은 아직 너무도 쉽게 사라진다. 마치 이곳에서 약속된 마법을 통해서만 온전히 누릴 수 있는 것 같다. 헨리 모건 선장의 섬에서만.

고개를 돌려 바람을 맞으며, 카리브해의 냄새를 흠뻑 들이켠다. 난 여기 있다. 우린 여기 있다. 엘의 그림 속에. 내일 아침 일어나면 파랑과 노랑과 초록을 보게 될 것이다. 바람 부는 묘지 또는 환상 속 어두침침한 감옥보다는 훨씬 좋은 안식처. 이곳이야말로 내가 마지막으로 그녀를 보내줄 수 있는 장소다.

◆◆

웨이터가 들고 오기도 전에 멀리서부터 칵테일이 보인다. 엄청나게 크다. 단지에 가까운 커다란 잔에 은색 빨대와 우산이 꽂혀 있고, 최악은 탁탁 타고 있는 불꽃이다. 저게 나의 특제 럼 펀치일 수밖에 없다는 것을 알기에, 점점 가까이 요란하게 다가올수록 마음이 가라앉는다. 그것이 지나가자 관광객들이 환호하지만 홀로 앉은 수령인을 보고는 잠잠해진다.

웨이터가 활짝 웃으며 잔을 내려놓는다. 테이블 위에 불꽃이 튄다.

"고맙습니다." 내가 중얼거린다. "근데 좀……"

"저희 특제 칵테일입니다." 그가 미안한 듯이 웃으며 말한다. 마침내 불꽃이 차츰 희미해지더니 조용해진다. 갑자기 다시 어두워져서 나는 눈을 깜박거리다가, 그가 아직 있다는 것을 깨닫는다. 팁을 줘야 하나? 슬그머니 잔돈을 찾아 청바지 주머니를 뒤적인다. "죄송해요, 지금 제가……"

그가 다시 미소 짓는다. 믿을 수 없을 만큼 잘생겼는데, 사람을 긴장시키고 자신감을 잃게 만드는, 그런 잘생긴 외모다. 치아가 매우 하얗다. 내 치아에 기내식 찌꺼기가 끼어 있지는 않은지 걱정되기 시작한다.

"아름다우시네요."

"아." 얼굴이 다시 달아오른다. 내가 웃음을 터트리며 럼 펀치를 크게 한 모금 들이켠다. 눈이 시큰할 정도로 독하다. "고마워요."

"여행중이신가요?"

내가 고개를 끄덕인다.

"저는 오 년 전 카메룬에서 이곳으로 왔죠." 그가 또 한번 활짝 웃으며 말한다. "저도 여행하러 왔었어요."

나는 아프리카에 한 번도 가보지 않았다. 어디든 진짜 가봤던 곳은 없다. 이제 원한다면 전 세계를 날아 카카두정글까지 갈 수도 있을 것 같다. "전 에든버러에서 왔어요." 내가 미소 짓는다. "당연히 여기서는 일주일만 있을 거고요."

"그렇군요." 그가 말한다. "만나서 반갑습니다. 환영해요."

그가 내 테이블에서 몸을 돌려 다른 쪽, 더 붐비는 덱으로 가는 것을 지켜본다. 나는 여전히 미소를 띠고 있고 럼주가 뱃속에서 뜨끈해지며 흥분이 다리 전체로 퍼지는 사이, 그는 가장 시끄러운 관광객 테이블로 다가가 그들 중 한 명의 등을 친다. 그의 웃음소리가 깊고 우렁우렁하다. 또다른 웨이트리스가 빈 칵테일 잔을 집어들 때, 나는 길게 땋은 검은 머리가 흔들리는 것을 지켜본다. 그가 그녀 가까이 다가가 손을 그녀의 허리에 두를 때, 나는 단 한 번의 마지막 회상, 마지막 환상을 나 자신에게 허락한다. 할 수만 있다면, 내가 언니 자리로 가고 싶어, 엘. 언니는 내 자리로 오고. 저 여자 자리로 가도 돼. 언니가 가질 자격이 없다고 생각했던 것들을 전부 다 가져.

그런데 그때 웨이트리스의 몸이 뻣뻣하게 굳는다. 그의 손이 그녀의 허리를 더욱 단단히 감는다. 어둡고 차가운 무언가가 럼의 광휘와 나의 새 희망의 감각을 꺼트린다. 그녀와 나 사이의 그늘을 뚫어져라 바라보아도 그녀의 표정을 볼 수 없고, 단지 그녀의 정지된 자세, 경직된 척추와 어깨만 보일 뿐이다. 그녀는 그를 두려워하고 있나? 탈출하고 싶은가? 하지만 그때 그녀가 그를 향해 돌아서고, 낮게 일렬로 매달려 흔들리는 금빛 랜턴 불빛에 드러난 그녀의 미소는 환하고 눈부시다.

나는 일어선다. 어질어질하고 취한 것 같다. 바의 삐걱거리는 두꺼운 나무 널을 가로질러 걷기 시작한다. 갑판과 너무 유사해 마치 바다 위에서 넘실대는 북대서양 폭풍우를 만난 기분이다. 바람에 대고 외치는 기분이다. 침로를 바꿔라! 배를 멈춰라! 모두 갑판으로! 비록 지금 나는 아무 말도 하고 있지 않지만.

내가 넘어지려는 기미가 보이자, 그녀는 날 잡지 않는다. 대신 앞으로 몸을 날려 팔로 내 등을 감싸고 함께 넘어진다. 우리의 무릎이 나무 바닥에 큰 소리를 내며 부딪친다. 그녀에게 너무 세게 붙잡혀 울음이 터져나올 지경인데, 나는 이미 울고 있다. 목소리와 감각을 빼앗아가는, 몸이 마비될 것 같은 엄청난 흐느낌. 그녀는 내게 키스하고 머리를 쓰다듬으며, 마치 방금 악몽에서 깨어

난 어린아이에게 하듯이 "쉿" 하고 속삭인다.

나 자신의 눈을 들여다보는 것, 나 자신의 미소, 나 자신의 찡그림, 나 자신의 결함을 바라보는 게 얼마나 싫었던지가 기억난다. 팔 밑에 항상 끼고 다니는 선명하고 묵직한 거울처럼. 항상 거울에 비친 상이 되는 것. 전체의 절반. 모래와 석회처럼 유리로 융화하는.

이제 나의 떨리는 손가락이 그녀의 얼굴에 닿는다. 눈앞이 눈물로 흐릿하다.

"올 줄 알았어." 엘이 말한다.

제 34 장

나는 죽은 사람처럼 잔다.

밝은 빛과 새들의 노랫소리에 깬다. 숙취, 시차, 그리고 감당하기 힘든 다른 감정들에도 불구하고 내가 어디에 있는지, 무슨 일이 일어났는지, 누구와 함께 있는지 곧장 깨닫는다. 나는 엘의 침실에 있다. 내 위로 천장 선풍기가 느리게 돌아가며 윙윙거린다. 몸을 일으키고 혼자라는 것을 깨닫는다. 어젯밤 우리는 카카두정글에서처럼, 나란히 손을 잡고 함께 잤다.

옷을 입고 좁은 복도로 나간다. 아파트는 소박하고 밝고 작다. 웨스터릭 로드 36번지와 닮은 점은 하나도 없다. 엘은 새로운 검은 머리를 느슨하게 올려 묶은 채로 작은 주방에 있다.

"새뮤얼이 음식을 좀 사왔어." 그녀가 말한다. "코코넛 빵이랑 망고."

"바에 있던 남자?" 공격적인 말투가 잘못 튀어나온다. 어젯밤 엘과 나는 서로를 보며 계속 싱긋거렸다. 가끔 둘 중 하나가 멈추면 그것은 웃음을 터뜨리기 위해서였다. 아니면 울음을 터뜨리거나. 우리는 애지중지하다 잃어버린 무언가를 되찾고서 그 경이로움에 빠져 다른 어떤 것도 눈에 들어오지 않는 어린아이 같았을 것이다. 오늘은 내 기분이 뭔지 잘 모르겠다.

"그 사람은 친구야. 나쁜 남자들보다는 좋은 남자가 더 많아." 그녀의 미소는 지쳐 보인다. "그걸 깨닫는 데 한참 걸렸지."

그녀를 제대로 쳐다볼 수가 없는데, 우스운 일이다. 그녀가 내 어깨를 건드린다. 내가 움찔하자 그녀가 한숨을 쉰다.

"발코니에 나가 있어. 난 커피를 좀 가져올게. 그러고 나서 묻고 싶은 거 뭐든 물어봐."

발코니는 작고 테이블과 의자는 플라스틱이다. 거기 앉아 그 모든 파랑과 노랑과 초록을 바라본다. 이곳은 어쨌든 바위투성이 해안가는 아니고, 긴 모래사장이 펼쳐진 만에 부두는 나무 낚싯배로 둘러싸여 있다. 계선고리가 달가닥거리는 소리, 팽팽한 계선로프가 삐걱대는 소리가 들린다. 파도에 낮게 까닥거리는 빨강과 옅은 파랑으로 칠한 배에 시선을 고정한다.

엘이 커피를 들고 나오자 이제는 그녀를 바라볼 수 있다. 그렇게 볼 수 있다는 사실이, 이 사람이 그녀라는 것을 내가 알고 있다는 사실이 매우 생경하고 이상하다. 너무 오랜 시간이었다. 그녀가 사라졌던 몇 달보다도 훨씬 긴. 수년의 세월이었다. 평생의 세월이었다.

그녀가 앉더니 한숨을 쉰다. "로스가 내가 죽었다고 생각하게끔 만들어야 했어. 그가 날 죽였다고 네가 믿도록 만들어야 했어. 그가 널 놓아주도록 해야 했지. 그러고 나서는 네가 그를 놓아주어야 했고." 긴 침묵. "그래서 거짓말했어."

"하지만 왜 그냥 나한테 다 말할 순 없었어? 왜 나를 그토록 항상 신뢰하지 못하는 거야?" 그게 가장 상처가 되는 부분이다.

"맙소사, 내가 신뢰하지 못했던 건 네가 아니야. 그 사람이지!" 그녀가 내 손을 잡는다. "네게 말하고 싶었어. 당연히 그러고 싶었지. 전부 다 털어놓고 싶었어. 하지만 네가 내 목숨을 구했듯이 난 네 목숨을 구해야만 했어. 그리고 네가 내 말을 믿지 않으리란 걸 알고 있었거든. 날 믿을 수 없으리란 걸."

믿는다는 것은 상처받는 일이니까. 나 자신보다 내게 거짓말을 잘하고 진실을 잘 감추는 사람은 없었다.

"재판 후에." 내가 말한다. "그때는 왜 연락 안 했어? 언니가 살아 있다고 왜 안 알려줬어? 내가 어떻게 하리라 생각한 거야? 경찰에 신고할 거라고? 언니가 아니라 로스를 선택할 거라고?"

"난 네가 그를 용서하리라 생각했어. 넌 그렇게 하는 사람이니까." 그녀가 바다를 멀리 내다보며, 이미 내가 보고 만 눈물을 감추려 눈을 깜박인다. "난 확신할 수 있어."

하지만 난 아니다. "언니는 학대 관계 속에서 삶을 한참 낭비했어. 우리의 삶, 우리의 삶을 한참 낭비했다고, 엘. 미치광이 아버지가 내가 아니라 언니 목부터 졸랐다는 이유로? 언니가 죽었다고 내가 생각하게 만들었잖아!"

"내가 언니잖아, 캣." 그게 세상에서 가장 논리적인 해명이라는 듯 그녀가 말한다. "내가 독을 먼저 맛보는 사람이야. 내가 널 돌보기로 되어 있다고."

"맙소사." 문득 엄마 모습이 스쳐지나간다. 매정하게 찡그린

472

표정, 손가락으로 꼬집기, 차가운 눈빛과 날카롭고 거친 목소리. 마음속 일부는 그녀를 늘 증오해왔다고 시인하기 일보 직전이다. 심지어 지금도, 그녀가 우리를 위해 했던 일을 알고 있는 지금도.

"이유를 알아야겠어. 방법을 알아야겠어."

그녀의 미소는 엘 그 자체다. 반은 반항적이고, 반은 슬픔에 차 있다. "그럼 물어봐."

"여기는 어떻게 왔어?"

대답이 천 가지는 나올 수 있는 질문임을 깨닫지만, 그녀는 고개를 끄덕이기만 할 뿐이다. "난 리뎀션호를…… 가라앉히고 나서, 피셔로까지 카약을 타고 갔어. 머슬버러의 오래된 항구야. 지금은 거의 폐쇄됐지. 아무도 날 못 봤어."

"언니가 파카 입은 그 사람이었지, 맞지? 그날 집 주변을 돌아다니다 목격된? 골목에서 나온?"

그녀가 다시 고개를 끄덕인다. "헛간에 카약을 버렸어. 어릿광대 카페 침대 밑에 생존 가방을 이미 숨겨놓았고. 우리가 항상 하던 대로. 몇 개월 전부터 거기 뒀어. 돈이랑 옷가지들. 이웃에 친구가 하나 있었어. 같이 이민자 가족을 돕는 자선단체에서 자원봉사를 했어. 그녀에게 로스에 대해 말했더니 위조 여권과 서류를 구해줬어. 내가 도망칠 수 없겠다고 마음먹기 전에."

나 때문에.

"마리." 내가 말한다.

엘의 놀란 표정이 그녀를 더 기분좋고 환해 보이게 만든다. "마리를 알아?"

"로스가 그 카드를 보낸 게 아니야." 내가 말한다. "마리였어.

그녀가 내게도 카드를 보냈어."

"세상에." 엘의 어깨가 축 처진다. "가여운 마리."

난 다시 화가 난다. 이유를 모르겠다. 엘도 알아챘는지, 눈에 띄게 어깨를 곧추 편다.

"히스로공항까지 고속버스를 타고 갔어. 너무 무서웠지. 어떻게 해야 할지, 어디로 가야 할지 몰랐어. 그냥 도망쳐야겠다는 생각뿐. 결국 멕시코로 가는 티켓을 샀어. 다른 대륙으로 곧바로 출발하는 비행편이었거든. 하지만 로스가 날 찾아낼까봐 너무 두려웠어. 당장이라도 그가 나타날 거라고, 공항 문을 통과해 곧장 걸어와서 나를 발견할 거라고 자꾸 생각했지." 그녀는 반은 웃고 있고, 반은 흐느끼고 있다. "내가 정신을 차릴 수 있도록 지켜준 유일한 게 뭐였냐면, 앤디 듀프레인이 이 정도로 무섭다면 어떻게 행동할까 생각해보는 거였어. 그가 터널을 기어갈 때, 그 배관, 오백 야드의 똥 속에서. 그 모든 주와 달과 해 내내 그토록 요원한 것 같았던 탈출에 가까워지고 자유에 가까워졌을 때."

내 분노는 곧장 새로운 안도감과 행복감에 뒤섞여 묽어진다. 그녀가 여기 있는 것을 안다는 순전한 기쁨. 그녀에게 화낼 수 있다는 사치.

"멕시코에 한 달 정도 있다가 이곳으로 왔어. 먼저 코스타리카로 갔지. 너무 두려워서 도주를 멈출 수 없었어. 그러다가 어떤 술집에 있던 지도에서 보았지. 산타카탈리나." 그녀에게 미소가 잠깐 스쳐지나간다. "이런 생각이 들더라, 그래서 내가 멕시코행 티켓을 샀나? 결국 여기로 오려고? 이렇게 도주를 멈추려고?"

나는 눈을 감는다. 나는 지금 내가 늘 하던 일을 하고 있다. 고통을 느끼지 않아도 되도록 고통 주변을 빙빙 돌기. 심지어 고통이 존재하지 않는 척할 수 있도록. 엘 역시 그녀가 늘 하던 일을하고 있다. 내가 그러도록 허락해주는 것. 호텔에 놓아둔 분홍색종이 상자를 떠올린다. 나조차도 도저히 무시할 수 없는 북소리가 심장에서 점점 거세게 쾅쾅 울린다. 숨을 내쉬었다가 들이마신다. 빨갛고 파란 배를 바라보며 말한다. "어떻게 된 건지 말해줘, 엘."

그녀는 말이 없다. 마침내 내가 그녀 쪽으로 고개를 돌리고, 시선을 맞춘다.

"로스와 보낸 삶에 대해서 했던 말은 사실이야. 그를 떠날 수없었어. 죽일 수 없었어. 생각은 해봤다는 뜻이야……" 그녀가뜸을 들인다. "하지만 내가 주저하거나 망쳐버릴 아주 희박한 가능성이라도 존재한다면, 그는 어떻게 나올까? 내게 무슨 짓을 할까? 너한테 무슨 짓을 할까?" 그녀는 어깨를 으쓱한다. "그냥 포기했던 것 같아. 더는 신경쓰지 않았어."

"그런데 왜 마음을 바꿨어?"

엘이 길게 숨을 들이쉰다. "마우스."

"마우스?"

"그애가 어땠는지 기억나? 늘 애정에 굶주려 있었잖아." 그녀가 눈을 감는다. "쉽게 상처받고."

"마녀 때문에." 마녀가 웨스터릭 로드 대문 앞에 밀랍인형처럼 차갑게 우뚝 서 있던 모습을 떠올리며 내가 말한다. "엄마의 쌍둥이."

엘이 다시 놀라 나를 쳐다보고는 고개를 끄덕인다. "마우스가 다시 내 삶에 들어온 건 계획을 실행하기 육 개월쯤 전이었는데, 그애가 우리집에 나타났을 때 처음에는 못 알아봤어. 마녀가 막 세상을 떠났다고 했어. 그래서 자유로워진 거지. 그 집에 돌아올 수 있게 된 거야. 나를 추적해서 그 집으로 찾아왔던 건지, 그냥 그 집에 있으리라 생각해서 왔던 건지는 알 수 없어. 넌 우리의 어린 시절이 불우했다고 생각하겠지. 마녀는 마우스를 때렸고, 굶겼고, 세상에서 숨겼어. 평생 짓밟아서 아예 일어설 수 없는 사람으로 만들어버렸어. 그게 어떤 기분일지 알 것 같다고 생각했었어. 그런데 로스를 겪기 전까지, 난 아무것도 몰랐던 거야. 왜냐하면 너와 나는 그 모든 일, 그 모든 학대며 고립을 겪으면서도 서로가 있었잖아. 우리에겐 엄마가 있었고. 우린 사랑을 느꼈어. 우린 절대 혼자가 아니었어. 그래서 난 죄책감을 느꼈어. 그애한테 우리도 얼마나 더럽게 굴었는지, 기억나?"

마녀가 복도를 따라 마우스를 끌고 가던 모습이 떠오른다. 싫어, 싫어! 나 안 갈래! 그녀의 얼굴을 거칠게 후려치던 둔탁한 소리. 우리가 마우스를 놓아주었을 때 마녀 얼굴에 떠오르던 웃음. 열려 있는 문으로 쏟아져들어오는 빛 속에 마우스가 서 있던 모습. 고개를 숙이고 개처럼 떨고 있던 그애.

"로스는 그애를 싫어했어." 엘이 말한다. "나를 조금이라도 자기한테서 빼앗아가는 사람은 누구나 싫어했어. 그래서 나도 그애가 사라지길 원하는 것처럼 그가 믿게 만들었어. 그녀가 가버렸다고 믿게 만들었어. 하지만 다른 전화기로 개한테 계속 연락했지. 그가 일하러 갔을 때 드문드문 틈을 만들어서 몰래 만났어. 그리고 우리의 끔찍한 삶에 대해 서로에게 다 털어놨어. 별 도움은 안 되었어. 결국 아무것도 도움은 안 되었지. 다 소용없더라." 그녀가 눈을 감는다. "겪을 만큼 겪었으니까."

"탈출 계획을 세운 게 아니구나, 그렇지?" 다시 분노를 불태워 보려 하지만 이미 다 사라지고 없다. "그 마지막 편지가 거짓말이 아니었어. 언니는 정말 스스로 목숨을 끊을 생각이었던 거야. 엄마처럼. 그게 계획이었던 거야."

"난 정말 너무 지쳐 있었어, 캣." 그녀가 수심에 가까운 미소를 짓는다. "너무…… 서글펐어."

"말해봐." 나는 배와 항구와 바다를 다시 내다본다.

"4월 3일 아름다운 아침이었지." 그녀의 목소리가 부드러워지면서 아득해진다. "너도 알다시피 포스만의 기후는 주변하고 좀 다르잖아. 그날은 육지 위에 검게 깔린 구름 사이로 선명한 황금 복도가 깔린 듯한 날이었거든. 바다표범들이 선박 항로까지 나를 따라왔어. 부비새들이 내가 마치 낚싯배인 양 돛과 돛대 주위를 빙글빙글 날았어. 북해는 잔잔하고 다른 건 아무것도 보이지 않았어. 난 준비가 되었지." 그녀가 말을 중단한다. 눈물 한줄기가 입술 끝으로 떨어진다. "그런데 그때 일이 잘못됐어."

"어떻게?"

그녀가 침을 삼킨다. 미소는 괴로움에 차 있다. "마우스."

익숙한 공포가 뱃속을 휘젓는다. "어떻게—"

"미안해." 그녀가 벌떡 일어나 실내로 사라진다. "금방 돌아올게."

그녀는 한 손에는 잔 두 개를, 다른 손에는 황적색 액체가 가득든 플라스틱병을 들고 일 분도 안 되어 돌아온다.

"부시 럼이야." 그녀가 크게 두 잔을 따라 하나를 내게 건넨다. 그녀의 손이 떨린다. "지역 특산품인데 치명적이지."

술을 마신다. 타들어가듯 술이 내려간다.

"그애가 내게 전화했어. 내가 리뎀션호에 타고 있을 때. 어디 있냐고 묻더라." 엘의 목소리가 너무 작아서, 나는 안간힘을 쓰며 듣게 된다. "나는 배를 타고 있다고 말했어. 보통 때처럼 들리길 바랐지만, 마우스가 낌새를 챈 거야. 사실대로 말하고 자기를 만나지 않으면, 집으로 가서 로스를 찾을 거라고 했어. 이미 그애한테 내가 너무 많이 털어놓았던 거지. 그가 어떤 사람인지. 내게 무슨 짓을 했는지. 그러지 말았어야 했어. 그게 얼마나 위험한 일이었는지 깨달았어야 했어. 마우스는 언제나 기죽어 있는 아이는 아니었어. 때로 얼마나 집착이 강했는지 너도 기억하지? 얼마나 충동적이었는지?"

보안관 사무실이 떠오른다. 그애가 허리에 얹은 양손. 『이상한 나라의 앨리스』에 나오는 체셔 고양이처럼 반짝이던 이빨. 내가 도와주기를 원하니?

"걔는 내가 탈출하고 있다고 생각했어. 다시 도망치고 있다고. 어릴 때의 우리처럼. 불같이 화를 냈어." 엘이 고개를 젓는다. "오랫동안 우리와 떨어져 지낸 건 마녀 때문만은 아니었어. 마우스는 아주, 아주 오랫동안 우리에게 화가 나 있었지."

제발, 가기 싫어! 미러랜드로 다시 갈래! 마녀가 현관 전실로, 현관문으로 질질 끌고 갈 때 그애는 우리를 향해 손을 뻗고 있었다. 나는 눈꺼풀 위를 손가락으로 누른다. "우리가 그애한테서 미러랜드를 빼앗았어."

"그리고 혼자 내버려뒀고." 엘이 한숨 쉬며 고개를 떨군다. "로스가 곧 런던에서 돌아올 텐데. 그애가 나 없는 집에 혼자 간다면 무슨 일이 일어날지, 그가 무슨 짓을 할지, 그애는 무슨 짓을 할지 걱정이 됐어. 배를 타고 나온 지 아직 한 시간도 채 안 된 때였거든." 그녀가 럼을 병째로 한 번 길게 들이켠다. "또다시 그애를 버릴 순 없었어. 무슨 일이 있어도." 그녀가 나를 바라본다. "그래서. 피셔로에서 그애를 태웠어."

무서운 확신이 가슴속에서 쿵쿵 메아리친다. 말문이 막힌다.

엘이 내 손을 잡고 희미한 미소를 보여주며 다시 나를 구해준다. "걔한테 다 말했어. 모든 계획을. 로스, 약물, 배. 나도 이유를 모르겠어. 아마도 가슴속 깊은 곳에서는 누가 나를 말려주길 바랐나봐. 그리고 그애가 나를 저지했을 때 기뻤어. 전화를 받던 순간, 용기가 이미 바닥나버렸던 것 같아." 그녀의 미소는 끔찍하다. "내가 나를 침몰시켰어."

내가 여전히 말이 없자 엘이 내 손을 더욱 꼭 쥔다.

"다 말하고 나서도 몸은 떨리고 공황 상태였지. 아직 아드레날린과 코르티솔 반응에서 빠져나오는 중이었나봐. 그게 뭐든 스스로 목숨을 끊으려 할 때 우리 몸이 필요하다고 생각한 것에서." 그녀가 몸을 부르르 떤다. "하지만 그애한테는 이제 끝났다고 약속했어. 계획대로 안 할 거라고, 로스에게 돌아갈 거라고. 일방적으로 이야기하고 또 이야기했지. 마치 걔가 다시 우리의 심부름꾼인 듯이. 우리의 하녀. 우리의 애착 담요인 듯. 마치 사람이 아니라는 듯이. 고통을 겪은 사람이었는데. 단지 어딘가에 속하고 싶고, 누군가 자신을 필요로 하길 원하던 사람. 도움을 주고 싶어했던 사람." 엘이 다시 몸을 떤다. "난 멈추지 않았어. 내가 됐다 싶을 때까지. 그애가 줄 수 있는 위로와 연민을 다 받을 때까지. 그러고 나서 그애를 선실에 혼자 놔뒀지. 그동안 위로 올라가서, 조금 더 항해를 했어. 그러다 마침내 항구로 돌아갈 준비가 된 것 같다는 생각이 들었어." 그녀가 눈을 감는다. "안도감이 느껴졌어. 그게 추한 진실이야. 나의 추한 진실. 안심이 되었어. 시도했지만, 실패했지. 그리고 이제 집으로 돌아갈 수 있게 된 거야.

한 시간 후쯤 다시 선실로 내려갔는데 너무 조용했어. 뭔가 잘못되었다는 생각이 들었지. 마우스는 좌석에 등을 대고 누워 있었어. 그리고…… 사색이 되어 있었어. 끔찍한 잿빛이었어. 난 바로 알 수 있었지. 바닥의 가방을 보기도 전에. 디아제팜과 플루옥세틴, 로스의 빌어먹을 알약들. 나의 자살 키트. 그애를 깨우려 애써봤지만, 이미 몸이 차가워지고 있었어." 엘이 고개를 젓는다. 다시 나를 바라볼 때, 그 눈빛에는 예의 슬픔과 반항심이 뒤섞여 있다. "그때 알았어. 기회가 왔구나. 다시 그랜턴 항구로 돌아가 로스를 마주하느냐, 즉 마우스가 죽었다는 사실과 런던에서 돌아와달라고 간청해놓고 배를 타고 나간 일에 대해 그 모든 질문과 대가를 마주하느냐. 아니면 진짜로 탈출하느냐. 그로부터. 모든 것으로부터. 모두 한꺼번에."

나는 들것에 실려 있던 시체를 떠올린다. 창백한 피부, 양쪽 쇄골 끝에서 봉합한 검은 실 자국. 끔찍한 얼굴.

엘이 침을 힘겹게 삼킬 때 내 손을 감싼 그녀의 손가락이 떨린다. "난 마우스로 나를 대체하기로 마음먹었어."

"하지만 이해가 안 돼." 내가 말한다. 거짓말이다. 일어나 뛰고 싶다. 듣고 싶지 않다. 하지만 엘은 내 손과 손목을 놓지 않는다. "이해가—"

"시체는 늘 있어야 돼." 그녀가 말한다. 이제 그녀는 나를 힘껏 누르고 있다. 조금이라도 방심하면 내가 뛰쳐나가리란 것을 안다는 듯이. "시체가 나오지 않으면 로스가 절대 포기하지 않으리란 걸 알고 있었어. 절대 추적을 멈추지 않았을 거야. 그리고 유죄 판결도 받지 않겠지. 그래서 자살하려고 결심했던 거고. 그런데 죽을 필요가 없다는 것을 깨닫자마자, 죽고 싶지 않더라. 다시 집으로 돌아가서, 푸른 수염의 방에 있는 배수 플러그와 타공 드릴을 진짜로 바꾸면 감식반에서 의심의 여지 없이 일치한다고 확인해줄 터였고. 생존 가방을 가지고 올 수 있고. 탈출할 수 있었지. 진짜 탈출." 나를 바라보던 그녀의 눈길이 느닷없이 격렬해진다. "하지만 일이 그런 식으로 전개되기를 원치는 않았어. 그애가 죽기를 바라지 않았어."

"이해가 안 돼." 내가 다시 말한다. 손목을 비틀어 빼려고 너무 힘을 주다가 뼈에서 우두둑 소리가 나 우리 둘은 움찔한다. 하지만 엘은 여전히 나를 놔주지 않는다. 오히려 내게 더 가까이 다가와 이제는 서로 몇 인치밖에 떨어져 있지 않다. 결국 나는 그녀의 강렬한 눈빛을 마주하는 수밖에 없다.

"알아, 그렇겠지. 그리고 이번에는 너도 진실을 마주해야 해, 캣. 진실을 이해하고 믿어야 해. 받아들여야 해. 그러고 싶지 않더라도." 그녀가 나를 놓아준다. "말해야 해."

숨을 들이쉰다. 내쉰다. 들것에 놓여 있던 시체를 다시 떠올린다. 러픽의 휴대전화에 있는 DNA 검사 결과를. "그애도 우리와 자매구나." 나는 피부 위로 부푼 보라색 반달 모양 자국을 물끄러미 내려다본다. "마우스는 우리와 일란성쌍둥이구나."

엘이 두 손으로 나의 얼굴을 감싸더니, 차가운 손가락으로 눈썹과 관자놀이를 부드럽게 쓰다듬는다. 눈에는 눈물이 그렁그렁하지만, 그녀는 웃고 있다. 끄덕이고 있다. "우리가 얼마나 특별한지 기억하니?" 그녀가 말한다. "우리만큼 특별한 아이를 가지려면 다른 아이들이 십만 명 이상 태어나야 한다는 걸?"

나는 고개를 끄덕인다. 눈을 감는다.

"거울쌍둥이를 낳을 확률은 약 천이백 분의 일이야. 엄마처럼 이란성쌍둥이라면 확률은 칠십 분의 일이 되지." 엘이 길게 숨을 내쉰다. "별로 희귀하지 않아."

새티스팩션호 뱃머리에 밧줄로 단단히 묶어둔 드럼통 뒤에서 공처럼 웅크리고 있던 마우스가 떠오른다. 분필같이 하얀 얼굴에는 눈물 자국이 나 있었다. 그애 눈빛에 담긴 질투는 오직 내 기분을 좋아지게 하기 위한 것이라 여겼던 나의 이기적이고 멍청한 믿음. 나도 누군가에게는 가치가 있는 사람이라는 것을 알게 하려는 것이라는 믿음. 그 누군가가 실체가 없는 존재라 해도. 나도 너 같으면 좋겠어.

"마녀가 죽기 직전에 마우스한테 다 털어놓았어." 엘의 얼굴은 극도로 창백하다. "우리가 일란성 세쌍둥이라는 걸. 할아버지가 아버지고, 우리 어머니가 그애의 어머니라는 걸."

"하지만 어떻게?" 마우스의 거칠고 창백한 피부와 짧게 친 검은 머리카락, 뼈밖에 없는 작은 체구를 떠올린다. 피부 아래서 자라난 또렷한 혹처럼, 나의 부정이 느껴진다. "우리와 닮지도 않았는데. 걔는—"

"마우스는 마녀가 자기 머리를 자르고 검은색으로 염색했고, 밥도 거의 주지 않았다고 했어. 그리고 개가 얼마나 자주 어릿광대 분장 물감으로 자기 얼굴을 칠했는지 기억나니? 우리랑 똑같아 보이려고. 벨처럼 보이려고. 자기 자신처럼 보이지 않으려고." 엘의 뺨을 타고 눈물이 흘러내리고 있는데도 그녀가 던지는 눈길은 분노에 가깝다. "우린 믿으라고 하는 것만 믿었으니까 볼 수 없었던 거야. 항상 그랬던 것처럼. 하지만 엄마는 우리 생각보다 우리가 훨씬 더 특별하다는 걸 알기를 바랐던 것 같아. 엄마가 우리에게 말했던 것보다 훨씬. 그래서 진실과 환상을 섞은 거지. 늘 그랬던 것처럼."

"우리가 일란성 세쌍둥이일 확률이," 내가 숨죽여 말한다. "십만 분의 일이구나."

엘이 고개를 끄덕인다. "그보다 더 낮을 수도." 그녀가 말한다. 희미한 목소리로. 미소는 더욱 희미하다. "집안 혈통에 쌍둥이가 있고, 할아버지가 아버지일 경우."

"하지만 왜? 엄마는 마녀가 왜 그애를 데려가게 놔뒀어? 심지어 마녀는 왜 그 아이를—"

"마우스 말로는 마녀가 몽유병 증세가 있었대. 야경증도 있었고. 마우스가 잠에서 깨면, 마녀가 바깥에서 혼자 무릎을 꿇은 채로 추위와 어둠 속에서 제발 다시 들여보내달라고 빌고 있었다는 거야. 아무도 마녀를 원하지 않았어. 아무도 사랑하지 않았어. 아무도 아내로 삼아서 갈고리에 죽을 때까지 매달아놓고 싶어하지 않았어. 선택받지 못했지. 어디에도 속하지 못했어. 할머니가 세상을 떠났을 때, 할아버지는 마녀를 빈손으로 내쫓았어. 침묵한 다는 조건하에 가끔 들르게 해줬지. 마우스는 마녀가 자기를 데려간 이유는 엄마에게서, 할아버지에게서 무언가를 빼앗아 소유하려 했기 때문이라고, 소유해야만 했기 때문이라고 생각하더라. 마녀가 다른 사람도 그런 기분을 알기를 원했다고 마우스는 생각했어. 결코 사랑받지 못하는 기분, 어디에도 속하지 못하는 기분."

떨면서 고개를 푹 숙이고 있는 마우스를 향해 손톱을 길게 기른 손가락으로 삿대질하던 그녀. 그게 착한 딸의 본분이야.

그녀의 주먹 쥔 손에서 달랑거리며, 황금색 태양빛을 반사하던 타원형 펜던트. 얼음장처럼 차가운 엄마의 미소. 넌 늘 내가 가진 걸 갖고 싶어하지. 검은색 긴 원피스 주머니에 그 목걸이를 찔러 넣던 마녀. 그리고 가끔은 손에 넣고 말이지.

엘이 나를 바라본다. "하지만 난 마우스가 틀렸다고 생각해. 마녀는 자기 돈으로 그 커다랗고 흉한 묘비를 세웠어. 두 사람이 같이 묻히도록 비용을 댔어." 그녀의 눈빛이 번뜩인다. "평생 그녀는 모두가 그저 자신보다 더 고통받길 바랐던 거야."

나는 출생증명서를 떠올린다. 1962년 3월 3일 14:32 그리고 14:54.

"마녀가 언니였어." 내가 소리 죽여 말한다. 몸이 떨린다. 미세한 떨림 대신 차라리 부들부들 진저리를 치고 싶어진다. "그녀가 독을 맛보는 사람이어야 했는데."

모든 것이 일순간 나를 압도한다. 엄마가 겪어야만 했던 일들. 왜 매년 할머니 기일이 되면 침실에 처박혀 다음날까지 안 나왔는지. 그 모든 공포와 고통. 고통을 겪는다는 이유로 비난받는 존재가 되어야 했던 부당함. 스스로에게 했을 거짓말들. 마지막에는 마우스가 한때 자식이었다는 것을 기억이나 했을지 궁금하다.

"엄마는 그저 우리가 안전하길 바랐어." 엘이 말한다. "마우스는 더 안전할 거라고 스스로 굳게 믿었을 거야. 실제로 그랬을 거고."

거짓말이다. 엄마는 마우스에게 생존법을 가르친 적이 없기 때문이다. 어떻게 숨는지, 어떻게 뛰는지. 어떻게 어둠 속에서 기쁨을 느끼고, 폭풍우 속에서 용감해질 수 있는지. 하지만 나는 그 생각을 할 수 없다. 마우스가 실제였다는 것도 믿을 수 없는데 그 애가 혼자였다는 것에 대해서는 생각할 수가 없다.

"로스는 알고 있었어?"

엘은 고개를 젓는다. "마우스가 가족의 친구거나 사촌이라고만 생각했어. 마우스는 어렸을 때와 똑같았거든. 우리랑 하나도 안 닮았지. 나야말로 몰랐어. 그날 배에서야 알았으니까. 내 죽음을 로스한테 뒤집어씌우려는 계획을 이야기했을 때, 그애가 자기는 우리와 자매라고 말해줬어." 고통스러운 미소. "네 비밀을 들었으니 나도 이야기해줄게, 뭐 그런 거였지."

"세상에." 나는 일어선다. 거의 휘청거린다. 따스한 바람이 얼굴에 불어온다. 눈을 감는다. 블랙 스폿을 구겨 쥔 채로, 판잣길을 따라 보안관 사무실로 달리던 때가 생각난다. 마우스의 크고 어둡고 둥근 눈. 겁먹지 마. 내가 도와줄게, 캣. 내가 널 구해줄게. 그 함박웃음에 깃든 행복한 희망. 엘과 내가 입고 있던 점퍼스커트를 흉내내 빨간 장미를 서툴게 그린 낡고 헐렁한 원피스. 넌 내가 되면 돼. 나는 네가 될게. "그애는 언니를 위해서 그랬던 거지, 그렇지? 마우스는 언니를 위해서 그 약을 먹은 거야. 언니가 로스에게 돌아가려 했으니까."

엘이 두 손으로 얼굴을 덮는다. "그애가 우리와 자매라는 걸 난 안 믿었어. 그때는 안 믿었지. 그애가 이야기해줬을 때는." 그녀가 웅크리고 울기 시작한다. "그애는 계속 나를 잡아당기고 웃으면서, 그저 도와주고 싶을 뿐이라고 말했어. 원하는 건 내가 자기를 믿는 거라고, 자매처럼 자기를 사랑해주는 것뿐이라고 했어. 너도 알잖아. 기억하잖아. 그게 얼마나 숨막혔는지. 그 아이의 욕구, 절박감. 그래서 난 안 믿었어. 믿을 수 없었어."

나는 무릎을 꿇고 앉아, 엘이 다른 상처를 더 내기 전에 손을 꼭 잡아준다. 이미 뺨과 턱에는 내 손목에 난 자국처럼 피가 맺힌 생채기들이 생겼다.

"유서를 남겼더라." 그녀가 숨죽여 말한다. "자기 이름만 적힌 유서. 엄마가 지어준 이름." 엘의 온몸이 소리굽쇠처럼 진동한다. "그때 그애가 진실을 말했다는 걸 깨달았어."

"이름이 뭐였어?"

엘은 뚝뚝 끊어지는 소리로 웃는다. "아이오나."

사악한 할망구가 엄마에게서 납치한 요정 공주. 공주의 날개를 잘라 탑에 가두었는데, 탑이 너무 높아 아무도 그녀가 거기에 있는 줄 몰랐던.

엘의 흐느낌이 점점 커지고 거칠어진다. 그녀가 무슨 말을 하는지 거의 알아들을 수 없다. "그애가 이야기를 마친 후에 난 그애를 혼자 놔뒀어. 내가 일방적으로 계속 말하고 또 말하면서 그애를 사람답게 대하지 않는 동안에도 걔는 잠자코 들어줬는데. 그리고 난 그애 말에 한 번도 귀기울이지 않았어. 갑판으로 올라갈 때, 내가 마지막으로 했던 말은 이거였어. 날 내버려둬. 날 좀 내버려뒀으면 좋겠어."

"엘. 엘." 내가 가까이 몸을 기울인다. "몰랐잖아."

그녀가 나를 밀치더니 비틀비틀 일어선다. "알았다면? 내가 정말 그애 말을 믿었다면? 모든 것을 털어놓고 난 후에 걔를 혼자 거기 약이랑 같이 내버려두면 무슨 일이 벌어질지 알면서도—"

나는 일어선다. "언니는 그애 말을 믿지 않았어. 갑판에 올라갔을 때는. 안도감을 느꼈잖아, 기억나? 다 끝나서 안도했잖아. 언니 잘못이 아니야."

그녀가 계속해서 고개를 젓고만 있을 때, 나는 그녀를 붙잡아 다시 나를 바라보게 한다. "언니 잘못은 없어. 엄마가 항상 언니가 동생을 돌봐야 한다고 했을 때, 엄마는 틀렸던 거야. 엄마의 언니가 엄마를 보호하지 않았다는 이유 하나로, 언니가 내 삶을 위해 언니 삶의 빌어먹을 전부를 희생해야만 했어."

"그다지 큰 희생도 아니었는걸." 그녀가 말한다. 미소는 끔찍하고, 시선은 초점이 없다. "그 사람을 사랑했어. 항상 원했어. 처음부터. 나는 내가 아주 착하고 아주 용감한 사람이라고 생각했거든. 하지만 거짓말, 조작, 계획, 이런 게 이젠 숨쉬는 일 같아. 난 본래 나쁜 사람인지도 몰라. 뭔가 잘못되어 있는 사람 말이야. 내 잘못이었기 때문이야. 내가 죽었어야 했어. 그리고 마우스가—"

"난 술꾼이야." 내가 말한다. "난 이기적이야. 배신을 잘해. 그 어떤 것도 정면으로 마주보지 못하는 겁쟁이야. 로스를 원했어. 그게 언니를 상처 입힌다 해도 개의치 않았어. 언니를 미워했어. 언니가 날 싫어하지 않는다고 한 번도 생각한 적 없었어. 그리고 그날 밤, 그 빌어먹을 마지막 밤에, 난 계속 갔을 거야. 로스가 구멍을 막지 않았다면, 언니를 그냥 내버려뒀을 거야. 언니를 할아버지와 함께 내버려뒀을 거야. 마녀가 엄마에게 그랬듯이. 그리고 돌아보지 않았을 거야. 난 돌아보지 않아."

엘이 내 팔을 잡는다. "개소리야. 넌 마녀와 전혀 달라. 그들과 전혀 달라. 네 잘못은 없어—" 그녀가 말을 멈춘다. 눈빛이 갑자기 날카로워지고 손가락이 느슨해진다. 킥킥 웃으며 다시 자리에 앉더니 말한다. "머리를 잘도 썼네."

"언니 잘못이 아니었어, 엘." 그리고 나는 웃는다. 전혀 그럴 기분이 아닌데도. 나는 자리에 앉아 의자를 그녀의 의자 가까이로 옮긴다. 우리는 이제 서로를 마치 거울 보듯이 마주보고 있다. 그녀의 눈은 벌겋게 충혈되었고, 피부는 창백하다. 그녀가 병원 침대에 누워 있던 모습을 떠올린다. 엄마가 들려준 이야기, 온갖 교훈을 떠올린다. 『쇼생크 탈출』 『두 도시 이야기』 『몽테크리스토 백작』 『파피용』 『철가면』 『추운 나라에서 돌아온 스파이』, 그 모든 애거사 크리스티의 작품들. 나는 그 이야기들에서 탈출만을 이해했지만, 엘은 속임수를 꿰뚫어보았다. 모방. 기회. 희생. 구출. 선의의 거짓말은 아직 더러워지지 않았을 뿐 여전히 거짓말이라는 것을.

그녀는 돌아왔을 것이다. 내가 로스에게서 탈출하지 못했다면,

자신의 자유와 새로운 삶을 희생했을 것이다. 나는 절대적으로 확신한다.

남아메리카의 숨은 부족을 생각한다. 그들이 어떻게 한 사람 주위에 촘촘한 원을 만들고 탈출하지 못하게 했는지. 엘의 손을 움켜쥔다. 그녀가 나를 보도록 만든다. 그러고 나서 그녀가 했던 모든 좋은 일들을 이야기해준다. 좋은 사람이었던 때를. 말하고 또 말한다. 마침내 그녀가 나를 바라본다. 내 말을 듣는다. 나를 믿는다.

◆◆

그리고 그때―그때야―나는 아이오나를 위해 운다. 우리 둘 다 사랑할 기회조차 없었던 자매를 위해 운다. 그녀를 필요로 할 기회. 구할 기회. 레드 클라우드 추장의 천막 안에서 그녀가 내 옆에 앉아 있던 순간을 위해 운다. 그녀의 눈은 커다랗고 파랗고 진심어린 연민을 가득 담고 있었다.

괜찮을 거야, 캣. 내가 널 사랑하잖아.

금속 들것 위에 있던, 녹아내려 반지르르한 것을 위해 운다. 민 머리에 주름진 두피, 눈이 없는 깊은 구멍, 입술이 없는 미소 속에 붙박인 이빨.

무엇보다도 마우스를 위해 운다. 분필같이 창백한 얼굴에 루비처럼 붉은 입술로 미소 짓는 작은 소녀. 그녀는 내게 이렇게 말했다. 어두운 데서 조용히 몸을 웅크리고 두려움에 떨면 아무도 널 못 볼 거야. 아무도 그녀를 보지 못했으니까.

에필로그

복싱데이* 다음날, 우리는 새벽이 오기 전에 일어나 말없이 보도를 따라 걷는다. 바람은 온화하고 바다는 잔잔하다. 집과 배의 불빛들이 서서히 희미해지면서, 가로등 불빛만이 드문드문 남아 수면에 황금색을 드리운다. 길을 따라 오르다보니, 판잣길이 우리를 컴컴하고 무성한 맹그로브숲으로 안내한다. 마침내 신선한 공기가 있는 곳으로 나온다. 그리고 빛. 새벽이 오고 있다. 가늘고 환한 수평선이 바다를 은빛으로 감싼다. 멀리서 어린 수탉이 한 번, 두 번, 운다. 꽃향기가 나는데 라일락처럼 감미롭다.

우리는 길을 따라 걸으면서, 바위투성이 암석지대와 늘어진 나무들 주위를 둘러 간다. 모퉁이를 돌자, 바람이 세차게 불어와 얼굴에서 머리카락을 걷어주고 목에 난 땀을 식힌다.

"세상에."

---

* 크리스마스 뒤에 오는 첫 평일로 영국에서는 공휴일이다.

엘이 내게 고개를 돌리며 미소 짓는다. 바다 위 암반에 자리한 거대한 바위의 그림자를 바라본다. "모건의 머리야."

그녀가 양치식물과 빨갛고 노란 꽃이 핀 수풀이 무성한 오솔길을 통과해 내려가고, 나는 그녀를 따라간다. 길이 가팔라져서 야자나무의 껍질을 꽉 잡는다.

"이 아래에 석호가 있어." 그녀가 어깨 너머로 말할 때, 우리는 모건의 머리의 광대하고 험준한 정수리에 도달한다.

나는 안녕이라고 인사하고픈 터무니없는 충동과 싸운다. 대신 손바닥을 돌에 대고 납작하게 누른다.

엘이 다시 미소 짓는다. "나도 처음 왔을 때 그랬지."

그때 석호가 눈에 들어온다. 아름답다. 얕은 청록색 물은 어귀의 바위와 산호에 가까워질수록 더욱 짙어진다. 다른 쪽은 모두 빽빽한 푸른 덤불 아래 높은 암석 절벽으로 둘러싸여 있다. 밑으로 내려가 우리는 곧장 물로 뛰어든다. 물은 차갑고 얕으며 발밑에는 모래가 밟힌다.

"아름다워, 엘."

"이곳에 온 이후 매일 여기로 내려왔어." 그녀가 말한다. "정확히 늘 상상했던 대로였지."

잠시 우리는 말없이 바닷속에 서서, 아득히 금빛으로 변하는 은회색 지평선을 바라본다. 상상할 수 없을 정도로 고요하다. 평화롭다.

나는 엘이 어깨에 걸친 배낭으로 몸을 돌려, 분홍색 꽃이 그려진 종이 상자를 꺼낸다. 우리는 그것을 내려다보다가 서로를 마주본다. 어린 시절 이후 처음으로 우리 모두가 함께 있는 것이다.

"내 생각엔—" 목이 메어온다.

"내 생각도 같아." 엘이 말한다. 그녀의 목소리가 갈라지다시피 한다. 그녀가 나의 손등 위로, 상자 위로 손바닥을 지그시 포갠다.

내가 상자를 열고, 우리는 재를 한줌씩 쥐어 깨끗한 파란 물에 뿌린다. 재는 미풍을 타고 날아다니고 떠다니다 떨어져 물보라처럼 파도에 내려앉더니, 사라진다. 상자가 비어갈 때쯤, 하늘은 밝아졌고 공기는 더 따뜻하다.

"잘 가, 아이오나." 엘이 말한다.

엘의 말을 들으면서 내가 속삭인 "미안해"라는 말의 자취를, 그녀도 들었으리라는 걸 안다.

우리는 오랫동안 말이 없다가, 마침내 엘이 빈 상자를 추스르고 헛기침을 한다. "이제 어떡할 거야?"

나는 대답하지 않는다. 그녀가 무엇을 묻고 있는지 알고 있다. 나는 광막한 푸른 하늘과 베니스 비치의 바다를 생각한다. 에든버러의 고딕 첨탑과 돌바닥을. 바람이 목과 드러난 어깨 위로 머리카락을 간질인다.

"눈부시게 아름다운 황금색 쿠레라는 새는 없는 거 알지." 엘이 수평선을 바라본다. 책을 읽어주는 엄마의 나지막하고 차분한, 위안을 주는 목소리가 들려온다. 그 새는 커다란 황금색 날개를 펼쳐서 날아오를 때마다 그다음 착지하는 곳에서 다음 삶을 시작하거든. 마치 이전 삶은 존재하지도 않았던 것처럼.

"쿠레는 라틴어로 뛰다라는 뜻이야!"

나는 고개를 돌려 엘의 굳게 다문 입술과 턱을 바라본다. 그녀는 내가 어떡할 것인지, 어디로 갈 것인지 다시 묻지 않으려고 애쓰고 있다.

"『빨강머리 앤』은 내가 가장 좋아하는 책이 아니었어." 내가 말한다. "항상 『파피용』이었어."

"뭐라고?"

"얼마나 여러 번 붙잡히고 투옥되는지는 상관없었어. 유형지든 수용소든. 정신병원이든 감옥이든 섬이든. 그는 탈출을 절대 포기하지 않았어. 돛단배를 타고. 해적과 함께."

"난 리뎀션호가 그리워." 엘이 말한다. 불분명한 목소리다. 나에 대해 확신하지 못하는 것이다.

사 분. 사 분과 오직 신만이 아는 수세대에 걸친 아픔과 거짓말과 고통이 우리를 갈라놓았다. 하지만 여전히 엘은 이 세상 누구보다 나를 잘 안다. 우리가 모래와 석회처럼 한때 거의 융화했기 때문이 아니라—우린 그런 적이 없으니—더 강한 무언가에 의해 우리가 항상 함께일 것이기 때문이다.

미러랜드는 마법이었다. 우리에게 싸우는 방법을 가르쳐주었다. 숨는 방법을. 꿈꾸는 방법을. 그곳의 벽과 세상을 깨고 나아가기 한참 전부터 우리에게 탈출하는 방법을 가르쳐주었다. 나는 바다를 다시 바라본다. 태양이 수평선을 밀고 올라오며 하늘과 바다를 선홍빛의 아름다운 빨강으로 물들인다. 이곳이 X 표시가 된 곳이다. 바위와 해변이 이루는 거친 해안지대. 숲속과 평야. 눈 덮인 동화의 나라가 아닌 열대의 낙원. 미러랜드 보물찾기의 종착지.

나는 고개를 돌려 엘을 바라본다. 우리 사이의 공간으로 손을 뻗어 그녀의 손을 잡는다.

"리뎀션호를 하나 더 사면 되지." 내가 말한다. "카리브해를 같이 항해하는 거야."

그녀가 흐느끼자 나는 눈을 감고 마지막으로 떠올린다. 넘실대는 바닷물결 아래에서, 왼발에서 오른발로 무게를 옮길 때 삐걱거리던 부드러운 목재의 휘어짐, 이십 노트로 얼굴에 닿던 남동풍의 청명한 손길, 선원들의 흥겨운 외침과 나무가 박살나는 소리와 사람들이 죽어가며 터뜨리는 비명, 대포와 머스커툰 단총이 내뿜는 쩌렁쩌렁한 폭음. 전투가 살벌해도 우린 늘 얼마나 안전하다고 느꼈던가. 스콜이 아무리 큰 소리로 포효하더라도. 거울 속에서 누가 우릴 마주보더라도.

우린 서로를 버리지 않아, 나는 생각한다. 살아 있는 한 절대로.

엘의 손을 더욱 꼭 쥔다. 그녀의 이가 딱딱 부딪쳐 아득한 메아리로 들려온다. 우리는 항구를, 만과 여명의 피처럼 선명한 약속을 바라본다. 엄마가 우리를 볼 수 있길 바란다. 결국 그 모든 것은 그럴 만한 가치가 있었다는 것을 엄마가 알 수 있기를 바란다. 그 모든 고통, 모든 공포, 모든 어둠과 경이로운 마법 모두다. 우리가 그 섬에 도착했다는 것을 엄마가 알 수 있기를 바란다. 우리가 함께라는 것을. 우리 셋 모두가. 우리는 언제나 함께일 것이다.

비록 나는 아무 말도 하지 않았지만 엘이 나를 바라보며 활짝 웃는다. 떠오르는 태양이 그녀의 얼굴을 황금색으로 물들인다.

"엄마는 알고 있어."

◆◆

그날이 우리의 세번째 삶이 시작된 날이다.

감사의 말

무척 많은 사람들이 모여 책 한 권을 만든다. 내가 알고 있거나 여기 언급할 수 있는 사람들보다 많을지도 모른다. 그분들께 무한한 감사를 드리고 싶다.

스크리브너출판사의 모든 분께 많은 감사의 빚을 지고 있다. 특히 밸러리 스타이커에게, 처음부터 『미러랜드』를 응원해주고 근사한 편집자가 되어준 것에 감사드린다. 낸 그레이엄, 콜린 해리슨, 로즈 리펠에게도 감사드린다. 브라이언 벨피글리오, 브리아나 야마시타, 애슐리 길리엄, 케이트 로이드에게, 『미러랜드』를 더욱 많은 독자들에게 소개할 수 있도록 혁혁한 노력을 해준 데 대해 감사드린다. 훌륭한 디자인과 미술 작업을 해준 자야 미셸리와 에릭 호빙에게 감사드린다. 다른 사람들이 눈치채기 전에 나의 수많은 실수를 잡아준 샐리 하우, 댄 커디, 그리고 특히 존 맥기에게 감사드린다! 이 모든 분들과 작업할 수 있어서 큰 기쁨이었다.

미국 에이전트인 잰클로앤드내스빗의 앨리슨 헌터와 영국 에이전트인 영국 잰클로앤드내스빗의 헬리 오그던에게도 크나큰 감사를 전해야 할 것 같다. 엄청난 성원과 열정과 기가 막힌 조언에 아무리 감사를 드려도 부족할 것이다.

또한 로비 웨스트 경장을 비롯해 스테프 밀러와 더기 매클라우드에게도 감사를 드린다. 스코틀랜드 형법, 지방법원과 고등법원 절차와 경찰 수사 과정에 대한 귀중한 조언을 해주었다. 제임스 루스모어에게 특별한 감사인사를 전하고 싶다. 끝없는 인내심으로 조언을 아끼지 않고 세심한 곳까지 주의를 기울여주어 매우 감사드린다. 부정확한 점이 있었다면 전적으로 나의 탓이다.

법의학과 범죄 현장에 관하여 조언을 주었던 법생물학자 스테프 폭스에게도 감사드린다. 대단한 작가 밸 맥더미드의『법의학: 범죄의 해부Forensics: The Anatomy of Crime』역시 귀중한 참고자료였다. 보리스 시륄니크 박사는 프랑스의 정신의학자이자 동물행동학자로서, 유년기 트라우마와 경험에 관해 오랜 시간 연구했다. 그의 흥미진진한 책『탄력성Resilience』역시『미러랜드』를 쓸 때 소중한 자료가 되어주었다.

항해와 범선에 관한 기초 지식을 가르쳐준 리처드 리스크에게 큰 감사를 드린다. 배 한 척을 침몰시킬 수 있는 갖가지 방법에 관해서는 훨씬 큰 도움을 받았다.

뛰어난 두 작가 니나 앨런과 프리야 샤르마에게 감사드린다. 수년 동안 이어졌던 격려와 우정은(물론 출간 전 원고를 읽어주었던 것도!) 두 사람이 생각하는 것보다 내게 훨씬 의미가 크다.

또한 스티븐 킹은 한 번도 만난 적은 없지만, 영원한 나의 첫사랑 작가로 남을 것이다. 근사한 회고록인 『유혹하는 글쓰기』는 2000년대 중반 내가 첫 단편을 출판할 수 있었던 자극제였으며 글쓰기가 불가능해 보였을 때, 거절된 원고가 쌓여 방 하나를 가득 채웠을 때에도 계속 글을 쓸 수 있었던 이유 중 하나였다. 그의 책들은 이야기란 누구나 어디로든, 모든 곳으로 데려갈 수 있다는 것을 가르쳐주었다. 또한 최고의 탈출구라는 것도.

대모 수전 매큐언에게 감사드린다. 내가 나를 믿지 못할 때에도 항상 나를 믿어주었다.

엄마와 아빠에게 감사드린다. 언급하고 싶은 것이 너무 많아 다 꼽을 수 없을 정도다. 상황이 힘겹고 절망적으로 보인다 할지라도 계속 나아가는 데 필요한 일종의 탄력성과 자기통제력을 심어준 데 대해 가장 감사드린다. (십대 시절의 나 때문에 엄마는 무덤 속에서 탄식하고 있다.)

남편 이언에게, 나와 결혼하는 데 필요했을 사랑, 지지, 인내심에 감사를 전한다. 어떤 정신 나간 이기적인 모험에도 결코 부정적인 말을 하지 않아주어서 고맙다.

그리고 나의 자매, 로나. 그녀에게 이 책을 바친다. 휴일마다 새로운 A4 바인더를 들고 나타나 읽어달라고 부탁했는데도 성가신 기색 한 번 비치지 않은 데에 감사한다. 매번 그 글들을 읽어주어서 고맙다. 자매로서 최고의 친구가 되어주었다는 것에 무엇보다도 고맙다.

마지막으로 절대 빼놓을 수 없는, 이 이야기와 세상 모든 이야기의 독자들에게 감사드린다. 여러분 없이 이 책은 결코 책이 되어 나올 수 없었을 것이다.

옮긴이 **김산**

이화여자대학교 영어영문학과를 졸업하고 같은 학교 통번역대학원 한영전공 번역학과를 졸업했다. 현재 전문번역가로 활동하고 있으며, 소설 『죽이고 싶은 남편들』『일곱 번의 거짓말』을 우리말로 옮겼다.

문학동네 세계문학
미러랜드

초판 인쇄 2024년 11월 27일 | **초판 발행** 2024년 12월 13일

지은이 캐럴 존스턴 | 옮긴이 김산
책임편집 박효정 | 편집 여승주 윤정민 김지호
디자인 이현정 | 저작권 박지영 형소진 최은진 오서영
마케팅 정민호 서지화 한민아 이민경 왕지경 정유진 정경주 김수인 김혜원 김예진
브랜딩 함유지 함근아 박민재 김희숙 이송이 김하연 박다솔 조다현 배진성
제작 강신은 김동욱 이순호 | 제작처 (주)상지사P&B

펴낸곳 (주)문학동네 | 펴낸이 김소영
출판등록 1993년 10월 22일 제2003-000045호
주소 10881 경기도 파주시 회동길 210
전자우편 editor@munhak.com | 대표전화 031)955-8888 | 팩스 031)955-8855
문의전화 031)955-1927(마케팅) 031)955-2685(편집)
문학동네카페 http://cafe.naver.com/mhdn
인스타그램 @munhakdongne | 트위터 @munhakdongne
북클럽문학동네 http://bookclubmunhak.com

ISBN 979-11-416-0812-5 03840

www.munhak.com